Lizzy Tanner hat alles, was man sich wünschen kann: eine süße Tochter, einen liebevollen Mann und finanzielle Sicherheit. Doch dann richtet der sterbende Großvater eine letzte Bitte an Lizzy: Finde die Wahrheit heraus! Sorge für Gerechtigkeit! Lizzy beschließt, sein Geheimnis zu ergründen. Ihre Recherchen führen sie in der Familiengeschichte zurück bis in die 1930er Jahre, und bald muss sie sich entscheiden zwischen Wahrheit und Rücksichtnahme, zwischen dem guten Ruf der Familie und dem, was sie für richtig hält.

Bettina Storks, geboren 1960 in Waiblingen, lebt in Bodman-Ludwigshafen am Bodensee. Sie studierte Germanistik, Deutsche Philologie und Kulturwissenschaften in Freiburg. Nach ihrer Promotion war sie mehrere Jahre als Redakteurin beschäftigt. 2007 begann sie mit dem Schreiben belletristischer Texte und erhielt im Jahre 2008 ein Stipendium vom Förderkreis Deutscher Schriftsteller Baden-Württemberg.

BETTINA STORKS

Das Haus am Himmelsrand

ROMAN

Berlin Verlag Taschenbuch

Mehr über unsere Bücher und Autoren:
www.berlinverlag.de

FSC
www.fsc.org
MIX
Papier aus verantwortungsvollen Quellen
FSC® C083411

ISBN 978-3-8333-1040-9
Dezember 2015

Dieses Werk wurde vermittelt durch die
Agentur Editio Dialog, Dr. Michael Wenzel
Umschlaggestaltung: ZERO Werbeagentur, München
Umschlagabbildung: plainpicture/Ingrid Michel
Druck und Bindung: CPI books GmbH, Leck
Printed in Germany

FÜR MEINE MUTTER

Au clair de la lune,
Mon ami Pierrot,
Prête-moi ta plume
Pour écrire un mot.
Ma chandelle est morte,
Je n'ai plus de feu,
Ouvre-moi ta porte,
Pour l'amour de Dieu.

Französisches Kinderlied

Géradmer, Frankreich, Am Rosshimmel,
OKTOBER 1940

Immer wenn der Wind über das Plateau in den Vogesen fegte, hielt der Rosshimmel den Atem an. Die Pferde erstarrten und spitzten die Ohren. Dann plötzlich setzten sie sich in Bewegung, fast gleichzeitig, zu einer einzigen großen Formation. Dabei vibrierte der Boden so sehr, dass die Schwingungen weithin zu spüren waren. Die Masse ihrer muskulösen, kräftigen Körper hinterließ tiefe Spuren im Neuschnee, die der Wind nach und nach wieder verwischen würde.

Die Tiere galoppierten mit wehenden Mähnen und erhobenen Köpfen, die sie im gleichmäßigen Takt senkten, als ob sie sich vor den Naturgewalten verbeugten. Sie schwebten gleichsam über dem Boden. Hier war das Paradies ihrer Vorfahren, das seinen Namen der Tatsache verdankte, dass die Bauern früher ihre ausgedienten Rösser an diesem verlassenen Ort direkt unter dem Himmel begruben. Warum sie sich die Mühe gemacht hatten, die toten Tiere aus dem Tal bis hierher nach oben zu schaffen, konnte niemand sagen.

»Pferde sind Fluchttiere«, sagte die Frau jedes Mal, wenn es losging. »Sie trauen niemandem.«

Die Kinder liebten ihre Geschichten. Sie verstanden zwar noch nicht, was das bedeutete, denn sie waren noch klein, aber das Gefühl der Angst war ihnen bereits vertraut.

Mit plattgedrückten Nasen knieten sie auf der Eckbank am Küchenfenster des Gesindehauses und beobachteten die Pferde, die schließlich vor den Stallungen Halt machten, wo ein Mann, eingehüllt in einen warmen Mantel, ihnen das Tor öffnete. Ein Ross wieherte und stellte sich auf die Hinterhufe. Der Mann beruhigte das Tier, indem er es am Hals streichelte. Dann schritten die Pferde mit dampfenden Körpern, eines nach dem anderen, ins Trockene.

Der Wind riss eine Scheunentür auf, die krachend gegen die Wand schlug. Der Schnee war in Regen übergegangen. Dicke Tropfen peitschten gegen die Scheibe. Das knisternde Feuer im Herd verströmte eine wohlige Wärme.

Die Frau räumte den Tisch ab, zog die beiden Kinder eilig vom Fenster weg und schob sie hinaus in Richtung ihres Verstecks, ein Verlies im Geräteschuppen. Sie hatten diesen Ablauf so häufig geübt. Der Mann konnte die Sprache der Pferde verstehen. Die plötzliche Rückkehr der Rösser von der Weide bedeutete nichts Gutes.

Die Frau legte den Zeigefinger an die Lippen, bekreuzigte sich und schloss den Schacht, unter dem die Kinder zitternd aneinandergedrückt saßen. Sie lauschten und wagten nicht zu atmen. Durch einen kleinen Schlitz drang mattes Licht.

»Still, du musst ganz still sein!«, sagte der Junge zu dem Mädchen.

Aber es hatte gar nichts gesagt.

Kapitel 1

»Dein Großvater wünscht ein Gespräch unter vier Augen. Mit dir. Vermeide jede Aufregung, Lizzy«, mahnte meine Mutter. Erschöpft lehnte sie ihren Hinterkopf an die geschlossene Tür, aber trotz ihrer Müdigkeit registrierte ich die Härte in ihrer Stimme, diesen typischen, etwas zu hoch geratenen Tonfall, in den sie bei familiären Angelegenheiten verfiel.

Dann schob sie mich in das Zimmer und zog einfach die Tür hinter mir zu.

Er lag auf dem Bett. Sein großer Kopf füllte das Kissen aus. Ein beißender Geruch von verbrauchter Luft stieg mir in die Nase.

Dieser Mann, den ich ein Leben lang wie einen Vater geliebt hatte, war 92 Jahre alt, aber für den Tod war es immer zu früh.

Sein Bett glich einer Bahre und ich starrte auf seinen Brustkorb, wollte sehen, ob er sich noch hob und senkte. Plötzlich tippte Großvater mit seinen Fingern auf das gestärkte Laken und winkte mich zu sich. Als wäre die Ausführung seiner Befehle eine Selbstverständlichkeit. Aber so war es nun einmal, Jahrzehnte hatte er Menschen geführt, ein großes Unternehmen, seine Familie. Alle waren sie ihm vertrauensvoll gefolgt. Eine dumpfe Wut kam in mir auf, unpassend und pietätlos. Gehorsam und Aufbegehren, der mir vertraute Widerspruch, von Kindesbeinen an verinnerlicht. Niemals würde ich mich daran gewöhnen.

Langsam trat ich näher. Mama hatte mir einen Stuhl bereitgestellt, direkt neben dem Bett. Ich nahm zögernd Platz und legte meine Hände auf die Oberschenkel. Der Duft von Sanddorn, frisch, dazu ein wenig Orange, erreichte mich. Meine Handcreme. Draußen hatte die Dämmerung eingesetzt. Ich warf einen Blick in den riesigen Garten, der mir von jeher wie ein Park vorgekommen war. Ein Stück Gartenarchitektur wie aus einem Hochglanzmagazin: akkurat geschnittene Buchsbäume in harmonischer Formation auf einem blassen Novemberrasen; ein mächtiger Kirschbaum, dessen sich Großpapa im Frühjahr regelmäßig selbst annahm und der es ihm in manchem Jahr mit reicher Ernte dankte. Ganz hinten an der Grundstücksgrenze standen weitere Obstbäume mit schmackhaften Apfelsorten, die es nirgendwo mehr zu kaufen gab. Wenn man im Spätsommer davon aß, lief einem der säuerliche Saft die Mundwinkel hinunter, und erst wenn man das feste Fruchtfleisch gegen den Gaumen presste, kam eine unwiderstehliche Süße.

Auf einer kleinen Anhöhe erhob sich einsam der Pavillon, den Großmama besonders liebte. Sobald der Schnee schmolz und die ersten Sonnenstrahlen in den nach Osten ausgerichteten Teil der Anlage fielen, zog es sie dort hin.

Als Kind hatte ich hier gespielt und gelernt, dass unsere Familie über eine ihr eigene Sprache verfügte. Ein Code, mit dem sie blind zu kommunizieren vermochte. Bei den Kirchmanns prahlte man nicht. Der Wohlstand war eine angenehme Begleiterscheinung des Lebens und man spielte ihn herunter. Am besten sprach man nicht darüber. Das hatte nichts mit Geiz zu tun, sondern galt der Wahrung von Tradition. Die Villa, in der das Krankenbett meines Großvaters stand, ein Gebäude aus dem 19. Jahrhundert im Freiburger Stadtteil Herdern, besaß lichtdurchflutete Räume mit großzügigen Flügeltüren und Stuckdecken. Sie hatte bereits drei Generationen unserer Familie beherbergt und auch ich war hier groß geworden.

Großvater riss mich aus meinen Gedanken. Er machte einen tiefen Atemzug und drehte seinen Kopf in meine Richtung, ohne die Augen zu öffnen.

»Lizzy«, flüsterte er.

Wie früher, wenn ich mich als Kind in seinem Arbeitszimmer hinter dem Schrank versteckt hatte. Seine Stimme klang heiser.

»Ich bin hier. Sei ganz ruhig.«

»Du musst etwas tun. Es ist wichtig!«

Plötzlich öffnete er die Augen, aber sein Blick traf mich nur kurz. Er sah langsam an mir vorbei, als sei er abgelenkt worden von jemandem, der direkt hinter mir stand. Vorsichtig sah ich mich um. Wir waren allein.

»Lizzy! Die Schublade.«

Kraftlos zeigte er in Richtung eines kleinen Tischchens zwischen den Türen zur Terrasse.

»Hol den Schlüssel heraus!«

Ohne die Anweisung richtig verstanden zu haben, trat ich an den Tisch. Fragend schaute ich wieder in Großvaters Richtung. Sein Blick verriet Ungeduld, flackerte, die Bewegungen seiner Hand schienen von Unruhe getrieben. Es war, als zöge er unsichtbare Fäden zwischen seinen schlanken Fingern hin und her.

»Der Schlüssel«, stammelte er.

Ich öffnete das kleine Fach, auf das er gedeutet hatte, und sah ihn sofort. Ein gewöhnlicher Schrankschlüssel. Mit dem kalten Eisen in der Hand ging ich zum Bett zurück.

»Herrenzimmer. Am Rosshimmel. Der Sekretär«, stieß Großpapa jetzt hervor. »Nimm den Inhalt an dich. Alles! Kein Wort darüber! Fahre noch heute! Ich habe nicht mehr viel Zeit.«

Ich wagte nicht, zu widersprechen, denn immer noch vermochte er eine unerschütterliche Autorität auszustrahlen. Er hatte bestimmt. Mechanisch steckte ich den Schlüssel in meine Jeans und strich Großvater über die Wange. An der Tür drehte ich mich noch einmal um. »Ich komme wieder«, flüsterte ich.

Meine Mutter stand vor der Tür. Wortlos nickte ich ihr zu und unterdrückte den Impuls, sie zu umarmen. Sie schluckte und warf einen besorgten Blick zu meiner Großmama, die verloren in der Halle auf einem Stuhl saß. Neben ihr erhob sich in diesem Moment unser ehemaliger Hausarzt, Dr. Reichert. Seit Tagen verbrachte er die bangen Stunden am Bett seines Freundes Bodo Kirchmann.

»Wie lange noch?«, fragte ich ihn leise.

»Zwei Tage, eine Woche«, entgegnete er. »Schwer zu sagen. Er hat ein starkes Herz.«

Mama schritt an mir vorbei mit ihrem beherrschten Gang und den intelligenten Augen, die sie schon immer sicher durchs Leben geführt hatten. Ihre Bewegungen waren die pure Eleganz. Sie trat zu ihrem Vater, sah ihn lange an, zog sachte den Stuhl näher zum Bett und setzte sich. Schließlich wandte sie sich in Richtung Tür und schüttelte langsam den Kopf. Es war noch nicht vorbei.

Großmama summte leise *»Au clair de la lune«*, ein französisches Kinderlied. Mit zitternder Stimme versuchte sie den Ton zu halten. Mir liefen Tränen die Wangen herunter. Ihr zarter Kopf mit dem grauen dünnen Haar wackelte, wie er es immer tat, wenn sie verunsichert war. Ich war mir nicht sicher, ob sie verstand, was hier geschah. Ihre Erinnerungen, ihr Denken und Fühlen waren schon lange in getrennten Schubladen ihrer Welt verschlossen.

Als ich nach draußen trat, schlug mir kühler Herbstwind entgegen. Ich sah auf die Uhr: kurz vor fünf. Ich rief zu Hause an, sagte Tom, ich bliebe über Nacht bei meinen Großeltern, und beschloss, sofort in Richtung Rosshimmel aufzubrechen. Es war, als triebe mich eine fremde Kraft an, als hörte ich eine Stimme, die mir befahl loszufahren, um so schnell wie möglich wieder hier zu sein.

»Dann darf ich mit Papa in eurem Bett schlafen«, triumphierte Thea, nachdem ihr Tom den Hörer weitergereicht hatte.

Mit ihren sechs Jahren beherrschte unsere Tochter bereits die Kunst, aus Defiziten Kapital zu schlagen.

»Schlaf schön, mein Schatz. Und gib Papa einen Kuss von mir«, erwiderte ich und machte mich auf den Weg in Richtung französische Grenze.

Zwei Stunden später erreichte ich den idyllischen Familienbesitz der Kirchmanns am Westhang der Vogesen, einen Steinwurf entfernt von Géradmer, einer Kleinstadt, die für ihre wilden Narzissen berühmt war. Wir alle liebten diesen Ort.

Wehmütige Erinnerungen an opulente Familienfeste mit Großpapa wurden wach. Das Gutshaus thronte auf einem weitläufigen Plateau, umgeben von Wäldern. Im großzügigen Entree mit dem gusseisernen Kamin knarrten die alten Holzdielen, als wollten sie Geschichten erzählen. Neben dem Hauptgebäude gab es ein Gesindehaus und die früheren Stallungen. Schon lange hielten wir keine Pferde mehr hier oben. Nachdem die langjährigen Verwalter gegangen waren, hatte der Rosshimmel für Großpapa ein wenig seinen Glanz verloren.

Seitdem kümmerte sich ein Elektriker aus dem Tal um das Anwesen. Die Familie verbrachte nur wenige Wochen im Jahr hier, manchmal die Ferien. Philippe händigte mir den Schlüssel aus, als sei es die normalste Sache der Welt, dass gegen 21 Uhr abends jemand aus Freiburg auftauchte, um gleich wieder zu verschwinden.

Als ich in Begleitung des jungen Mannes über die schmale Straße nach oben fuhr und schließlich von weitem das schneebedeckte Gutshaus sah, war mir, als besuchte ich ein Waisenkind, das ich vernachlässigt hatte und das meiner Fürsorge bedurfte.

»Wie geht es Monsieur?«, wollte Philippe wissen.

Die Banalität seiner Frage erschreckte mich, denn angesichts des Todes erhielt sie eine völlig neue Dimension.

»Leider nicht gut, Philippe. Er liegt im Sterben.«

»Er ist alt und hatte ein reiches Leben, Madame«, versuchte mich Philippe zu trösten.

Beim Betreten des Herrenzimmers beschlich mich das Gefühl, etwas Verbotenes zu tun, denn diesen Raum umgab von jeher ein Geheimnis. Er war tatsächlich das Männerzimmer – Großpapa und mein Vater waren zu bestimmten Anlässen mit den männlichen Gästen des Hauses darin verschwunden und man hatte sie lachen und reden gehört. Sie tranken Cognac und rauchten Zigarren. Mit dem Tag seiner Volljährigkeit hatte mein Bruder Alexander ebenfalls Einlass erhalten.

Ich sah mich um. Tische und Stühle waren mit weißen Tüchern bedeckt. Als ich das Laken vom Sekretär zog, wirbelte Staub auf. Ich strich über das matte Holz. Das Möbelstück besaß einen Aufsatz mit einer kleinen Schublade und eine ausziehbare Schreibplatte. Jugendstil. Der Korpus selbst bestand aus zwei großen Türen, die abgesperrt waren. Ich versuchte den Schlüssel, den mir Großpapa gegeben hatte, aber das Schloss klemmte. Mit viel Geduld bekam ich es schließlich auf. Dahinter befand sich oben eine Lade und unten ein leeres Brett. Beim Aufziehen der Lade stieß ich auf mehrere lose Blätter mit Tabellen, das letzte war mit der Zahl 25 nummeriert: Waschschüssel, Vase, Kommode, 64-teiliges Ess-Service. Unzählige Gegenstände des täglichen Lebens, daneben die Anzahl und Geldbeträge in getrennten Spalten, ausgefüllt mit einer akribischen Schreibschrift. Bei der Rubrik »Meistbietender« verschiedene, mir unbekannte Namen. Dann der Name Kirchmann. Unten am Rand ein Datum: 23. November 1940, Hausrat Bloch, Goethestraße 12. Ein Versteigerungsprotokoll.

Der Name Bloch sagte mir nichts, aber ich kannte diese Straße. Sie lag in der Wiehre, einem Freiburger Stadtteil mit Altbaubestand und Villen, der von den Bombenangriffen des Zweiten Weltkriegs weitgehend verschont worden war.

Ich suchte weiter. Nichts. Erst als ich die Lade schließen wollte und sie blockierte, entdeckte ich, dass deren weicher Samtboden nachgab. Vorsichtig löste ich ihn an der Seite. Darunter befand sich eine Art Geheimfach, darin eine Mappe. Neugierig zog ich sie hervor. Es handelte sich dabei um mehrere Durchschläge in DIN-A6. Überweisungen! Beträge, die offensichtlich in unregelmäßigen Abständen über die Jahre 1948–1955 auf ein Schweizer Konto in Basel geflossen waren. Der Name war praktisch nicht zu entziffern. Warum hatte Großpapa das hier versteckt gehalten?

Ich überschlug die Beträge und kam auf eine Summe von knapp 60.000 Schweizer Franken; für die damalige Zeit viel Geld.

»Bei den Kirchmanns dreht sich alles um die Knete«, pflegte Tom zu sagen.

Seine Worte waren immer auch ein Vorwurf an mich, an meinen wohlbehüteten familiären Hintergrund, für den ich doch nichts konnte. Dabei hatte Tom gut reden. Seine Eltern boten mangels Anwesenheit viel weniger Anlass zur Kritik, lebten sie doch in Norddeutschland, und wir bekamen sie so gut wie nie zu Gesicht.

Es war, als läge all das Geld ausdruckslos vor mir und starrte mich an, als barg es Großpapas sprachlose Lebensbeichte, die er mit ins Grab nehmen würde, wenn ich nicht schnell genug wäre. Ich schob die Lade zurück, und als ich die Türen des Möbels schon schließen wollte, fiel mir ganz hinten auf dem Brett ein Gegenstand auf: In Packpapier war eine kleine Spieluhr mit einer Ballerina auf einem Podest eingewickelt. Ich versuchte sie aufzuziehen, aber sie gab keinen Ton von sich. Ich wickelte sie wieder ein und steckte sie zusammen mit den Schriftstücken in meine Tasche.

Draußen hatte Philippe eine Zigarette geraucht und auf mich gewartet. Ich trat hinaus, schloss das Gutshaus ab, übergab ihm den Schlüssel und bat ihn um absolute Diskretion bezüglich meiner Anwesenheit. Er wisse von nichts, entgegnete er schulterzuckend, und ich fuhr zurück nach Freiburg, wo ich gegen zwei Uhr morgens ankam.

In der Villa brannte Licht. Panisch vor Angst, es sei bereits zu spät, klingelte ich an der Tür Sturm, bis mir meine Mutter öffnete.

»Was, um Himmels willen, machst du mitten in der Nacht hier?«

»Das fragst du noch? Ich bin beunruhigt wegen Großvater. Wie geht es ihm?«

Sie zog mich herein und hinter mir fiel die Tür ins Schloss. »Er schläft.«

Kritisch betrachtete ich meine Mutter. Sie war blass und ihre großen Augen lagen in dunklen Höhlen.

»Das solltest du auch tun, Mama. Wann warst du zuletzt im Bett?«

»Das ist eine Weile her«, seufzte sie. »Seit Vater zu Hause ist, verbringe ich jede Nacht an seinem Krankenlager.«

»Leg dich hin. Ich gehe zu ihm. Schläft Großmama?«

Meine Mutter schüttelte den Kopf. »Ich könnte eine Tasse Kaffee vertragen. Geh zu ihm, aber sein Schlaf ist unruhig, wundere dich nicht.«

»Woran merke ich, dass es so weit ist?«

»Du wirst es wissen. Ich gehe nur ein paar Minuten frische Luft schnappen. Dann bin ich zurück.«

Leise betrat ich Großpapas Zimmer. Ich hatte ihn nur etwa acht Stunden nicht gesehen, aber ich fand, er hatte sich in dieser Zeit verändert. Er war eingefallen, seine Haut blass, sein Gesicht fast wachsweiß. Ich setzte mich auf den Stuhl an seinem Kopfende und beobachtete ihn. Sein Atem ging unregelmäßig, seine Augenlider zuckten, einmal warf er den Kopf von einer Seite zur anderen, dann wieder wurde er ruhig, als schien ihn etwas zu besänftigen.

Mein Leben lang hatte mir der Tod Angst gemacht. Als mein Vater starb, war ich noch ein Kind. Zwar hatte ich nur dunkle Erinnerungen an diese Zeit, aber die Lücke, die er hinterlassen hatte, klaffte wie eine offene Wunde in unserer Familie, die nicht heilen wollte. Doch dies hier war etwas ganz anderes. Auf einmal fand ich gar nichts Unheimliches am Sterben. Es war vielmehr ein sehr persönlicher Moment zwischen Großpapa und mir. Mama hatte recht gehabt: Was hier geschah, weckte die Urinstinkte der Sippe. Ein erfülltes Leben war im Begriff, aus unserer Mitte zu treten, und mein Großvater hatte die Begleitung seiner Liebsten verdient. Hier ging es nicht um meine Ängste.

»Lizzy!«

Seine Stimme riss mich aus meinen Gedanken.

»Alles ist geschehen, wie du es wolltest. Ich war am Rosshimmel, Großpapa«, versuchte ich ihn zu beruhigen. »Die Gegenstände sind hier bei mir.«

Ich deutete auf meine Tasche, sein Blick wanderte in Richtung Boden.

»Lizzy«, sagte er noch einmal und in seiner Stimme lag etwas Beschwörendes. Ich hatte ihn noch nie so sprechen gehört. »Lizzy. Du musst …«

Langsam strich er mit seiner Hand über die Decke. Sachte ergriff ich sie, legte sie in meine, wo ich sie vorsichtig drückte. Aber seine knochigen Finger antworteten nicht mehr. Seine Augen waren geschlossen. Doch plötzlich seufzte er, holte Luft, die dann langsam aus ihm herausströmte. Noch einmal öffnete er den Mund und mir war, als forme er mit letzter Kraft jedes einzelne

Wort, als setze er alles daran, damit ich seinen Auftrag auch wirklich verstünde.

»Sorge für Gerechtigkeit! Versprich es!«

»Ich verspreche es dir«, antwortete ich, ohne zu überlegen.

»Jetzt rufe deine Mutter herein. Geh, mein Kind. Geh!«, hauchte er.

Mit gesenktem Kopf verließ ich den Raum. Mein Herz schien sich zusammenzuschnüren. Meine Mutter saß draußen und erhob sich sofort, als ich heraustrat. »Er möchte dich sehen, Mama.«

Sie streifte ihren Rock glatt und ließ mich im düsteren Flur zurück. Hilflos sah ich mich um und ging in die Küche, um mir einen Kaffee zu kochen. Auf dem Weg kam ich an Großmamas Zimmer vorbei. Die Tür war angelehnt. Sie schlief tief; ein leises Schnarchen war zu hören.

Die Küchenuhr zeigte halb drei. Ich konnte kaum glauben, dass seit meiner Ankunft gerade eine halbe Stunde verstrichen war. In der Küche stand etwas Geschirr herum und obwohl es eine Maschine gab, fing ich an, es zu spülen. Nebenbei trank ich schwarzen Kaffee.

Als ich schließlich in den Flur zurückkehrte, sah ich Mama schon vor Großvaters Zimmer. Ein Bild, das sich unmittelbar in mein Gedächtnis einbrannte. Sie stand einfach da, mit dem Rücken zur Wand, ihren Kopf daran gelehnt. Je näher ich kam, desto blasser schien sie zu werden.

»Der Himmel helfe uns«, stammelte sie mit geschlossenen Augen.

Erschrocken trat ich zu ihr und sie sah mich erstaunt an, als registriere sie erst jetzt, dass auch ich mich noch im Haus befand.

»Ist es passiert? Ist er tot?«

Müde schüttelte sie den Kopf. »Es ist noch nicht so weit.«

Es sollte noch den ganzen nächsten Tag und eine Nacht dauern, bis Großpapa von uns ging. Stunden, in denen wir abwechselnd an seinem Bett Wache hielten. Mama, Alexander und ich. Der Schlafmangel hatte mich inzwischen betäubt. Hilflos mussten wir seinem Kampf zusehen. In immer kürzeren Abständen setzte seine Atmung aus, dann wieder schnappte er nach Luft, krallte seine Finger in die Bettdecke und riss die Augen auf.

Er sprach kein Wort mehr. Nicht ein einziges.

»Bodo ist eingeschlafen, Mama!«, hörte ich meine Mutter leise sagen, als sie am Abend des Folgetags aus Großpapas Zimmer kam.

Großmama Constanze saß neben mir und sah uns fragend an. Es war, als hörte die Welt für einen Augenblick auf, sich zu drehen. Ich erhob mich und sah durch die offene Tür direkt auf das Bett. Der Mann, der dort lag, hatte ein erfülltes Leben gehabt. Keine lange Krankheit hatte ihn zu Boden gezwungen, sondern ein Schwächeanfall vor wenigen Wochen.

Mama war blass und sie küsste Großmama zärtlich auf die Wange. Auf einmal bewegten sich deren trübe Augen, als sehe sie etwas, woran sie sich erinnerte. Sie lächelte, fast tröstend. Ihr Blick schweifte in die Ferne, hinaus zum Fenster in Richtung Garten.

»Er schläft, Lizzy.«

Sie legte den Zeigefinger auf ihren Mund und ich begriff. Sie glaubte, der Mann, mit dem sie nahezu siebzig Jahre ihres Lebens verbracht hatte, mache seinen Mittagsschlaf. Vielleicht würde sie nach einem Wimpernschlag auch dies wieder vergessen haben. Von den vielen gemeinsamen Jahren blitzte manchmal in ihren Erzählungen etwas auf, was uns alle verblüffte. Wenn man ihr alte Fotos zeigte und erläuterte, konnte es passieren, dass sie präzise Situationen schilderte, die selbst meiner Mutter entfallen waren. Großmama konnte dann genau sagen, dass das hellblaue Kleid, das sie auf einer Fotografie trug, einen Fleck gehabt hatte. Aber durch ihre Gegenwart zog sich ein jäher Riss, der uns allen weh tat.

»Entschuldigen Sie bitte, wie war doch Ihr Name?«, wandte sie sich manchmal an meinen Großvater, wenn er das Album zugeklappt hatte. »Er ist mir entfallen.«

Dann hatte sie ihn voller Freundlichkeit und Erwartung angesehen und er hatte ihr über den Kopf gestrichen. Es heißt, im Alter treten die schlechten Eigenschaften eines Menschen hervor und die guten zurück. Bei Großmama war es genau andersherum.

Immer wieder hatte ihre Ahnungslosigkeit meinem Großvater die Tränen in die Augen getrieben, aber er hatte fest daran geglaubt, dass ihr Vergessen im Grunde genommen eine Gnade war und ihr Leiden minderte. Das seine aber war darüber umso größer geworden und darin schien er mir immer untröstlich gewesen zu sein.

»Ach, Stanzi«, hatte er oft geseufzt. »Die Liebe möchte sich erinnern. Es schmerzt so sehr, alleine zurückzublicken.«

Warum mich Großmama hingegen regelmäßig mit meinem Kosenamen ansprach, und das, ohne irgendeinen familiären Zusammenhang herstellen zu können, blieb uns allen verborgen. Seit nunmehr achtunddreißig Jahren war ich einfach ihre Lizzy und dabei würde es wohl bleiben.

»*Au clair de la lune, mon ami Pierrot, prête-moi ta plume, pour écrire un mot – pour l'amour de Dieu*«, summte Großmama erneut.

Die zarte Melodie meiner Kindheit klang in mir nach. *Um der Liebe Gottes willen* – wie oft hatte ich dieses Lied gehört und selbst gesungen.

Mama warf ein weißes Leinen über den großen Spiegel und hielt den Zeiger der Wanduhr an. Dann öffnete sie die Terrassentüren. Ein kühler Windhauch zog durch den Raum. Erst jetzt bemerkte ich, dass sie bereits schwarz gekleidet war. Sie hatte ihre dunklen langen Haare nach oben gesteckt. Dieser stolzen Frau konnte der Tod nichts anhaben; sie hatte zu viele Menschen in ihrem Leben gehen sehen. Es war der 28. Oktober 2001, 19.32 Uhr.

Auch mir war der Tod nicht neu. Das Sterben schon. Wie ein Roboter setzte ich einen Fuß vor den anderen, ging in die Eingangshalle und hob den Hörer vom Telefon.

»Tom«, hörte ich mich plötzlich schluchzen und beim Aussprechen des vertrauten Namens war ich wieder bei mir. Ich hätte schwören können, den Schmerz mitten im Herz zu spüren, und schnappte nach Luft. »Tom. Es ist vorbei. Großpapa ist tot.«

Zärtlich redete Tom auf mich ein, und ich spürte eine Sehnsucht nach seiner Stimme wie nie zuvor. Es war völlig egal, was er sagte, nur sollte er nicht damit aufhören, Worte an mich zu richten. Sein Versprechen, in wenigen Minuten bei mir zu sein, besänftigte mich sofort. Ich legte den Hörer auf und ging zurück zu meiner Großmutter, nahm sie an die Hand und versprach ihr eine heiße Schokolade. Sie leckte sich die Lippen und lief neben mir durchs Haus.

Das Letzte, was ich sah, war, wie Mama den Unterkiefer des Toten hochband. Nun war sein Mund für immer verschlossen.

Kapitel 2

»Was willst du von mir?«, fragte eine verschlafene Stimme am anderen Ende der Leitung.

Onkel Erwin, Großpapas jüngerer Bruder, hatte die Familie über Jahrzehnte gemieden. Und diese ihn. Ich kannte ihn nicht persönlich, nur mein Bruder war ihm einmal als kleiner Junge begegnet. In einigen Fotoalben gab es ein paar Jugendfotos von Erwin, das war alles.

Erwin galt als der Familienfluch, und wenn wir als Kinder nach ihm fragten, hatten wir stets betretenes Schweigen geerntet, die wirksamste Strafe in unserer Erziehung gegen Verstöße; als hätten wir etwas Unanständiges gesagt, das es nicht einmal wert war zu kommentieren. Ich hatte lange überlegt, wie ich ihn ansprechen sollte, nachdem ich seinen Wohnort über hartnäckiges Nachfragen bei einer entfernten Verwandten erfahren hatte. Schließlich entschied ich mich für »Du«.

»So etwas wie einen Neuanfang«, erwiderte ich hilflos. »Dein Bruder ist gestorben. Mit zweiundneunzig Jahren! Kann man angesichts des Todes einen alten Streit nicht begraben?«

»Du solltest dich aus Dingen heraushalten, von denen du nichts verstehst, Elisabeth!«

»Nach dem Begräbnis am kommenden Freitag findet jedenfalls in der Kirchmann-Villa eine Trauerfeier statt. Verstehe diesen Anruf bitte als offizielle Einladung.«

»In der Kirchmann-Villa«, wiederholte er verächtlich. »Ich danke vielmals, Madame, aber machen Sie sich keine Hoffnungen auf mein Erscheinen. Ich müsste einen verdammt guten Tag haben, um meine Schuhe vor eurer Haustür abzustreifen.«

»Ganz wie du wünschst«, erwiderte ich und knallte den Hörer auf die Ladestation.

»Ich habe es dir gleich gesagt«, kommentierte Mama lapidar Erwins Abfuhr. »Er möchte nichts mehr mit uns zu tun haben. Das letzte Mal habe ich ihn gesehen, als du gerade einmal laufen konntest. Überleg einmal, Lizzy, wie lange das her ist! Jahrzehntelang galt er als verschollen. Ich wusste nicht einmal, dass er im Schwarzwald lebt.«

»Mir habt ihr immer erzählt, dass *wir* es waren, die mit *ihm* nichts mehr zu tun haben wollten«, berichtigte ich.

»Was macht das jetzt für einen Unterschied?«

Für mich war es eine Frage des Anstands, den Bruder meines Großvaters dennoch einzuladen. Aber Erwin erschien weder auf dem Begräbnis noch zur Trauerfeier, was mir angesichts der vielen Besucher in der Villa zunächst nicht einmal auffiel.

Zahlreiche Gäste waren gekommen, deren Bewirtung unsere ganze Aufmerksamkeit verlangte. Die meisten kannte ich gar nicht, wohingegen einige von ihnen sich an mich als Kind erinnerten. In seinen späten Lebensjahren hatte mein Großvater die gesellschaftlichen Kontakte drastisch eingeschränkt, dennoch wollten ihm ehemalige Geschäftspartner und Weggefährten die letzte Ehre erweisen. Ich schätzte den Altersdurchschnitt an jenem Nachmittag auf Mitte siebzig, Thea und die anderen Kinder nicht mitgezählt.

Allmählich leerte sich die untere Etage der Villa, wo Mama, Alexander und ich empfangen hatten. Stundenlang hatten wir Hände geschüttelt und Beileidsbekundungen entgegengenommen. Das Buffet im Speisezimmer barg die Reste eines langen Nachmittags. Angebrochene Weinflaschen und Essensreste standen auf den Tischen herum. »Leichenschmaus« war ein grausames Wort für etwas, was nicht selten in ein Besäufnis ausuferte. Hier aber atmete jeder Raum Disziplin und Mäßigung.

Übrig geblieben war ein kleiner, persönlicher Kreis, der jetzt im Salon bei Wein und Bier saß. Susanne, Alexanders Frau, war nach der Beerdigung zu ihrem Ältesten ins Krankenhaus geeilt. Seit gestern lag Thomas mit einem abklingenden Brechdurchfall in der Kinderklinik, wo ihn die Ärzte vorsorglich noch bis morgen behalten wollten.

Alexander und Tom hatten sich in den Wintergarten zurückgezogen. Vom Salon aus konnte man sie sehen, wie sie Zigarre rauchten. Die Kinder spielten in der oberen Etage Memory. Ich saß neben meiner Großmutter, die mich antippte und bereits zum dritten Mal fragte, was genau die vielen Menschen hier gesucht hätten, wohin die meisten von ihnen jetzt verschwunden wären und was los sei.

»Bring mir einen Cognac, Lizzy. Zur Feier des Tages«, befahl sie, ohne meine Antwort abzuwarten, und klopfte mir dabei voller Vorfreude auf die Hand.

Als ich zurück an den Tisch trat, hatte sie bereits ein Glas Weißwein ergattert und Ingrid, die bei größeren Gesellschaften im Haus meiner Großeltern immer aushalf, steuerte mit einem Rotwein auf uns zu.

»Für die gnädige Frau«, sagte sie freundlich und stellte das Getränk ab.

Für Alkoholisches am Nachmittag war Großmama besonders zu haben und sobald sie eine Ausnahmesituation witterte, orderte sie quer durch das Angebot.

»Sag schon, Lizzy! Welchen Geburtstag feiern wir heute?«, hakte sie nach, während sie mit glasigen Augen an ihrem Wein nippte.

Als ich Ingrid ein Zeichen gab, den Roten wieder mitzunehmen, hielt Großmutter ihr Glas blitzschnell mit beiden Händen fest. »Das bleibt hier«, bestimmte sie.

Ich winkte ab und ließ sie gewähren. Mit ihrem Dickkopf wollte ich es heute nicht aufnehmen.

»Sag schon, Lizzy, was ist hier los?«, fragte sie noch einmal und lehnte sich genüsslich zurück.

»Großpapa ist von uns gegangen«, flüsterte ich und musste dabei zusehen, wie sie auf einmal in sich zusammenfiel. Betroffen schwieg sie und für einen winzigen Moment glaubte ich, dass sie begriff. Aber dieser Zustand hielt nicht lange an. Mit einem Mal lächelte sie wieder selbstvergessen und verschanzte sich in ihrer Welt.

»Lizzy, es wird Zeit für meinen Mittagsschlaf«, sagte sie plötzlich. Sie zeigte auf ihre Getränke: »Die gehen mit nach oben.«

Ich nahm die Gläser und begleitete Großmama in ihr Zimmer, wo sie sich auf ihr Bett fallen ließ und die Augen schloss.

»Mir schwindelt ein bisschen«, stöhnte sie.

Ich legte eine Decke über ihre Füße und unterdrückte ein Lachen. Niemand wusste, wie viel sie bei ihrem krankhaften Sammeltrieb heute getrunken oder gegessen hatte. Sie hortete alles, was sie für lebenswichtig erachtete: Getränke, Essen, Papier, Briefumschläge mit Werbebotschaften; wir hatten sogar schon Vogelfutter und Konserven in ihrem Nachtkasten gefunden.

»Mir schwindelt«, wiederholte sie und schlief sofort ein.

Leise nahm ich die Gläser aus ihrem Zimmer und brachte sie in die Küche, wo ich den Inhalt ins Spülbecken schüttete. Wieder im Salon angekommen, setzte ich mich zu meiner Mutter und schenkte mir einen kühlen Weißwein ein.

»Sie schläft«, sagte ich.

Mama lächelte.

»Nach der Menge Alkohol, kein Wunder.«

Plötzlich klingelte es Sturm. Mama sprang auf und kurz darauf waren Stimmen zu hören. Dann ging die Tür zum Salon auf und Mama erschien mit einem älteren Mann, der ihr auffällig ähnlich sah.

»Erwin Kirchmann«, stellte sie den Anwesenden ihren Onkel vor. »Der Bruder meines Vaters.«

Dr. Reichert und seine Gattin nickten ihm freundlich zu. Die übrigen Gäste, am anderen Ende des Sofas in ein Gespräch vertieft, sahen kurz auf, grüßten ebenfalls höflich und unterhielten sich dann leise weiter.

Dann wandte sich meine Mutter an mich: »Dein Großonkel Erwin.«

»Mit einiger Verspätung, aber anwesend! Beschwert euch bei der Deutschen Bahn. Elisabeth! Ganz die Mama. Eine kleine Schönheit!«, erwiderte er feierlich, reichte mir die Hand und zog die meine zum Handkuss andeutungsweise an seine Lippen.

Dabei kippte er fast vorneüber, fing sich aber gerade noch ab, sammelte sich kurz, warf dann einen Blick in die Runde und murmelte ein »Habe die Ehre«.

Onkel Erwin stach allein durch seine Kleidung aus der Gesellschaft heraus. Er trug Jeans und einen knallroten Rollkragenpulli. Seinen Mantel, den er lässig über die Schulter gehängt hatte, zog er mit einer eleganten Geste herunter und warf ihn über die Sofalehne.

»Nimm doch Platz«, sagte Mama freundlich. Sie nahm seinen Mantel und überreichte ihn wortlos Ingrid, die sogleich in Richtung Garderobe verschwand. »Was darf ich dir anbieten?«

Auf Anstand war Verlass in unserer Familie. Die Etikette glich einem Kompass, der uns sicher durchs Leben navigierte. War die See auch noch so stürmisch, die Kirchmanns blieben an Deck, falteten ihre Stoffservietten zusammen und tupften sich die Lippen trocken, bis das Schiff kenterte.

»Ich nehme, was da ist, meine Liebe. Ich bin nicht so wählerisch. Wenn die Prozente stimmen. Ja, die Teestunde ist vorbei. Zeit für Rotwein. Der Feier angemessen. Wo befindet sich denn die Dame des Hauses?«

Er sah sich fragend um und rieb dabei die Hände gegeneinander.

»Sie hat sich soeben zurückgezogen«, entgegnete Mama ruhig, nahm ein Weinglas von einem Tablett, schenkte einen Burgunder ein und reichte Onkel Erwin das Glas. Dieser bedankte sich mit einem Kopfnicken, nahm einen kleinen Schluck, schob ihn wie bei einer Weinprobe an den Zähnen vorbei in Richtung Gaumen, schien kurz zu überlegen und schluckte dann. Er sah aus wie ein Sommelier, der eine Bewertung abgeben sollte und sich über die Qualität nicht sicher war. Dann wiederholte er das Ganze und stellte sein Glas kommentarlos auf einem Beistelltisch ab.

»Nett habt ihr es hier. Sehr nett«, meinte er schließlich und begab sich an das Ende des Salons in Richtung Terrassentür. »Ich erinnere mich noch daran, wie mein Bruder diese Hütte gekauft hat. Ein wahres Schnäppchen!«

Seine Stimme klang vital, fast fröhlich. Unter den letzten Gästen herrschte betretenes Schweigen. Verstohlen betrachtete ich das markante Profil meines Großonkels, während er mit den Händen in den Hosentaschen gen Garten blickte. Abrupt drehte er sich, ging in Richtung Flügel und begutachtete die dort stehende Fotogalerie.

Er war kleiner als mein Großvater und drahtig. Sein graues Haar trug er eine Spur zu lang, was ihm zusammen mit der lässigen Kleidung den Touch eines Intellektuellen gab. Er wirkte gepflegt und es schien mir, als wähle er seine Kleidung mit Bedacht.

Für einen weit über Siebzigjährigen sah er gut aus; seine Haut war leicht gegerbt und sein Schmunzeln verriet, dass er daran gewöhnt war, die Leute um den Finger zu wickeln. Besonders bei den Frauen dürfte er es im Leben nicht schwer gehabt haben. Erwin zählte zu den Männern, die in jungen Jahren nichts hatten anbrennen lassen, so erzählte man sich in der Familie, und selbst in seinem hohen Alter traute ich ihm noch die ein oder andere Eroberung zu. Soweit ich wusste, hatte er nie geheiratet. Das passte zu ihm.

»Wie meinst du das – ein Schnäppchen?«, fragte ich vorsichtig, als er sich vom Flügel abwandte und zu mir trat.

»Es gibt Dinge, die du offensichtlich nicht weißt, liebe Lizzy«, sagte er in verschwörerischem Ton und ließ sich in den Sessel neben mir fallen. »Bodo verstand es, aus der Not anderer Kapital zu schlagen. Ein klassischer Schnäppchenjäger eben!«

Ich glaubte, mich verhört zu haben. Mein Onkel war ganz eindeutig sturzbetrunken. Dr. Reichert räusperte sich verlegen und erhob sich kopfschüttelnd. Seine Frau tat es ihm gleich. Die Verabschiedung des Ehepaars war ein Signal an die restlichen Gäste. Binnen weniger Minuten herrschte Aufbruchsstimmung und Mama geleitete die kleine Gruppe. Ich folgte ihr, bedankte mich für die Unterstützung und kehrte schließlich zusammen mit Mama in den Salon zurück. Jetzt war die Familie unter sich.

»Habe ich etwas Falsches gesagt?«, wandte sich Erwin an meine Mutter. »Ihr müsst nur die liebe Stanzi fragen. Ja, ja, die Stanzi Berthold, die Allwissende. Immer die Ohren an geschlossene Türen gedrückt.«

Die letzten Worte hatte er als eine Art Sprechgesang eines Kinderlieds gesungen, und Berthold lautete der Mädchenname meiner Großmutter. Allmählich wurde es mir richtig unheimlich, denn ich erinnerte mich daran, dass Großmama vor ihrer Erkrankung in der Tat immer über alles und jeden informiert war. Kein Gerücht, das ihr nicht bereits zugetragen worden war. Es glich einer Ironie des Schicksals, dass sie heute jedes Detail vergaß. Ich sah hinüber zu Mama, die völlig gefasst und ruhig erschien.

»Meine Mutter leidet seit Jahren an Demenz«, erwiderte sie ernst.

»Jetzt stehe ich wohl wie ein richtiges Arschloch da, was meinst du, Lizzy?«

»Ein wenig schon«, kicherte ich.

»Was willst du hier?«, hörte ich plötzlich Alexanders Stimme.

Jetzt erst bemerkte ich, dass mein Bruder unter der Tür stand und das Gespräch offensichtlich verfolgt hatte. Das Funkeln in seinen Augen konnte ich aus der Entfernung sehen. In Sachen Beleidigung verstand er keinen Spaß. Anspannung lag in der Luft und es schien zu knistern wie bei einem Feuer, dessen trockenes Holz unkontrollierbare Funken sprühte.

»Deine Schwester hat mich eingeladen, und ich dachte doch im Ernst, in dieser Familie gebe es einen Menschen. In dritter Generation, aber einen Menschen. Ein Irrtum. Verzeiht! Lebt weiter in eurer verlogenen Wohlstandsblase. Die Welt dreht sich auch ohne die Kirchmanns. So einfach ist das.«

Erwin stand auf und ging grußlos. Wir sahen einander an. Ich saß da wie gelähmt und beobachtete, was um mich herum geschah, als löse sich ein Standbild vor meinen Augen auf: Alexander räusperte sich und ging zurück in den Wintergarten. Von oben war Kindergeschrei zu hören. Meine Mutter nippte an ihrem Glas. Der Fluch schien vorbei.

Nach einer Weile erhob ich mich unter Mamas fragendem Blick, lief ins Entree, riss meine Jacke von der Garderobe, zog sie über und schlug die Tür hinter mir zu.

Es war bereits dunkel und hatte geregnet. Der Asphalt glänzte. Ich lief in Richtung Innenstadt zur nächsten Hauptstraße. Erwin konnte noch nicht weit sein und ich kannte sein Ziel, den Freiburger Bahnhof. Die Luft war kühl, die Feuchtigkeit kroch sofort in die Knochen und ich beschleunigte meinen Gang, nahm die Abkürzung über den Alten Friedhof und hetzte in Richtung Habsburger Straße. Ich trat in eine Pfütze, Wasser drang in meine Pumps und tränkte meine Feinstrumpfhose, selbst mein Rock bekam ein paar Spritzer ab.

Die belebte Straße war hell beleuchtet. Ich blieb stehen und hielt nach meinem Onkel Ausschau. Dann entdeckte ich ihn in der Ferne. Er schlenderte am Straßenrand entlang, als habe er alle Zeit der Welt. Der Regen konnte ihm nichts anhaben. Etwa zweihundert Meter vor der Stadtbahnhaltestelle gelang es mir, ihn einzuholen.

»Bitte, geh nicht so weg, Erwin. Nicht so.«

Er lief einfach weiter, ich humpelte neben ihm her.

»Hör auf, Lizzy. Du hast doch selbst gesehen, dass es keinen Sinn mit uns hat.«

»Bitte«, flehte ich.

Abrupt blieb er stehen, wandte sich mir zu und sah mich an. Es kam mir vor, als erfasse er jedes Detail meines Gesichts, als lese er die feinste Linie auf meiner Stirn. Mit Erstaunen stellte ich fest, dass er es vermochte, gleichzeitig beide Augen seines Gegenübers zu fixieren.

»Es scheint dir tatsächlich etwas daran zu liegen. Ja, ich kann es in deinem Gesicht sehen. Da ist etwas. Du glaubst immer noch daran, dass du die Welt am nächsten Morgen genauso vorfindest, wie du sie am Abend vor dem Einschlafen verlassen hast.«

»Woher weißt du, dass sie mich Lizzy nennen? Wir sind uns heute zum ersten Mal begegnet.«

»Von deinem Vater. Er schrieb mir hin und wieder. Er war ein anständiger Kerl!«

Blitzartig kippte meine Stimmung und ein Zutrauen erfasste mich wie bei einem scheuen, hungrigen Tier, dem eine menschliche Hand einen Leckerbissen unter die Nase hielt. Ohne Zögern schnappte ich danach. Wer so über meinen Vater sprach, der konnte kein schlechter Mensch sein.

»Also, Lizzy, heraus mit der Sprache: Warum läufst du einem alten Mann hinterher? So attraktiv bin ich nun auch nicht!«

Er grinste, drehte sich wieder nach vorn und lief weiter. Ich folgte ihm, bemüht, das Tempo auf meinen hohen Schuhen mitzuhalten. »Hast du einen Beweis für deine Behauptungen? Was genau hast du gemeint?«

»Vielleicht.«

»Komm schon.«

»Du bist ganz schön neugierig.«

»Ich möchte wissen, was damals war.«

Wieder blieb er stehen: »Überlege dir gut, ob du deine rosarote Welt zu zerstören bereit bist.«

»Das sind große Worte.«

Ich versteckte meine Hände in den Manteltaschen.

»Es handelt sich auch um große Taten. Im schlechtesten Sinne.«

»Du sprichst nur in Rätseln, Erwin. Was sind das für Andeutungen?«

Es war zum Verzweifeln.

»Stockfelder«, meinte er schlicht. »Was sagt dir dieser Name?«

Ich schüttelte den Kopf: »Nichts. Keine Ahnung.«

»Du hast wirklich nicht den geringsten Schimmer. Eine einstige Berühmtheit im schönen Freiburg. Ging früher im Hause Kirchmann ein und aus. Oder soll ich lieber *im Hause Berthold* sagen?«

Berthold – Großmamas Mädchenname.

»Bei Großmama? Wann?«

Es begann wieder zu regnen. Dicke Tropfen fielen vom Himmel und im Laufen sah ich die kerzengerade Straße hinunter, wo aus der Ferne die Lichter der Stadtbahn in Richtung City immer näher kamen. Wir befanden uns auf der falschen Seite. Die Fußgängerampel schaltete auf Rot. Plötzlich spürte ich Erwins Hand an meinem Arm. Er sah kurz nach rechts, dann nach links und zog mich mit einem festen Griff über die Kreuzung.

»Früher. Lang, lang ist's her. Du weißt nichts über ihn?«

Ohne meine Antwort abzuwarten, umklammerte er erneut meinen Arm und zerrte mich über die Gleise auf den Bahnsteig in Richtung Innenstadt, wo wir außer Atem stehen blieben. Der Regen wurde stärker.

»Ich höre diesen Namen zum ersten Mal«, platzte es aus mir heraus. Ich spürte den Pulsschlag an meinem Hals, meine Füße waren kalt und ich fühlte mich, als hätte mich jemand mitsamt der Kleidung unter die Dusche gestellt. »Und ich habe seit Jahren keine roten Ampeln mehr ignoriert, weil man mit einem Kleinkind immer wartet, bis das grüne Männchen erscheint. Und ich bin auch noch nie in selbstmörderischer Weise mit einem Verrückten über die Gleise gerannt, kurz bevor die Straßenbahn angerauscht kommt. Ich hätte mit dem Absatz hängen bleiben können. Verdammt!«

Er lachte laut heraus und sah hinunter zu meinen Schuhen. Jetzt erst löste er den Griff um meinen Arm.

»Du hast ja richtig Format, meine Hübsche. Alle Achtung! Stock-fel-der. Geh nach Hause und frage deine ehrenwerte Familie nach ihm.«

Die heranfahrende Straßenbahn bremste mit einem ohrenbetäubenden Quietschen ab.

»Noch eine letzte Frage«, rief er. »Und schnell, uns bleibt nicht mehr viel Zeit: Warum interessiert dich das auf einmal? Du bist geschätzte dreißig Jahre zu spät dran.«

»Ich bin erst siebenunddreißig und wenn du komische Andeutungen machst, werde ich ja wohl fragen dürfen!«, entgegnete ich wütend.

Die Türen öffneten sich, untermalt von einem monotonen Signalton. Menschen stiegen aus und drängten sich an uns vorbei. Erwin stellte ein Bein auf das Trittbrett, um die automatische Verriegelung zu blockieren: »Lass dich bloß nicht an der Nase herumführen!«

Ruckartig schloss sich die Tür hinter ihm. Ein Windstoß klatschte mir eine nasse Haarsträhne ins Gesicht.

»Können wir in Kontakt bleiben?«, rief ich ihm durch die beschlagenen Fensterscheiben zu und legte eine Hand ans Ohr.

Ich folgte seiner Gestalt und deren geschmeidigen Bewegungen bis ans Ende des Wagens. Stets hielt ich den Blick auf ihn gerichtet und es kam mir vor, als täte er es mir gleich. Es war, als schlüpfe er durch die stehenden Fahrgäste hindurch und suche sich seinen Platz gegen alle Hindernisse, die sich ihm in den Weg stellten.

Mein Zorn löste sich und ich spürte eine unsichtbare Verbindung zwischen uns beiden, hergestellt in diesen Abschiedsminuten; oder vielleicht immer da gewesen. Eine magische Blutsbande nach all den Jahren. An einem Fensterplatz machte er Halt und wischte die von innen beschlagene Scheibe mit seinem Ärmel frei.

»Können Sie nicht aufpassen?«, hörte ich die verärgerte Stimme einer Frau, mit der ich um ein Haar zusammengestoßen wäre.

Ich entschuldigte mich und musste zusehen, wie die Bahn langsam losfuhr. Das Letzte, was ich erkennen konnte, war ein verschmitztes Lächeln und seinen Mund, der lautlose Worte formte, immer wieder dieselben. Beim vierten Mal glaubte ich zu verstehen. Onkel Erwins Lippen sagten: »Leb wohl!«

Lange stand ich da und sah dem überfüllten Waggon nach. Der Regen störte mich nicht mehr. Die Lichter entfernten sich und alles, was ich hatte, war ein Name. Stockfelder. Den ganzen Heimweg überlegte ich, ob ich richtig von Erwins Lippen gelesen hatte.

Als ich in die Villa zurückkehrte, schloss ich mich im Badezimmer ein und bemühte mich, den Schaden an meiner Kleidung zu beheben. Mit einem Handtuch rieb ich die Haut unter der hauchdünnen Strumpfhose trocken und versuchte vergeblich, den Schmutz aus meinem Rock zu bürsten. Ich kämmte mein feuchtes Haar, steckte es am Hinterkopf zusammen und befreite mein Gesicht von den Spuren des verlaufenen Make-ups. Dann legte ich etwas Puder auf und zog die Lippen nach.

Als ich hinaustrat, nahm ich vom Entree aus wahr, dass sich alle so benahmen, als sei Erwin nie da gewesen. Mama war im Begriff, ein Tablett in die Küche zu tragen. Alexander hatte seinen Mantel angezogen, rief seinen Sohn von oben und küsste Mama auf die Stirn, um sich zu verabschieden. Nur Tom war nicht zu sehen.

»Eine Laufmasche«, sagte Mama im Vorbeigehen und warf einen Blick auf mein rechtes Bein.

»Luis!«, rief Alexander noch einmal. »Hühner satteln, es geht nach Hause. Mama wartet schon!«

Ich stand da mit geöffnetem Mund und glaubte im falschen Film gelandet zu sein.

»Ich muss zur Redaktionskonferenz. Es wird spät. Warte nicht auf mich«, murmelte Tom, der plötzlich hinter mir auftauchte und mich küsste. »Starker Auftritt.«

Er wisperte in mein Ohr und ich spürte seine weichen Lippen an meinem Hals. Ich wusste nicht, ob er Erwin oder mein Nachlaufen meinte. Aber ich liebte ihn dafür, dass er nicht so tat, als sei rein gar nichts geschehen. Höflich verabschiedete er sich von Mama und verschwand durch die Tür.

»Blöder Luis!«

Schreiend und weinend kam Thea die Treppen heruntergerannt und riss mich aus meinen Gedanken. Luis folgte ihr und heulte solidarisch mit.

»Was ist los?«, wollte ich wissen.

»Thea hat besissen«, klagte Luis, während meine Tochter mit einem »Stimmt überhaupt nicht!« konterte.

Dabei lispelte mein sechsjähriger Neffe jedes *s* so charmant, dass ich mir das Lachen verkneifen und den Impuls, ihn nachzuahmen, unterdrücken musste.

»Doch! Du hast sie umgedreht und gespickt. Hab's genau gesehen!«

»Selber gespickt. Gar nicht wahr!«

Sofort war mir klar, worum es hier ging.

»Thea«, sagte ich ernst. »Hast du wieder heimlich Karten beim Memory umgedreht?«

Sie warf den Kopf in den Nacken, drückte ihren Brustkorb gegen mich, umklammerte meine Beine und machte einen Schmollmund. »Gar nicht wahr!«

»Thea?«

Thea presste die Lippen zusammen und schüttelte den Kopf, bis sie rot anlief. »Gar nicht wahr.«

»Hat sie doch, Lissy, hat sie doch«, lispelte Luis. »Ich swörs! Beim heiligen Fransisskuss. Thea hat besissen.«

Er hob die rechte Hand zum Schwur. Mein Bruder und ich lachten laut heraus.

»Soso. Beim heiligen Franziskus«, wiederholte ich, löste mich von meiner Tochter und ging in die Hocke, um Luis' offenen Schuh zuzubinden. Seine Wangen waren nass von den Tränen. Ich hielt seinen zarten Kopf und wischte sie mit dem Daumen weg. Wie ein kleines, verschmustes Kätzchen erwiderte er die Berührung und legte seine Stirn auf meine Schulter.

»Das kommt davon, wenn man seinen Jüngsten in einen katholischen Kindergarten schickt«, raunte ich meinem Bruder lächelnd zu. »Ab sofort bemühen wir zur Wahrhaftigkeit die Heiligen.« Ich küsste Luis auf den Kopf.

»Es gibt viele Heilige und man muss die Wahrheit sagen, wenn man swört«, belehrte mich der Kleine.

»Genau richtig«, lächelte ich. »Und was ist mit dem heiligen Franziskus?«

»Der ist für die Tiere und die Kinder da.«

»Wir werden doch hier keinen Priester heranziehen«, meinte mein Bruder und nahm seinen Sohn Huckepack.

»Wer weiß, vielleicht brauchen wir mal einen«, gab ich zurück.

Thea stampfte mit dem Fuß auf.

»Am Ende brauchen wir alle einen.« Alexander drehte sich zur Tür.

»Angeber«, warf Thea ihrem Cousin hinterher, als er sich auf der Schulter seines Vaters die Augen rieb und zaghaft winkte.

Freiburg,
23. NOVEMBER 1940

Bodo Kirchmann öffnete die Tür und trat hinaus auf die Straße. Eine für Ende November erstaunlich warme Luft schlug ihm entgegen. Immer wenn die Fallwinde von der burgundischen Pforte in Freiburg einbrachen, hatten sie diese unnatürliche Wärme im Gepäck. Wetterfühlige Menschen reagierten mit Kopfschmerzen. Zu ihnen gehörte er nicht. Er verfügte über eine stabile Gesundheit. Vor wenigen Tagen war er dreißig geworden. Ein Mann im besten Alter. Groß, stattlich und immer akkurat gekleidet. Aber die Zeiten waren düster wie der graue Himmel über ihm. Als durch den Wolkenschleier die Sonne blitzte, um gleich wieder zu verschwinden, stutzte er nur kurz. Es würde keinen Regen geben. Doch zur Sicherheit nahm er einen Schirm mit, denn das Wetter war so unberechenbar wie die Zeiten, in denen er lebte.

Er schlüpfte in seine Lederhandschuhe und bewegte die Finger. In den letzten Jahren hatte er vieles aus der Hand geben müssen: seine Überzeugung, sein Menschenbild und die Art, wie er seine Fabrik führte. Fahnen mit Hakenkreuzen schmückten jetzt das Portal, wo früher ein schlichtes Uhrenblatt den Eingangsbereich geziert hatte. Er schob seine Gedanken zur Seite und machte sich auf den Weg.

In der Goethestraße 12 herrschte hektisches Treiben. Das Interieur der vornehmen Wiehre-Villa wurde schnellstmöglich versteigert. Es war nicht die erste Veräußerung dieser Art, sondern eine von unzähligen, und die Vollstrecker besaßen bereits Übung. Sichten. Protokollieren. Wertermittlung. Erstes Gebot. Höchstgebot.

Mit erhobenem Kopf ging Bodo Kirchmann die Stufen zur Beletage hinauf, betrat das Objekt durch die Flügeltür und sah sich um, während er seinen Mantel öffnete. In friedlichen Zeiten war unter dem Kronleuchter gegessen, diskutiert und gefeiert worden. Wo war der siebenarmige Kerzenständer geblieben? Sofort fiel ihm auf, dass dieser fehlte.

Er drängte sich in Richtung Arbeitszimmer. Jeder Raum war vollgestopft mit fremden Menschen, hin und wieder blitzten Teile einer schlichten, wertigen Inneneinrichtung hervor, nach der unzählige Hände griffen. Die Leute tuschelten und fixierten mit gierigen Augen ihre künftigen Besitztümer wie Raubtiere die ermattete Beute. Bücher. Geschirr. Tischwäsche. Von der Masse hoben sich der Auktionator, ein Freiburger Gerichtsvollzieher im Schlips sowie einige Gestapo-Uniformierte ab, deren frisch gewienerte Stiefel bis zu den Knien reichten.

Zum Arbeitszimmer war kein Durchkommen. Im Salon wurde gerade ein Rednerpult wie im Auditorium Maximum aufgebaut. Aber in der berühmten Universitätsstadt mit dem Schriftzug »Die Wahrheit wird euch frei machen« über dem Hauptgebäude gehörten die Zeiten der Vorlesungen renommierter Wissenschaftler verschiedenster Fakultäten und Standpunkte längst der Vergangenheit an. Es gab nur noch einen Ton, eine Stimme, eine Rede.

Die Gestapo bewachte die Türen, die vom Flur aus in die einzelnen Zimmer führten. Schließlich schritt der Beamte im Salon nach vorne, klopfte mit einem Holzhammer auf das Pult und rief:

»Ruhe! Ruhe! Wir beginnen jetzt mit der Versteigerung des Hausrats, Goethestraße 12. Zum Verkauf stehen Mobiliar und dessen Inhalt.«

Der Auktionator sah hinunter zu einem Uniformierten, der sich an einen kleinen Klapptisch gesetzt hatte, ein leeres Buch aufschlug und sich mit einem Stift in der Hand bereithielt. Seine angespannte Körperhaltung zeigte, dass er es gewohnt war, Anweisungen entgegenzunehmen, und diese präzise umsetzte. Er wartete nur auf den Befehl.

»Geben Sie Ihre Gebote ab!«

Wie aus der Ferne hörte Bodo Kirchmann zu. Zahlen flogen durch den Raum. Seine Hand umklammerte den Schirm. Stühle, Tische und selbst Geschirrtücher kamen unter den Hammer, und noch sah er keinen Bedarf, einzuschreiten. Er beobachtete das Gewühl, das einem Sonderverkauf auf dem Schwarzmarkt glich: Menschen ohne jedes Mitgefühl tummelten sich indiskret auf privatem Terrain wie auf einem Marktplatz. Dabei handelte es sich bei der Goethestraße um einen Ort, auf den sie eher gespuckt hätten, als ihn zu betreten.

Jene schamlosen Menschen waren jetzt bereit, um Porträts, Blumenvasen und Silberbesteck zu kämpfen, ungeachtet der an den Gegenständen hängenden Herzen und Erinnerungen der einstigen Besitzer.

Bei den wertvollsten Gegenständen stieg Bodo Kirchmann ein, genau so, wie er es sich vorgenommen hatte. Er bot immer gleich so hoch, dass die Masse nicht mitging, und nahm den Zuschlag mit einem kühlen Kopfnicken zur Kenntnis. Als äußerst hilfreich erwies sich dabei seine Nase für Qualität.

Als er nach einer Weile in den Flur trat, um sich bei den restlichen Räumen einen Überblick zu verschaffen, sah er, wie zwei Frauen in der Küche an einem gusseisernen Kochtopf zerrten. Sogleich schritt ein Uniformierter ein, trennte die beiden, stellte den Topf zurück auf den Küchentisch und drohte mit Ausschluss von der Auktion.

Als schwierig erwies sich die Ersteigerung eines Sekretärs. Hartnäckig boten einige aus der Meute mit, bis Bodo Kirchmann seinen Anspruch unmissverständlich geltend machte.

»3000 Reichsmark«, hörte er sich sagen.

Sein Ton klang bestimmend, keinen Widerspruch duldend, und mehrere Köpfe drehten sich gleichzeitig zu ihm. Aus allen Richtungen starrten ihn Augenpaare an. Ruhig und mit klarer Stimme wiederholte er sein Gebot. Der Auktionator hob die Augenbrauen, blickte in Kirchmanns Richtung und öffnete den Mund, aber kein Laut kam über seine Lippen, denn Vollstrecker und Bittender kannten einander. Kirchmann indessen erwiderte den kalten Blick des Beamten so lange, bis jener wegsah. Dann nahm Bodo Kirchmann eine Taschenuhr aus seiner Westentasche und klappte sie auf. Es war Zeit nach Hause zu gehen. Constanze würde bereits mit dem Nachmittagstee warten.

»Für 3000 Reichsmark an den Herrn mit dem Regenschirm.«

Lächelnd zog Kirchmann seine Brieftasche aus dem Mantel, nickte und ging zum Pult, um zu bezahlen. Außer einer Quittung über seine jüngsten Eroberungen sicherte man ihm einen Durchschlag der gesamten Versteigerung zu. Niemand wagte es, seine ungewöhnliche Forderung infrage zu stellen oder sie gar zu verweigern.

Als er durch das gusseiserne Gartenportal die Goethestraße 12 verließ, fing es an zu regnen. Er spannte seinen Schirm auf und ging unter den Kastanien in Richtung Stadtbahn. An jenen Moment, da der Regen auf das Kopfsteinpflaster prasselte, würde er sich ein langes Leben lang erinnern. Ihm war, als habe er mit 3000 Reichsmark seine Unschuld erkauft und mit dem stattlichen Erlös ein zweites Ich erworben, maskiert mit einer teuflischen Fratze, den Zeiten angemessen, während das andere mehr und mehr verkümmerte. Dies unterschied ihn von den herkömmlichen Schnäppchenjägern. Er ver-

mochte glasklar zwischen Recht und Unrecht zu unterschieden und noch wusste er, wann es Zeit war, sich zu schämen.

Am nächsten Tag holte ein Transporter die Möbel ab, und er ließ sie auf sein Gut nach Frankreich bringen.

Kapitel 3

Ich sah auf die Uhr. Kurz vor zehn. In einer knappen Stunde begann die Testamentsverkündung und Thea war noch immer nicht so weit. Sie saß auf ihrem Bett und schmollte. Meine sechsjährige Tochter stellte meine Geduld heute auf eine harte Probe. Ich seufzte. Seit einigen Wochen gestaltete sich unser Alltag zu einem einzigen Kampf. Verhandlungen ums Zähneputzen, das Essen, Schlafengehen, die Ordnung und Pünktlichkeit. Selbst die Notwendigkeit des täglichen Schulbesuchs mussten wir diskutieren. Thea war der Ansicht, sie käme auch ohne Schule klar, weil sie Tänzerin werden wollte. Oder Kellnerin.

»Ich will hierbleiben! Heute ist Samstag«, presste sie hervor und drückte ihren Teddybär gegen die Brust. »Bring mich zu Papa!«, lautete ihre Option.

Tom verbrachte viel Zeit in der Redaktion und kam meist so spät nach Hause, dass Thea schon schlief. Aber heute hatte er sich den Nachmittag freigeschaufelt.

»Thea, bitte! Papa arbeitet – das weißt du doch. Jetzt geht es nicht. Und ich muss gleich weg, das habe ich dir doch erklärt. Heute bleibst du ein paar Stunden bei deiner Freundin, weil ich einen wichtigen Termin habe. Papa holt dich am Nachmittag bei Leonie ab. Versprochen.«

»Bei euch sind ein paar Stunden eine Ewigkeit. Bis zum Mond«, protestierte sie.

Ich setzte mich neben sie und gab ihr einen Kuss. Ihr weiches

Haar duftete nach frischem Apfelshampoo. Warum riechen Kinder immer so herrlich? Aber so zart Thea auch war, sie konnte eine ungeheure mentale Kraft entwickeln, wenn es darum ging, ihren Willen durchzusetzen.

»Na ja, ein paar Stunden sind ein wenig mit Leonie spielen. Dann macht Beate Mittagessen. Und im Handumdrehen ist Papa da, und heute Abend essen wir alle zusammen. Bei Leonie gibt es ein cooles Trampolin.«

Thea kniff die Lippen zusammen.

»Du kapierst es nicht, Mama! Leonie ist blöd! Und Beate kocht nicht lecker.«

Lecker kochen bedeutete für Thea Spaghetti mit Tomatensoße und Käse. Daneben ließ sie bloß noch Nougatcreme und Südfrüchte gelten. Ich drückte mich um eine erneute Erklärung, stand auf und ging in Richtung Badezimmer, um mich zu schminken. Dem Anlass entsprechend trug ich ein schlichtes schwarzes Kostüm mit einem dünnen Seidenpulli. Die Haare hatte ich am Hinterkopf zusammengesteckt.

»Vor ein paar Wochen wolltest du noch mit Leonie zusammenziehen. In eine WG. In einer halben Stunde ist Abfahrt. Zur Not ohne Frühstück«, rief ich aus dem Bad.

»Dann verhungere ich eben!«, schrie Thea mit einem dramatischen Unterton.

Abgehetzt erreichte ich mit zehnminütiger Verspätung die Kanzlei. Thea hatte versucht, ihr Schmusekissen, zwei Teddys, einige Barbiepuppen und ihren Kinderlaptop in den Rucksack zu stopfen. Sie hatte damit gedroht, auszuziehen und uns nicht zu sagen, wohin. Als ich nicht reagierte, zog sie sich drei Mal um. Sie wollte absolut sicher sein, hübscher auszusehen als Leonie.

Ich war angespannt. Der Notar, Dr. Fischer, ein langjähriger Freund meines Großvaters, saß bereits hinter seinem antiken

Schreibtisch. Der alte Herr hatte es sich nicht nehmen lassen, den letzten Willen seines Freundes zu verkünden, obwohl sein Sohn bereits seit Jahren die Kanzlei am Lorettoberg führte. Ich murmelte eine Entschuldigung und zog die Tür hinter mir zu.

Zwei Stühle links neben meiner Mutter saß ein fremder Mann.

Alexander sah vorwurfsvoll auf die Uhr. Dr. Fischer begrüßte mich reserviert: »Elisabeth, wie schön, dich zu sehen. Dann können wir ja beginnen.«

Kein Mensch nannte mich Elisabeth. Er machte eine einladende Handbewegung in Richtung der Stuhlreihe vor ihm. Auch Alexander und dessen Ehefrau Susanne hatten bereits Platz genommen. Meine Mutter musterte mich streng, war aber offensichtlich mit dem Ergebnis meiner um Pietät und Seriosität bemühten Garderobe zufrieden. Fragend warf ich meinem Bruder einen Blick zu und drehte mich leicht in Richtung des Unbekannten. Alexander hob nur die Brauen und senkte dann den Blick. Susanne rang sich ein Lächeln ab. Ich hätte schwören können, ihre Lippen zitterten. Ich setzte mich links neben Mama und hauchte ihr einen Kuss auf die Wange.

»Wer ist das?«, flüsterte ich ihr dabei ins Ohr.

Sie zuckte andeutungsweise die Schultern, schlug die Beine übereinander und starrte auf den Notar. Vorsichtig begutachtete ich den Mann zu meiner Seite aus dem Augenwinkel. Er trug einen schlichten dunkelblauen Anzug, Hemd, Krawatte, passendes Schuhwerk. Für meinen Geschmack etwas zu konservativ. Er schien mir wie ein Fremdkörper in unserer Mitte. Dr. Fischer räusperte sich.

»Lassen Sie uns bitte beginnen. Ich begrüße alle hier Anwesenden zur Testamentseröffnung des Verstorbenen Dr. Bodo Kirchmann.«

Ein Sonnenstrahl fiel ins Zimmer, ließ die Staubpartikel, die in der Luft lagen, sichtbar werden. Fischer blinzelte. »Anwesend sind die Tochter des Verstorbenen Gisela Tanner, geborene Kirchmann, deren beide Kinder Elisabeth Tanner und Dr. Alexander Tanner nebst Ehefrau Susanne. Weiterhin erschienen ist die anwaltliche Vertretung von Ella Bloch und David Bloch, Herr Jürgen Meyer.«

Ich sah Mama verstohlen von der Seite an.

»Mama! Wer ist das?«

»Später«, lautete ihre schlichte Antwort.

»Ich verlese jetzt den letzten Willen meines Freundes Dr. Bodo Kirchmann, der am 19. September 1993 Folgendes verfügt hat: Zu meiner alleinigen befreiten Vorerbin bestimme ich meine Tochter Gisela Tanner unter folgenden Voraussetzungen. Mein gesamtes Erbe fällt nach dem Tod der befreiten Vorerbin an meine Urenkel Thomas und Luis Tanner sowie Theodora Tanner. Die Vorerbschaft wird nach dem Tod von Gisela Tanner zunächst an deren Kindern fortgesetzt. Zudem verfüge ich, dass meine Ehefrau Constanze sowie meine Tochter Gisela Tanner ein lebenslanges Wohnrecht in meinem Haus, Blütenweg 14–16, in Freiburg-Herdern, erhalten.«

Es lief genau wie erwartet. Alexander hatte uns diese Regelung bereits erklärt: Auf diese Weise wurde die Erbfolge streng eingehalten und der gesamte Besitz blieb in Familienhand. Die Firmenübernahme hatte Großpapa bereits zu Lebzeiten abgewickelt und Alexander die Führung übertragen.

Alexander und Susanne lehnten sich wie auf Absprache synchron zurück. Susanne hatte die Beine übereinandergeschlagen und begann, mit dem Fuß zu wippen.

»Mein Haus, Blütenweg 14–16, ist mit einem Nacherbenvermerk zugunsten meiner Urenkelin Theodora Tanner versehen.«

Ich stutzte. Meine Tochter erbte die Villa in Herdern, das Haus meiner Kindheit?

»Es ist eine alte Weisheit«, las Fischer weiter, »dass Frauen auch nach ihrer Verheiratung ihrer Ursprungsfamilie die Treue halten, weshalb ich die berechtigte Hoffnung hege, unser Zuhause möge in Familienbesitz verbleiben. Ich weiß, dass Theodora diesen Wunsch eines Tages respektiert und umsetzt.«

Fischer hielt inne und sah mich eindringlich an. Ich überlegte, wie Thea wohl als erwachsene Frau sein würde, aber mir fiel nur ihr Eigensinn ein, eine Eigenschaft, die Großvaters Diktat zu gegebener Zeit würde widerlegen können. Ich rutschte auf meinem Stuhl nach hinten und richtete mich auf.

»Als Ausgleich erhalten meine Urenkel Thomas und Luis Tanner mit Eintritt ihrer Volljährigkeit eine Einmalzahlung in Höhe von jeweils 843.000 Euro aus meiner im Januar 1991 gegründeten Stiftung. Die Summe ist bei der Deutschen Bank, Freiburg, in Form einer Staatsanleihe hinterlegt und wird zum Zeitpunkt der Auszahlung den angegebenen Wert erreicht haben.«

Staatsanleihen waren eine Spezialität meines Großvaters und die Stiftung hatte er schon vor zehn Jahren gegründet, um die Erbschaftssteuer zu umgehen. Wie genau das funktionierte, wusste ich nicht. Geldgeschäfte, insbesondere Immobilien, waren meine Sache nicht. Ich sah zum Fenster hinaus. Die Sonne versteckte sich hinter den Wolken.

»Zur Absicherung ihres Lebensunterhalts ist Gisela Tanner als Begünstigte meiner Lebensversicherungspolice mit einer Auszahlungssumme von 500.000 Euro bereits eingetragen. Ich verfüge zudem, dass folgend genannte Personen lebenslange jährliche Tantiemen aus den erwirtschafteten Gewinnen des Jahresumsatzes der Kirchmann GmbH in Höhe von jeweils 20.000 Euro erhalten: Meine Tochter Gisela Tanner und meine Enkelin Elisabeth Tanner. Elisabeth Tanner erhält des Weiteren den Status einer Gesellschafterin mit allen damit verbundenen Rechten und

Pflichten an meinem Unternehmen. Das Guts- und Gesindeanwesen Rosshimmel, Géradmer, Frankreich, nebst allen dazugehörigen Grundstücken vermache ich David Bloch, Straßburg, Frankreich, und Ella Bloch, c/o David Bloch, ebenfalls Straßburger Adresse.«

Fischer sah auf und sprach den Fremden direkt an: »Vertreten durch Herrn Rechtsanwalt Meyer, Offenburg. Fürs Protokoll, Herr Kollege: Über die Fristenregelung im Falle des Erbausschlags muss ich Sie nicht aufklären.«

Der Angesprochene schüttelte den Kopf.

»Eine Abschrift dieses Testaments und Vermächtnisses wird allen Anwesenden ausgehändigt. Die Testamentsvollstreckung wird durchgeführt durch Dr. Alfons Fischer. Als Zeugin hat die Kanzleiangestellte Brigitte Kopka unterzeichnet.

Freiburg, den 19. September 1993.«

Fischer nahm einen Federhalter in die Hand und notierte etwas. Im Raum war es so still, dass man das Gleiten des Füllers über das Papier hören konnte. Ich schielte zu dem Fremden hinüber, der schweigend die Kopie, die ihm Fischer aushändigte, entgegennahm. Wir alle bekamen ein solches Papier. Alexander und Susanne tuschelten aufgeregt.

»Was soll denn das?«, fragte Alexanders Frau schließlich in die Runde.

»Sein letzter Wille«, entgegnete der Notar. »Genau das, was er wollte. Ich fürchte, ihr müsst das respektieren.«

Er war wieder hinter seinen Tisch getreten, sortierte seine Mappe, schloss den Füller und legte ihn in die Schublade. Alexander fing sich als Erster.

»Emotionen sind hier völlig fehl am Platze. Die Sache mit dem Rosshimmel übergeben wir unseren Anwälten. So einfach ist das nicht.«

Für Alexander war dies leicht gesagt. Niemand konnte einen solch klaren Schnitt zwischen Gefühlen und Sachfragen machen wie er. Ich unterdrückte ein hysterisches Lachen, denn was hier geschah, glich dem, was ich vor Wochen nach der Trauerfeier erlebt hatte. Meine Familie tat so, als sei dieser Meyer gar nicht anwesend. Sie tuschelten über den Kopf des Anwalts hinweg, als hätten sie ein Anrecht darauf, den Stellvertreter eines unbekannten Feindes auszugrenzen. Die mächtigen Kirchmanns gegen zwei arme Einzelkämpfer. Schließlich erhob sich Meyer, nickte kurz in die Runde und verließ den Raum.

»Wer sind diese Blochs und warum schicken sie einen Anwalt?«, wollte ich wissen, kaum dass er zur Tür hinaus war.

Ich deutete auf den leeren Stuhl. Alle schwiegen.

»Ich kenne den Namen«, sagte Mama dann leise. »Bloch hieß der ehemalige Geschäftspartner eures Großvaters. Er lebt schon lange nicht mehr. Seine Tochter hieß Ella. Vielleicht ist dieser David ein Sohn von ihr.«

»Aber wie kommt Großpapa dazu ...?«

Mama unterbrach mich schroff.

»Irgendwelche Altschulden?«, fragte Alexander unsere Mutter knapp.

»Nicht dass ich wüsste. Du kümmerst dich doch darum, nicht wahr?«

Mein Bruder nickte und ich wurde das Gefühl nicht los, dass Mama weniger sagte, als sie wusste.

»Und wie genau funktioniert dieser Nacherbenvermerk?«, platzte ich heraus und hätte mir im selben Moment auf die Zunge beißen können, denn ausgerechnet meine Tochter schien ja von einem solchen Vermerk zu profitieren. Aber Alexander ließ sich nichts anmerken.

»Eine Klausel des Erblassers, den Erben, beispielsweise die Kindeskinder, an das Vermögen zu binden und dem Vorerben die Erträge zu sichern. Oder umgekehrt: ein bestimmtes Vermögen an Personen zu koppeln, bis der Nacherbe an der Reihe ist. Das lässt sich beliebig fortsetzen und spart vorerst Erbschaftssteuer.«

»Aber warum der Rosshimmel? An einen Fremden?«

»Wir werden der Sache nachgehen«, sagte mein Bruder in um Sachlichkeit bemühtem Juristenton. »Mir scheint, dass es sich beim Rosshimmel um eine Schenkung handelt. Und diese sind im Zusammenhang mit Nacherbenvermerken unrechtmäßig. Da müssen, wie gesagt, unsere Anwälte ran. Als Erstes werde ich das Testament prüfen lassen. Ein kleiner Formfehler und die Sache ist erledigt.«

Er trug ein triumphierendes Lächeln zur Schau. Das eiskalte Vorgehen, das mich sonst an meinem Bruder befremdete, beruhigte mich in diesem Moment. Er würde das Richtige tun, wenn es um seine und um unsere Rechte ging. Und ich war mir absolut sicher, dass uns hier Unrecht widerfuhr.

Wir verabschiedeten uns mechanisch voneinander und ich trat hinaus auf die Straße. Wie betäubt lief ich in ein Café um die Ecke, das nur aus einem Tresen und wenigen Tischen bestand. Hier war ich noch nie zuvor gewesen. Ich bestellte Espresso und setzte mich an einen freien Platz. Nachdenklich rührte ich in der Tasse und nahm wie aus der Ferne die lauten Stimmen der anderen Besucher und das Klappern des Geschirrs wahr. An einem Tisch mir gegenüber saß ein Mann, den ich auf Mitte vierzig schätzte. Er hatte dunkles, halblang gestuftes Haar. Ich beobachtete, wie er konzentriert an seiner Zigarette sog. Dann kippte er Wasser in ein dickes Glas und dabei bildete sich sofort eine milchige Flüssigkeit. Pastis. Plötzlich bekam ich Lust auf eine Zigarette und etwas Alkoholisches, verwarf den Gedanken ebenso schnell, wie er gekommen war, und leerte in einem Zug meinen Kaffee. Während ich mich erhob, lächelte der Mann mir zu und in seinen Augen konnte ich einen Hauch Überheblichkeit sehen, als habe er meine niederen Wünsche erraten. Schließlich stellte er sein Glas zurück und blickte in Richtung der Eingangstür.

Sorge für Gerechtigkeit!

Großpapas Worte gingen mir noch einmal durch den Kopf, als ich am Tresen wartete, um zu bezahlen. Warum hatte mir Großvater nicht gesagt, was er vorhatte? Das Testament war vor acht Jahren aufgesetzt worden. Aber offensichtlich war ihm mein Gang zum Rosshimmel wichtiger gewesen, als eine Änderung des Testaments. Oder entsprach der Inhalt genau seinem Willen, wie es Dr. Fischer gesagt hatte?

Schnäppchenjäger hatte Erwin meinen Großvater genannt.

Jetzt hatte Großpapa Fakten geschaffen, indem er zwei wildfremden Menschen den Rosshimmel geschenkt hatte. Unseren Rosshimmel, das Refugium meiner Kindheit.

Beim Verlassen des Cafés lief ich direkt in die Arme eines Mannes, dessen Gesicht und Statur ich sofort erkannte. Erst vor einer knappen Stunde war ich ihm zum ersten Mal begegnet. Es war Meyer, der Offenburger Anwalt, der Vertreter der Familie Bloch. Wortlos nickte er mir zu, lediglich ein kurzes Zucken seiner Augen verriet, dass ihm unser erneutes Aufeinandertreffen ebenso unangenehm war wie mir. Als ich die Glastür hinter mir zuzog, drehte ich mich noch einmal um und unterdrückte den Impuls, ihm nachzulaufen. Wie hypnotisiert verfolgte ich mit meinen Augen seinen Gang, sah, wie er an den Tisch zu jenem Mann mit dem Pastis trat, ihn per Handschlag begrüßte, sich neben ihn setzte und zu ihm sprach. In meinem Kopf überschlugen sich die Gedanken. Bloch, dachte ich. Der Mann muss Bloch sein. Er hat hier auf seinen Anwalt gewartet. Mit starrem Blick sah der Fremde durch die Eingangstür, deren Klinke ich verkrampft in der Hand hielt, und inhalierte Rauch. Plötzlich rückte er seinen Stuhl zum Tisch und drückte seine Zigarette aus, während er mich fixierte. Immer wieder, als gelte es, alle Kraft aufzuwenden, um die Glut zu ersticken. Schließlich drehte er abrupt seinen Kopf weg und wischte sich eine Strähne aus der Stirn.

»Darf ich?«, hörte ich eine Stimme hinter mir.

Eine junge Frau wollte vorbei. Wie auf Kommando ließ ich die Klinke los und trat mit gesenktem Kopf, eine Entschuldigung murmelnd, zur Seite. Warme Luft strömte aus dem Café. Im Weggehen registrierte ich, wie der Fremde sich eine weitere Zigarette anzündete und der Anwalt erneut auf ihn einredete. David Bloch – ich war mir sicher, soeben jenem Mann, den mein Großvater in seinem Testament großzügig bedacht hatte, begegnet zu sein. Nachdenklich lief ich die Straße an der Dreisam entlang, und mit jedem Schritt, der mich meinem Zuhause näher brachte, versuchte ich die Bilder der vergangenen Stunden abzuschütteln. Die Uhr zeigte kurz nach eins. Tom und Thea würden schon zu Hause sein. Ich steckte meine Hände in die Manteltaschen und beschleunigte meinen Gang.

An der Mauer des Grethergeländes, einer einstigen Eisengießerei, die Freiburger Bewohner in den achtziger Jahren in Eigenregie zu Wohnraum umgebaut hatten, las ich das vertraute Graffiti: *Lieber heute aktiv, als morgen radioaktiv*. Hier war unser Zuhause. Ich liebte unsere Dreizimmer-Erdgeschosswohnung in der sogenannten Grethervilla im Freiburger Stadtteil Im Grün mit den Studentenkneipen um die Ecke. Von der Eleganz einer schicken Vorstadtvilla war sie allerdings weit entfernt, denn die Wohnung des früheren Besitzers der Eisengießerei musste im 19. Jahrhundert den direkten Blick in den Hochofen gewährleisten. Den gab es natürlich längst nicht mehr, und so mussten wir heute auf die gegenüberliegenden Häuser sehen. Das Schönste an unserer Wohnung war ein direkter Gartenzugang über eine geräumige Wohnküche, in der wir uns die meiste Zeit aufhielten. Eigentlich war alles viel zu klein für uns drei, aber uns gefiel die Gegend und für Thea waren Kindergarten und Schule direkt um die Ecke.

»Wie ist es gelaufen?«, fragte Tom, als er mir öffnete. Ich hatte meinen Schlüssel vergessen. Er zog die Tür hinter mir zu. Meine Füße schmerzten von den hohen Absätzen und mir war kalt.

»Schickes Kostüm«, meinte er und seine Augen wanderten über meine Hüften hinunter zu meinen Beinen. Es klang wie: »Für mich machst du dich längst nicht mehr hübsch.«

Ich vergrub meine Hände in den Manteltaschen, lehnte meinen Kopf gegen die Wand und sah zur Decke des Flurs.

»Was soll ich sagen? Ich bin noch ganz durcheinander. Großpapa hat den Rosshimmel verschenkt«, brach es aus mir heraus. »An einen Fremden.«

Tom drehte mich um, nahm mir den Mantel ab und schob mich in Richtung Küche.

»Den Rosshimmel? Das Paradies für Reiche in den Vogesen? Möchtest du einen Tee?«

»Cognac wäre mir lieber.«

»Alkohol gegen deine Prinzipien vor 20 Uhr?«

»Glaub mir, Tom, Cognac ist angemessen. Einen doppelten!«

Toms sarkastischen Unterton überhörte ich. Ich streifte meine Schuhe ab und ging in Theas Zimmer. Unsere Tochter lag auf dem Bett und telefonierte. Sie warf mir eine Kusshand zu.

Zurück in der Küche, setzte ich mich an den Tisch. Tom schenkte Cognac ein und überreichte ihn mir charmant lächelnd. Die Wärme tat gut. Die Wirkung des Alkohols war unmittelbar spürbar und allmählich entspannte ich mich. Nachdenklich drehte ich an meinem Glas.

»Haben wir eigentlich Pastis im Haus?«, wollte ich wissen.

Tom zuckte die Achseln: »Nicht dass ich wüsste.«

Auf dem Herd köchelte eine Fleischbrühe mit frischem Gemüse, die ich heute Morgen zubereitet hatte. Das Rindfleisch hatte ich in kleine Stücke geschnitten und hoffte so, die lästige Fleischdiskussion, die wir neuerdings mit Thea führen mussten, zu umgehen.

»Vor ein paar Wochen war ich am Rosshimmel«, begann ich zögernd, denn dort hatte die Geschichte ja angefangen. Was ich heute erlebt hatte, bildete eine Fortsetzung davon, nur die Zusammenhänge waren mir noch nicht klar. »Die Nacht kurz vor Großvaters Tod, du erinnerst dich? Ich habe in Herdern geschlafen.«

Tom, der gerade Tee aufbrühte, drehte sich zu mir um und sah mich aufmerksam an. Ein Schatten lief über sein Gesicht.

»Ja, das sagtest du jedenfalls.«

»Nicht schon wieder, Tom. Ich bitte dich. Wenn ich sage, dass ich bei meinen Großeltern übernachte, dann ist das auch so.«

Er winkte ab. »Weiter. Erzähl weiter.«

»Großvater bat mich, für Gerechtigkeit zu sorgen. Mehr nicht. Das waren seine letzten Worte. Seit seinem Tod habe ich mit niemandem darüber gesprochen, weil er es mir strikt verboten hat. Und jetzt kommt dieser Hammer mit dem Rosshimmel.«

»Also noch mal«, erwiderte Tom ruhig, »dein Großvater hat fremden Menschen ein Paradies in den Vogesen hinterlassen. Geschätzter Wert: eineinhalb, zwei Millionen?«

Ich zuckte die Achseln.

»Und wer genau sind diese ominösen Menschen? Waren sie bei der Testamentsverkündung dabei?«

»Nein, aber ihr Anwalt, irgendein Justiziar aus Offenburg. Sie heißen Bloch. David Bloch und Ella Bloch. Ein Vorfahre von ihnen soll ein ehemaliger Geschäftspartner meines Großvaters gewesen sein.«

»Seltsame Geschichte«, sagte Tom nachdenklich. »Bloch. Klingt irgendwie jüdisch.«

Er schien angestrengt nachzudenken. In diesem Moment fiel es mir ein.

»Ja, du hast recht, Tom«, warf ich ein. »Ernst Bloch, der Philosoph. Universität Tübingen. Er war jüdischer Herkunft. Aber muss das etwas bedeuten?«

»Genau. Also von vorne, Lizzy. Was genau wollte Bodo vom Rosshimmel, als er dich dorthin schickte?«

Tom ließ sich nicht so leicht an der Nase herumführen. Er kannte mich und meine Familie. Er wusste genau, dass nur ein klarer Auftrag meines Großvaters mich binnen eines Tages und einer Nacht in die Vogesen und zurück hatte reisen lassen und dass ich bestimmt nicht mit leeren Händen zurückgekehrt war.

»Ein paar Papiere, ein Versteigerungsprotokoll, eine Spieluhr.«

»Geht das ein wenig präziser?«

»Überweisungen auf ein Schweizer Konto. Adressat nicht identifizierbar. Summe: etwa 60.000 Mark in den Jahren 1948–1955.«

Meine Stimme klang wie die eines Roboters und ich wusste, was Tom jetzt sagen würde.

»Also daher weht der Wind. Kohle!«

Er schlürfte an seinem Tee und ich leerte meinen Cognac. Thea unterbrach unser Gespräch. Sie kam aus dem Kinderzimmer gerannt und schob sich demonstrativ ein Stück Schokolade in den Mund.

»Hallo Mama! Papa lässt mich nicht verhungern«, trompetete sie und küsste mich kurz. Sie warf einen Blick auf den Herd mit der Suppe und zog die Nase hoch.

»Krieg ich Nutellabrot zum Abendessen?«, fragte sie kess.

Dann zerrte sie Tom in ihr Zimmer. Ich sah ihm nach. Ich mochte seinen Gang und kannte keinen Menschen, der so gerade gehen konnte, als hätte er einen Stock verschluckt, und gleichzeitig so weich dabei war. Ich folgte den beiden.

»Papa, ein Geschenk für dich! Krieg ich abends ein Nutellabrot?«, fragte sie noch einmal.

Ein klarer Deal – Bild gegen Schokolade, aber Tom und ich schüttelten synchron den Kopf. Sie übergab ihrem Vater dennoch feierlich ein selbst gemaltes Bild und riss ihre großen Augen auf. Es zeigte eine Sonne, ein Haus, einen Baum und drei Männchen, die aussahen wie aufrecht stehende Ameisen. Dann lachte sie, ging in die Hocke, zog ihren Pulli bis zu den Knien und neigte den Kopf zur Seite. Sie wusste genau, wie sie ihren Vater herumbekam, hübsch, wie sie war mit ihrem olivfarbenen Teint und den blonden Locken. Woher sie diesen außergewöhnlichen Hautton hatte, war uns ein Rätsel. Tom sagte immer, dass Thea von ihren Eltern jeweils das Schönste abbekommen hätte und ihren Teint von einem süditalienischen Winzer.

Es war schwer, diesem Kind zu widerstehen, und man musste ihm immer wieder die Grenzen aufzeigen. Irgendwann würde sich Theas Nougatvorliebe auf die Hüften setzen.

Tom sah mich blinzelnd an. Sein vertrautes Gesicht hatte etwas Jungenhaftes. Die hellbraunen Locken hingen ihm in die Stirn.

»Und das Testament?«

»Einmal pro Jahr Tantiemen in Höhe von 20.000 Euro. Die Firma ging ja schon vor Jahren an Alexander, aber ich werde Gesellschafterin. Außerdem Nacherbenvermerke für Thea und Alexanders Kinder. Und eines Tages erbt Thea die Villa im Blütenweg. Nur für den Fall, dass dich die finanzielle Sicherheit deiner Tochter interessiert.«

Schon immer hatte ich Tom gegenüber das Gefühl, das Vermögen meiner Familie rechtfertigen zu müssen.

»Mit einer Kirchmann über Finanzen zu sprechen ist wie bei Blitz auf einem freien Feld unter den einzigen Baum zu flüchten«, lautete sein Credo.

»Na, das ist doch was«, sagte er. »Gegen die läppischen 3000 Euro bisher, die dir dein Großvater immer wieder zugesteckt hat. Du kannst deine Honorartätigkeiten aufgeben. Und die Zeit in der Obdachlosenküche kannst Du dann auch anderweitig nutzen.«

Das war gemein. Mein Großvater hatte mir in den letzten zwei Jahren regelmäßig mit Zahlungen unter die Arme gegriffen, weil ich eine Promotion in Kunstgeschichte angemeldet hatte, die ich zunehmend vernachlässigte, und meine Projektarbeiten wie die Mitwirkung bei Ausstellungen oder Katalogen warfen immer nur temporär Geld ab. Dennoch hatte ich mich damit all die Jahre über Wasser halten können und meinen Beitrag zu unserem Hausstand geleistet.

Derzeit lebte ich von meinen letzten Ersparnissen, die langsam verebbten. Mein Ehrenamt in der Obdachlosenküche war natürlich unbezahlt, das wusste Tom ganz genau.

»Ich lege mich vor dem Abendessen noch etwas hin«, sagte ich und verschwand im Schlafzimmer, wo ich mich auf dem Bett ausstreckte.

Plötzlich spürte ich die Anstrengung der letzten Stunden. Die vielen Informationen musste ich erst einmal verdauen. Ich schlief sofort ein.

Als ich gegen sechs die Küche betrat, hatte Tom bereits die Suppe erwärmt.

»Lasst uns essen«, meinte er aufmunternd und zwinkerte Thea zu, die ihm einen flehenden Blick zuwarf. »Eine warme Suppe wird uns allen guttun.«

Thea verdrehte die Augen und stellte sich mit den Zehenspitzen auf Toms Füße. Er nahm sie auf den Arm und trug sie zu ihrem Platz. Sie vergrub ihren Kopf an seinem Hals.

»Mir tut sie nicht gut, Papa. Bitte keine Suppe«, jammerte sie.

Tom blinzelte durch Theas helle Locken. Seine schlanken Finger strichen über ihren Rücken. Wie ein Schleier legten sich ihre feinen Haare auf sein Gesicht. Eine samtweiche Welle schwappte zu mir herüber. Durch Toms dunkelbraune Augen blickten mich auch Theas an und ließen mich für einen winzigen Moment die Wortgefechte der letzten Zeit zwischen Tom und mir vergessen.

Nächte, ausgefüllt mit Fragen, deren Antworten einen Schwall von Misstrauen bei ihm nach sich zogen. Gespräche voller zermürbender Zweifel, die sich endlos wiederholten. Immer und immer wieder und jedes Mal detaillierter, bis ich mir widersprochen hatte.

»Was habt ihr gemacht? Hast du mit ihm geschlafen? Wie oft? Wo habt ihr es getan? Warum hast du dich so schick gemacht? Ich sehe dir an, wenn du lügst.«

Nächtliche Dispute mit Zigaretten und Wein, die anschließenden Tage des verknöcherten Schweigens. Großvaters Tod hatte nur eine Art Waffenstillstand erzeugt.

Früher war alles leichter zwischen uns gewesen. Versöhnungen voller Nähe und Lust mit festlichen Essgelagen in den aufgewühlten Betten. Wie lange lag das zurück! Damals war dieses widerspenstige Kind entstanden, das uns heute beide spiegelte in seinem Eigensinn und der Härte, sobald es um seine Rechte ging. Die Liebe zu diesem Kind hatte uns all die Jahre verbunden, auch wenn wir nie geheiratet hatten.

»Ein paar Löffel probieren, Prinzessin«, erwiderte Tom. Thea mimte, wie sie ihre Lippen mit Nadel und Faden zunähte.

»Ende der Diskussion«, sagte er schließlich streng und tippte mit dem Finger auf den vor ihr stehenden Teller.

Sie warf ihm einen giftigen Blick zu, nahm den Löffel in die Hand und rührte lustlos in ihrer Suppe.

»Was werdet ihr tun?«, fragte Tom in meine Richtung.

»Einen Anwalt nehmen«, entgegnete ich. »Alter Familienbesitz, der mit einem Nacherbenvermerk versehen ist, lässt sich so gut wie gar nicht an Fremde überschreiben. Sagt Alexander. Er kümmert sich darum.«

»Ist das im Sinne eures Großvaters?«

Ich schluckte. »Genau darin liegt das Problem. Ich weiß es nicht. Niemand weiß das. Vielleicht hätte er noch Änderungen im Testament vorgenommen, wenn mehr Zeit gewesen wäre. Tom, bitte kein Wort über die Fundstücke. Ich habe Großpapa versprochen, mit niemandem darüber zu sprechen.«

»Ehrensache!«

»Ehrensache«, sprach Thea leise in ihren Suppenteller. »Was ist das schon wieder?«

»Es ist wie ein Versprechen, das man sich gibt.«

»Luis schwört immer.«

»Ja, das ist ähnlich. Man hält sich an eine Abmachung.«

»Papa und du habt gerade eine Abmachung gemacht?«

Wir sahen uns an und nickten gleichzeitig.

Nach einer Stunde beharrlichen Aussitzens am Küchentisch schickten wir unsere Tochter mit einem halben Teller Suppe im Bauch zur Abendhygiene und anschließend ins Bett. Die Fleischstücke hatte sie pedantisch am Tellerrand abgelegt.

»Warum isst du kein Fleisch mehr, Thea?«, fragte ich, setzte mich an ihr Bett und schüttelte ihr Kissen auf.

»Ich bin ein Vegarer«, antwortete sie ernst und ließ ihren Kopf auf das Kissen fallen. »Die essen keine toten Tiere.«

»Es heißt Vegetarier oder Veganer«, versuchte ich lächelnd zu erklären und erwog, Theas Wunsch nach fleischlosem Essen ernst zu nehmen. In letzter Zeit hatten sich ihre Einwände gehäuft. »Das heißt, du möchtest kein Fleisch und keine Wurst essen, nur Gemüse, Nudeln, Reis, Kartoffeln. Vielleicht noch Fisch?«

Sie schüttelte sich: »Fische sind auch tot, Mama«, belehrte sie mich. »Schokolade kann man nicht totmachen. Schokolade und Nutella!«

Ihre Argumentation hatte eine bestechende Logik.

»Also gut: Ich verspreche dir drei fleischlose Probemonate und dann sehen wir, ob du es wirklich willst. Allerdings essen Vegetarier Gemüse, Salat und Käse.«

Sie schüttelte den Kopf. »Nicht zu viel Grünzeug. Käse geht. Dafür muss kein Tier sterben.«

»Für Karotten und Bohnen auch nicht. Noch einen Kuss?«

Sie schlang mir die Arme um den Hals und drückte mir einen nassen Kuss auf die Wange.

»Ab heute bin ich Vegarer«, sagte sie und rief nach ihrem Vater zum Gute-Nacht-Sagen.

Kein Tag endete bei uns im Streit – eine ungeschriebene Regel, die wir alle einhielten.

In den Abendstunden saß ich mit Tom bei einem Glas Wein im Wohnzimmer. Er las die Zeitung, was er immer abends tat, wenn er Tagdienst hatte. Als Redakteur bei einer Tageszeitung kam er groteskerweise so gut wie nie zum Lesen.

»Dieses Protokoll vom Rosshimmel, Tom, das ich gefunden habe«, fing ich zögerlich an und strich dabei über die Klarsichthülle, in die ich das Dokument verpackt hatte, »würdest du dir das einmal ansehen?«

Er legte die Zeitung beiseite, nahm es entgegen und studierte es lange.

»Waschschüssel, Blumenvase, Besteck. Einfach unfassbar, was die alles erbeutet haben. Fünfundzwanzig Seiten. Das darf doch nicht wahr sein!«

Er schüttelte den Kopf und sein Blick wurde abwesend. Dann sah er mich direkt an.

»1940. Lizzy. Glasklar! Dies ist das Dokument einer Versteigerung jüdischen Eigentums. Fünfundzwanzig Seiten Bereicherung. Enteignung. Was ich aber viel alarmierender dabei finde, ist, dass es sich offensichtlich um das Eigentum des Geschäftspartners deines Großvaters handelt. Die Rosshimmel-Erben. Hier steht der Name Bloch. Goethestraße 12. Freiburg. Wie oft hast du diesen Namen in den letzten dreißig Jahren gehört?«

»Nie.«

»Und jetzt gleich zweimal kurz hintereinander.«

»Ich weiß.« Es klang irgendwie schuldbewusst.

»Du kannst sicher selbst deine Rückschlüsse ziehen, oder? Dein Großvater hat Teile des jüdischen Inventars seines ehemaligen Geschäftspartners ersteigert. Und dabei offensichtlich ganz schön tief in die Tasche gegriffen. Kleinigkeiten gingen für ein paar Reichsmark über den Tisch, so wie das üblich war. Völlig gängige Praxis bei den Nazis. Schließlich wollten die so schnell wie möglich in schicke, jüdische Häuser ziehen, da wurde das Mobiliar eben mal kurz verschleudert. Hat deine Familie jemals in der Goethestraße gewohnt?«

»Nein, so weit ich weiß, nicht.«

Ich schüttelte entschieden den Kopf. Davon würde ich wissen.

»Ein Schnäppchenjäger. Dein Großvater mit seiner lupenreinen Weste war ein Schnäppchenjäger.«

Ich schluckte. Onkel Erwin.

»Vielleicht gibt es noch eine andere Möglichkeit. Denk an die Beträge über einen Zeitraum von sieben Jahren«, stammelte ich.

»Und?«

»Aus den Jahren 1948 bis 1955. Insgesamt 60.000 Mark. Sieben lange Jahre, Tom.«

»Nach der Währungsreform«, entgegnete Tom. »Kein Adressat?«

»Nicht mehr lesbar oder durchgestrichen.«

»Das ist sehr hypothetisch, aber denkbar.«

Tom stand auf und lief durchs Wohnzimmer. Immer wenn Tom angestrengt nachdachte, tat er das. Er ging im Kreis und sprach wie zu sich selbst.

»Ein alter Mann vererbt den Nachkommen seines jüdischen Geschäftspartners namens Bloch ein Millionenobjekt. Sechzig Jahre vorher hat er dessen Hausrat ersteigert. Parallel dazu gab es sieben Jahre lang Zahlungen an Unbekannte. Das Erbe und die 60.000 Mark müssen keinen Zusammenhang haben, aber auffällig ist es schon. Es ist die Kombination, die stutzig macht. Und ganz offensichtlich ging es um jüdisches Eigentum. Es könnte der Versuch einer klassischen Wiedergutmachung sein, aber es könnte auch etwas anderes dahinterstecken.«

»Genau. Unterhaltszahlungen, vielleicht«, sagte ich.

Der Verdacht war mir bereits bei der Testamentsverkündung gekommen. Einige Schritte von mir entfernt blieb Tom am Fenster stehen, aber ich konnte das Funkeln in seinen Augen bis zu mir sehen.

»Könnte sein. So etwas kommt in den besten Familien vor. Ehebruch mit Folgen. Uneheliche Kinder. Dein Großvater hatte möglicherweise Unterhaltszahlungen zu leisten und vererbt seinem Fleisch und Blut auf dem Totenbett den Rosshimmel. Es soll ja so etwas wie Reue bei Sterbenden geben.«

»Das Testament ist über acht alt«, wandte ich ein. »Ich kann mir das nicht vorstellen. Es wäre doch irgendwann durchgesickert. Vielleicht gibt es eine andere plausible Erklärung.«

Ich musste herausfinden, wer diese Blochs waren und was unsere Familien verband.

Mir kam das Gespräch mit Onkel Erwin in den Sinn. »Onkel Erwin hat mir einen Namen genannt. Stockfelder. Sagt dir das etwas?«

Tom nahm sein Weinglas vom Tisch, ging in die Küche und kam mit einem Bier ins Wohnzimmer zurück, setzte sich und legte die Beine übereinandergeschlagen auf den Couchtisch. Der Journalist hatte Blut geleckt. Jetzt wollte er alles genau wissen.

»Aus Freiburg?«

»Vermutlich. Eine Berühmtheit, sagte Erwin. Er soll im Haus meiner Großeltern ein und aus gegangen sein.«

»Alle Achtung, *der* Kurt Stockfelder?«

»Du kennst ihn?«

»Kurt Stockfelder war eine Nazigröße in den dreißiger Jahren. Stadtbekannt. Verstorben, glaube ich, in den Sechzigern, ohne jemals zur Rechenschaft gezogen worden zu sein. Einer von denen, die unbehelligt davonkamen. In den achtziger Jahren ging der Name erneut durch die Presse, ausgelöst durch eine Artikelserie der Badischen Zeitung, in der es um Arisierungsprofiteure ging. Stockfelders Sohn hatte eine Anwaltskanzlei in Freiburg. Den kennst du auch, Lizzy, du musst dich einfach daran erinnern. Ein kleiner, drahtiger Mann, intelligentes Gesicht, brillanter Rhetoriker. Er trat immer mit diesem Tweed-Jackett auf. Wir haben sogar Witze darüber gemacht, ob er nichts anderes anzuziehen hat.«

Tom sah mich eindringlich an und mir dämmerten Zeitungsausschnitte mit einem Bild von einem blonden Mann, bekleidet mit einem dieser berühmten Harris-Tweed-Jacketts.

»Dabei warst du bloß neidisch darauf, Tom! Du hast damals immer gesagt, dass du ein Mal im Leben ein solches Jackett besitzen möchtest, weil diese Unikate die ganze anglizistische Tradition verströmen. Herrensalons, Zigarren und die mit einer tiefen Verbeugung verbundene Übergabe von Füllfederhaltern.«

Ich machte eine ausladende Handbewegung. Tom lachte und winkte ab.

»Ja, ich gestehe, ich bin ein Anhänger von Umgangsformen, wovon du ja ein Lied singen kannst, Lizzy. Aber im Ernst – dieser Tweed-Träger hatte sich von der Vergangenheit seines Vaters öffentlich distanziert und sogar Naziopfern bei der Wiedergutmachung und Durchsetzung ihrer Rechte geholfen. Weißt du nicht mehr?«

Ich nickte eifrig: »Ich erinnere mich sogar an den Anlass: eine Gedenkfeier für die Opfer des Nationalsozialismus. Seine Kanzlei ist nicht in Freiburg«, berichtigte ich. »Sondern in Waldkirch.«

»Und es gab einen direkten Kontakt zu deiner Familie? Ich werd verrückt! Du wirst ganz schön tief im Dreck graben müssen.«

»Erwin meinte, Stockfelder wisse etwas über meinen Großvater.«

»Wenn er häufig bei euch war, wen wundert's? Wer weiß, was die beiden ausgeheckt haben. Nur dumm, dass er mausetot ist. War dein Großvater in der Partei?«

»Nicht dass ich wüsste.«

»Lizzy«, sagte Tom vorwurfsvoll. »Das sind Dinge, die man als politischer Mensch hinterfragt.«

»Was war mit deiner Familie?«

»Das kann man doch nicht vergleichen. Meine Großeltern waren kleine Lichter, verglichen mit den Kirchmanns.«

»Ich bin nicht wie du«, platzte ich heraus.

»Nein, du bist nicht wie ich. Das bist du nicht. In der Tat«, meinte er nachdenklich. »So leid es mir tut, aber du wirst das Fell deiner Familie gegen den Strich bürsten müssen. Und verkraften, was dabei herauskommen könnte.«

Seine Stimme klang weich. Lange sah ich Tom an und seine Augen sagten mir, dass es nicht nur um meine Familie und meine Weigerung, ihren Ruf zu beschmutzen, ging. Seine Doppeldeutigkeiten hatten einen anderen Grund. Toms Problem hieß Jérôme, ein Bretone, mit dem ich im letzten Sommer anlässlich der Vorbereitung einer Grabskulpturen-Ausstellung zusammengearbeitet hatte, der idiotischste Träumer, den Freiburg je gesehen hat, wie Tom zu sagen pflegte, ein Berufssofti, der bei Frauen wie mir leichtes Spiel hatte.

Ich hatte mich nie getraut, Tom zu fragen, wie denn Frauen wie ich seien und woraus er ableitete, dass Jérôme ein Spieler war, denn das war er keineswegs und in seinem Sanftmut unterschied er sich nicht im Geringsten von Tom. Aber es konnte doch nicht wahr sein, dass unsere Beziehung eine solche Erschütterung nicht überstehen konnte. Ich weigerte mich, das zu glauben.

Damals war Jérôme in mein Leben hereingebrochen, völlig unerwartet und nicht vorhersehbar. Im kürzesten Sommer meines Lebens schwebte ich gleichsam für Wochen über dem Boden und verlor mühelos an Gewicht. Plötzlich war die Hektik der Stadt nicht mehr zu hören, die Menschen lächelten, wenn sie mit überfüllten Tüten durch die Straßen liefen, und Autofahrer hielten an, um mich freundlich vorbeizulassen. Meine Wahrnehmung hatte sich verändert wie damals mit sechzehn nach dem ersten Kuss, und zwischen die Welt und mich legte sich ein Puffer, ein Weichzeichner. Es war so lange her, dass ein Mann sich um mich bemüht, mich mit Aufmerksamkeit und Liebe überschüttet hatte und meine Einzigartigkeit zu entdecken schien. Ehe ich mich versah, befand ich mich in einem Strudel aus Leidenschaft und atemberaubender Fremdheit. Obwohl ich es niemals hatte zulassen wollen, war es doch geschehen.

Aber Träume dieser besonderen Art träumt man nicht ungestraft. Eines Tages zieht man die Rollläden hinauf, blinzelt in die Sonne und sieht den Staub in der Luft und das grelle Grün mit den Gartenzwergen auf dem Nachbarrasen. Man schließt die Fenster, weil die Kinder lauthals auf der Straße kreischen und die Küchendüfte von nebenan unerträglich werden. Ich war zu mir gekommen, wie von einem Fieberwahn genesen, atmete verzweifelt den Kinderduft von Theas frisch gewaschener Haut ein, wie nach dem ersten Bad nach ihrer Geburt. Die atemberaubende Fremdheit befremdete mich nur noch. Es war vorbei.

Lediglich die vergeblichen Rettungsbemühungen Jérômes, nachdem meine Welt wieder genauso war, wie ich sie kannte, seine aber noch voller Luftballons und Zuckerwatte, streiften den eingespielten Alltag zwischen Tom und mir, unser gemeinsames Leben.

Ein Anruf, ein Strauß Baccararosen vor unserer Haustür abgelegt und eine Postkarte mit den wilden Felsenküsten der Bretagne und zwei Worten: Komm zurück. All jene vermeintlichen Beweise hatten Tom zutiefst verletzt und mir doch lediglich klargemacht, dass mein Sommertraum der Realität nicht standhalten konnte. Ich hatte mir geschworen, niemals eine Beichte abzulegen über etwas, was mich erleichterte und schließlich auf Tom lasten würde. Aber seine Kränkung zog fortan wie ein Schatten mit jeder Faser seines Wesens mit. Strafendes Schweigen oder ausgesprochene Vorwürfe, Misstrauen und Argwohn waren zu Toms steten Begleitern geworden. Manchmal schliefen sie, aber die geringste Verlautbarung konnte sie wecken und der Schlaf vermochte ihr Gedächtnis nur zu festigen. Sie vergaßen nichts.

Kein Anruf, der mich nicht zusammenzucken ließ und Tom einen Triumph in die Augen zauberte, einen armseligen Beweis für meinen Fehltritt im Spiegel seiner Seele. Kein Öffnen des Briefkastens ohne ein flaues Gefühl in der Magengegend, wenn wir am Küchentisch unsere Post inspizierten. Ich mutierte zur Sünderin mit einem nur für Tom sichtbaren Makel für ein Vergehen, das eine Handvoll Nächte überlebt hatte, aber dem grellen Tageslicht oder den geruchlosen Rosenknospen in der Blumenvase vor dem Küchenfenster nicht standgehalten hatte. Geschlossen hatten sie die Köpfe gesenkt wie ein beleidigtes Ensemble, noch bevor sie erblühten, als verweigerten sie sich der Beschenkten, denn wir hatten einander nicht verdient. Ich war eine Ehebrecherin ohne Ehe, eine Diebin ohne Diebesgut.

Kapitel 4

»Sind wir zu spät?«

Meine Mutter schüttelte verneinend den Kopf und zog die Tür hinter uns zu. Thea umarmte ihre Großmutter stürmisch. Die Familie hatte nach Großpapas Tod die Tradition, an jedem ersten Samstag des Monats in der Villa gemeinsam Mittag zu essen, aufrechterhalten. Ausgenommen die Ferien.

Ich folgte Mama in die Küche. Thea rannte nach der Begrüßung sofort in Richtung Hundekorb, wo Clio, unsere in die Jahre gekommene Berner Sennenhündin, lag. Das Tier wedelte mit dem Schwanz und Thea verbarg ihr Gesicht in Clios weichem Fell.

»Was gibt es heute?«, fragte ich neugierig.

Das ganze Haus duftete nach geschmorten Zwiebeln und Thymian.

»Eine Daube«, antwortete Susanne, damit beschäftigt, Brot zu schneiden.

»Wunderbar!«, rief ich gut gelaunt, denn ich merkte plötzlich, wie hungrig ich war. Das französische Schmorgericht war Großmamas Lieblingsessen. Am besten schmeckte es, wenn man die Rindfleischwürfel über Stunden in kräftigem Rotwein und Thymian köchelte. Dann ließ sich das Fleisch mit der Gabel teilen und zerging auf der Zunge. Die Leidenschaft fürs Essen und Kochen teilten praktisch alle Familienmitglieder. Nur bei meiner Tochter stieß ich mit meiner Frische-Zutaten-Küche regelmäßig an meine Grenzen. Allerdings war ich auch davon überzeugt, dass Geschmack und die Begeisterung für einfaches, aber gutes Essen erlernbar waren.

»Und die Kinder?«

»Kartoffelgratin.«

Ich schielte auf den Nachtisch aus Rotweinbirnen und Pannacotta und beschloss, einfach nur die Birnen zu nehmen, damit meine Kalorienbilanz in etwa stimmte. Für die Kinder gab es Schokoladenpudding. Thea würde zufrieden sein.

»Wo ist eigentlich Alexander?«

»Wo soll er schon sein?«, entgegnete meine Schwägerin gereizt. »In der Firma.«

Mein Bruder arbeitete hart. Mit fünfundvierzig stand er bereits seit knapp zehn Jahren an der Spitze der Kirchmann GmbH und hatte vierhundert Mitarbeiter unter sich. Nach einer klassischen Lehre als Uhrmacher und einem anschließenden Jurastudium, das er mit Bravour bestanden hatte, beschloss unser Großvater, ihm die Leitung der Firma zu überlassen. Susanne, ebenfalls Juristin, widmete sich seit einigen Jahren nicht mehr ausschließlich dem Haushalt und der Erziehung von Luis und Thomas, sondern stand dem Kirchmann-Konzern beratend zur Seite und übernahm knifflige Steuerangelegenheiten, die nicht durch fremde Hände gehen sollten.

»Die Farbe steht dir«, sagte Susanne und tippte auf meine Bluse. Himbeerrot. Ich hatte die Nase voll von den tristen Farben der Wintermonate und dem vielen Schwarz, das wir alle in letzter Zeit getragen hatten.

Meine Schwäche für Kleidung war der Familie bekannt, aber lediglich meine Mutter, die zwar einen anderen Stil wählte, aber dennoch immer pedantisch auf ihr Äußeres achtete, verstand mich. Gut auszusehen bedeutete mir viel. Tom fand das albern. Früher sagte er immer, ich sei eine Naturschönheit, aber seit Jérôme hatte jedes Kompliment einen sarkastischen Unterton.

Die wenigsten wussten, wie viel ich für mein Äußeres tun musste. Ich neigte zu ein paar Kilos zu viel auf den Rippen, weshalb ich mich bereits mit siebenunddreißig als Diätopfer bezeichnete. Es gab fast keine Kalorienrosskur, die ich nicht schon hinter mir hatte. Deshalb liebte ich Designerklamotten und hatte sie mir bisher auch geleistet. Gute Schnitte mogelten mühelos einige Kilos weg und nach der letzten Diät kurz vor Großpapas Tod passte ich glücklicherweise wieder in meine gesamte 38er-Garderobe. Stilettos von Valentino mochten ein Vermögen kosten, aber ein teurer Schuh ließ eine Frau die Schultern zurückziehen und trug sich wie eine zweite Haut am Fuß. Mein Kleiderschrank barg meine einzige Schwäche für materielle Dinge, dagegen legte ich keinen Wert auf irgendwelche Prestigeobjekte, fuhr einen klapprigen Renault und hauste in bescheidener Umgebung. Die Tatsache, dass Tom, Thea und ich seit Jahren zur Miete wohnten, hatte meinen Großvater regelmäßig in Rage gebracht.

»Man bezahlt nicht für seine niedrigsten Bedürfnisse an wildfremde Leute, wenn es innerhalb der Familie genug Eigentum gibt«, sagte er einmal erbost zu uns beiden.

Wir blieben stur und überwiesen jeden Monat an die in Berlin lebende Eigentümerin unserer Wohnung. Sollte Alexander mit seiner Familie in seinem schicken Haus leben, das er sich in Herdern geleistet hatte. Standesgemäß. Wir lebten nach unserer Façon.

Luis kam schreiend ins Esszimmer gerannt und küsste mich. Wesentlich reservierter gab sich Thomas.

»Hallo Lizzy«, sagte er freundlich und reichte mir die Hand.

Dabei streckte er sie so aus, dass der Abstand zwischen uns gewahrt blieb.

»Was gibt es Neues, Männer? Was machen die Heiligen, Luis?«

»Die sind okay, Lissy. Alles im grünen Bereich!«

Luis stellte sich vor mir auf und berichtete von einem Kindergeburtstag mit Cheeseburgern bei einer Fast-Food-Kette.

»Stell dir vor, Lissy! Solche Burger!«

Er zeigte mit den Händen die Größe an. Thea hörte mit großen Augen zu und ich konnte ihr ansehen, wie ihr das Wasser im Mund zusammenlief. Aber sie sagte keinen Ton.

Beim Essen kam die Unterhaltung nur schleppend in Gang. Die Daube schmeckte vorzüglich und Großmama aß mit Appetit. Ich hatte Thea vor dem Essen zur Seite genommen und ihr strikt verboten, das Fleischgericht in irgendeiner Form zu kommentieren. Susanne und Mama redeten über die schulischen Fortschritte des älteren der Buben.

»Nächstes Schuljahr kommt Thomas ins Internat. Wir haben ihn letzte Woche angemeldet. In die Quarta«, berichtete Susanne.

Die Frage nach dem Namen der Einrichtung erübrigte sich. Es war klar, dass es sich um St. Blasien im Schwarzwald handelte. Familientradition. Schon mein Großvater hatte diese Schule besucht und dort Abitur gemacht. Er erzählte immer wieder davon, dass Stauffenberg, der berühmte Hitler-Attentäter, einige Klassen über ihm gewesen war, und es verstand sich, dass die männlichen Nachkommen der Kirchmann-Dynastie zu gegebener Zeit ebenfalls diese Lehranstalt besuchen würden. Meine Mutter bemerkte beiläufig, für Thea sei das durchaus auch eine Option, da St. Blasien seit den achtziger Jahren kein reines Jungeninternat mehr war. Aber für mich kam das überhaupt nicht in Frage.

»Freust du dich?«, wollte ich von meinem Neffen wissen.

Er nickte und blickte auf seinen Teller. Thea lachte in die geöffnete Hand und bemühte sich, den Käse ihres Gratins unter den Kartoffeln zu verstecken.

»Ich bin jetzt Vegetarer«, erzählte sie und sah dabei in die Runde, als ob sie Tischkonversation betriebe.

»Vegetarier«, korrigierte ich und schilderte meiner erstaunten Mutter und Schwägerin, wie es dazu gekommen war. »Wir wollen jetzt drei fleischlose Monate probieren.«

»Igitt.« Sie zeigte auf Luis' und Thomas' Teller: »Ihr esst tote Tiere.«

»Thea«, mahnte ich. »Was haben wir besprochen?«

Thea blickte auf ihren Teller und murmelte: »'tschuldigung.«

»Wie weit sind die Anwälte?«, fragte ich an Susanne gerichtet. »Gibt es Fortschritte in Sachen Rosshimmel?«

Susanne schüttelte den Kopf und tupfte mit ihrer Serviette die rot geschminkten Lippen. Mama sah sie dabei aufmerksam an. Man hörte das dezente Geklimper von Besteck.

»Soweit ich weiß, noch nicht. Sie sind dabei, sich die Grundbuchhistorie anzusehen. Danach sieht man wohl weiter.«

»Was ist das, eine Grundbuchhistorie?«

»Sie dokumentiert die Besitzer. Und eventuelle Wechsel. Beispielsweise verdeckte Schenkungen.«

Das kapierte ich nicht. Was sollte denn eine verdeckte Schenkung sein? Geschenkt ist geschenkt. Bei den Juristen klang alles schrecklich kompliziert und latent feindselig.

»Aber der Rosshimmel ist doch alter Familienbesitz. Großpapa hat ihn doch erworben, nicht wahr?«

Ich sah meine Mutter fragend an. Sie nickte nur kurz. Susanne erhob sich und kam kurz darauf mit einem vollgestellten Tablett zurück. Der Nachtisch. Thea trommelte auf den Tisch und warf anschließend die Arme in die Höhe. La Ola. Das hatte sie von Tom beim gemeinsamen Besuch des SC Freiburg gelernt. Mit Begeisterung ging sie zusammen mit ihrem Vater ins Fußballstadion und feuerte die Jungs auf dem Feld an.

»Hm! Lecker!«, lobte Luis.

Nach der Mahlzeit legte Thea den Löffel aus der Hand und rieb sich den Bauch. Für sie war das Essen beendet und sie bat um Erlaubnis, aufzustehen. Ich ließ sie gewähren und Thea und Luis rannten im Salon um den Tisch herum. Thomas hingegen tat erwachsen, setzte sich aufs Sofa und blätterte in einem Buch.

»Ruhe, Kinder! Nicht so laut«, rief meine Mutter in Richtung Salon.

Die Kinder gehorchten sofort und flüsterten miteinander. Mama stand auf, räumte die Teller zusammen und ging mit einem Geschirrstapel in Richtung Küche. Früher erledigte diese Arbeit das Personal. Heute gab es nur noch eine Zugehfrau, die dreimal wöchentlich putzte, und unsere Servierhilfe Ingrid. Die Pflege meiner Großmutter übernahm Mama selbst. Plötzlich sah Susanne auf ihre Uhr und fasste sich an die Stirn.

»Mein Gott! Das hätte ich ja fast vergessen!«, rief sie eine Spur zu theatralisch. »Entschuldigt bitte. Ich muss dringend in die Stadt. Können die Kinder noch eine Stunde hierbleiben?«

»Warum nicht?«, hörte man Mamas Stimme von nebenan.

»Keine Sorge«, bestätigte ich. »Ich kümmere mich um sie, bis du zurück bist.«

Für mich ergab sich so ein Vorwand, meine Mutter zu befragen. Vielleicht wusste sie ja etwas. Immerhin hatte sie sich an den Namen Bloch erinnert.

Susanne atmete erleichtert auf und warf mir einen eiligen Abschiedsgruß zu. Ich schnappte mir die Gläser und ging in die Küche, wo meine Mutter mit einem Berg von Geschirr zugange war.

»Was ist eigentlich mit diesen Blochs? Stimmt es, dass sie Juden waren? Was wurde aus dem Geschäftspartner von Großpapa? Was weißt du darüber?«

Ich versuchte teilnahmslos zu klingen.

»Seit du ein kleines Kind bist, Lizzy, stellst du unentwegt Fragen. Einfach schrecklich! Ja. Sie waren Juden. Ich war noch klein. Vielleicht sieben oder acht. In Theas Alter. Die Eltern von Ella wurden nach Gurs in Südfrankreich deportiert und sind ermordet worden. Eine furchtbare Geschichte. Wie durch ein Wunder haben die Kinder überlebt. Ella hatte einen Bruder, Georg. Wir Mädchen haben ja als Kinder miteinander gespielt. Aber Kontakt zwischen Juden und Deutschen wurde Ende der dreißiger Jahre nicht mehr gern gesehen. Es gab sogar eine Anweisung, die Straßenseite zu wechseln, wenn uns Juden entgegenkamen.«

»Du meinst Juden und Nichtjuden«, korrigierte ich vorwurfsvoll. »Hat Großpapa das unterstützt?«

»Ich habe nie ein einziges judenfeindliches Wort in unserem Haus gehört. Niemals. Dein Großvater war ein Freigeist. Aber er war abhängig von den hohen Tieren in den Ministerien. Unser Unternehmen befindet sich von jeher auf deutscher Seite. Die Nähe zur Schweiz und deren neutrales Terrain hätten es nicht vermocht, uns zu schützen. Dein Großvater vertrat die Ansicht, was wir in unseren eigenen vier Wänden tun, geht niemanden etwas an. Ansonsten verhalten wir uns unauffällig. Mehr kann ich dir nicht sagen.«

»Und die Bloch-Kinder? Was wurde aus ihnen?«

»Ich glaube, sie konnten in die Schweiz fliehen. Mit Geld war ja vieles möglich.«

»Aber warum gleich ein Millionenerbe für die Blochs?«, fragte ich.

Mama zuckte mit den Achseln. »Lizzy, bitte, dring nicht weiter in mich. Ich weiß nichts. Wirklich. Wir wissen nichts über die Vergangenheit.«

Meine Mutter klang traurig. Plötzlich klingelte das Telefon. Mama ging in den Flur und hob den Hörer ab. Ich fing in der Zwischenzeit an, die Spülmaschine einzuräumen. Mit den gestapelten Tellern in den Händen blickte ich in ihre Richtung. Als sie mich bemerkte, drehte sie mir den Rücken zu. Ich versuchte, ein paar Worte aufzuschnappen, aber sie redete sehr leise.

»Es ging schnell«, hörte ich sie sagen.

Vom Küchentisch aus konnte ich sehen, wie sie den Kopf an die Wand gelehnt hatte und den Hörer an ihr Ohr gepresst hielt. Ich sah gebannt auf ihre Gestalt. »Ich muss Schluss machen, entschuldige bitte!«

Sie beugte sich über das Telefon, legte auf, begradigte ihren Rücken und schien sich zu sammeln. Zurück in der Küche, war ihr Gesichtsausdruck völlig verändert. Sie wirkte verkrampft, als unterdrücke sie einen körperlichen Schmerz.

»Etwas Besonderes?«

»Nein. Nur ein Anruf aus dem Elsass. Nanette le Coz. Das frühere Dienstmädchen, die spätere Privatsekretärin deines Großvaters.«

Ich kannte den Namen. Meine Mutter hatte früher hin und wieder von ihr erzählt.

»Die Nani, von der du schon erzählt hast?«

»Ja, genau.«

»Dass sie auch Privatsekretärin war, wusste ich gar nicht.«

»Nun, sie kam als Dienstmädchen mit in den Haushalt deiner Großeltern. Später dann wurde sie die Vertraute meines Vaters und erledigte zwei- oder dreimal wöchentlich seine private Korrespondenz.«

»Was wollte sie?«

»Ein Kondolenzanruf. Sie fragte, wo Großpapas Grab ist.«

»Sie lebt in Frankreich?«

»Ja. In einem Altersheim in Mulhouse. Sie muss inzwischen um die achtzig sein.«

»Warum kam sie nicht zur Beerdigung?«

»Vermutlich, weil sie niemand informiert hat«, entgegnete meine Mutter knapp.

Ich verstand. Für heute waren genug Fragen gestellt worden.

»Wann gehen wir endlich?«, drängelte Thea.

Sie kam in die Küche gerannt, stupste mich an und schlang ihren Arm um mein rechtes Bein.

»Bald, Thea. Wir wollen noch einen Kaffee trinken, Oma und ich. Lässt du uns bitte allein?«

Ich küsste sie auf die Stirn. Thea zog eine Schnute.

»Menno, Lizzy!«, rief sie vorwurfsvoll und lief in Richtung Salon.

Immer wenn sie unzufrieden mit mir war, nannte sie mich beim Vornamen. Ich beobachtete meine Mutter verstohlen. Sie trocknete die Gläser ab und hielt sie anschließend kontrollierend gegen das Licht. Ihre Haltung verriet Beherrschung. Ich kannte das an ihr. Wenn sie sich so benahm, war eine Migräneattacke im Anflug, die sie binnen weniger Minuten zu einem anderen Menschen machen konnte. Meist verschwand sie sofort in einen abgedunkelten Raum, legte sich hin und verordnete dem ganzen Haus absolute Ruhe.

»Wo ist eigentlich Großmama?«

Mir fiel auf, dass ich sie seit dem gemeinsamen Mittagessen nicht mehr gesehen hatte. Meistens machte sie nach dem Essen im Salon ein Nickerchen. Ich lief hinüber und riss die Tür auf, aber dort klimperten die Kinder auf dem Flügel. Als ich in die Küche zurückkam, sah ich nur Mamas fragenden Blick und schüttelte den Kopf. Geistesabwesend legte sie das Geschirrtuch aus der Hand und nahm ihre Schürze ab.

Dann strömten wir auseinander und begannen, das ganze Haus abzusuchen. Aus allen Winkeln und Stockwerken waren unsere fragenden Rufe nach Großmama zu hören. Voller Freude beteiligten sich die Kinder an unserer Suche. Für sie war es ein lustiges Spiel.

»Großmama! Großmama! Wo bist du?«, sang Thea.

Nach einigen Minuten trafen wir uns in der Eingangshalle. Mama war blass, Theas Augen blitzten vor Abenteuerlust. Ich nahm meinen Mantel von der Garderobe.

»Ich suche am Friedhof! Gib mir eine halbe Stunde! Danach rufen wir die Polizei!«

»Die Polizei, cool«, rief Thea und klatschte in die Hände.

Eilig lief ich in Richtung Alter Friedhof. Nur dort konnte Großmama sein. Es wäre nicht das erste Mal. Seit Jahren zog es sie immer wieder an jenen Ort. Ich überquerte die Straße. Bereits vom Eingangsportal aus entdeckte ich sie in der Ferne auf einer Bank. Ich zog mein Handy aus der Tasche und rief meine Mutter an.

»Ich habe sie gefunden. Wir kommen gleich zurück.«

Großmama saß lächelnd da, ihre hellblaue Strickjacke über der Brust zusammengezogen. Als sie mich bemerkte, klopfte sie aufmunternd neben sich.

»Es ist kalt, Großmama! Alle suchen nach dir!«

Ich zog meinen Mantel aus, setzte mich neben sie und legte ihn um uns beide. Dabei rückten wir nah aneinander. Trotz der Kälte genoss ich die Auszeit. Kein Klaviergeklimper. Kein klapperndes Geschirr. Keine fordernden Kinder.

»Das Grab da drüben.«

Sie zeigte auf die Ruhestätte des sogenannten schlafenden Mädchens. Beinahe jeder Freiburger Bürger kannte es, ein steinernes Bett, in dem in ein faltenreiches Laken gehüllt eine junge Frau mit einem aufgeschlagenen Buch in den Händen lag. An mehreren Stellen besaß der Stein eine grünliche Tönung wie alte Bronze. Die Frau sah aus, als sei sie kurz eingeschlummert. Aber ihr Dornröschenschlaf dauerte bereits hundertvierzig Jahre an. Und bis heute wurde das Grab von unbekannter Hand mit frischen Blumen versorgt, als bekunde ein trauernder Geliebter noch jetzt seinen Verlust. Deshalb war diese junge Frau postum zu einer der berühmtesten Persönlichkeiten Freiburgs geworden und zum Mittelpunkt des Alten Friedhofs, der ein gern besuchter Ort war. Im Sommer verbrachten manche Angestellte umliegender Büros ihre Mittagspause unter einem schattenspendenden Baum.

»Das schlafende Mädchen, Großmama. Caroline Christine Walter. Sie starb mit siebzehn.«

Großmama runzelte die Stirn.

»Nach achtzehn Semestern Kunstgeschichte muss ich das wissen«, erläuterte ich lächelnd.

Vorsichtig sah ich meine Großmutter von der Seite an und insgeheim stellte ich mir die Frage, ob sie in diesem Moment begriff, dass ihr Mann vor einigen Monaten von ihr gegangen war. Je länger ich sie betrachtete, desto größer wurde die Gewissheit. Die Ärzte hatten es uns immer wieder erklärt: dass sie zwar den Verlust erahnte, von den Zusammenhängen aber nichts begriff. Und jene Informationskluft schien ihr seelische Qualen zu bereiten.

»Meine Kinder sind auch tot«, fuhr sie fort.

»Welche Kinder?«, fragte ich vorsichtig.

Ich fürchtete, dass sie wieder anfing, alles durcheinanderzubringen. Aber sie schüttelte den Kopf. Immer wieder. Ein vergangener, abgelegter Schmerz schien sich in ihr zu rühren und mit einem tiefen Seufzer sanft aus ihrem Mund zu strömen. Sie presste die Lippen zusammen. Kein Zweifel: In diesem Augenblick fühlte sie genau das, was sie sagte. Plötzlich fiel es mir ein, und ich biss mir auf die Lippen. Sie zeigte mit den Händen einen Abstand von schätzungsweise zwanzig Zentimetern. Mein Herz zog sich zusammen. Sie meinte die Fehlgeburt ihrer Zwillinge.

Meine eigene Tochter war knappe fünf Wochen zu früh zur Welt gekommen. Fünfunddreißig Zentimeter hatte Thea gemessen, als sie klein und zerbrechlich wie eine kostbare Porzellanpuppe nach der Geburt auf meinem Bauch gelegen hatte. Die ganze Schwangerschaft hindurch hatte ich die Angst mit mir herumgetragen, ob ich sie auch wirklich würde halten können, nachdem bereits im dritten Monat starke Blutungen eingesetzt hatten. Sie begleiteten Thea und mich bis zu unserer physischen Trennung, und sobald sie einsetzten, presste ich meinen Unterleib mit aller Kraft zusammen, weil ich fürchtete, mein Kind würde aus mir herausrutschen. Unterwegs in der Straßenbahn oder beim Bäcker. Einfach so. Bis die Ärzte den Muttermund zunähten und mir befahlen, meinen labilen Uterus für die letzten drei Monate erhöht zu lagern, weil ansonsten sofort Wehen drohten.

Ich gehorchte, legte mich in ein Krankenhausbett und dort blieb ich. Eine der schlimmsten Nebenwirkungen waren Kopfschmerzen, die mich an den Rand meiner Kräfte brachten.

»Ganz schön kopflastig«, sagte Tom einmal im Scherz zu mir. Aber genau so war es.

Die Lage sorgte für eine übermäßige Durchblutung des Kopfs. Selten hatte ich mich im Leben so hilflos gefühlt. Tom kümmerte sich rührend um mich. Gegen Ende des achten Schwangerschaftsmonats schwappte Thea aus mir heraus, als wolle sie sich nirgendwo mehr festhalten. Vielleicht wollte sie die Qualen ihrer Mutter beenden oder sie hatte das beruhigende Zureden der Ärzte einen Tag zuvor gehört.

»Alles an Ihrem Kind ist entwickelt. Eine vorzeitige Geburt bedeutet kein Drama mehr!«, hatten sie diagnostiziert.

Das ließ sich Thea nicht zweimal sagen. Wenige Stunden später war es so weit. Als sie zur Welt kam, schrie sie, so laut sie konnte, um uns allen zu zeigen, dass ihre kleinen Lungen bereits funktionierten. Ihre zarte Haut war noch so transparent, dass die feinsten Gefäße durchschimmerten. Tom und ich trauten uns fast nicht, sie anzufassen. Und ich betete, dass Thea bald eine dickere Haut wachsen würde.

»Gisela ist geblieben«, unterbrach Großmama meine Gedanken.

Es klang wie ein Vorwurf, und mir kam die Idee, ob die Härte, die meine Mutter besaß, von jener Sonderstellung herrührte. Sie hatte sich als die Stärkste erwiesen und den Platz der anderen zwei eingenommen. Aber meine Mutter war nicht immer hart gewesen. Der Tod meines Vaters hatte sie erst traurig und dann verbittert gemacht. Nie mehr war sie seitdem eine ernsthafte Bindung eingegangen. Nur Alexander und ich kannten den weichen Kern unserer Mutter, der manchmal durchblitzte, wenn es um elementare, unaussprechliche Dinge des Lebens ging – das weite Feld der Emotionen.

»Ja, Großmama«, versuchte ich sie zu beruhigen. »Jetzt ist alles gut.«

Sie schüttelte missmutig den Kopf.

»Du hast deine Tochter Gisela, deinen Enkel Alexander und mich. Dann gibt es noch Alexanders Söhne, Thomas und Luis. Und Thea und Tom. Wir sind eine richtig große Familie.«

Sie wischte meinen Einwurf mit einer Handbewegung weg. Ich war mir nicht sicher, ob sie meine Worte verstand, denn sie begann, ihr Lieblingslied zu summen. Wehmütig dachte ich, wie sich die Dinge in einer Familie doch wiederholten. Meine Großmutter hatte eine Zwillingsfehlgeburt gehabt und mein Körper hatte sich gegen die Schwangerschaft gewehrt.

»Freiburg war so schön!«

Ich war froh, dass sie bei einem unverfänglichen Thema angelangt war. Offensichtlich befand sich Großmama jetzt tief in der Vergangenheit, in die sie von Zeit zu Zeit eintauchte. Dann schien ihr Gedächtnis den schweren Vorhang des Vergessens zur Seite zu schieben und sie folgte begeistert einer bunten Inszenierung auf der Bühne ihrer Erinnerungen.

»Hier ist es immer noch sehr schön«, erwiderte ich. »Es gibt keine Stadt, in der ich lieber leben würde als hier.«

»Das Haus in der Wiehre. Beim Lorettobad«, sagte sie.

Ihr Blick schweifte ins Weite. Das Lorettobad war das älteste Freibad Freiburgs. Seine Besonderheit bestand in der Tatsache, dass es bis heute ein getrenntes Frauenbad gab. Im Sommer ging ich regelmäßig mit Thea dorthin.

»Wir alle kennen dein Geburtshaus, Großmama. Es steht immer noch. Dein Neffe bewohnt es mit seiner Familie. Sag einmal: Hatte die Familie jemals mit der Goethestraße zu tun?«

Sie nickte, aber ich war mir sicher, dass sie gar nicht verstand, was ich gefragt hatte.

»Lass uns zurückgehen, Großmama! Nach Hause. Komm!«

»Nach Hause«, wiederholte sie leise. »Nach Hause, Lizzy!«

Langsam stand sie auf und stützte sich dabei mit beiden Händen an der Bank ab. Sie war zart und wirkte eingefallen. Ich legte ihr meinen Mantel, der beim Aufstehen auf die Bank geglitten war, um die Schultern und führte sie durch die efeubehangene Pforte des Alten Friedhofs in Richtung unseres Hauses.

Kapitel 5

Als ich am Montagvormittag gerade das Haus verlassen wollte, klingelte das Telefon. Es war Peter, ein ehemaliger Studienkollege, dem ich die Spieluhr vom Rosshimmel anvertraut hatte. Er betrieb eine Restaurationswerkstatt.

»Lizzy, deine Spieluhr ist fertig. Kannst sie abholen.«

»Das ist ja wunderbar. Wie sieht sie aus?«

»Ein schönes Stück, vorausgesetzt, man mag diese Spieluhren. Alles funktioniert wieder. Sehr nett.«

»Ich komme entweder heute Abend oder morgen früh in der Werkstatt vorbei, Peter. Ich danke dir.«

»Da war noch etwas, Lizzy. Auf dem Boden habe ich eine Gravur gefunden, unter dem Samt.«

»Eine Gravur? Was steht da? Sag schon«, fragte ich neugierig.

»Reden ist Silber – Schweigen ist Gold.«

»Reden ist Silber – Schweigen ist Gold«, wiederholte ich das Gesagte. »Das ist alles? Das wird ja nicht unter jeder dieser Uhren stehen. Eine Sonderanfertigung?«

»Mit absoluter Sicherheit. Jemand hat das eingravieren lassen. Das ist niemals Massenproduktion. Eine Auftragsarbeit, nachträglich gemacht.«

»Irgendwelche Initialen?«

»Nein.«

»Wäre auch zu schön gewesen«, seufzte ich. »Aus welcher Zeit stammt sie?«

»Schwer zu sagen. Da müsstest du einen Experten fragen. Das ist Kunsthandwerk. Geh einfach mal bei den Volkskundlern vorbei. Die wissen so etwas.«

»Ich habe sogar noch Kontakte zu denen. Kulturwissenschaften war mein zweites Nebenfach.«

»Na, prima. Dann weißt du ja, an wen du dich wenden musst. Die datieren dir das Ding ziemlich genau.«

Ich bedankte mich für den Tipp, legte auf und machte mich nachdenklich auf den Weg nach Lörrach, zu unserem Firmensitz. »Reden ist Silber – Schweigen ist Gold«. Was hatte das zu bedeuten?

Die Kirchmann Uhren GmbH befand sich inmitten einer Grünanlage in der Nähe der Dreiländereckstadt und bestand aus einem länglichen restaurierten Produktionsgebäude mit hohen Räumen und Fenstern, das mich immer an eine Schule erinnerte. Direkt an das Hauptgebäude angebaut ragte ein moderner Glaskasten auf hohen Stelzen aus dem Boden, der die sogenannten repräsentativen Räume des Unternehmens beherbergte und auf dem oben eine großzügige Chefetage mit einem lichtdurchfluteten Konferenzsaal thronte. Von dort aus hatte man dank drei riesiger Fensterfronten geradezu einen Panoramablick auf die Burgruine Rötteln, den Rhein und den Tüllinger Berg.

Ich hatte meinen Besuch im Firmenarchiv bei der Archivarin angekündigt und mich vorher versichert, dass mein Bruder an diesem Tag nicht anwesend war. Irgendwie schien es mir besser, ihn aus der Angelegenheit herauszuhalten, wenigstens fürs Erste. Glücklicherweise befand sich Alexander für ein paar Tage in der Schweiz.

Am Empfang wurde ich freundlich mit meinem Namen begrüßt, denn die meisten Mitarbeiter kannten mich von Firmenfesten und wussten natürlich, dass ich zur Familie gehörte. Man bat mich, in der Lounge Platz zu nehmen, bis mich die Archivarin Frau Zimber abholen würde. Hinter riesigen Glasvitrinen waren Zeitmesser verschiedener Generationen ausgestellt. Die sogenannte historische Abteilung präsentierte die typischen Taschenuhren der dreißiger Jahre und schlichte Wecker aus der Zeit des Wirtschaftswunders. Sie waren in den späten neunzehnhundertfünfziger Jahren der Renner gewesen und in großen Massen produziert worden. Heute bildete der digitalisierte Wecker nur noch ein winziges Segment in der Kirchmann-Produktion, den größten Umsatz erzielte das Unternehmen mit Luxusarmbanduhren. Hin und wieder bestellte sogar ein reicher Ölscheich teure Sonderanfertigungen, was im Unternehmen stets besonders hervorgehoben wurde. Ich selbst maß Uhren keine allzu große Bedeutung bei, obwohl sich mehrere in meinem Besitz befanden, da mein Großvater seinen Enkeln und Urenkeln zu besonderen Geburtstagen exklusive Unikate hatte herstellen lassen. Für mich bildeten sie eher ein Accessoire, ein Schmuckstück für besondere Anlässe.

»Konditorkinder essen in der Regel nun mal keinen Kuchen«, lautete Großpapas ironische Erklärung.

Frau Zimber erschien mit einem schweren Schlüsselbund und reichte mir mit festem Druck die Hand. Ich schätzte sie auf Ende zwanzig, sie war groß und schlank, ihren Kopf schmückte ein pfiffiger Bob und ihr blondes Haar schmeichelte einem etwas runden Gesicht. Eine Archivarin hatte ich mir anders vorgestellt.

»Das Firmenarchiv befindet sich im Keller des Gebäudes. Wenn Sie mir bitte folgen würden«, sagte sie reserviert und ging voran. »Was genau suchen Sie denn?«

Sie blieb stehen, drehte sich zu mir um und blickte mich hinter einer randlosen Brille aufmerksam und, wie mir schien, sehr kritisch an.

»Ich arbeite an einer Familiendokumentation. Reine Routine«, erklärte ich.

Ohne meine Antwort zu kommentieren, ging sie eiligen Schrittes weiter. Ich hatte Mühe, ihr zu folgen.

Im unteren Stockwerk angekommen, mussten wir uns durch mehrere verschlossene Türen den Weg bis ins Archiv bahnen. Überall befanden sich von Ordnern vollgestellte Regale. Im letzten Zimmer dann standen zwischen den Schränken kleine Tische und Stühle, so wie ich das aus der Präsenzbibliothek der Universität kannte. An den Wänden hingen gerahmte Ausstellungsplakate mit überdimensional abgebildeten Uhren unterschiedlicher Jahrgänge hinter Glas.

»Wie weit wollen Sie denn zurück?«

»In die neunzehnhundertdreißiger Jahre.«

Ich hob entschuldigend die Schultern. Irgendwo musste ich ja anfangen, also sagte ich es gerade so dahin.

»Lassen Sie mich nachsehen. Die Unterlagen sind, glaube ich, dort hinten.«

Sie zeigte in Richtung eines Schranks in der rückwärtigen Reihe, ging entschlossen dorthin, schloss ihn auf und öffnete schließlich mit Schwung eine Schiebetür. Mit den Fingerspitzen raste sie über die beschrifteten Ordnerrücken, bis sie abrupt anhielt. Voller Neugierde sah ich, wie sie einen dicken Ordner aus dem Regal hervorzog und ihn vor mir auf den Tisch legte.

»Bitte schön! Hier ist beispielsweise der wichtigste Schriftverkehr aus dem Jahr 1935. Tagesablagen aus dieser Zeit existieren nicht mehr. Sie wurden nach zehn Jahren vernichtet. Die Folgejahre sehen sie dort.«

Sie wies auf ein weiteres Regal in der Ecke, trat einen energischen Schritt in dessen Richtung und strich mit der Handfläche über die Akten.

»Und vorher?«

»1930 bis 1934. Hier ist die Schnittstelle.«

Abwartend sah sie mich an.

»Bis 1934 hat mein Urgroßvater im Unternehmen mitgewirkt und dann die Leitung meinem Großvater übergeben.«

Das Datum wusste ich genau, zumal Großpapa oft davon erzählt hatte, da es mit der Geburt seiner Tochter Gisela zusammengefallen war. Ganz unwissend war ich also nicht und voller Stolz hob ich ein wenig das Kinn.

»Ja, das stimmt, in der Tat«, bestätigte sie und legte mir ein dunkelgrünes Buch im DIN-A4-Format auf den Tisch, das sie wie nebenbei aus einem weiteren Fach herbeigezaubert hatte.

»Hier finden Sie Geschäftsleitung, Prokuristen und Mitarbeiterzahlen über die Jahre dokumentiert. Eine Art Geschäftsbericht bis 1945. Nach dem Krieg gab es eine neue Zeitrechnung.«

Sie lief zum Kopierer und warf ihn an.

»Vielleicht wollen Sie ja Abschriften mitnehmen. Dauert allerdings eine Weile, bis er auf Betriebstemperatur ist. Bitte schalten Sie ihn aus, wenn sie ihn nicht mehr benötigen.«

»Nach welchen Kriterien sind die anderen Unterlagen denn geordnet, Frau Zimber?«

Die Archivarin stellte sich wie eine Lehrerin vor einen geöffneten Schrank, trat einen Schritt zur Seite und gab den Blick auf ein Fach frei.

»Verträge, Protokolle, Schriftverkehr. Die Jahre finden Sie in diesem Ordner. Er verweist Sie auf die entsprechenden Signaturen. Unter »GL« suchen Sie nach Dokumenten, die nur die Geschäftsleitung angehen und vertraulich sind. Personalakten, Betriebsanweisungen. Eben Chefsache«, munkelte sie geheimnisvoll. »Davon dürften keine Kopien gemacht werden, Frau Tanner. Vorschrift. Tut mir leid.«

Ich nickte. So kompliziert hatte ich mir meine Recherche gar nicht vorgestellt.

»Ich darf Sie nun allein lassen«, sagte sie beim Hinausgehen. »Und bitte nichts zurückräumen, Frau Tanner. Lassen Sie am besten alles, was Sie benutzen, hier auf dem Tisch liegen. Wenn Sie fertig sind, bringe ich das selbst wieder in Ordnung. Sind Sie bitte so nett und melden sich kurz, wenn Sie das Archiv wieder verlassen wollen.« Sie wies auf ein an der Wand angebrachtes Telefon.

Nachdem sie gegangen war, nahm ich mir den Geschäftsbericht aus dem Jahr 1938 vor. Zu diesem Zeitpunkt war mein Großvater bereits vier Jahre an der Spitze des Unternehmens gewesen, eine Ära, die über fünfzig Jahre andauern sollte, bis mein Bruder Anfang der neunziger Jahre die Geschäftsleitung übernahm.

Ohne genau zu wissen, wonach ich suchte, stöberte ich eine Akte nach der anderen durch und blätterte ohne System nach vorne oder zurück. Als ich den dritten Geschäftsbericht aufschlug, stieß ich schon nach einigen Seiten auf einen Eintrag, der mich stutzen ließ: Im Jahr 1933, also ein Jahr bevor Großvater die Geschäftsleitung übernommen hatte, war ein gewisser Samuel Bloch als Mitglied der Geschäftsführung bei der Kirchmann Uhren GmbH geführt worden.

Meine Mutter hatte nichts davon gesagt, dass Bloch an der Unternehmensführung beteiligt war. Ein Geschäftspartner war etwas anderes als ein Mitglied der Geschäftsleitung. In Windeseile blätterte ich die Folgejahre durch und meine Entdeckung bestätigte sich. Samuel Bloch unterzeichnete zusammen mit meinem Großvater als Mitglied der Geschäftsführung. Ab 1937 jedoch, also drei Jahre später, tauchte der Name Samuel Bloch nicht mehr auf. Ich kontrollierte Protokolle und Schriftverkehr aus dieser Zeit und kam zum gleichen Ergebnis. Samuel Bloch, der in den Jahren zuvor quasi alle Briefbögen, die das Haus verlassen hatten, zusammen mit Großpapa unterschrieben hatte, war wie vom Erdboden verschluckt.

Was verbarg sich hinter seinem Verschwinden? Die Blochs waren Juden, hatte mir meine Mutter bestätigt. Ich legte die Dokumente auf den Tisch und blätterte den Vertragsordner weiter durch. Erfolglos.

»Machtergreifung 1933, Reichspogromnacht 1938«, sprach ich leise, um die mir bekannten historischen Eckdaten zu ordnen.

Verwirrt warf ich einen Blick auf das Regal rechts von mir und dachte angestrengt nach. Der Vertragsordner mit dem Vermerk »GL« befand sich auf Augenhöhe. Frau Zimber hatte mir die Erstellung von Kopien strikt untersagt.

Ich stand auf, zog den Ordner aus dem Regal und blätterte ihn im Stehen durch. Tatsächlich existierte ein Vertrag zwischen meinem Großvater und Samuel Bloch vom 14. Januar 1934, in dem Großpapa Samuel Bloch als Leiter der Konstruktion einsetzte und ihn in einer Nebenvereinbarung am Firmenvermögen beteiligte.

»Mit einer Einlage von 200.000 Reichsmark in das Firmenvermögen hält Dr. Samuel Bloch, geboren am 14. Januar 1896 in Freiburg i. Br., wohnhaft Goethestraße 12, zehn Prozent des Firmenvermögens an der Kirchmann Uhren GmbH«, las ich mir laut vor.

Ich überflog die weiteren Texte. Auch hier das gleiche Ergebnis – ab 1937 schien der Name Bloch laut Dokumentenlage verschwunden. Und das Versteigerungsprotokoll aus dem Sekretär vom Rosshimmel war aus dem Jahre 1940. Was war dazwischen geschehen? Und unter welchen genauen Umständen hatte Bloch die Firma verlassen? Oder verlassen müssen?

Mir schlug das Herz bis zum Hals, denn ich bekam eine Ahnung von der Komplexität dessen, was meinen Großvater im Angesicht seines nahenden Todes umgetrieben haben könnte. Ich hatte schon von Übernahmen gehört, von jüdischen Geschäften in

Freiburgs Innenstadt, die von heute auf morgen enteignet worden waren, aber wann hatte das genau angefangen? Wann in den Dreißigern spitzte sich die politische Situation für die jüdische Bevölkerung zu?

Ganze zwei Stunden durchsuchte ich das Archiv nach Hinweisen mit dem Namen Bloch, überflog Protokolle, Schriftverkehr, Aktennotizen, Lieferantenbescheinigungen. Nichts. Kein einziges Schriftstück, unter das Samuel Bloch nach 1937 seine Unterschrift gesetzt hatte. Das Letzte, wofür er gezeichnet hatte, war eine handschriftliche Aktennotiz vom 28. Dezember 1936: »Gravierende Produktionsmängel der genannten Art sind unverzüglich und in vollstem Umfang der Konstruktion zu melden. Rücksprache mit mir persönlich. S. Bloch.«

Bedrückt nahm ich mein Handy und rief Tom in der Redaktion an. Nach mehrmaligem Klingeln ging er endlich an den Apparat.

»Tom, ich bin im Firmenarchiv! Stell dir bloß vor: Dieser Bloch war nicht nur der Geschäftspartner von Großpapa, sondern sogar Teilhaber. Bis Ende 1936. Danach ist nichts mehr über ihn in den Akten zu finden.«

»Das ist ein dickes Ding.«

»Wann hat es hier in Freiburg mit den Repressalien gegen die jüdische Bevölkerung angefangen? Wann ging das alles los? Weißt du das, Tom? Konnte ein Jude unbemerkt in einem Unternehmen an der Schweizer Grenze bleiben? Wie lange hat man ihm wohl erlaubt, an einem deutschen Unternehmen beteiligt zu sein? Ach, ich bin ganz durcheinander«, stammelte ich. »Es heißt doch Übernahme, wenn ein Deutscher ein jüdisches Geschäft aufkaufte? Weißt du, wo ich mehr darüber erfahren kann?«

»Eins nach dem anderen, Lizzy. Du meinst Arisierung«, korrigierte mich Tom. »Die Historiker an der Uni. Es gibt Spezialisten in Freiburg zu diesem Thema. Erkundige dich nach wissenschaftlichen Abhandlungen, Dissertationen. Zur Not gehst du in die Sprechstunde eines Dozenten, der das ›Dritte Reich‹ als Schwerpunkt lehrt. Aber mit Sicherheit gibt es Studien darüber. Ansonsten ist das Stadtarchiv immer eine gute Adresse für derartige Fragen.«

»Tom, ich habe kein gutes Gefühl bei der Sache. Mir ist nicht wohl dabei.«

»Das ist genau das, was ich neulich meinte, Lizzy. Du wirst im Dreck wühlen müssen und schmutzige Finger kriegen. So leid mir das tut. Das Fell gegen den Strich bürsten. Dickes Ding«, wiederholte er noch einmal, bevor wir uns verabschiedeten.

Seufzend drückte ich das Gespräch weg und zog meine Jacke über. Es war jetzt kurz vor zwölf. Wenn ich mich beeilte, könnte ich in der Mittagszeit bei den Historikern den Promotionskatalog durchsehen.

Ich machte eine Kopie des Geschäftsberichts, informierte Frau Zimber telefonisch über den Abschluss meiner Arbeit und verließ das Gebäude.

Am historischen Institut erfuhr ich von einem gewissen Andreas Förster, der an einer Doktorarbeit über die Arisierung im badischen Raum, Schwerpunkt Freiburg im Breisgau, arbeitete. Im Geschäftszimmer der Historiker erhielt ich seine Telefonnummer, die ich auf einen Zettel kritzelte und in meine Tasche stopfte.

Zu Hause angekommen, legte ich die Notiz mit der Nummer neben mein Telefon und ertappte mich den ganzen Nachmittag dabei, immer wieder darum herumzuschleichen. Tom war noch in der Redaktion. Einmal nahm ich den Hörer in die Hand, während ich auf die Zahlen starrte, wählte sogar die Nummer und legte schnell wieder auf, als das Freizeichen ertönte.

Plötzlich fiel mir ein, dass ich noch eine Maschine Wäsche erledigen musste und die Wohnung bereits seit Tagen keinen Staubsauger mehr gesehen hatte. Ich saugte jeden Raum, schaffte Ordnung in Theas Zimmer und überlegte, ob ich noch Fenster putzen sollte. Ein kritischer Blick zeigte, dass dazu noch kein Bedarf war. Nachdem sich nichts Dringliches an Hausarbeit mehr bot, brühte ich mir einen Kaffee, fasste mir ein Herz und rief Andreas Förster schließlich an.

»Ich arbeite an einer Firmendokumentation zum einhundertjährigen Jubiläum der Kirchmann Uhren GmbH. Der Vollständigkeit halber benötige ich ein paar Informationen über die sogenannte Arisierung«, sagte ich, um einen neutralen Ton bemüht, nachdem ich mich kurz vorgestellt hatte.

»Was genau brauchst du denn?«

Er hielt mich wohl für eine Doktorandin.

»Könnten wir das nicht persönlich besprechen? Es ist dann einfacher, denn leider bin ich nicht vom Fach. Ich stelle vielleicht ein paar dumme Fragen«, klärte ich ihn auf.

Wir verabredeten uns für den kommenden Montag in der Uni-Cafeteria um 14 Uhr – kurz vor seinem Kolloquiumstermin.

Thea kam pünktlich von der Schule nach Hause, warf grußlos ihren Ranzen auf den Boden im Flur und verbarrikadierte sich in ihrem Zimmer.

»Was ist los?«, fragte ich vor der verschlossenen Tür.

»Nichts!«

»Thea, mach bitte auf.«

»Nein!«

»Thea!«

Es dauerte keine Minute, dann kam sie aus ihrem Zimmer, einen Teddy im Arm und ihr Schmusetuch an den Lippen. Wut blitzte in ihren dunklen Augen: »Diese blöde Leonie!«

»Was ist passiert?«

Wir setzten uns eng aneinandergedrückt auf den Boden im Flur.

»Die hat eine neue Freundin. Jetzt will sie nix mehr von mir wissen. Ich geh nie wieder in die Schule! Vergiss es!«

»Was ist genau vorgefallen?«

»In der Pause haben sie mich nicht mitspielen lassen, dann bin ich allein nach Hause gelaufen. Na ja«, meinte sie zögerlich. »Mit Lorenzo. Aber der ist ja noch ein Baby.«

»Und wie heißt Leonies neue Freundin?«

»Sophie.«

»Die Sophie, die schon hier war zum Spielen?«

Thea nickte. Das Zwischenmenschliche unterschied sich gar nicht so sehr von unserer Erwachsenenwelt. Freundschaften veränderten sich, wurden enger, dann wieder lockerer. Und Streit gab es überall. Das Schöne aber war, dass sich Kinder im Handumdrehen wieder versöhnten; bei uns Großen war das schwieriger. Im Moment fand Thea ihre Welt schrecklich kompliziert und erwog einen Schulwechsel. Dass meine Tochter verbal richtig austeilen konnte, wusste ich. Hinter diesem Streit steckte mehr.

»Wann kommt Papa?«

»Wie immer, Schatz. Es könnte spät werden. Heute Abend gibt es Reisbrei, auf deinen ausdrücklichen Wunsch.«

Ihr Gesicht erhellte sich. »Mit Zimt und Zucker?«

Ich nickte. »Was genau hast du zu Leonie gesagt?«

Sie kuschelte sich an mich, ich legte den Arm um sie, spielte mit einer ihrer Locken und küsste sie in ihr widerspenstiges Haar.

»Dass ich kotzen muss, wenn ich ihr Pausenbrot rieche.«

Sie legte die Hände an ihren Hals und krächzte.

»Das hast du gesagt? Und du wunderst dich, dass sie dich ausschließt?«

»Igitt. Leberwurst, Mama«, erwiderte sie angewidert, als läge ein besonders schwerer Fall von Körperverletzung vor.

»Thea, das geht so nicht. So behandelt man niemanden«, sagte ich ernst.

»Wenn ich aber kotzen muss!«

»Die Menschen haben unterschiedliche Essgewohnheiten. So ist das nun mal. Andere spucken vielleicht, wenn sie die Menge an Schokolade essen müssten, die du verdrückst.«

Sie schüttelte ungläubig den Kopf.

»Und morgen entschuldigst du dich bei Leonie.«

»Mama!«

»Wie würdest du es denn finden, wenn dir jemand sagt, dass er kotzen muss, wenn er dein vegetarisches Gericht riecht? Sag!«

»Das ist was anderes!«

»Ist es nicht, Thea. Du bringst das wieder in Ordnung. Abgemacht?«

»Abgemacht«, knurrte sie.

Überpünktlich betrat ich am Montagnachmittag die Cafeteria, setzte mich an einen freien Tisch, von dem aus ich den Eingang im Blick hatte, und sah nervös auf die Menschen, die den Raum betraten. Die meisten erschienen in Gruppen. Als ich einen jungen Mann mit einem Stapel Papiere entdeckte und er sich suchend umsah, hob ich zögerlich die Hand und er kam lächelnd auf mich zu.

»Du musst Lizzy sein«, sagte er lebhaft. »Auch einen Kaffee?«

Ich nickte, und wir stellten uns ans Ende der Schlange der Selbstbedienungstheke.

»Die Arisierung ist ein sehr komplexer Stoff«, erklärte Andreas Förster, als wir schließlich wieder am Tisch saßen.

Er rührte nachdenklich in seinem Milchkaffee und sah mich aus stahlblauen Augen kritisch an, als suche er nach dem wahren

Grund für mein Interesse. Im Hintergrund des inzwischen überfüllten Studentencafés klimperte jemand mit Geschirr, das Geräusch ergab zusammen mit den Stimmen ein wildes Durcheinander. Überall unterhielten sich angeregt junge Leute, lachten und tauschten sich aus.

»Persönliche Gründe?«, wollte er wissen.

Er glaubte nicht an die Jubiläumsausgabe und ich fühlte mich ertappt.

»Indirekt«, lächelte ich verlegen. »Mein Großvater besaß eine Uhrenfabrik in Südbaden und hatte offensichtlich in den neunzehnhundertdreißiger Jahren einen jüdischen Kompagnon.«

»Name?«

»Bloch, Samuel Bloch.«

Andreas stützte den Kopf in die Hände und sah mich abwartend an. Als ich mit einem Schulterzucken reagierte, beugte er sich über einen Stapel loser Papiere, die er auf den Tisch gelegt hatte, und blätterte ihn durch. Die dabei aufgewirbelte Luft transportierte eine Welle von Geruch nach kaltem Nikotin, die aus seiner Kleidung und seinen Haaren strömte, direkt in meine Nase.

»Und du willst wissen, was aus ihm geworden ist? Warum fragst du deinen Großvater nicht einfach selbst?«

»Er ist gestorben.«

»Oh, ich verstehe, sorry.« Er räusperte sich. »Trotzdem, das ließe sich recherchieren«, nuschelte er dann in seinen rotbraunen Vollbart. »Es gab Blochs in Freiburg. Aber du wolltest etwas von der sogenannten Übernahmepraxis wissen. ›Arisierung‹ ist kein politisch korrekter Begriff. ›Entjudung‹ ist die schärfere Bezeichnung für das skrupellose Vorgehen und kommt der Sache auch näher. In den ersten Jahren des NS-Regimes stellten bereits etwa dreißig Prozent der in Freiburg ansässigen jüdischen Firmen ihren Betrieb ein. Also schon ab dem Jahr 1933.«

Andreas dehnte die letzten Worte in die Länge.

Im Januar des darauffolgenden Jahres, also knapp ein Jahr nach der Machtergreifung, hatte mein Großvater Bloch als Teilhaber seines Betriebs eingesetzt.

»Die Stadtverwaltung Freiburg eilte mit verschiedenen antisemitischen Aktionen und Regelungen dem Vorgehen im Reich voraus. In Südbaden waren ehrgeizige Beamte am Werk, das kann ich dir sagen.«

»Ohne Not?«, fragte ich und kam mir furchtbar dumm vor.

Andreas nickte begeistert. Es schien ihm Freude zu bereiten, mir etwas beizubringen. Hektisch riss er seinen Tabakbeutel auf und drehte sich in Windeseile eine Zigarette.

»Ein gewisser Oberbürgermeister Kerber drohte den städtischen Beamten und Angestellten mit Entlassung, wenn sie in jüdischen Geschäften einkauften.«

»Und was war mit den Unternehmern oder den Privatleuten vor der Reichspogromnacht, also im November 1938? Oder Reichskristallnacht, ich weiß nicht, wie man sagt.«

Ich sah ihn fragend an.

»Nun, das sagt man politisch korrekt nicht mehr, denn die Bezeichnung Reichskristallnacht ist reine Beschönigung. Wir Historiker reden ausschließlich von der Reichspogromnacht.«

Er fuhr mit seiner Zungenspitze über die Klebefläche seines Zigarettenpapiers. Genüsslich steckte er die Kippe an und inhalierte den Rauch.

»Bei einer Übernahme hing es im Wesentlichen vom Käufer ab, ob er einen Betrieb zu fairen Bedingungen übernahm oder ob er sich bereicherte. Die allermeisten haben sich bereichert. Und das nicht zu knapp. Glaub mir, Lizzy, von dem, was damals vor sich gegangen ist, wissen die wenigsten. Die heutige Generation hat eine grobe Ahnung vom Holocaust, von Verfolgung und Ermordung. Aber darüber, wie sich Entrechtung und Demütigung der Einzelnen hier direkt vor unserer Haustür abspielten, ist der Wissensstand gleich null. War dein Großvater ein Nazi?«

Genau das war in der Tat mein Problem – ich hatte keine Ahnung von dem, was sich vor unserer Haustür abgespielt hatte.

»Nein. Nicht dass ich wüsste. Er war ein anständiger Mann«, wich ich aus.

»Die historischen Fakten sind klar«, fuhr er unbeirrt fort und blies den Rauch in meine Richtung. Plötzlich bekam ich Lust auf eine Zigarette. »Der Handlungsspielraum der jüdischen Unternehmer wurde Anfang 1937 dadurch drastisch eingeschränkt, dass sich das Badische Finanz- und Wirtschaftsministerium als Genehmigungsinstanz bei Verkäufen einschaltete. Vorher konnten Käufer und Verkäufer die Sache meist unter sich regeln. Weißt du denn wenigstens, wann die Übernahme bei deinem Großvater stattgefunden hat? Irgendwas Offizielles?«

»Eben nicht. Das ist nicht dokumentiert«, stotterte ich. »Die Aktenlage deutet aber auf das Jahr 1937 hin.«

»Genau die Schnittstelle! Wirklich interessant, denn Anfang 1937 wurde die sogenannte Entjudung der Freiburger Wirtschaft beschleunigt und sehr vereinfacht. Viele große Industriebetriebe in Baden wurden in dieser zweiten Phase bis November 1938 arisiert. Und das alles bei einem exorbitanten Preisverfall.«

Ich bemühte mich, die Fakten noch einmal zusammenzufassen: »Heißt das, je früher die Übernahme, also vor oder knapp um 1937, desto höher die Wahrscheinlichkeit, dass korrekte Geldsummen geflossen sind?«

»Genau, was ich sage«, erwiderte er und ich konnte eine gewisse Anerkennung in seiner Stimme hören. »Zumindest ist dies möglich, aber es gab auch Ausnahmen, Lizzy.« Er drückte seine Selbstgedrehte im Aschenbecher aus. »Also keine Absolution für Opa.«

Die Art, wie er Opa sagte, ärgerte mich, aber irgendwie mochte ich auch seine direkte, ungezwungene Art. Der Kerl war nett und hatte offenbar Ahnung.

»Gibt es bei den Blochs Überlebende?«, fragte er plötzlich, als habe er einen Geistesblitz.

»Ja«, entgegnete ich zögerlich. »Gibt es, aber ich kenne sie nicht. Von einem offiziellen Termin allerdings weiß ich, dass sie existieren.«

»Frag sie, das ist der einfachste Weg«, sagte er, lehnte sich zurück, sah mich herausfordernd an, verschränkte die Hände hinter seiner Löwenmähne und begann mit seinem Stuhl zu kippeln.

Ich seufzte, denn dies war der schwerste Weg von allen.

»Ist natürlich kritisch, denn man weiß nie, was man aufwühlt. Die materielle Wiedergutmachung ist ja nur ein Aspekt. Oft geht es um verschüttete Gefühle, Kränkungen, Traumatisierung. Selbst für die Folgegeneration. Aber noch leben die letzten Zeitzeugen. Bald nicht mehr. Also ist es auch eine große Chance.«

Ich nickte.

»Wenn du auf diese Blochs zugehen möchtest oder musst, wie ich meine, dann solltest du gewappnet sein. Du musst wissen, was genau los war, was dein Großvater angestellt hat, sonst läufst du ins offene Messer. Such nach Verträgen in der Hinterlassenschaft deines Großvaters. Wenn alles anständig über die Bühne gegangen sein soll, muss das nicht unbedingt zwangsläufig in schriftlicher Form geschehen sein. Aber wenn du Glück hast, findest du noch Unterlagen. Welche Gesellschaftsform?«

»GmbH. Traditionelles Familienunternehmen in vierter Generation.«

»Na also. Vielleicht gibt es einen Hinweis im Handelsregister.«

»Da täuschst du dich, Andreas. Bei einer GmbH wird zwar das Stammkapital veröffentlicht, dabei ist aber nicht ersichtlich, woher oder von wem es rührt«, wandte ich ein und war mächtig stolz auf mein Wissen. Ich hatte das seinerzeit nachgesehen, als mein Bruder die Firma übernommen hatte.

Mit einem Ruck kippte Andreas seinen Stuhl wieder nach vorne, packte hektisch seinen Stapel Papiere zusammen, stopfte den Tabak in die Hosentasche, warf einen schnellen Blick auf seine digitale Armbanduhr und legte im Aufstehen die gespreizten Finger auf den Tisch.

»Wenn du meine Hilfe brauchst – jederzeit gerne. Ruf mich an. Ich muss jetzt leider in mein Kolloquium. Würde mich interessieren, wie die Sache ausgeht. Wahnsinnig spannend für einen Wissenschaftler. Geschichte zum Anfassen.«

Geschichte zum Anfassen! Für mich klang das eher nach Fingerverbrennen.

»Danke«, sagte ich und erhob mich ebenfalls. »Ich lasse von mir hören!«

»Unbedingt. Tu das.«

Die Geschichtsstunde war beendet. Auf dem Rückweg schlenderte ich von der Uni in Richtung Bank, um Geld abzuheben. Ich versuchte mir eine Begegnung mit den Blochs vorzustellen. Wie sahen sie aus? Ich wusste von einer Frau, die in Mamas Alter sein musste, und einem Mann, der vermutlich meiner Generation angehörte. Straßburg. David Blochs Adresse stand in einer Abschrift des Testaments. Wenn die Hypothese mit den unehelichen Kindern von Großpapa stimmte, die in meinem Gespräch mit Tom aufgekommen war, dann wären wir sogar verwandt.

Mit Sicherheit waren die Blochs kultiviert, verfügten über gute Manieren und würden mich nicht einfach zurückweisen. Ich schämte mich für meine Vorurteile, die dadurch nicht gemildert wurden, dass ich das Beste annahm.

Lörrach,
DEZEMBER 1936

Der Abend war hereingebrochen und die Tage wurden unmerklich wieder länger. Das Jahr 1936 neigte sich seinem Ende entgegen und die Produktionshallen bei der Kirchmann Uhren GmbH waren verwaist. Nur in der oberen Etage des Verwaltungsgebäudes brannte Licht. Der Jahreswende sah man skeptisch entgegen; man erhoffte sich nichts Gutes für 1937. Schneeflocken stürzten vom Himmel und legten sich auf die Landschaft der Rheinebene. Aber sie würden nicht liegen bleiben und nur Matsch und Schmutz in den Straßen hinterlassen.

Bloch rückte seinen Stuhl näher an den Schreibtisch, befestigte seine runde Nickelbrille hinter den Ohren, nahm seinen Füllfederhalter in die Hand, schraubte ihn auf und setzte an. Mit akkurater Handschrift schrieb er auf den Vordruck Aktennotiz: »Gravierende Produktionsmängel der genannten Art sind unverzüglich und in vollstem Umfang der Konstruktion zu melden. Rückfragen mit mir persönlich. S. Bloch.«

Seine letzte Dienstanweisung war so wertlos wie das Papier, auf dem er sie niedergeschrieben hatte. Hinter Glaswänden beobachtete er hektisches Treiben und zählte drei Mitarbeiter: Frau Keller, die Sekretärin des Chefs, Herrn Schäfer, der erst vor wenigen Wochen als Personalleiter eingesetzt worden war, und einen Laufburschen. Sie alle hatten ihre Mäntel oder Jacken anbehalten, denn es war kalt. Die Heizung überschlug nur ein wenig. Das matte Licht, das die Räume erhellte, schien wie eine Notbeleuchtung.

Samuel Bloch kniff die Augen zusammen. Kirchmann war nirgendwo zu entdecken. Er wusste, was das bedeutete. Die letzten Wochen hatte er sich auf diesen Moment vorbereitet, wenn auch nur mental. An die Demütigungen konnte man sich nicht gewöhnen, und dass es noch schlimmer kommen sollte, vermochte er sich in diesen Minuten nicht auszumalen. Die Sekretärin sammelte eilig Papiere aus den Büros zusammen und verstaute sie in einem Ordner. Kurz war ihm, als begegneten sich ihre Blicke, als sehe sie angestrengt weg. Sicher war er sich nicht. Er bemühte sich um ein Lächeln.

Samuel Bloch rechnete nach: Wie viele Jahre hatte er hier verbracht? Nach dem Abitur war er beim Senior in die Lehre gegangen, weil ihn Uhrenwerke von jeher faszinierten. Es hatte eine ganze Weile gedauert, bis er seine Eltern, die von einem handwerklichen Beruf nicht viel hielten, von seiner Leidenschaft überzeugen konnte. Nach vielen, eindringlichen Gesprächen hatte sein Vater schließlich nachgegeben. Kirchmann senior indessen war sein gerader Weg nach oben zu verdanken. Aber sein Ehrgeiz, gepaart mit einem außerordentlich feinmotorischen Talent, war auch nicht unschuldig gewesen. Selbst Bodo Kirchmann hatte Blochs Treue gedankt, indem er ihm die Konstruktionsabteilung anvertraut hatte. Uhren zu bauen war Samuel Blochs Lebenstraum gewesen. Jetzt aber rannte ihm die Zeit wie im Galopp davon.

Vor ein paar Jahren hatte sich der Senior aus dem aktiven Geschäft zurückgezogen und Bloch war inzwischen ein Mann von vierunddreißig Jahren. Er hatte es zu etwas gebracht, eine Villenwohnung in der Goethestraße bezogen, zwei Kinder in die Welt gesetzt und die schönste Frau Freiburgs geheiratet. Martha! Jeder Gedanke an seine Familie versetzte ihm einen Stich mitten ins Herz. Er selbst konnte den bevorstehenden Abstieg ertragen. Den Schmerz und die Angst in Marthas Augen zu sehen jedoch zerriss ihn innerlich. Vor wenigen Tagen war seine Tochter Ella auf der Straße von einer

Gleichaltrigen angespuckt worden. Das Kind hatte seine Tränen hinuntergeschluckt, war nach Hause gelaufen und hatte lange nichts gesprochen.

»Was habe ich ihnen getan?«, hatte Ella verzweifelt mit geröteten Wangen gefragt und er war ihr die Antwort schuldig geblieben.

Man hatte ihm eine große Zukunft vorausgesagt. »Bloch – mein brillanter Handwerker wird es noch weit bringen«, hatte Kirchmann senior immer über seinen Schützling gesagt. Bodo Kirchmann, selbst etwas jünger als er, ließ den Primus inter Pares neidlos passieren. Bodos Stärke lag in der Führung und niemand konnte das Unternehmen besser repräsentieren als er. Spielend gelang es ihm, Menschen aller Couleur und Gesinnung an einem Tisch zu versammeln: Generäle, Obersturmbannführer, konspirative Sozialdemokraten. Selbst für die Putzkolonne seiner Produktionshallen hatte er ein paar freundliche Worte übrig. Er studierte die Menschen, die ihn umgaben, lernte von ihnen.

Die beiden Männer waren keine Konkurrenten, sondern zogen an einem Strang. Sosehr sie ihre Stärken kannten, so misstrauisch und vorsichtig gebärdeten sie sich angesichts ihrer Schwächen. Samuel Blochs scharfe Weitsicht vermochte in persönlichen Angelegenheiten Zögern und schließlich völlige Stagnation in seinem Handeln nach sich ziehen. Bodo Kirchmanns elegante Leichtfüßigkeit auf dem gesellschaftlichen Parkett ließ ihn zuweilen abheben und den Boden unter den Füßen verlieren. Die Freude am Risiko hingegen begleitete ihn stets. Den vollkommenen Habitus eines großherzigen Menschen hatte Bloch an seinem Vorgesetzten immer mit einiger Skepsis bewundert. Blindlings vertraut hatte er ihm niemals.

Für Bodo Kirchmann war es leicht, Menschen zu gewinnen. Sie an der Nase herumzuführen erwies sich als weitaus schwieriger. Seit einigen Jahren übte er sich in der Fratze des Bösen wie in einer schwierigen Theaterrolle und sprach den vorgegebenen Text. Ob er sich eines Tages noch im Spiegel erkennen würde? Schließlich hatte er jede Geste so einstudiert, als sei sie ihm angeboren.

Müde und erschöpft erhob sich Samuel Bloch, trat an die Glasfront, wo er schwach, beinahe verschwommen, sein Spiegelbild sehen konnte. Ihm schien, als sei er in den letzten Stunden ergraut und ein fahler Schleier überzog sein Gesicht. Frau Keller war nicht mehr da und auch Herr Schäfer war verschwunden. Nur noch in einem Raum brannte mattes Licht. Dann hörte er Schritte vor seinem Büro. Langsam, bedächtig, als nähere sich jemand mit großem Zögern.

Bodo Kirchmann betrat den Raum, bekleidet mit Mantel und Schal. Er zog die Tür hinter sich zu, betätigte die Lamellen und hängte seinen Schirm an die Garderobe. Jetzt waren sie unter sich. Beide schritten zum Schreibtisch und boten einander zeitgleich Platz. Die Zeiten vermochten sogar die Gesetze der Höflichkeit zu pervertieren. Verlegen senkten beide die Augen.

»Bringen wir es hinter uns«, stieß Kirchmann hervor, streifte seine Handschuhe ab, öffnete seinen Mantel, entnahm der Innentasche ein Papier und füllte einen Scheck aus. Er zählte ein paar Geldscheine, die er wortlos auf einen Stapel legte und Bloch zuschob. Dieser nahm alles an sich. »Die Überweisungen in die Schweiz werden in diesen Tagen getätigt.«

Fast gleichzeitig atmeten sie durch.

»Hätten wir …?«, setzte Samuel Bloch an und Bodo Kirchmann schüttelte stumm den Kopf, erhob sich, ging zum Fenster und sah hinab in den Hof.

»Glauben Sie mir, es ist der richtige Zeitpunkt. Einen besseren bekommen wir nicht mehr.«

Seine Worte beschlugen am Glas, als seien sie dort geschrieben.

»Ehe ich es vergesse«, sagte Bloch fast aufmunternd, öffnete eine Schublade und entnahm ihr einen Umschlag, gefüllt mit einigen

Dokumenten. Er fuhr mit der Zunge über die Klebeschicht, verschloss das Kuvert, trat zu Kirchmann und überreichte es ihm. »Vielleicht haben Sie eines Tages Verwendung dafür. Mir blieb sie verwehrt.«

Samuel Bloch lächelte gezwungen, senkte die Augen, schritt zur Garderobe, nahm seinen Mantel, warf ihn über, sah sich noch einmal in seinem Büro um, deutete eine Verneigung an und verließ seine Wirkungsstätte.

Lange sah ihm Bodo Kirchmann, der still am Fenster stehen geblieben war, nach. Er drückte den Umschlag an sich und wartete, bis er seinen Geschäftspartner unten ihm Hof mit aufgespanntem Schirm über den Asphalt schreiten sah. Der Schnee war in Regen übergegangen.

Kapitel 6

Am Bankautomaten erwartete mich eine Überraschung – mein Konto war um knapp 4000 Euro überzogen. Seit Großvaters Tod hatten sich die Schulden angehäuft. Es existierten noch ein paar Wertpapiere, die auf meinen Namen liefen, und ein Sparbuch für Thea, das ich jedoch niemals anrühren würde. Um das Depot, das mein Großvater für mich angelegt hatte, hatte ich mich nie gekümmert, und ich besaß nur eine vage Ahnung von dem Wert, der mir immer mit der Jahresabrechnung ins Haus flatterte. Ich erschrak über mich selbst, wie wenig mich Geld bislang interessiert hatte. Es war einfach immer da, und plötzlich konnte ich Tom verstehen, der mir diesbezüglich stets Oberflächlichkeit vorwarf.

»Verzinsliche Staatsanleihen«, klärte mich die Sachbearbeiterin der Bank auf. Ihr süßliches Parfum stieg mir in die Nase, als sie sich mit einer Akte in der Hand schwungvoll hinter ihren Schreibtisch setzte. »Eine solide Anlage, die sich mit der letzten Abrechnung auf genau 14.355 Euro beläuft, Frau Tanner.«

Sie sah vom Monitor auf und lächelte. Mein Geldproblem war gelöst und ich bat um Überweisung auf mein Girokonto.

»Tut mir leid«, entgegnete die Bankerin. »Das ist leider nicht möglich. Die Papiere sind bis zum Jahr 2010 gebunden. Bis dahin dürfte der Betrag auf knapp 20.000 Euro angewachsen sein.«

»Aber ich brauche mindestens 5000 Euro, und zwar jetzt sofort. Zum Ausgleichen des Kontos. Und von irgendwas müssen wir ja auch leben!«, erwiderte ich empört.

»Tut mir leid«, wiederholte sie noch einmal monoton. »Aber selbstredend erhalten Sie einen Kredit von uns in dieser Höhe oder jederzeit mehr, Frau Tanner. Das ist überhaupt kein Problem. Ich kann auch Ihren Dispositionskredit erhöhen. Ihr Konto verfügt ja bislang über ein recht kleines Kreditvolumen, wie ich sehe. Das verstehe ich nicht.«

Sie starrte auf ihren Bildschirm, als ob er ihr die Antwort geben könnte, warum eine Kirchmann noch nie in einen für die Bank lukrativen Saldo geraten war.

»Weil ich ihn nie gebraucht habe«, warf ich ein.

»Sagen wir kurzfristig 9000 Euro? Würde das genügen? Sie verfügen ja über Sicherheiten. Ihre Familie zählt seit Jahrzehnten zu unseren besten Kunden. Wie gesagt, es ist mir ein Rätsel ...«

Was wusste sie schon über Sicherheiten? Sie redete von soliden Anlagen, Dispositionskrediten, Zinszuwachs und dem Ansehen meiner Familie! Dabei ging es hier nicht nur um profane Dinge wie Miete, Essen, Rechnungen, sondern auch um meinen Stolz. Ich war fest entschlossen, es alleine zu schaffen.

»Ich denke darüber nach«, gab ich kurz angebunden zurück, verabschiedete mich und trat auf die Straße hinaus.

Es war zum Heulen. Ich hatte Geld, konnte aber nicht darüber verfügen. Von meiner Vorerbenschaft auf Immobilien und den Sicherheiten, die meine Familie bot, konnte ich weder meinen Mietanteil bezahlen noch etwas zu essen kaufen. Und meine Tantiemen würden erst am Ende des Jahres fließen.

Auch Brigitte, die wissenschaftliche Leiterin am Augustinermuseum, die mir in den letzten Jahren immer wieder Honorarjobs zugeschanzt hatte, konnte mir keine Hoffnungen auf irgendeine Art von Einkommen in absehbarer Zeit machen.

»Nein, leider nichts, Lizzy. Der Etat ist ausgeschöpft. Die Direktion spart an allen Ecken und Enden und begnügt sich mit den Festangestellten. Aber sobald es etwas gibt, bist du die Erste, die es erfährt. Vielleicht im nächsten Frühjahr.«

Ich musste mir also etwas anderes einfallen lassen. Seit Großvaters Tod hatte sich mein ganzes Leben verändert. Ich kontaktierte wildfremde Menschen, spähte in Firmenarchiven meine eigene Familie aus und alles, was bislang herausgekommen war, bestand aus undurchsichtigen, unzusammenhängenden Details, die keinen Sinn ergaben.

Seit Wochen machte ich einen Bogen um alles, was ich mir früher quasi en passant geleistet hatte: Klamotten für Thea, Schuhe für mich, Handtaschen, eine Designerjeans. Meine Tochter bemerkte die Einschränkungen gar nicht, sie besaß ihre Lieblingshose, einen Lieblingspulli, ein, zwei T-Shirts, und jedes Mal war es ein Kampf, wenn eines ihrer favorisierten Teile in die Waschmaschine musste.

Meine Mutter oder meinen Bruder um Geld zu bitten, verbot mir mein Stolz. Ich musste eine Arbeit finden, die ich von zu Hause aus erledigen konnte oder am Wochenende, und das ohne Thea und meine Recherche zu vernachlässigen.

Die Idee kam mir auf dem Markt am Münsterplatz. Der Gemüsestand, bei dem ich trotz Geldknappheit rasch vorbeischaute, hatte neuerdings sein Sortiment auf Tannenhonig aus dem Schwarzwald und Sauerteigbrot erweitert.

Meine Großmutter hatte früher immer von den sogenannten Dinneles ihrer Großmutter geschwärmt, einem Brotteigfladen aus dem Bodenseeraum, der auch auf unserem Speiseplan Einzug gehalten hatte und dessen Name daher rührte, dass der Teig möglichst dünn ausgerollt wurde.

Der handliche Fladen ließ sich mit einer Serviette im Stehen essen und schmeckte vorzüglich. Der Teig galt in unserer Familie bis heute als bestgehütetes Geheimrezept und auf Sommerfesten servierten wir die Dinneles mit herzhaften und süßen Belägen.

Beim bloßen Gedanken an die dampfende Köstlichkeit mit Zwiebeln, Rahm und Käse lief mir das Wasser im Mund zusammen. Was, wenn ich die Dinneles auf dem Markt verkaufen würde? Ursprünglich waren sie ein Armengericht, vorzugsweise vegetarisch, manchmal gab es sie mit Speck. Auf Anhieb konnte ich mir zwei Varianten vorstellen, die bei der Kundschaft ankommen würden: eine Paste aus getrockneten Tomaten, Olivenöl und Basilikum oder Knoblauch mit frischem Thymian aus der Provence. Die kurze Backzeit würde meinem Vorhaben entgegenkommen. Alles, was ich brauchte, war eine große Rührmaschine und einen professionellen Pizzaofen.

Die Idee, mit Hilfe meiner Leidenschaft für gutes Essen meinen Lebensunterhalt zu verdienen, ließ mich nicht mehr los. Ich sah mich auf dem Marktplatz um und versuchte abzuschätzen, wie viele Leute diesen wohlschmeckenden Snack wohl annehmen würden. Zum Sofortessen oder zum Mitnehmen, denn Dinneles ließen sich problemlos wieder aufwärmen und verloren dadurch nicht an Qualität. Ein kleiner Stand und ein Dach über dem Kopf für Regentage würden genügen.

Zu Hause angekommen, fing ich an zu rechnen. Mit Notizblock, Stift und Taschenrechner saß ich in der Küche und recherchierte im Internet die Preise. Ein Pizzaofen für 25 Fladen würde mich etwa 1500 Euro kosten; die Rührmaschine schlüge mit 600 Euro zu Buche. Ich verfluchte die Laufzeit der Wertpapiere und das Warten auf die Tantiemen und entschied mich für einen Verbraucherkleinkredit meiner Bank. Die geringsten Kosten lagen bei den Lebensmitteln.

»Ich glaube, du bist verrückt«, sagte meine Mutter, als ich ihr davon erzählte und nach dem Originalrezept fragte.

Kopfschüttelnd holte sie das in Wachspapier eingeschlagene Rezeptbuch meiner Urgroßmutter aus der Vitrine, blätterte darin und nannte mir Zutaten, Mengen und Backzeit für zehn Personen. Das Geheimnis lag in der besonderen Mischung der Mehlsorten.

»Aber verrate keinem Menschen jemals das Rezept«, warnte sie mich augenzwinkernd.

Ich versprach es und entschied mich für zwei unterschiedliche Größen, deren Endpreise ich errechnete: Für einen kleinen Fladen kalkulierte ich 2,50 Euro, für den größeren 4,50 Euro. Wenn ich jeden Samstag insgesamt nur 200 Fladen verkaufte, würde nach Abzug der Warenkosten und Standmiete ein monatlicher Reingewinn von mindestens 1600 Euro bleiben. Das würde Essen und die Miete abdecken, der Rest würde sich zeigen. Immerhin wäre es einen Versuch wert.

Euphorisch machte ich einen neuen Termin bei der Bank, der Kleinkredit war kein Problem. Ich beantragte einen Gewerbeschein sowie den Standplatz von 2,5 Quadratmetern.

»Nur zwanzig Euro Standmiete?«, fragte ich ungläubig und legte überglücklich den Hörer auf. Ich befand mich auf dem richtigen Weg! Im Elektrogroßhandel bestellte ich den Ofen und die Rührmaschine.

Einige Tage später servierte ich zum Abendessen drei verschiedene Varianten. Das Dinnele mit Zwiebeln, Speck und Käse hieß »Rustikal«, das mit einer Tomaten-Basilikum-Paste und einem Hauch Parmesan erhielt den Namen »Veggie« und die Zucker-Zimt-Variante hieß einfach »Süße Versuchung«.

Thea und Tom aßen mit Appetit.

»Das hier ist ein Traum, Lizzy. Was daran schmeckt so unglaublich gut?«

Er zeigte auf die Veggie-Variante.

»Die getrockneten Tomaten. Du kennst doch mein rotes Pesto, das ist die Grundlage. Sie werden lange mit Provencekräutern in schwerem Rotwein gekocht, abgegossen und dann mit Olivenöl, Parmesan und Basilikum gemixt«, erwiderte ich stolz.

»Ich möchte nicht wissen, wie es freitags hier in der Küche stinkt, wenn du diese Unmengen Zwiebeln brätst.«

Thea schüttelte sich und hüpfte in ihr Zimmer.

»In Butterschmalz«, erwiderte ich lachend. »Und die Veggies bilden nur einen Teil, Tom. Du wirst Augen machen.«

»Geldverdienen ist kein Spiel, Lizzy. Übrigens: Ich habe Theas Geburtstagsgeschenk besorgt. Liegt im Kofferraum.«

Angesichts des Trubels hatte ich es fast vergessen; in vier Tagen wurde Thea sieben.

»Die Barbie mit Computer und Schminktisch? Und hör bitte auf mit deinen pädagogischen Bemerkungen, wenn ich mir Mühe gebe, Geld zu verdienen.«

Er drehte sich weg und ging in Richtung Tür.

»Und noch was, Lizzy: Denk bitte daran. Nächste Woche bin ich von Mittwoch bis Freitagabend in Berlin auf Dienstreise«, sagte er im Hinausgehen.

Am nächsten Tag fand ich auf unserem Anrufbeantworter eine Nachricht der Kanzlei Stockfelder: »Hallo Frau Tanner, hier spricht Emil Ziegler, Kanzlei Stockfelder, Waldkirch. Tut mir leid, dass ich mich erst so spät melde. Aus Ihrer Anfrage nach einem Informationsgespräch schließe ich, dass Sie ein Gespräch mit Ludwig Stockfelder wünschen. Mein Partner übernimmt derzeit leider keine Mandate. Ich könnte Ihnen einen Besprechungstermin in knapp zwei Wochen anbieten.« Er machte eine Pause und man hörte Papier rascheln. »Beispielsweise bin ich am Freitag in vierzehn Tagen, 23. April, in Freiburg. Wir könnten uns, sagen wir, gegen 17 Uhr im Café Journal treffen oder direkt vor dem Gericht am Bertoldsbrunnen. Geben Sie meiner Sekretärin bitte Bescheid, ob Ihnen das passt oder ob Sie einen anderen Termin beziehungsweise Treffpunkt bevorzugen. Ich freue mich, Sie kennenzulernen. Bis dann.«

Stockfelder! Gleich nach Toms Hinweis hatte ich in Waldkirch angerufen und um einen Termin gebeten. Ich rechnete nach, wie alt der Mann mit dem Tweed-Jackett inzwischen sein könnte, und kam auf um die siebzig. Die Generation meiner Mutter. Ich würde also zunächst mit seinem Partner vorliebnehmen müssen. Aber vielleicht kam ich auf diese Weise an Stockfelder heran.

Kapitel 7

Wenige Tage nach Theas eigentlichem Kindergeburtstag sollte eine Feier mit der Familie stattfinden. Am Morgen hatte ich bei Peter, dem Restaurator, die Spieluhr abgeholt. Er hatte mir die Gravur gezeigt und das Werk anschließend aufgezogen. Sie funktionierte einwandfrei und spielte ausgerechnet *»Au clair de la lune«*. Zu Hause angekommen, stellte ich das Paket auf dem Küchentisch ab und inspizierte die Post. »Für mich?«, fragte Thea freudestrahlend, als sie von der Schule nach Hause kam.

»Hattest du nicht genug Geschenke?«, erwiderte ich. »Ich weiß auch nicht, ob das wirklich was für dich ist.«

Mir gefiel die Idee, dass die Uhr in heilem Zustand der Familie zurückgegeben werden sollte. Wer sie dabei letztendlich an sich nahm, war mir gleichgültig.

»Eigentlich ist das ein Geschenk für die ganze Familie. Aber du musst noch ein wenig Geduld haben. Später, sobald Großmama und Urgroßmutter da sind. Du darfst es dann auspacken.«

Thea nahm es gelassen. Sie hatte zahlreiche Präsente bekommen und heute würde noch so viel los sein, dass es sich für sie nicht lohnte, zu schmollen.

Den Rest des Vormittags verbrachte ich mit Vorbereitungen in der Küche. Thea hatte sich Spaghetti mit Tomatensoße und Kinderkäse sowie Obstkuchen mit Dosenmandarinen gewünscht. Zum Abendessen hatte ich für die Erwachsenen Saltimbocca geplant.

Ich füllte die Kalbsschnitzel mit frischem Salbei vom Markt

und hauchdünnem Parmaschinken, rollte das Fleisch zu kleinen Rouladen zusammen und befestigte alles mit Zahnstochern. Dazu sollte es frische Pasta geben.

Als Alexander und Susanne zusammen mit ihren Jungs am Nachmittag erschienen, war Thea in ihrem Element. Sie genoss es, im Mittelpunkt zu stehen, und packte ungeduldig die noch verbliebenen Geschenke aus. Als wir die Kinder in Theas Zimmer zum Spielen schicken wollten, weigerte sich Luis vehement, jemals wieder gegen Thea zum Memory anzutreten, bis sich Susanne bereiterklärte, als Schiedsrichter zu fungieren.

Mein Bruder warf mir über die Köpfe der anderen hinweg einen Blick zu und zeigte mit einer kurzen Augenbewegung in Richtung Flur. Ich verstand, folgte ihm in die Küche, wo er sofort die Tür hinter uns schloss und mich herausfordernd ansah.

»Du warst im Firmenarchiv? Was hast du vor?«, fragte er ohne Umschweife mit einem strengen Gesichtsausdruck und trat dabei einen Schritt auf mich zu.

Er war mindestens einen Kopf größer als ich und hatte einen durchtrainierten, drahtigen Körper, der sich unter seinem maßgeschneiderten nachtblauen Anzug abzeichnete. Die Frauen fanden Alexander attraktiv und deuteten seine unterkühlte Art als vornehme Zurückhaltung. Ich hingegen empfand sie immer als Mangel.

Er war nicht etwa reserviert, weil es ihm an Wärme fehlte, niemand wusste das besser als ich, sondern vielmehr weil ihn alles Herzliche zutiefst verunsicherte. Nur ungern ließ er körperliche Nähe zu. Und er konnte knallhart sein. Alexander war der typische Jurist, der die Paragraphen herunterbetete, ohne auch nur ein einziges Mal an die Folgen für die Menschen zu denken.

»Ich interessiere mich für die Firmengeschichte«, antwortete ich, schob ihn vorsichtig zur Seite und stellte Teller und Gläser auf ein Tablett. »Wusstest du, dass Großpapa bis Ende 1936 das Unternehmen zusammen mit einem gewissen Samuel Bloch leitete? Bloch war Teilhaber und Leiter der Konstruktionsabteilung. Und mit zehn Prozent am Firmenvermögen beteiligt. Wir kennen den Namen Bloch vom Testament!«

Alexander wirkte nicht überrascht und sah mich beherrscht an.

»Und was folgerst du daraus?«

»Er war Jude.«

»Das ist keine Schlussfolgerung.«

»Nein. Eine Tatsache. Mama hat mir das bestätigt. Verdammt, Alex, jeden Menschen würde es alarmieren oder zumindest nachdenklich machen, wenn ein jüdischer Teilhaber in den späten neunzehnhundertdreißiger Jahren plötzlich aus den Firmenbüchern verschwindet.«

»Glaube nicht, dass mir das neu ist, was du hier von dir gibst. Auch ich habe meine Hausaufgaben gemacht und mich ins Bild gesetzt. Offensichtlich aber ziehe ich andere Rückschlüsse als du. Was also willst du, Lizzy?«

»Mir einen Überblick verschaffen. Ich möchte einfach wissen, was genau passiert ist. Großpapa hatte doch ganz bestimmt seine Gründe, diesen Blochs den Rosshimmel zu vermachen. Wiedergutmachung, Alexander! Könnte das nicht sein? Spät, aber immerhin. Die Geschichte der Übernahmen in Baden ist erschütternd. Weißt du denn, welche Gelder dabei geflossen sind? Und wenn das alles tatsächlich stimmt: Was ist mit dem Anteil von Bloch, seinen zehn Prozent? Haben die Blochs das je zurückbekommen? Diese Frage wird man sich ja wohl stellen dürfen!«

Ich war es leid, mich zu rechtfertigen. Alexander beschwerte sich, weil ich zu viel hinterfragte, und Tom war es immer zu wenig.

»Hast du einmal zurückgerechnet, wie lange das her ist, Lizzy?«

»Aber das ändert doch nichts! Unrecht verjährt nicht!«, entgegnete ich empört.

»Stellst du dich etwa gegen uns?«

Es war zwecklos. Wütend wollte ich die Küche verlassen, doch Alexander machte keinerlei Anstalten, mir den Weg frei zu machen. Stattdessen lehnte er sich mit dem Rücken an die Tür und plötzlich waren wir uns so nahe, dass ich sein Rasierwasser riechen konnte.

»Nein«, wich ich aus und drehte den Kopf zur Seite. »Aber es ist doch legitim, nach der Wahrheit zu fragen. Interessiert dich das gar nicht?«

»Du möchtest die Wahrheit wissen? Die Wahrheit, Lizzy, ist, dass die Firma in ernsten Schwierigkeiten steckt. Eine Krise, die sich bereits seit einigen Jahren abzeichnet. Du hast nicht die geringste Vorstellung, was passiert. Während du Monat für Monat Geld von unserem Großvater bekommen hast und in Zukunft großzügige Tantiemen, überschwemmt der asiatische Markt Europa mit billigen Quarzuhren und wir müssen sehen, wie wir uns positionieren. Ich kann mir keinen Wiedergutmachungsstreit leisten. Die Konkurrenz frisst uns auf und ein möglicher Rechtsstreit wegen des Rosshimmels reicht völlig aus, glaube mir. Hast du dich einmal umgesehen? Im Schwarzwald geht eine Uhrenfabrik nach der anderen ein. Im Moment brauche ich den ganzen Rückhalt der Familie, Lizzy.«

Ich konnte seine Verzweiflung sehen.

»Und warum rückst du gerade jetzt damit heraus?«

»Es scheint ja wohl angemessen, wenn du beabsichtigst, die Seiten zu wechseln.«

»Du drehst mir das Wort im Mund herum, Alexander. Das war ja schon immer so. Aber egal. Trotzdem muss Recht bleiben, was Recht ist. Und die Tantiemen wurden von Großpapa festgelegt. Ich habe nicht darum gebeten!«

»Was weißt du schon über das Recht, Schwesterherz?«

Sein herablassender Ton missfiel mir zutiefst. Mein Bruder glaubte als Jurist das Recht auf seiner Seite und er konnte außerdem mit einer Ausbildung als Uhrmachermeister glänzen. In unserer Familie war das hoch angesehen. Ich hingegen war nur die brotlose Kunsthistorikerin, hatte mich jahrelang mit Honorarjobs durchgeschlagen und servierte in einer Obdachlosenküche, von meiner geplanten Karriere als Marktfrau ganz zu schweigen. All das ließ man mich spüren, aber natürlich würde das niemand jemals zugeben.

»Ab sofort betrittst du das Unternehmen nur mit meiner ausdrücklichen Erlaubnis. Und keinen Ton zu Mama wegen der Firma.«

»Du erteilst mir ein Hausverbot? Darf ich dich daran erinnern, dass ich Gesellschafterin bin?«, fragte ich nach Luft schnappend.

»Nach Wirksamwerden des Testaments, liebe Lizzy«, gab er süffisant zurück. »Aber ich stehe der Gesellschafterin für eine individuelle Firmenführung gerne zur Disposition.«

Ich war kurz davor, ihm eine Ohrfeige zu verpassen. Er stieß sich von der Tür ab, an der er die ganze Zeit gelehnt hatte. »Keinen Ton zu Mama!«, zischte er.

In jenem Punkt, den wir intern Mutterschonung nannten, waren wir uns immer einig. Alexander verschwand in Richtung Wohnzimmer, wo er sich zu den anderen gesellte. Ich folgte ihm, stellte die Teller und Gläser auf dem Esstisch ab und beobachtete, wie er sich mit seinem Ältesten unterhielt, als sei nichts gewesen.

Erleichtert atmete ich auf, als sich Alexander mit seiner Familie nach dem Kaffeetrinken verabschiedete.

»Dringende Termine«, sagte er zähneknirschend auf Toms Nachfragen. Ich ging in die Küche, um mich dem Abendessen zu widmen, briet die vorbereiteten Kalbsrouladen in Olivenöl an, löschte mit einem trockenen Weißwein ab und setzte Salzwasser für die

Pasta auf. Thea befasste sich wie immer mit der Dekoration. Heute verteilte sie selbst gesammelte Muscheln auf dem Tisch, stellte in der Mitte schlichte Kerzen in dezentem Natursteinton auf und legte die Stoffservietten aus. Ohne Anleitung wählte Thea den richtigen Farbton der Servietten zum Geschirr und verzichtete bei ihrer Tafel auf jeglichen Kitsch.

Dann trat sie einen Schritt zurück, begutachtete kritisch ihr Werk, schüttelte den Kopf, nahm zwei Muscheln wieder weg und stellte die Blumenvase auf den kleinen Beistelltisch unter dem Fenster.

»Weniger ist mehr«, sagte sie fachmännisch.

Wo sie das schon wieder aufgeschnappt hatte? Ich fand sie schrecklich altklug, hatte allerdings die Befürchtung, als Kind genauso gewesen zu sein.

Als es an der Tür läutete, stürmte Thea aus ihrem Zimmer und begrüßte meine Mutter und Großmama überschwänglich. Seit Ausbruch von Großmamas Demenz war ihre Reaktion auf größeren Gesellschaften unberechenbar. In der Regel verunsicherten sie Menschenansammlungen, sie wurde dann unruhig und sogar ausfällig. Ausgerechnet die Trauerfeier vor ein paar Wochen hatte sie offenbar regelrecht genossen. Wir alle lebten neuerdings in einer verdrehten Welt.

Thea aß mit Appetit ihr Lieblingsessen, wovon ihr tomatenverschmierter Mund zeugte, und auch den Erwachsenen schien es zu schmecken. Vorsichtig warf ich Tom, der neben seiner Tochter saß, einen Blick zu. Er sah blass und überarbeitet aus und wirkte noch zurückhaltender als sonst.

»Mama, was ist jetzt mit dem Geschenk für die Familie?«, flüsterte Thea mir zu, als sie fertig war, und sah mich abwartend an.

»In der Küche, das Buffet, unten rechts. Nervensäge!«

Kurz darauf kam sie mit dem Paket in der Hand zurück, stellte es auf den Tisch und begann hektisch das Geschenkpapier zu lösen. Ich betrachtete das antike Stück; Peter hatte wirklich hervorragende Arbeit geleistet. Mit leuchtenden Augen drehte Thea an dem Mechanismus und die Spieluhr gab ihre Melodie von sich.

»Au clair de la lune«, summte Thea und beobachtete gebannt die ruckartigen Drehbewegungen der Tänzerin.

Großmama, die in Richtung Fenster gesehen hatte, drehte sich in die Richtung, aus der die Musik gekommen war.

»Au clair de la lune«, sagte sie deutlich.

Ich suchte nach einem Hinweis an ihrer Körperhaltung und nahm nichts Besorgniserregendes wahr. Es kam mir vor, als folge sie einem Film im Raum oder als lese sie angestrengt einen Text, dessen Buchstaben sie erst aneinanderreihen musste.

»Die Spieluhr«, hob sie zu sprechen an. »Sie gehört mir. Es ist meine.« Es klang trotzig. Genau wie Thea, wenn sie auf ihr Eigentum bestand und nicht teilen wollte. »Meine.«

Sofort wollte Thea protestieren, aber ich legte meinen Zeigefinger an die Lippen.

Großmama sah meine Mutter herausfordernd an. Ihr Blick sagte, sie solle die Angelegenheit sofort für sie regeln. Aber Mama schwieg.

»Wer hat sie dir geschenkt?«, fragte ich zärtlich.

»Weiß nicht.«

Sie sprach nur ihre Tochter an, alle anderen am Tisch waren ausgeblendet. »Überall Hakenkreuze auf der ganzen Kaiser-Josef-Straße. Bloch war auch da.«

Sie machte eine ausladende Geste mit ihrem Arm. Großmama befand sich in einer anderen Zeit; selbst ihre Tonlage wurde höher, als habe sie die Stimme einer jungen Frau.

»Hakenkreuze und Männer in Uniform. Bloch wollte weg von Freiburg.«

Mama richtete ihre Augen auf mich und deutete ein leichtes Kopfschütteln an.

»Bloch«, wiederholte Großmama.

»Bloch wollte flüchten?«

Es kam vor, dass man mit Wiederholungen einfacher Sachverhalte ihre Erinnerung stimulierte. Ich fühlte, wie mein Herzschlag beschleunigte.

»Weg von Deutschland«, entgegnete Großmutter schlicht. Hilflos warf sie meiner Mutter einen Blick zu. Diese strich ihr zärtlich über die Hand, schluckte und presste die Lippen zusammen.

»Du weißt noch, wohin?« Ich ließ nicht locker.

»Ja«, entgegnete Großmama und ein Lächeln huschte über ihr Gesicht.

Sie sah kurz zu mir, aber es war, als ob sie durch mich hindurchsehen würde.

»Nicht zu viele Fragen, Lizzy«, ermahnte mich Tom. »Du kennst die Regeln.«

Er hatte recht. Demenz-Patienten durften niemals Fragen nach einem kausalen Sachverhalt gestellt werden, das hatten die Ärzte uns eingetrichtert, denn nach Zusammenhängen und Hintergründen zu fragen, konnte völlige Hilflosigkeit und Verzweiflung auslösen. Aber Großmama schien meine Frage gar nicht gehört zu haben.

»Sie wurden gerettet«, sagte sie. »Gerettet.«

»Wer sind sie, Großmama? Herr und Frau Bloch? Hatte Bodo damit zu tun?«

Sie reagierte nicht. Wieder wandte sie sich ausschließlich an meine Mutter, als handele es sich bei dem Gespräch um eine intime Angelegenheit zwischen ihnen beiden. Aber sonderbarerweise ging Mama nicht darauf ein.

Ich fühlte mich hin- und hergerissen, meine Gedanken rasten in meinem Kopf, ich war nicht fähig, sie auf die Schnelle zu ordnen. Mama hatte erzählt, dass das Ehepaar Bloch mit vielen anderen Juden nach Gurs deportiert und dort ermordet worden war. Mindestens eines der Kinder musste aber überlebt haben.

Plötzlich erstarrte Großmutter, schob ruckartig ihren leeren Teller beiseite, kniff die Lippen zusammen und schüttelte den Kopf.

»Diese elende französische Schlampe«, zischte sie.

Was sollte das nun wieder heißen? Tom und ich sahen einander ratlos an. Thea kicherte. Großmamas Blick wurde unruhig, mit den Fingern klopfte sie auf den Tisch. Sie runzelte die Stirn und begann nervös zu kauen. Was sich in ihrem Inneren abspielte, musste einem Vulkanausbruch gleichen.

Mama warf mir einen vorwurfsvollen Blick zu. »Da haben wir es«, sagten ihre Augen. »Es ist wieder einmal so weit.«

»Bringen Sie mich umgehend nach Amerika!«, stieß Großmutter, an Tom gewandt, hervor.

Wir alle kannten diese Anwandlung. Seit ihre Krankheit fortgeschritten war, reagierte sie, sobald sie sich bedrängt fühlte, mit diesem Fluchtinstinkt. Die Melodie der Spieluhr musste eine Erinnerung in ihr geweckt haben, die sie nicht abrufen konnte oder die sie vielleicht nicht abrufen wollte.

Hilflos sah sie sich um.

Amerika war uns allen zum Synonym für Großmamas Krankheit geworden. Es bedeutete den rettenden Ausgang aus dem Labyrinth ihrer Vorstellungen, zu dem uns der Zugang fehlte. Unsere Hilfestellung bestand lediglich in der Begleitung ihrer Realität. Wir spielten das Spiel mit, denn sie war erst dann zu beruhigen, wenn sich einer von uns mit ihr ins Auto setzte und ein paar Runden durch die Stadt drehte.

Sie saß dann auf dem Beifahrersitz und genoss mit an die Fensterscheibe gedrückter Stirn ihre Reise durch Amerika. Besonders in der Nacht, wenn die Dunkelheit sich auf die vom Regen glänzenden Straßen gelegt hatte, besänftigten diese Ausflüge ihren aufbrausenden und langsam zerfallenden Verstand. Wie bei einem Autisten vermochten die vertrauten Wege Freiburgs ihre aufgewühlten Gefühle zu zähmen und zu beschwichtigten. Auf der Rückfahrt schien es jedes Mal, als stünde in ihrem Kopf wieder alles an seinem Platz.

»Ich muss sofort nach Amerika«, wiederholte sie jetzt noch einmal resolut.

»Wer bringt Großmama nach Amerika?«, fragte ich, um eine neutrale Stimme bemüht.

»Du hast gesagt, das geht gar nicht«, flüsterte Thea mir ins Ohr.

Tom begab sich in Richtung Flur und holte die Autoschlüssel.

»Komm, Constanze, ich bringe dich nach Amerika«, sagte er aufmunternd, und ehe wir uns versahen, erhob sich Großmutter von ihrem Stuhl, schlüpfte in ihren Mantel und hängte sich mit einem Leuchten in den Augen bei Tom ein.

»Auf geht's«, sagte sie mit der Stimme eines jungen Mädchens.

»Zweimal um den Schlossbergring«, zwinkerte mir Tom zu.

»Ich will mitkommen nach Amerika«, drängelte Thea.

Tom ließ sie gewähren und zog ihr eine Jacke über, während sie ungeduldig in ihre Schuhe schlüpfte. Kurz darauf verschwanden alle drei. Meine Mutter half mir beim Abräumen. In der Küche setzte sie sich an den Tisch und verlangte einen Schnaps. Ich nahm die Spieluhr, folgte ihr und stellte sie auf den Küchentisch. Dann schenkte ich uns beiden einen Grappa ein, nahm neben ihr Platz und drehte nachdenklich an meinem Glas.

»Wann war ihre letzte Amerika-Reise?«, fragte ich seufzend.

»Vor ein paar Monaten?«, überlegte Mama laut. »Kurz nach Vaters Tod. Du selbst warst doch die Chauffeurin! Diesmal aber bist du nicht ganz unschuldig daran, Lizzy. Wie kannst du nur so bohren?«

Schuldbewusst senkte ich den Blick. Ich erinnerte mich jetzt wieder. Kurz nachdem Großvater die Augen geschlossen hatte, wollte Großmama um jeden Preis zu ihrer Weltreise aufbrechen.

»Wer, Mama, ist die *französische Schlampe*?«, fragte ich gerade heraus.

Meine Mutter zuckte zusammen.

»Mein Gott!« Sie leerte in einem Zug ihren Grappa und starrte auf den Tisch. »Das ist so lange her. Ich dachte nicht, dass uns das noch einmal einholen würde.«

Neugierig sah ich sie an.

»Die Spieluhr, Lizzy. Sie stammt nicht von Herrn Bloch. Und sie gehört auch nicht deiner Großmutter. Sie bringt das durcheinander. Im Tiefsten ihres Herzens wird sie wissen, woher die Uhr kommt. Und das dürfte der Grund ihres Ausbruchs sein.«

Gebannt wartete ich auf die Fortsetzung ihres Berichts.

»Nanette le Coz, unser ehemaliges französisches Dienstmädchen. Deines Großvaters Privatsekretärin.«

»Der Anruf neulich in der Villa.«

»Genau. Deine Großeltern haben sie ihr geschenkt. Die Spieluhr gehört Nanette.«

Plötzlich sah sie auf und blickte mir direkt ins Gesicht. »Ich frage mich nur die ganze Zeit über, wie sie in deine Hände kommt. Die Vergangenheit scheint von ganz besonderem Interesse für dich zu sein.«

Etwas Drohendes lag in ihrer Stimme, aber dennoch fehlte ihr die Strenge, mit der sie solche Fragen für gewöhnlich stellte. Mama schien verwirrt und traurig. Es wurde immer komplizierter.

»Mama, bitte«, flehte ich nach kurzem Zögern. »Bitte frag nicht.«

»Du hast damit angefangen, Lizzy, nicht ich«, erwiderte sie kühl.

Sie schenkte sich einen weiteren Grappa ein und nippte daran. Ich spürte ihren Blick, während ich die Tischplatte fixierte.

»Ich hoffe, du hast nichts Unrechtes getan?«

»Nein, das habe ich nicht.«

Ich schüttelte den Kopf. Einen Moment fürchtete ich, dass jetzt ein Verhör begann, aber sie stellte keine weiteren Fragen.

»Und warum nennt Großmutter Nanette eine *französische Schlampe*? Handelt es sich dabei um einen ihrer üblichen verbalen Ausrutscher?«

»Nun, sagen wir, um ein Problem von sehr persönlicher Natur«, antwortete Mama zögerlich. »Es geht dabei gar nicht um Bloch. Glaube ich jedenfalls nicht. Nanette war ganz sicher der Auslöser. Deine Großmutter hat über Jahre behauptet, sie und dein Großvater hätten eine Affäre gehabt. Aber frage mich jetzt bloß nicht, ob das stimmt.«

»Und was glaubst du?«

»Keine Ahnung. Ich weiß es wirklich nicht. Sie war eine Schönheit und dein Großvater bestimmt kein Kostverächter. Hinzu kam Constanzes Eifersucht, die es ihm sehr schwer machte. Sie war eine schwierige Frau. Es gibt viele Dinge, von denen du nichts weißt, Lizzy. Meine Mutter war nicht immer diese gutmütige, verträumte Frau, die mit einem Lied auf den Lippen durchs Haus schwebt.«

Fotos aus alten Alben fielen mir ein, Schwarzweißbilder, auf denen Großmutter immer ungeschminkt wirkte und eine Spur hausbacken.

»Hast du Nanette deshalb nicht zur Beerdigung eingeladen?«

»Das hätte ich deiner Großmutter niemals antun können.«

Nachdenklich beobachtete ich meine Mutter und studierte ihr Gesicht. Wie verblüffend ähnlich sie doch ihrem Vater sah. Und was für eine weise Frau sie war, denn meine Antwort, kein Unrecht getan zu haben, hatte ihr genügt. Wahrheit war kein leeres Wort bei ihr, sie war mit diesem Wert groß geworden und hatte ihre Kinder in diesem Sinn erzogen. Eines Tages würde ich ihr die ganze Wahrheit sagen, aber erst, nachdem ich das Puzzle gelöst haben würde.

In diesem Moment schien mir meine sonst so kühle und reflektierte Mutter vollkommen authentisch. Sie hatte ihr ganzes Leben damit verbracht, ihre Familie zu beschützen, wobei ihre eigenen Gefühle zur Nebensache geraten waren. Alexander hatte es ihr mit seinem vorbildlichen Verhalten immer gedankt. Als ein tragischer Autounfall meinen Vater mit nur neununddreißig Jahren aus unserer Mitte riss, hatte das bei jedem von uns einen individuellen schwarzen Fleck hinterlassen, eine unauslöschliche, schmerzliche Lücke.

Alexander zog sich damals in eine seit jenem Tag strikt geordnete Welt zurück, wo er gegen den Schmerz ankämpfte, bis er ihn allmählich in akribisch eingeräumten Regalen, geputzten Schuhen und pedantisch geführten Tagesplänen, die er schriftlich niederschrieb, erstickt hatte. Ich hingegen rebellierte. Genau wie Thea war ich ein schwieriges, eigensinniges Kind gewesen, das nicht leicht zu bändigen war. Das aber hatte meine Mutter nicht daran gehindert, mich bei den Lehrern bis aufs Blut zu verteidigen. Was immer ich angestellt hatte: Die Bestrafung lag in ihren Händen, das hatte sie jedem von Anfang an unmissverständlich klargemacht und nicht zuletzt deswegen hatte ich all ihre Härte zu spüren bekommen, ihre Unnachgiebigkeit, ihr unbeugsames Wesen, das sich von dem meinem gar nicht so sehr unterschied. Aber sie verstand es auch, im richtigen Moment zu schweigen.

»Mama, wieso sprachst du vorhin von eurem *ehemaligen* Dienstmädchen? Wann hat Nanette euch denn verlassen?«, unterbrach ich meine Gedanken.

»Ich war damals etwa fünf Jahre alt, glaube ich. Also ich weiß noch, dass es vor dem Krieg geschah. Plötzlich war ein anderes

Dienstmädchen da und mir wurde erklärt, Nanette sei zurück nach Frankreich zu ihrer Familie gegangen. Ich soll tagelang geheult haben, hat mein Vater mir später erzählt. Man hatte mir eine wichtige Bezugsperson von heute auf morgen sozusagen entrissen. Ich liebte Nani.«

»Hast du sie später einmal wiedergesehen?«

»Du wirst es nicht glauben, aber so sang- und klanglos, wie sie verschwunden war, tauchte sie nach Kriegsende wieder auf. Als ich eines Mittags von der Schule nach Hause kam, fand ich Nanette in der Küche am Herd. Sie kochte Marmelade ein. Das ganze Haus roch nach frisch gepflückten Erdbeeren. Als sei sie nie weg gewesen. Aber sie hatte sich verändert. Ihre Fröhlichkeit war verschwunden. Ich habe niemals erfahren, was sie im Krieg erlebt hat. Nani sprach nicht darüber. Sie erzählte immer nur die guten Sachen.«

»Und sie blieb schließlich bei euch?«

»Bis zum Jahre 1955, also noch knapp zehn Jahre. Das weiß ich sehr genau, weil ich damals volljährig wurde und immer noch zu Hause lebte. Und dann verschwand sie wieder ziemlich schnell. Es hieß, sie sei nach Südfrankreich in ihre alte Heimat zurückgegangen. Den Grund habe ich auch diesmal nicht erfahren. Und später nicht. Hin und wieder habe ich mit ihr telefoniert. Aber wie das so ist, mit der Zeit verliert man sich aus den Augen. Ich hatte immer das Gefühl, dass es ihr weh tat, wenn ich sie anrief.«

Gedankenversunken nahm ich die Spieluhr und drehte sie um. *Reden ist Silber – Schweigen ist Gold.*

»Hat das eine besondere Bewandtnis?«, fragte ich und deutete auf das Sprichwort, das Peter unter dem Samt des Bodens gefunden hatte.

Mama griff nach ihrer Handtasche, um nach ihrer Lesebrille zu suchen, zog sie schließlich auf, beugte sich in meine Richtung und gemeinsam betrachteten wir die Gravur. Dann nahm sie ihre Brille herunter und sah mich überrascht an. »Ich sehe das zum ersten Mal. Nein. Daran kann ich mich beim besten Willen nicht erinnern. Nur an die Melodie und die Ballerina. Sie stand auf dem Kaminsims. Jahrelang.«

»Obwohl sie Nanette gehörte?«

»Jeder im Haus wusste, dass es ihre war.«

»Und warum schenkten meine Großeltern ihrem Hausmädchen oder ihrer Privatsekretärin eine Spieluhr?«

Mutter sah mich ratlos an und zuckte die Achseln.

»Es gibt andere Geschenke für treue Dienste«, fuhr ich fort. »Ein Buch, ein Teeservice, meinetwegen eine Halskette. Warum ausgerechnet eine Spieluhr? Und wieso hat sie sie nicht mitgenommen, als sie verschwand?«

Meine Fragen blieben im Raum stehen und je länger ich darüber nachdachte, desto zweifelloser schienen die Fundstücke vom Rosshimmel auf sonderbare Weise zusammenzuhängen, und jedes Teil barg eine Geschichte, deren Bruchstücke ich nicht verstand.

Nach einer halben Stunde kam Tom und verkündete, die Angelegenheit sei erledigt. Constanze schwebe im siebten Himmel, sei müde und wolle nach Hause. Thea stapfte die wenigen Stufen zu unserer Wohnung hinauf, küsste ihre Großmutter und verschwand ohne Murren im Bad.

»Du ahnst nicht, wie dankbar ich dir bin, dass du nicht nachgefragt hast, wie ich zu der Spieluhr komme. Danke, Mama«, flüsterte ich meiner Mutter zum Abschied zu.

»Ach, mein Kind. Wir alle haben unsere kleinen Geheimnisse. Das ist doch völlig normal.«

»Warum möchte Oma Gaga immer nach Amerika?«, fragte Thea vor dem Schlafengehen.

»Es gibt ihr Sicherheit, mein Schatz.«

»Versteh ich nicht. Außerdem schwindelt ihr. Es stimmt doch gar nicht, dass ihr sie nach Amerika bringt.«

»Sie glaubt daran und es hilft ihr.«

»Woher weißt du das?«

»Manche Dinge wissen Erwachsene einfach«, entgegnete ich lächelnd, küsste sie auf die Stirn und knipste Theas Schlaflampe ein, die ein mattes Licht spendete.

»Kinder auch«, entgegnete sie mit einem Singsang, drehte sich um und nahm ihr Schmusetuch in den Mund.

»Nicht zumachen, Mama!«, befahl sie in meine Richtung, als ich an der Tür stand.

In dieser Nacht fasste ich den Entschluss, nach Mulhouse zu fahren und Nanette einen Besuch abzustatten. Ich musste jene Frau kennenlernen, die vom Dienstmädchen zur Privatsekretärin meines Großvaters avanciert war und die meine Großeltern mit einem sehr persönlichen Geschenk bedacht hatten. Sie sollte zurückbekommen, was ihr gehörte. Ich konnte es kaum erwarten, der Frau zu begegnen, die in jungen Jahren als eine Schönheit galt, lange Jahre in unserer Familie verbracht hatte, plötzlich von der Bildfläche verschwunden war und die meine Großmutter eine französische Schlampe nannte.

Kapitel 8

Als ich über die vierspurige Autobahn das französische Mulhouse erreichte, spürte ich angesichts meines bevorstehenden Besuchs bei Nanette le Coz eine leichte Nervosität. Zuvor hatte ich sämtliche Altersheime der Stadt telefonisch abgeklappert und war nicht fündig geworden. Wie sich schließlich herausstellte, lebte sie nicht in einem Heim, sondern in einem Haus für eine Art betreutes Wohnen.

Am Telefon hatte sie reserviert, aber sehr höflich gewirkt. Ihr Zuhause lag in einem Randbezirk im Norden der Stadt und ich fand es erst, nachdem ich mich mehrfach verfahren hatte. Ein Blick auf die Uhr bestätigte meine Befürchtung: Mit fast dreißigminütiger Verspätung kam ich an. Das war weiß Gott kein gutes Omen für eine erste Verabredung.

Ich betrat den hässlichen Betonbunker aus den Siebzigern, dem man einen Anstrich in gelben Pastelltönen verpasst hatte. Madame le Coz' Zimmer befand sich im fünften Stock. Bei der Fahrt nach oben im engen Aufzug sah ich mich nach einem Notruf um, fand aber nur einen roten Knopf, ohne irgendwo eine Sprechanlage zu entdecken. Ich spürte einen Anflug von Panik und schloss die Augen, konzentrierte mich und begann langsam bis zwanzig zu zählen. Erleichtert atmete ich auf, als sich die Tür öffnete. Zurück würde ich die Treppe nehmen.

Draußen lief ich einen langen, düsteren Flur entlang, von dem aus die Räume in regelmäßigem Rhythmus wie in einem Krankenhaus abgingen. Vor einem geöffneten Zimmer stand ein Speisewagen mit orangefarbenen Tellerdeckeln aus Plastik, Sprudelflaschen und Teekannen. Bei der Nummer 515 blieb ich stehen, las den Namen und klopfte vorsichtig an die Tür.

»Oui«, antwortete eine heisere Stimme und ich trat ein.

Das Zimmer maß keine zwanzig Quadratmeter. Die funktionale Einrichtung bestand aus einem Bett, Tisch und drei Stühlen. An der Wand gegenüber dem Tisch hing ein Fernseher, über dem Bett ein Kruzifix. Die halb zugezogenen Gardinen schienen die Welt auszusperren, alles Leben war in diesem kleinen Raum komprimiert.

Am Tisch saß eine alte Frau, ihr gelocktes Haar war dunkelgrau und erstaunlich voll. Der grellrote Lippenstift stach mir ins Auge. Offensichtlich hatte sie gerade gelesen, denn vor ihr lag ein aufgeschlagenes Buch.

»Madame le Coz?«

Sie nickte mir zu.

»Mein Name ist Elisabeth Tanner. Wie ich Ihnen am Telefon gesagt habe, bin die Enkelin von Bodo Kirchmann. Bitte entschuldigen Sie die Verspätung. Ich habe mich verfahren.«

»Nun, was genau wollen Sie hier?«, fragte sie in akzentfreiem Deutsch und winkte mich zu sich.

»Ich würde Sie gerne näher kennenlernen.«

Langsam trat ich heran, umklammerte meine Tasche, in der sich die Spieluhr befand, und blieb vor dem Tisch stehen. Auch die Belege über die Zahlungen, die mein Großvater sieben Jahre lang geleistet hatte, hatte ich vorsichtshalber mitgenommen. Vielleicht war ja an den Vermutungen über die Unterhaltszahlungen und das Verhältnis doch etwas dran. Ich schämte mich fast, so berechnend zu sein.

»Das ist alles?«, fragte sie misstrauisch.

»Vielleicht könnten Sie mir auch bei ein paar Fragen weiterhelfen. Wenn Sie die Freundlichkeit hätten.«

Ich stand da wie eine Erstklässlerin, die vor ihrer Lehrerin hatte antreten müssen und jetzt ihre Strafe erwartete. Das Gefühl, um die Gunst dieser Frau zu buhlen, überlagerte alles Rationale.

»Es wird nur so aussehen, als wäre ich tot … Und das wird nicht wahr sein«, sprach sie wie zu sich selbst, schloss das Buch, zeigte darauf und bedeutete mir, mich zu setzen. Langsam zog ich einen Stuhl an den Tisch und nahm ihr gegenüber Platz. Die Todesanzeige meines Großvaters.

»*Und wenn du dich getröstet hast, wirst du froh sein, mich gekannt zu haben*«, zitierte sie. »*Du wirst immer mein Freund sein.* Aber das war nicht alles. Es war nur das halbe Zitat. Wissen Sie, woher das ist?«

Ich nickte, denn ich hatte die Textstelle ausgesucht.

»Der kleine Prinz.«

»Bodos Lieblingsbuch.«

»Ich weiß.«

»Eigentlich dachte ich immer, mit achtzig erschreckt einen der Tod nicht mehr so sehr. Aber das war falsch. Ich habe mich getäuscht.«

Vorsichtig musterte ich sie. Sie war also jünger als Großpapa und hinter ihrem faltigen Gesicht konnte ich in der Tat ihre einstige Schönheit erahnen. Ihre dunklen Augen verrieten Intelligenz und Wachsamkeit. Ein strenger Ausdruck dominierte jeden Zug, jede noch so feine Linie. Auf ihrer linken Wange besaß sie einen winzigen, dunklen Fleck; Schönheitsmal nannte man das früher. Sie lehnte sich zurück und sah mich abwartend an.

»Wie lange kannten Sie meinen Großvater? Meine Großeltern?«, korrigierte ich mich schnell.

»Länger, als Sie auf der Welt sind. Als junges Mädchen trat ich in Freiburg meine erste Stelle im Haus ihrer Urgroßeltern als Haushälterin an. In der Wiehre, Lorettostraße. Frau Berthold, die Mutter Ihrer Großmutter, war eine gütige Frau. Als Ihre Großeltern heirateten, ging ich auf ausdrücklichen Wunsch Ihrer Großmutter mit nach Herdern.« Sie unterbrach sich. »Was wollen Sie wirklich von mir?«

Ich suchte nach einer Antwort, die eine Basis für ein Gespräch sein könnte, aber mir fiel nichts ein. Stattdessen wich ich ihrem Blick aus und umklammerte die Tasche auf meinem Schoß. Ich spürte, wie sie mich mit einem kühlen Blick musterte. Zwischen uns stand eine Wand aus Misstrauen und Vorsicht, eine fast unüberbrückbare Distanz.

»Sie sehen Ihrer Mutter sehr ähnlich.«

»Das sagen viele«, erwiderte ich geschmeichelt.

Sie verzog keine Miene, und plötzlich wurde mir klar, dass das nicht als Kompliment gedacht war.

»Wie geht es Ihrer Großmutter?«

»Sie hat eine Demenzerkrankung. Schon seit Jahren bringt sie alles durcheinander. Aber manchmal glaube ich, dass sie nicht leiden muss. Im Anfangsstadium ihrer Krankheit kämpfte sie verzweifelt gegen das Vergessen und reagierte mit Wut und Aggression auf ihre Hilflosigkeit. Aber inzwischen hat sie ihren Frieden gefunden. Meistens jedenfalls. Und zuweilen gibt es sogar Momente voller wacher Erinnerungen.«

»Vergessen ist eine Gnade. Aber Sie sind noch zu jung, um das zu verstehen.«

Ich hatte gehofft, mein persönlicher Bericht würde dem Gespräch die Schwere nehmen und mein Gegenüber weicher machen. Aber dem war nicht so. Die alte Dame ließ ihren Blick in Richtung Fenster schweifen und ich rechnete insgeheim damit, dass sie mir jetzt sagen würde, sie sei müde und wolle allein sein.

Eigentlich war ich hierhergekommen, um ihr Fragen zu stellen, und jetzt war ich diejenige, die die ihren beantwortete. Ich gab mir einen Ruck, öffnete meine Tasche und stellte die Spieluhr auf den Tisch. Vorsichtig nahm ich das Packpapier, in das sie eingewickelt war, weg.

»Ich glaube, sie gehört Ihnen. Ich möchte sie Ihnen gerne zurückgeben.«

Lange ruhte ihr Blick auf der Uhr mit der Ballerina. Schweigend zog sie sie schließlich zu sich und betrachtete sie in gebührendem Abstand und legte dann ihre faltigen Hände um das Podest.

»Sie sieht aus wie neu«, sprach sie leise.

»Ein Freund von mir hat sie restauriert. Sie spielte nicht mehr. Darf ich?«

Sie nickte und ich beugte mich herüber, um die Uhr aufzuziehen. Die Melodie erklang hell und die Ballerina drehte sich ruckartig im Kreis.

»Sie haben sie also gefunden.«

»Sie befand sich am Rosshimmel. In einem Sekretär meines Großvaters. Im Herrenzimmer.«

»Ein magischer, wunderbarer Ort«, erwiderte sie mit weicher Stimme.

»Sie kennen den Rosshimmel? Wann waren Sie dort?«

»Nicht so schnell, junge Dame, nicht so hastig«, wies sie mich in die Schranken. »Das ist eine lange Geschichte und ich habe längst nicht entschieden, ob ich Ihnen auch nur ein einziges Kapitel daraus vorlese. Erst einmal sagen Sie mir, weshalb Sie hier sind. Sie müssen mir schon mehr bieten als eine tanzende Ballerina im Mondschein!«

Der Hauch von Nähe, der bei der Übergabe der Spieluhr wie ein zarter Duft zwischen uns geschwebt hatte, war verflogen. Es kam mir vor, als stünden wir in komplexen Verhandlungen über ein imaginäres Objekt und jedem von uns war der Preis zu hoch. Aufmerksam schien sie selbst noch die kleinste meiner Äußerungen und Bewegungen zu registrieren, das Wesentliche von höflichen Floskeln zu trennen, um dann die Essenz der Wahrheit zu ermitteln.

Sie befand sich mir gegenüber eindeutig im Vorteil, denn sie wusste etwas, das spürte ich förmlich. Aber auch ich besaß ein Wissen und ich entschied mich, eine Karte auszuspielen. Unter ihrem kritischen Blick kramte ich in meiner Handtasche nach den Einzahlungsbelegen. Langsam schob ich die Papiere über den Tisch in ihre Richtung.

»Vor seinem Tod wollte mein Großvater, dass ich diese Papiere an mich nehme. Die Beträge flossen in den Jahren 1948 bis 1955 auf ein Schweizer Konto. Ich weiß nicht, an wen oder wofür. Nur, dass Großpapa darauf bestand, dass ich für Gerechtigkeit sorge. Madame, darf ich Sie fragen: Wissen Sie etwas darüber? Können Sie mir weiterhelfen?«

»Wie kommen Sie darauf, dass ich etwas darüber wissen könnte?«, fragte sie reserviert. In ihrer Stimme lag ein leichtes Vibrieren jenseits der Contenance und Beherrschung. Ein Zittern, als habe sie Angst.

»Meine Mutter sagte, sie seien Großpapas Privatsekretärin gewesen«, stotterte ich. »Und die Papiere waren zusammen mit der Spieluhr versteckt.«

Im Zimmer war es still. Nanette le Coz griff nach kurzem Zögern nach ihrer Brille, die neben dem Buch lag, setzte sie auf und strich über die zerknitterten Belege. Konzentriert begutachtete sie den Inhalt, bis sie aufsah, entschieden die Sehhilfe abnahm und auf den Tisch legte und das Dokument zu mir zurückschob.

»Wer hat Sie beauftragt?«

»Niemand. Ich bin aus freien Stücken hier.«

Sie schüttelte den Kopf.

»Wenn es einen Auftrag gibt, dann von meinem Großvater. Er hat mir einige zusammenhanglose Papiere hinterlassen. Unter anderem diese Belege hier.«

An ihrem Gesichtsausdruck dämmerte mir, dass ich so nicht weiterkommen würde. »Das Problem ist, dass ich nahezu völlig im Dunklen tappe«, sagte ich, im klaren Bewusstsein, meine Pläne über eine Art Gesprächsführung verworfen zu haben. Ich redete einfach drauflos. »Die wichtigste Informationsquelle, meine Großmutter, existiert nicht mehr.«

»Und Sie glauben im Ernst, dass ich eine Kerze habe?«

Betroffen schüttelte ich den Kopf. Ihr Hinweis mit der Kerze bezog sich auf eine Zeile aus *»Au clair de la lune«*: *Meine Kerze geht aus, aber ich möchte ein Wort schreiben. Leihe mir deine Feder*, oder so ähnlich. Sie sprach in solch schönen Bildern, aber ihre Stimme klang hart und rau, ohne eine Spur von Mitgefühl.

Mit einem Ruck schob sie die Spieluhr in meine Richtung.

»Ich habe sie damals nicht angenommen und tue das heute nicht. Nehmen Sie sie wieder mit.«

»Aber ich dachte, sie gehört Ihnen«, stammelte ich.

»Sie war mir zugedacht. Das ist ein Unterschied. Ich möchte sie nicht haben.«

Unser Gespräch war beendet. Als ich mich erheben wollte, unterbrach mich ein Geräusch. Ruckartig wurde die Tür aufgestoßen und eine Pflegerin betrat mit einem Tablett den Raum.

»Abendessen, Madame le Coz«, sagte sie fröhlich und wandte sich uns zu. »Wie schön. Sie haben Besuch!«

Sie warf mir ein Lächeln zu und ich grüßte mit einem Kopfnicken, dankbar für die Unterbrechung, die mir noch etwas Zeit verschaffte. Noch würde mich Nanette le Coz nicht hinauswerfen. Nicht, solange die Pflegerin hier war.

»Was bringen Sie heute Abend für eine Zumutung, Emilie? Eine schlecht gemachte Pâté oder Reisbrei?«

Die Angesprochene lächelte geduldig und stellte die Speisen auf dem Tisch ab.

»Seit Cathérine nicht mehr hier ist, sind Sie manchmal unausstehlich.«

»Sie hatte ihr Zimmer neben meinem«, klärte mich Nanette auf. »Jahrelang. Die Einzige, mit der man hier ab und zu ein schönes Glas Wein trinken konnte oder Karten spielen. Jetzt ist sie tot. Am 19. März diesen Jahres schlief sie einfach ein. Wie sie es sich immer gewünscht hatte. Danach haben sie ihr leeres Bett mit Plastikfolie überzogen. Wahrscheinlich steht es noch heute so da.« Sie deutete mit einer Kopfbewegung in die Richtung. »Eines Tages wird auch von mir ein desinfiziertes Bett übrig bleiben.«

Ich sah auf die Wand, hinter der sich das Nebenzimmer befand, als könnte ich durch sie hindurchsehen.

»Es ist schon vor Wochen eine Neue eingezogen, Madame, das habe ich Ihnen mehrfach erzählt. Eine nette Siebzigjährige, die gerne Kontakt mit Ihnen hätte«, erwiderte Emilie.

»Was soll ich denn mit diesem jungen Gemüse?«

Ich lachte laut heraus und Emilie seufzte. »Tee?«, wollte sie schließlich wissen und hielt die Kanne fragend in der Hand.

»Ein guter Roter wäre mir lieber.«

»Bon appétit«, erwiderte die Pflegerin und verließ den Raum.

Mit beiden Händen hob Nanette le Coz die Abdeckung des Tellers, wo ein Gemüsesalat in einer undefinierbaren Farbe, Hähnchenfilet, Brot und Joghurt zum Vorschein kamen. Sie senkte den Blick, legte die Plastikhaube zurück auf den Teller und schob das Tablett kommentarlos zur Seite. Eilig nahm ich die Dokumente vom Tisch und steckte sie in meine Tasche, wickelte die Spieluhr wieder ein und verstaute sie ebenfalls vorsichtig.

»Öffnen Sie bitte den Nachtkasten«, befahl mir Nanette und wies in Richtung Bett.

Ich stand auf, beugte mich zu dem Schränkchen, öffnete es und wartete auf die nächste Anweisung.

»Die Flasche Rotwein und das Glas, bitte. Und nehmen Sie das Büchlein heraus. Das unterste Fach. Dunkelblauer Einband. Sehen Sie es?«

Im unteren Fach befand sich eine Art Notizbuch. Ich nahm alles heraus, stellte das Glas und den Rotwein auf den Tisch und schob das Notizbuch in ihre Richtung. Dann setzte ich mich wieder und steckte meine Hände in die Jackentaschen. Nanette le Coz schenkte mit Schwung einen Roten in das geschliffene Glas ein und strich mit der freien Hand über das Büchlein. Die kräftige, dunkelrote Farbe schwappte gegen das hauchdünne Behältnis.

»Auch einen?«, fragte sie, ohne mich anzusehen.

»Warum nicht, sehr gern!«, erwiderte ich, nahm die Teetasse von ihrem unberührten Tablett und ließ mir einen Schluck einschenken. Der Wein schmeckte kantig und uncharmant, ein einfacher, ehrlicher Landwein, wie mein Großvater immer zu sagen gepflegt hatte. Ich warf einen Blick auf das Notizbuch, aber Nanette machte keine Anstalten, sich damit zu befassen. Stattdessen lehnte sie sich zurück und ihr Blick schweifte in Richtung Fenster.

»Es gibt nichts, was die Seele so besänftigt wie ein ausdrucksstarker Rotwein. Und wenig, was sie so beschwingt wie ein Chablis Grand Cru. Aber auch ein Crémant d'Alsace bringt das zuweilen fertig. Ich bin Französin und habe meine Vorliebe für Wein ausgerechnet in einem deutschen Haushalt gelernt. Ist das nicht zum Lachen?«

Sie erwartete keine Antwort und ich stellte die Tasse auf das Tablett. Aber zum ersten Mal vernahm ich etwas wie Güte in ihrer Stimme. Ich betrachtete sie und es kam mir vor, als versinke sie in Gedanken und führe Selbstgespräche. Sie meinte mich gar nicht. Ich erhob mich und knöpfte meine Jacke zu.

»Sie gehen?«, fragte sie überrascht und leerte mit zitternder Hand ihr Glas.

»Ich respektiere Ihre Haltung, Madame. Danke für den Wein. Ich mag zu jung sein, um mir die fatalen Verwicklungen innerhalb meiner Familie auszumalen, aber ich bin alt genug, um die Grenzen meines Gegenübers wahrzunehmen. Ich mache weiter, Madame le Coz, mit oder ohne Ihre Hilfe, und ich werde die Geheimnisse meines Großvaters lüften. Bitte entschuldigen Sie, wenn ich Ihre Gefühle verletzt habe.«

Langsam stellte ich den Stuhl unter den Tisch zurück und ging in Richtung Tür. Als ich mich noch einmal zu ihr umdrehte, schien für einen kurzen Augenblick eine dünne Schicht ihrer Fassade aufzubrechen.

»Haben Sie Kinder?« Sie räusperte sich.

»Eine sechsjährige Tochter«, antwortete ich leise.

»Ihr Name?«

»Thea. Sie heißt Thea, die Abkürzung von Theodora.«

Ein Lächeln spielte um ihren Mund und brachte winzige Grübchen auf ihren Wangen zum Vorschein. Sie schenkte sich ein weiteres Glas Wein ein. »So. So. Sie sind eine couragierte Person, Enkelin von Bodo Theodor Kirchmann.«

»Das bin ich nicht. Nein«, widersprach ich. »Weiß Gott nicht.«

»Sie möchten eine Fortsetzung dieses Gesprächs?«

»Gerne«, erwiderte ich und spürte, wie mein Herzschlag beschleunigte. »Ja, das wäre schön.«

»Wir werden sehen. Aber zu meinen Bedingungen. Nicht hier. In Freiburg. Sie bringen mich zum Grab Ihres Großvaters. Vorher in die Gärtnerei. Und ich wünsche ein gutes Essen in einem passablen Lokal in Herdern. Vielleicht in der Eichhalde, die Ihnen bekannt sein dürfte. Oder können Sie kochen?«

»Wenn es etwas gibt, was ich kann, dann kochen. Es wäre mir eine große Freude!«

»Lamm?«

Sie grinste und schien ihre Position in vollen Zügen zu genießen.

»Sehr gerne. Lamm. Ja, Lamm«, wiederholte ich eifrig.

»Mit Rosmarin. Keinen Thymian«, befahl sie. »Woher beziehen Sie Ihr Fleisch?«

»Vom Metzger Reich auf dem Samstagsmarkt. Kaiserstuhl.«

Sie nickte zufrieden; unsere Familie kaufte seit Generationen ihr Fleisch bei Willy Reich und selbstverständlich musste auch ihr dieser Name etwas sagen.

»Lassen Sie Ihre Telefonnummer und Adresse hier. Ich melde mich.«

Ich zog eine Visitenkarte aus meiner Tasche und legte sie auf den Tisch. Im selben Augenblick öffnete sie das blaue Notizbuch, nahm ein loses Foto heraus, warf einen kurzen Blick auf die Rückseite und drückte es mir in die Hand: »Nehmen Sie das an sich und ziehen Sie selbst Ihre Rückschlüsse. Wenn wir uns das nächste Mal sehen, können Sie es mir wiedergeben.«

Ich nahm die Leihgabe entgegen und wagte es nicht, nach dem Zusammenhang zu fragen. »Ich danke Ihnen«, flüsterte ich fast demütig, wandte mich um und schritt, ohne mich nochmals umzudrehen, zurück zur Tür. »Auf Wiedersehen.«

Im Flur blieb ich stehen und betrachtete das Bild. Es zeigte eine junge Frau und zwei Kinder vor einer Scheunentür. Ich kannte diese Tür! Sie gehörte zu den früheren Stallungen des Rosshimmels. Die Frau hatte ein perfekt geschnittenes Gesicht mit sinnlichen Lippen, schwarze zurückgekämmte Locken, ein strahlendes

Lächeln. Die Kinder blinzelten scheu in die Kamera. Das Mädchen drückte seinen zarten Körper an den der Frau, der Blick des Jungen verriet Distanz und Vorsicht. Auf der Rückseite stand die Jahreszahl 1940.

Abwechselnd sah ich auf Nanettes Zimmertür und das Bild in meinen Händen. Das Alter verändert die Menschen, aber es gibt vorstechende Merkmale, die unverkennbar wie eine Handschrift bleiben. Dieser Haaransatz, die geschwungenen Lippen, ein kleiner Schönheitsfleck an der Wange und Grübchen. Es gab keinen Zweifel – die schöne junge Frau mit dem strahlenden Lächeln musste jene alte Dame sein, die mir gerade meine Grenzen aufgezeigt hatte. Zwischen dem Foto und heute lagen einundsechzig Jahre.

Kurz vor fünf bog ich von der Autobahn ab. Wegen des Feierabendverkehrs würde ich erst in einer knappen halben Stunde zu Hause sein. Ich kramte in meiner Tasche nach dem Handy und stellte es auf Empfang. Die Zutaten für den Markt am Samstag hatte ich gleich nach der Grenze besorgt und kiloweise Mehl aus der Jenne-Mühle in Tiengen ins Auto gepackt. Außerdem hatte ich getrocknete Tomaten, Thymian, Rotwein, Zwiebeln und Sauerrahm gekauft. Vor wenigen Tagen war der Ofen geliefert worden und wartete jetzt im Keller auf seinen Einsatz.

Mein Handy klingelte.

»Wieso hast du ein Mobiltelefon, wenn du nie erreichbar bist?«, rief Tom am anderen Ende der Leitung. »Wo, zum Teufel, bist du?«

»In Freiburg. Am Basler Tor.«

»Seit einer geschlagenen Stunde versuche ich dich zu erreichen. Thea sitzt vor dem Schwimmbad und heult. Es ist dein Job, sie abzuholen. Verdammt noch mal! Ich kann das unmöglich von Berlin aus steuern, Lizzy. Ich bin stinksauer!«

Ich hatte Thea vergessen! Mir wurde ganz schlecht. Das war mir noch nie passiert! Normalerweise wäre Beate mit Fahrdienst an der Reihe gewesen, aber Leonie konnte wegen einer Erkältung nicht zum Schwimmen. Beate hatte mich vorgestern ausdrücklich per SMS darauf hingewiesen.

»Bin sofort dort«, erwiderte ich schnell. »Ich melde mich, sobald sie bei mir ist.«

Obwohl ich schneller fuhr, als erlaubt, benötigte ich fast zwanzig Minuten bis zum Faulerbad. Zwischendurch versuchte ich Thea per Handy zu erreichen, aber es war ständig belegt.

Als ich auf dem Parkplatz des Schwimmbads einbog, sah ich sie schon von weitem. Mit über den Kopf gezogener Sweatshirt-Kapuze saß sie auf der Treppe und spielte mit ihren Schuhbändeln. Ich sprang aus dem Wagen, rannte auf sie zu und umarmte sie. Sofort krallte sich Thea an mir fest.

»Es tut mir so leid, mein Schatz. Ich habe mich verspätet. Es tut mir so leid.«

Wie auf Kommando brachen die Tränen aus ihr heraus. Sie musste sich die ganze Zeit während des Wartens zusammengerissen haben. Weinend legte sie ihren Kopf an meinen Hals.

»Ich bin schon ganz lange hier draußen, Mama. Dein blödes Handy funktioniert nicht«, schluchzte sie.

»Ich hatte keinen Empfang. Es tut mir leid, Thea. Es wird nicht wieder vorkommen. Versprochen.«

»Die ganze Zeit fährst du in der Gegend herum und suchst irgendwelche Sachen!«

»Jetzt bin ich bei dir, mein Schatz. Was hältst du davon, wenn wir uns einen schönen Frauenabend machen?«

»Im Schlafanzug Fernsehgucken mit Blubberwasser?«, fragte sie schniefend.

»Das volle Programm«, versprach ich.

Ich nahm ihren Schwimmsack und Hand in Hand gingen wir zum Auto, wo sie auf dem Rücksitz Platz nahm, den Sicherheitsgurt zu sich zog und ihn mir gab. Ich küsste sie auf die Wange, befestigte ihn und bat sie, Tom anzurufen: »Sag Papa bitte, dass alles in Ordnung ist.«

Ich drückte auf meinem Handy die Kurzwahl für Toms Nummer, reichte es Thea und konnte im Rückspiegel sehen, wie sie es ans Ohr zog, wartete und dann den Kopf wegdrehte. Mit ihren kleinen Fingern malte sie Figuren an die Fensterscheibe: »Papa? Nein, ich bin's auf Mamas Handy. Ja, sie ist da. Wir sind im Auto. Wir machen gleich Popcorn und Frauenabend mit Blubberwasser.« Sie lauschte in den Hörer. »Was heißt das: Was guthaben?«, hörte ich sie dann fragen.

Unsere Blicke trafen sich im Rückspiegel und ich betrachtete sie, wie sie schweigend das Handy an ihr Ohr hielt, lachte und dann ihren Lockenkopf schüttelte. Ihre Wangen wurden immer rosiger und ihre Laune stieg, je länger das Telefonat dauerte. Sie zog die Nase hoch und ich reichte ihr ein Papiertaschentuch nach hinten. Sie nahm es und legte es zur Seite, als vermochte nicht einmal ich ein persönliches Gespräch zwischen ihr und ihrem Vater zu stören. Mir fiel wieder mein Jérôme-Sommer ein und meine klare Entscheidung für dieses Leben: Dieses Kind bedeutete mir alles und die Tatsache, wie schnell sie mir verziehen hatte, beschämte mich. Ich kämpfte mit den Tränen. Ich setzte den Blinker und wechselte die Spur.

»Sag ich ihr«, trällerte sie und drückte das Gespräch weg.

»Was sollst du mir sagen?«

»Ich habe was gut bei dir und Gute Nacht«, prustete sie und hielt sich die Hand vor den Mund.

Es war noch nicht einmal sechs. Normalerweise rief Tom von Dienstreisen immer abends vor dem Schlafengehen nochmals an.

»Nächste Woche fangen wir damit an, Dinneles herzustellen. Morgen gibt es noch einen Probedurchlauf. Hilfst du mir dabei?«, fragte ich auf dem Weg in unsere Wohnung.

»Ich will welche mit Zimt und Zucker«, strahlte Thea.

Zu Hause angekommen, steckte ich meine Tochter in die Badewanne und hüllte sie anschließend in ein flauschiges Handtuch ein. Sie stieg lachend in ihren Schlafanzug und ließ sich ohne Murren die Haare trocknen. Danach saßen wir bei Apfelschorle aus Sektgläsern und Bergen von Popcorn vor dem Fernseher, um uns zum fünften Mal Theas Lieblingsfilm *1001 Dalmatiner* anzusehen.

Mit großen Augen verfolgte sie die Rettung der Hunde, beschimpfte Glenn Close, sprach auswendig die prägnantesten Dialoge mit und krümmte sich vor Lachen bei den Verfolgungsszenen.

»Darf ich bei dir schlafen?«, fragte sie beim Abspann.

Sie gähnte und streckte mir ihren Kopf entgegen. Ich nickte und sie hüpfte mit ihrem Schmusetuch hinüber in unser Schlafzimmer, wo sie sich unter Toms Decke kuschelte und die Augen schloss.

»Das war ein super Gut-Haben, Mama!«

Kapitel 9

Den ganzen Freitagvormittag hatte ich damit verbracht, Teig und Beläge für die Dinneles herzustellen. Für meinen ersten Markttag plante ich vorsichtig mit hundert Teilen. Zweihundert bildeten das erste Etappenziel und dreihundert Stück wären ein voller Erfolg.

Vom ersten Samstag versprach ich mir nicht allzu viel, dennoch war ich gespannt, wie die Freiburger das neue Angebot wohl annehmen würden.

Als ich gerade den Teig auf dem Küchentisch auslegte, klingelte das Telefon. An meinen Fingern klebte die Teigmasse. Umständlich klemmte ich mir den Hörer zwischen Schulter und Ohr.

»Sekretariat Kanzlei Stockfelder & Ziegler«, meldete sich eine Frauenstimme. »Frau Tanner? Herr Ziegler bittet um Verschiebung des Treffens. Ein dringender Gerichtstermin ist dazwischengekommen.«

Missmutig warf ich einen Blick auf den Kalender, der über dem Telefon hing. Am Montag wäre der Termin mit Emil Ziegler im Café Journal gewesen.

»Gibt es einen anderen Vorschlag?«

»In nächster Zeit ist das ein wenig problematisch«, erwiderte die Dame zögerlich. »Lassen Sie mich einmal sehen. Am 23. Mai müsste er nach Freiburg. Vielleicht dann gegen 17 Uhr?«

»Kann ich Ihnen nächste Woche Bescheid geben?«

Sie bejahte.

»Wie geht es Herrn Stockfelder?«, fragte ich plötzlich unvermittelt. Mein Großonkel und er kennen einander von früher.«

»Er hatte so viel Glück«, flüsterte sie. »Er hätte tot sein können. Ein Segen, dass seine Tochter bei ihm war, als es passierte. Und dabei ist er gerade einmal dreiundsiebzig. Das ist kein Alter.«

»Weiß Gott«, erwiderte ich, um einen neutralen Ton bemüht.

»In einer Spezialklinik für Schlaganfälle haben die ihn über Wochen komplett durchgecheckt, und jetzt geht es ihm wieder gut«, sagte sie. »Die haben ihn wiederhergestellt. Ein Glück, dass der Notarzt ausgerechnet ein Herzspezialist war. Als ob alles so hätte sein müssen.«

»Ja. Was für ein Glück! Meine Familie würde ihm gerne eine Karte schicken. Ist er denn wieder zu Hause?«

»Schon seit über einer Woche! Er unternimmt sogar bereits wieder kleine Spaziergänge mit seinem Hund. Nicht auszudenken, wie das hätte ausgehen können.«

»Haben Sie vielen Dank. Und ich melde mich wegen des Termins«, sagte ich und änderte im Geiste spontan meine Strategie. Was wollte ich denn mit Ziegler? Ich beschloss, baldmöglichst Stockfelder selbst zu kontaktieren. Sicherlich war es möglich, ihn in Waldkirch zu besuchen.

»Frau Tanner? Von mir wissen Sie nichts. Das bleibt unter uns, nicht wahr?«

»Alles hochvertraulich, versprochen.«

Großpapa riet mir ein Leben lang, mich niemals von der Terminvorgabe meines Gegenübers abhängig zu machen, sondern die Dinge selbst zu steuern. Bei Freund und Feind galt er als ein schlauer Verhandlungspartner, der das Steuer nie aus der Hand gab. »Stell Fragen«, lautete eine seiner Geheimwaffen. »Wer antworten muss, gerät in die Verteidigung. Fragen bedeuten Angriff.«

Mir kam das Gespräch mit Nanette le Coz in den Sinn. Die ganze Zeit hatte sie Fragen gestellt und ich war in die Defensive getaucht, obwohl ich eigentlich etwas von ihr wollte. Als befänden wir uns alle im Krieg, dachte ich. Ich mochte nicht zum Taktieren geboren sein, aber ich konnte immer noch dazulernen.

Am nächsten Morgen stand ich erwartungsfroh mit meinem gesamten Equipment auf dem Münsterplatz. Am Abend zuvor hatte ich mit Tom, nachdem er spät aus Berlin zurückgekommen war, den Ofen bis zum Auto gehievt. Dank einer Sackkarre schaffte ich den Transport zu meinem Stand. Es herrschte eine freundliche Stimmung unter den Marktleuten; man unterstützte sich gegenseitig.

Leider hatte mir die Stadt keinen besonders attraktiven Platz zugewiesen, in zweiter Reihe versteckt hinter einem Gemüsestand und dem Metzger Willy Reich aus dem Kaiserstuhl. Dessen fahrbarer Marktstand war allerdings sehr frequentiert.

Seit Generationen verkaufte die Familie Reich Samstag für Samstag ihre glücklichen Rindviecher, Lämmer und Schweine. Ich selbst war in den letzten Wochen selten hier gewesen. Durch Theas streng vegetarischen Kurs und die Notwendigkeit zum Sparen hatte sich auch unser Fleischkonsum vorläufig erledigt.

»Für die Kleine gibt's ein Würstle«, hatte der alte Reich immer über den Markt gerufen, sobald er mich entdeckte. Von Kindesbeinen an kannte er mich und meinen Bruder. Und auch als ich bereits im vierten Semester war, blieb ich für ihn die Kleine und erhielt anlässlich jedes Markteinkaufs bei ihm mein Würstchen.

Erst sein Sohn Bernd hatte mit dieser Tradition gebrochen, was ich allerdings sehr begrüßte.

»Du hier, Lizzy?«, fragte Bernd Reich, als er mich hinter meinem Stand entdeckte.

Es war kurz vor sieben und ein strahlend blauer Frühlingstag. Ich hatte Glück. Mein erster Einsatz war gesegnet.

»Für dich gibt's das erste Dinnele umsonst, Bernd!«, lachte ich.

Die Stunden bis ein Uhr zogen sich ins Unendliche. Hin und wieder kaufte jemand an meinem Stand, aber mehr als zwei Ofenladungen waren nicht über die Theke gegangen. Ich beneidete die Bäuerin vor mir. Sie verstand es, mit der Kundschaft zu reden und sie bei Laune zu halten; eine Eigenschaft, die mir völlig abging. Ich fragte mich, ob das daran lag, dass ich mich insgeheim schämte, hier zu stehen und meine Ware anzubieten. Ein Leben lang hatte ich auf der anderen Seite der Ladentheke gestanden, jetzt war ich Personal. Frustriert räumte ich am Nachmittag zusammen und zählte in meiner kleinen Kasse Einnahmen von 84,20 Euro.

»Aller Anfang ist schwer«, tröstete mich Bernd. Du brauchst Werbung, Lizzy. Werbung. Lass dir was einfallen: kleine Versucherle auf Zahnstochern musst du anbieten«, sagte er mit badischem Akzent. »Die Leute müssen erscht mal das Produkt kennenlernen. Dranbleiben, Lizzy!«

»Danke für den Tipp! Das nächste Mal gibt's kleine Versucherle und dann werden wir sehen. Das wäre ja gelacht!«

»Also mein Fall isch des vegetarische Zeug nicht«, meinte er schmatzend. »Aber Freiburg isch ja voll von alternativen Vegetariern, Veganern, Nachtschattengewächs-Fressern, laktosefrei, Bio rauf, Bio runter. Hesch schon von den Licht-Essern g'hört?«, fragte er grinsend.

Ich lachte laut heraus. »Ja, das soll es geben. Lichtnahrung. Ob die wohl dick macht? Bis nächsten Samstag, Bernd!«

Mit achtzehn gebackenen Dinneles und knapp vierzig Rohlingen ging ich zurück zu meinem Wagen. Was übrig geblieben war, spendete ich der Obdachlosenküche. Seit Großvaters Tod hatte ich mich vorläufig von Personaleinsätzen streichen lassen.

»Klasse«, meinte Emma, als ich die Lebensmittel in der Küche abstellte. »Wir werden das zum Abendessen ausgeben. Woher hast du das?«

Emma leitete die soziale Einrichtung seit ich denken konnte. Sie gehörte zu den Frauen, die sofort anpackten. In Windeseile räumte sie mit mir die Rohlinge zusammen in die Kühlkammer und stellte die Eimer mit den Aufstrichen in den Kühlschrank.

»Selbst gemacht.«

»Für circa fünfzig Personen? Hast du nichts Besseres zu tun?«

Ihre strahlend blauen Augen schienen zu lachen und wie immer sprühte sie vor Optimismus. Wenn in der Obdachlosenküche etwas schiefzulaufen drohte, nahm Emma selbst das größte Chaos in die Hand und binnen weniger Stunden war alles wieder in Ordnung. Querulanten und Alkoholexzesse duldete sie nicht; Betrunkene warf sie hochkant hinaus, notfalls mit körperlichem Einsatz, bei dem sie ihre geschätzten neunzig Kilo in die Waagschale warf. Meistens aber genügte zur Schlichtung ihre Stimme.

Ich klärte sie über meine neue Tätigkeit auf und versprach, künftig sämtliche Überschüsse hierherzubringen. Dann verabschiedete ich mich und trat zur Tür hinaus, wo Haste-mal-nen-Euro-Paul gerade die Straßenseite wechselte und auf mich zukam.

Alle nannten ihn so. Seit Jahren lebte er auf der Straße und stellte den Passanten in der Innenstadt die obligatorische Frage. Fast jeder Freiburger kannte ihn.

»Hey, Lizzy, lang nicht mehr gesehen. Wo treibst dich rum?«

»Wie geht's dir?«, antwortete ich mit einer Gegenfrage.

»Alles top. Es wird wieder wärmer. Du weißt ja: Unkraut vergeht nicht.«

Paul war keine fünfzig Jahre alt.

»Pass auf dich auf«, rief ich ihm hinterher.

Mit erhobenen Daumen schlappte er weiter und zündete sich

im Gehen eine Zigarette an. Ich bekam Lust, eine zu rauchen. Aber da ich nur gelegentlich rauchte, hatte ich nie Zigaretten bei mir. Der Wunsch verflog so schnell wie er gekommen war.

Am Abend, nachdem Thea im Bett war, nahm ich ein ausgiebiges Vollbad. Als ich aus der Wanne stieg, hatte ich keine richtige Lust mehr, der Einladung zu Toms Redaktionsjahresfeier zu folgen, von der er mir am Vorabend nach seiner Ankunft berichtet hatte.

In ein Badetuch gewickelt, warf ich einen Blick in Theas Zimmer. Sie hatte ihr Schmusetuch umklammert, lag auf dem Bauch und atmete regelmäßig.

Auf ein Glas Wein und morgen ausschlafen, beschloss ich spontan, schlüpfte in meine Jeans, schminkte mich und knöpfte meine nachtblaue Seidenbluse zu. Im Spiegel stellte ich fest, dass die Spitze meines BHs durchschimmerte. Ich öffnete noch einen Knopf am Dekolleté. Das Telefon klingelte.

»Frau Tanner? Hier spricht Madame le Coz.«

Mein Herz machte einen Luftsprung.

»Wie geht es Ihnen, Madame?«

»Gut. Entschuldigen Sie, dass ich so spät noch anrufe. Hätten Sie am kommenden Montag Zeit? Das ist kurzfristig, ich weiß, aber ich habe gestern erfahren, dass hier im Haus eine Busfahrt nach Freiburg organisiert wurde und noch ein Platz frei ist. Ich würde dann zurück den Zug nehmen.«

»Das ist ganz wunderbar, Madame. Wo darf ich Sie abholen?«

»Der Bus fährt zum Bahnhof. Ich könnte aber auch mit dem Taxi ...«

»Nein, machen Sie sich keine Gedanken. Das ist kein Problem. Ich hole Sie ab. Wann genau ist die Ankunft?«

»11.30 Uhr, Busbahnhof.«

»Sie haben meine Mobilnummer, wenn etwas dazwischenkommen sollte?«

»Das wird es nicht, es sei denn, ich sterbe«, entgegnete sie kühl.

Ich musste grinsen. »Denken Sie an Ihr Lammragout mit Rosmarin. Ich freue mich auf Ihren Besuch, Madame le Coz. Bis übermorgen.«

Gleich Montagfrüh würde ich in den Kaiserstuhl fahren, um das Lammfleisch zu besorgen.

Leise schloss ich die Wohnungstür, ging die Treppen hinauf zu Vanessa und übergab ihr den Schlüssel. Momentan lernte sie Tag und Nacht auf ihr Examen und hatte sich als eine zuverlässige Babysitterin erwiesen. Vor allem mochte Thea sie.

»Alle Achtung, ganz schön heiß«, sagte sie, sah erst auf meine enge Jeans und anschließend direkt in meinen Ausschnitt.

»Spätestens um Mitternacht bin ich zurück. Danke dir«, erwiderte ich lächelnd.

Unten schwang ich mich aufs Fahrrad und fuhr los. Von der Basler Straße her tönte laute Musik aus den Achtzigern, das Motto der diesjährigen Fete. Ich lief am Portier vorbei, der mich in den vierten Stock schickte. Dort angekommen, begab ich mich zielstrebig in die Teeküche, an den Ort, wo jede Party anfing und endete.

»Ich bin ein Mann, ich bin ein Jäger, ich jage junges, zartes Fleisch«, krächzte eine dunkle Männerstimme aus den Lautsprechern.

Vita, die Frau des Ressortleiters, war am Spülbecken beschäftigt. Ich küsste sie auf die Wange.

»Du bist spät dran, Lizzy«, sagte sie vorwurfsvoll.

»Ich bin der stählerne Erreger und wen ich streichel ist mir gleich«, ging das Lied weiter.

»Thea, sie musste noch ins Bett gebracht werden«, entgegnete ich entschuldigend. »Schön, dich zu sehen! Bin ich alt, wenn ich mich auf einer Achtziger-Jahre-Feier an meine Jugend erinnert fühle?«

»Alt genug, um es zu genießen, mein Schatz«, sagte sie lächelnd. »Du wirst dich amüsieren. Versprochen. Hier nimm. Zum Vorglühen.«

Sie reichte mir einen Martini. »Tom ist bereits da.«

»Wo?«

»Konferenzraum.«

Sie deutete mit dem Kopf in Richtung des Saals. Ich stürzte den Martini in zwei Zügen herunter. Die Party fand jedes Jahr im großen Redaktionskonferenzraum, der Teeküche und dem Büro des Chefredakteurs für Wirtschaft und Politik statt.

Als ich den großen Sitzungssaal betrat, schlug mir Zigarettenrauch entgegen. An der Wand gab es eine provisorische Bar, die aus einem Tapeziertisch und darauf ausgebreiteten Geschirrtüchern bestand. Zielstrebig ging ich dorthin, goss mir einen zweiten Martini ein und warf einen Blick in den hinteren Teil des Raumes.

Tom saß an einem Tisch, mit einem Kollegen in ein Gespräch vertieft, neben ihm eine blonde, zarte Frau, die ihm aufmerksam zuzuhören schien. Ich ging auf ihn zu, legte meine Hände auf seine Wangen und küsste ihn. Verlegen erwiderte er meinen Kuss und ich ging zurück an die Bar. Der Wermut wirkte sofort, meine Laune stieg. Ich hatte den ganzen Tag nur Obst und ein halbes Dinnele gegessen.

»Warst du schon bei der Wahrsagerin?«, fragte mich ein junger Mann mit langen Haaren.

Er nahm sich ein Bier. Ich stutzte.

»Hat der Chef organisiert. Gleich um die Ecke. Im Zimmer des Chefredakteurs. Sie ist Astrologin und sagt dir die Zukunft voraus. Du schmeißt dich weg vor Lachen. Garantiert!«

Armin, der Chefredakteur, war ein Altachtundsechziger, der Friseurbesuche und Krawatten verweigerte, weil sie dem Establishment dienten. Einzig bei seiner Lebensgefährtin Vita wurde er butterweich und tolerierte sogar deren Sympathien für die esoterische Szene. Anders ließ sich die Anwesenheit einer Astrologin nicht erklären. Ich kannte Vita schon aus Schulzeiten. Was die Beziehungsgeflechte anging, war Freiburg ein Dorf; man begegnete sich in dieser Stadt mindestens viermal im Leben.

Vita war ein Schatz, ein richtiger Kumpel, lediglich ihr spiritueller Werdegang befremdete mich. Ging es mir gut, geleiteten mich himmlische Wesen auf meinem Weg durch Freiburg und meine Chakren befanden sich in Harmonie. Fühlte ich mich unwohl, glaubte mich Vita jenseits meiner Mitte.

»Mit deiner Aura stimmt etwas nicht, Lizzy. Soll ich eine Reinigung vornehmen?«

Am Anfang hatte ich noch über solche Angebote gelacht, was Vita regelmäßig verletzte, und so gewöhnte ich mir mit der Zeit an, schlicht höflich abzulehnen.

Noch einmal warf ich einen Blick auf Tom, der heftig gestikulierte; auf politische Debatten hatte ich keine Lust und so beschloss ich, Spaß zu haben.

»Männer sind allzeit bereit«, grölte inzwischen Herbert Grönemeyer. »Männer bestechen durch ihr Geld und ihre Lässigkeit.«

Ich kippte meinen Cocktail hinunter und füllte das Glas gleich noch einmal. Dann schielte ich neugierig in Richtung von Armins Büro und schlenderte wie zufällig dorthin.

Die Tür stand offen und gerade trat eine Frau heraus. Sie zeigte mit beiden Daumen nach oben und ehe ich mich versah, fand ich mich vor Armins Schreibtisch wieder. Die Astrologin saß hinter einem Laptop und winkte mich lächelnd zu sich. Auf einem Pappkarton stand der Name ASHARA.

Ashara war schätzungsweise Ende vierzig und trug ein Gewand in knalligen Rottönen. Darunter verbarg sich ein fülliger Körper. Ihr rundes Gesicht versprühte Optimismus und Lebensfreude. Ich setzte mich ihr gegenüber.

»Deine Geburtszeit und der Ort?«

Asharas blau lackierte Fingernägel ruhten in Wartestellung über der Tastatur.

»13. Februar 1964, 13.00 Uhr in Freiburg.«

»Ungewöhnlich, dass jemand seine Geburtszeit so exakt kennt.«

Sie sah mich skeptisch an und schien auf eine Erklärung zu warten. »Vom Fach?«

»Nein. Meine Großmutter hat mir früher an jedem Geburtstag erzählt, dass ich an einem Samstag Punkt 13 Uhr zur Welt gekommen sei und deshalb meine Aufgaben im Leben erledigen würde«, gab ich stolz kund.

Asharas fleischige Hände flogen über die Tastatur wie bei einem Klaviervirtuosen.

»Eine Wasserfrau«, sagte sie anerkennend. »Aszendent Krebs. Eine explosive Mischung. Innovationslust und Gefühl. Kämpfst du mit dem Gewicht?«

Ich zog den Bauch ein und schüttelte den Kopf.

»Der Mond«, erklärte sie. »Krebs ist dem Planeten Mond zugeordnet. Da neigt man gern zu ein bisschen mehr auf den Rippen.«

Ich verzog keine Miene und hielt immer noch die Luft an. Daher rührte also mein Hang zu opulentem Essen. Es war mir praktisch in die Wiege gelegt worden. Ich konnte gar nichts dafür. Schuld war allein der Krebs-Aszendent.

»Du besitzt insgesamt vier Planeten im Steinbock«, fuhr sie fort und es klang wie ein schwerer Vorwurf. Als ob ich etwas verbrochen hätte. »Sehr saturnlastig.«

Ich kicherte.

»Die Venus im Steinbock«, sagte Ashara nachdenklich und starrte auf den Bildschirm.

Seit meiner Ankunft hatte ich binnen zwanzig Minuten zwei Martini getrunken. Die Sache mit der Venus hörte sich irgendwie verlockend an und gebannt wartete ich auf die Erklärung.

»In der Liebe kannst du knallhart sein. Eine Steinbock-Venus geht auch einmal durch Betten, um zum Ziel zu gelangen.«

Ich kicherte schon wieder.

»Sonne im ersten Haus«, fuhr sie fort.

»Wo?«

»Im ersten Haus. Das bedeutet Reichtum, meine Liebe. Menschen, deren Sonne im ersten Haus steht, haben Geld.«

Tom musste mit ihr unter einer Decke stecken. Ich nickte schuldbewusst.

»Und dann ist da noch dein Mond in der Jungfrau.«

Ich ahnte weitere Komplikationen.

»Gefühl, meine Liebe, das Gefühl und dein Wohlbefinden. Du bist sehr analytisch, wenn es um Herzensangelegenheiten geht. Möchtest den Dingen auf den Grund gehen. Ich sage dir, ein Jungfraumond benötigt ausgiebig Schlaf und will gepflegt werden.«

Sie sah mich besorgt an. Ich legte viel Wert auf Körperpflege. Aber jetzt ärgerte ich mich, dass ich beim Schminken ausgerechnet heute auf den Concealer verzichtet hatte, um meine Augenringe abzudecken.

»Und meine Zukunft?«

»Saturn wird dir noch viele Prüfungen abverlangen. In Bälde ist dein Horoskop kritisch transistiert. Vorsicht! – Ashara hob theatralisch die Stimme und fuchtelte mit dem Zeigefinger –, dein Geburtsplanet Uranus ist immer für Überraschungen gut. Trotzdem denke ich, dass dir Jupiter zur Seite stehen wird.«

Ich stand kurz vor einem Lachanfall, riss mich aber zusammen. »Transis-was?«

Sie drehte den Bildschirm zu mir herum und zeigte auf den Kreis. In ihm befanden sich unzählige Linien in verschiedenen Farben. Mein Horoskop sah sehr kompliziert aus.

»Siehst du das Quadrat hier?«, fragte sie und klickte mit der Maus auf ein blaues Parallelogramm.

Es war eines von vielen. Gebannt sah ich auf die geometrischen Figuren und spürte einen leichten Schwindel.

»Das ist eine Herausforderung, ein kritischer Aspekt: Deine Gefühle treten in Konflikt zum Verstand. Ein Saturnquadrat kann auch mal zur Trennung führen.«

Tom, schoss es mir durch den Kopf, aber ich schob den Gedanken zur Seite. Ich glaubte nicht an Horoskope. Ashara zeigte auf ein rotes Viereck, das eigentlich ganz harmlos wirkte.

»Hier liegt dein Gefahrenpotenzial, siehst du? Überstürze nichts, gehe kühl und besonnen vor. Das entspricht deiner Natur. Trotzdem hast du eine starke Gefühlstendenz, die dir einen Strich durch die Rechnung machen könnte. Der richtige Mann müsste dein Eis zum Schmelzen bringen. Gibt es einen Mann in deinem Leben?«

Das klang so anzüglich wie die Frage nach meinem letzten wirklich guten Sex. Ich ertappte mich dabei, zurückzurechnen, und fing schon wieder an zu kichern. Dabei war mir diesbezüglich gar nicht zum Lachen, denn Tom hatte mich seit meiner Affäre mit Jérôme nicht mehr angerührt. Seitdem war über ein halbes Jahr vergangen. Das kam mir plötzlich trotz oder wegen meiner zwei Martini sehr lange vor. Alarmierend lange. Er brauche Zeit, sagte er jedes Mal, wenn ich Annäherungen unternommen hatte.

»Tom. Der Vater meiner Tochter«, hörte ich mich sagen.

»Sternzeichen?«

»Krebs«, platzte es aus mir heraus.

»Da haben wir es.«

Ich wusste nicht, ob ich lachen oder weinen sollte.

Ashara lehnte sich zufrieden zurück, verschränkte die Hände hinter ihrem roten Schopf.

»Bei deiner Steinbock-Betonung zusammen mit deinem Aszendenten passt das wunderbar. Er könnte dein Regulativ sein und die Spannungen in deinem Horoskop ausgleichen. Außerdem dürfte er deine Gefühle zum Schwingen bringen. Aber Wasserzeichen entscheiden sich nicht gern. Sie flutschen dir praktisch aus den Händen wie ein Fisch, wenn sie sich festlegen sollen. Verheiratet?«

Das mit den Schwingungen kannte ich. Es gab niemanden, der mich so in Rage bringen konnte wie Tom.

»Nein, aber was sagt das schon«, protestierte ich.

Sie winkte ab. »Genau, meine Liebe. Rein gar nichts. Und unterschätze niemals das Gedächtnis von Krebsen. Die sind imstande und tragen dir einen Ehebruch bis ins Grab nach.«

»Wie gut, dass ich nicht verheiratet bin«, wollte ich sagen, aber mein Einwand blieb mir im Halse stecken. Ich dachte an Jérôme; seit unserer Affäre war quasi kein Tag vergangen, an dem mein Fehltritt nicht in irgendeiner Form von Tom thematisiert wurde. Der Vorwurf spiegelte sich in seinen Augen und in seinen Worten wider. Bislang hatte ich kein Mittel gefunden, um seine Zweifel wegzuwischen.

Betroffen sah ich auf die bunten Figuren in meinem Horoskop und überlegte, ob es noch schlimmer hätte kommen können, als dass eine gefühlsbetonte, adipöse Wasserfrau mit einem entscheidungsresistenten Weichei, das aber das Gedächtnis eines Elefanten besaß, ein Kind zeugt. Ich strich mir die Haare aus dem Gesicht, bedankte mich für meine Zukunft und stand auf.

Vom Flur aus konnte ich sehen, wie sich Tom mittlerweile ausschließlich mit der Blonden beschäftigte. Sie bemerkten mich nicht, standen an die Wand gelehnt und unterhielten sich, beide ein Glas in der Hand. Sie strich sich die Haare aus dem Gesicht und reckte für einen winzigen Moment ihren Kopf in seine Richtung. Gebannt wartete ich seine Reaktion ab. Er senkte die Augen und ich hätte schwören können, dass er ihre Brüste fixierte.

Binnen Sekunden fühlte ich mich stocknüchtern und erwog Gegenmaßnahmen. Ich beschloss in die Offensive zu gehen. Im Hintergrund sang Ulla Meinecke »Mach die Lichter aus … Ich will nur noch deinen blonden Blick«, als ich gezielt auf Tom und dessen Gesprächspartnerin zuging.

»Möchtest du uns nicht miteinander bekannt machen, Schatz?«, fragte ich provokativ und küsste ihn.

Wir verwendeten niemals Kosenamen füreinander und ich kam mir auf einmal sehr albern vor.

»Daniela, das ist Lizzy-Schatz …«, meinte er mit der Betonung auf dem *z*. Dann machte er eine längere Pause und sah mich dabei eindringlich an. »Daniela, unsere Volontärin.«

»Wir haben eine Tochter. Thea. Aber sie ist nicht hier. Noch zu klein«, kicherte ich.

Verlegen sah Tom zu Boden.

»Ich gehe dann mal in die Teeküche«, sagte die Volontärin.

Für meinen Geschmack blickte sie eine Spur zu lange in seine Augen, bevor sie verschwand.

»Wie war es auf dem Markt?«, wollte Tom wissen.

»Vierundachtzig Euro – ich bin reich.«

»Das ist bekannt.«

»Auch einen Martini?«

Ohne die Antwort abzuwarten, ging ich zur provisorischen Bar, goss mir einen weiteren Wermut ein und ließ mit Schwung zwei

Oliven in das Glas gleiten. Ein paar Tropfen schwappten über den Rand, liefen herunter und ich fing sie mit der Zunge auf. Vita tauchte plötzlich neben mir auf und betrachtete mich nachdenklich.

»Hey, hey, langsam, Frau Tanner. Nicht so schnell. Martini ist gefährlich.«

»Läuft da was, Vita? Was habe ich verpasst?«, fragte ich.

»Keine Ahnung. Was meinst du?«

»Zwischen der kleinen Praktikantin und Tom!«

»Du meinst die Volontärin? Dany? Du spinnst, Lizzy! Tom ist nun mal Ausbildungsleiter und sie geht bei ihm in die Lehre. Nein«, versicherte sie kopfschüttelnd. »Nicht Tom. Never! Take care«, sagte sie im Weggehen und schaute intensiv auf mein Glas.

Zurück im Flur, lehnte Tom allein an der Termin-Pinnwand. Prüfend wanderte sein Blick über mein Gesicht und ich hielt dem einfach stand. Das lag in meiner Natur. Tom nahm sich eine der zwei Oliven und schob sie sich in den Mund.

Es gehörte nicht viel Mut dazu. Es war Zeit für Sex und ich war entschlossen, Tom heute Nacht zu verführen. Mit meinem neuen Wissen über Transite, Konjunktionen und heikle Spannungen meiner Planetenkonstellationen wäre es ja gelacht, wenn ich das nicht mit links schaffen würde. Ich würde seine Ausflüchte einfach nicht länger gelten lassen. Ich legte meinen Kopf an seine Schulter und fühlte, wie er sich kurz an mich schmiegte. Keine Frage, Tom war bereit. Meine Lippen streiften seinen Hals.

»Möchtest du mich und meine Steinbock-Venus ins Bett bringen?«, flüsterte ich in sein Ohr.

Einen winzigen Augenblick fühlte ich mich verrucht und atemberaubend lasziv. Tom lächelte, drückte mich vorsichtig weg und sah mich kritisch an.

»Bist du betrunken, Lizzy? Welche Venus?«

»Meine«, antwortete ich stolz.

Tom hatte auch einen Schwips, denn ich kannte diesen gewissen Ausdruck in seinen Augen, auch wenn ich ihn schon lange nicht mehr gesehen hatte. Kein Zweifel, ich befand mich eindeutig auf der Siegerspur. In Kürze würde ich den Sex meiner dreißiger Jahre haben und Tom würde sich danach nicht einmal mehr an den Namen der kleinen Praktikantin erinnern.

»Komm, ich zeige sie dir.«

»Ich habe versprochen, Daniela zu Hause abzuliefern. Ich brauche noch ein paar Texte von ihr.«

»Mitten in der Nacht? Du kannst nicht mehr hinters Steuer«, protestierte ich. »Oder möchtest du mit ihr Straßenbahn fahren?«

Er warf einen Blick in Richtung Teeküche, wo sein Redaktionsschützling wenige Meter von uns entfernt mit anderen zusammen um einen runden Holztisch saß, auf dem mehrere Kerzen flackerten. Mit verträumtem Blick nahm sie einen Joint entgegen und in ihrem bunten Oberteil sah sie aus wie frisch aus dem Weltladen. Sie inhalierte und hielt dramatisch die Luft an. Dann stieß sie eine Rauchwolke aus, deren Form mich an eine Amöbe erinnerte. Ich musste schon wieder lachen.

»Du möchtest eine kiffende Müsli-Frau mit einer Hanf-Tunika nach Hause bringen?«

Ich unterdrückte den Impuls, meine Hand unter sein Hemd zu schieben.

»Du neigst schon immer dazu, Frauen, die scheinbar nicht dein Format besitzen, zu unterschätzen.«

Tom grinste verschmitzt und fuhr sich mit der Hand durch die Haare; er sah aus wie sechzehn. Ich überlegte, ob das Gesagte eine Beleidigung oder ein Kompliment war, und entschied mich für beides.

»Ich unterschätze *dich* nicht«, konterte ich. »Komm schon, Tom. Bring deine Frau ins Bett, und zwar zügig.«

Tom hielt sanft meine Handgelenke und küsste dann meinen Handrücken. Er war reif.

»Ich bereite schon mal alles vor«, versprach ich, ohne zu wissen, was genau das heißen sollte, aber ich war in der Laune, eine Spur Rosenblätter von der Basler Straße bis in unser Bett zu streuen.

Draußen wehte mir ein kühler Wind ins Gesicht.

»Sweet dreams«, sang ich zusammen mit Annie Lennox und bemühte mich, mein Fahrradschloss zu öffnen. Das verrostete Teil klemmte, aber schließlich ging es auf und ich wackelte mit den Hüften, hielt das Schloss dann als Mikrophon an meinen Mund und traf jeden Ton. »Some of them want to use you. Some of them want to get used by you ...«

Ich beschloss, das Fahrradfahren zu lassen, und schnallte meine Handtasche auf den Gepäckträger. Dann schob ich meinen Drahtesel bis in unser Viertel an den Hauswänden entlang.

Zu Hause angekommen, stolperte ich in Theas Zimmer, die glücklicherweise tief schlief. Ich hingegen bemühte mich, wach zu bleiben. Die Martinis und meine astrologische Zukunftsprognose hatten mich nur vorübergehend aufgeputscht, jetzt fielen mir vor Müdigkeit fast die Augen zu. Wo Tom nur blieb?

Gegen zwei Uhr morgens wachte ich durch ein Geräusch auf. Es war Tom, der versuchte, den Schlüssel ins Türschloss zu stecken. Er brauchte ziemlich lange dafür und ich hörte ihn fluchen. Ein sicheres Indiz, dass er betrunken war. Ich kicherte vor mich hin, fuhr mir durch die Haare und streckte ein nacktes Bein ins Freie.

Die Straßenlaternen warfen ein sanftes Licht in den Raum. Tom kam ins Schlafzimmer, streifte Schuhe und Hose ab, hüpfte auf einem Bein und knöpfte dabei sein Hemd auf. Ich schlug die Decke über meinen Kopf.

»Böses Mädchen«, sagte er, als ich wieder hervorkroch. Ich legte meine Arme um ihn und ein Ritual nahm seinen Lauf.

»Was tust du da?«, fragte Tom, als er meine Hüften umfasste.

»Was wir längst hätten tun sollen«, erwiderte ich. »Sex heals.«

Ashara hatte mir nicht gesagt, wie erfinderisch und einfallsreich eine Steinbock-Venus sein konnte und wie verhängnisvoll sich mehrere Martini auf eine ausgehungerte Libido auswirkten; von Toms Konsum ganz zu schweigen. Wir bemühten uns redlich und lachten schließlich gemeinsam wie lange nicht mehr. Zu allem Übel bekam ich einen Schluckauf und Tom flößte mir Wasser ein. Morgen war auch noch ein Tag.

Morgens um drei stand ich nackt vor dem geöffneten Kühlschrank. Kühle Luft schlug mir entgegen und ich hatte das Gefühl, mein Körper glühte. Unschlüssig inspizierte ich den Inhalt des Kühlschranks nach etwas zu trinken, aber alles, was ich außer Milch fand, war Champagner.

Mit zwei Gläsern und dem Schaumwein kehrte ich zurück ins Schlafzimmer, wo ich mich mit meiner Fracht in den Türrahmen stellte, die Wange gegen die beschlagene Flasche gelegt.

»Champagne, monsieur?«

»Du bist verrückt!«

Tom warf sich ein Kissen über das Gesicht: »Wir werden diese Nacht bereuen! Morgen wird schrecklich.«

Ich schlüpfte unter die warme Decke und er öffnete die Flasche.

»Allmählich komme ich voran, was die Recherche angeht«, plapperte ich darauflos.

»Normalerweise möchtest du immer *nach* dem Sex reden«, warf Tom gähnend ein und grinste, als sei seine Bemerkung angesichts unserer Beischlafbemühungen außergewöhnlich originell.

Ich legte ihm meine Hand auf den Mund: »Normalerweise hörst du danach nie zu, aber jetzt«, bestimmte ich. »Du erinnerst dich an diesen Stockfelder?«

»Klar, der Mann mit dem Tweed-Jackett«, antwortete Tom. »Sag bloß, du hast ihn getroffen. Und?«

Plötzlich schien er sehr interessiert und hellwach. Er füllte die Gläser und reichte mir eins davon.

»Nein. Noch nicht. Er übernimmt momentan keine Mandanten, aber womöglich habe ich einen Weg gefunden, trotzdem mit ihm zu sprechen.«

»Und?«

»Nun, er ist nach einem Schlaganfall in seinem Haus in Waldkirch, unternimmt schon wieder Spaziergänge und wird sicher mit mir sprechen, wenn ich es nicht ganz dumm anstelle.«

»An dir ist offensichtlich eine Reporterin verloren gegangen«, meinte Tom anerkennend. »Sauber recherchiert. Und wie willst du es anstellen, dass er dich empfängt?«

»Ich bin die Enkelin der Familie, mit der sein Vater engen Kontakt pflegte.«

»Das hört sich ziemlich kompliziert an, zumindest für meinen Alkoholpegel.«

»Tom, wie heißt dieser Whisky, der aus demselben Ort stammt wie jener Stoff für die Tweed-Jacketts?«

»Octomore Whisky, ein sehr guter Stoff!«

»Genau«, bestätigte ich lebhaft. »Single Malt – das Richtige für zigarrenrauchende Herren, die etwas auf sich halten. Das hat was mit Tradition zu tun, nicht wahr? Männer mit diesen Harris-Tweed-Jacketts wissen, dass der beste Whisky der Welt aus derselben Region stammt wie der Kleidungsstoff, den sie mit Stolz tragen.«

»Gute Idee«, bekräftigte Tom anerkennend. »In der Herrenstraße gibt es einen Zigarrenladen, der den Whisky führen dürfte. Schlappe 280 Euro die Flasche. So viel sind dir die Informationen also wert?«

»Ich bin jedenfalls gespannt, was dabei herauskommt.« Ich

lehnte meinen Kopf an seine Schulter. Seit langer Zeit hatte ich mich Tom nicht so nahe gefühlt.

»Tom? Gibt es etwas, das du mir im Zusammenhang mit deinem Redaktionsschützling, dieser Daniela, sagen musst?«

Tom erstarrte und zog seinen Arm, den er gerade um mich gelegt hatte, zurück.

»Wir mögen uns. Und als die Sache mit Jérôme war, war sie diejenige, die mich verstanden und mir zugehört hat.«

»Du hast mit ihr über uns gesprochen?« Ich war empört.

»Lizzy. Ich bitte dich, ich habe mit jemandem geredet. Ist das anrüchiger, als mit einem anderen zu schlafen?«

Binnen Sekunden kippte die Stimmung zwischen uns, die Verletzung gewann wieder die Oberhand, als gebe es kein Entkommen aus diesem Teufelskreis. Tom hatte recht. Ich war diejenige, die einen Vertrauensbruch begangen hatte, nicht er, und die Wunde, die ich ihm zugefügt hatte, schmerzte noch immer. Unsere Vertrautheit der letzten halben Stunde vermochte nicht darüber hinwegzutäuschen, dass unsere Beziehung seitdem fragil war.

Der Name Daniela fiel in dieser Nacht kein zweites Mal. Je länger er nicht ausgesprochen wurde, desto bedrohlicher standen die unsichtbaren Buchstaben im Raum. Tom hatte zwar nicht gelogen, aber auch nicht alles gesagt. Ich kannte ihn zu gut, um die unausgesprochenen Worte nicht von seinen Lippen zu lesen. Noch hatte er nicht mit ihr geschlafen, aber es könnte eine Frage der Zeit sein, bis sich dies änderte. Tom war nicht wie ich, eine Affäre würde es bei ihm nicht geben. Sobald er sich einer anderen Frau zuwandte, würde er die Konsequenzen ziehen.

Pünktlich um acht Uhr wurden wir von unserer Tochter stürmisch geweckt. Es war Sonntag und Thea sprang mit einem Satz in unser Bett, legte sich zwischen uns, strampelte mit den Füßen und kuschelte sich an Tom.

»Gehen wir heute klettern, so wie versprochen, Papa?«

In Erwartung der Antwort hielt sie die Luft an und sah herausfordernd in meine Richtung. Unsere Blicke streiften sich, aber Theas Augen gingen von Tom zu mir und wieder zurück.

»Nur wenn du mich sicherst, ich bin nämlich ein bisschen müde. Und jetzt gibt es erst einmal Pfannkuchen für meine Prinzessin zum Frühstück!« Tom schlug spielerisch mit einem Kissen.

Ich kämpfte gegen einen Kater und hielt mir die Finger an die Stirn. Mein Kopf schmerzte.

»Haut ihr nur ab«, entgegnete ich. »Wir treffen uns am Abend in der Pizzeria, einverstanden? Ich muss heute ab drei in der Villa Aufsicht für Großmama übernehmen. Mama hat eine Einladung und wird nicht vor dem Abendessen zurück sein.«

Nach dem Frühstück genoss ich die Ruhe und Einsamkeit. Ich ging in die Küche, um Teewasser aufzusetzen. Morgen würde Nanette uns besuchen kommen. Ich verspürte eine Mischung aus Neugierde und freudiger Erwartung wie als Kind vor meinem Geburtstag. Ich beschloss, das Parkett noch einmal zu wischen, dann suchte ich das Rezept für sizilianisches Lammsugo heraus und putzte das Silberbesteck.

Freiburg-Wiehre,
HOCHSOMMER 1929

Constanze öffnete die Balkontür, trat hinaus und ließ ihren Blick über den ausgetrockneten Garten ihres Elternhauses schweifen. Die heiße Nachmittagssonne, die um diese Zeit ihr Mädchenzimmer erreichte, brannte auf ihrer Haut und sie kurbelte die Jalousie herunter. Vor wenigen Tagen war Constanze dreiundzwanzig geworden und Vorfreude erfasste sie angesichts der heutigen Teestunde, zu der auch Bodo Kirchmann erscheinen würde. Kirchmann, der älteste Sprössling einer renommierten Freiburger Familie und Sohn des langjährigen Freundes ihres Vaters, war ihr von Kindesbeinen bekannt. Die beiden galten als einander versprochen.

»Was glaubst du, Martha, wird er es heute tun?«, flüsterte Constanze bei der Begrüßung ihrer Schulfreundin ins Ohr.

Diese nahm ihre Hand, strich der Freundin über die Wange und entgegnete: »Ich kenne ihn zwar nicht, aber er wäre ein Dummkopf, wenn er nicht fragen würde.«

Die beiden lachten und tranken kalte Limonade. Constanze hatte sich besonders hübsch gemacht, trug ein leichtes Sommerkleid, das, wie es die Mode verlangte, über dem Knie endete und ihrer schlanken Figur schmeichelte. Zur Feier des Tages hatte sie sogar etwas Rouge und Lippenstift aufgelegt. Martha war gänzlich ungeschminkt, aber bei den dunklen Konturen ihrer Brauen und dem markanten Haaransatz fiel das gar nicht auf. Ihre Mandelaugen leuchteten in einem undefinierbaren Farbenspiel.

Längst war die Teestunde in Constanzes Elternhaus zu einer festen gesellschaftlichen Einrichtung geworden und fand einmal pro Monat an jedem ersten Sonntag statt. Man schrieb das Jahr 1929 und von der bevorstehenden Weltwirtschaftskrise war im Arzthaushalt der Bertholds wenig zu spüren. Nur die Temperaturen setzten allen zu: Der Sonntag im August 1929 war einer jener Hochsommertage, an denen in Freiburg die Zeit stehen zu bleiben schien. Die Sonne warf scharfe Schatten, das Kopfsteinpflaster auf dem Münsterplatz strahlte eine derartige Wärme ab, dass man nur im Schatten auf ihm gehen konnte, und jeder Freiburger Bürger sehnte sich des Abends nach dem Höllentäler, dem Fallwind aus den Höhen des Schwarzwaldes, der den vornehmen Wiehre-Stadtteil Freiburgs immer als Erstes erreichte.

Die Dame des Hauses, Frederike Berthold, hatte sich mit Migräne zurückgezogen. Sobald die Luft sich in der Stadt aufheizte, war sie außerstande, ihren Geschäften als Arztgattin nachzugehen, und lediglich eine strikt eingehaltene Bettruhe in einem abgedunkelten Schlafzimmer, mit kühlenden Tüchern auf der Stirn, brachte Linderung.

Pünktlich um fünf klingelte es und kurz darauf hörte Stanzi ein Rascheln im Entree. Nanette, das französische Hausmädchen, kündigte den Besuch an und öffnete die Flügeltür. Bodo Kirchmann war nicht alleine erschienen. Ein Mann seines Alters, etwas kleiner als Bodo und von zarter Statur, begleitete den Fabrikantensohn in den Salon.

»Samuel Bloch«, stellte sich der Überraschungsgast erst Constanzes Vater, dann den beiden jungen Damen vor.

»Bloch ist unser guter Geist in der Manufaktur. Für alles findet er eine Lösung! Ein wahres Genie! Wir haben den gestrigen Samstag, wie so oft, zusammen mit meinem Vater in Lörrach verbracht, bis Zahlen und Zeitmesser in unseren Köpfen rauchten. Da habe ich

Herrn Bloch, Ihre Erlaubnis vorausgesetzt, mit hierhergebracht. Als Entschädigung für meine egoistischen Ziele.«

Constanze hörte Bodo, der immer die richtigen Worte fand, bewundernd zu. Der alte Berthold lächelte wohlwollend und bot den beiden Männern Platz. Sein Haus galt als gastfreundlich und offen. Dass der schmale Samuel Bloch mit seinen markanten Gesichtszügen jüdischer Herkunft war und Martha eine Halbjüdin, mit einer arischen Mutter und einem jüdischen Vater, war bereits im Jahr 1929 nicht gerne gesehen. Gustav Berthold allerdings scherten die aufkommenden Parolen einer NSDAP wenig.

Die Männer sprachen über das Geschäft, während die Damen miteinander tuschelten. Nur hier und da tauschten die jungen Menschen scheue Blicke aus und Constanze glaubte zu bemerken, dass Bodo ein paarmal zu Martha sah, ehe er ihr selbst ein Lächeln schenkte. Dass hingegen die schöne Martha nur für einen Mann Augen hatte, entging Constanze prompt. Kirchmann, ein Beobachter par excellence, registrierte es sehr wohl und überging seine Eindrücke galant.

Zwischen Martha und Samuel geschah etwas an jenem Sommertag, das für die Außenstehenden dank einer strikt eingehaltenen Etikette fast nicht sichtbar war. Erst viel später vertraute sich Martha ihrer Freundin an, und da glaubte sich Constanze sogar an einen magischen Moment zwischen Samuel und Martha zu erinnern. Wie er seine Augen einige Sekunden zu lange auf Marthas Lippen hatte ruhen lassen und verlegen weggesehen hatte, als diese die Augen senkte.

Als es erneut an der Tür läutete, sah Constanze vom Salon aus in Richtung Entree, wo das französische Hausmädchen einem gewissen Kurt Stockfelder die Tür öffnete, einem Weggefährten aus Pfadfinderzeiten ihres Vaters.

»Was für eine Überraschung, Kurt!«, begrüßte Gustav Berthold den verspäteten Gast, erhob sich und ging auf ihn zu. »Du erinnerst dich an meine Tochter?«

Stockfelder neigte interessiert seinen großen Kopf in Richtung der jungen Frauen, als habe er diese Geste vor dem Spiegel einstudiert und sei ein wenig hingerissen von selbst sich.

»Wie lange haben wir uns nicht mehr gesehen?«, fragte Gustav und begutachtete den Freund. »Ein bisschen zugelegt?«, lachte er und klopfte ihm auf die Schulter. »Immer noch ewiger Junggeselle? Oder hast du inzwischen den Hafen der Ehe angesteuert? Setzt dir das gute Essen in der Ehe zu?«

Für einen Moment entstand eine peinliche Stille.

»Noch warte ich, bis die Richtige kommt«, erwiderte der Enddreißiger schließlich, nachdem er sich gefangen hatte, beugte sich erst über Constanzes Hand, dann über Marthas und deutete einen Kuss an. Mit einem Handschlag begrüßte er die beiden Herren. Dann ließ er sich auf einen freien Sessel fallen, von wo aus er einen ungestörten Blick auf Martha und Constanze hatte.

Ein ungezwungenes Gespräch über die Stadtplanung und die Erschließung neuer Industriegebiete kam auf. Man sprach über die kritische Perspektive Freiburgs, das durch die Rückgabe Elsass-Lothringens zur Grenzstadt wurde und damit einen schmerzhaften Abstieg erlebte. Stockfelder, selbst Beamter in einer Finanzbehörde, hatte klare Vorstellungen von Baden und dessen Funktion in der Republik. Man politisierte über die Mehrheiten im Stadtrat und Berthold gab augenzwinkernd zu, zwar ein Zentrumsgetreuer zu sein, aber auch ein wenig mit den Sozialdemokraten zu sympathisieren. Constanze schrak angesichts des Geständnisses ihres Vaters auf. Stockfelder hörte sich das Geplänkel aufmerksam an. Erst als das Gespräch auf das Kaufhaus Knopf fiel, meldete er sich zu Wort.

»Boykott, Gustav, das sage ich dir, ich plädiere für Boykott. Ich staune, wer von den sauberen Freiburgern dort einkauft. In einem jüdischen Geschäft! Kauft bei Deutschen, das ist eure patriotische Pflicht! Ich bin ein überzeugter Nationaler, ein Mann der ersten

Stunde. Wenn es endlich so weit sein wird. Glaubt mir, einem Adolf Hitler gefallen die vielen jüdischen Geschäfte Freiburgs weiß Gott nicht. Aber die Zeiten wandeln sich. Ihr werdet schon sehen.«

Provokativ blickte er in die Runde, und hinter Gustav Bertholds Stirn konnte Constanze sehen, dass er sich Mühe gab, das Gesagte einzuordnen. So leidenschaftlich und erschreckend einfältig hatte ihr Vater seinen Freund noch nie reden hören. Eigentlich duldete Berthold keine Intoleranz, sie widerstrebte seinem ganzen Naturell, aber etwas in Stockfelders Blick alarmierte ihn offensichtlich, ließ den Gastgeber verstummen. Stockfelders Knopfaugen bewegten sich eilig hin und her und er rieb seine fleischigen Finger aneinander. Samuel Bloch räusperte sich. Martha rutschte auf ihrem Platz ein wenig näher an Constanze und nippte an einer Tasse Tee.

»Im Kaufhaus Knopf bekommt man gute Ware, mein Freund, das ist es«, bemühte sich Constanzes Vater einzulenken. Genau so kannte und liebte sie ihn: Er war in der Lage, auszugleichen, die Wogen zu glätten. »Es sind nicht viele jüdische Geschäfte in Freiburg, verglichen mit dem Rest des Landes. Im Gegenteil, du kannst die jüdische Bevölkerung Freiburgs beinahe zählen.«

»Ein jüdischer Laden ist einer zu viel!«

»Aber Kurt, was redest du denn da? Das entbehrt doch jeder Logik!«

Erschreckt öffnete Constanze ihren Mund und blickte ihrem Vater ins Gesicht.

»Nationale Gefühle sind keine Sache der Logik«, erwiderte Stockfelder und schlug mit der flachen Hand auf den Tisch.

Constanze und Martha zuckten beinahe zeitgleich zusammen.

»Wenn Sie auf diese Weise die Juden ausgrenzen oder sagen wir deren Rechte zu beschneiden wünschen«, schaltete sich Samuel Bloch leise ein, »dann sollten Sie vielleicht nicht außer Acht lassen, dass Adolf Hitler, von dem ich annehme, dass Sie seinem Gedankengut

nahestehen, selbst in Deutschland Gastrechte genießt. Er ist, wie wir alle wissen, nicht einmal Deutscher. Ein Staatenloser.«

Man hätte ein Stück Papier zu Boden fallen hören können, so still war es plötzlich. Die wenigsten wussten 1929 von Hitlers Makel und keiner der Anwesenden zweifelte an dem Wahrheitsgehalt von Blochs Äußerung. Constanze, Martha und Bodo blickten betreten zur Seite. Gustav Berthold rührte mechanisch in seiner Tasse. Kurt Stockfelder, der gerade im Begriff war, sich einem Stück Apfelkuchen zu widmen, erstarrte. Langsam stieg Zornesröte in sein Gesicht und sein Mund zuckte.

»Ich nehme an, Sie sind Jude«, presste er hervor. »Und die Sache mit dem Beschneiden ist ja wohl euer Metier. Ha!«

Er lachte höhnisch und sah sich, nach Zustimmung suchend, in der Runde um. Niemand erwiderte seinen Blick.

»Wenn Sie damit meinen, dass ich den Sabbat in Ehren halte und das Laubhüttenfest feiere, dann ja«, gab der Angesprochene kühl zurück und überging Stockfelders geschmacklose Anspielung. »Ansonsten bin ich stolz darauf, ein Deutscher zu sein. Das ist alles.«

»Mein Vater ist Jude und lehrt an der Universität. Er ist auch ein Patriot«, sagte Martha tonlos.

Dankbar lächelte Samuel sie an und es war, als streichle er mit seinen Augen ihr schönes Gesicht.

»Ich solidarisiere mich ausdrücklich mit Herrn Bloch und mit Fräulein Martha. Ich habe keinen Juden hierhergebracht«, sagte Bodo Kirchmann deutlich, »sondern einen Freund.«

»Danke, Herr Kirchmann.« Nur Marthas Lippen formten lautlos die Worte, die Bodo verstand, und er wünschte, er hätte die Beleidigung, die auch sie getroffen hatte, mildern können.

Geräuschvoll legte Stockfelder seine Kuchengabel auf den Teller, sah mit hasserfüllten Augen in die Runde und dann zur Tür.

»Wir werden doch nicht streiten, Kinder«, sprach Constanzes Vater schließlich ein Machtwort. »Mit Verlaub, Kurt, noch sind wir nicht so weit, dass die jüdischen Geschäfte hier schließen müssen, aus welchem Grund auch immer. Wie wäre es mit einem Cognac?«

Er gab Nanette, die wie versteinert neben der Flügeltür stand, ein Zeichen.

»Noch nicht«, erwiderte Stockfelder, lächelte triumphierend, erhob sich, deutete ruckartig eine Verbeugung an und kehrte der Gesellschaft den Rücken. Unter der Tür drehte er noch einmal um: »Den Cognac, verehrter Freund, ein anderes Mal, sobald dein Haus gesäubert und gelüftet sein wird. Ich werde darauf zurückkommen. Ehrenwort, wenn du noch weißt, was das bedeutet!«

Samuel Bloch ballte seine Hand zu einer Faust und schob sie unter den Tisch. Martha warf ihm einen zärtlichen Blick zu. Eine Wut kam in Constanze auf. Die unnötige Auseinandersetzung zwischen den ungleichen Besuchern in ihrem Elternhaus hatte sie um ihren Antrag gebracht, denn nach Stockfelders Abgang verabschiedeten sich auch die anderen Gäste ohne weitere Erklärungen. Constanzes Freundin Martha war beschenkt nach Hause gegangen, während sie mit leeren Händen zurückblieb.

Ein langes Jahr ließ sich Bodo Kirchmann nicht mehr im Hause der Bertholds sehen. Diverse Einladungen schlug er mit einer höflichen Ausrede aus, widmete sich seinen Geschäften in Lörrach und blieb dem gesellschaftlichen Parkett fern. Schon im Frühjahr 1930 heiratete Samuel Bloch die schöne Martha mit den smaragdgrünen Augen und bezog mit ihr eine Villenwohnung in der Goethestraße. Die Tochter eines jüdischen Vaters und einer Christin konvertierte zum jüdischen Glauben, weil sie ihre Kinder in jüdischer Tradition aufwachsen lassen wollte. Dass Kurt Stockfelder, jener grobschlächtige Mann mit den eng gefassten Lebensentwürfen, der ihren Samuel einst so angegriffen hatte, kurz nach dem Aufeinandertreffen anlässlich einer Teestunde, ihr, einer Halbjüdin, die Ehe antrug, blieb ihr unverständlich und ein lebenslanges Rätsel. Ihr Nein kam schnell, ohne Umschweife, so deutlich wie ihre körperliche Abneigung gegen jene Art Mensch.

Dann, eines Tages, im Sommer 1930, fast auf den Tag ein Jahr nach der sonderbaren Zusammenkunft im Hause Berthold, stand Bodo ohne Anmeldung vor deren Tür und ließ sich vom Dienstmädchen in den Salon begleiten. Voller Staunen beobachtete Constanze, die einen schlichten schmalen Rock mit einer getupften Bluse trug, wie Bodo mit seiner stattlichen Figur und dem eleganten Gang auf sie zusteuerte. Gerade so, als blende er sämtliche Hindernisse aus. Sie fragte sich, was an ihm anders war, bis ihr auffiel, dass er etwas dünner geworden war. Bodo aber riss sie aus ihren Gedanken, berührte sie sachte am Arm und dirigierte sie in den Erker im Nebenzimmer. Dort hielt er ihre Hand, streichelte sie und zog sie an seine Lippen. Als Constanze in seine Augen blickte, fand sie Wärme und Wohlwollen. Nur einmal, für einen winzigen Augenblick, flackerte Leidenschaft darin auf, und ehe Constanze dahinterkam, ob diese wirklich ihr galt, schien sie verebbt.

»Möchtest du meine Frau werden, Stanzi?«, fragte Bodo mit jener ihm angeborenen Höflichkeit, als verlange er nach einer Tasse Tee, nicht zu heiß, mit viel Zucker und wenig Milch. Constanzes Welt hielt inne. Sie fühlte, wie ihre Wangen heiß wurden, und senkte verlegen die Augen. Dann aber folgte ein Glücksgefühl, das ihr das Herz erleichterte, wie nach einer Welle, die ans Ufer geklatscht war, die Entbehrungen eines langen Jahres mit sich riss und ihre Fragen weit draußen auf dem offenen Meer versenkte.

An diesem Tag blieb Bodo lange über die Teestunde hinaus im Haus der künftigen Schwiegereltern. Die schwüle Luft erlaubte nur spärliche Bewegungen und man beschloss, im Garten zu speisen.

Dort, unter dem Kastanienbaum, servierte Nanette bei einem improvisierten Abendessen geschmorte Tomaten mit Peterling und frischem Brot. Das karamellisierte Fruchtfleisch erwies sich als eine ausgewogene Komposition von milder Säure und Süße und Bodo lobte das Dienstmädchen, das sonst gar nicht für die Küche zuständig war.

»Ich habe selten etwas Besseres gegessen, Mademoiselle!«

Mit einem tiefen Seufzer legte er sein Besteck seitlich am Tellerrand ab, wischte sich mit einer Serviette über den Mund und nahm dankbar einen Nachschlag. Selbst die Dame des Hauses, Frederike Berthold, trotz der Wärme von einer Migräneattacke verschont geblieben, nahm eine zweite Portion.

Zur Hauptspeise zauberte die aus der Not geborene Köchin Forelle mit etwas Butter, Mandeln, Kartoffeln und Kräuter, als habe sie nie etwas anderes getan. Die kleine Gesellschaft feierte Bodos Versprechen, dem eine lange Verlobungszeit folgen sollte, und Constanze glaubte, niemals glücklicher gewesen zu sein. Sie strahlte wie eine Prinzessin an der Seite jenes Mannes, der endlich den Weg zu ihr gefunden hatte. Sie mochte nicht annähernd so schön wie Martha sein, aber seinem Schicksal konnte man nicht entgehen. Ihre Geduld war belohnt worden.

Man trank Champagner und wartete sehnsüchtig auf den Höllentäler. Die Luft duftete nach Flieder und ein paar Glühwürmchen leuchteten auf. Pünktlich gegen zehn rauschte der Höllentäler durch die alten Baumbestände des Anwesens in der Wiehre. Constanzes Haare wehten im Wind und Bodo strich ihr zärtlich eine Strähne aus der Stirn. Von weit oben aus den Höhen des Schwarzwaldes schoben sich schwarze Wolken gegen den Horizont, gefolgt von Blitz und Donner. Der Wind wurde stärker, wirbelte die ausgetrockneten Blätter durch die Luft und ehe sich die kleine Gesellschaft versah, prasselte warmer Regen hernieder und tränkte den durstigen

Boden. In aller Eile räumte die Familie in spe die Tafel zusammen und brachte Teller, Gläser und Flaschen ins Haus. Nur Nanette warf einen kritischen Blick in den Park, als befürchte sie, die Pflanzen könnten Schaden von dem plötzlichen Unwetter davontragen.

Im Haus angekommen, tupfte Constanze ihrem Verlobten mit einem Handtuch vorsichtig die feuchte Haut im Gesicht, während ihr Vater und ihre Mutter im Salon Platz nahmen, von wo aus sie den kahlen Apfelbaum mit den zerstörten Knospen sehen konnten, der in diesem Jahr kaum Früchte tragen würde. Lange warteten Bodo und Stanzi am Fenster, Hand in Hand, bis der Regen nachließ.

»Endlich«, seufzte Frederike Berthold, deutete mit ihrem Kopf in Richtung des jungen Paares und schmiegte sich an ihren Mann.

»Manche Dinge brauchen ihre Zeit«, erwiderte dieser, aber Frederike hörte die Erleichterung in seiner Stimme.

Noch am selben Abend fasste Constanze den Entschluss, Nanette mit in den neu zu gründenden Haushalt zu nehmen, hatte sich das französische Dienstmädchen doch als ein gutes Omen erwiesen. Ein Leben lang nämlich würde Bodo Kirchmann behaupten, dass er seine Vorliebe für einfache Kost mit besten Zutaten Nanettes Improvisationstalent verdankte.

Kapitel 10

»Der Sonntagstee.« Großmama strich mit dem Zeigefinger über das vergilbte Foto in ihrem Album.

Sie liebte es, ihre alten Fotoalben anzusehen, und die Ärzte rieten uns, sie als eine Art Erinnerungsstimulation dazu zu ermuntern. Erinnerungsanker, nannte man das in der Fachsprache. Es gab Tage, an denen nichts aus ihr herauszubekommen war. Sie starrte dann auf die Bilder und sprach nichts. Meistens jedoch erzählte sie munter drauflos und es gab kein Halten mehr. Uns schien es immer, dass, je länger das Erlebnis, das ein Bild in ihrer Erinnerung auslöste, zurücklag, desto lebendiger ihre Beschreibungen. Nur durfte man niemals auf Begründungen hoffen. Mit der Teestunde in Großmamas Elternhaus befanden wir uns im Jahr 1929 und Großmama war eine junge Frau von Anfang zwanzig.

»Mein Vater mochte seine Teestunde. Viele Leute waren da. Und die ganze Familie. Manchmal Patienten von Papa. Berge von Kuchen, Lizzy, das kann ich dir sagen. Kennst du unseren Apfelkuchen? Die Dinneles? Von meiner Großmutter vom Bodensee.«

»Ja, Großmama, ich weiß, dass der Apfelkuchen wunderbar schmeckt und kenne auch die Dinneles. Wir backen sie oft zum Wochenende.«

»Nein. Es gab schon lange keine mehr«, erwiderte sie trotzig.

»Nächsten Samstag bringe ich dir welche, versprochen!«

Ich wusste von meinem Großvater, dass er Großmama anlässlich jener Teestunden getroffen hatte, allerdings dementierte er stets hartnäckig, dort unvermittelt aufgetaucht zu sein. Vielmehr hätten die beiden Familien Berthold und Kirchmann von jeher regen gesellschaftlichen Kontakt gepflegt.

»Und plötzlich war aus dem kleinen Mädchen eine junge Dame geworden«, hatte Großpapa immer schmunzelnd berichtet.

»Beim Sonntagstee«, unterbrach Großmama meine Gedanken, »da war auf einmal ein stattlicher Mann da. Er hielt um meine Hand an.«

»Ja, das war Bodo, Großmama. Ihr habt euch sehr geliebt.«

»Haben wir. Und zusammengehalten, Lizzy. Das ist wichtig. Man muss füreinander einstehen und zusammenhalten. Bodo war ein umschwärmter Junggeselle. Und so gut aussehend! Sein Vater besaß eine Fabrik.«

»Eine Uhrenmanufaktur, ich weiß, Großmama.«

»Und ich war die Arzttochter. Das galt etwas!«

Ich streichelte ihre Hand und blätterte weiter.

Auch auf der Folgeseite setzte sich die Serie der Sonntagsteeaufnahmen mit mehreren jungen Menschen im Elternhaus meiner Großmutter fort. Sie saßen um einen großen gedeckten Tisch herum. Ich erkannte das edle Familienporzellan, das zu besonderen Anlässen bis heute benutzt wurde. Die Anwesenden waren adrett gekleidet und obwohl über dem Tisch ein schwerer Kronleuchter hing, schien der Salon dunkel und düster. Am Tisch saß mein Großvater, noch keine dreißig Jahre alt; neben ihm eine mädchenhaft wirkende Frau, die nicht meine Großmutter war.

»Sieh nur, hier, Großmama. Dein Mann.«

Ich tippte mit dem Zeigefinger auf meinen Großvater. Großmama nickte abwesend, als zeige man ihr einen Gegenstand, mit dem sie nichts anzufangen wusste. »Mein Großpapa Bodo«, präzisierte ich.

Oft war die Verlautbarung des Names *Bodo* ein sogenannter Erinnerungsanker für sie. So auch diesmal. Sie nickte freudig und wiederholte lebhaft: »Bodo. Ja, der Bodo.«

Mein Finger wanderte zu der unbekannten mädchenhaften Frau mit dem dunklem Haar und den auffallend großen Augen.

»Marga«, sagte sie deutlich. Überrascht blickte ich auf. »Nein, Martha. Sie war auf meiner Schule. Nein«, korrigierte sie sich noch einmal. »Sie kam in Vaters Praxis.« Sie dachte angestrengt nach. »Dann kam der Krieg.«

Sie wischte über das Bild.

»Heute erinnerst du dich an so vieles, Großmama«, lobte ich sie. »Das ist ganz wunderbar! Sie war deine Freundin?«

»Weiß nicht.«

»Sie war eine wunderschöne Frau«, sagte ich nachdenklich.

»Weiß nicht«, wiederholte sie.

Mit einem Ruck klappte sie das Fotoalbum zu. So schnell konnte ein Erinnerungsanker reißen. Dann trieb das Schiff auf offener See und war den Gezeiten ausgeliefert. Ich wagte nicht, weiter zu fragen, denn Großmamas Nervosität, die sich in einem Wackeln ihres Kopfes zeigte, alarmierte mich. Auf keinen Fall wollte ich eine erneute Fahrt nach Amerika riskieren.

»Also, Bodo hat um deine Hand angehalten«, bemühte ich mich, den Faden wieder aufzunehmen. »Bestimmt wart ihr vorher verlobt, nicht wahr?«

»Die Verlobung«, schwärmte sie. »Er hat mir einen wunderschönen Ring geschenkt. Wunderschön. Und dann hat er mich gefragt.«

»Ich hole deine Schmuckschatulle. Dann kannst du mir den Ring zeigen.« Auf diese Weise hoffte ich, ihre Reise in die Vergangenheit zu verlängern.

»Und nimm das mit. Stell es zurück an seinen Platz«, befahl sie.

Ich sprang auf und lief nach oben in ihr Zimmer, um ihre Schmuckschatulle zu holen und das Album in der Kommode zu verstauen. Das Möbel galt als Heiligtum im Haus: Niemand durfte es unaufgefordert öffnen, geschweige denn, darin stöbern. Selbst für die Putzfrau war Großmamas Kommode Tabu.

Mit der Schatulle in der Hand lief ich nach unten.

Mit strahlenden Augen öffnete Großmama ihren größten Schatz, stöberte murmelnd in den einzelnen Fächern und übergab mir schließlich voller Stolz einen Bernsteinring.

»Das ist mein Verlobungsring. Von Bodo. Ein echter Stein. Kannst ihn selbst fragen. Dann kam der Krieg.«

»Ja, Großmama.«

»Bodo weiß das. Du verstehst das nicht. Du bist so jung, Lizzy. Der Krieg hat so vieles kaputt gemacht.«

»Ja, du hast schlimme Zeiten erlebt, Großmama. Das kann ich mir nur schwer vorstellen.«

»Weiß nicht«, echote sie.

Ich inspizierte den Ring, der aus Silber war, und fragte mich, ob mein Großvater seiner Angebeteten tatsächlich einen Silberring mit einem Bernstein geschenkt hatte, aber es schien mir nicht wichtig, solange Großmama zufrieden war. Sie schob den Ring über ihren Finger und begutachtete ihn auf der faltigen Haut.

»Mein Verlobungsring«, wiederholte sie stolz. »Beim Sonntagstee hat er mich gefragt. Und ich habe Ja gesagt. Wir haben immer zusammengehalten. Das ist wichtig.«

»Mama«, jubelte Thea, als ich das Lokal am Martinstor betrat. Sie küsste mich überschwänglich. »Endlich können wir bestellen.«

Auf dem Tisch standen Plastiktulpen und Bierdeckelhalterungen, und es duftete nach Kräutern und überbackenem Käse. Hier gab es die beste Pizza der Stadt. Verstohlen betrachtete ich Tom.

Die kurze Nacht mit wenig Schlaf und viel Alkohol sah man ihm nicht an. Seinem Gesicht schmeichelte ein hellblauer Kaschmirpullover, der mit seinem hellbraunen Haar kontrastierte.

Wir einigten uns auf einen Vorspeisenteller und Pasta mit Meeresfrüchten. Dazu gab es Pizzabrot.

»Das Klettern scheint dir gutgetan zu haben«, sagte ich anerkennend.

»Du siehst erschöpft aus«, erwiderte Tom und sah mich kritisch an. »War es so anstrengend?«

»Du weißt ja, wie das immer ist. Wir haben uns Fotoalben angesehen. Manchmal scheint sie mir sehr geistesgegenwärtig. Sie gibt dann solche Einzelheiten von sich, dass ich fast glaube, sie erinnert sich wirklich. Für mich bitte nur Wasser«, orderte ich lächelnd bei der Bedienung und lehnte meinen Kopf gegen die Banklehne.

»Pizza Funghi, bitte«, bestellte Thea stolz.

Wir waren schon so oft hier gewesen, dass sie das auswendig konnte.

Die Vorspeise kam schnell und Thea kaute an einem Pizzabrot herum. Tom nahm einen kräftigen Schluck Barbera, unserem Lieblingsroten aus dem Piemont.

»Dany hat sich blöd angestellt und ist fast von der Wand gefallen«, erzählte Thea mit vollem Mund. »Sie hat mir warmes Popcorn gekauft und ist voll nett! Und sie kann zaubern!«

Ich glaubte nicht richtig gehört zu haben und sah Tom fragend an. Verlegen wischte er seiner Tochter einen Krümel von der Wange. Mit einem Mal sah ich seine Zerrissenheit. Und plötzlich war ich mir ganz sicher, dass da mehr war, als er in der letzten Nacht zugegeben hatte, und es ging überhaupt nicht darum, ob er beabsichtigte, mit einer anderen Frau zu schlafen. Das Problem war emotionaler Natur.

»Die Praktikantin war beim Klettern dabei?«, fragte ich schließlich, um Fassung bemüht.

»Volontärin«, korrigierte Tom.

»Was hat sie denn gezaubert?«, fragte ich Thea, ohne den Blick von Tom zu lassen.

»Wenn ich mir aus dem Kartenspiel eine Karte ziehe, dann weiß sie, welche ich genommen habe. Sie findet sie umgedreht wieder. Und zwar genau die richtige. Das ist Zauberei«, berichtete meine Tochter.

Ich wusste nicht, was ich sagen sollte. Es schien mir, als seien Tom und ich ein routiniertes Tanzpaar auf dem Parkett, das plötzlich alle Schrittfolgen verlernt hatte und sich ständig auf die Füße trat. Eine sonderbare Fremdheit hatte unsere Körper aus dem Takt gebracht.

Ich wusste, dass ich aus unserem gemeinsamen Kind keine Ansprüche ableiten konnte, aber mein Herz hinkte dieser Erkenntnis hinterher, denn Eifersucht kam in mir auf und ich hatte keine Ahnung, wie es mit uns weitergehen sollte. Wie hoch war der Preis für meinen Jérôme-Sommer und würde ich auf ewig dafür bezahlen müssen?

Thea hielt mit beiden Händen ihr Apfelsaftglas fest, trank, stellte es auf dem Tisch ab und beobachtete uns gebannt.

»Ich weiß, was ihr gemacht habt«, sagte sie dann.

Tom hielt inne und ich hörte auf der Stelle auf zu kauen.

»Was denn?«, fragte Tom.

Ich verdrehte die Augen und sah ihn vorwurfsvoll an. Sofort karikierte Thea meine Gestik und riss übertrieben die Augen auf.

»Mhm-hm-mhm«, sagte sie, bewegte ihren Kopf wie ein jaulender Wolf und hielt sich anschließend den Bauch vor Lachen.

Ich lehnte mich zurück, sah zur Decke und fürchtete eine Grundsatzdiskussion über Sex zwischen Eltern, die sich in einer fetten Krise befanden, und dem, was eine Siebenjährige darüber wissen sollte.

»Und was bedeutet das?«, fragte Tom.

»Na eben Mhm-hm-mhm!«

»Ach so«, gab Tom zurück.

»Ja, ihr macht dann Mhm-hm-mhm. Das Eine eben.«

Thea hob theatralisch die Hände in Richtung Decke und wedelte wild herum.

»Also das Eine«, wiederholte Tom.

»Lass es gut sein, Tom. Mach bitte keine pädagogisch professionelle Geschichte daraus«, bat ich inständig.

Tom legte kurz beschwichtigend seine Hand auf die meine.

»Also was?«, fragte er schmunzelnd.

»Ihr macht Mhm-hm-mhm, wenn ihr in einem Bett liegt. Unter einer Decke. Ihr seid dann nackt. Ich habe euch genau gesehen und weiß alles.«

»Dann sag es bloß niemandem weiter«, flüsterte Tom ihr zu.

»Schön wäre es gewesen«, zischte ich in seine Richtung. »Vielleicht sollten wir auch über Kletterversuche mit Praktikantinnen reden?«

Thea lachte und hörte nicht auf, ihr Mhm-hm-mhm von sich zu geben, jetzt zum Glück eine Spur leiser. Wir beließen es dabei, bestellten Kaffee und für unsere frühreife Tochter ein Schokoladeneis, über das sie sich mit demselben Eifer hermachte, wie sie zuvor unseren versuchten Beischlaf kommentiert hatte. Tom und ich nippten konzentriert an unseren Espressi, ohne uns anzusehen.

Als wir gegen acht in unsere Straße einbogen, stapfte Thea mit ihrem Schmusetuch und dem Wohnungsschlüssel voran. Vor unserer Haustür angekommen, lehnte ich meine Stirn gegen Toms Brust und registrierte, wie das Licht im Hausflur erlosch. Er strich mir über die Wange, während er mit der anderen Hand meine

Fingerspitzen hielt. Wir waren nicht in der Lage, über uns zu sprechen.

Gib uns nicht auf, wollte ich sagen. *Bleib bei mir, ich mache alles wiedergut*, aber ich fragte stattdessen leise: »Du gehst noch mal weg?«

Tom spielte mit meinen Fingern.

»Wie immer, Lizzy, eben noch mal kurz in den Reichsadler, die Zusammenfassung der Fußballspiele ansehen. Spätestens um zehn bin ich zurück.«

Langsam ließ er meine Hand los, drehte sich um und ging wie jeden Sonntagabend um die Ecke in seine Stammkneipe. Heute aber wollte ich ihn zurückhalten, weil es mir vorkam, als verliere ich ihn in diesen Minuten, da ihn die Dämmerung verschluckte, an eine Frau, die mit meiner großen Liebe Steilwände erklimmt.

Hilflos sah ich zu, wie dieser große Mann mit seinem geschmeidigen, aufrechten Gang allein die Straße hinunterging. Seine rhythmischen, sich von mir entfernenden Schritte hallten in der Dunkelheit. Noch bevor ich sehen konnte, ob er auch wirklich in die Seitengasse schlüpfte, wo seine Stammkneipe war, stieß ich mit einem Ruck unsere Haustür auf.

»Ich habe vergessen, dir zu sagen, dass wir morgen Besuch von einer netten Dame aus Frankreich erwarten, das ehemalige Hausmädchen meiner Großeltern«, schrieb ich auf einen Zettel, nachdem ich Thea ins Bett gebracht hatte. »Es gibt Lammsugo. Vielleicht kannst du es ja einrichten, zum Abendessen hier zu sein. Lizzy.«

Ich legte die Nachricht für Tom auf den Küchentisch, sagte Thea Gute Nacht und verkroch mich mit einer Tasse heißem Tee und einem Buch ins Bett.

Kapitel 11

Das Grab meines Großvaters befand sich ziemlich weit hinten auf dem Friedhof. Die Blumen waren längst verwelkt, aber ein neuer Grabstein konnte noch nicht aufgestellt werden. Die Erde war noch zu frisch und musste sich erst setzen.

Nanette hatte in der Gärtnerei einen Frühlingsstrauß gekauft und ihn in eine Vase gestellt. Jetzt stand sie nachdenklich am Fuße des Grabes und rieb ihre Hände gegeneinander, obwohl es nicht kalt war. Ich trat einige Schritte zurück, weil ich plötzlich die Intimität dieses Moments spürte und die alte Dame mit ihren Erinnerungen allein lassen wollte. Mit gesenktem Kopf verharrte sie eine ganze Weile, bis sie sich schließlich entschlossen umdrehte, mich anlächelte und auf mich zuging.

»Ich danke Ihnen.«

Schweigend machten wir uns auf den Weg. Bei mir zu Hause angekommen, kochte ich uns Kaffee. Seit heute Morgen schmorte der Lammsugo auf niedriger Flamme in einem gusseisernen Topf, und der Duft von sizilianischem Rotwein, angebratenem Fleisch, frischen Kräutern und Orangenschale beherrschte nun die ganze Wohnung.

»Das riecht ja fantastisch!«

Nanette stellte ihre Handtasche im Flur auf die Kommode und kam dann in die Küche.

»Der Sugo, den ich Ihnen versprochen hatte, unser Abendessen. Wollen wir den Kaffee auf der Terrasse nehmen?«

Sie warf einen Blick nach draußen und nickte. »Bei dem Sonnenschein? Ja, sehr gerne.«

Ich stellte zwei Tassen, Milch, Zucker und etwas Gebäck auf ein Tablett und ging voraus. Ich reichte ihr eine Decke, die um diese Jahreszeit bei uns draußen immer bereitlag. Als wir Platz genommen hatten, kam Thea von der Spielstraße zu uns gehüpft.

»Darf ich vorstellen – meine Tochter Thea.«

Die Kleine hielt eine tropfende Gießkanne in der Hand, ihre Jeans war voller Wasserflecken, ihre Locken hingen ihr im Gesicht.

»Wo bist du gewesen?«, wollte ich wissen.

»Blumen gießen bei Lisa nebenan«, entgegnete sie und strahlte Nanette an.

»Du bist also die kleine Theodora«, stellte Nanette fest.

»Ich bin nicht klein, ich bin schon sieben«, erklärte sie bestimmt und reichte ihr die Hand. »Und wer sind Sie?«

»Madame le Coz, aber du darfst mich Nani nennen und Du sagen – alle Kinder nennen mich so. Ich kannte deinen Urgroßvater und auch deine Urgroßmutter.«

»Du siehst viel jünger aus als meine Uroma«, kicherte Thea. »Sie vergisst wichtige Sachen und sagt, sie fährt nach Amerika. Das stimmt aber überhaupt nicht.«

Nanette überging Theas Hinweis auf Constanzes Krankheit.

»Ich habe übrigens etwas für dich. Geh doch mal in den Flur und bringe mir meine dunkelblaue Handtasche, bist du so lieb?«

Thea stürmte in die Wohnung und kam mit der Tasche zurück, überreichte sie Nanette und stellte sich mit erwartungsvollem Blick vor ihr auf. Nanette öffnete sie und zog einen kleinen, gelben Holzbären mit schwarzen Füßen, nicht größer als eine Streichholzschachtel, heraus. Seine Gliedmaßen waren beweglich, und er ließ sich in alle möglichen Stellungen bringen. Thea strahlte über das ganze Gesicht.

»Das ist ein Stimmungsbär: Er kann traurig sein und platzen vor Glück, faul in der Ecke liegen oder einen Handstand machen. Schau nur! Ist er fröhlich, dann stellst du ihn so hin, dass er die Vorderpfoten in die Luft hebt, und wenn er traurig sein sollte, vergräbst du seinen Kopf einfach zwischen seinen Beinen. Siehst du, was er alles mit sich machen lässt?«

Thea nahm das Geschenk in die Hand, probierte gleich alle möglichen Positionen für den kleinen Kerl aus und setzte ihn auf den Tisch; es war verblüffend, wie ausdrucksstark er sein konnte.

»Er heißt Bubu«, beschloss Thea feierlich, balancierte ihn aus, drückte den Kopf gen Himmel und seine Vorderpfoten in eine Art »La Ola«-Position. »Danke, Nani, danke. Er heißt Bubu«, wiederholte sie und lief mit ihrem Geschenk zurück zu ihren Freundinnen.

»Du bleibst hier auf der Spielstraße, wo du immer unsere Terrasse sehen kannst. Und wenn ich dich rufe, kommst du nach Hause«, rief ich ihr hinterher. »Um sieben Uhr gibt es Abendessen.«

»Was gibt es zu essen?«

Sie blieb stehen, drehte sich um, stellte Bubu auf ihrer Handfläche ab und bewegte ihn so, als habe er gefragt.

»Lammsugo und frische Nudeln.«

»Igitt«, schüttelte sie sich und ließ Bubu einfach umfallen. »Was haben wir besprochen, Mama?«, fragte sie und sah mich vorwurfsvoll an.

»Das gilt nicht für Besuch«, erwiderte ich streng.

Nanette verfolgte mit amüsiertem Blick unseren Dialog.

»Meine Tochter ist Vegetarierin in einer Versuchsreihe, die sich auf drei Monate beschränkt. Und die nicht für Besuch gilt«, fügte ich laut hinzu, damit Thea hören konnte, dass dieser Teil an ihr Benehmen gerichtet war.

»Frische Nudeln sind cool«, erwiderte Thea versöhnlich. »Darf ich helfen beim Machen?«

»Ja, darfst du.«

»Kinder und Essen – ein schwieriges Thema«, sagte Nanette seufzend.

»Es geht eigentlich«, erwiderte ich. »Thea mag zumindest Früchte, das erleichtert vieles. Aber wir hatten in letzter Zeit große Probleme mit Fleischgerichten, und wir respektieren ihre Wünsche, wenn sie es ernst meint. Einzig Ketchup und Cola werden in diesem Haus nicht geduldet. Also haut sie sich auswärts an Kindergeburtstagen regelmäßig den Bauch damit voll. Das war bei uns auch nicht anders.«

»Ja, das hört sich unkompliziert an. Auf Fleisch kann man verzichten. Und Süßes?«

»Ein Reizthema. Schokolade, von der sie sich ausschließlich ernähren könnte, rationieren wir streng. Als ich mit Thea schwanger war, kam ich praktisch an keiner Bäckerei vorbei, ohne mir etwas Süßes zu holen. Trotzdem muss man die Fettzellen ja nicht von Kindesbeinen an hochzüchten. Also serviere ich Obst und begrenze den Rest. Allerdings ist sie nicht leicht zu manipulieren. Und sie vertritt die Meinung, dass für Schokolade kein Tier sterben muss. Aber nun genug von Kindern und Küche.«

Nanette lachte zustimmend.

»Hätten Sie denn gerne ein Glas Crémant, ein elsässischer, versteht sich? Mir jedenfalls wäre danach.«

»Gegen einen guten Crémant gibt es überhaupt nichts einzuwenden. Gerne«, lächelte sie. »Er ist mir offen gestanden lieber als Kaffee.«

Ich erhob mich, um in die Küche zu gehen.

Dann schenkte ich unsere Gläser ein, stellte die Flasche in den Kühler, und wir redeten über Belangloses, tranken Sekt und verschmähten das auf dem Tisch stehende Gebäck. Ich hatte mir vorgenommen, das Gespräch nicht sofort auf das eigentliche Thema zu lenken, und so sprachen wir über Freiburg und dessen exponierte Lage, die Weine aus der Region, das berühmte Zeltmusikfestival und die hochrangigen Musikveranstaltungen im Konzerthaus.

»Was ist eigentlich aus der Villa im Blütenweg geworden?«, wollte Nanette plötzlich wissen.

»Meine Großmutter und meine Mutter leben dort. Und mein Großvater hat das Haus Thea vermacht. Eines Tages, wenn sie volljährig ist, wird sie darüber verfügen können. Er legte allerdings in seinem Testament das lebenslange Wohnrecht für Mama und Großmama fest und sprach ausdrücklich von seinem Wunsch, Thea möge das Haus in Familienhand belassen.«

»Typisch Bodo«, erwiderte Nanette lächelnd. »So hält man Geld zusammen. Ein Unternehmer par excellence.«

Ich dachte unwillkürlich an den Rosshimmel, den Großpapa den Blochs vermacht hatte, schwieg aber. Die alte Dame schien gut gelaunt und wesentlich zugänglicher als bei meinem Besuch in Mulhouse, und ich wollte, dass das möglichst lange so blieb.

»Gut gewählt«, bemerkte Nanette le Coz zu dem Crémant. »Ausgezeichnet. Sie sind eine Feinschmeckerin, das gefällt mir. Erzählen Sie mir von sich«, forderte sie mich auf und kaute genüsslich auf einem Stück Dinnele, das ich ebenfalls zum Sekt serviert hatte.

»Was wollen Sie denn wissen?«

»Nun, Tatsache ist, dass Sie etwas von *mir* wissen wollen. Ich hätte gerne einen Eindruck von meinem Gegenüber, bevor ich es in Erwägung ziehe, etwas von mir preiszugeben, da will ich ganz offen zu Ihnen sein.«

»Handelt es sich denn um eine Preisgabe, wenn es im Kern um eine Angelegenheit meines Großvaters geht?«

Ich sah sie kurz an, aber ihre Mimik verriet nicht, was sie dachte.

»Das Wichtigste wissen Sie«, fuhr ich fort. »Ich bin siebenunddreißig Jahre alt und lebe mit Tom, dem Vater von Thea, zusammen. Er ist Redakteur bei einer hiesigen bekannten Tageszeitung. Wir sind nicht verheiratet. Früher habe ich ehrenamtlich in der Obdachlosenküche mitgewirkt, inzwischen versuche ich Geld zu verdienen. Ich verkaufe auf dem Freiburger Markt die legendären Dinneles meiner Familie.«

Ich deutete auf den Tisch.

»Ein altes Familienrezept, ich weiß«, erwiderte sie. »Ich habe es gleich erkannt. Wie geht es Ihrem Bruder?«

»Gut. Alexander arbeitet viel. Er leitet, wie Sie sicherlich wissen, das Unternehmen meines Großvaters. Er ist Jurist und Uhrmachermeister. Eine ungewöhnliche Kombination.«

Sie nickte kurz. Ich überlegte, warum Nanette nicht nach meiner Mutter gefragt hatte.

»Und meine Mutter macht das, was sie immer getan hat. Alles zusammenhalten und dabei Haltung bewahren.«

»Eine starke Frau. Und Sie? Kommen Sie, Lizzy, Sie sind keine Marktfrau, ich bitte Sie! Was genau tun Sie?«

»Geld verdienen«, sagte ich leise. »Zum ersten Mal in meinem Leben muss ich das tun. Ich habe Kunstgeschichte studiert und ich spiele mit dem Gedanken, meine Promotion abzuschließen. Das jedenfalls war immer der größte Wunsch meines Großvaters. Sagen wir, ich bin ein wenig das schwarze Schaf in der Kirchmann-Linie. Ich fühlte mich schon immer zu Menschen hingezogen, denen die materielle Sicherheit nicht über alles geht.«

»Das lässt sich leicht sagen, wenn man im Überfluss aufgewachsen ist.«

»Und man aus Protest nach emotionaler Fülle verlangt«, ergänzte ich philosophisch.

Sie lachte auf. »Jedenfalls sind Sie nicht auf den Mund gefallen. Ich mag das. Und nun lassen Sie uns zur Sache kommen. Wollen Sie mir jetzt etwas dazu sagen?«

Endlich war es so weit – wir waren beim Thema angekommen!

»Nun, wie ich Ihnen bei meinem letzten Besuch bereits angedeutet habe, äußerte mein Großvater mir gegenüber an seinem Sterbebett einen rätselhaften letzten Wunsch. Er hat nur in Bruchstücken gesprochen, denn er war sehr schwach. Er bat mich, einen Schlüssel an mich nehmen, der zu einem Sekretär am Rosshimmel passte. *Sorge für Gerechtigkeit* – das waren seine genauen Worte. Aber ich komme einfach nicht weiter. Ich habe Ihnen in Mulhouse nicht alles gesagt, Madame. Da war noch etwas, das ich am Rosshimmel gefunden habe.«

»Nämlich?«, fragte sie interessiert.

»Ein langes Protokoll über die Versteigerung von Hausrat der Familie Bloch aus der Goethestraße. Aus dem Jahr 1940.«

Als ich den Namen nannte, zuckte sie zusammen.

»Ich sage Ihnen jetzt, was ich weiß, Madame«, fuhr ich fort. »Dann entscheiden Sie bitte aus freien Stücken, ob Sie Ihrerseits Ihr Wissen preisgeben wollen oder nicht.«

Es war, als würde ein Damm in mir brechen, ich erzählte alles. Von den Geschäftsanteilen Samuel Blochs, seinem plötzlichen Verschwinden aus den Unterlagen und meinen Erkenntnissen über die politischen Gegebenheiten hier in Freiburg in den Dreißigern. Ich berichtete von Großmutters verwirrten Erinnerungen, denen meiner Mutter und meinen eigenen Ermittlungen. Auch Erwin und seinen Hinweis auf Stockfelder brachte ich ins Spiel.

»Lizzy«, unterbrach mich Nanette plötzlich. »Bevor Sie weiterreden, will ich etwas klarstellen. Es liegt mir sehr am Herzen. Es geht um die Gerüchte, ihr Großvater und ich hätten eine Affäre gehabt.«

Verblüfft sah ich ihr in die Augen, die eine unendliche Traurigkeit und Tiefe bargen. »Ich hätte mich niemals getraut, Sie danach zu fragen«, sagte ich.

»Ihr Großvater und ich standen uns in jungen Jahren so nahe, wie sich zwei Menschen nur nahe sein können. Es sagt sich so leicht dahin – mehr war da nicht. Aber ich möchte es so formulieren: Es war mehr, viel mehr. Ihr Großvater hatte Achtung vor der Ehe, er wusste, was das Wort Verantwortung bedeutete und richtete sich ein Leben lang danach. Auch in dieser Beziehung habe ich viel von ihm gelernt. Unsere Verbindung war rein platonisch und noch unerschütterlicher. So schien es zumindest. Für lange Zeit«, seufzte sie. »Wenn Ihre Großmutter nicht gewesen wäre …«

Sie hielt inne, als wäge sie ihre weitere Rede ab. »Ich habe Bodos familiäre Bande respektiert, und für die Rolle der Geliebten war ich mir zu schade. Nennen Sie es Seelenverwandtschaft, wenn Sie eine Bezeichnung benötigen. Wir kannten einander blind. Bis dieser Krieg kam.«

Nachdenklich schwieg sie. *Bis dieser Krieg kam.* Ich dachte an die Leihgabe, das Foto, das sie mir in Mulhouse gegeben hatte. Mit der Jahreszahl 1940.

»Das Bild, das Sie mir gegeben haben. Es zeigt Sie als junge Frau, nicht wahr?«, fragte ich leise.

Ich erhob mich, um ins Schlafzimmer zu gehen, wo ich das Foto in meiner Nachttischschublade aufbewahrte. Zurück auf der Terrasse, setzte ich mich wieder und schob es langsam zu Nanette hinüber. Lange ruhte ihr Blick darauf, und sie strich über die Ecken.

»Ja, das bin ich, Lizzy.«

»Dass Sie auf dem Foto abgebildet sind, Nanette, war mir schnell klar. Ich habe Sie nicht nur an Ihrem Schönheitsmal erkannt. Aber die Kinder kenne ich nicht.«

»Einmal musste der Tag kommen, an dem alles an die Oberfläche gelangt«, fuhr sie langsam fort. »Als Sie vor wenigen Wochen mit Ihren wissbegierigen Augen und Ihrem trotzigen Auftreten in meinem Zimmer standen, da wusste ich, dass es so weit war. Es wäre mir lieber gewesen, ich hätte Sie nicht gemocht.«

Ich lächelte geschmeichelt und wartete gebannt auf die Fortsetzung ihres Berichts.

»Sie haben wirklich keine Ahnung, wer das ist?«

Sie zeigte auf die beiden Kinder auf dem Foto. Ich schüttelte verneinend den Kopf: »Nicht die geringste.«

»Ella und Georg Bloch.«

»Die Kinder von Samuel Bloch?«, stammelte ich. Meine Gedanken überschlugen sich. Zwei jüdische Kinder, 1940, in den Vogesen. Mama, die die Kinder in der Schweiz vermutet hatte.

Keine unehelichen Kinder, keine Affäre.

»Ich hoffe, wir haben genug Zeit, meine Liebe, denn es ist eine lange Geschichte über Menschen, die überzeugt waren, und welche, die überzeugt wurden.«

Sie fröstelte. »Es wird kühl hier draußen. Was meinen Sie, wollen wir hineingehen?«

Ich bejahte, stand auf, stellte das Geschirr auf das Tablett und rief nach Thea.

»Darf ich bei Lisa nebenan Barbie in ihrem Zimmer spielen?«, fragte sie.

»Na klar, geh schon«, willigte ich ein.

»Okay«, antwortete sie fröhlich und hüpfte davon.

In der Küche setzte sich Nanette auf die Eckbank, lehnte sich zurück und blickte aus dem Fenster. Am Horizont schoben sich Wolken vor die Sonne und tauchten den Raum in ein Wechselbad aus Schatten und warmem Abendlicht. Lange schwieg Nanette. Ich war nervös und angespannt, aber ich wollte ihr die Zeit geben, die sie benötigte.

Als es plötzlich anfing zu regnen, prallten dicke Tropfen gegen die Fensterscheibe, und ich empfand eine gewisse Geborgenheit. Thea befand sich bei ihrer Freundin und hier gab es nur uns beide, Nanette und mich, zwei Menschen, die Generationen voneinander trennten. Zwischen uns war eine zerbrechliche Nähe entstanden, ein Hauch von Vertrauen. Nanette verlangte nach einem kalten Sprudel und ich nahm kommentarlos eine Flasche Mineralwasser aus dem Kühlschrank und schenkte zwei Gläser ein.

»Mein Großvater hat Ella und David Bloch den Rosshimmel vermacht«, sagte ich.

»Sie haben also auch noch ein paar Überraschungen auf Lager.«

Sie sah mich lächelnd an und neigte ihren Kopf zur Seite. Ich konnte keine Frage in ihrem Gesicht entdecken.

»Meine Mutter hat immer gesagt: *Jeder Mensch wirft einen Schatten* – im Laufe eines Lebens kommt alles zurück. Wie recht sie hatte! Die Erinnerungen reißen an deinem Herzen, bis du es ihnen öffnest. Ich kann das brennende Holz in einer Winternacht im Gesindehaus am Rosshimmel riechen, und ich höre die geheimnisvollen Geräusche des Windes, der im Frühling die frischen Blätter streichelt«, fing sie an zu erzählen. »Das Kinderlachen, das Galoppieren der Pferde auf dem Plateau, das Haus am Himmelsrand. Das Leben stellt einem zuweilen Aufgaben, an denen man wachsen darf. Mit den typischen Schmerzen von Wachstumsschüben, die bis in die Knochen gehen. Im Nachhinein weiß ich, dass wir richtig gehandelt haben. Die meisten von uns, jedenfalls. Es waren schreckliche Zeiten, die das Schlechteste in den Menschen zum Vorschein brachten. Anstand und Hilfsbereitschaft waren Luxusgüter, die sich nicht jeder leisten konnte.«

Sie strich liebevoll über den Holztisch.

»Das Jahr der Entscheidungen stand bevor, im Mai 1940, nach

einem eisig kalten Winter unternahmen die Nazis den großen Frankreichfeldzug, und binnen weniger Wochen war das ganze Land vergiftet. Wissen Sie, was *malgré-nous* bedeutet?«

Ich zuckte hilflos die Achseln.

»Es bedeutet: *Gegen unseren Willen* und ist ein Begriff für das Einziehen von Männern aus dem Elsass und aus Lothringen durch die Nazis zur Deutschen Wehrmacht. Es stand an Hauswänden geschrieben, war auf konspirativen Flugblättern zu lesen und wurde hinter vorgehaltener Hand geflüstert. Es wurde zum Inbegriff des Widerstands, den diese armen Soldaten, von denen manche noch Kinder waren, nur auf diese Weise auszudrücken vermochten. 1939 war ich noch keine zwanzig, eine stolze Südfranzösin aus Nîmes, die den Aufruhr in ihrem Herzen trug. Sie wissen ja offenbar, dass Bloch der Partner ihres Großvaters war?«

Ich nickte. »Mit einem zehnprozentigen Firmenvermögen sogar Anteilseigner.«

»Über Geschäfte kann ich Ihnen nichts sagen. Aber über die Moral. Die Nazis in Freiburg waren eifrig. Schon in den frühen dreißiger Jahren begannen sie mit der Arisierung. Allerdings ohne jüdisches Vermögen zu verschmähen. Im Gegenteil, die Deutschen bereicherten sich. Für Juden war das Leben, wie überall in Deutschland, unerträglich geworden. Jude sein bedeutete den umfassenden Ausschluss aus dem öffentlichen Leben. Ein Jude durfte nicht arbeiten, keinen Kontakt zu den sogenannten Ariern haben, und die jüdischen Kinder mussten eine Zwangsschule bei der Johanneskirche besuchen. Glauben Sie mir, wir haben das alles mit eigenen Augen angesehen und konnten dennoch nichts dagegen unternehmen, so unverständlich das in der Rückschau auch erscheinen mag. Bodo gelang es, Samuel Bloch davon zu überzeugen, sein Vermögen in der Schweiz anzulegen, aber Bloch weigerte sich, seine Ausreise vorzubereiten. Er glaubte immer noch an eine

Wende. Oder sagen wir, er wollte daran glauben. Erst die Reichspogromnacht am 9. November 1938 ließ ihn umdenken. Nachdem im ganzen Land die Synagogen brannten, wurde ihm, wie vielen anderen Juden, klar, dass er keine Zukunft in Deutschland hatte. Aber die Ausreisegesetze für Juden waren bereits drastisch verschärft. Man brauchte Zeit, Geld, viel Geduld und vor allem beste Beziehungen. Ich selbst war ja Haushälterin bei Ihren Großeltern und damals seit vielleicht einem Jahr die Privatsekretärin Ihres Großvaters. Dennoch hatte ich eine enge Bindung zu Martha Bloch, der Frau von Samuel. Sie war eine wunderbare Frau. Alle Männer waren in sie verliebt und selbst mir ging es ähnlich. Man konnte ihrem Charme nicht widerstehen.«

»Martha oder Marga?«, unterbrach ich sie. »Meine Großmutter hat von einer Marga gesprochen, dann wieder von Martha.«

»Eine Marga kenne ich nicht, nur eine Martha. Ich glaube, Ihre Großmutter und Martha besuchten zusammen die höhere Mädchenschule. Martha verkehrte schon als junges Ding im Hause Berthold. Ihre Großmutter erinnert sich daran?«

»Von Erinnerung zu sprechen, wäre angesichts ihrer Demenz unkorrekt. Sagen wir, sie hat ihre frühere Freundin auf einem Foto erkannt. Und wie alles, was ihr auf Bildern begegnet, bleibt es zusammenhanglos. Sie ist nicht in der Lage, kausale Verbindungen herzustellen. Auch ich habe das Bild von ihr gesehen. Dunkles Haar. Eine Schönheit. Wie Sie.«

»Es war kastanienrot. Und sie hatte smaragdfarbene Augen. So etwas habe ich nie mehr in meinem Leben gesehen«, entgegnete Nanette, ohne auf mein Kompliment einzugehen. »Eines Tages kam Martha zu mir in die Küche, zog mich in eine Ecke und flehte mich aufgeregt um Mithilfe bei einem tollkühnen Plan an. Es ging darum, Ella und Georg aus Deutschland wegzubringen, damit vorab die Kinder in Sicherheit wären. *Nicht mehr lange und wir ha ben ein »J« in unseren Reisepässen*, hatte Martha vorhergesagt. *Meine Kinder müssen raus aus Deutschland, bevor diese menschenverachtende Verordnung rechtskräftig wird.* Und wenige Tage nachdem im ganzen Land die Synogogen niedergebrannt worden waren, hatte sie alles in die Wege geleitet. Ich wurde das Gefühl nicht los, dass Ihr Großvater im Hintergrund die Fäden zog, aber darüber haben wir niemals auch nur ein einziges Wort verloren. Jedes Mal, wenn Bodo mich abends in sein Arbeitszimmer für die kleine Korrespondenz, wie er seine Post von eher privater Natur nannte, zitierte, wartete ich auf ein Signal von ihm bezüglich der bevorstehenden Flucht. Nichts. Er schwieg. So nahe ich mich ihm in diesen Jahren gefühlt hatte, so wenig war er für mich durchschaubar. Ihr Großvater war ein Meister der Maske!«

Ein Meister der Maske! Nanettes Worte trafen mich mitten ins Herz. Mein Großvater hatte in der Tat viele Gesichter gehabt, und es war stets schwer gewesen, ihn zu durchschauen. Als Kind hatte ich das oft zu spüren bekommen, wenn ich etwas angestellt hatte. Meist verzog er während einer Befragung keine Miene, sodass ich regelmäßig viel mehr preisgab als nötig. Während meiner Beichte blieb er stumm, sah in einer Pause fragend hinter seinem Schreibtisch auf, nahm seine Brille ab und blickte dann zum Fenster hinaus. Niemals ließ er sich sein Wissen anmerken. Erst als erwachsene Frau dämmerte mir, dass sein Schweigen ein Trick war. Eine List, sein Gegenüber aus der Reserve zu locken.

Nanette riss mich aus meinen Gedanken.

»Marthas Auftrag für mich lautete, die Kinder als meine eigenen aus dem Land zu bringen und zwar nach Frankreich. Zum Rosshimmel. *Je weniger du weißt, desto geschützter bist du, Nani. Eine Familienzusammenkunft ist selbst in diesen turbulenten Zeiten erschreckend normal* – das war ihre Überzeugung. Sie übergab mir den Schlüssel und einen Zettel mit einer Adresse von ihrer in England lebenden Verwandtschaft in der Nähe von London. *Für den Fall, dass Frankreich nicht mehr sicher ist und wir es bis dahin nicht geschafft haben, bei euch zu sein!*«

Stumm nickte ich und wartete auf ihre weiteren Ausführungen.

»Warum sind die Eltern nicht gleich mitgegangen?«

»Weil sie wahrscheinlich ihre Abreise in Ruhe abwickeln und vor allem ihr Vermögen vorher in Sicherheit bringen wollten«, erwiderte sie achselzuckend. »Ich selbst kannte den Rosshimmel damals nur aus Schilderungen. Wenn Ihre Familie die Wochenenden dort verbrachte, durfte ich immer nach Hause zu meinen Verwandten. Ihre Großeltern nahmen mich mit und setzten mich in Géradmer direkt in den Zug nach Nîmes. Also, ich zögerte keine Sekunde, zumal ich meinen Bruder, der gerade einen tragischen, persönlichen Verlust erlitten hatte, unbedingt in meiner Nähe wissen wollte. Das war Teil der Vereinbarung. Meine Risikobereitschaft gegen eine Unterkunft für Bertrand. Damit niemand Verdacht schöpfen würde, verlangte Martha von mir, ein offizielles Kündigungsgesuch für Ihre Großeltern zu schreiben. Als Begründung gab ich an, dass ich für längere Zeit zu meiner kranken Mutter nach Nîmes reisen musste. Ich werde niemals vergessen, wie mir das Herz bis zum Hals klopfte, als unser Zug an der französischen Grenze hielt. Ich war ja selber noch ein junges Ding und von heute auf morgen die Mutter zweier Kinder geworden, und genauso ängstigte ich mich jetzt um die beiden. Aber sonderbarerweise geschah nichts bei der Grenzkontrolle – Gott muss meine Gebete erhört haben, jedes einzelne davon. Als ich dem Kontrolleur mit zitternder Hand die Papiere der Kinder entgegenhielt, schöpfte der Mann nicht den geringsten Verdacht. Mit einem resoluten Hitlergruß ließ man uns problemlos und ohne lästige Fragen passieren. Die Kinder bestanden diese Prüfung mit Bravour, als hätten sie ihr ganzes Leben nichts anderes getan, als unter falschen Namen Grenzen zu übertreten, und das mit gefälschten Papieren und einer falschen Mutter an ihrer Seite. Wir sollten die Papiere noch ein zweites Mal benötigen. Für England. Wie glücklich war ich, Bertrand am Bahnhof von Gérardmer zu sehen! Nachdem er uns abgeholt hatte, saßen Ella und Georg schweigend aneinandergedrückt auf dem Rücksitz des Autos meines Bruders. Erst als sie in Sicherheit waren, stand ihnen die Angst in ihre blassen Gesichter geschrieben. Am Rosshimmel angekommen, sahen sie sich vorsichtig im Gesindehaus, ihrem neuen Zuhause, um und wärmten erst nach Aufforderung am Herd ihre Hände. Ich hatte ihnen im Wirtschaftsraum ein Lager hergerichtet, das sich nötigenfalls mit wenigen Handgriffen beseitigen lassen würde, denn uns allen war klar, dass es im Zweifel schnell gehen musste. Im Geräteschuppen vor dem Haus präparierte Bertrand sofort das Versteck für den Ernstfall – ein unterirdisches Verlies, mit bloßem Auge nicht erkennbar. Die Abgeschiedenheit des Rosshimmels machte das Anwesen zu einem sicheren Ort. Aber was bedeutete das schon in diesen Zeiten? Ich lehrte die Kinder, jeden Tag aufs Neue ihre Spuren zu verwischen. Spielzeug und Kleidung mussten stets unverzüglich weggeräumt werden, damit nichts, aber auch gar nichts auf ihre Anwesenheit hindeutete. Die Beseitigung von Hinweisen gestaltete sich zu einem Ritual wie das Zähneputzen und Waschen. Ständig waren wir auf der Hut.«

Nanette schenkte sich ein wenig Wasser nach, nippte daran und nahm ihren Bericht wieder auf.

»An jenem ersten Abend versammelten wir uns in der Küche, fast wie eine normale Familie. In der Vorratskammer hatte ich eingemachte Eier gefunden, Bertrand hatte Steckrüben und Kartoffeln besorgt, und so konnte ich ein Essen zubereiten, das wir schweigend zu uns nahmen. Der wunderbare Duft von Holz erfüllte das Haus. Vier Kinderaugen sahen mich fragend an, und mit einem Mal schienen sie erwachsen geworden zu sein. Erschöpft fielen die beiden nach dem Essen in ihr Behelfsbett im Wirtschaftsraum. Ich streichelte ihre Wangen und zeichnete ein Kreuz auf ihre Stirn. Als ich wenige Minuten später noch einmal an ihrer Tür lauschte, hörte ich Schluchzen und dann eine Mädchenstimme. Ella zischelte ihrem Bruder zu, er solle nicht weinen, denn ihre Eltern würden das nicht wollen. *Lass ihnen Zeit*, sagte Bertrand. *Sie haben gerade erst alles verloren*. Er wusste nur allzu gut, was das bedeutete und wie der Schmerz nur zögerlich nachließ. Bertrands Frau musste bei der Geburt ihres Kindes sterben. Mit fünfundzwanzig! Wenige Wochen später starb auch das Baby an einer Infektion. Mein Bruder fing an zu trinken, vernachlässigte die Reben, die meine Eltern besaßen, und hatte am Ende nur noch sich selbst und ein klappriges Auto. Wie viel Unglück ist ein Mensch imstande zu ertragen? Ich vermag das nicht zu sagen, Lizzy. Aber es muss sehr viel sein. Erst nach dem Krieg habe ich begriffen, dass der Rosshimmel Bertrand gutgetan hat. Die Gefahr und das Gute, das er dort oben getan hat, heilten ihn.«

»Das klingt tröstlich, Nanette.«

Sie lächelte und strich sich wie abwesend über das Haar.

»Bertrand und ich hatten keinen Kontakt nach Freiburg. Viel später erfuhr ich, wie sehr die Blochs zu Hause um ihre Ausreise kämpften. Samuel Bloch stellte Antrag nach Antrag, aber die Behörden machten ihm stets neue Auflagen. Für eine ganze Weile sollte der Rosshimmel den Kindern eine Heimat sein – bis die Deutschen in Frankreich einmarschierten.«

Erneut nippte sie an ihrem Glas. »Ella war die Stärkere von beiden. Ich sehe sie noch mit baumelnden Füßen am Küchentisch sitzen und höre ihre interessierten Fragen, während ich am Herd zugange war und sie mir dabei zusah. Georg hingegen lehnte am

Fenster und blickte mit versteinerter Miene nach draußen. *Wo sind unsere Eltern? Wann kommen Papa und Mama?* Das waren die Dinge, die Ella bewegten und die sie täglich aufs Neue wissen wollte. Erst nach und nach ließ sie davon ab. Wir hatten immer zu essen: Mehl, Eier, Käse und hin und wieder Fleisch und Speck von den Bauern im Tal. Im Sommer erntete Bertrand selbst gezogenes Gemüse und im Herbst trotzte er der schwarzen Erde Kartoffeln ab. Ich hatte mir angewöhnt, Ella und Georg täglich zwei Stunden Französisch beizubringen. Das, was sie nach einiger Zeit konnten, sprachen sie fast akzentfrei. Ein paar Wochen danach redeten wir ausschließlich Französisch. Diese Fähigkeit sollte später ihr Leben retten. Ich handelte instinktiv. Je größer die Gefahr, desto mehr übernimmt der menschliche Instinkt.«

»Wie lange blieben sie dort oben?«

»Bis nach dem Einmarsch der Deutschen 1940, also knappe zwei Jahre. Ella und Georg kamen aus einer Welt der Verbote in Deutschland, in der sie dennoch von der Liebe ihrer Eltern getragen worden waren. Bertrand und ich liebten die Kinder und dort oben war niemand, der mit dem Finger auf sie zeigte oder die Straßenseite wechselte, aber es gab auch grenzenlose Einsamkeit, die keine Zuwendung der Welt aufzuwiegen vermochte. Ella reagierte mit Anpassung, während sich Georg verschlossen und ängstlich in seine eigene Welt zurückzog. Er las viel. Es gab eine umfangreiche Bibliothek im Herrenhaus, darunter auch Bücher, die Georg aus der Heimat kannte.«

»Auf den fünfundzwanzig Seiten des Versteigerungsprotokolls der Goethestraße aus dem Jahr 1940 sind auch Bücher aufgelistet, wenn ich mich recht entsinne«, sagte ich leise.

»Sie meinen, der Junge hat seine eigenen Bücher in der Bibliothek gefunden? Nein«, erwiderte sie resolut und schüttelte den Kopf. »Der Bloch-Hausrat war damals noch nicht am Rosshimmel. Davon wüsste ich. Bertrand erzählte mir später, dass eine Lastwagenladung mit Möbeln und mehreren Kisten im Namen Ihres Großvaters geliefert worden war, nachdem die Kinder und ich in England waren. Bertrand hatte auf einem Telegramm die strikte Anweisung erhalten, alles im Herrenhaus zu verstauen. Später hat mir Ihr Großvater erzählt, er habe den Bloch-Hausrat ersteigert, um ihn zu sichern. Das waren seine Worte.«

»Er hat Ihnen nie gesagt, warum?«

»Um ihn zu sichern. Damit ihn kein anderer bekommt«, wiederholte sie. »Das ist eine Antwort.«

Nanette hob die Schultern. Sie wirkte müde, ihr Gesicht eingefallen, und ich schämte mich, ihr so viel Kraft und Erinnerung geraubt zu haben. Unter einem Räuspern sah ich verstohlen auf die Uhr. Viel Zeit war inzwischen verstrichen, in der ich wie gebannt zugehört hatte. Nanette hatte mir Einblicke in eine verborgene Welt gewährt.

Der Rosshimmel war der Ort meiner kindlichen Abenteuer mit Waldgeistern und Elfen, die Goldfäden aus ihren Ästen schüttelten und Wünsche erfüllten. Jetzt wusste ich, dass er dank des unermüdlichen Einsatzes dieser Frau zwei Kindern als Refugium gedient und ihnen Schutz geboten hatte.

»Verzeihen Sie, bitte, aber ich muss Sie noch einmal fragen: Denken Sie, dass mein Großvater wusste, dass Sie am Rosshimmel Juden versteckt hielten?«

»Glauben Sie mir, diese Frage habe ich mir jahrzehntelang gestellt. Jeder hat jedem misstraut. Sie machen sich kein Bild, was diese Zeiten aus uns gemacht haben. Vielleicht hat er es geduldet. Vielleicht geriet er da irgendwie hinein. Er war Samuel Bloch etwas schuldig.«

»Etwas schuldig?«

Erstaunt und erwartungsvoll sah ich sie an.

»Das jedenfalls hat er einmal zu mir gesagt, als ich wieder zurück nach Freiburg kam. Es schien mir ohne Sinn und Zusammenhang gewesen zu sein, einfach so dahergesagt, verstehen Sie? *Ich war es dem Bloch schuldig*, so ähnlich der Wortlaut. Dann aber hatten ihr Großvater und ich einen dummen Streit. Und wir waren beide zu stolz für eine Aussprache. Aber das ist eine andere Geschichte.«

Müde winkte Nanette ab.

»Mein Großonkel Erwin behauptet, Großpapa sei ein Schnäppchenjäger gewesen.«

»Die Möbel aus dem Hausrat der Blochs standen am Rosshimmel, mehr kann ich nicht sagen. Ich war ja nicht dabei, als er geliefert wurde, weil ich mich, wie gesagt, bereits mit den Kindern in England befand. Und mein Bruder Bertrand hatte keinen Grund zu lügen.«

Ich fragte mich, was mein Großvater für ein Mann gewesen war: Ein Held oder Verräter, ein Helfer, oder war er jemand, der die anderen hatte gewähren lassen? Was immer noch besser war als ein Täter. Jene Frau, die mir jetzt gegenübersaß, schien mehr über Großpapa zu wissen, als wir alle zusammen, aber sein letztes Geheimnis hatte er dennoch auch vor ihr verborgen und mit ins Grab genommen.

»Ich finde, es reicht für heute. Ich habe genug erzählt«, unterbrach Nanette meine Gedanken. »Jetzt habe ich Lust, eine Zigarette zu rauchen, und danach möchte ich ein bisschen ruhen vor dem Essen. Wollen wir auf der Terrasse eine rauchen?«

»Gerne«, erwiderte ich spontan, erhob mich ebenfalls und holte draußen einen Aschenbecher aus einem kleinen an der Hauswand stehenden Regal hervor und stellte ihn in die Mitte des Tischs.

Normalerweise brachte ich es übers Jahr auf eine knappe Schachtel Zigaretten, in letzter Zeit aber überkam mich immer häufiger das Bedürfnis nach Nikotin. Ich steckte mir die angebotene Zigarette in den Mund, beugte mich in Richtung der Flamme, die mir Nanette entgegenhielt, zog vorsichtig und inhalierte den Rauch. Sofort musste ich husten.

»Sie sind keine echte Raucherin«, stellte Nanette lachend fest.

»Sagen wir, ich könnte durchaus eine werden. Deshalb kaufe ich mir keine Zigaretten und rauche höchstens ab und zu in Gesellschaft.«

»Bedienen Sie sich ruhig! Ich rauche inzwischen nur noch sehr selten, verglichen mit früher«, erklärte sie. »Aber wenn, dann lasse ich es mir richtig schmecken. Macht es Ihnen etwas aus, wenn ich mich gleich auf Ihrer Couch ein bisschen ausruhe? Es war sehr anstrengend.«

»Dann kann ich in Ruhe an die Vorbereitungen gehen«, erwiderte ich zustimmend.

Nach wenigen Zügen drückten wir beide unsere Zigaretten aus und ich führte Nanette in unser Wohnzimmer, wo ich ihr eine Wolldecke reichte.

»Nur ein wenig die Beine hochlegen«, sagte sie. »Ich danke Ihnen sehr. Falls ich nicht von selbst aufwache, wecken Sie mich bitte in einer Stunde. Ich lasse mir doch den Lammsugo nicht entgehen.«

Sie drehte ihren Kopf zur Seite. Ich breitete die Decke über ihr aus und legte ihr ein Kissen unter den Nacken.

»Nanette«, sagte ich zögerlich. »Sie müssen nicht nach Hause fahren. Sie können gerne hierbleiben. Bitte seien Sie unser Gast. Denken Sie darüber nach.«

»Das werde ich tun. Vielen Dank.«

Leise schloss ich die Tür. In der Küche setzte ich mich an den Tisch und versuchte die vielen Informationen zu ordnen. Ich brühte mir eine Tasse Tee, die ich stehend schlürfte. Draußen war es immer noch hell und ich hoffte, dass Tom es zum Abendessen schaffen würde. Als ich von unserer Terrasse aus Kindergeschrei vernahm, ging ich schnell zur Tür, um Thea zu öffnen.

»Psst«, sagte ich und legte den Zeigefinger auf die Lippen. »Komm in die Küche. Nanette ruht sich ein wenig aus.«

Ich nahm den Teig aus dem Kühlschrank und wusch mir die Hände am Spülbecken. Thea tat es mir gleich. Dann befestigte ich die mechanische Nudelmaschine am Küchentisch und setzte anschließend das Nudelwasser auf.

»Thea, wir brauchen Mehl. Bist du so lieb?«

Thea, die es gewohnt war, beim Zubereiten der Nudeln zu helfen, kippte konzentriert eine Handvoll Mehl auf den Tisch, legte den Teig darauf und fing umständlich an, ihn mit Hilfe des Nudelholzes in Form zu bringen. Dann schnitt ich einzelne Rechtecke, die ich in die verstellbare Nudelwalze gab. Thea betätigte die Kurbel.

»Ich mag Nani«, sagte Thea ernst.

»So geht es mir auch«, erwiderte ich lächelnd und es kam mir vor, als hätten wir ein neues Familienmitglied in unseren Reihen aufgenommen.

Nach einigen Durchgängen war der Teig dünn genug und wurde in einem letzten Arbeitsschritt durch die Schneidevorrichtung getrennt. Das Ergebnis waren hauchdünne Nudeln, die man nur noch kurz ins kochende Wasser werfen musste.

Ich vernahm Geräusche aus dem Wohnzimmer, dann hörte ich, wie eine Tür geschlossen wurde.

»Nani«, flüsterte Thea. »Sie ist wach. Bald können wir essen.«

Ich warf einen Blick auf die Uhr; wir würden ohne Tom anfangen müssen.

»Hast du eigentlich deine Hausaufgaben fertig?«, wollte ich wissen.

Thea nickte.

»Heute ist alles ein bisschen anders als üblich gelaufen. Nun muss es mal ohne Kontrolle gehen.«

Ich nahm den Deckel vom Lammsugo, rührte einmal durch und testete mit dem Kochlöffel die Soße, die eine perfekte Konsistenz hatte. Thea deckte den Küchentisch, ich warf die Nudeln ins kochende Wasser, gerade als Nanette die Küche betrat.

»Das hat mir jetzt gutgetan, ein bisschen ruhen. Ich habe richtigen Appetit.«

»Unser Übernachtungsangebot steht«, betonte ich noch einmal.

Lächelnd sah sie mich an. »Jedenfalls danke ich Ihnen sehr für Ihre Gastfreundschaft.«

Im Handumdrehen waren die Nudeln bissfest und ich richtete sie auf einer Platte mit etwas Butter und frischer Petersilie an. Das Fleisch servierte ich im Topf und stellte ihn auf einem Gitter auf den Tisch. Ich trat einen Schritt zurück und betrachtete mein Werk. Die Tafel war einfach und schlicht, nur eine Kerze flackerte in einem orientalischen Windlicht. Ich platzierte noch einen knallroten Rosmarintopf daneben. Den Rotwein hatte ich zum Atmen in eine Karaffe gegeben, aus der ich jetzt unsere Gläser füllte. Das vierte Gedeck blieb unberührt. Nanette warf einen kurzen Blick darauf, sagte aber nichts.

Nanette und ich stießen an, Thea tat es uns mit ihrer Apfelsaftschorle gleich. Der Sangiovese aus Sizilien harmonierte mit der deftigen schweren Soße des Lammsugo und wir genossen schweigend.

»Wunderbar, Lizzy. Einfach hervorragend. Das Fleisch ist butterzart und diese Orangennote in der dunklen Soße schmeckt unvergleichlich. Und deine Nudeln, Thea! Einfach delikat. Gut gemacht«, schwärmte Nanette schließlich.

»Was ist *deklinat*?«, wollte Thea wissen.

»Delikat«, verbesserte Nanette lachend. »Das heißt so viel wie *lecker.*«

»Ich kann gut Nudeln machen«, betonte Thea noch einmal.

Sie gab Butter und Parmesan auf ihre Nudeln und wickelte das Gemisch mit der Gabel auf ihren Kinderlöffel. Dann schob sie sich ihr Leibgericht in den Mund. Als man Geräusche vom Flur aus hörte, legte Thea ihre Gabel aus der Hand und rannte mit vollem Mund zur Tür.

»Papa! Ich habe Nudeln gemacht!«, hörten wir sie aus dem Flur.

Hand in Hand kam sie wenige Augenblicke später mit Tom zurück in die Küche und zerrte ihren Vater zum Tisch. Ich stellte Tom und Nanette einander vor.

»Es freut mich sehr, Madame«, begrüßte Tom Nanette höflich.

»Nennen Sie mich bitte Nanette«, entgegnete sie.

Tom nickte und blickte unschlüssig auf die gedeckte Tafel.

»Papa! Du musst meine Nudeln probieren.«

»Du musst«, bestätigte ich lächelnd, zog den Stuhl neben mir unter dem Tisch hervor und zeigte auf das unbenutzte Gedeck. »Du hast praktisch keine Wahl. Oder hast du etwa schon gegessen?«

Tom überging meine Frage. »Bitte entschuldigt die Verspätung«, erwiderte er und setzte sich. Ich holte ein Weinglas aus dem Buffet und schenkte von dem Sizilianer ein.

»Wirklich ganz hervorragend, Prinzessin«, sagte Tom nach der ersten Gabel.

Wir saßen zusammen, lachten und tranken Wein. Nanette hörte sich geduldig die Geschichten unserer Tochter an und ich versuchte an Toms Mimik abzulesen, was er von diesem Zusammentreffen hielt. Ich hatte das Gefühl, dass ihm Nanettes Art gefiel. Nanette warf mir einen liebevollen Blick zu, voller Wärme und Zuversicht. Wir erlebten einen jener seltenen Momente, in denen alles zusammenpasste, die perfekte Harmonie, eine Vision von Gemeinschaft. Irgendwann zog sich Thea freiwillig und völlig übermüdet zurück, sagte uns allen nach dem Zähneputzen *Gute Nacht* und bestellte ihren Vater noch an ihr Bett.

»Es ist schön, dass Sie hier sind, Nanette. Ihr Besuch bedeutet Lizzy sehr viel«, sagte Tom, nachdem er seine Tochter ins Bett gebracht hatte und sich wieder zu uns setzte.

»Nanette hat mir von damals erzählt. Und von einer wundersamen Rettung der Bloch-Kinder zum Rosshimmel.«

»Und welcher Mildtäter steckte dahinter?«, fragte Tom interessiert.

»Wir wissen es nicht. Zwei große Unbekannte: der Retter und der Verräter.«

»Du weißt, Lizzy, ich bin kein Kirchmann-Fan, aber eine Rettung kann unmöglich an deinem Großvater vorbeigegangen sein. Zumindest musste er eine Ahnung davon gehabt haben.«

»Sie sind kein Kirchmann-Fan?«, fragte Nanette. »Was soll denn das heißen?«

»Sie müssen wissen, Nanette, in dieser Familie dreht sich alles um Geld. Geld ist Macht und Macht bedeutet Geld. Erst dann kommt die Moral.«

»Das stimmt überhaupt nicht«, fauchte ich, aber Nanette legte beschwichtigend ihre Hand auf meine.

»Ich freue mich, dass Sie mir die Familie erklären, die ich länger kenne, als Sie alt sind. Bodo Kirchmann war ein Mann von hoher Moral und Ehre. Allerdings war er auch schwer durchschaubar, wie wir heute festgestellt haben.«

Sie warf mir einen Blick zu. »Und was Lizzy angeht – ich erlebe sie anders. Das pure Gefühl. Keine Spur von Berechnung!«

»Das ist der Grund, warum ich mich einst in sie verliebt habe«, erwiderte Tom und legte seinen Arm auf meine Stuhllehne.

Kurz spürte ich den Hauch der Berührung seiner Fingerspitzen auf meinem Rücken. Ich nahm einen Schluck Wein.

»Wie schön, dass du dich noch daran erinnerst.«

Ich stand auf, um den Tisch abzuräumen. Nanette fixierte abwechselnd Tom und mich.

»Lizzy vermag es, mit Gefühlen zu manipulieren. Sie ist eine emotionale Verführerin.«

»Es reicht, Tom. Wir haben deinen analytischen Scharfsinn jetzt gebührend genossen.«

Ich warf ihm einen strengen Blick zu und Tom verstummte. Plötzlich hatte ich genug von seiner Überheblichkeit, seinen zweideutigen Bemerkungen. Er vermochte es, eine Beleidigung schmeichelhaft und ein Kompliment kränkend klingen zu lassen, und zum ersten Mal zog ich es in Erwägung, dass es bei seinen Wortspielen gar nicht um mich, sondern um ihn ging.

»Und, haben Sie es sich überlegt? Wollen Sie nicht hier übernachten?«, fragte ich und wandte mich an Nanette. Zu meiner Überraschung willigte sie sofort ein.

»Ich bin in der Tat erschöpft und würde mich am allerliebsten zurückziehen. Morgen früh fährt auch noch ein Zug. Und es bereitet Ihnen ganz sicher keine Umstände?«

»Aber nicht doch! Das Sofa lässt sich ausziehen. Dann ist es bequem wie ein Bett. Das kann ich bestätigen.«

Tom ging ins Wohnzimmer, um Nanettes Nachtlager zu präparieren, ich begab mich in den Flur, holte ein Hygieneset aus dem Schrank und legte es zusammen mit Handtüchern ins Bad. Dann suchte ich ein Nachthemd aus dem Kleiderschrank.

»Das ist wirklich sehr freundlich von Ihnen«, hörte ich Nanette, die plötzlich hinter mir unter der Tür stand und alles entgegennahm.

»Ich bin froh, dass Sie hier sind«, erwiderte ich lächelnd.

Zurück in der Küche, knipste ich das Licht an und begann die schmutzigen Teller in die Spülmaschine zu räumen, reinigte die Weingläser von Hand unter dem fließenden Wasser und legte Theas Bubu mit eingezogenem Kopf auf dem Küchentisch schlafen. Aber wie ich ihn auch platzierte, er sah traurig aus.

Kapitel 12

Als ich ins Schlafzimmer kam, lag Tom bereits im Bett und war eingeschlafen. Vorsichtig nahm ich die Zeitung von seiner Brust, legte sie zur Seite und strich ihm eine Locke von der Wange.

Lange lag ich wach im Bett, starrte zur Decke und lauschte auf Toms Atemzüge, bis ich endlich einschlief. Mitten in der Nacht wurde ich von einem Geräusch geweckt. Ich schreckte auf und sah auf die Uhr. Halb drei. Tom schien tief zu schlafen und nichts gehört zu haben. Vorsichtig schob ich die Decke zur Seite, zog meinen Morgenmantel über und schlich aus dem Zimmer. In der Dunkelheit sah ich Nanettes gebeugte Gestalt im Flur.

»Habe ich Sie geweckt?«, flüsterte sie. »Ich suche meine Zigaretten.« Sie kramte in ihrer Handtasche.

»Nein«, erwiderte ich leise und rieb mir die Augen. »Ich kann nicht schlafen.«

»Dann geht es Ihnen wie mir. Wollen wir eine Zigarette rauchen?«

Sie warf ihre Jacke über und ich folgte ihr auf die Terrasse, nahm aus dem Wohnzimmer eine Wolldecke mit, die sie schweigend entgegennahm. Draußen war es absolut ruhig, die Luft roch frisch. Lange saßen wir einfach so da, rauchten und sprachen kein Wort.

»Wie wäre es mit einer Tasse heißen Tee? Eine Verbene?«

»Sehr französisch«, sagte sie lächelnd, nickte und ich verschwand in der Küche, um den Tee zu brühen. Als ich mit zwei dampfenden Tassen zurückkehrte, blickte Nanette auf und bedeutete mir, sich wieder neben sie zu setzen. Sie schob mir einen Teil der Decke herüber und legte ihr Zigarettenpäckchen auf den Tisch.

»Bedienen Sie sich. 1940«, sagte sie und sah in den Nachthimmel. Es kam mir vor, als öffne sie feierlich das Portal ihrer Erinnerungen und warte nur darauf, dass sie hindurchkämen. »Wir glaubten die Kinder in Sicherheit dort oben am Rosshimmel. Aber im Juni marschierten die Deutschen in Frankreich ein. Zunächst schien es, als sei es zu spät, die Kinder aus dem Land herauszuschleusen. Martha hatte mir ja jene Londoner Adresse in die Hand gedrückt, und mein Bruder besaß Kontakt zu einer Frau aus der Résistance. Sie hatte uns spontan ihre Hilfe angeboten. Über mehrere Wochen erhielten wir von ihr kein grünes Licht zu einer Reise nach England. Binnen kürzester Zeit war das ganze Land verseucht von Deutschen. Verzeihen Sie.«

Sie nahm einen Schluck Tee.

»Ein ungewöhnlich früher Wintereinbruch hatte Frost, Schnee und Wind mit sich gebracht. Die Kälte am Rosshimmel kroch einem bis in die Knochen, und an einem bitterkalten Oktobertag war es dann so weit: Zwei uniformierte Männer tauchten auf dem Gut auf. Deutsche! Mein Gott, diese Angst! Aber mein Bruder behielt die Nerven, er meisterte die prekäre Situation wie ein Schauspieler auf der Bühne seine Generalprobe und empfing die ungebetenen Gäste höflich. Ich selbst stand in einer Ecke der Küche und konnte jedes Wort verstehen, tat aber so, als spräche ich nur Französisch. Die Männer beäugten uns beide skeptisch. Nein, an diesem verlassenen Ort lebe nur er mit seiner Schwester und verwaltete gemeinsam mit ihr das Gut eines vermögenden Deutschen, erklärte Bertrand in gebrochenem Deutsch, und nein, hier oben sei seit Jahren niemand gewesen. Ob die Herren so freundlich wären und uns unsere Arbeit machen ließen? Und außerdem, wer sollte sich schon hierher ans Ende der Welt verirren? Mir war fast das Herz stehengeblieben, denn in der Gestik der Männer war nicht die geringste Gefühlsregung abzulesen. Sie sprachen leise miteinander, ich konnte leider nicht hören, was sie sagten, und schließlich suchten sie das Gesinde- und Herrenhaus ab. Bertrand begleitete sie, während ich, vor Angst zitternd, in der Küche wartete. Ich dachte, mir stünde es auf der Stirn geschrieben, dass sich nur wenige Meter von uns entfernt zwei jüdische Kinder versteckt hielten.«

Nanette unterbrach sich.

»Die Gestapo durchsuchte das ganze Anwesen«, fuhr sie dann fort. »Als einer von ihnen um den Geräteschuppen herumschlich, schickte ich ein Stoßgebet zum Himmel.«

Abermals unterbrach sie sich und sah mich dann geradezu eindringlich an: »Bis heute frage ich mich, wer denen wohl den Hinweis gegeben hatte! Danach müssen Sie suchen, Lizzy! Stellen Sie unbequeme Fragen nach den Verrätern, ob tot oder lebendig. Einer muss einmal die Wahrheit herausfinden! Fragen Sie nach und lassen Sie sich nicht abwimmeln! Schonen Sie weder sich noch die Toten!«

Ich brachte keinen Ton heraus und zog mit fahrigen Händen eine neue Zigarette aus dem Päckchen.

»Das werde ich, Nanette«, stammelte ich schließlich, als die Bedeutung des Gesagten bei mir angekommen war. »Versprochen. Ich lasse nicht mehr locker, bis ich es herausgefunden habe. Und wenn es uns allen noch so weh tut.«

Wir schwiegen.

»Nach einer halben Stunde war der Spuk vorbei und die Männer zogen ab, aber ich wusste, sie würden wiederkommen. Das nächste Mal vielleicht mit Hunden. Dann wäre alles verloren! Die Kinder mussten nach England gebracht werden. So schnell wie irgend möglich! Das Risiko, aus dem besetzten Frankreich zu flüchten, war geringer, als dort zu bleiben! Claire, jene Freundin von Bertrand, die beim Französischen Roten Kreuz und in der Résistance arbeitete, begleitete mich und die Kinder bis Lyon. Es glich einem Wunder: Mit dem perfekten Französisch der Kinder und den gefälschten Pässen konnten wir nahezu problemlos die Grenze passieren. Mit dem Schiff von Marseille erreichten wir Tage später das rettende England, wo ich noch einige Wochen blieb. Ich wusste: Ella und Georg waren zu guten Menschen gekommen. Damit war mein Auftrag erledigt.«

Ich versuchte, das Gehörte zu verarbeiten. Die ersten Vögel begrüßten den Tag. Zaghaft fingen sie an zu zwitschern. Es war unmerklich heller geworden und es herrschte ein diffuses Licht.

»Und Sie, Nanette«, fragte ich nach langem Schweigen. »Was haben Sie anschließend gemacht?«

»Ich ging zurück nach Frankreich zu meinen Eltern und blieb dort bis 1945. Wohin hätte ich denn gehen können? Zurück nach Freiburg, wo inzwischen die ganze Stadt voller Hakenkreuze war? Bertrand hatte sich nach meiner Rückkehr aus England ganz der Résistance verschrieben und blieb bis zum Ende des Krieges am Rosshimmel. Unversehrt, glücklicherweise. Und als der Krieg vorbei war, schickte ich Ihren Großeltern einen Brief, schrieb, dass es meiner Mutter wieder besser ginge und erklärte, dass ich gerne zurück nach Freiburg wolle. Ob sie eventuell von einer freien Stelle wüssten? Ihre Großmutter antwortete mir, dass sich die ganze Familie auf meine Rückkehr freue.«

»Sie wollten zurück nach Deutschland? Als Französin?«

»Freiburg bedeutete meine Heimat, und Ihre Familie war eine Zeit lang die meine. Können Sie sich das vorstellen? Was ich vorfand war eine Familie, die glücklich war, überlebt zu haben. Und ich fand ein Freiburg ohne jüdische Kultur.«

»Die Blochs waren verschwunden«, sagte ich leise.

»Genauso war es«, entgegnete Nanette traurig. »Und mit ihnen alle anderen jüdischen Deutschen. Samuel Bloch soll zu lange gezögert haben, nur der Himmel weiß, welche Vorwürfe er sich deshalb später gemacht haben muss. Trotz aller Warnungen von Freunden hatte Bloch zu lange daran geglaubt, die Situation in Deutschland würde sich ändern und die Tage eines Adolf Hitler seien gezählt. Er hatte sich getäuscht.«

Sie seufzte tief.

»Schließlich unternahm Bloch Anstrengungen, in der Schweiz aufgenommen zu werden, nur, bis sich die Lage in Deutschland ändern würde. Das war vermutlich der zweite fatale Irrtum, dem er unterlag. Denn die Schweizer dachten nicht im Traum daran, einen Juden mit Familie aufzunehmen, noch nicht einmal, wenn er ein dickes Konto in ihrem Land besaß. Ende 1939 kam dann das böse Erwachen. Die deutsche Zollfahndung hatte Blochs Konten sperren lassen, das war zu einem Zeitpunkt, als seine Kinder gerade einmal ein paar Monate am Rosshimmel in Sicherheit waren. Die Aktion der Beamten hat ihn wachgerüttelt, und danach hat er seine Ausreise mit allen finanziellen Mitteln, die er auftreiben konnte, forciert. Und die Nazis ließen ihn zappeln. Mal saß er mit Martha kurz vor der Abreise auf gepackten Koffern, dann wieder waren wichtige Unterlagen bei den Behörden unauffindbar. Und jedes verloren gegangene Dokument ging mit erheblichen finanziellen Forderungen einher. Ich weiß es nicht genau, Lizzy, ich glaube, am Ende fehlte ein einziges lächerliches Blatt Papier, nicht mehr, aber im Oktober 1940 gab es von behördlicher Seite ein offizielles Emigrationsverbot. Am Schluss muss er keinen Pfennig Geld mehr besessen haben und war immer noch in Freiburg, als am 22. Oktober die Deportation aller badischen Juden nach Gurs vollzogen wurde.«

Sie beugte sich zu mir, ergriff meine Hand und flüsterte mir eindringlich zu: »Sabotage, Lizzy. Irgendjemand ganz weit oben muss die Fäden gezogen haben und die Ausreise von Samuel und Martha verhindert haben. Mein Instinkt sagt mir, dass sie verraten wurden, auch, dass die Nazis am Rosshimmel auftauchten und so intensiv suchten, kann kein Zufall gewesen sein, ich sagte es bereits. Und das ist niemals bewiesen, niemals aufgedeckt worden! Es hat nämlich nach dem Krieg keinen Menschen interessiert, wer ein jüdisches Ehepaar an die Gestapo ausgeliefert hatte. Eines mehr oder weniger, was hieß das schon? Ich weiß nicht, wer darin verwickelt war, aber ich bin sicher, dass dahinter Absicht und System steckte; die beiden wurden verkauft, verraten und betrogen. Innerhalb einer einzigen Nacht begann der Anfang ihres Endes, nur einen Steinwurf von hier entfernt – dort drüben.« Nanette nickte mit dem Kopf in die Richtung, in welcher der Güterbahnhof lag, ließ mich los, griff dann nach ihrem Tee und trank ihn in einem Zug leer. Ihre Hand zitterte.

»Es tut mir leid, Nanette, wenn ich die Erinnerung daran wieder wachrufe mit meinen Fragen und Nachforschungen.«

»Machen Sie sich darüber mal keine Gedanken, Lizzy. Ich weiß ja das meiste nur aus Erzählungen, aber ich fühlte mich für die Kinder verantwortlich, verstehen Sie? Es tat mir unendlich weh, sie leiden zu sehen. Sie spürten ja, dass etwas nicht stimmte. Und heute tut es mir sonderbarerweise auch gut, darüber zu sprechen, irgendwie ist es befreiend. Niemanden scheint sich mehr für diese Geschichte zu interessieren. Dabei sollte all das doch nicht in Vergessenheit geraten. Und wenn es eine Chance gibt, die Wahrheit ans Licht zu bringen, können Sie sich auf mich verlassen. Ich bete nur, dass ich noch lange genug lebe, bis alles aufgeklärt ist!«

Langsam ging die Sonne über dem Gelände der alten Gießerei auf. Wir erhoben uns und ich stellte die Tassen in die Küche. Nanette wollte im Wohnzimmer noch ein wenig ruhen vor dem Frühstück. In einer Stunde würde ich Thea wecken müssen.

»Noch eine letzte Frage, Nanette: Wer ist David Bloch?«

»Georgs Sohn«, antwortete sie, ohne zu zögern, und schloss die Augen. »Ella hatte nie Kinder. David ist in Ihrem Alter. Er lebt in Straßburg.«

Nach dem Frühstück begleitete ich Nanette zum Zug. Schweigend liefen wir nebeneinanderher.

»Es ist großartig, dass Sie hier waren, Nanette. Haben Sie Dank für Ihre Offenheit.«

Der Zug fuhr um 9.25 Uhr ein, es verblieben noch knapp vier Minuten bis zur Abfahrt. Ich folgte Nanette ins Abteil und wir verabschiedeten uns mit einem Anflug von Wehmut.

»Es ist schwer für Sie«, sagte sie plötzlich unvermittelt. »Vielleicht müsst ihr einfach Geduld haben. Und reden hilft. Schweigen kann viel kaputt machen. Glauben Sie mir, ich weiß, wovon ich spreche.«

Ich sah nervös auf die Uhr, um den rechtzeitigen Ausstieg nicht zu verpassen. »Sie meinen Tom und mich? Wir haben gerade eine kleine Krise, das ist Ihnen offensichtlich nicht entgangen.«

»Eine kleine Krise?«, fragte sie ungläubig und runzelte die Stirn. »Im Alter sieht man solche Dinge mit dem Herzen.«

»Ich bin eine, wie sagte er doch gleich, emotionale Verführerin«, platzte es gekränkt aus mir heraus. »Und er hat eine andere. Und ich bin daran schuld.«

»Sie müssen sich wehren. Mehr Selbstbewusstsein zeigen. Sie sind doch sonst nicht auf den Mund gefallen. Er darf Sie auch nicht vor Fremden brüskieren.«

Sie strich mir über den Oberarm.

»Sie haben nur einen einzigen Trumpf und der sind Sie selbst. Bringen Sie sich ins Spiel, degradieren Sie sich nicht zur Zuschauerin. Nähe kann immer nur ein Anfang sein, eine Chance. Man kann sie verleugnen, aber nicht heraufbeschwören. Sie kommt und geht, wie sie möchte. Die Liebe folgt ihren eigenen Gesetzen.«

Dankbar küsste ich Nani auf die Wange. Ihre Worte wärmten und trösteten mich.

»Versprechen Sie mir, dass wir uns wiedersehen«, bat ich.

»Wenn Sie Ihre Arbeit machen, ganz sicher. Jetzt lebe ich aus lauter Neugierde noch weiter.« Sie grinste verschmitzt. »Ich muss unbedingt erfahren, was Sie herausfinden. Lassen Sie mich das wissen!«

In letzter Sekunde sprang ich aus dem Waggon. Ich starrte auf den sich in Richtung Westen entfernenden Zug, rote Riesenaugen, die von der Sonne beschienen wurden und immer kleiner wurden. Die Bremsen quietschten beim Wechseln der Gleise, während ich rückwärts zögerlich einen Schritt nach dem anderen machte.

Freiburg,
22. OKTOBER 1940

Ein Geräusch riss Martha aus dem Schlaf. Sie knipste die Nachttischlampe an, blinzelte und sah auf die Uhr. Kurz vor sieben. Sie griff zur anderen Bettseite, aber Samuel atmete gleichmäßig. Erst als lautes Poltern gegen die Eingangstür zu vernehmen war, öffnete auch er die Augen. Das Ehepaar sah einander verständnislos an. Heute war der 22. Oktober 1940, der letzte Tag des siebentägigen Laubhüttenfests, ein alter, jüdischer Brauch, der in diesem Jahr mager ausgefallen war. Zum Feiern war niemandem zumute in diesen Zeiten. Einst sollte dies heitere Fest daran erinnern, dass der Glaube an Gott das Wichtigste im Leben war.

»Aufmachen!«, rief eine Stimme. »Öffnen Sie die Tür.«

Samuel legte einen Zeigefinger auf die Lippen, schlug die Decke zurück, stand auf und warf sich einen Morgenmantel um. Verwirrt sah ihm Martha nach, wie er den Raum verließ. Dann schlüpfte sie schnell aus dem Bett und blickte durch einen Spalt der geöffneten Schlafzimmertür in Richtung Entree.

Mit einem Ruck wurde die Tür geöffnet. Ein Uniformierter und ein Mann in Zivil betraten das Haus der Goethestraße 12.

»Die Kinder«, dachte Martha voller Erleichterung und Dankbarkeit, zog ihren Morgenmantel an und trat hinaus zu ihrem Mann. »Was immer auch geschieht. Ella und Georg sind in Sicherheit«, sagte sie wie zu sich selbst, um sich zu vergewissern, dass es so war.

»Packen Sie ein paar Sachen zusammen. Schnell! Sie dürfen Proviant mitnehmen und 100 Reichsmark pro Kopf. Wie viele Bewohner gibt es hier?«

Der Uniformierte warf einen Blick auf seine Liste und blätterte darin. Dann sah er Martha und Samuel abwechselnd an.

»Wir sind alleine«, sagte Martha.

»Hier steht etwas von vier Personen«, erwiderte der Mann in Zivil und sah Samuel abwartend an.

Seine Stimme klang höflich.

»Die Kinder«, stammelte Samuel Bloch. »Unsere Kinder leben nicht mehr hier. Sie befinden sich in einem Internat im Ausland.«

»Das wird sich zeigen«, erwiderte der Uniformierte, drehte sich um und öffnete die Eingangstür. »Eine Stunde. Wir kommen wieder.«

»Was hat das zu bedeuten? Wohin bringen Sie uns?«, fragte Martha mit leiser Stimme. Tränen schossen ihr in die Augen. Aber die Männer waren bereits verschwunden. Stumm umarmte Samuel seine Frau und sie spürte, wie er zitterte.

In den letzten Monaten hatten sie Ausgrenzung und Spott ertragen und es kam Martha vor, als ob ihr in diesem Moment die Kraft ausging. Eine unendliche Müdigkeit erfasste ihren Körper, ihre Bewegungen, ihr Denken. Schweigend packten sie zwei Koffer. In einer Seitentasche verstaute Samuel ein paar der wertvollsten Schmuckstücke, die ihnen geblieben waren, etwas Geld.

Als es eine Stunde später an der Tür klopfte, waren sie bereit. Gemeinsam traten sie hinaus auf die Straße, wo ihnen die Gestapo die Richtung zeigte. Es dämmerte bereits und eine gespenstische Stille lag über der Stadt. Hinter einigen Fenstern bewegten sich Vorhänge. Dann, allmählich, kamen immer mehr Gestalten aus den Häusern geschlüpft, in Mäntel und Schal gehüllt, mit Gepäck und Kindern an der Hand.

Langsam setzte sich die Menschenschlange, angeführt von Uniformierten, in Bewegung. In der Lorettostraße warteten Busse. Die Gestapo bedeutete den Eintreffenden, einzusteigen. Schweigend folgten sie dem Befehl, mit fragenden Gesichtern, manche mit einem Gebet auf den Lippen. Martha griff nach der Hand Samuels. »Wir dürfen uns nicht verlieren«, flüsterte sie ihm zu.

Als sie am Güterbahnhof eintrafen, mussten sie die Busse verlassen. Auch dies geschah reibungslos. Die Uniformierten gebärdeten sich höflich, fast freundlich.

»Wohin bringen Sie uns denn?«, hörte Martha einen älteren Mann fragen.

»Psst«, erwiderte die Frau an dessen Seite und ein Uniformierter antwortete: »Keine Sorge. Es ist alles in Ordnung.«

Alles hat seine Ordnung, dachte Martha verzweifelt und drückte die Hand Samuels. Mit gesenktem Kopf ging das Ehepaar in Richtung der Gleise, wo die Züge bereitgestellt waren. Immer mehr Menschen trafen ein. Männer, Frauen, Kinder, manche von ihnen zitternd vor Angst, andere mit resigniertem Gesichtsausdruck. Keiner von ihnen wusste, wohin es gehen sollte, was hier eigentlich geschah.

Ella und Georg, dachte Martha erneut, sie müssen dies hier nicht erleben. Das tröstete sie so sehr, dass sie selbst Unverwundbarkeit angesichts dieser Gewissheit verspürte.

Nur einmal erhaschte sie Blickkontakt zu einer Frau, die sie aus der Gemeinde zu kennen glaubte. Sie sah deren nackte Angst, ihr Unverständnis, und ihr war, als schaue sie in ihr eigenes Spiegelbild. Als Martha in den Zug einstieg, warf sie einen letzten Blick auf das Freiburger Münster, das sich von einem stahlblauen Herbsthimmel abhob. Quietschend setzte sich der Transport in Bewegung, vorbei an Uniformierten und Zivilisten. Einer von ihnen hatte die Hände lässig in die Hosentaschen geschoben und warf lachend den Kopf zurück. Er stand etwas abseits und ehe sich Martha vergewissern konnte, ob sie in dem Fremden wirklich Kurt Stockfelder erkannt hatte, drehte dieser sich weg und lief beschwingt in Richtung Innenstadt.

Die Blochs ahnten nichts von den über 6000 Leidensgenossen, die an jenem Tag aus allen Teilen Badens und der Saarpfalz zusammengepfercht und in sieben badische Eisenbahnen und zwei pfälzische verladen wurden. Sie traten eine schreckliche Reise in das südfranzösische Lager Gurs an, das auf derartige Menschenmassen gar nicht vorbereitet war. Ein Fakt, der zu Verstimmungen zwischen den Deutschen und Franzosen führen sollte.

In Zukunft würden die Deutschen ihr Vorgehen perfektionieren.

»Das ist nicht Osten«, hörte Martha eine hoffnungsvolle Stimme aus dem hinteren Teil des Waggons. »Wir sind in Richtung Süden unterwegs.«

»Mein Liebster, dies hier bleibt unseren Kindern erspart«, flüsterte sie Samuel zu, als wolle sie ihn trösten. Da erst sah sie, dass er weinte.

Kapitel 13

Die ersten Frühlingswochen vergingen schneller, als mir lieb war. Jeden Samstag stand ich spätestens um sechs auf dem Markt und verkaufte mit zunehmendem Erfolg meine Dinneles. Bernds Hinweis mit der ausgelegten Gratisware auf Zahnstochern hatte den Erfolg gebracht. Die meisten Leute, die im Vorbeigehen die Dinneles probierten, kauften sofort und viele von ihnen kamen dann jeden Samstag an meinen Stand.

»Sie sollten diese Paste auch in Gläsern einzeln verkaufen«, riet mir eine ältere Frau, die nach dem Rezept des Belags fragte.

In der Tat lobten immer mehr Kunden den Veggiebelag, der aus getrockneten Tomaten, Kräutern, Zitronenschale und Parmesan bestand, und so erweiterte ich schließlich mein Angebot. Mit Olivenöl ließ sich die Masse konservieren, sodass sich das frische Produkt problemlos ein paar Wochen im Kühlschrank aufbewahren ließ.

Donnerstagabends bereitete ich die Paste vor und strich sie freitags in hübsche Schraubgläser, die ich bei einem Discountladen ergattert hatte. Thea befestigte die Aufkleber, auf die wir vorher in Gemeinschaftsarbeit »Veggie Brotaufstrich« geschrieben hatten. Ich hatte mit dreißig Gläsern angefangen; vier Samstage später war ich bereits bei der dreifachen Menge.

»Passt hervorragend zu Grillfleisch«, meinte der Metzger grinsend.

Acht Wochen nach meinem ersten Markteinsatz stellte ich erfreut fest, dass sich so, zusammen mit den Jahrestantiemen, unser

Lebensunterhalt verdienen ließ. Aber viel wichtiger war mir, dass es sich bei den Markteinnahmen um *mein* selbst verdientes Geld handelte, und darauf war ich stolz.

»Beste Zutaten. Frische Zubereitung. Wenig Aufwand«, lautete meine Devise – und sie funktionierte.

Als ich an einem Samstag vom Markt zurückkam, lag neben anderer Post eine Karte von Erwin in unserem Briefkasten.

»Liebe Lizzy! Was macht die ehrenwerte Familie? Wie wäre es mit einer Wanderung zum Schauinsland? Wir könnten uns in Kirchzarten treffen, nach Horben fahren und dann den Berg hoch. Ruf mich an, wenn du mitkommen magst. Oder bist du nicht mehr interessiert? Erwin.«

Nächste Woche hatte ich eine Verabredung mit Ludwig Stockfelder. Ich hatte ihn nach dem Hinweis seiner Sekretärin einfach in seinem Haus in Waldkirch angerufen und er hatte einem Treffen mit mir zugestimmt. Eigentlich wollte ich Erwin erst danach kontaktieren, trotzdem überlegte ich nicht lange, rief bei meinem Großonkel an und wir verabredeten uns für kommenden Dienstag, Theas Ganzschultag, in Kirchzarten am Bahnhof.

Kurz vor neun fuhr ich mit dem Auto auf dem Bahnhofsparkplatz in Kirchzarten ein. Erwin stand bereits in voller Wandermontur vor einem Kiosk und studierte einen Plan. Ich warf einen Blick zum Himmel – weiße Wolken wechselten mit blauen Abschnitten am Horizont ab, es wehte ein angenehmer Wind.

»So willst du gehen?«, fragte Erwin erstaunt, als ich auf ihn zukam. Er musterte mich von oben bis unten und fing dann an, herzhaft zu lachen. Ich trug eine Jeans, T-Shirt und Turnschuhe. Eine dünne Strickjacke hatte ich mir umgehängt.

»Hast du keine Wanderschuhe? Und wo ist dein Rucksack?«

Ich zuckte die Achseln. Zugegebenermaßen war ich nicht besonders sportlich, was Tom regelmäßig beklagte, da er gerne auf Strecke lief und mich bis heute nicht zum Wandern hatte überreden können.

»Also, das geht keinesfalls so«, sagte Erwin streng, zog mich in Richtung Dorfkern und machte vor einem Sportgeschäft halt. Mit ein paar nagelneuen Laufschuhen, die so leicht waren, dass man sie fast nicht spürte, verließen wir nach einer knappen Viertelstunde den Laden.

Den Erwerb eines Rucksacks hatte ich kategorisch abgelehnt und mich stattdessen für eine Hüfttasche, in die eine kleine Wasserflasche und etwas Proviant hineinpassten, entschieden. Mein Onkel hatte darauf bestanden, meine erste Wanderausrüstung zu bezahlen. Ich stellte meine Turnschuhe ins Auto, nahm die Regenjacke, die dort stets für Notfälle lag, aus dem Kofferraum und band sie mir um die Hüften.

Am Kiosk kauften wir Wasserflaschen, Apfelsaftschorle und für jeden ein belegtes Brötchen. Wir verstauten den Proviant und fuhren mit Erwins Auto nach Horben auf den Wanderparkplatz.

»Los geht's«, meinte Erwin gut gelaunt und schwang sich aus dem Wagen. Vor uns lagen Wiesen und Felder und jede Menge Wald.

Wir liefen eine ganze Weile an einem kleinen Bach entlang. Das Wasser plätscherte beruhigend.

Ganz allmählich fing mein Großonkel an zu erzählen. Von seinen Seereisen, seinem reduzierten Leben in Hamburg, wo er meist nie länger als vier Wochen im Jahr verbracht hatte. Als junger Mann hatte er eine Wohnung im Hafenviertel bezogen, die er nach wenigen Jahren wieder aufgab, weil er viel zu selten dort war. Er hatte versucht, sich an mehreren Orten der Welt niederzulassen, aber es zog ihn immer wieder zurück aufs Wasser. Über Jahrzehnte war er an ein Leben aus dem Koffer gewöhnt. Die Städte mochten sich unterschieden haben, die Hotelzimmer waren die gleichen und eine Schiffskoje war ihm allemal das Liebste gewesen. Eigentlich hatte er sich vorgenommen, seinen Lebensabend auf einer friesischen Insel zu verbringen, ein annehmbarer Kompromiss, wie er sich ausdrückte, dann aber hatte er es sich anders überlegt.

»Ich hatte ein kleines Häuschen auf Sylt direkt hinter den Dünen. Und das zu einer Zeit, als diese Insel noch kaum einen Menschen interessierte. Nichts Schickimicki, verstehst du? Aber nach den vielen Jahren auf See und beinahe zehn Jahren Sylt konnte ich die Stürme nicht mehr ertragen und bekam so etwas wie Heimweh. Sehnsucht nach der alten Heimat, den Bergen des Schwarzwalds. Ich verkaufte meine Immobilie für den fünffachen Preis, um sie gegen einen Hof im Schwarzwald einzutauschen. Ich habe zu viel Wasser in meinem Leben gesehen. Auf meine alten Tage brauche ich Boden unter den Füßen, Tannen, Kirsch- und Apfelbäume, ein laues Lüftchen. Heute reicht mir ein Gebirgsbach und ein kleiner Forellenteich.«

Erwin lief voraus und ich hatte Mühe, hinterherzukommen, aber ich biss die Zähne zusammen und beschleunigte meinen Gang.

»Laufen tut der Seele gut«, belehrte er mich. »Man kann dann Dinge hinter sich lassen. Das ist tatsächlich so. Es wird einem leichter.«

»Ist es dir denn schwer?«

»Nein. Mir geht es gut. Ganz wunderbar. Und du, Lizzy?« Er hielt an und wandte sich mir zu. »Was ist mit dir? Du kommst mir dünner vor als beim letzten Mal. Nicht, dass dir das nicht steht, aber du bist auch blass um die Nase. Und du erscheinst mir, verzeih, recht untrainiert. Etwas Bewegung an der frischen Luft würde dir guttun.«

»Sagen wir, bei mir ist alles ein wenig aus dem Gleichgewicht geraten. Könntest du bitte etwas langsamer gehen? Ich kann nicht so schnell. Wie du eben selbst bemerkt hast, bin ich keine geübte Läuferin.«

Erwin ging etwas langsamer weiter, sodass ich Schritt halten konnte. Aber wir hatten mit dem Aufstieg begonnen und mein Großonkel erreichte schnell wieder sein gewohnt hohes Tempo, das ihm wohl entsprach. Ich fand es an der Zeit, das eigentliche Thema anzuschneiden, um dessentwillen wir unterwegs waren. Erwin hatte beim letzten Mal nur Andeutungen gemacht, aber nichts preisgegeben. Vielleicht würde er heute sprechen, wenn ich ihm sagte, was ich mittlerweile wusste.

»Kannst du dich noch an Nanette erinnern, das Hausmädchen meiner Großeltern, das später auch Großpapas Privatsekretärin war?«

Erwin verlangsamte seinen Gang und sah zum Himmel. »Nanette? Eine zierliche, dunkelhaarige Frau? Aus Südfrankreich? Sie lebt noch? Ich fand sie immer erste Sahne«, meinte er anerkennend.

»Ja, sie lebt und erfreut sich bester Gesundheit. Ich habe sie besucht. Und sie war auch schon hier bei uns in Freiburg. Sie hat mir erzählt, dass die Kinder von Großpapas Kompagnon Bloch am Rosshimmel versteckt wurden. Jüdische Kinder. Von ihr und ihrem Bruder.«

»Der Rosshimmel – das Prestigeobjekt der Kirchmanns. Die Reichen kaufen sich ein Chalet in der Schweiz, für meinen Bruder musste es gleich ein ganzes Anwesen mit Gestüt aus dem Kaiserreich sein. Ich selbst war niemals dort oben und von dieser Geschichte mit dem Versteck weiß ich nichts. Das ist mir vollkommen neu«, erwiderte Erwin kopfschüttelnd. Er klang überrascht. »Aber ganz offensichtlich hast du das mit Bloch herausbekommen. Das ist doch ein dickes Ding, nicht wahr?«

»Was meinst du damit?«

»Ich meine die Art und Weise, wie er von heute auf morgen verschwunden war. Wer ist wohl dafür verantwortlich? Was meinst du?«

»Daran, dass Großpapa einen jüdischen Teilhaber hatte, finde ich zunächst nichts Spektakuläres, ehrlich gesagt. Mich hat nur überrascht, dass diese Tatsache dem Familiengedächtnis offensichtlich verloren ging. Großpapa hat ihn vermutlich 1937 entlassen. Um diesen Zeitpunkt etwa durfte man keine Juden mehr beschäftigen. Er hat ohnehin recht lange gewartet, weißt du. Das sagt also überhaupt nichts über eine Schuld. Ganz im Gegenteil: Es ist gut möglich, dass er ihn noch regulär ausbezahlt hat. Und aller Wahrscheinlichkeit nach wusste Großpapa von dem Versteck am Rosshimmel. Du sprachst davon, Großvater sei ein Schnäppchenjäger gewesen. Also, worin liegt das Verbrechen, das du ihm vorwirfst?«

»Lass dich nicht blenden, Lizzy! Nicht alles, was gut scheint, ist im Kern auch so. Ein Apfel mag appetitlich aussehen und innen verfault sein. Es gibt Menschen, die selbst mit der Wahrheit lügen. Siehst du das Denkmal dort oben?«

Er zeigte auf das Engländerdenkmal – ein Monument aus Granit, das inmitten der Landschaft stand und wie ein Torbogen aussah.

»Das Engländerdenkmal«, sagte ich. »Es wurde errichtet im Gedenken an fünf junge Engländer, die in den Dreißigern hier ums Leben kamen, weil sie von einem plötzlichen Wintereinbruch überrascht worden waren.«

»Stimmt nicht ganz, denn so plötzlich kamen Schnee und Eis nicht. Die Berge sind tückisch und bei ihrem Aufstieg wurden die jungen Menschen von mehreren Waldarbeitern gewarnt. Aber das ist nicht alles, Lizzy. Weißt du denn, wer die Auftraggeber dieses seltsamen Stonehenge-Imitats waren? Die Hitlerjugend. Die Nazis haben den Tod ihrer fünf Sportskameraden schamlos für ihre verquere Vorstellung von Heldentaten ausgeschlachtet. Ein Jahr später haben sie dann dieses Denkmal mit Reichsadler und Hakenkreuz errichten lassen und Adolf Hitler schickte einen Kranz. Und nach dem Krieg wurde bei der Inschrift aus der *Jugend Adolf Hitlers – Die deutsche Jugend.* Der Reichsadler und das Hakenkreuz wurden entfernt und geblieben ist die Legende der Freiburger Helden. Bis heute hält sich hartnäckig das Gerücht, die Breisgaumetropole sei vor Bombenangriffen der Alliierten verschont geblieben, weil sich die Freiburger mit so viel Hilfsbereitschaft und Anteilnahme für die Hinterbliebenen der Opfer eingesetzt hatten. Man kann die Wahrheit so verdrehen, dass sie zur Lüge verkommt. Man sollte immer genauer hinsehen. Das wollte ich damit sagen.«

»Das ist ja eine verrückte Geschichte. Wie hast du denn davon erfahren?«

»Ich habe schon immer viel gelesen und was in der Heimat geschah, interessierte mich besonders. Und dir erzähle ich diese Geschichte, damit du einen Bogen zu deiner eigenen Familie spannen kannst. Es ist denkbar, dass dein Großvater tatsächlich die Bloch-Kinder am Rosshimmel verstecken hat lassen. Aber warum? Weil er etwas gutmachen wollte, das er den Eltern versagte? Schlechtes Gewissen? Ich gebe dies nur zu bedenken. Sei nicht naiv, Lizzy! Bloch ging bei deinen Großeltern ein und aus. Er und Bodo waren befreundet, obwohl sie einander ein Leben lang nicht duzten. Und dann verschwand er eines Tages einfach von der Bildfläche. Und zwar zu einer Zeit, als dein Großvater gerade anfing, von der Arisierung zu profitieren.«

»Wann hat denn mein Großvater von der Arisierung profitiert?«, rief ich empört aus. »Das ist ja eine ungeheure Anschuldigung! Meine Recherchen haben etwas anderes ergeben: Er hat den

Hausrat der Blochs ersteigert und am Rosshimmel unterbringen lassen. Das ist kein Verbrechen, denn es heißt, er ließ ihn sichern. Und deshalb ist dein Bruder für dich ein Schnäppchenjäger gewesen?«

»Fakt ist, liebe Lizzy, dass Bodo seinen Nutzen aus dem Elend zog. Und zwar in vielerlei Hinsicht. Daran führt kein Weg vorbei. Was denkst du denn, wie man im Krieg reich wurde? Etwa mit Wohltätigkeitsarbeit? Ob nun die Bloch-Kinder am Rosshimmel überlebten oder nicht. In jener Zeit, als diese in den Vogesen um ihr Leben bangten, machte er mit seinem Patent ein Vermögen. Indirekt hat Bodo am Krieg und an den Verbrechen Geld verdient. Und das nicht schlecht.«

Großvaters Patent. Mit seiner Erfindung der Fliegeruhren hatte er viel Geld verdient, als diese Anfang der Vierziger in Produktion gingen.

»Aber du kannst ihm doch nicht seine Erfindung vorwerfen«, protestierte ich.

Erwin machte eine ausladende Handbewegung und ging schweigend weiter. Rhythmisch setzte er einen Fuß vor den anderen und lief im gleichmäßigen Takt voran, während ich versuchte hinterherzukommen. Ich sah nach oben – keine fünfhundert Meter mehr und wir würden auf dem Plateau des Schauinsland sein. Es war bereits zu sehen.

»Oder geht es dir um die politische Gesinnung? Dass er Geschäfte mit den Nazis machte? War gleich jeder ein Nazi, der mit denen kooperierte? Irgendwie musste man ja überleben.«

Erwin lief weiter und antwortete nicht.

»War mein Großpapa ein Nazi?«, fragte ich gegen seinen Rücken. Der Abstand zwischen uns hatte sich inzwischen vergrößert und abrupt hielt er an, drehte sich um und wartete auf mich.

»Weißt du, wie du mir manchmal vorkommst? Du hältst dir

die Hände vors Gesicht und fragst, ob das Monster schon geflüchtet sei. Du stellst kritische Fragen, möchtest aber Antworten, die dein Weltbild nicht erschüttern.«

»Dann erschüttere meine Welt!«, rief ich. »Was für ein Mensch war mein Großvater?«

»Opportun mit jeder Faser seines Denkens. Und in der Partei. Selbstredend. Dank seinem engen Freund Stockfelder. Hast du ihn übrigens inzwischen getroffen? Seinen Sohn, meine ich«, fügte er hinzu.

»Nächste Woche. Er hatte einen Schlaganfall.«

»Der alte Stockfelder war ein Nazi der ersten Stunde. Und Bodos Freund. Den Rest wirst du dir denken können.«

»Ich werde noch verrückt vor lauter Dingen, die ich mir denken können soll! Was denkst du? Ich hechle hier doch nicht mit dir durch den Schwarzwald, um mir sagen zu lassen, dass ich mir das alles selbst ausmalen kann. Ich interessiere mich ehrlich für deine Meinung, deine Einschätzung, Erwin.«

»Und du bist dir sicher, dass du nichts beschönigen möchtest?«

»Ich bin mir sicher, dass ich es versuchen werde.«

»Siehst du die Bank dort oben?« Er zeigte auf ein schattiges Plätzchen auf der Anhöhe mit einer Holzbank. »Nicht mehr weit und wir haben es geschafft. Wenn du magst, können wir mit der Bahn zurückfahren. Lass uns erst einmal dorthin gehen, uns setzen, ausruhen. Etwas trinken und essen. Dann erzähle ich dir, wie ich die Sache sehe. Wenn du mir versprichst, dich in Zukunft mehr zu bewegen, Lizzy. Deine Kondition ist eine einzige Katastrophe. Du bist eine junge Frau.«

Oben angekommen, packten wir unseren Proviant aus, legten ihn auf die Bank und genossen stehend eine fantastische Aussicht auf die Vogesen, die sich gestochen scharf vor einem blauen Himmel abhoben. Unter uns konnte man Freiburg sehen.

»Und, was meinst du, Lizzy? Hat es sich gelohnt?«

Erwin legte vorsichtig seinen Arm um meine Schulter.

»Es ist atemberaubend. Einfach wunderschön.«

»Du warst noch nie hier oben?«

»Doch, sicher. Allerdings noch nie zu Fuß. Meine Großeltern sind früher immer mit der Schauinslandbahn hier hochgefahren. Vor allem im Herbst bei Inversionslage.«

»Ja, dann ist es besonders schön. Dann sieht es aus, als säßen die Wolken wie Sahnehauben auf den Bergen.«

»Stimmt. Genau so sieht es dann aus.«

Wir setzten uns auf die Bank und ich bewegte meine Zehen. Erst jetzt spürte ich, dass meine Füße schmerzten. Die neuen Schuhe rieben an der Ferse. Ich zog sie aus und fand am rechten Fuß eine Blase. Erwin sah mir aufmerksam zu, zog ein Pflaster aus seinem Rucksack und gab es mir.

»Das wird reichen, bis du wieder zu Hause bist.«

»Also, was denkst du über Großpapa?«, fragte ich direkt, nachdem ich meinen Socken wieder übergezogen hatte und in die Schuhe geschlüpft war.

»Mein Bruder und ich wuchsen in einem liberalen Klima auf. Unser Vater war ein Freigeist, der Fremdbestimmung zutiefst ablehnte und dem die Hasstriaden gegen Juden den Appetit verdarben. Das jedenfalls hat er immer gesagt. Kein Geringerer als dein Urgroßvater hatte Samuel Bloch einst eingestellt. Er soll ein brillanter Techniker gewesen sein. Unser Elternhaus war nicht verseucht. Naziluft schnupperte mein Bruder im Hause von Constanze, denn dort verkehrte dieser Kurt Stockfelder.«

Er öffnete eine Seitentasche seines Rucksacks und zog einen Flachmann heraus, schraubte ihn auf und hielt ihn mir entgegen. »Möchtest du?« Ich schüttelte den Kopf und er nahm einen kräftigen Schluck.

»Ich habe eine Frage, Erwin, die du mir vielleicht beantworten kannst. Samuel Bloch war bis 1937 bei Großvater in der Firma mit zehn Prozent Eigenkapital. Hat er ihn nun ausbezahlt oder nicht?«

»Ich kann nichts bezeugen, aber wenn du nach meiner Einschätzung fragst: Ich bin sicher, dass er das Geld behalten hat und den Nazis dankbar war, dass sie das Land judenrein gesäubert hatten.«

Ich glaubte nicht richtig gehört zu haben. »Das traust du ihm zu?«

»So ist es. Und noch mehr, Lizzy.«

»Warum hasst du ihn so, Erwin?«

»Das tue ich nicht. Wir waren fast zwanzig Jahre auseinander, verstehst du, Lizzy? Er war mir eher ein zweiter Vater als ein Bruder. Zumindest spielte er sich immer so auf. Er kontrollierte meine Zeugnisse, kannst du dir das vorstellen? Ich war enttäuscht, als ich mitbekam, wie er immer häufiger mit den Nazis Geschäfte machte. Ich schwöre dir, dass er mit diesem Stockfelder unter einer Decke steckte. Und der hat ihm auch alle Türen zu den wichtigen politischen Regionalgrößen geöffnet.«

»Und was war mit dir?«

»Ich war damals ein Knabe von elf Jahren. Einer, der nicht einmal der HJ beitrat. Vielleicht war ich meinem Vater zu ähnlich, das habe ich jedenfalls später gedacht, denn wir hatten immer Streit, obwohl ich seiner politisch liberalen Position nacheiferte. Aber so ist das nun einmal mit den ungeliebten Kindern. Unsere Mutter bemühte sich ein Leben lang, das auszugleichen. Bodo war der Liebling unseres Vaters. Der bessere Sohn. Wie das eben so ist.«

Ich dachte an Alexander und unsere gemeinsame Kindheit. Ich hatte immer das Gefühl, dass Mama sich hinter Alex stellte, und dabei war ich nach und nach zu Großvaters Liebling geworden.

»Der bessere Sohn?«

»Ich bin mit fünfzehn von zu Hause abgehauen. 1945. Direkt

nach Kriegsende. Ab in den hohen Norden auf ein Schiff. Ich brauchte frischen Wind um die Nase. Am besten täglich. Das war schon immer mein Traum. Ich wollte keine Uhren bauen und Nazis in den Arsch kriechen.«

»Das musstest du ja nach 1945 auch nicht mehr. Weshalb bist du abgehauen? Gab es einen konkreten Grund, abgesehen von dem Wunsch nach Wind und Meer?«

»Und wie! Streit mit den beiden anderen Kirchmanns, mit meinem Vater und mit meinem Bruder. Weil er sich ständig eingemischt hat. In alles, was ich getan habe. Und als alles vorbei war mit den Nazis, da habe ich ihm meine Meinung gesagt, da war vielleicht was los!«

»Worum ging es dabei?«

»Na ja, um den ganzen Kram, mit dem du dich heute beschäftigst. Was denn sonst?« Er sah mich überrascht an und strich mir kurz über die Wange. »Das ist ja schon seltsam. Zwei Generationen später sucht die Enkelin meines Bruders mit verbundenen Augen nach der Wahrheit. Auch wenn du immer noch der Meinung bist, das Bild deines geliebten Großvaters retten zu können, wirst du doch böse Überraschungen erleben. Aber du wirst es schon verkraften. Keine Sorge. Du bist eine Kirchmann.«

»Worum ging es bei dem Streit?«, hakte ich noch einmal nach.

»Um Geschäfte mit Nazis. Um Profitgier. Dein Großvater hat nie mit offenen Karten gespielt. Niemand wusste so genau, was er da hinter dem Rücken der Familie trieb. Nicht einmal unser Vater. Nur, dass der ihm blind vertraute! Bodo hat alles verschleiert. Nur die Toten wissen, welche Vorteile es einem Bodo Kirchmann brachte, wenn ein paar Juden aus dem Weg geräumt wurden. Aber die Toten schweigen.«

Nanette hatte meinen Großvater als einen Meister der Maske bezeichnet – wie ähnlich die Einschätzungen doch waren.

»Nun, ich war ja dann weg und habe von diesem schmutzigen Kirchmann-Vermögen nicht viel gesehen. Das war mir scheißegal, weil ich richtig Kohle verdient habe, nachdem ich auf hoher See Karriere machte. Vielleicht bekommst du ja eines Tages sogar noch was davon.«

Ich überging seine Andeutung. »Du hast nie geheiratet?«, fragte ich vorsichtig. Der Gedanke, warum ein attraktiver Mann wie er allein geblieben war, war präsent.

»Das war nicht mein Ding, mich zu binden. Ich mochte die Frauen zu sehr, um sie zu enttäuschen.«

»Das ist die tollste Ausrede, die ich je für ein Single-Dasein gehört habe«, lachte ich. »Wie lautete dein Spruch beim Engländerdenkmal, dass man die Wahrheit verdrehen kann? Man sollte genau hinsehen, lieber Erwin.«

»Sei du ganz still. Bist du vielleicht verheiratet? Warum hast du es nicht gewagt? Komm schon. Sag!«

»Keine Gegenfragen. Du zuerst. Dann ich.«

»Es gab eine Frau«, erwiderte Erwin zögernd und sah zum Himmel, an dem ein paar helle Wolken hingen. »Eine große Liebe. Aber ich bin nicht dafür geschaffen gewesen. So einfach ist das.«

Zum ersten Mal nahm ich einen Schmerz in seiner Stimme wahr, etwas Verletzliches, das unter der rauen Oberfläche hervorblitzte. Erwins Floskel »So einfach ist das«, die er nicht müde wurde bei jeder Gelegenheit einzuwerfen, sie offenbarte genau das Gegenteil und er schien sich ihr immer dann zu bedienen, wenn er nicht weiterwusste, wenn ihn etwas wirklich berührte. Das Innere dieses Mannes war nicht annähernd so schroff wie seine Rede und ich fing an, ihn richtig zu mögen.

Ich dachte an die Komplikationen meiner Beziehung. Mein Fehltritt, Toms Misstrauen und meine Unfähigkeit, seine Bedenken auszuräumen.

Erwin sah mich aufmerksam an. »Du bist dran, Lizzy. Welchen Beitrag kannst du zu gescheiterten Beziehungen leisten?«

»Ich habe Probleme mit Tom. Es ist etwas passiert, das er mir nicht verzeihen kann.«

»Zu verzeihen ist sehr schwer. Aber keine Liebe ohne Verzeihen.«

»Der Experte hat gesprochen«, erwiderte ich lächelnd. »Ich dachte, bis zu jenem Stadium wärest du gar nicht vorgedrungen?«

»Du meinst Verzeihen ist nur was für Fortgeschrittene?«, lachte Erwin. Auf einmal wurde er wieder ernst. »Ich habe mir selbst verziehen. Das ist mitunter das Schwerste.«

Vorsichtig beobachtete ich, wie er für einen Moment in Erinnerungen zu versinken schien. Etwas sehr Weiches spielte um seine Mundwinkel.

»Zurück zu dir«, sagte er plötzlich lebhaft und klopfte mir aufs Bein. »Nicht ablenken. Wenn du Zweifel hast: Bist du denn mit dem Richtigen zusammen? Kind hin oder her. Du musst mir nicht antworten, nur solltest du darüber einmal nachdenken. Vielleicht bringt dich das weiter.«

»Mein Großvater hat den Rosshimmel den Bloch-Nachkommen vermacht«, sagte ich zusammenhanglos. Plötzlich schossen mir unkontrolliert die Tränen in die Augen. »Ich versuche herauszufinden, warum, und meiner Familie gefällt nicht, was ich tue. Der Vater meiner Tochter scheint sich in eine Praktikantin verguckt zu haben, die anscheinend für ihn da war, als ich es mit einem anderen getrieben habe, und ich sehe wie paralysiert dabei zu, weil ich mich so verdammt schuldig fühle. Meine Tochter isst seit Wochen kein Fleisch mehr, um die Welt zu verbessern. Lange lässt sich vor ihr nicht mehr verbergen, was zwischen Tom und mir brodelt. Seit Großvater tot ist, hat sich alles verändert. Ich habe nur noch Baustellen. Zu Hause und in meinem Herzen.«

Ich suchte nach einem Taschentuch, fand aber keines. Erwin warf einen skeptischen Blick zum Himmel, kramte währenddessen in seinem Rucksack und reichte mir wortlos ein Papiertaschentuch.

Dann erhob er sich. »Es sieht nach Regen aus. Wir sollten also die nächste Seilbahn nach unten nehmen. Lass dich nicht blenden von Dingen, die wie eine Heldentat aussehen, und lass dich niemals von deinen Kränkungen leiten. Du musst hinter die Fassade sehen. Das kann bis zur Schmerzgrenze gehen. Wenn es richtig weh tut, liegst du wohl richtig. Aber du wirst einen einsamen Kampf führen. Das wusstest du von dem Tag an, als du mit mir im Regen an der Straßenbahnhaltestelle standest. Nicht einmal ich kann dir wirklich helfen. Ich gehöre nicht mehr zu dieser ehrenwerten Familie.«

Schluchzend sah ich ihn an. »Was soll ich nur tun?«

»Kein Mensch wird es dir verübeln, wenn du umdrehst und es dir anders überlegst. Ich am allerwenigsten. Du musst diesen schweren Weg nicht gehen. Putz dir die Nase, gehe nach Hause zu deinem Tom, bereite ein schönes Abendessen zu. Mit Kerzenlicht, einem tiefen Ausschnitt und schöner Musik. Du weißt doch, wie man einen Mann herumkriegt, ich bitte dich! Ihr sprecht euch aus, dann ab in die Kiste und schließlich schnappt ihr euer Töchterlein und macht einen schönen Urlaub. Zudecken und Schwamm drüber kann auch eine Lösung sein. Das ist völlig legitim.«

»Du kennst Tom nicht«, erwiderte ich. »Und mich im Übrigen auch nicht«, fügte ich trotzig hinzu. »Ich kann nicht mehr zurück. Ich bin schon zu weit gegangen.«

In dem Moment, da ich das sagte, wurde mir klar, dass ich mein Herz einem wildfremden Menschen ausgeschüttet hatte. Ich schnäuzte einmal kräftig, wischte mir die Tränen von den Wangen, befestigte die Hüfttasche und stand ebenfalls auf. »Womöglich hast du recht. Es könnte Regen geben.«

Erwin betrachtete jede meiner Bewegungen. Schließlich warf er sich seinen Rucksack auf den Rücken.

»Könnte es sein, dass du zum ersten Mal vom Leben geprüft wirst, Lizzy? Du bist noch niemals an einem Abgrund gestanden, nicht wahr? Erinnerst du dich daran, was ich dir bei unserer ersten Begegnung gesagt habe?«

Ich schüttelte den Kopf.

»Dass du immer noch daran glaubst, die Welt am nächsten Morgen genau so vorzufinden, wie du sie am Abend vor dem Einschlafen verlassen hast. Deine Wahrnehmung verändert sich gerade und deine Lektion besteht darin, genau das zu akzeptieren. So einfach ist das.«

Kapitel 14

Mit einem mulmigen Gefühl betrat ich das Verwaltungsgebäude der Uhrenfabrik. *Kirchmann Uhren GmbH* stand in großen Lettern über dem Eingang. Früher war ich lediglich zu besonderen Anlässen hier erschienen und jetzt innerhalb von kurzer Zeit bereits zum zweiten Mal. Mein Bruder hatte mich einbestellt, um über die *unangenehme Erbengeschichte*, wie er Großvaters Vermächtnis an die Blochs nannte, zu sprechen.

Aber zu Hause war alles schiefgelaufen: Thea war zu spät von der Schule gekommen und Tom hatte eine wichtige Redaktionskonferenz gehabt. Schließlich hatte ich Thea nach einem schnellen Mittagessen kurz entschlossen bei meiner Mutter abgesetzt, wo ich sie gegen Abend wieder abholen wollte.

Bevor ich endlich losfuhr, rief ich bei Alexanders Vorzimmerdame an, um zu sagen, dass ich auf jeden Fall noch erscheinen würde, und mit Verspätung erreichte ich schließlich die Firma. Ich nahm den Aufzug nach oben in die Chefetage, wo mich die Sekretärin bereits erwartete. Ihre perfekt manikürten Fingernägel im dezenten French Style stachen mir ins Auge.

»Mein Name ist Annette Bogner. Wir haben telefoniert«, sagte sie in unverbindlichem Ton. »Ich habe Herrn Dr. Tanner informiert. Momentan ist er noch in seinem Büro. Wenn Sie bitte im Konferenzraum warten möchten.«

Die Art, wie sie *er* sagte, war mir unangenehm. Als habe sie einen bestimmten Draht zu meinem Bruder, über den ich nicht verfügte, als sei sie die Vertraute und ich die Fremde. Ich fragte mich, ob die Position der Sekretärin so etwas mit sich brachte. Abrupt erhob sich Frau Bogner hinter ihrem Schreibtisch, strich sich über die üppigen Hüften, bewegte sich in Richtung Tür und ging in ihren hochhackigen Pumps, die ihre strammen Waden vorteilhaft streckten, voraus. Ich folgte ihr, bis sie schließlich mit einer einladenden Geste in den Raum zeigte, der für mich vorgesehen war. Sie nahm mir kommentarlos meinen Trenchcoat ab.

»Machen Sie es sich bequem. Kaffee? Mineralwasser? Eine Kleinigkeit zu essen? Was darf ich Ihnen bringen, Frau Tanner?«

»Mineralwasser, bitte«, erwiderte ich lächelnd, stellte meine Handtasche ab und ging in Richtung eines der Fenster.

Ich sah mich um. Inmitten eines großen, lichtdurchfluteten Raums, der einem Tanzsaal glich, befand sich ein riesiger Konferenztisch mit mindestens zwanzig Stühlen aus schwarzem Nappaleder und mit hohen Rückenlehnen. Das Licht kam von drei Fensterfronten, die bis zum Boden reichten, elektronisch gesteuerte Jalousien regelten die Sonneneinstrahlung. Am Kopf des Konferenztisches hing ein Porträt meines Großvaters, das anlässlich seines fünfundsechzigsten Geburtstags gemalt worden war. Sein kantiges Gesicht zeigte jenen Scharfsinn, mit dem er Situationen und Menschen blitzschnell erfasst hatte. Das energische Kinn zeugte von Durchsetzungsvermögen sowie dem unbändigen Willen nach vorne zu gehen und jeden, der sich ihm angeschlossen hatte, dabei mitzuziehen. Seine tiefliegenden Augen verrieten einen Hauch von Wärme und Nachgiebigkeit, die ich ebenso an ihm kennengelernt hatte wie seine Sturheit, seinen Eigensinn und die Strenge, mit der er sein eigenes Tun und das seiner Umgebung maß. Um seinen Mund spielte ein leises Lächeln, das einen eigenwilligen Humor erahnen ließ. Ich versuchte, in seinem Gesicht zu lesen, fand aber nur Vertrautes. Dieser Mann sollte ein strammer Nazi gewesen sein? Nein, das konnte ich mir einfach nicht vorstellen.

Mein Blick wanderte nach draußen, wo die Burg Rötteln auf ihrem Berg thronte, umgeben von dem satten Grün des Frühjahrs, das hier im Süden immer etwas früher aus dem Boden spross als in anderen Gegenden Deutschlands. Die Sonne versteckte sich an einem sonst stahlblauen Himmel hinter weißen Wolken, die Formationen bildeten, die wie frisch gekämmt wirkten.

»Lizzy! Schön, dass du es doch noch geschafft hast«, unterbrach Alexander meine Gedanken, betrat dynamischen Schrittes den Raum und ging auf mich zu.

Er trug einen anthrazitfarbenen Anzug, darunter ein braunes Hemd mit einer Krawatte im gleichen Ton – jener dezente italienische Chic, den ihm unsere Mutter im Laufe der Jahre nahegebracht hatte.

Er küsste mich kurz auf die Wange, legte sachte den Arm um meine Schulter und lenkte mich in Richtung des Konferenztisches. Die Basisnote seines nach Amber und Holz duftenden Rasierwassers streifte meine Nase. Der elegante Duft passte perfekt zu seiner Kleidung. Es klopfte an die Tür und Frau Bogner servierte Mineralwasser, etwas Gebäck und Kaffee. Inzwischen hatten wir Platz genommen und saßen uns an dem großen Tisch gegenüber. Alexander legte seine Hände auf eine Mappe, die dort offenbar bereits vorbereitet gelegen hatte und mir vorher nicht aufgefallen war, und strich darüber.

»Ich muss mich entschuldigen, Alex. Eigentlich wollte ich früher hier sein, aber Thea kam zu spät von der Schule«, erklärte ich.

»Kein Problem«, erwiderte er lächelnd. »Lass uns anfangen.«

Ich nickte. Er schlug die vor sich liegenden Papiere auf. »Unsere Anwälte haben das Testament und den Grundbucheintrag vom Rosshimmel geprüft. Es sieht leider nicht gut aus. Der Nacherbenvermerk, der, wie du weißt, per Testament festlegt, dass ein Besitz in Familienhand bleibt, wurde von unserem Großvater im Jahr 1993 gelöscht.«

»Gelöscht?«

»Na ja, nicht ganz«, korrigierte sich Alexander. »Er hat das Anwesen verkauft und einige Monate später wieder zurückerworben. Acht Jahre vor seinem Tod.«

»Ein solcher Aufwand? Weshalb denn das?«

Alexander blätterte in den Unterlagen. »Ich dachte, du wüsstest vielleicht bereits davon.«

Er sah auf. Fassungslos schüttelte ich den Kopf. »Nein. Keine Ahnung. Ich bin so ratlos wie du.«

»Er wählte den einzigen Weg, den Nacherbenvermerk legal zu tilgen. Genau das hat er getan. Das hat ihn übrigens eine Stange Geld gekostet. Und? Nie zuvor davon gehört?«

»Wie sollte ich? Nein, ich hatte keine Ahnung, Alex.«

»Großvater hat vor seinem Tod nicht mit dir darüber gesprochen?«

»Wieso insistierst du? Nein, hat er nicht.«

Er zuckte die Schultern und sein prüfender Blick machte deutlich, dass er hinter meiner Stirn zu lesen versuchte, ob ich die Wahrheit gesagt hatte.

»Und was bedeutet dieser gelöschte Nacherbenvermerk konkret für uns?«

»Nun, der fehlende Eintrag nimmt uns die Rechtsmittel aus der Hand. Großvater konnte nach 1993 mit dem Rosshimmel tun und lassen, was er wollte. Er hätte ihn dem Tierschutzverein vermachen können. Nun hat er ihn aber diesem David Bloch vererbt. Er hat das ganz schön schlau angestellt.«

»Und was gedenkst du jetzt zu tun?« Ich fühlte mich hilflos.

»Frag lieber, was ich bereits getan habe. Wir mussten das Anwesen schätzen lassen, um im schlimmsten Fall den sogenannten Ausgleichsergänzungsanspruch geltend zu machen. Immer noch steht es uns frei, gegen die Verfügung zu klagen.«

»Ausgleichsergänzungs… – was? Und warum: der schlimmste Fall?«

»Genauer: Pflichtteil-Ausgleichsergänzungsanspruch. Platt formuliert ist das der gesetzliche Pflichtteil, der uns zusteht. Eine Art Schadensersatz. Der Rosshimmel war Großpapas Privatbesitz und fällt somit in die Erbmasse. Wir werden die Angelegenheit womöglich vor Gericht klären lassen und deshalb muss ich wissen, wo du stehst, Lizzy.«

Ich blickte zur Seite und hatte das Gefühl, dass der riesige Raum plötzlich eng und klein wurde, mir war, als schrumpfe er auf einen winzigen Tisch zusammen, an dem mein Bruder und ich wie zwei Gefangene saßen.

»Eigentlich klagst du dann indirekt gegen Großpapa, denn dieser Bloch kann ja überhaupt nichts dafür, dass Großpapa ihm den Rosshimmel vererbt hat. Du verklagst einen Toten. Ist das nicht grotesk?«

»Nicht ich klage, sondern die Familie, zu der du im Übrigen ebenfalls gehörst, schöpft ihre Rechtsmittel aus. Und ja, mit Großvaters Entscheidung sind *wir* nicht einverstanden. Niemand weiß, was ihn bewegt hat, das Anwesen einem Wildfremden zu vermachen. Und ich kenne diesen Bloch nicht, vielleicht ist er ein Erbschleicher, wer weiß?«

»Nun, zumindest ist es kein Fremder«, begann ich zögerlich. »Wenigstens diese Frage kann ich teilweise beantworten, denn inzwischen weiß ich ein paar Dinge, die du auch wissen solltest, bevor wir mit juristischen Spitzfindigkeiten um uns schlagen.«

»Diese juristischen Spitzfindigkeiten, wie du sie nennst, belaufen sich auf mindestens eine Million Euro, Lizzy.«

Auf einmal fühlte ich mich wie eine verwöhnte, reiche Göre, die Beträge im fünf- und sechsstelligen Bereich nicht auseinanderhalten konnte. Geld, und immer wieder Geld. Tom hatte recht. In unserer Familie drehte sich alles ums Geld.

»Ich könnte mir vorstellen, dass Großpapa seine Gründe hatte, David Bloch den Rosshimmel zu vermachen. Ich habe dir von seinem Kompagnon erzählt, dem Vater der Erbin. In den dreißiger Jahren waren dessen Kinder am Rosshimmel versteckt. Vielleicht sogar auf Initiative unseres Großvaters.«

»Vielleicht«, entgegnete Alexander naserümpfend und sah mich abwartend an.

»Jener Samuel Bloch hielt bis zum Ende des Jahres 1936 zehn Prozent des Firmenvermögens. Es ist nicht sicher, ob es eine Übernahme gegeben hat oder ob Großpapa ihm die Summe noch zurückzahlen konnte, denn Samuel Bloch wurde gemeinsam mit seiner Frau später nach Gurs in Südfrankreich deportiert. Nanette hat mir das erzählt. Du erinnerst dich an sie?«

»Und ob ich mich an Nanette erinnere und an die Geschichten, die ihr anhaften«, unterbrach mich Alexander schroff.

»Das ist nicht bewiesen, Alex. Sie jedenfalls hat mir versichert, sich niemals in die Ehe von Großmama und Großpapa eingemischt zu haben. Und ich glaube ihr.«

»Und ausgerechnet die ehemalige Mätresse unseres Großvaters willst du als Zeugin heranziehen? Sehr überzeugend, Schwesterlein.«

Ich überging seine Anschuldigungen, die Beleidigung, die Nanette galt und die mich in diesem Moment traf, als sei ich selbst gemeint.

»Erwins Berichte sagen etwas Ähnliches. Fahr nicht gleich aus der Haut, ich habe mich mit ihm getroffen. Es besteht zumindest die Möglichkeit, dass unser Großvater am Enkel von Bloch etwas wiedergutmachen wollte, was er zu Lebzeiten nicht tun konnte oder tun wollte, verstehst du? Späte Reue, was weiß ich.«

»Du sprachst bereits von diesen zehn Prozent. Glaube nicht, dass ich nicht auch davon wüsste, Lizzy. Was aber hat das alles mit mir und unserer Familie zu tun? Und komme mir bitte nicht mit Erwin!«

»Alexander, ich weiß, was du und Mama über Erwin denkt, aber er gehört dennoch zur Familie!«

»Lizzy, ich verstehe nicht, warum du dich dermaßen in diese Sache verbeißt. Was, um Himmels willen, versprichst du dir davon?«

»Wiedergutmachung, Gerechtigkeit. Bitte sprich nicht mit mir wie mit einem kleinen Kind!«

Alexander erhob sich und ging mit schnellen Schritten zum Fenster, wo er stehen blieb und, die Hände in den Hosentaschen, konzentriert hinaussah.

»Ich verstehe dich nicht«, wiederholte er leise. »Was hast du nur davon?«

»Was ich davon habe? Ja, genau so tickst du, Alex. Es ist immer das Gleiche. Es geht um Profit. Wenn man etwas tut, dann muss es auch etwas einbringen, wie könnte es anders sein?«

»Man nennt das unternehmerisches Denken, meine Liebe.« Langsam drehte er sich wieder zu mir um. »Man investiert und bekommt etwas dafür zurück. Du musstest ja nie um eine Sache kämpfen, dir ist immer alles in den Schoß gefallen. Lizzy möchte Ballettstunden nehmen, Lizzy bekommt sie. Lizzy möchte Französisch lernen, aber nicht wie andere an der Uni oder am Institut Français, nein, meine Schwester muss nach Montpellier in eine sündhaft teure Privatschule, bis sie es draufhat, weil sie sich in Les Saintes-Maries de la Mer in irgendeinen Hippie aus einer Band verguckt hat. Wie hieß noch mal diese komische Zigeunergruppe mit dem spanischen Gejaule?«

»Es war kein Gejaule, sondern der höchste Feiertag der Roma, an dem unzählige Künstler zusammenkommen und die Schwarze Madonna ins Meer getragen wird. Und die Gruppe hieß Gipsy Kings.«

»Meine Schwester hat eine Affinität zur Subkultur und zum Katholizismus«, überging Alexander meinen Einwand und rümpfte die Nase. »Lizzy studiert zehn Jahre Kunstgeschichte, ein Wunder, dass sie ihren Magister gemacht hat, und heute verkauft sie auf dem Freiburger Markt irgendwelchen Fraß, obwohl sie das Zeug zu viel mehr hat. Mit Verantwortungsgefühl hat das alles jedenfalls recht wenig zu tun.«

Alexander hatte mich während seines Monologes kein einziges Mal angesehen. Ich bebte vor Wut.

»Du widersprichst dir«, erwiderte ich gefasst. »Was ich jetzt mache, zeugt sehr wohl von Verantwortungsgefühl.«

»Nein, Lizzy, nein. Es befriedigt deine Eitelkeit.«

Jetzt wandte er sich mir zu, schüttelte den Kopf und bewegte sich zielsicher zurück in Richtung des Konferenztischs. Er nahm den Papierstapel mit der Mappe und platzierte sich am Kopf des Tischs, am Chefposten, weit von mir entfernt, direkt unter dem Porträt unseres Großvaters. Ich schnappte nach Luft.

»Dein Handeln ist viel eigennütziger, als es auf den ersten Blick aussieht. Du musst aus der Reihe tanzen, das ist dein wirklicher Antrieb. Gegen den Strom schwimmen. Aus Prinzip und ohne Sinn. Deshalb kommst du auch immer zu spät. Um aufzufallen.«

»Besser als opportun alles mitzumachen. Das hat in der Geschichte die schlimmsten Dinge hervorgebracht«, platzte es aus mir heraus.

»Erklär mir in einem einfachen Satz, warum du das alles tust.«

Er verschränkte die Arme vor seinem Körper und sah mich einfach nur an. Sein Blick verriet nichts darüber, was in ihm vorging.

»Weil ich es Großpapa versprochen habe«, gab ich mit fester Stimme zurück und sah zuerst auf das Gemälde, dann meinem Bruder in die Augen. »An seinem Sterbebett. Er hat mich darum gebeten, für Gerechtigkeit zu sorgen.«

»Da haben wir es. Der Großvater richtet seine letzten Worte an seine Lieblingsenkelin und beauftragt sie, gegen die Interessen der Familie zu handeln. Das ist ja lachhaft! Diese Sonderstellung meiner Schwester. Was wurde denn aus deiner Promotion über diese durchgeknallte französische Malerin? Die Doktorarbeit meiner hochbegabten Schwester, die sie nie abgeschlossen hat?«

Er schnaufte verächtlich und ich schwankte zwischen Wut und Verzweiflung. Mir trieb es die Tränen in die Augen, hilflos sah ich zu, wie mir eine Welle alten, aufgestauten Hasses entgegenschwappte.

»Thea kam dazwischen, das weißt du genau! Ich wurde schwanger während der Promotion.«

»Du wurdest schwanger, weil Susanne schwanger war. Du konntest es nicht ertragen, zurückzutreten, weil ein Baby den Mittelpunkt bildete und weil es bereits das zweite von Susanne und mir war. Da hast du eben mal schnell nachgezogen.«

»Du spinnst! Ich habe Thea nicht geplant, das kannst du doch nicht ernsthaft behaupten! Ich bin nie in Konkurrenz zu deiner Familie getreten. Das mit der Schwangerschaft ist Blödsinn. Ich liebe deine Kinder.«

Er schluckte und schloss verbissen die Lippen.

»Wie unterschiedlich man doch die gleichen Dinge erleben kann«, sagte ich leise. »Ich habe es immer so empfunden, dass du der Bessere von uns beiden bist. Der Klügere, Erfolgreichere, einfach ein Vollblut-Kirchmann, während ich nur das widerspenstige Mädchen war, das immer Ärger gemacht hat.«

Ich zog ein Papiertaschentuch aus meiner Handtasche und putzte mir die Nase.

»Ja, mit deinen Problemen hast du dich auch ständig vor mich gedrängt. Bei den Katastrophen, die du produziert hast, blieb kein Platz für die Komplikationen und Schwierigkeiten eines gerade mal Volljährigen. Ständig hast du Zuwendung und Aufmerksamkeit eingefordert, während ich nebenherlief, das Musterkind eben. Sobald Lizzy krank war, mussten Mama und Großmama an ihr Bett springen, um ihr den Hustensaft zu verabreichen.«

Jetzt reichte es mir. Ich wollte mir nicht länger die Ungerechtigkeiten unserer Kindheit anhören.

»Ich soll jetzt klein beigeben, weil ich als Kind mehr Hustensaft bekommen habe als du? Du hast doch einen Knall!«

»Auf mir lastet das Auskommen einer großen Familie, zu der du auch gehörst. Du profitierst von meinen Bemühungen, hier alles zusammenzuhalten.«

»Aber du musst dich doch auch mit dem Wunsch unseres Großvaters auseinandersetzen. Du kannst doch nicht einfach ignorieren, was ich dir gesagt habe. Ich bitte dich ja nur, es in Erwägung zu ziehen, dass das alles einen Sinn haben könnte, dass Großvater die Sache angezettelt hat. Und das hat er. Nicht ich.«

»Ich setze mich mit unserem Überleben auseinander. Ich trage die Verantwortung für vierhundert Mitarbeiter, die mir vertrauen und die ein Recht auf meine Fürsorge haben. Die meisten von ihnen sind seit Jahrzehnten hier beschäftigt. Die ganze Welt dreht sich nicht nur um dich! Du hast ein Luxusproblem, Lizzy. Du möchtest Parfum in die Dritte Welt importieren, aber deine missionarische Tätigkeit interessiert keine Menschenseele.«

»Nicht ich bin zynisch, du bist es, und du sagst das nur, um mich zu verletzen. Du kannst es bloß nicht ertragen, dass Großpapa sich mir anvertraut hat und nicht dir!«

»Sieh dich doch an mit deinem Understatement-Chic, Lizzy – das eigensinnige Mädchen, das mit seinem Charme alle um den

Finger wickelt. Lizzy, die vollendete Gastgeberin und Köchin, die en passant noch bei den Obdachlosen bedient, damit die Leute den Hut vor ihr ziehen. Und wer bezahlt das alles? Etwa du selbst?«

»Ich verdiene mein eigenes Geld und bin mir für keine Arbeit zu schade«, stotterte ich. »Und ich bekomme Jahrestantiemen, und zwar, weil ich eben nicht am Firmenvermögen beteiligt bin. Das ist nur gerecht! Und du hast gut reden mit deinen maßgeschneiderten Anzügen und deinen geputzten Budapestern.«

»Die ein Vermögen kosten«, erwiderte er. »Aber von meinem Geld.«

»Ich bezahle auch von meinem Geld!«, rief ich wütend aus.

»Als Marktfrau?«

»Ehrlich verdientes Geld«, rief ich. »Ich möchte dich in meiner Situation sehen. Was würdest du denn tun?«

»In welcher Situation genau befindest du dich denn?«

Alexander drehte seinen Stuhl in Richtung Fenster, schlug die Beine übereinander und begann mit dem freischwingenden Bein zu wippen. Seine Budapester glänzten tatsächlich. Ich nahm einen Schluck Mineralwasser, das mich ein wenig zu beleben schien. Plötzlich klopfte es an der Tür und Frau Bogner steckte ihren Kopf hinein. Als sie den Lichtschalter betätigte, bemerkte ich, dass wir bereits im Halbdunkel saßen.

»Ich würde dann gehen, Herr Dr. Tanner. Oder haben Sie noch einen Wunsch?«

Mein Bruder schüttelte müde den Kopf und seine Sekretärin warf mir einen strengen Blick zu, als sei ich schuld an seiner Erschöpfung.

»Warten Sie«, erwiderte mein Bruder leise. »Sie könnten mir noch einen Gefallen tun. In meiner Schreibtischschublade befindet sich eine graue Mappe. Oben links. Wenn Sie mir diese bitte noch bringen würden.«

Die Sekretärin nickte und zog sich zurück. Wir blieben im Zwielicht sitzen, schwiegen, und das Gefühl beschlich mich, dass wir beide an einer Wand standen. Vorwärts jedenfalls war kein Durchkommen mehr möglich. Langsam erhob ich mich und ging zum Fenster. Als es erneut an der Tür klopfte, drehte ich mich um und sah, wie Frau Bogner zu Alexander schritt und ihm übergab, wonach er verlangt hatte. Flüsternd verabschiedeten sich die beiden. Ich blickte hinab in den Hof. Aus der nebenliegenden Produktionshalle traten vereinzelt Menschen und eilten in Richtung Straße. Ich drehte mich um und lehnte meinen Hinterkopf gegen die kalte Scheibe.

»Manchmal glaube ich, wir kennen einander gar nicht. Du hast das Gefühl, du leistest mehr als wir anderen in der Familie, und ich leiste meinen Beitrag, indem ich den letzten Wunsch unseres Großvaters respektiere. Was ist falsch daran?«

»Dass du überhaupt nicht kapierst, worum es geht!«

Er öffnete die Mappe, studierte deren Inhalt, stand langsam auf und schritt auf mich zu.

»Hier, Lizzy. Sieh selbst. Auch ich habe recherchiert. Das ist ein Testament, und zwar von unserem Urgroßvater. Da geht es um deinen Kronzeugen Erwin. Er ist nämlich von ihm enterbt worden. Und heute missbraucht er dich für seinen Rachefeldzug an seinem Bruder. Du gehst einem Schwindler und Betrüger auf den Leim. Vielleicht möchte er jetzt nach dem Tod seines Bruders noch Kohle sehen, wer weiß.«

Ich warf einen Blick auf ein Deckblatt mit dem Titel »Mein letzter Wille«, das mir Alexander unter die Nase hielt. Erwins Name war in der Tat nicht erwähnt. Unser Urgroßvater hatte Bodo zum Alleinerben bestimmt. Aber warum? Und weshalb hatte mir Erwin all das verschwiegen? Eine Wut gegen Erwin und mein blindes Vertrauen zu ihm regte sich in mir und ich verspürte große Lust, sofort in den Schwarzwald zu fahren und meinen Großonkel zur Rede zu stellen.

»Enterbt?«, fragte ich fassungslos.

»So sieht es jedenfalls aus. Damals war das juristisch noch leicht zu bewerkstelligen. Deine Eitelkeit, gepaart mit falschem Gerechtigkeitsaktionismus, könnte uns den Todesstoß versetzen, Lizzy. Wir stehen am Abgrund. Hast du dich einmal umgesehen, weißt du, was in der Region geschieht? Wir brauchen Einigkeit in diesem Erbstreit, sonst verlieren wir den Kampf und müssen in die Insolvenz …«

»Du möchtest also definitiv gegen die Blochs vorgehen?«

Er nickte.

»Weiß Mama davon?«

»Sie hat keinen Schimmer. Großvater hatte es schon in den Siebzigern verpasst, die Weichen zu stellen. Noch gebe ich nicht auf. Die Millionen vom Rosshimmel würden dem Unternehmen als Vitaminspritze guttun, und sollten alle Stricke reißen, hätten wir wenigstens Kapital, um etwas Neues auf die Beine zu stellen oder davon leben zu können. Ich fürchte nur, dass das alles dauert, denn in der ersten Instanz ist ein solcher Fall selten zu gewinnen. Ein Rechtsstreit in Erbangelegenheiten kann sich über Jahre hinziehen. Wenn sich der Rosshimmel noch in unserem Besitz befände, könnte man ihn beleihen und wir würden zumindest Zeit gewinnen.«

»Und unseren Großvater postum beleidigen.«

»Immer noch besser, als ihn anzuklagen. Genau das tust du, Lizzy. Merkst du das denn nicht? Wenn du nicht achtgibst, dann fallen wir alle tief und deine Jahrestantieme ist Vergangenheit!«

»Es wäre dir das Liebste, ich würde die Finger von Großvaters Auftrag lassen und zusehen, wie ihr diesen Leuten den Rosshimmel wegnehmt. Überleg einmal, Alexander, auf unserem Familiengrund

und Boden haben die Bloch-Kinder die Nazis überlebt«, rief ich empört.

»Du manipulierst, Lizzy. So formuliert hört es sich an, als sei ich ein Antisemit. Das bin ich nicht, und das weißt du auch.«

Langsam ging ich zu meinem Platz zurück, nahm meine Tasche und begab mich in Richtung Tür.

»Es handelt sich nicht um Eitelkeit, ganz im Gegenteil. Vielleicht ist es das erste Uneigennützige, das ich in meinem Leben tue. Ich muss meiner Intuition folgen«, sagte ich und griff nach der Türklinke.

»Du täuschst dich«, sagte er, erhob sich und folgte mir in den Flur. Er stellte sich dicht neben mich. »Loyalität ist die erste Pflicht eines Kirchmanns. Je kälter uns der Wind um die Ohren bläst, desto näher stehen wir zusammen. Vergiss das nicht, Lizzy«, zischte er.

Grußlos verschwand er in seinem Büro. Ich nahm meinen Trenchcoat von der Garderobe, stieg die Treppe hinab, wünschte dem Nachtportier am Empfang einen guten Abend und ging zu meinem Wagen. Beim Einsteigen in meinen alten, klapprigen Renault fiel mir Alexanders Jaguar ins Auge, und ich fühlte mich ein weiteres Mal zutiefst ungerecht behandelt. Aber ich spürte auch einen Anflug von Neid angesichts des Wohlstands, den sich mein Bruder erarbeitet hatte.

Auf der Rückfahrt geriet ich auf der Autobahn Basel–Freiburg in den üblichen Stau. Für mehrere Kilometer bestand ein Vorankommen in Stop and Go. Einmal kamen die Wagen auf der rechten Seite voran, dann wieder die auf der linken. An einer Baustelle verengte sich die Fahrbahn zu einer Spur und ich war gezwungen, einzufädeln. Langsam zogen die Autos neben mir vorbei. Als ich den Blinker setzte und in den Rückspiegel sah, entdeckte ich plötzlich Alexanders Auto, das gerade im Schritttempo aufschloss. Für wenige Sekunden, die mir wie eine Ewigkeit erschienen, stand er direkt neben mir, blickte konzentriert nach vorn und registrierte mich offenbar nicht. Ich fragte mich, wer von uns beiden bei unserem klärenden Gespräch mehr verletzt worden war. Das Richtige zu tun, schien eine Frage des Blickwinkels, und wir beide waren nicht in der Lage, die Welt mit den Augen des anderen zu betrachten.

Ich fuhr nach Herdern und holte Thea bei meiner Mutter ab. Sie hatten bereits gegessen.

»Du bist blass, Lizzy«, sagte sie beim Abschied, und ihr Blick wanderte skeptisch über mein Gesicht. »Gönne dir ein wenig Sonne. Isst du auch genug?«

Ich versprach, mich auszuruhen, viel Salat und Gemüse zu essen, Fleisch anstelle von Soja oder Tofu, wenig Alkohol. In unserer Wohnung angekommen, brühte ich mir in der Küche einen Kräutertee und schlürfte ihn an der geöffneten Terrassentür. Es war kurz vor halb neun, und Tom war immer noch nicht zu Hause. Thea verschwand im Bad, und ich beschloss, mich mit einem Buch im Bett zu verkriechen.

»Warum ist Papa abends so oft weg?«, fragte Thea beim Gute-Nacht-Sagen. Ich wusste keine Antwort.

»Er hat viel Arbeit«, schwindelte ich und überlegte, wie viele Abende Thea und ich in letzter Zeit allein verbracht hatten. Jérôme, dachte ich, und immer wieder Jérôme. Wie lange würde ich noch büßen müssen? Zahlte Tom es mir heim? Hatte sich meine Schuld in seinen Augen verdoppelt, vervierfacht? Zwei Abende für einen, sechzehn für vier? Für einen einzigen Sommer ein ganzes Leben?

Traurig schloss ich den Fensterladen vor dem Küchenfenster, der dank seiner schrägen Lamellen an heißen Sommertagen ein unnachahmliches, mediterranes Licht in unsere Wohnung warf. Wir hatten Ende Mai, aber der Sommer schien mir unendlich weit entfernt.

»Ich bin gleich zurück«, sagte ich im Türrahmen zu Theas Zimmer und drehte mich in Richtung Garderobe. Wie in Trance nahm ich meinen Geldbeutel aus der Tasche und verließ die Wohnung. Zwei Häuser weiter hörte ich mich am Kiosk sagen: »Eine Schachtel Marlboro light.«

Ich bezahlte, nahm die Zigaretten entgegen und ging zurück in unsere Wohnung. In der Küche kippte ich den Tee ins Spülbecken und öffnete eine Flasche Sizilianer. Die dunkelrote Flüssigkeit plätscherte ins Glas – ein Wein zum Vergessen. Dann suchte ich in allen Küchenschubladen nach Streichhölzern. Auf dem Buffet in der kleinen Silberschale, einem Erbstück meiner Großmutter, wurde ich fündig. Mit meinem randvoll gefüllten Glas und einer angezündeten Kippe saß ich schließlich auf der Terrasse, den Kopf an die Wand gelehnt.

Vom Café nebenan hörte man gedämpft die Unterhaltung der letzten Besucher. Aus dem Kinderzimmer erklang Theas helle Stimme. Sie plapperte sich wie immer in den Schlaf: »Und dann frisst er mir aus der Hand, weil ich immer mit ihm spazieren gehe. Und er mich lieb hat. Und ein bisschen die Mama und den Papa. Aber er gehört mir ganz allein.« Thea erzählte von ihrem Wunschhund. »Und schläft in meinem Bett für immer und ewig«, gähnte sie.

Das Nikotin brannte auf der Zunge, ich spülte Wein darüber. Jede Faser meines Körpers entspannte, und meine innere Unruhe schien wie durch ein Wunder nachzulassen. Teufelszeug, dachte ich, zog noch einmal an der Kippe und trank mein Glas leer. Es war kurz vor neun. Plötzlich fand ich den Mut, etwas zu tun, das mich seit Wochen beschäftigte. Ich erhob mich, ging ins Wohnzimmer und kehrte mit meinem Notizbuch und dem Telefon zurück. Schon lange hatte ich mir eine Straßburger Telefonnummer aus dem Testament notiert. Ich spürte, dass der richtige Zeitpunkt gekommen war, und wählte David Blochs Nummer.

»Sie wollen sich mit mir treffen?«, fragte dieser verwundert, als ich ihm mein Anliegen schilderte.

Er sprach einwandfreies Deutsch, nur bei genauerem Hinhören schwang ein winziger Akzent mit.

»Ja, ich möchte Sie gerne kennenlernen«, antwortete ich.

»Wie bei einer Kontaktanzeige? Nelke im Knopfloch?«

Seine Stimme klang kühl, unnahbar, desinteressiert.

»Es wäre mir sehr wichtig. Bitte tun Sie mir den Gefallen. Meinetwegen auch mit Nelke. Ich mache Ihnen keine weiteren Umstände und fahre selbstredend nach Straßburg.«

Mit Davids Bloch Zusage eines Treffens in knapp zwei Wochen und einem mulmigen Gefühl drückte ich das Gespräch weg. Ich sah mich um. Wo waren eigentlich die Kräuter, die Tom in jedem Frühjahr auf unserer Terrasse hochzog? Erst jetzt fiel mir auf, dass außer ein paar Tulpen nichts zu sehen war. In einer Ecke befand sich ein Stapel leerer Terrakottagefäße vom letzten Sommer. Mein Jérôme-Sommer. Tom hatte sie damals dennoch gepflanzt; umso weniger verstand ich, warum er jetzt darauf verzichtete.

Plötzlich erschien mir mein ganzes Leben mangelhaft und leer wie diese Töpfe. Vorsichtig zog ich an meiner Zigarette und bemerkte einen unmittelbaren Schwindel beim Inhalieren des Rauchs. Der Gedanke, dass Tom ein anderes Leben erwägen könnte, quälte mich, und ich betäubte ihn mit dem bitteren, scharfen Gemisch von Nikotin und Wein. Heute folgte der Sizilianer nicht seiner Bestimmung, im Gegenteil, er stimulierte die verborgensten Areale meines Gehirns, jene, wo das Gedächtnis der Sünden sitzt. Der Wein hatte die Tür aufgestoßen zu einem Raum, an dessen Wände jedes Detail notiert war, aufgelistet wie bei einer präzisen Buchhalterarbeit.

Wie oft hast du mit ihm geschlafen? Hat er es dir auch ordentlich besorgt? Was hat er, das ich nicht habe? Warum hast du mir das angetan, wenn es nicht wichtig war?

Heute wie damals fand ich keine Antworten auf Toms Fragen, und ich begriff in diesem Augenblick, dass ich niemals in der Lage sein würde, meine Schuld zu tilgen. Ich erhob mich und lauschte vor Theas Zimmer. Stille. Leise zog ich die Tür zu und starrte auf das gekritzelte Schild, das dort hing: »Thea nicht stöhren«.

Ich holte mein Handy aus dem Flur und ging ins Wohnzimmer. Aus dem CD-Regal nahm ich das Keith-Jarrett-Köln-Klavierkonzert heraus und legte die Scheibe ein. Dann setzte ich mich nach draußen und verfolgte die zarten Töne, die Jarrett seinem Flügel zu entlocken vermochte. Wie zufällig schien er eine Melodie zu spielen, die ihm gerade in den Sinn kam, und variierte das Thema. Aber allmählich steigerten sich Tempo und Intensität; Keith Jarrett stöhnte, während seine Hände über die Tastatur flogen. Ich wusste das, denn ich hatte dieses Konzert schon etliche Male auf einer Videokassette gesehen. Mit Tom. In Fachkreisen hieß es, der Meister des Dramas habe improvisiert wie bei keinem anderen seiner Konzerte. Jetzt jagten mir die Klaviertöne Messerstiche mitten ins Herz. Diese Musik war nichts für Abende wie diese und ich wählte Toms Mobilnummer. Das Freizeichen war dumpf zu hören. Ich nahm einen tiefen Zug von meiner Zigarette.

»Wo bist du?«

Ich unterdrückte einen Hustenreiz.

»In der Redaktion.«

»Ich frage mich gerade, warum du in diesem Jahr keine Kräuter gepflanzt hast.«

»Küchenkräuter? Das fragst du dich um fast zehn Uhr und rufst mich deshalb an?«, wunderte er sich. »Nun, es gibt keinen bestimmten Grund. Ich kann es ja nachholen. Am Samstag, wenn du magst.«

»Du mochtest es immer. Thymian. Basilikum. Rosmarin. Ein Orangenbäumchen.«

Meine Stimme kämpfte gegen Keith Jarretts ekstatisches Klavierspiel an.

»Lizzy? Was ist los? Und was ist das für Musik im Hintergrund?«

»Ich frage mich, ob du mir durch die Kräuter etwas sagen möchtest«, sagte ich noch einmal laut und deutlich.

»Durch die Kräuter?«

»Ja, die nicht da sind.«

»Lizzy. Jetzt mach kein Drama daraus. Gleich morgen kaufe ich Setzlinge.«

»Hoffentlich ist es nicht zu spät dafür. Wir haben bereits Mai.«

»Nein, das ist es nicht. Was genau machst du gerade?«

»Ich betrinke mich mit einem Sizilianer, rauche gleich die zweite Zigarette und denke über Kräuter nach. Zusammen mit Keith Jarrett.«

»Dir wird schlecht werden. Das Köln Concert macht dich immer melancholisch. Mach es aus.«

»Mir ist schon schlecht.«

»Du warst heute in Lörrach, hat mir Thea erzählt.

»Ja, bei Alexander. Wir haben gestritten. Ich frage mich, ob es einen Zusammenhang zwischen deinen vielen Abendterminen und den fehlenden Kräutern gibt.«

»Es passt nicht zu dir, wenn du wehleidig bist, Lizzy. Wir reden morgen darüber. Ich bin bald zu Hause. Dreh die verdammte Musik ab, und dann geh ins Bett und ruh dich aus.«

»Ich wollte dir niemals weh tun«, sagte ich und fing an zu heulen.

»Es ist aber so gekommen«, erwiderte Tom. »Geh ins Bett, Lizzy. Und hör auf zu trinken. Und kein Keith Jarrett mehr.«

Weinend rauchte ich meine Kippe zu Ende, drückte sie aus und wankte ins Bad. Jarrett streichelte inzwischen sein Instrument und entlockte ihm sanfte Klänge aus dem Innersten seines Korpus, leise, verhalten, voller Staunen, während das Kölner Publikum den Atem anhielt. Dann Stille, bis ein tosender Applaus einsetzte.

Ich wusch mein verheultes Gesicht und putzte meine Zähne. Dann warf ich einen Blick in Theas Zimmer. Sie schlief auf dem Rücken, und ihr kleiner Kirschmund war geöffnet. Ich unterdrückte das Bedürfnis, sie zu wecken und zu umarmen, ging leise in die Küche und schenkte mir ein weiteres Glas Wein ein. Ich begutachtete den halb gefüllten Kelch und gab noch weiteren Wein dazu. Vielleicht lag es an der Menge, aber das mit dem Vergessen funktionierte heute nicht. Ich löschte das Licht.

Im Bett schob ich meine Füße unter die Decke, knipste die Nachttischlampe an und nippte an meinem Glas. Die Bettwäsche duftete nach Frühjahrssonne und jungen Blüten, der Geschmack des Weins überdeckte meine Erinnerung an Toms Terrassenkräuter von damals. Endlich. Ich grübelte über die Frage, warum sich ein Geruch nicht abrufen ließ. Aber jedes gesprochene Wort. Jede Handlung. Meine Hände erinnerten sich an Jérômes Haut; ich schob den Gedanken beiseite. Ich suchte nach Toms Augen bei unserem ersten Rendezvous, seinem zärtlichen Blick, der auf mir geruht hatte, als sei er soeben Zeuge eines Wunders. Damals hörte ich zum ersten Mal Keith Jarretts virtuoses Klavierspiel.

Wenige Monate nachdem wir uns kennengelernt hatten, hatte mich Tom gefragt, ob ich ihn heiraten wolle. Wir waren jung, unbekümmert, wie sanfte Diktatoren unserer verliebten Welt. In jener Euphorie hatte er mir die entscheidende Frage gestellt, als wir Nase an Nase in einem schmalen Bett nebeneinanderlagen, nachdem ich ihn mit ein paar smaragdgrünen Dessous verführt hatte.

Möchtest du mich heiraten? Niemals wollte ich einen Heiratsantrag im Bett bekommen, weil ich diesen Ort für äußerst unpassend hielt, wo der Gedanke an ein Tauschgeschäft zwangsläufig aufkommen musste, und damals war mir genau das passiert. Zuerst hatten wir versucht, unsere Zweifel und Ängste mit Lachen zu vertreiben, nachdem die Option im Raum stand. Dann hatte ich gelacht, weil mir eine Ehe absurd und sinnlos erschien und an meinen Gefühlen so oder so nichts geändert hätte, und Tom lachte aus einem anderen Grund, den ich aber nie erfahren habe.

Beim Blick in Toms Augen hatte ich das Gefühl gehabt, ich könnte seine Wimpernschläge zählen und den Rückzug seiner Pupillen wahrnehmen.

Möchtest du dich denn von mir trennen?, hatte ich ihm kichernd zur Antwort gegeben, die Decke über die Ohren gezogen und gehofft, ich würde ihm nicht weh tun mit meinem dummen Ausweichen.

Trotzig schmiedeten wir eine ganze Nacht lang Pläne um die gesamte Festlichkeit im Schlaraffenland, eine Vorsorge für den Fall, dass wir es uns einmal anders überlegen würden. Wir entwarfen eine imaginäre Gästeliste, die Menüabfolge, die passende Lokalität und übertrumpften uns dabei gegenseitig in den Dimensionen. Nur in einer Frage kamen wir nicht überein, nämlich der, wohin uns die Hochzeitsreise führen sollte. Tom war für die Provence mit ihrem flirrenden Licht und ich wollte wegen der byzantinischen Nächte partout nach Istanbul. Keinen anderen Ort der Welt als jenes fragile Istanbul konnte ich mir für eine Hochzeitsreise vorstellen. Tom meinte, das läge an diesen komischen Dessous, die eigentlich verboten gehörten und mit denen ich mir die Verpflichtung zur Lust der orientalischen Nächte selbst einbrocken würde.

Du wirst schon sehen, wohin das führt, denn von der Stadt bekommen wir nichts zu sehen, weil wir selbst mit den besten Vorsätzen unser Hotelzimmer nicht verlassen werden, und die Sehenswürdigkeiten lernen wir auf dem Rückflug aus einem Reiseführer, den wir völlig übernächtigt studieren, damit wir den Daheimgebliebenen von unserer Hochzeitsreise berichten können.

Toms Worte. Trotzdem blieb ich bei Istanbul, am besten ohne Jawort vor irgendeiner Instanz, außer der unserer Herzen, und am liebsten hätte ich auf der Stelle meine Koffer gepackt.

Gibt es denn eine Hochzeitsreise ohne Heirat?, hatte ich gefragt und das wiederum war mir ernst gewesen, aber Tom hatte nur den Kopf geschüttelt, mich mit seinen Samtaugen zärtlich angesehen und danach nie wieder gefragt.

Draußen schlugen die Kirchenglocken und ich zählte mit. Bei sechs überlegte ich, ob ich einen Glockenschlag zu spät mit Zählen angefangen hatte. Die Uhr zeigte kurz vor elf. Ich starrte auf den Kleiderschrank gegenüber dem Bett. Wo war jenes Seidenhemdchen mit den dünnen Trägern eigentlich geblieben, das Tom noch Jahre später mit einem Hauch von Verachtung *byzantinischen Fetzen* nannte?

Ich warf die Decke zurück, sprang aus dem Bett und ging an meine Schrankseite, um nach dem Wäschestück mit dem passenden Slip in diesem tiefen, verbotenen Grün zu suchen. Mir war, als hafte Toms Heiratsantrag an einem Stück Stoff, mein Nein, seine Verletzung und die Spirale der daraus folgenden Ereignisse. Jérôme, Daniela, der Tod meines Großvaters, die Begegnung mit Nanette und Erwin – plötzlich war mir, als hinge alles zusammen, ein verknotetes Knäuel, ohne Schnitt nicht mehr zu entwirren. Es kam mir vor, als rannte ich offenen Auges direkt in die Hölle. Ich kniete mich auf den Boden und zerrte Wäschestücke aus den Fächern.

Im untersten Fach, wo eigentlich die Nachtwäsche lagerte, ertastete ich ein seidiges Material, zog es heraus und fuhr mit den Fingern über den edlen Stoff. Er war inzwischen verblichen und von dem satten Grün nicht mehr viel übrig. Ich wickelte die Teile zusammen und ging damit zurück ins Bett.

Der Wein schmeckte sauer, als sei er binnen weniger Augenblicke einfach gekippt. Und das Byzantinische Reich hatte ich bis heute nicht zu Gesicht bekommen, keine einzige Moschee, in der die Männer ihre Stirn zusammen mit den Handflächen auf den Boden drückten, und keinen der verwinkelten Innenhöfe Istanbuls, die das Gelächter ihrer Bewohner, ihren Gesang und ihre Gebete auf die staubigen Straßen spuckten.

Ich verfluchte Tom und mich in dieser einsamen Stunde für das, was mir vom Schicksal wegen einer einzigen Nacht des Zögerns vorenthalten worden war und mir jetzt wie eine verspätete geplatzte Rücktrittsversicherung präsentiert wurde mit einem horrenden Aufpreis und den Zinseszinsen eines Jahrzehnts.

Und als ob das nicht schon Strafe genug wäre, saß der Vater meiner Tochter in diesen Minuten mit Daniela gemeinsam an einem Schreibtisch. Sicherlich sahen sie eng aneinandergeschmiegt auf einen Bildschirm und bemühten orientalische Reisetipps. Auf einmal hielt ich selbst das für möglich. Ich malte mir aus, wie Daniela in einer Burka aussah, in die ich sie zur Strafe hineinsteckte, eine Zwangsjacke mit einem vergitterten Blick auf die Welt, ein Gefängnis, das sie mit sich herumtragen musste, weil sie mir Tom weggenommen haben würde.

Daniela und Tom in Istanbul, das würde die bitterste Strafe sein, die mich erwartete, weil ich ein Mal im Leben ausgewichen war und weil ich Jérôme in mein Leben gelassen hatte. Und jetzt, wo sich mein Fehltritt jährte, würde Tom mit dieser Daniela nachziehen, die zu allem Übel auch noch das Format einer Fee besaß, die an Kletterwänden die Wünsche meiner Tochter erfüllte und die bestimmt nicht herumeiern würde, wenn Tom ihr eines Tages die entscheidende Frage stellte.

Ich verlor die beiden wichtigsten Männer meines Lebens auf einmal. Tom an eine Zauberin, die zweifellos keinen Unterschied zwischen Istanbul und dem Luberon machte, aber für ihn da gewesen war, als ich in einem Mansardenzimmer in der Herrenstraße das Schicksal herausgefordert hatte. Und meinen Bruder an eine Uhrenfabrik, die einst für den Glanz und den Stolz meiner Familie stand. Mein Großvater war tot. Ich sehnte mich nach meinem Vater, dessen Bild zunehmend verblasste, und nach den weichen Händen meines Großvaters, mit denen er mir noch als erwachsene Frau tröstend über den Kopf gestrichen hatte.

Du bist eine Kirchmann, mehr, als es dir lieb ist. Stur, eigensinnig und schrecklich impulsiv, hatte er einmal zu mir gesagt, als ich nach einem Streit mit Tom zu ihm geflüchtet war. *Du kannst einfach nicht aus deiner Haut und bis du deine Lektion gelernt hast, wirst du wohl noch ein paar Federn lassen, mein Kind.*

Ich fühlte mich, als hätte ich mit einem Mal mein gesamtes Federkleid verloren und vergrub meinen Kopf im Kissen.

Kapitel 15

Ludwig Stockfelder besaß ein Wochenendhäuschen in Saig, einem kleinen Ort auf einem Hochplateau im Schwarzwald in der Nähe des Titisees. Am Telefon hatte er mich dort hinbestellt, weil er, wie er sagte, immer noch Ruhe und frische Luft brauche und der Sommer in der Region Freiburg unerträglich sei. Tatsächlich bemerkte ich sofort, dass die Luft hier oben besser war. Es wehte eine leichte Brise. Zaghaft klingelte ich an der Haustür und umklammerte mein Geschenk, einen Octomore Whisky, den ich in der Herrenstraße bekommen hatte. Im Hintergrund plätscherte ein Bach, aus dem Garten war das Bellen eines Hundes zu hören, und nach wenigen Sekunden die Stimme eines Mannes: »Alles in Ordnung, Fritz.«

Dann öffnete mit einem Summer die Tür. Ludwig Stockfelder erinnerte mich sofort an meinen Großonkel Erwin: ein drahtiger Mittsiebziger, der sehr viel jünger wirkte und einen intellektuellen Touch hatte. Er trug eine Nickelbrille, ein hellblaues Lacoste-Shirt, Cordhose. Was ihn allerdings von Erwin unterschied, war eine lupenreine Glatze, die ihm dank einer schönen Kopfform hervorragend stand. Seine dunkelbraunen Augen wirkten riesengroß, intelligent und äußerst wachsam.

»Ich bin Lizzy Tanner, die Enkelin von Bodo Kirchmann. Wir haben telefoniert.«

»Sie sind aber überpünktlich«, erwiderte er freundlich reichte mir die Hand und bat mich herein. Im Flur übergab ich ihm den Whisky.

»Das kann ich unmöglich annehmen«, sagte er, nachdem er das Etikett betrachtet hatte. Er schüttelte entschieden den Kopf.

»Doch, das sollten Sie, denn es gibt eine Geschichte zu diesem Whisky.«

»Eine Geschichte?«, fragte er, während er einen Blick in den Garten warf.

»Sie trugen früher bei öffentlichen Auftritten immer eines dieser berühmten Harris-Tweed-Jacketts. Und ich liebe diesen, sagen wir, Traditionsstoff. Nachdem ich herausgefunden hatte, dass dieser Whisky und der Harris-Tweed aus derselben Region in Schottland kommen, war mein Präsent eigentlich klar.«

»Ja, das stimmt«, lachte er, tippte gegen die Flasche und legte sie in meine Hände zurück. »Nur, dass dieser Stoff hier ein Vermögen kostet. Sie wollen mich doch wohl nicht bestechen?«

»Sind Sie denn käuflich?«

Wieder lachte er herzhaft.

»Hat sich das herumgesprochen? Stecken Sie das bitte wieder weg. Ich nehme ein solch wertvolles Geschenk nicht an, obgleich ich Ihr Engagement zu schätzen weiß. Was halten Sie von einem kleinen Spaziergang hinunter zum Titisee? Ich soll mich jeden Tag mindestens eine Stunde bewegen. Gemäßigtes Gehen haben mir die Ärzte verordnet. Dabei erfahre ich vielleicht auch den Grund für Ihren Besuch. Und Sie werden feststellen, dass die Luft hier oben einfach fantastisch ist.«

»Ja, sehr gerne. Ich hoffe, es geht Ihnen genauso gut, wie Sie aussehen«, gab ich ihm zur Antwort.

»Danke. Ich hatte großes Glück«, erwiderte er schlicht, verschwand in einer winzigen Küche, öffnete dort die Verandatür und rief nach seinem Hund Fritz. Ich nutzte die Gelegenheit, sah mich um und stellte den Whisky auf ein Tischchen in einer Ecke im Flur. Ein Labradormischling kam freudig angerannt und lief direkt auf mich zu, um sich streicheln zu lassen. Nachdem Fritz angeleint war, traten wir gemeinsam hinaus. Der Weg ging auf dem Plateau, von weitem konnte man unten im Tal den Titisee erblicken.

»Was genau führt Sie denn zu mir, Frau Tanner?«

»Mein Großvater ist im Oktober letzten Jahres gestorben.«

»Davon las ich in der Zeitung«, gab er knapp zur Antwort. »Inzwischen ist mehr als ein halbes Jahr vergangen.«

»Sein Tod hat im Verlauf der Zeit einige Rätsel aufgeworfen. Deshalb habe ich mich an Sie gewandt.«

»Was möchten Sie denn von mir wissen?«

»Es geht um die Vergangenheit meines Großvaters. Ich kann ihn ja leider nicht mehr befragen. Der Hinweis auf Sie und Ihre großartige Arbeit kam von meinem Großonkel Erwin. Auch Tom, mein Lebensgefährte – er ist Journalist –, und ich haben Ihr Engagement mit Interesse in der Tagespresse verfolgt. Meine Hochachtung dafür, was Sie für die Opfer von Naziverbrechen getan haben, Herr Stockfelder. Ich erfahre gerade am eigenen Leib, wie schwer es ist, Gefühle und Anstand in Einklang zu bringen, wenn es um die Taten unserer Väter oder Großväter geht.«

Abrupt blieb er stehen und betrachtete mich aufmerksam. Er wirkte ernst und hellwach, als besäße er die Fähigkeit, in Gesichtern den Wahrheitsgehalt von Aussagen zu ermitteln.

»Weshalb fragen Sie nicht einfach Ihre Großmutter?«

»Großmama ist seit Jahren dement. Manchmal erinnert sie sich an bestimmte Dinge, an einen Fleck auf einem Kleid oder an das Verlobungsgeschenk meines Großvaters. Aber sie hat seinen Tod vergessen. Und die gemeinsamen Jahre.«

»Das tut mir leid«, erwiderte er leise.

Vorsichtig berührte er meinen Arm, um mir anzudeuten, weiterzugehen. »Es gab nach dem Krieg zwei Kategorien von Söhnen. Jene, die ihre Nazi-Väter gedeckt haben, und solche, die sich von ihnen lossagten und sich bemüht haben, ein Stück Dreck ihrer Vorfahren aufzuarbeiten, und sich für die Opfer einsetzten. Und Sie haben recht: Das ist eine Frage des Anstands. Genau so habe ich meine Lebensaufgabe immer empfunden. Ich gehöre zur zweiten Kategorie. Und vermutlich verbindet mich das mit ihrem Großonkel Erwin. Erwin – der Rebell. Ich wollte alles genau anders machen als mein Vater. Aber mit den Jahren habe ich begriffen, dass der Aufstand im Grunde genommen eine abgewandelte Form der Abhängigkeit ist und das Identitätsproblem nicht löst.«

Er machte eine kurze Pause und schien nachzudenken.

»Ihr Großonkel und ich haben als Jugendliche zusammen Fußball gespielt. Genauer war er eine Zeit lang mein Trainer. Er ist ein paar Jahre älter als ich. Wie geht es dem alten Haudegen?«

»Ich glaube, gut – so weit ich das beurteilen kann. Ich bin gerade erst dabei ihn kennenzulernen, so merkwürdig sich das anhören mag. Er lebt hier ganz in der Nähe. In Wutach besitzt er einen kleinen Hof.«

»Das ist ja um die Ecke«, rief Stockfelder überrascht. »Keine zwanzig Kilometer in westlicher Richtung. Er war viele Jahre im Ausland, nicht wahr?«

»Sie sind aber gut informiert«, erwiderte ich anerkennend. »Auf hoher See. Und jetzt ist er glücklicherweise wieder in der Heimat. Es heißt, mein Großvater und Ihr Vater seien im Krieg Freunde gewesen. Können Sie mir darüber etwas sagen?«

»Da muss ich wohl bei meinem Vater anfangen. Von ihm kann ich Ihnen erzählen. Ihre Rückschlüsse werden Sie zum großen Teil selbst ziehen müssen. Kurt Stockfelder ist der Anfang der Geschichte, der Mensch, bei dem das Übel begann. Er hat im Dritten Reich ganze Arbeit geleistet.«

Er blieb stehen und bückte sich. Dann nahm er einen Stein und warf ihn in eine Blütenwiese. Fritz rannte hinterher.

»Kurt Stockfelder war ein Beamter, ein Bleistiftspitzer, wie man so schön sagt. Überkorrekt. Immer der Erste im Büro. Seine Hemden saßen ohne eine Falte am Körper, als habe er angezogen noch einmal darübergebügelt. Beim Finanzamt Freiburg führte mein Vater Buch über die Zwangsabgaben der jüdischen Bevölkerung wie etwa die Reichsfluchtsteuer, welche die Juden, die Deutschland verlassen wollten, an die Nazis abtreten mussten, und so weiter. Später wechselte er dann zur Zollfahndung. Wie sich nach seinem Tod herausstellte, pflegte er von dort aus regen Kontakt zu Gauleiter Wagner, der sich in der Geschichte als Organisator mit einer erschreckend brillanten Logistik der Deportation aller badischen Juden nach Gurs hervorgetan hat. Mein Vater musste sehr früh gewusst haben, was einem Juden blühte, wenn er nicht rechtzeitig das Land verließ.«

Ich nickte. Nanette hatte in diesem Zusammenhang von ihrem Verdacht der Sabotage gesprochen. Kurt Stockfelder hätte also über die nötigen Informationen verfügt.

»Ihr Vater war also wirklich ein überzeugter Antisemit? Mein Großonkel Erwin sagte etwas Ähnliches. Allerdings auch über meinen Großvater.«

»Kurt Stockfelder war ein Vollblut-Nazi. Seine Abneigung gegen Juden wuchs mit der Zeit und entsprang einer persönlichen Kränkung. Es ist mitunter das Schlimmste, wenn der Hass dem Gefühl der eigenen Unvollkommenheit entspringt. Aber wenn ich recht überlege, dann tut er das immer. Meine Arbeit für die Opfer hat mich gelehrt: Es gibt keinen einzigen plausiblen Grund für den Hass. Das unterscheidet ihn von der Liebe. Wer liebt, hat Millionen Gründe.«

»Welche persönliche Kränkung meinen Sie?«

Gebannt wartete ich auf eine Erklärung, aber Ludwig Stockfelder ließ sich Zeit. Er nahm das Holz, das Fritz soeben am Wegrand gefunden hatte, entgegen und warf es voraus. Der Hund zog hinter ihm einen Halbkreis und setzte sich dann akkurat neben sein linkes Bein, während ich einen Schritt zur Seite trat. Dann sah er mit vor Aufregung zitternden Lefzen zu ihm auf. Mit starrem Blick und gespitzten Ohren wartete er auf ein Kommando seines Herrchens. Dabei spannte der Labradormischling seinen schlanken Körper an und man konnte erahnen, welche Energie sich da soeben bündelte. Endlich gab ihm sein Herr ein Zeichen, wies mit der ausgestreckten Hand nach vorn und der Hund rannte los, schnappte sich den Ast und apportierte die Beute.

»Mein Vater verliebte sich als junger Mann, Ende der zwanziger Jahre, also bevor alles anfing, in eine sogenannte Halbjüdin, die seine Zuneigung verschmähte. Wer weiß, was aus ihm und vielen seiner Schreibtischopfer geworden wäre, hätte sie ihn nicht abgewiesen. Das ist übrigens jener Teil der Biographie Kurt Stockfelders, wo die Fäden mit denen Ihrer Familie zusammenlaufen.«

Ich war sprachlos.

»Im Haus Ihrer Großeltern, genauer gesagt, Ihrer Urgroßeltern, begegneten mein Vater, Ihr Großvater und jene Halbjüdin einander. Mein Vater hatte voller Stolz von einer gewissen Teestunde bei den Bertholds berichtet. Die Bertholds standen im gesellschaftlichen Rang weit über ihm, und er freute sich wie ein Kind darüber, die mondäne Luft der höheren Gesellschaft schnuppern zu können. Jene junge Frau soll eine Schönheit gewesen sein und heiratete später einen anderen Mann, der ebenfalls bei den Bertholds verkehrte. Ihr Name war Martha. Den Mädchennamen weiß ich nicht mehr. Später dann hieß sie Bloch. Dieser Name wiederum dürfte Ihnen etwas sagen. Sie ahnen den Zusammenhang?«

Er betrachtete mich skeptisch von der Seite.

»So ist es«, erwiderte ich. In meinem Kopf überschlugen sich die Informationen: Sofort fiel mir Großmamas Fotoalbum ein. Jene

Martha hatte also tatsächlich früher schon im Elternhaus meiner Großmutter verkehrt!

»Marthas Vater war Professor für Mathematik an der Uni Freiburg. Einer der Ersten, der entlassen wurde. Begründung: Jude. Sie hieß Loewe, ja genau, so lautete der Name ihres Vaters. Jetzt weiß ich es wieder! Marthas Mutter war Christin und erzog ihre Tochter katholisch. Bei der Heirat mit Bloch konvertierte sie dann zum jüdischen Glauben. Mein Vater fand das natürlich verabscheuungswürdig. Wissen Sie, was er mir später einmal, im Rahmen einer seiner berühmten *Herrengespräche*, die er mit mir und meinem älteren Bruder regelmäßig führte, gesagt hat? Das war ein paar Jahre bevor ihn ein schwerer Schlaganfall für immer ans Bett fesselte. Als er noch genug Kraft für Bösartigkeiten jeglicher Art besaß. Damals war ich knapp fünfzehn, und er prahlte: *Ich habe dieses halbjüdische Miststück mit einer sauberen arischen Verbindung retten wollen. Aber sie hat es mir nicht gedankt und nahm dieses Judenschwein.* Heute weiß ich, es waren jene propagandistischen Monologe, die mich zu einem überzeugten Gegner des Hitler-Regimes und dessen Erben werden ließen. Ich verabscheue dieses Gerede.«

»Sie meinen also, dass Ihr Vater durch eine Kränkung, die Marthas Absage ausgelöst hatte, zum überzeugten Antisemiten wurde? Ist denn der Hass so banal?«

»Manchmal fällt er auf fruchtbaren Boden, gedeiht und entwickelt sich prächtig. Wie Unkraut. Sie werden überrascht sein zu hören, dass Ihr Großvater auch in jene Martha verliebt war. Und er war an der großen Deportation nach Gurs nicht beteiligt.«

»Mein Großvater? Verliebt in Martha Bloch?«

Ich schluckte und sah vorsichtig in Richtung meines Gesprächspartners.

»Genau dieser«, entgegnete Ludwig Stockfelder ruhig, und in seinen Augen blitzte es triumphierend auf. »Davon hat Ihre Familie all die Jahre nicht gesprochen, nicht wahr? Auch Ihr Großvater war im Hause Berthold der schönen Martha begegnet und hatte sich in sie verguckt, wie man so schön sagt. Er hat ihr sogar einen Heiratsantrag gemacht, so weit ich weiß. Aber später hat er dann ihre Großmutter geheiratet. Alles lief genau so, wie es die beiden vornehmen Freiburger Familien Kirchmann und Berthold geplant hatten.«

Ich dachte an Großmamas Eifersucht, von der mir meine Mutter berichtet hatte. War Großmama zunächst auf Martha eifersüchtig gewesen und dann auf Nanette? Andererseits hatte meine Mutter gesagt, Großpapa sei in jungen Jahren kein Kostverächter gewesen, was immer das heißen mochte. War meine Großmutter die zweite Wahl meines Großvaters gewesen? Hatte er sie später betrogen? Bilder schossen mir in den Kopf: Großpapa Händchen haltend mit meiner Großmutter; ein Leben lang pflegten die beiden jene körperliche Nähe zueinander, die uns alle berührte, aber ein winziges Detail klärte sich in diesen Sekunden in meiner Erinnerung: Die Berührungen waren von Großmama ausgegangen und nicht umgekehrt. Großmamas Hand, die die seine suchte. Großmama, die sich hinüberbeugte, um ihn zu küssen. Großmama, die sich bei ihm einhängte. Und immer hatte Großpapa sie gewähren lassen, bis diese Gesten automatisch abliefen und ein aufmerksamer Beobachter nicht mehr zu ermitteln vermochte, wer nun wem die Hand tätschelte.

Männer lieben nun einmal anders als Frauen, hatte Großmama immer gesagt, bevor sie krank wurde. *Wir Frauen lieben mit allem, was wir haben. Männer manchmal auch. Aber sie haben nicht so viel.*

Jetzt erhielt Großmamas Erklärung eine ganz andere Bedeutung für mich. Mein Großvater aber hatte seine Stanzi zeitlebens mit Worten liebevoll begleitet und seine ganze Zärtlichkeit mit

Koseworten zum Ausdruck gebracht. Besonders nach Ausbruch ihrer Krankheit, so, als wollte er festhalten, was seiner Ehefrau abhandenzukommen drohte. Er hatte ihre guten Seiten hervorgehoben und ihre Schwächen bagatellisiert. Meine Großmutter war keine Schönheit gewesen. Wie hatte meine Mutter sie doch gleich genannt – ein Mauerblümchen. Schillernd dagegen das Äußere meines Großvaters bis ins hohe Alter.

»Und was wurde danach aus Ihrem Vater und meinem Großvater? Wussten denn beide voneinander und vor allem, dass sie in die gleiche Frau verliebt waren?«

»Wenn zwei Männer abgewiesen werden, nehmen sie das sportlich«, lachte er. »Ja, was haben die zwei getan? Ganz einfach! Sie wurden die besten Freunde. Kurt Stockfelder war eine Randfigur in der gesellschaftlichen Elite eines Kirchmanns, aber er tat, als könnte er mithalten. Ihr Großvater trat auf Drängen meines Vaters in die Partei ein. Dort hat ihm mein Vater wiederum in mancherlei Hinsicht den Weg geebnet. Politische Kontakte, die er für sein Unternehmen dringend benötigte. Ihr Großvater schenkte ihm im Gegenzug ein Stück seines sozialen Habitus, ein immenses Kapital in jenen Zeiten. Ende 1936 verlangte mein Vater von ihm, Bloch zu entlassen. Und zwar zu seinem eigenen Schutz. Das ist grotesk! Bodo Kirchmann sollte nicht darunter zu leiden haben, dass der alte Kirchmann, sein eigener Vater, vor Jahren einen Juden eingestellt hatte. Das war meinem Vater nicht nur wegen seiner verschmähten Liebe ein Anliegen. Spüren Sie den süßen Nachgeschmack der Rache?«

»Wohl oder übel, ja. Und mein Großvater gehorchte tatsächlich und hat Bloch entlassen. Deshalb die Schnittstelle 1937 in den Firmenunterlagen. Glauben Sie, dass er auch ein persönliches Motiv dafür hatte?«

»Wer kann das schon sagen?« Er zuckte die Achseln. »Lassen Sie uns umkehren, ich habe mein Bewegungssoll erfüllt für heute.«

Langsam traten wir den Rückweg an. Fritz lief mit erhobener Rute voraus.

»Wissen Sie, es hat einige Zeit in Anspruch genommen, bis ich hinter die, sagen wir einmal, schlichten Motive meines Vaters gekommen bin«, fuhr Stockfelder fort. »Er war leicht durchschaubar. Einfach gestrickt. Jemand, der seine Gegner unterschätzte. Ein Kirchmann tat das nicht. Er ließ sich nicht so leicht in die Karten schauen.«

»Ich glaube fast, dass mein Großvater eine Art Doppelagent war«, sagte ich lächelnd und wendete mich dabei meinem Gesprächspartner zu.

»Es gibt Fakten. Ihr Großvater hat im Krieg eine Menge Geld verdient. Er hat, wie viele andere auch, Geschäfte mit den Nazis gemacht. Und mein Vater hat nicht selten berichtet, dass Bodo Kirchmann seine antisemitische Überzeugung teilte. In meiner Gegenwart habe ich ihn allerdings niemals schlecht über irgendjemanden reden hören. Aber er war ein Mitglied der Partei. Das lässt sich nicht schönreden.«

»Was wurde aus Ihrem Vater nach dem Krieg?«

»Er hat seinen Hals aus der Schlinge gezogen. Aber der liebe Gott hat ihn dennoch bestraft. 1949 schon streckte ihn der Schlaganfall nieder, er konnte nicht mehr sprechen und war am ganzen Körper gelähmt. Er starb 1953 in einem Pflegeheim im Kaiserstuhl. Ohne Freunde, ohne Familie und ohne Gedächtnis.«

»Glauben Sie denn, es gab so etwas wie Reue?«

»Niemals.« Er schüttelte entschieden den Kopf. »Niemals. Nicht einmal einen Funken.«

Ich spürte das Bedürfnis, meinerseits etwas preiszugeben, und so fing ich zögerlich an zu sprechen. »Mein Großvater bat mich an seinem Sterbebett indirekt darum, mich mit seiner Vergangenheit zu beschäftigen. Zumindest habe ich das so verstanden. Dabei stieß ich auf einige rätselhafte Vorkommnisse. Und er hat zwei Bloch-Nachkommen ein Erbe hinterlassen. Ein Familienanwesen in den Vogesen. Späte Reue für etwas, das er den Eltern angetan hat? Oder unterlassene Hilfeleistung? Diese Fragen stelle ich mir in letzter Zeit immer wieder.«

Abrupt blieb Ludwig Stockfelder stehen und sah mir direkt ins Gesicht. Überrascht wirkte er nicht. Wind kam auf und ich spürte ein paar vereinzelte Regentropfen auf meiner Haut.

»So weit sind Sie schon gekommen?« Seine Stimme vibrierte leicht. »Und ich freue mich zu hören, dass die Bloch-Hinterbliebenen offensichtlich wohlauf sind.«

»Die Kinder der Blochs haben auf dem Rosshimmel, das ist das Gut meines Großvaters, überlebt. Ein Enkel der Blochs wohnt in Straßburg und ist in meinem Alter. Und die Tochter soll angeblich in Israel leben.«

»Wenn das der Wille Ihres Großvaters war, dann wird er wohl seine Gründe dafür gehabt haben. Und wenn mich meine vielen Berufsjahre etwas gelehrt haben, dann dieses: Mit solchen Fragen rennt man nicht gerade offene Türen ein.«

»Die Blochs wollten das Land verlassen. Aber eine Freundin meiner Familie glaubt, dass ihre Flucht gezielt sabotiert wurde.«

»Richtig. Das kann ich bestätigen. Kein Geringerer als Kurt Stockfelder hatte da seine Finger im Spiel.«

Ich glaubte, nicht richtig zu hören. Die Frage, die Nanette seit Jahren beschäftigte, sollte wirklich so unspektakulär beantwortet worden sein?

»Aber wie denn? Beim Finanzamt? Bei der Zollfahndung?«

»Er bereitete alles von langer Hand vor. Erst beim Finanzamt. Er hatte ja Einblick in die Vermögensverhältnisse jedes einzelnen Juden. Er konnte genau beobachten, was die Juden mit ihrem Vermögen zu tun gedachten. Er vermochte es, Ausreiseanträge abzuschmettern. Ja, indirekt trägt mein Vater die Verantwortung dafür. Ob er nun den entsprechenden Leuten einen Wink gab oder selbst Hand anlegte, sei dahingestellt. Schließlich hat er bei der Zollfahndung dafür gesorgt, dass Bloch sein Geld nicht in die Schweiz transferieren konnte. Darüber liegen mir Dokumente vor. Alles wurde konfisziert und am Ende besaß Bloch keinen Pfennig mehr. Das jedenfalls haben meine Recherchen ergeben. Mein Vater ist eindeutig schuld daran, dass die Blochs das Land nicht verlassen konnten, obwohl sie die Mittel dazu besaßen. Er musste nur noch abwarten, bis die Deportation organisiert war. Und selbst davon muss er als einer der Ersten gewusst haben. Mehr kann und darf ich Ihnen nicht darüber erzählen, ich habe schon fast zu viel berichtet.«

»Wie bitte? Sie dürfen nicht?«, fragte ich verblüfft.

»Es gab ein Mandat. Mitte der Fünfziger. Genau jenen dunklen Fleck betreffend. Zwei Jahre im Leben der Blochs. Was geschah von 1938 bis 1940? Ich darf Ihnen Dinge, die meinen Vater betreffen, erzählen, denn das ist meine eigene Angelegenheit. Und das Schicksal der Blochs ist ja so etwas wie öffentliches Interesse. Alles andere jedoch unterliegt der Schweigepflicht. Ich darf nichts darüber sagen, es sei denn, mein Mandant entbindet mich davon. Ich habe Ihnen genug Material an die Hand gegeben. Sie müssen es selbst herausfinden. Ich kann Ihnen nur einen einzigen Rat geben: Schonen Sie weder sich noch Ihre Familie. Aber machen Sie sich auf etwas gefasst, denn wenn man Fragen stellt, muss man auch die Antworten verkraften.«

Ich fragte mich, wer dieser ominöse Auftraggeber wohl war und wo er lebte.

»War Ihr Mandant denn mit dem Ergebnis zufrieden?«, fragte ich.

»Guter Versuch«, erwiderte er lächelnd. »Kein Kommentar.«

Auf der Anhöhe war das Wochenendhäuschen zu sehen. Der Regen wurde stärker und wir beschleunigten unseren Gang.

»Aber mein Großvater«, warf ich verzweifelt ein und wurde sogleich unterbrochen.

»Ihr Großvater war womöglich nicht der Mann, für den Sie ihn halten. Mir gefällt die Vorstellung, dass eines Tages alle Betroffenen erfahren, was genau geschehen ist. Die Wahrheit wird irgendwo dazwischen liegen. Vorläufig scheint mir das in Ihrer Hand zu liegen, Frau Tanner. Nach all den Jahren wird die Akte vielleicht doch noch einmal geöffnet.«

Aber ich darf nicht hineinsehen, dachte ich. Wir waren vor seinem Haus angekommen und stellten uns unter das Vordach. Stockfelder warf einen Blick auf seine Armbanduhr.

»Wir haben es gerade noch geschafft, bevor das Gewitter kommt.«

Ich sah zum Himmel, der sich binnen weniger Minuten verdunkelt hatte. In der Ferne war über dem Feldberg ein Blitz zu sehen.

»Ich danke Ihnen sehr, dass Sie sich die Zeit genommen haben«, sagte ich, als er mir die Hand zum Abschied reichte.

»Kommen Sie gut zurück«, erwiderte er und warf einen besorgten Blick gen Horizont. »Im Auto ist man ja sicher. Fahren Sie vorsichtig und halten Sie mich auf dem Laufenden. Und grüßen Sie den Erwin, wenn Sie ihn sehen. Geben Sie ihm gerne meine Telefonnummer und die Adresse hier von Saig. Nach all den Jahren! Nicht zu fassen. Nach all den Jahren«, wiederholte er immer wieder vor sich hin, während er kopfschüttelnd wegtrat. »Wer hätte das für möglich gehalten?«

Ich lief in Richtung Gartentor und drehte mich um, als ich noch einmal seine Stimme hörte.

»Vergessen Sie Ihren sündhaft teuren Whisky nicht!«, rief er und machte Anstalten, ihn mir zu bringen.

»Der Punkt geht an mich«, sagte ich, klapperte mit meinem Autoschlüssel und ging schnell weiter. »Tun Sie mir einen Gefallen?«

Verdutzt hielt er inne und sah mich an.

»Bewahren Sie ihn auf. Bis zum Tag der Wahrheit, dann probieren wir ihn gemeinsam. Danke für Ihre Offenheit und danke für Ihr Schweigen.«

Ich öffnete die Wagentür, stieg ein und winkte. Im Rückspiegel konnte ich Ludwig Stockfelders Gestalt an dem kleinen Gartentor sehen. Erst als er fast außer Sicht geriet, winkte er zurück.

Auf dem Heimweg drehte ich kurz vor dem Höllental, das über mehrere Serpentinen hinunter nach Freiburg führte, um. Zu meinem Großonkel war es nur ein kleiner Umweg. Ich hielt an und wählte Erwins Telefonnummer, aber niemand nahm ab. Das allerdings hieß gar nichts, wie ich inzwischen wusste. Onkel Erwin ging nur dann ans Telefon, wenn er Lust dazu hatte. Also fuhr ich kurzentschlossen nach Wutach, das vor allem durch seine wilde Schlucht berühmt war. Am Himmel blitzte und donnerte es inzwischen ohne Unterlass. Der Horizont schimmerte gelblich aus der Richtung, in die ich fahren musste.

Als ich den Ort erreichte, verstand ich, woher die Wutachschlucht ihren Namen hatte. Der Fluss wütete durch das Tal und riss alles mit sich, was ihm unterwegs in die Quere kam, Geäst, Blätter und unzählige Zweige. Am Ortseingang hielt ich auf einem kleinen Parkplatz und wartete, bis sich das Wetter etwas beruhigt hatte.

Onkel Erwins Domizil war leicht zu finden – ein typisches Schwarzwälder Bauernhaus, von Kastanien- und Obstbäumen umgeben. Der Regen hatte endlich aufgehört, die Luft war angenehm abgekühlt. Ich stieg aus dem Wagen und sah mich um. Im Hof stand Erwins alter Volvo. Unter einem Wellendach neben dem Hauseingang befand sich ein verschmutzter Plastiktisch mit zwei Stühlen, die Haustür war sperrangelweit geöffnet. Hinter dem Haus konnte man in einiger Entfernung einen kleinen Teich sehen. Ich betätigte die Klingel. Aber nichts rührte sich.

»Erwin. Bist du hier?«, fragte ich beim Betreten des Hauses ins Leere.

Ich erhielt keine Antwort. Langsam schlich ich einen engen dunklen Flur entlang und kam mir dabei wie eine Einbrecherin vor. Vorsichtig öffnete ich eine Glastür, hinter der ich die Küche vermutete. Abgestandene Luft schlug mir entgegen; die Arbeitsfläche war übersät von verschmutztem Geschirr, Essensresten, leeren Bier- und Weinflaschen. Auf dem Boden befanden sich zwei kleine, leere Näpfe; anscheinend besaß Erwin Haustiere. Durch die verdreckten Fenster war draußen verschwommen der Plastiktisch mit den Stühlen zu erkennen. Noch nie in meinem Leben hatte ich eine solche Unordnung gesehen. Wie konnte mein Großonkel nur so hausen?

Plötzlich streifte mich etwas am Bein. Ich schrak zusammen und schrie auf. Blitzschnell versteckte sich eine schwarzweiße Katze unter der Eckbank.

»Du hast mir vielleicht einen Schrecken eingejagt«, sagte ich, ging in die Hocke und streichelte das Tier, als es wieder hervorkroch.

Ich stand auf und ging zurück in den Flur und von da ins nächste Zimmer.

Da sah ich ihn: Erwin lag ausgestreckt auf dem Boden seines Wohnzimmers. Er trug einen ausgeleierten Jogginganzug und schien zu schlafen. Ich kniete mich neben ihn und berührte ihn vorsichtig am Arm. Er stöhnte und drehte sich dann fluchend zur Seite.

»Was ist passiert? Geht es dir gut? Alles in Ordnung?«, rief ich, stand wieder auf, holte ein Sofakissen und schob es unter seinen Nacken.

Er öffnete die Augen und blinzelte. »Was willst du hier?«

»Warum liegst du auf dem Boden?«

»Verschwinde«, erwiderte er, schob mich weg und kippte den Kopf zur Seite.

War Erwin betrunken? Ich ging in die Küche und überlegte, ob ich unverrichteter Dinge wieder fahren sollte, aber innerlich sträubte sich alles in mir, ihn einfach so zurückzulassen; und so beschloss ich, zu bleiben. Ich sah auf die Uhr: Es war kurz vor vier. Ich ging zum Auto und rief zu Hause an. Tom hatte seinen redaktionsfreien Tag und einen Kinobesuch mit Thea geplant.

»Ich bin bei Erwin in Wutach. Er benötigt meine Hilfe. Wartet mit dem Abendessen nicht auf mich. Einen dicken Kuss für Thea«, sprach ich auf unseren Anrufbeantworter.

Nach einigen Minuten des Zögerns schloss ich die Tür und fing an, die Küche aufzuräumen und das Geschirr zu spülen. Ich fütterte die Katze, nachdem ich im Buffet Katzennahrung gefunden hatte, und sah zu, wie das Tier gierig fraß. Schließlich reinigte ich mit ein paar feuchten Küchentüchern den Boden, trocknete das Geschirr und räumte das Besteck in die Schublade.

»Verdammte Scheiße«, hörte ich Erwin im Flur fluchen.

Eine Tür knallte. Ich setzte mich an den Küchentisch und wartete. Die Katze sprang auf meinen Schoß und ich streichelte sie. Nach ein paar Minuten betrat Erwin den Raum, ging schweigend an den Kühlschrank, öffnete ihn und inspizierte den Inhalt, dann schloss er ihn wieder und sah zum Fenster hinaus. Er hatte sich umgezogen, die Harre gekämmt und trug jetzt eine helle Jeans mit einem weißen Poloshirt.

»Was willst du hier?«, murmelte er.

»Ich hatte in Saig eine Verabredung mit Stockfelder. Er hat dort ein Wochenendhaus.«

»Und?«

»Das ist ganz in der Nähe. Ich dachte, dass es dich vielleicht interessiert. Ich soll dich von ihm grüßen und dir seine Adresse und Telefonnummer geben. Du bist nicht erreichbar gewesen. Gehst nicht ans Telefon. Da bin ich eben hier vorbeigekommen. Ich habe mir Sorgen gemacht.«

»Nun warst du da.«

Er stellte sich an die Tür und machte eine ausladende Bewegung nach draußen.

»Was habe ich dir getan?«, fragte ich gekränkt und hängte meine Handtasche um.

»Ich mag es nicht, wenn man unangemeldet hier erscheint. Und ich kann es nicht leiden, wenn mir jemand hinterherräumt. Niemand muss sich um mich sorgen. Das ist alles. Nimm es nicht persönlich.«

»Ich würde niemals auf die Idee kommen, das persönlich zu nehmen«, platzte es aus mir heraus, und schon stürmte ich durch den Flur und die Haustür ins Freie.

Ein rauer Wind kam auf und ich fröstelte. Erwin folgte mir wie ein Schatten, als ob er sichergehen wollte, dass ich auch wirklich verschwand. Das Gewitter war verflogen, der Asphalt auf dem Hof glänzte, und man konnte ein paar Pfützen sehen. Ich öffnete die Fahrertür meines Autos und stieg ein. Erwin hielt die geöffnete Wagentür fest und sah mich eindringlich an. »Was hat er gesagt?«

»Du magst keine unangemeldeten Besuche und ich keinen Rauswurf. So sehr kann es dich gar nicht interessieren! Also: Lass mich fahren.«

Ich versuchte die Tür zu schließen, aber Erwin stellte sich direkt davor.

»Sei kein Mädchen! Was hat er gesagt?«

»Etwas Ähnliches wie du. Nichts Weltbewegendes.«

Ich startete den Motor.

»Mehr nicht?«, rief er.

»Dass du ein Pfundskerl wärest. Dass es ein Mandat gab, einen Auftrag Mitte der Fünfziger. Schließ bitte die Tür, damit ich fahren kann.«

»Einen Auftrag?«

Erwin stellte einen Fuß auf den Einstiegsrahmen. »Mach den verdammten Motor aus!«

»Kannst du dich jetzt mal entscheiden?«, rief ich wütend, machte den Motor wieder aus, hielt das Lenkrad aber fest und sah stur nach vorne.

»Es ist die Wirbelsäule«, sagte Erwin leise. »Diese verdammten Rückenschmerzen. Wenn die Tabletten nicht mehr helfen, muss ich ausgestreckt auf einem harten Boden liegen. Die einzige Therapie, die dann nutzt. Ich konnte die ganze Nacht nicht schlafen. Diese Schmerzen zermürben dich.«

»Sag das doch gleich! Es ging um die genauen Umstände der Deportation der Blochs«, sagte ich, jetzt schon wieder ruhiger. »Viel mehr war nicht aus ihm herauszubekommen. Stockfelder beruft sich auf seine Schweigepflicht.«

»Und: Weißt du jetzt Bescheid?«

»Was, verdammt noch mal, sollte ich denn wissen?«

»Welche Rolle beispielsweise dein Großvater gespielt hat?«, leierte er, wedelte mit einem Arm wie ein Dirigent in der Luft und sah mich abwartend an.

»Die Wahrheit liegt irgendwo dazwischen, sagte Stockfelder.«

»Dazwischen?«

»Ich weiß es doch auch nicht, Erwin. Ich gehe zu wildfremden Menschen und stelle ihnen Fragen. Aber die Antworten, die ich bekomme, werfen neue Fragen auf. Der Kreis wird immer größer.«

»Was wirst du als Nächstes tun?«

»Eigentlich wollte ich meinen Großonkel fragen, ob er Stockfelder ein Mandat gegeben hat«, entgegnete ich schnippisch.

»Dann frag ihn doch!«

»Hast du?«

Erwin schüttelte den Kopf. »Nein, das habe ich nicht. Warum sollte ich?«

Ich zog die Schultern hoch. »Weil du deinen Bruder nicht leiden konntest. Oder weil dein Vater dich enterbt hat. Du hast genug Gründe, deinem Bruder etwas anzuhängen!«

Er trat einen Schritt zurück, knallte die Fahrertür zu, hob mir die Faust entgegen und spreizte langsam seinen Mittelfinger nach oben. Dann drehte er sich wortlos um und verschwand in Richtung Haus.

»Du mich auch«, rief ich gegen das geschlossene Fenster, warf den Motor an und fuhr aus der Hofeinfahrt.

Als ich zu Hause eintraf, saßen Tom und Thea in der Küche und spielten Memory.

»Papa verliert«, sagte meine Tochter ernst und sah konzentriert auf die restlichen verdeckten Karten. Auf ihrer Seite befand sich ein dreimal so hoher Stapel wie bei Tom.

»Gewonnen«, rief Thea nach wenigen Minuten, warf die Arme in die Luft und verschwand in ihrem Zimmer.

Ich schilderte Tom den Streit mit Erwin und das Ergebnis meines Besuchs bei Stockfelder.

»Ein eindrucksvoller Mann. Und er weiß mehr über die Vergangenheit meiner Familie als manch anderer.«

»Dazu gehört auch nicht viel«, erwiderte Tom. »Aber wir reden ein anderes Mal. Ich muss noch ein paar Texte redigieren. Geh du ruhig schon ins Bett.«

Damit verschwand er in der Arbeitsecke des Wohnzimmers. Beim Gute-Nacht-Sagen erzählte Thea aufgeregt vom Kinobesuch mit ihrem Vater. Sie lag zugedeckt auf dem Rücken und blickte zum Sternenhimmel an der Decke. Ich küsste sie und löschte das Licht. Als ich hinausging, fing Thea sofort an, sich in den Schlaf zu plappern. Hinter der angelehnten Tür konnte ich ihre helle Stimme hören.

»Die Dany hat einen schönen Hund. Und dann gehe ich mit meinem Hund spazieren. Du hast ja ganz weiches Fell, mein kleines Hündchen.«

Reflexartig drehte ich um.

»Dany war auch im Kino?«, fragte ich, um einen neutralen Ton bemüht.

»Jaaaaa. Ich hab dich lieb, Mama«, säuselte Thea, strampelte mit den Füßen und verkroch sich unter der Decke.

Kapitel 16

Von jeher war Straßburg für mich, die ich in unmittelbarer Nähe zur französischen Grenze aufgewachsen war, eine sehr französische Stadt, ganz im Gegensatz zu Colmar mit den umliegenden Dörfern. Die Europaparlament-Metropole besaß trotz der vielen Fachwerkhäuser dieses gewisse Flair mit ihren verwinkelten Plätzen und gepflasterten Gassen, auf denen an jenem Samstag im Juni hektisches Treiben herrschte. Touristen liefen in Scharen in Richtung Münster, ausgerüstet mit Rucksäcken und Stadtplänen, und die Einheimischen machten ihre Wochenendeinkäufe.
Für unsere Verabredung hatte David Bloch ein Straßencafé an der Place du Marché Gayot vorgeschlagen – ein zentraler Platz, der leicht zu finden war. Ich war etwas zu früh dran und schlenderte durch die Gassen. In der Auslage eines Herrenbekleidungsgeschäfts entdeckte ich ein Harris-Tweed-Jackett, das ich kurzentschlossen in Toms Größe erstand. Damit war mein Monatsbudget frühzeitig erschöpft. Der Verkäufer lobte meinen exklusiven Geschmack und verpackte das Jackett in dunkelgrünem Seidenpapier mit dem Aufdruck *L'éxpréssion. Paris. La Baule. Strasbourg.*

Dann machte ich mich auf den Weg zum verabredeten Ort. Als ich das Café entdeckte, suchte ich im Außenbereich über die Köpfe der Menschen hinweg nach einem Mann meines Alters. Nur einer saß etwas abseits allein an einem Tisch und rauchte.

Doch je näher ich kam, desto fragwürdiger erschien mir dieses Treffen. Was versprach ich mir eigentlich davon? Ein paar Strähnen seines dunklen Haars, das er gestuft und etwa schulterlang trug, hingen ihm in die Stirn. Sein markant geschnittenes Gesicht wirkte männlich, aber auf eine gewisse Art und Weise auch weich. Vorsichtig beobachtete ich ihn, während ich mich langsam näherte. Ich kannte dieses Gesicht, hatte es schon einmal gesehen. Jetzt war ich mir sicher: Der Mann, der gar nicht aussah, als warte er auf jemanden, war derselbe, der mir nach der Testamentsverkündung in einem kleinen Café begegnet war. Lediglich sein in kurzen Abständen wiederholtes Ziehen an einer Zigarette verriet eine Spur Anspannung. Ich warf einen Blick zur Spitze des Straßburger Münsters hinauf, das sich vor einem hellblauen Himmel wie ein Postkartenmotiv präsentierte, atmete noch einmal tief durch und ging schließlich auf ihn zu. Ich trat an seinen Tisch: »Herr Bloch?«

Er sah auf, nickte kurz und drückte seine Zigarette im übervollen Aschenbecher aus.

»Lizzy Tanner. Vielen Dank, dass Sie sich die Zeit nehmen.«

»Sie sind also die Enkelin meines unbekannten Gönners«, erhielt ich zur Antwort.

Seine Stimme klang rau und belegt. Er blinzelte in die Sonne, stand auf, reichte mir die Hand und zog einen Stuhl unter dem Tisch hervor.

In seinen Augen flackerte eine Mischung aus Sarkasmus und Melancholie, der Dreitagebart verlieh ihm etwas Verruchtes, und auf die Schnelle konnte ich mich nicht entscheiden, ob sein Aussehen beabsichtigt war oder von einer Spur Vernachlässigung zeugte. Doch irgendwie gefiel er mir, obwohl seine Kleidung nicht gerade stilvoll schien und nichts so richtig zusammenpasste. Er nahm sein Aperitifglas und trank von der milchigen Flüssigkeit – Pastis mit Wasser. Seine Hände waren schön und feingliedrig.

Ich bestellte Milchkaffee und bemühte mich, eine Unterhaltung anzukurbeln – Straßburg im Frühjahr, Freiburg im Hochsommer, die hiesige Weinmesse und die Sehenswürdigkeiten der Stadt, das Klima der Rheinebene. Immer wieder brach das Gespräch ab. Er hatte keine Lust auf Smalltalk, dem Belanglosen zog er Schweigen vor, und ich spürte seine Verschlossenheit, je mehr ich mich bemühte. Schließlich gab ich auf, nippte an meinem Kaffee und schwieg.

Am Nebentisch nahmen ein paar Touristen Platz, breiteten Stadtpläne aus und studierten die Speisekarte. Die Wetterprognose hatte schwüle Hitze und gegen Abend Gewitter vorhergesagt; hier in Straßburg schien die Luft zu stehen.

»Auch einen Pastis, Lizzy?«, fragte David Bloch unvermittelt, steckte sich die nächste Zigarette an und gab der Bedienung ein Zeichen.

Abwartend sah er mich an, und obwohl er mich gerade beim Vornamen genannt hatte, schien mir die Mauer der Fremdheit zwischen uns unüberwindbar.

»Nein, danke, ich bin mit dem Auto da.«

Seine Augen sahen mich herausfordernd an.

»Brav.«

In meiner Handtasche suchte ich nach Zigaretten und steckte mir eine an. Als er einen Geldbeutel aus seiner Hosentasche zog, beeilte ich mich, ihm zuvorzukommen, und legte einen Zwanzigeuroschein auf den Teller, was er kommentarlos geschehen ließ. Er leerte sein Glas in einem Zug.

»Wir sind uns schon einmal begegnet«, sagte ich.

»Tatsächlich?«, erwiderte er amüsiert.

»Das Café in der Innenstadt. Freiburg. Nach der Testamentsverkündung. Sie trafen sich mit Ihrem Anwalt.«

»Ach ja?«

»Ich kann mich gut daran erinnern. Sie haben, wie jetzt, Pastis getrunken.«

Ich zeigte auf das leere Glas wie auf ein Beweisstück.

»Wenn Sie das sagen, wird es wohl so gewesen sein. Gehen wir?«

»Wohin?«, entgegnete ich verdutzt und drückte schnell meine Zigarette aus.

»Ein paar Schritte hinunter zur Ill.«

Er erhob sich mit einem Ruck. Nach wenigen Minuten erreichten wir das Wasser und schlenderten wortlos nebeneinanderher.

»Was machen Sie eigentlich beruflich?«, wollte ich wissen, um einen erneuten Einstieg in die Konversation bemüht.

»Schriftsteller«, lautete seine knappe Antwort.

»Interessant. Sie sind der Erste, den ich kennenlerne. Welches Genre denn?«

»Romane, Essays, alles Mögliche. Ich bin ein erklärter Gegner der bürgerlichen Ästhetik und experimentiere mit der Kunst als Abbild politischer Realität.«

Da war sie wieder, die Distanz, diesmal in eine rhetorische, nichtssagende Blase gehüllt, aber zum ersten Mal spürte ich, dass ebendiese Hülle jederzeit platzen konnte und es ihn Anstrengung kostete, sein Gegenüber auf Abstand zu halten. Ich beobachtete ihn verstohlen von der Seite und überlegte, wie sehr das Gesagte zu seinem ganzen Habitus passte. Hätte mir jemand sein Gesicht gezeigt und nach einem passenden Beruf dazu gefragt, hätte ich sicher »Philosoph« oder »Schriftsteller« geantwortet.

»Kann man davon leben?«

»Mit unbequemen Wahrheiten lässt sich in dieser Gesellschaft kein Geld verdienen. Als Künstler lehne ich es ab, den Zeitgeist aufzugreifen. Wir haben genug Leute, die das tun. Sehen Sie sich die Talkshows an!«

»Ich glaube nicht, dass die Macher solcher Shows einen künstlerischen Anspruch haben«, widersprach ich.

»Unterschätzen Sie den Schaden nicht, den sie verursachen.«

»Vermutlich haben Sie recht. Gibt es bereits Veröffentlichungen?«

»Nein. Aber in meinen Schubladen liegen ein paar fertige und noch mehr angefangene Roman-Manuskripte.«

Er winkte ab.

»Haben die auch einen Titel?«, beharrte ich.

Er rieb sich die Stirn. »Eines trägt den Arbeitstitel *Der Mann ohne Erinnerung.*«

»Das hört sich nach Musils *Der Mann ohne Eigenschaften* an.«

»Reiner Zufall.«

Und worum geht es dabei?«

»Um die Selbstfindung eines Mannes, der glaubt, ohne Erinnerung leben zu können. Er weigert sich, zurückzublicken. Sozusagen eine bewusste Verdrängung. Ohne Gedächtnis ist das Leben leichter«, fügte er leiser an, mehr zu sich selbst.

Ich fragte mich, was ein Enddreißiger erlebt haben musste, um so etwas Düsteres von sich zu geben.

»Und – findet er sich trotz Amnesie?«

David blieb stehen und schüttelte den Kopf.

»Wer tut das schon.«

Zum ersten Mal seit unserer Begegnung umspielte ein Lächeln seine Mundwinkel. »Manchmal ist das Vergessen eine Gnade. Das vermeintliche Glück entpuppt sich als Katastrophe und das scheinbare Unglück als Chance.«

Ich dachte an Großmama Constanze und das, was mein Großvater immer wieder über ihre Demenz gesagt hatte.

»Ich glaube, ich verstehe, was Sie meinen.«

»Und Sie, Lizzy? Was machen Sie, wenn Sie nicht mit Überraschungserben in Straßburg unterwegs sind?«

Ich schluckte eine Reaktion auf diese Anspielung herunter und bemühte mich um einen möglichst sachlichen Ton.

»Mein Beruf ist weit weniger spektakulär. Ich bin Kunsthistorikerin und würde gerne meine Promotion abschließen. Aber weil man ja von etwas leben muss, verkaufe ich seit einigen Monaten auf dem Freiburger Wochenmarkt die badische Variante des Flammkuchens und eine Art Pesto.«

»Verheiratet?«

»Zusammenlebend. Tom und ich haben eine siebenjährige Tochter. Sie heißt Thea. Und Sie?«

Er schüttelte den Kopf. »Ich bin nicht erfolgreich im Beziehungenführen.«

»Wer ist das schon.«

Wir bewegten uns unter zahlreichen Trauerweiden weiter voran, ohne einen gemeinsamen Takt zu finden. Mal ging er voraus und ich versuchte aufzuholen, aber sobald ich mich auf seiner Höhe befand, verloren wir uns wieder. Diesen Mann schien eine undurchlässige Schicht zu umgeben, die ihn von der Außenwelt abschottete und sein Wesen gleichermaßen konservierte.

Als wir wieder zur Altstadt abbogen, blieb David abrupt stehen und zeigte auf einen kleinen Markt mit ein paar Ständen.

»Ich habe seit Tagen nicht richtig gegessen und hätte Lust zu kochen«, sagte er plötzlich. »Vorspeise, Hauptgang, Dessert, Käse – das übliche französische Programm. Wir könnten jetzt noch schnell einkaufen und bei mir zu Hause kochen, wenn Sie mögen. Oder nehmen Sie keine Einladung von fremden Männern an?«

Er warf einen gespielt neugierigen Blick auf meine Hüften, als nehme er zum ersten Mal wahr, dass ich eine Frau bin.

»Das Risiko gehe ich ein«, entgegnete ich lachend und ignorierte seine indiskrete Begutachtung.

»Zitronenhühnchen, Thymian, Knoblauch und Kartoffeln? Dazu ein Gemüse aus Karotten, Fenchel und Frühlingszwiebeln? Als Vorspeise etwas Rucola, Tomaten und Büffelmozzarella?«

Ich nickte. Auf einmal spielte er mit dem Klang der Worte wie ein Küchenchef, der dem Gast seine Sterneküche schmackhaft machen wollte.

Für den Einkauf trennten wir uns, denn es blieb uns nicht mehr viel Zeit. David kümmerte sich um das Gemüse. Ich eilte zu einem Stand, wo man gerade dabei war, die übrig gebliebene Ware zu verstauen, kaufte ein Huhn, Büffelmozzarella und ergatterte außerdem noch eine kleine Käseauswahl.

»Wein«, sagte David in geschäftigem Ton, als wir uns in der Mitte des Platzes mit vollen Einkaufstüten trafen. »Wir brauchen unbedingt Wein. An der Place du Temple Neuf, dort drüben«, er zeigte auf eine verwinkelte Straße in der Innenstadt. »Sehen Sie das gelbe Haus links? Das ist die Straße, in der ich wohne. Es gibt einen Weinkeller, der ein paar gute Tropfen hat. Sie mögen doch hoffentlich Wein?«

Ohne meine Antwort abzuwarten, nahm er mir eine der beiden Tüten ab und schob mich sachte in Richtung seines Domizils. »Bleiben Sie hier und lassen Sie sich überraschen«, befahl er und verschwand hinter der Glastür zu der Weinhandlung.

Nach wenigen Minuten stand er mit einer weiteren Tüte vor mir und hielt sie mir geöffnet entgegen. »Ein trockener Weißer aus dem Luberon und roter Ventoux. Auf geht's, Prinzessin. Das Essen wartet!«

Das Projekt des gemeinsamen Kochens schien David geradezu verwandelt zu haben, wie ich erfreut feststellte. Mit unseren Einkäufen machten wir uns über unzählige Treppen auf den Weg in seine Wohnung im letzten Stock eines Fachwerkhauses.

Oben angekommen, stellten wir die Tüten auf den Tresen, der die Küchenzeile vom Esstisch abteilte. Schon beim Betreten der Wohnung schlug mir der Geruch nach kaltem Rauch entgegen. In dem länglich geschnittenen Raum befand sich mittig ein schlichter Holztisch, an dem drei Stühle standen. Durch eine verglaste Tür mit einem winzigen Balkon hatte man eine fantastische Sicht auf das Straßburger Münster. Die Dachschrägen machten die Wohnung heimelig. Im Flur lagerten Berge von Zeitungen, Büchern und Kisten, es sah aus, als sei David erst vor kurzem hier eingezogen. Nahezu jeder Winkel der kleinen Wohnung war verstellt. Im Wohnzimmer standen ein paar leere Bücherregale herum. In der Küche hingegen blitzte die Spüle vor Sauberkeit und es war ordentlich wie im Katalog.

David hatte den Weißwein ins Eisfach gelegt, einen Pastis auf die Anrichte gestellt, schenkte ein wenig davon in zwei schlichte Gläser ein, gab Eiswürfel und Wasser hinzu und schob das fertige Getränk zu mir herüber. Wir nahmen beide einen Schluck.

»Der Nikotingeruch muss schrecklich sein«, sagte er entschuldigend und öffnete das Fenster.

»Ich rauche ja selbst.«

Er klatschte in die Hände.

»Auf den Weißen werden wir eine knappe Stunde warten müssen. Nichts Schlimmeres als ein Weißwein, der zu warm ist. Hast du Hunger? Vielleicht den Salat jetzt gleich? Komm schon!«

»Inzwischen habe ich Hunger«, gab ich zu und fing an, die Zeitungen auf dem Tisch zu einem Stapel zusammenzulegen. »Du wohnst noch nicht lange hier?«

»Vier Jahre etwa.«

Wir mussten beide lachen. Ich setzte mich an den Küchentisch, während David hinter dem Tresen zu hantieren begann und mir schließlich Kartoffeln, Messer, Zeitungspapier und eine mit Wasser gefüllte Schüssel herüberreichte. Wortlos fing ich an, seinen unausgesprochenen Auftrag auszuführen, schälte die Knollen und ließ sie in das Gefäß gleiten. Verstohlen beobachtete ich dabei meinen Gastgeber, wie er mit wenigen Handgriffen parallel mehrere

Gerichte zubereitete. Er stellte eine Vinaigrette aus Zitronensaft, Senf, Olivenöl, Balsamicoessig, Salz, einer Prise Zucker und frisch gehackter Petersilie her. Mit Geschick präparierte er das Geflügel und spickte es mit frischen Thymianzweigen und Knoblauchzehen. Im Nu verschwanden alle Zutaten im Ofen.

»Was du hier siehst, hat durchaus Struktur«, sagte er ernst und warf den Ofen an. »Ich habe nämlich ein echtes Informationsproblem.« Er zeigte auf die Zeitungsstapel im Flur. »Wer sich heute mit Politik beschäftigt, muss eine gewisse Bereitschaft zum Leiden mitbringen. Bist du ordentlich?«

»Bedingt. Aber mit einem Kind lernt man, etwas Ordnung zu halten. Ich kann Thea vom Aufräumen ihres Zimmers nicht überzeugen, wenn im Rest der Wohnung Chaos herrscht. Reiner Selbstschutz! Sonst funktioniert es nicht.«

»Selbstschutz«, wiederholte er nachdenklich und sah mich direkt an. »Ein gutes Stichwort. Heraus damit! Was ist der Grund deines Besuchs in Straßburg? Wie hat deine Familie reagiert, als sie das vom Rosshimmel erfahren hat? War sie konsterniert? Und du? Wäre dein Marktproblem nicht gelöst, wenn dein Großvater anders entschieden hätte?«

Er kniff die Augen zusammen und mir war, als schieße er einen Giftpfeil in meine Richtung.

»Ich habe kein Marktproblem und ich bin keinesfalls hier, um dir dein Erbe streitig zu machen. Ganz im Gegenteil«, fauchte ich, fing mich aber sogleich wieder. »Und meine Familie ist etwas aufgelöst. So könnte man sagen. Allerdings gibt es zu meinem Besuch hier in Straßburg eine Vorgeschichte. Mein Großvater bat mich an seinem Sterbebett, verschiedene Papiere vom Rosshimmel an mich zu nehmen und für Gerechtigkeit zu sorgen.«

»Gerechtigkeit?«

»Indirekt geht es dabei auch um den Rosshimmel, dein Erbe.

Ich habe Recherchen angestellt und halte es inzwischen für wahrscheinlich, dass mein Großvater an deiner Familie etwas wiedergutmachen wollte. Er hat euch das Anwesen nicht grundlos vermacht.«

»Davon bin ich auch nie ausgegangen«, erwiderte David, bückte sich und verschwand hinter dem Tresen. Dann tauchte er mit einem Brotkorb wieder auf, schüttelte den Kopf und sah mich verwirrt an. »Aber ich verstehe nicht. Was genau möchtest du sagen?«

»Wusstest du, dass dein Großvater vor dem Krieg mit zehn Prozent am Unternehmen meines Großvaters beteiligt war?«

»Ja, aber Kirchmann hat das Geld meines Wissens nach zurückgezahlt. Behauptet jedenfalls meine Tante. Und mein Großvater investierte ein Vermögen in seine Ausreise aus Deutschland, die aber leider fehlschlug. Er und meine Großmutter wurden dennoch deportiert. Und dabei hatten sie Glück«, sagte er und rümpfte verächtlich die Nase. »Sie wurden nämlich nicht elendig vergast, sondern verhungerten vorher in einem südfranzösischen Lager.«

»Gurs«, sagte ich leise.

»In unserer Familie gab es über Jahrzehnte ein Gesprächstabu.« Er schnitt das Brot und legte es in den Korb. »Es wurde verhängt über die psychischen Folgen der Flucht und Verfolgung. Darüber wurde bei den Blochs nicht gesprochen. Eine Wissenslücke, mit der ich aufwuchs, ein blinder Fleck. Deshalb bin ich wohl Schriftsteller geworden, um das Schweigen zu brechen. Wir Schreiber tun ja nichts anderes, als unsere Wunden zu artikulieren. Und mitunter die unserer Vorfahren.«

»Das leuchtet mir ein«, erwiderte ich und überlegte, welche Tabus in unserer Familie wirkten, bis ein Geräusch mich aus meinen Gedanken riss.

David hatte den Wein entkorkt und schob mir ein gefülltes Glas, das sofort beschlug, über den Tisch. Er erhob das seine, lehnte seinen Rücken gegen den Tresen und stellte ein Bein vor das andere.

»Auf die Tabus«, sagte er feierlich.

Zum ersten Mal fiel mir die Farbe seiner Mandelaugen auf. Dunkelgrün, fast smaragdfarben. Nanette hatte diese Augen beschrieben. Es waren die Augen Martha Blochs.

»Auf das Verborgene«, erwiderte ich. »Möge es sich zeigen.«

David drehte sich in Richtung des Tresens, wo der vorbereitete Salat stand, stellte eine schlichte Schüssel mit dem Büffelmozzarella auf den Tisch, holte Teller, Besteck und Stoffservietten aus einem Schrank und ich fing wortlos an, den Tisch zu decken. Dann verteilte er auf dem Käse einige Basilikumblätter, setzte sich mir gegenüber und wir begannen zu essen. Er nahm einen Schluck *Domaine de la Citadelle*.

»Probier mal, wonach riecht er?«

Er sah mich abwartend an und hielt seine Nase über das Glas. Ich tat es ihm gleich.

»Zitrone, Kräuter, Hölzer?«, fragte ich unsicher.

»Ja, die typische Provencelandschaft steckt in diesem Wein. Der Hersteller behauptet: Weiße Blüten. Ein Hauch Lavendel. Schmeckst du das?«

Erneut hielt ich meine Nase über das Getränk, konnte jedoch weder die Blüten noch eine Lavendelnote erkennen.

»Für mich schmeckt er nach Zitrusfrüchten«, erwiderte ich. »Ich mag den Luberon.«

Ich stellte das Glas zurück auf den Tisch und drehte an dessen Stiel. Mich streifte eine Erinnerung an Tom, seine Vorliebe für die wilden Landschaften Südfrankreichs, meine verpasste Hochzeitsreise, die Provence und Istanbul.

»Hast du irgendwelche Hinterlassenschaften deines Großvaters? Briefe oder Verträge? Etwas, das einen Hinweis darauf enthalten könnte, ob mein Großvater ihn ausbezahlt hat? Mir fehlt nämlich bis heute der Beweis hierfür«, sagte ich ohne Umschweife.

»Verträge?«

Ratlos schüttelte er den Kopf.

»Meine Tante besitzt einen letzten Brief ihres Vaters, den sie wie ihren Augapfel hütet. Und bei mir fliegt irgendwo eine Kiste mit ein paar Erinnerungsstücken herum. Lass mich später danach sehen.« Er zögerte. »Warum tust du das, Lizzy?«

Er legte das Besteck zur Seite, zündete sich eine Zigarette an und wartete auf meine Antwort. Ich blickte auf seinen Teller; er hatte fast nichts gegessen.

»Vielleicht wirfst du mich hinaus, wenn ich dir das sage.«

»Du sprichst in Rätseln und unterschätzt meine Gastfreundschaft.«

Er grinste.

»Und du vielleicht die Vergangenheit meiner Familie.«

Der Alkohol machte mich redselig.

»Weil mein Großvater es gewollt hat«, erwiderte ich und nippte an meinem Weißen.

»Was?«

»Er wollte, sagen wir, einen Ausgleich.«

»Wofür?«

»Für das, was deiner Familie angetan wurde.«

»Dafür konnte er aber nichts.«

»Vielleicht doch. Indirekt«, gab ich leise zurück. »Das ist alles noch unklar. Tatsache jedoch ist, dass dein Vater und seine Schwester auf dem Rosshimmel überlebt haben. Fast unmöglich, dass mein Großpapa nicht davon gewusst hat. Sagt dir der Name Stockfelder etwas?«

»Nein. Sollte er?«

»Eine Nazigröße aus Freiburg. Längst verstorben. Es sieht ganz danach aus, als trage er Schuld am Schicksal deiner Großeltern.«

»Das hast du herausgefunden?«

»Sein Sohn hat sich nach dem Krieg mit Haut und Haaren der anderen Seite verschrieben. Als Anwalt vertrat er jahrzehntelang Naziopfer. Du hast wirklich nie von ihm gehört? Ludwig Stockfelder aus Waldkirch?«

»Nein.« Er schüttelte den Kopf. »Auch die Schwester meines Vaters hat diesen Namen nie erwähnt. Ich würde mich daran erinnern. Sie ist die Einzige, die von meinen Großeltern erzählt hat. Mein Vater hat nie darüber gesprochen. Er muss seine ganze Jugend und Kindheit ausgeblendet haben. Tante Ella hingegen erzählte vom Rosshimmel, der von ihr über alles geliebten Nanette und von der Rettung nach England. *Das Haus am Himmelsrand*, hat sie immer gesagt.«

»Eine treffende Bezeichnung«, gab ich nachdenklich zurück. »Es gibt tatsächlich nur noch den Himmel über einem, wenn man dort oben ist. Ja, Nanette ist wunderbar, auch in dieser Hinsicht muss ich deiner Tante beipflichten. Ich habe sie inzwischen kennengelernt. Von ihr habe ich das meiste erfahren. Mehr als von meiner eigenen Familie.«

»Du kennst Nani?«, fragte er interessiert und ein Lächeln huschte über sein Gesicht.

Er sprach den Namen liebevoll aus, wie meine Mutter, mit der Betonung auf dem *i*.

»Sie war das Hausmädchen meiner Familie und später die Privatsekretärin meines Großvaters, das wusstest du nicht?«

Er schüttelte den Kopf.

»Um auf diesen Stockfelder zurückzukommen«, fuhr ich fort. »Jemand hat ihm in den fünfziger Jahren ein Mandat erteilt, die genauen Umstände der Deportation deiner Großeltern in den Jahren 1938 bis 1940 herauszufinden. Es ging also um jene Zeit, da dein Vater und deine Tante am Rosshimmel waren. Das weiß ich von Stockfelder selbst. Aber er beruft sich auf seine Schweigepflicht und hat mir in diesem Zusammenhang lediglich die Schandtaten seines Vaters geschildert. Es wäre ja nur allzu verständlich, wenn deine Familie seinerzeit diesen Auftrag erteilt hätte.«

Ich schob mir das letzte Stück Mozzarella in den Mund und stippte mit dem Brot die restliche Vinaigrette auf.

»Ja, das klingt logisch. Und ist mir völlig neu. Lass mich diese Information erst einmal verarbeiten. Ein Mandat, die zwei Jahre vor der Deportation zu durchleuchten? Das müssten ja dann entweder mein Vater oder meine Tante gewesen sein, die den Auftrag erteilt hätten. Mein Vater hat sich viel zu wenig der Vergangenheit gestellt. Nein, das kann ich mir nicht vorstellen.« Er schüttelte entschieden den Kopf. »Und Tante Ella hat nichts davon erzählt. Ich dachte immer, es seien unglückliche Umstände gewesen, die meinen Großeltern die Ausreise aus Deutschland unmöglich gemacht hatten. Kein Grund nachzubohren. Ich bin einigermaßen erschüttert.«

Er wirkte hilflos und aufgewühlt und plötzlich tat es mir leid, dass ich dies alles verursacht hatte. Ich nahm mir eine Zigarette.

»Wollen wir aufhören, darüber zu sprechen?«, fragte ich vorsichtig. »Ich möchte nicht, dass du traurig bist.«

»Nein, um Himmels willen! Im Gegenteil: Sag mir alles, was du weißt. Du bist hierhergekommen, um etwas von mir zu erfahren, und jetzt bist du es, die mir Auskunft gibt. Ist das nicht verrückt? Was also hat dir dieser Stockfelder mit einem geheimnisvollen Auftrag und einem noch rätselhafteren Auftraggeber erzählt?«

»Es war Sabotage, David. Kurt Stockfelder hatte die Ausreisebemühungen deiner Großeltern samt Anträgen und Anzahlungen boykottiert und immer wieder hinausgezögert, bis es zu spät war.«

David nahm einen Schluck Wein, überlegte offenbar angestrengt, schüttelte mehrfach den Kopf und stocherte dann in seinem Essen herum. Dann legte er das Besteck an den Tellerrand und nahm etwas Brot aus dem Korb. In seinen Augen verbarg sich eine Melancholie, die mich erschreckte. »Sie hätten es also schaffen können. Genau wie ihre Kinder«, flüsterte er.

Ich nickte und wir schwiegen. Schließlich stand David auf, öffnete den Kühlschrank, holte etwas Hochprozentiges heraus, zeigte mir mit fragendem Blick eine Flasche Kräuterschnaps, und ich schüttelte den Kopf. Dann schenkte er sich am Tresen eine schwarze Flüssigkeit in ein Schnapsglas und setzte sich wieder zu mir.

»Das Huhn duftet wunderbar«, sagte ich. »Woher kannst du kochen?«

»Ein Relikt aus einer Zeit, als ich noch so etwas wie ein geregeltes Leben führte«, antwortete er abwesend. Dann sah er mich an, als zwinge er sich dazu, nicht länger seinen Gedanken nachzuhängen: »Mein Leben war nicht immer so …«, er suchte nach dem passenden Wort. »Ach, ich weiß nicht. Kochen vertreibt die Wehmut, weil man an nichts denkt. Weißt du, wie anstrengend es sein kann, morgens die Vorhänge aufzuziehen? Wenn ich koche, bin ich lebendig. Wenn ich schreibe, lebe ich. Wenn ich leide, existiere ich. Es ist ein verdammter Teufelskreis. Vielleicht musste das alles so kommen. Dass du hier bist und wir über meine Großeltern reden. Vielleicht gehört das alles irgendwie subtil zusammen.«

Er trank seinen Schnaps aus und zündete sich die nächste Zigarette an.

Seine Leidensbereitschaft, die ich seinen Worten entnehmen konnte, erschreckte mich.

»Wie meinst du das?«

»Das Schicksal meiner Großeltern, das nicht Ausgesprochene meine ich, und dass ich manchmal keine Vorhänge aufziehen kann. Dass ich mit unterschiedlichen Socken aus dem Haus gehe und jede menschliche Annäherung von vornherein verhindere. Kochst du?«

»Mit Hingabe. Du musst uns besuchen kommen in Freiburg. Unternimmst du etwas dagegen? Lässt du dir helfen? Gehst du zum Arzt?«

Er schüttelte den Kopf, legte den Zeigefinger auf die Lippen und rieb sich anschließend die Hände.

»Schluss mit dem Gejammer, Lizzy. Genießen wir den Augenblick.« Er warf einen Blick auf die Küchenuhr. »Höchste Zeit für das Hühnchen.«

Der Hauptgang erwies sich in seiner Einfachheit als ein Geschmackserlebnis. Der Rotwein, den David dazu ausgesucht hatte, ein *Côtes du Ventoux*, mit seinem dunklen Kirscharoma und einer Prise Pfeffer als Offenbarung.

»Ich platze gleich.« Ich legte mein Besteck beiseite. Schon lange nicht mehr hatte ich so viel und so gut gegessen.

»Lass mich später nach dieser Kiste suchen, eine Zigarrenschachtel, in der ich die Sachen meines Großvaters aufbewahre. Den Rest müsste meine Tante Ella haben. Sie ist demnächst in Frankreich, weil sie irgendeine Unterschrift leisten muss. Hängt mit Nani zusammen. Mehr weiß sie selber nicht. Nani hat ein Geheimnis daraus gemacht. Die beiden haben sich jetzt Jahrzehnte nicht mehr gesehen.« David nahm eine Kartoffel auf die Gabel, legte sie zurück und wischte sich dann mit der Serviette über die Lippen. »Dann könnte ich sie selbst auch noch einmal befragen, wenn du willst.«

»Du meinst jene Schwester deines Vaters?«

»Ja, genau, Ella. Sie lebt in Israel.«

»Und was wurde aus deinen Eltern?«

»Meine Mutter ging nach Jerusalem, in unmittelbare Nähe von Tante Ella. Das war vor fast zwanzig Jahren, wenige Jahre nach dem Tod meines Vaters.«

»Dann haben wir etwas gemeinsam: Mein Vater starb mit achtunddreißig bei einem Autounfall.«

»Und meiner hat sich das Leben genommen.«

Betroffen verstummte ich. David räusperte sich, stand auf und fing an, den Tisch abzuräumen. Mechanisch tat ich es ihm gleich und stellte wortlos Teller und Töpfe auf die Anrichte.

»Einen Kaffee?«, fragte er. Ich nickte dankbar und setzte mich wieder.

Er stellte die Tassen, zusammen mit Zucker, auf den Tisch, schraubte eine kleine Espressokanne aus Edelstahl auf, befüllte sie mit Wasser und Kaffeepulver, verschloss sie und stellte sie dann aufs Gas.

»Du bist eine sehr mutige Frau.«

Wie zufällig strich er im Vorbeigehen über meine auf dem Tisch liegende Hand.

»Und du ein sehr gastfreundlicher Mann«, erwiderte ich lächelnd. »Dabei dachte ich zuerst, du seist ein Ekel.«

»Und du eine großbürgerliche Zicke.«

David sprach vom Suizid Georg Blochs ohne Wehmut, wie jemand, der ihm im Leben sehr nahegestanden hatte und der dessen Entschluss, aus dem Leben zu scheiden, respektierte und vielleicht sogar als Erleichterung ansah. Er räusperte sich, schenkte dickflüssigen, schwarzen Espresso in die vor uns stehenden Tassen und der Duft erfüllte die ganze Küche.

»Er hat es nicht geschafft, seine Flucht aus Freiburg als Rettung anzusehen, ganz im Gegensatz zu seiner Schwester. Die Tatsache, dass die Eltern zurückgeblieben, deportiert und schließlich ermordet worden waren, schien bei ihm mit einem tiefen Schuldgefühl behaftet, das er sein Leben lang nicht abschütteln konnte. Niemals hat er davon gesprochen und mir wurde ein ganzer Lebensabschnitt vorenthalten. Ein ewiger Kreislauf unausgesprochener Schuldzuweisungen! Könnte es nicht so sein, dass man den Dingen ihren Schrecken nimmt, wenn man sie benennt? Diese Schlussfolgerung hat das Schweigen meines Vaters in mir hinterlassen. Das war sein Vermächtnis an mich, verstehst du? Georg Bloch war ein Mensch, der keine Spuren hinterließ. Ein von ihm benutztes Waschbecken sah hinterher genauso aus wie vorher. Er konnte sich unsichtbar machen.«

Er schluckte. Leise sprach er weiter. »Ich kenne jene konturlosen Figuren, die sich ohne anzuecken durch fünfhundert Seiten schleichen und der Welt im Grunde genommen nichts zu sagen haben. Männer und Frauen, die sich vor lauter Rückzug fast auflösen.«

Gebannt hatte ich zugehört. »Das ist alles so …«, ich suchte nach einem passenden Wort. »So dunkel.«

Überrascht blickte er mich an. »Weil du einen Denkfehler machst. Du glaubst, wir gehören derselben Generation an. Aber das stimmt nicht. Du täuschst dich! Deine Welt ist maßgeschneidert, meine zerrissen. Du ahnst nicht, was du mit deinen Fragen aufwühlst. Es ist gefährlich, was du tust. Du tanzt auf einem Minenfeld.«

Andreas, der Doktorand, hatte mich genau davor gewarnt. Wenn wir von der Täternachkommenschaft auf die Erben der Opfergeneration treffen, würden oft alte Wunden aufgerissen. Das hatte er sinngemäß gesagt. Jetzt fühlte ich, wie recht er gehabt hatte.

»Warst du eigentlich inzwischen einmal am Rosshimmel?«

David schüttelte den Kopf. »Deine Familie hat eine einstweilige Verfügung erwirkt: Bis zur juristischen Klärung der Eigentumsverhältnisse darf ich mich nicht dort aufhalten. Ihr allerdings auch nicht.« Er grinste. »Der Rosshimmel liegt sozusagen im Tiefkühlzustand.«

»Das wusste ich nicht, David. Mein Bruder und ich sprechen fast nicht mehr miteinander«, sagte ich entschuldigend.

»Und wenn schon«, erwiderte er.

Draußen hatte die Dämmerung eingesetzt und ich warf verstohlen einen Blick auf meine Uhr. Es war kurz nach neun und ich hatte fraglos zu viel Alkohol getrunken. An Autofahren war nicht zu denken.

»Woran denkst du?«, wollte er wissen.

»Ich überlege, ob ich ein Taxi rufe«, antwortete ich wahrheitsgemäß.

»Möchtest du hier schlafen?«

Ich schrak zusammen und wusste nicht, was ich erwidern sollte.

Er erhob sich und öffnete die zweite Flasche Rotwein. »Bleib einfach hier. Du bekommst sogar mein Bett, ich schlafe auf der Couch im Wohnzimmer.«

»Thea übernachtet bei einer Freundin und sie bleibt dort auch am Sonntag. Tom ist in Wien. Beide kommen erst morgen Nachmittag zurück«, dachte ich laut. »Ich glaube, es wäre das Vernünftigste, deine Einladung anzunehmen. Hast du eine Zahnbürste für mich?«

»Selbstredend«, lächelte er. »Brauchst du sie sofort?«

Ich lächelte.

»Was geht in dir vor? Woran denkst du?«

Mein Kopf kippte ein wenig zur Seite und ich gab ihm Halt, indem ich ihn in meine Hände stützte.

»An meine Familie. Mulhouse. Freiburg. Straßburg. Der Rosshimmel. Ist das nicht seltsam, was uns hier zusammengeführt hat?«, fragte ich mehr mich selbst. »Was hat mein Großvater alles bewegt! Du ahnst nicht, wie ich diesen Mann geliebt habe. Und seit meiner Suche nach den dunklen Flecken in seiner Vergangenheit habe ich schreckliche Angst, auf etwas Furchtbares zu stoßen, etwas, was mein Bild von ihm erschüttert …«

Ich hatte das Gefühl, dass ich allmählich Sprachprobleme bekam. Bei jedem *s* schien meine Zunge kurz an den Schneidezähnen hängen zu bleiben, bis sie doch noch die Kurve bekam.

»Und einmal im Leben muss ich mich um Arbeit kümmern.

Ich kann doch nicht bis an mein Lebensende Pesto auf dem Markt verkaufen. Ich hatte noch nie einen festen Job.«

Der Alkohol machte mich geradezu weinerlich. Ich hasste mich dafür.

»Ich auch nicht.«

»Du schreibst Bücher«, warf ich ein. »Das ist doch was! Oder wovon lebst du?«

»Deutsch, Französisch – ich lehre in Privatschulen auf Honorarbasis. Gelegenheitsjobs. Von meinem Erbe habe ich mir diese Wohnung gekauft. Wenn man keine Miete bezahlen muss, kommt man immer irgendwie durch. Noch ein Glas?«

»Wenn wir schon einmal dabei sind.«

David füllte unsere Gläser ein weiteres Mal.

»Was ist dein größter Fehler, Lizzy?«

»Mein Großonkel hat das einmal so formuliert: Dass ich immer noch daran glaube, die Welt am nächsten Tag so vorzufinden, wie ich sie am Abend vor dem Einschlafen verlassen habe. Und deiner?«

»Die Distanz, die ich zu Menschen aufbaue und unter der ich meist weniger leide als die anderen. Ich bin ein Kaputtmacher.«

»Tom warf mir einmal vor, ich sei eine emotionale Verführerin.«

»Oh ja, das bist du. Im besten Sinne.«

Er drehte an seinem Glas und ich konnte einfach nicht aufhören, mich schrecklich zu bemitleiden.

»Wenn alles vorbei ist, fahren wir zusammen zum Rosshimmel«, sagte ich feierlich und bekam zu allem Übel noch einen Schluckauf: »Es ist der magischste Ort, den ich kenne.«

»Es heißt nicht magischste, sondern: der am meisten magische.«

Wir waren eindeutig betrunken.

»Magisch, magischer, am magischsten«, nuschelte ich.

Einige Gläser später, gegen zwei Uhr morgens, versuchten wir im Schlafzimmer das Bett für mich zu machen. David stülpte ein Spannbetttuch über das Kopfende, tastete sich zur anderen Seite, wo er bemüht war, die Ecken der Matratze in das Laken zu stecken. Sofort löste sich die rechte Kopfseite und er begann von vorne. Ich kicherte, bis ich schließlich auf die Idee kam, die widerspenstigen Matratzenecken mit meinem Körper zu beschweren, und so legte ich mich am Kopfende auf den Bauch und David tat das Gleiche auf der anderen Seite des Bettes. Zwischen uns schwebte ein aufgeblasenes, viel zu kleines Laken, das jeden Augenblick in der Mitte wieder zusammenzuschnurren drohte.

»Wir bewegen uns einfach nicht, du bleibst, wo du bist, bleib genau so liegen. Rühre dich nicht vom Fleck!«, sagte er in meine Richtung.

Irgendwann gaben wir auf, warfen eine Decke über die Matratze und ich ging vorsichtig einen Fuß vor den anderen setzend ins Bad, wohingegen David in der Küche verschwand.

Ich putzte meine Zähne, wusch das Gesicht und ging zurück ins Schlafzimmer, zog mich bis auf T-Shirt und Slip aus und schlüpfte schnell unter die Decke. Durch die geöffnete Tür vernahm ich das Geräusch von klapperndem Geschirr und dann das Aufschütteln eines Kissens nebenan.

»Schläfst du schon?«, hörte ich David fragen.

»Ja«, kicherte ich, schob meinen rechten Fuß aus dem Bett und stellte ihn auf den Boden. Trotzdem hörte die Welt nicht auf, sich zu drehen.

»Ich auch«, gab er zurück und lachte sich halb kaputt über seinen Witz. »Ich hatte richtig Spaß mit dir. Es ist Jahre her, dass ich mich so amüsiert habe. Und was ist das mit deinem Tom?«, fügte er an.

Unwillkürlich fiel mir Danielas Gesicht ein, ihr zarter Körperbau, ihre fast durchsichtige Haut.

»Er hat eine andere.« Meine Stimme klang wie zerbrechendes Glas auf einer Granitplatte. »Weil ich ihn betrogen habe, muss ich das geschehen lassen«, hörte ich mich deutlich sagen.

»Man muss doch nichts geschehen lassen!«

David hatte recht. »Es ist zu spät«, flüsterte ich und die Welt hörte nicht auf, sich zu drehen. »Und du? Gibt es eine Frau in deinem Leben?«

»Es gab eine. Es ist vorbei. Ich habe sie verloren.«

»Das sollte man niemals sagen. Solange man daran hängt, gibt es noch Hoffnung.«

»Sie ist tot. Vor vielen Jahren gestorben.«

Kapitel 17

Am nächsten Morgen wurde ich von Geräuschen aus der Küche geweckt. Ich schlüpfte aus dem Bett, stieg in meine Jeans und ging ins Bad. Als ich zurückkam, hatte David bereits Kaffee gekocht. Auf dem Tisch lag ein Korb mit zwei goldgelben Croissants. Daneben Kopfschmerztabletten.

David stand hinter dem Tresen und zog an einer Zigarette. »Brauchst du eine Aspirin?«, fragte er und wandte sich mir zu.

Die kurze Nacht war ihm nicht anzusehen. Im Gegenteil. Er wirkte erholt und frisch. Sein dunkles Haar glänzte.

»Danke. Kaffee genügt erst einmal«, gab ich lächelnd zurück und setzte mich.

Er drückte seine Zigarette im Aschenbecher aus, kam herüber und setzte sich. »Wie hast du geschlafen?«

»Kurz und traumlos. Und du?«

»Lange genug und himmlische Träume. Frag aber besser nicht nach dem Inhalt«, erwiderte er anzüglich.

Ich nippte an meinem Kaffee und überlegte, wie ich unser Gespräch auf die noch offenen Fragen von gestern Nacht lenken könnte. »Du wolltest doch noch etwas suchen«, begann ich zögerlich. »Diese ominöse Kiste, das Nähkästchen deiner Familie. Wir wollten doch noch nach Briefen oder Verträgen sehen?«

»Aua, Elisabeth«, erwiderte David. »Von Harfe spielenden Engeln zur Realität. Du kannst knallhart sein. Die Zigarrenkiste.« Er erhob sich und verschwand im Wohnzimmer. Ich hörte das Öffnen und Schließen diverser Schränke und Schubladen und zwischendurch immer wieder Davids leise Flüche über seine Ordnung. Schließlich kehrte er mit einer Holzkiste zurück.

»Voilà! Die Hinterlassenschaft meines Vaters und meines Großvaters.«

Er stellte die Kiste auf den Tisch und öffnete sie. Dann zog er ein Schwarzweißfoto heraus und legte es vor sich hin – ein Hochzeitsbild. David überflog den Inhalt einiger Postkarten und Briefe und ließ alles auf den Tisch fallen. Er zählte acht Briefe, ein paar lose Papiere, die aussahen wie Formulare, Karten und ebenjenes Bild. David reichte es mir, und ich sah es mir genauer an.

»Meine Großmutter besitzt ein Foto von deiner Großmutter. Ich habe sie sofort wiedererkannt. Sie war eine wunderschöne Frau«, sagte ich anerkennend und gab David das Bild zurück. »Du hast ihre Augen. Wo gibt es denn solch eine Farbe?«

»Man kann das Grün auf einem Schwarzweißfoto nicht wirklich gut erkennen, Lizzy«, schmunzelte David.

»Ich weiß es von Nanette, das sagte ich gestern Abend bereits. Bevor wir betrunken waren.« Ich lächelte ihm zu. »Und dass sie Schulfreundinnen waren. Martha und Stanzi.«

»Wer ist Stanzi?«

»Constanze, meine Großmutter. Durch sie soll Martha ihrer großen Liebe, Samuel Bloch, begegnet sein.«

»Ja, von dieser großen Liebe habe ich auch gehört. Aber sie hatten nicht viel Zeit miteinander.« Er kramte in den Papieren. »Also hier ist nichts zu holen, Lizzy. Jedenfalls kein Vertrag oder dergleichen. Ich muss dich enttäuschen.«

Jetzt entfaltete er ein maschinenbeschriebenes Blatt. Ich konnte den fettgedruckten Briefkopf *Deutsches Patentamt München* erkennen. »*... müssen wir Ihnen mitteilen, dass der von Ihnen gestellte Antrag auf ein Patent abgelehnt wird*«, las David halblaut vor.

»Das hatte ich völlig vergessen«, sagte er dann wie zu sich selbst und schüttelte den Kopf. »Mein Großvater hatte irgendwann in den dreißiger Jahren ein Patent beantragt. »Kein Wunder, dass er als Jude abgelehnt worden war. Nationalsozialistische Wirtschaftspolitik«, fügte er verächtlich hinzu.

Mir blieb fast das Herz stehen. »Darf ich mal sehen?«

Wortlos reichte David mir zwei Dokumente. Meine Hände zitterten, als ich den Inhalt überflog.

»Ihr Patentantrag vom 16. Januar 1936«, stand im Betreff des ersten. Im zweiten war *»Ihr Patentantrag vom 18. November 1936«*, zu lesen.

»Zwei Anträge im selben Jahr«, dachte ich laut nach.

Ich hatte plötzlich einen Klumpen im Magen. Mir war schwindelig. Großpapas Patent. War das die Lösung? Fast meinte ich, den alten Herrn zu sehen, wie er bei Firmen- und Familienjubiläen am Kopf einer großen Tafel thronte, nachdem er sich zuvor widerwillig mit Frack und Fliege verkleidet hatte.

Ihr wisst, wie ich derartige Veranstaltungen liebe, hatte er jedes Mal mit einem vorwurfsvollen Blick an meine Mutter betont und dabei an seinem gestärkten Hemdkragen gezogen, der keinen Millimeter nachgab.

Bei jeder Laudatio zu seiner Erfindung war er immer ganz still geworden und winkte verlegen ab. Er, der sich wie kein anderer auf dem gesellschaftlichen Parkett zu bewegen wusste, hasste Lobreden. Wie ich ihn dafür geliebt hatte! Er war ein Mann der Tat gewesen, ein Tüftler, der bahnbrechende Erfindungen machen wollte und niemand, dem es um Ruhm und Ehre ging. Vor einem applaudierenden Publikum erhob er sich schließlich beschämt, ja fast widerwillig und mit gesenktem Kopf, und immer schien es, als schwebe er über all dem Glanz, der seinetwegen veranstaltet wurde.

Ich sah durch die Glastür zum Balkon hinaus, wo das Straßburger Münster von der Morgensonne gebührend in Szene gesetzt wurde. Es war nur ein Sonntagvormittag wie jeder andere, aber ich saß hier am Küchentisch des Enkels jenes Mannes, der vielleicht die Lorbeeren meines verstorbenen Großvaters verdient hätte und damit einen Gutteil des Vermögens meiner Familie, die von alldem nichts ahnte. Ich starrte auf die Buchstaben des Briefkopfs. *Deutsches Patentamt München*. Lag das Motiv für die Schenkung eines Anwesens in den Vogesen direkt vor mir? Plötzlich erschien mir Großvaters stockende Rede und sein damit verbundener Auftrag logisch und nachvollziehbar. Es hatte vieler kleiner Schritte bedurft bis zu diesem Durchbruch – was hätte er denn an seinem Sterbebett sagen sollen? Noch einmal las ich den Inhalt des Dokumentes, diesmal eingehend. Als ich eines der Blätter umdrehte, fand ich auf der Rückseite unter der Rubrik »Anlagen«: *Antrag auf ein Patent für phosphoreszierende Oberflächen bei Chronometern*. Ich zeigte darauf und schob es zu David hinüber. Meine Hände zitterten wieder.

»Phosphoreszierende Oberfläche.«

»Was passiert hier?«, fragte David.

Er nahm das Schreiben in die Hand und las die Rückseite.

»Phosphoreszierende Oberfläche bei Chronometern«, sagte er und blickte dann auf. »Wir befinden uns im wunderbaren Reich der Zeitmesser, Lizzy. Kennst du diese Tierchen, die in der Nacht aufleuchten? Ich glaube, man sagt Leuchtkäfer.«

»Glühwürmchen«, bestätigte ich.

»Genau. Ich habe einmal gelesen, dass sie deshalb in der Dunkelheit leuchten, weil sie Phosphor erzeugen. Aber ich bin kein Biologe.«

»Eine phosphoreszierende Oberfläche bei Chronometern ließe sich dann wohl als ein aus heutiger Sicht simples Leuchtziffernblatt benennen.«

»So ist es«, erwiderte David. »Sagt dir das etwas?«

Ich legte meine Hände auf das Papier, dann auf Davids Hand und zwang ihn, mich anzusehen.

»Mein Großvater ist der Erfinder von Leuchtziffern bei Fliegeruhren. Oder besser gesagt, er galt bislang als der Entdecker jenes Phänomens«, korrigierte ich mich schnell. »Im Zweiten Weltkrieg hat er eine Menge Geld damit verdient. Überlege, bitte, David. Es ist wichtig. Hat deine Tante etwas erzählt? Oder dein Vater?«

»Dass Großvater ein Tüftler war und ein brillanter Uhrmacher. Meine Tante war ja noch klein, Lizzy. Ein Kind. Acht oder neun Jahre alt. Du glaubst ja wohl nicht im Ernst, dass darüber gesprochen wurde, falls mein Großvater wirklich etwas erfunden hat.«

Er sah mir in die Augen. »Ist dir klar, Lizzy, was du damit aufwühlst? Die Reaktion deiner Familie? Und die meiner?«

»Zunächst einmal muss sich das bestätigen. Ich werde bei meinem Bruder nachfragen.«

Aber in meinem Herzen wusste ich es bereits. Ebendas war Großvaters Anliegen gewesen: dieses Patent. Deswegen wollte er Gerechtigkeit. Er musste geahnt haben, dass ich es herausfinden würde. Samuel Bloch war der Erfinder der Leuchtziffern, nicht mein Großvater.

»Kannst du mir eine Kopie von den beiden Schreiben des Münchner Patentamtes machen?«, bat ich David, woraufhin dieser wortlos in seine Arbeitsecke verschwand und den Drucker anwarf. Kurz darauf kam er mit zwei Kopien zurück und reichte sie mir. Er sah nachdenklich aus und in seinen Augen konnte ich eine Mischung aus Zorn und Enttäuschung lesen.

»Ich werde das aufklären, David. Ich verspreche es. So bleibt das nicht stehen.«

»Wenn wir schon beim Aufdecken sind. Da ist noch etwas, das von Bedeutung sein könnte, Lizzy. Es fällt mir im Zusammenhang mit dieser Geschichte hier ein«, er deutete mit dem Kopf auf meine Handtasche, in die ich die Kopien der Papiere gesteckt hatte, und setzte sich erneut mir gegenüber. »Und jetzt erschließt sich mir, glaube ich, der Sinn: Mein Vater und dein Großvater hatten in den fünfziger Jahren einen Streit, der zum Bruch der Familien Kirchmann und Bloch geführt hat.«

Ich horchte auf. »Worum ging es dabei?«

Von einem endgültigen Zerwürfnis hatte ich noch nie gehört.

»Das eben weiß ich nicht genau«, fuhr David fort. »Mein Vater hat irgendwann mal davon gesprochen, aber da ich die Zusammenhänge nicht kannte, verstand ich gar nicht, was er meinte. Es ging um die Deportation seiner Eltern und die Rolle deines Großvaters. Nichts Genaues, aber der Name Bodo Kirchmann fiel. Als ich bei meiner Mutter nach Vaters Tod einmal vorsichtig angeklopft habe, wusste sie von nichts. Auch meine Tante Ella hatte auf mein Nachfragen nach Vaters Tod heftig widersprochen, was mich hellhörig machte. Man spürt, wenn Menschen, die einem nahestehen, lügen. Und dann, Jahrzehnte später, vermacht uns dein Großvater dieses Anwesen. Ich dachte natürlich sofort, es sei eine Art Wiedergutmachung oder so etwas in der Art. Aber das war reine Spekulation. Bis jetzt.«

Er griff auf dem Tisch nach seinen Zigaretten und zündete sich eine an. Mechanisch zog ich meine aus der Handtasche und tat es ihm gleich. »Du meinst, das Patent könnte Ursache des Streits gewesen sein?«

»Seit fünf Minuten halte ich das für möglich, ja.«

Ich wusste nicht, wie ich diese Information beurteilen sollte, aber ich hatte keinen Zweifel an Davids Intuition. Lange sahen wir uns schweigend an und ich hatte das Gefühl, je mehr uns die verborgene Vergangenheit unserer Ahnen trennte, desto näher rückten wir zusammen. Sein Blick wanderte in Richtung meines

Munds, dann wieder zurück, und ich wollte nicht wegsehen, nichts abreißen lassen. Plötzlich war mir, als würde ich sein Innerstes erkennen, und der Wunsch, dass er mich einfach küssen sollte, überkam mich.

»Jedenfalls hat es sich gelohnt«, flüsterte ich.

»Was?«, fragte er, ohne seine Augen von mir zu lassen.

»Dieser Besuch«, stotterte ich. »Dass ich hier war.«

»Oh, ja. Und zwar in vielerlei Hinsicht«, erwiderte er vielsagend und fing an zu schmunzeln.

Als mein Handy klingelte, mussten wir beide lachen. »Geh nur dran«, sagte David. »Es könnte wichtig sein.«

Auf dem Display konnte ich Toms Handynummer sehen. Verlegen nahm ich das Gespräch an, stand auf und ging, mich abwendend, in Richtung Fenster.

»Mama!«, schrie Thea ins Telefon. »Komm schnell. Papas Rücken ist kaputt!«

»Warum seid ihr denn zu Hause?«, stammelte ich. »Papa ist doch in Wien und du im Europa-Park?«

Im Hintergrund glaubte ich Toms Stöhnen zu hören.

Ich versprach, in einer Stunde da zu sein. Dann ging ich eine Entschuldigung sprechend auf David zu, der angefangen hatte, das Geschirr abzuräumen. Wir verabschiedeten uns mit einer innigen Umarmung, aber der magische Moment von vorhin war verpufft.

»Lass uns telefonieren«, sagte er aufmunternd. Verwirrt über das, was in den vergangenen Minuten geschehen war und was ich dabei gefühlt hatte, eilte ich zu meinem Auto.

»Mama, endlich!«, empfing mich Thea, als ich zu Hause die Tür aufschloss. Sie zerrte an meiner Hand.

»Warum seid ihr denn beide hier, Thea? Ich verstehe nicht …«, stammelte ich und folgte meiner Tochter ins Schlafzimmer.

Tom lag auf dem Bett und drehte den Kopf zur Seite.

»Was ist passiert?«

Ich legte das Päckchen mit dem Harris-Tweed-Jackett auf die Kommode und trat ans Bett.

»Ich kann mich nicht mehr bewegen«, presste Tom hervor. »Es geht gar nichts mehr.«

»Hast *du* Thea abgeholt? Wann bist du aus Wien zurückgekommen? Ich hätte angerufen, wenn ich gewusst hätte …«, stotterte ich verzweifelt und versuchte, meine Gedanken zu ordnen. Dann sah ich in Toms schmerzverzerrtes Gesicht und schob die Termin-Ungereimtheiten beiseite.

»Wo tut es weh?«

»Überall.«

»Wie ist es passiert?«

Ich setzte mich an das Fußende. Toms Stirn war schweißbedeckt.

»Ein Hexenschuss. Ganz plötzlich. Vorhin. Eine dumme Bewegung nur. Mist! Ich konnte mich nur noch ins Bett schleppen. Mir tut alles weh. Ich kann mich nicht rühren.«

»Papa kann sich nicht mehr bewegen«, erklärte mir Thea den Ernst der Lage. »Eine Hexe hat auf ihn geschossen. Wir waren nicht im Europa-Park. Es ist gut, dass ich hier bei Papa war, Mama.«

»Das hast du gut gemacht«, sagte ich anerkennend, lächelte und strich ihr über den Kopf. Sie stand an seinem Bett wie eine Krankenschwester und wich keinen Zentimeter. »Soll ich dir eine starke Schmerztablette bringen oder gleich den Arzt rufen?«, fragte ich an Tom gewandt.

»Besser beides«, gab er knapp zurück.

In seiner Stimme glaubte ich einen Vorwurf zu bemerken, als sei ich es, die Schuld an seiner Unbeweglichkeit und den Schmerzen trug. Ich hatte Tom noch nie so gesehen und rannte eilig ins Badezimmer, um im Apothekerschrank nach Schmerztabletten zu suchen. Alles, was ich fand, war Diclofenac. Es war Sonntag. Ich rief den Notarzt an, der bald vorbeikommen wollte. Bis dahin sollte ich Tom drei der Entzündungshemmer verabreichen. Mit einem Glas Wasser und den Tabletten kehrte ich ins Schlafzimmer zurück. Artig schluckte er die Medikamente.

»Jetzt müssen wir einfach abwarten, bis es wirkt, Tom. Der Notarzt wird gleich hier sein«, versuchte ich ihn zu trösten und schob vorsichtig ein Kissen unter seinen Nacken.

Qualvoll schrie er auf. »Lass das. Verdammt. Du machst alles noch schlimmer.« Nachdem sich Thea bei ihrem Vater versichert hatte, dass er keine Hilfe, sondern gegenwärtig nur Ruhe brauchte, stampfte sie in ihr Zimmer und versprach, alle halbe Stunde nach ihm zu sehen.

Als der Arzt eintraf, konnte sich Tom bereits wieder vorsichtig bewegen. Klaglos ließ er eine Spritze über sich ergehen, deren Wirkstoff die verkrampfte Muskulatur allmählich löste und den Schmerz betäubte. Ich blieb an seinem Bett sitzen und streichelte seine Hand. Er zog sie weg. Konzentriert fing er an, seine Beine und Arme zu bewegen, dann setzte er sich auf und lehnte den Kopf gegen die Rückseite des Betts.

»Geht es besser? Möchtest du eine Tasse Tee?«, fragte ich.

Er schüttelte den Kopf. »Wo warst du, Lizzy?«

»In Straßburg. Bei David Bloch. Ich dachte, ihr seid noch den ganzen Tag unterwegs. Ich konnte doch nicht wissen …«

»Es kann nicht mehr so weitergehen!« Tom atmete hörbar ein und aus.

»Wir haben zu viel getrunken, Tom. Es war mir unmöglich, Auto zu fahren. Dafür kann ich doch nichts. Du warst in Wien und Thea bei Leonie!«

»Darum geht es doch gar nicht. Lizzy. Erst war es die Bretagne. Heute ist es Straßburg, Mulhouse, Waldkirch oder der Schwarzwald. Du verrennst dich und merkst nicht, was um dich herum geschieht. Du vernachlässigst unser Kind, bist ständig unterwegs. Das, was mir gerade passiert ist, kommt mir wie eine Warnung vor. Ich muss mich um mich kümmern, auch damit ich die Kraft und Zeit für Thea habe, die du nicht aufbringen kannst oder willst. Und dazu brauche ich Abstand von dir. Wir können so nicht weitermachen.«

»Zeit für Thea? Oder meinst du, Zeit für Daniela?«, fragte ich mit beleidigtem Unterton.

Tom antwortete nicht.

»Bist du dir sicher, Tom?«

»Hast du dich das damals bei dem Traumtänzer gefragt?«

»Du kannst mir das doch nicht ewig vorwerfen. Und nenn ihn nicht so!«

»Du hast recht. Es ist falsch, wie ich mich verhalte, und falsch, wie ich dich behandle. Ich hasse mich selbst dafür. Deshalb muss sich etwas ändern. Da ist ein Zimmer in einer Wohngemeinschaft in der Basler Straße frei. Vielleicht sollte ich erst mal dort hingehen. Dann sehen wir weiter.«

Er starrte auf die Kommode, auf der das Jackett im dunkelgrünen Seidenpapier lag. Der Schriftzug *Paris. La Baule. Strasbourg.* stach mir ins Auge. Ich überlegte kurz, ob ich ihm sein Geschenk als Beweis meiner Liebe überreichen sollte, aber plötzlich erschien mir das Harris-Tweed-Jackett wie ein Schuldeingeständnis.

»Und wie stellst du dir das mit Thea vor?«, wollte ich stattdessen wissen.

»Selbstverständlich hole ich sie so oft wie möglich zu mir. Du wirst ja wohl nichts dagegen haben.« Tom drehte sich vorsichtig zur Seite und schloss die Augen.

»Wir werden es ihr erklären müssen«, flüsterte ich und verließ das Schlafzimmer.

Mechanisch ging ich in die Küche, ohne zu wissen, was ich dort sollte. Ich sah mich um, nahm eine Zigarette aus dem Küchenbuffet. Es befanden sich noch fünf in der Schachtel. Als ich auf der Terrasse saß, rechnete ich zurück: Mit denen aus meiner Handtasche reichte ein Päckchen Zigaretten für drei Tage; das machte noch keine echte Raucherin. Mein Blick fiel auf die leeren Terrakottagefäße. Diesen Sommer würde es keine Kräuter geben. Es war zu spät. Ich hatte es schon vor Wochen geahnt. Es hatte angefangen zu tröpfeln; ein warmer Sommerregen fiel auf den heißen Asphalt. Die Stadt dampfte.

Drei Zigaretten später kam Tom mit zwei Tassen Tee, reichte mir eine davon und setzte sich. Aus dem Kinderzimmer hörte man *Freedom* mit dem Sprechgesang von DJ Bobo – Theas neuem Schwarm. Sie sang lauthals mit und traf dabei so gut wie keinen einzigen Ton. Wehmütig dachte ich, dass wir einst eine ganz normale Familie gewesen waren und dass ich immer mehr in der Rückblende sah. Toms erster Kuss, seinen Heiratsantrag, das Einräumen der Wohnung, ein lächerlicher Streit um das Silberbesteck. Ich wollte aufschreien vor Schmerzen. Wenn ich den Blick nach vorne richtete, sah ich ein leeres Blatt Papier, eine unberührte Theaterbühne ohne Requisiten und Schauspieler.

»Du rauchst, Lizzy«, stellte Tom lapidar fest.

Und wenn schon, dachte ich, was kümmert es dich. Ich nickte.

»Ich werde alles dafür tun, dass es Thea gut geht«, versprach er.

Ich überlegte, ob ich etwas sagen sollte wie: *Bleib hier. Gib uns nicht auf. Geh nicht! Gib uns noch eine Chance.*

»Das weiß ich, Tom. Ich weiß das.«

Ich erhob mich und ging in die Küche, stellte meine Tasse ab und sah vom Flur aus Toms Gestalt, seinen geraden Rücken, sein gesenktes Haupt. Ich wollte auf ihn zugehen, seinen Nacken berühren, ihn trösten, als ob er Trost bedurfte, aber unter der Terrassentür blieb ich stehen. Plötzlich wusste ich es.

»Du hast mit ihr geschlafen.«

Meine Lippen formten beleidigte Worte, geschnitten scharf wie mit einem gewetzten Messer. Tom zuckte kurz zusammen, antwortete aber nicht.

»Ich habe dich im letzten Sommer betrogen, Tom, ja, das habe ich getan«, sagte ich und meine eigene Stimme kam langsam zurück. Ich erkannte sie. »Aber das gibt dir nicht das Recht, die ganze Zeit auf meiner Unvollkommenheit herumzutrampeln. Seit du mich kennst, siehst du auf mich herab, weil ich einen anderen familiären Hintergrund habe und mir im Leben alles auf einem Silbertablett präsentiert wurde. Deine Familie ist immer abwesend und ich habe dir das nie vorgeworfen. Aber du hast mich auch betrogen, Tom, denn es ist der reinste Betrug, sich auf jemanden einzulassen, wenn man das eigentlich nicht kann. Jérôme hat versucht, mich zu erobern, in einer Art, wie du es nie tun musstest, weil ich dir einfach zugeflogen war. Er war kein Traumtänzer. Er war ein Realist. Ich möchte nicht, dass du schlecht über ihn sprichst. Und ich habe genug gebüßt.«

Sein Kopf kippte zur Seite, sein linkes Ohr hatte er in meine Richtung gedreht. Jetzt sah ich sein Profil; unter seiner gebräunten Haut kam eine sonderbare Blässe zum Vorschein.

»Es geht nicht um richtig oder falsch, schwarz oder weiß, Lizzy ...«, erwiderte er zögerlich.

Ich unterbrach ihn: »Du hast mir nicht gesagt, dass dir die Wahrheit über die Liebe geht und du ganz grau wirst vor lauter Misstrauen, Beschuldigungen und Bezichtigungen. Ich habe dir etwas verschwiegen, du aber hast mich gezwungen, zuzusehen, und was ich gesehen habe, entsprach nicht dem, was du sagtest. Keiner von uns beiden kann sagen, das Richtige oder das Falsche getan zu haben. Du wirfst mir immer vor, nur schwarz oder weiß zu sehen. Dabei bist du der Farbenblinde von uns beiden, Tom. Nicht ich bin es.«

Ohne seine Antwort abzuwarten, drehte ich mich weg, verschwand ins Schlafzimmer und zog die Tür hinter mir zu.

Straßburg, Lörrach, Kirchmann Uhren GmbH, MAI 1959

Georg Bloch betrat in der Dunkelheit die Küche seiner ersten eigenen Wohnung und tastete sich zum Tisch, zog einen Stuhl hervor und setzte sich. In diesen Tagen war er fünfundzwanzig Jahre alt geworden, aber sein Gang erschien ihm wie der eines alten Mannes. Die Uhr über der Spüle tickte und zeigte drei Uhr morgens an. Von draußen schimmerte das matte Licht einer Straßenlaterne in den Raum. Er lebte noch nicht lange in Frankreich, doch er wusste bereits, dass er hier genauso wenig zu Hause war wie in England oder in der Schweiz. Er sah zum Fenster hinaus und hing seinen Gedanken nach. Jene nächtliche Stimmung an der Schwelle zum Morgen, kurz bevor Straßburg erwachte, empfand er als friedvoll, als vermöge es jener Augenblick, einen Hauch Gleichgewicht zwischen ihm und der Welt herzustellen.

Der Kühlschrank surrte. Georg erhob sich, öffnete ihn und schenkte sich ein Glas Milch ein. Er bemerkte ein flüchtiges Zittern seiner Hände. Er, der wie kein anderer Gefühle zu disziplinieren verstand, verspürte angesichts des hereinbrechenden Tages eine Anspannung. In wenigen Stunden würde er ins benachbarte Deutschland nach Lörrach fahren. Jahrelang hatte er es vermeiden können, Heimatboden zu betreten.

In Straßburg lebte Georg Bloch einsam wie an jedem anderen Ort in der Welt, der einzig vertraute Zustand, der ihm Sicherheit gab. Er konnte sich nicht vorstellen, jemals neben einem Menschen zu liegen, mit ihm zu leben, und dass ihn Nähe erfüllte. Zeitlebens erging es ihm ein wenig wie einem Autisten, nur dass die vielen Eindrücke, die von außen auf ihn einstürzten, nicht zu ihm durchdrangen, sondern vor einer unsichtbaren, ihn umgebenden Wand lautlos abprallten. Alles, was ihn dann noch erreichte, war gedämpft, gemildert, abgekühlt und fremd.

Als er die Grenze über den Rhein passierte, registrierte er die gelben Ortsschilder. Die Landschaft der Rheinebene unterschied sich nicht von der des nördlichen Elsasses. Knappe zwei Stunden später erreichte er Lörrach, und schon von weitem war das Firmenschild »Kirchmann Uhren GmbH«, das stolz über dem Eingangsportal ragte, zu sehen.

Bodo Kirchmann empfing Georg Bloch in seinem Büro. Die beiden Männer begrüßten sich per Handschlag. Für einen winzigen Augenblick hatte Georg das Gefühl, Kirchmann wollte auf ihn zugehen, um ihn zu umarmen. Da hatte er steif seine Hand ausgestreckt. Georg kannte den ehemaligen Geschäftspartner seines Vaters aus Kindertagen, hatte aber keinerlei Erinnerung an ihn. Aufmerksam studierte er Kirchmanns Gesichtszüge, als ließen sich aus ihnen Antworten auf seine dringlichsten Fragen ableiten.

»Wie ist es dir ergangen, mein Junge? Ich hörte, dass du nach deiner Schweizer Internatsausbildung eine Banklehre absolviert hast. Das ist gut! Freut mich!«

Kirchmann führte Georg an einen Tisch mit drei Ledersesseln und bot ihm eine Zigarette an, nachdem beide Platz genommen hatten. Georg lehnte wortlos ab, zog eine gelbe Gitanes aus seiner Jackentasche und steckte sie sich an.

Während er Rauch ausblies, betrachtete er den Mann, der ihm schräg gegenübersaß. Kirchmann wirkte vital, voller Enthusiasmus, und alles an ihm, von der Statur bis zum Teint, strahlte Gesundheit und Wohlstand aus. Georg sah sich um. Hier war also die Wirkungsstätte seines ermordeten Vaters gewesen.

»Kaffee? Tee? Möchtest du etwas essen? Wir können auch ausgehen.«

Ohne eine Miene zu verziehen, lehnte Georg ab, schüttelte schweigend den Kopf.

»Straßburg«, erwiderte er indessen monoton. »Die Bank befindet sich in Straßburg.«

»Das ist sehr schön. Wie geht es deiner Schwester?«

»Israel. Ella lebt in Israel.«

»Also, heraus damit, Junge. Wenn du nicht einmal mit mir schlemmen möchtest – Was kann ich dann für dich tun? Was ist der Grund deines Besuchs?«

Kirchmann vermochte mit Menschen der unterschiedlichsten Couleur zu kommunizieren; für eine abgehackte, teilnahmslose Rede fand er kein Gegenmittel.

»Sie wollen wissen, wie es mir ergangen ist?« Georg stellte ein Bein neben das andere und fixierte Kirchmanns Schreibtisch. »Wie überlebt wohl jemand, der mit fünf seine Eltern das letzte Mal sieht, später erfährt, dass sie deportiert wurden, jemand, der von Ihrem Personal, Herr Kirchmann, außer Landes gebracht wird? Sagen Sie es mir! Wie fühlen Sie sich denn?«

Verdutzt schüttelte Kirchmann den Kopf. Er hatte mit allem gerechnet, nicht aber mit einem solchen Angriff.

»Es tut mir unendlich leid, was dir widerfahren ist. Glaube mir, ich habe alles getan, um das Unheil von eurer Familie fernzuhalten, es zumindest zu mildern.«

Georgs Gedanken überschlugen sich: Was maß dieser Mann sich an? War er Gott, dass er Unheil von Menschen abzuwehren vermochte? Und von seinem Schmerz, seinen Entbehrungen, mit denen er groß geworden war, hatte er nicht die geringste Ahnung.

»Ach ja, und worin genau bestand Ihre Hilfeleistung? In Patentdiebstahl?«

Kirchmann zuckte zusammen. Beherrscht blickte Georg auf sein Gegenüber, gewillt, das geringste Zucken wie ein Lügendetektor unmittelbar zu entlarven. Er ließ sich nicht an der Nase herumführen. Er musste Klarheit haben. Jene beiden Fragen waren der eigentliche Grund seines Besuchs. Nicht mehr und nicht weniger. Gebannt wartete er auf die Antwort. In Gedanken war er diese Begegnung hunderte Male durchgegangen. Er würde keinen Fehler machen.

»Sie haben Geld nach England schicken lassen, um sich zu entschulden. Ist es nicht so? Oder sind Sie sicher, können Sie wirklich behaupten, alles für die Rettung meiner Eltern getan zu haben? Oder haben Sie sich bereichert am Wissen meines Vaters? Wie viele Millionen hat Ihnen das eingebracht?«

»Ich habe mich nicht bereichert«, stotterte Kirchmann, sonst nicht um Worte verlegen. Aber diesem jungen Mann gegenüber fühlte er sich hilflos. Wie sollte er ihm Samuel Blochs Vermächtnis erklären? Georg würde ihm ohnehin nicht glauben. »Das Geld war für eure Ausbildung gedacht! Ich wollte mich stellvertretend für euren Vater um euch kümmern!«

Noch nie hatte Bodo Kirchmann so viel Wut gesehen und hinter ihrer Fassade glaubte er kindliche Verletzungen zu erkennen. Eine ewig klaffende Wunde. Er hätte es wissen müssen.

»Sie sind schuld am Tod meiner Eltern! Warum haben Sie ihnen kein Geld gegeben, als sie gehen wollten? Sie hätten es schaffen können, aus Deutschland herauszukommen. Genau wie ihre Kinder. Warum nur Ella und ich? Können Sie das erklären? Warum folgten meine Eltern nicht, wie versprochen?«

Georg legte seine Zigarette an den Rand des Aschenbechers, nahm seine Hände und hielt sie gegen die Knie, um das plötzliche Zittern seiner Beine zu unterdrücken. Kirchmann atmete tief durch, beugte sich ihm entgegen und versuchte ihn am Arm zu berühren.

»Georg, mein Junge …«

Blitzschnell schüttelte Georg die Berührung ab.

»Nennen Sie mich nicht Ihren Jungen!«

»Für deine Eltern war es zu spät. Wir alle waren von der übereifrigen Deportation dieses Gauleiters Wagner überrascht. Niemand hatte damit gerechnet!«

»Wenn es irgendjemanden in Freiburg gab, der von der Deportation wusste, dann Sie! Sie hatten die besten Kontakte. Die Nazis gingen in Ihrem Haus ein und aus!«

Müde schüttelte Kirchmann den Kopf. Was immer geschehen war, er hatte zu wenig getan. In diesem Moment war ihm klar: Er musste für seine teuflische Fratze, die er 1945 abgelegt und für immer begraben hatte, bezahlen. Und Georg Bloch würde ihm nicht glauben, wenn er ihm seine Sicht der Dinge erklären würde. Außerdem war es kompliziert. Der junge Mann brauchte einen Schuldigen am Tod seiner Eltern. Vielleicht wäre es ihm danach leichter.

»Du kannst die Welt nicht in Gut und Böse unterteilen. Das funktioniert nicht. Es gibt Nuancen!«

»Ich spucke auf Ihre Nuancen! Was haben Sie getan? Was unterlassen?«

Georg starrte auf sein Gegenüber. Der Gedanke, sein Vater könnte hier sitzen, versetzte ihm einen Stich ins Herz. Als Kirchmann seinen Blick erwiderte, sah er schnell weg.

»Glaube mir, bitte. Wir hätten nichts am Schicksal deiner Eltern ändern können. Es war zu spät. Dein Vater hat zu lange gezögert. Das ist die bittere Wahrheit.«

Langsam erhob sich Georg Bloch, ging zur Tür und drehte seinen Kopf noch einmal um. In diesem Moment erhob sich Kirchmann. Erst jetzt registrierte Georg dessen stattliche Größe.

»Es ist alles gesagt«, sagte er, die Klinke in der Hand haltend.

»Da wäre noch etwas, Georg«, drang die leise Stimme des ehemaligen Geschäftspartners seines Vaters zu ihm durch. »Ich habe ein

paar der Möbel deiner Familie retten können. Sage mir, wohin ich sie liefern lassen soll, und es wird geschehen.«

»Ich möchte meine Eltern zurückhaben – kein Mobiliar!«, entfuhr es Georg und zum ersten Mal seit langer, langer Zeit trieb es ihm die Tränen in die Augen. Plötzlich war er fünf Jahre alt und sein Schmerz ein lautloser Schrei. »Was interessieren mich ein Stuhl, ein Tisch, eine Kommode?« Dann aber fing er sich, wie ein Schlittschuhläufer, der nach einem Sprung zu stürzen droht und sich in letzter Sekunde ausbalanciert. »Sie haben zu lange gezögert, Herr Kirchmann!«, fuhr er mit beherrschter Stimme fort. »Unterlassen Sie Ihre Weihnachtskarten und Geburtstagswünsche an mich und meine Schwester. Wir haben nichts zu feiern und bedürfen daher nicht Ihrer Glückwünsche. Leben Sie wohl. Sie und Ihr Gewissen, wenn Sie überhaupt noch eine Ahnung davon haben, was das ist.«

Hinter ihm fiel die Tür ins Schloss. Starr vor Entsetzen stand Bodo Kirchmann immer noch in der Besucherecke seines Büros, bis er sich schwerfällig an seinen Schreibtisch begab, wo er sich in den Stuhl fallen ließ. Der Krieg war noch nicht vorbei. Zwischen den Menschen, mit ihren aufgestauten Schmerzen, die sich in Hass und Verzweiflung verwandeln konnten, tobte er weiter. Versöhnung war eine Illusion.

Georg aber trat hinaus auf die Straße und atmete die frische Luft. Seine Wunden heilten nicht von seiner Anklage, aber er war froh, alles gesagt zu haben. Er war für seine Eltern eingetreten. Das war er ihnen schuldig. Jetzt konnte er die Vergangenheit begraben und würde nie wieder davon sprechen.

Beim Verlassen des Gebäudes kam ihm eine Erinnerung, wie er als Kind stundenlang in der Gesindeküche am Fenster gesessen hatte, die Pferde auf der Koppel am Rosshimmel betrachtete und sie um deren Freiheit beneidete. Die majestätischen Bewegungen der muskulösen Rösser unter einem wolkenverhangenen Himmel, als wür-

den die anmutigen Tiere gleichsam durch die Wolken hindurchtanzen. Wenn sie sich in Bewegung setzten, vibrierte der Boden und Georg hatte so oft gehofft, er möge ihn dann einfach verschlucken.

An jenem Maitag im Jahre 1959 fuhr Georg zurück nach Straßburg, ging seiner neuen, lukrativen Arbeit bei der Bank nach und saß auch am nächsten Morgen wie an den kommenden mit dem hereinbrechenden Morgen in der Küche. Still, nachdenklich, einsam. Ein gebrochener Mann, der sich am liebsten unsichtbar machte, um seinem Gegenüber und sich selbst zu entkommen.

Beinahe zwanzig Jahre später sollte es ihm gelingen.

Kapitel 18

Mit großen Augen hörte unsere Tochter am nächsten Abend zu, während Tom und ich ihr zu erklären versuchten, dass ihr Papa vorübergehend auszog. Beide hielten wir es für das Beste, Toms Auszug zunächst zu begrenzen. Wir hofften, dass Thea einen abgesteckten Zeitraum besser verkraften würde.

»Wohin gehst du, Papa?«, fragte sie schlicht.

»In eine Wohngemeinschaft in der Basler Straße.«

»Bekomme ich auch ein Zimmer da?«

Tom schüttelte den Kopf.

»Etwas viel Besseres, Thea. Du darfst mit mir in einem Zimmer schlafen. Auf einem Schlafsofa, das man ausziehen kann. Wir werden uns sehr oft sehen. Und du bekommst eine Spielecke.«

»Ihr könnt euch doch einfach wieder vertragen«, schlug sie vor. »Das sagt ihr mir auch immer, wenn ich Streit mit Leonie habe. Man gibt sich die Hand und fertig.«

»Wir haben keinen Streit, mein Schatz«, erwiderte Tom zärtlich. »Es ist nur so, dass Lizzy und ich über ein paar Dinge nachdenken müssen. Und das geht besser, wenn wir in zwei Wohnungen sind, verstehst du?«

»Ihr könnt doch auch hier nachdenken. Jeder in einem anderen Zimmer. Ich störe auch überhaupt nicht.«

Niemand von uns wusste eine Antwort, aber ich konnte den Schmerz in Toms Gesicht sehen, während auch ich mit den Tränen kämpfte. Wir hatten unserer Tochter immer erklärt, dass sie das Wichtigste in unserem Leben war. Was jetzt geschah, zeugte nicht davon.

Mit gesenktem Kopf zog sich Thea zurück und schloss die Tür hinter sich. Noch nie zuvor hatte ich mich meiner Tochter gegenüber so hilflos gefühlt. Und schuldig. Ich wollte ihr folgen, aber Tom schüttelte den Kopf. »Lass sie, bitte. Sie kommt schon, wenn sie uns braucht.«

»Ich verschwinde morgen Nachmittag mit Thea ins Freibad, Tom. Bitte packe in dieser Zeit deine Sachen. Sie muss das nicht mit ansehen.«

Am Montagnachmittag erreichte mich der Anruf eines Galeristen aus Freiburg, ein Freund von Beate, Leonies Mutter. Sie hatte ihm meine Telefonnummer gegeben.

»Es handelt sich um eine Fotoausstellung im Dezember. Wir benötigen jemanden vom Fach. Reine Projektarbeit für vielleicht drei Monate. Und danach könnten wir weitersehen. Beate hat mir Sie wärmstens empfohlen«, sagte er. »Wir müssten uns vorher einmal zusammensetzen, sehen, ob wir zueinander passen.« Er lachte verlegen. »Na ja, ob die Chemie zwischen uns stimmt. Allerdings ginge das erst in den Sommerferien. Bis dahin bin ich hoffnungslos ausgebucht.«

Er seufzte. Am anderen Ende der Leitung hörte ich ein Rascheln.

»Das ist überhaupt kein Problem«, erwiderte ich eifrig und notierte die Vorgabe für den 28. Juli in unserem Familienkalender. Hoffnungsvoll legte ich den Hörer auf und warf einen Blick ins Schlafzimmer. Tom stand unschlüssig vor seinem Kleiderschrank und hatte zwei Koffer aufs Bett gelegt.

Grußlos verschwand ich. Mit Schwimmsachen holte ich Thea auf dem Fahrrad von der Schule ab und gemeinsam radelten wir ins Frauenbad in der Wiehre. Ich genoss Theas Nähe, ihre Umklammerung im Schwimmbecken, ihre weiche Haut, den zarten Duft ihres Haars, ihre Liebesbekenntnisse. Wir drehten uns langsam im Wasser und sie hatte ihren Kopf auf meine Schulter gelegt.

»Ich hab dich lieb, Mama«, flüsterte sie und umarmte mich mit quietschenden Schwimmflügeln. Als müsse sie vorsorgen, dass ich ihr nicht auch noch abhandenkäme.

»Und ich dich erst«, erwiderte ich und küsste sie in die nassen Haare.

Zum Mittagessen gab es Eis vom Kiosk, denn plötzlich schien mir die Übertretung von Erziehungsregeln ein heilsamer Weg, und tatsächlich ließ sich Thea damit ablenken. Anschließend fuhren wir in der Videothek vorbei. Sie suchte sich tschechische Märchenverfilmungen aus, die es abends auf dem Sofa mit Popcorn und Apfelschorle gab.

»Cool«, erwiderte sie. »Kommt Papa dann auch zum Videos-Sehen?«

»Er bleibt heute in der Basler Straße, mein Schatz«, erinnerte ich Thea an unsere neue Lebenssituation. Sie schmollte. »Komm schon, *Aschenputtel. Frau Holle. Tischleindeckdich.* Thea, du liebst doch Märchenfilme. Du darfst auch bei mir schlafen.«

Trotz aller Verlockungen, die ich bot, war mir klar, dass ich ihr weder den Schmerz würde nehmen können noch die Enttäuschung darüber mildern, dass Tom und ich getrennte Wege gingen. Als sie sich dann abends auf dem Sofa an mich kuschelte und gebannt auf dem Fernseher *Aschenputtel und der Prinz* verfolgte, brach mir fast das Herz.

»Das ist die Falsche«, rief Thea empört, als der Prinz sich mit dem Schuh in der Hand niederkniete.

Und schon hatte sich die falsche Prinzessin den Zeh abgehackt. »Der ist bescheuert!«, schimpfte Thea gegen die Mattscheibe.

Sie wollte nicht einsehen, warum der Prinz mit der Erstbesten auf seinem Pferd davonreiten wollte, wo es doch offensichtlich war, dass ein Riesenplattfuß, wie Thea sagte, niemals in einen Kinderschuh passte. »Das viele Blut, Mama! Das sieht man doch. Der ist doof!«

Meine Tochter zeigte dem Prinzen den Vogel und ich wusste nicht, ob ich weinen oder lachen sollte. Beim Abspann gähnte Thea, ließ sich auf meinem Arm in unser Bett legen und schlief nach dem Gute-Nacht-Kuss sofort ein.

Ich ging ins Bad, um mir die Zähne zu putzen. Gegen neun klingelte das Telefon. Sofort rannte ich in den Flur und hob ab, bevor Thea aufwachte. Auf der anderen Seite der Leitung meldete sich das Heim für betreutes Wohnen in Mulhouse.

»Ich habe Ihre Telefonnummer von Madame le Coz«, sagte eine weibliche Stimme mit französischem Akzent. »Madame le Coz wurde gestern ins Krankenhaus eingeliefert. Es besteht der Verdacht auf Herzinfarkt.«

»Wo liegt sie? Wie geht es ihr?«, fragte ich aufgelöst.

»Hier im Städtischen Hospital. Ich kann Ihnen nur sagen, dass sie vorerst dort bleibt. Mehr weiß ich nicht.«

»Wie kommen Sie auf mich? Gibt es denn keine Verwandten?«

»Nein. Keine. Sie hat niemanden. Madame hat eine Verfügung hier im Wohnheim hinterlassen. Da stehen Ihr Name und Ihre Telefonnummer für Notfälle.«

Gleich am nächsten Morgen, nachdem ich Thea in die Schule gebracht hatte, fuhr ich nach Mulhouse. Mit einem bunten Blumenstrauß, für den ich bereits auf dem Flur eine Vase organisiert hatte, betrat ich klopfenden Herzens die Station. Unten an der Rezeption hatte man mir Nanettes Zimmernummer mitgeteilt. Sie war offensichtlich erst seit wenigen Stunden von der Intensivstation verlegt worden. Zaghaft klopfte ich an der Tür und trat nach Aufforderung ein.

Sie lag in einem Bett am Fenster und wirkte blass und müde. Ihre geöffneten langen Haare befremdeten mich, weil ich sie sonst nur mit hochgesteckter Frisur kannte.

»Wie schön, dass Sie gekommen sind«, sagte sie kraftlos. »Das ist nicht selbstverständlich.«

Ihre Stimme klang heiser. Ich stellte die Blumen auf einem kleinen Tisch ab, holte einen Stuhl, zog ihn zum Krankenbett und setzte mich. Sie reichte mir ihre Hand. Ich hielt sie fest.

»Wie geht es Ihnen? Was ist passiert?«

»Ein Herzinfarkt. Nicht der Rede wert. Ich bin noch nicht so weit. Glauben Sie mir das.«

»Davon ist auch niemand ausgegangen«, lächelte ich. »Haben Sie irgendwelche Wünsche? Soll ich etwas für Sie tun? Vielleicht etwas frisches Obst einkaufen?«

»Nein danke, ich habe hier alles, was ich brauche. Einschließlich Ruhe. Die Ärzte meinten, es sei nur ein kleiner Infarkt gewesen. Morgen wollen Sie mir einen Schrittmacher implantieren. Auf der Intensivstation haben sie festgestellt, dass ich kleine Aussetzer habe. Das bekommt man anscheinend mit einem Chip in den Griff.«

»Das hört sich gut an.«

»Es hört sich grauenvoll an, liebe Lizzy. Sie sind eine kleine Schmeichlerin! Was gibt es Neues?«

»Ich war bei David Bloch in Straßburg.«

Sie sah interessiert auf.

»Es lief irgendwie anders, als ich gedacht hatte. Wir haben uns gegenseitig versprochen, in Kontakt zu bleiben.«

»Wie finden Sie ihn?«

»Ziemlich attraktiv, wie ich mir im Nachhinein eingestehen muss. Äußerlich. Ansonsten geheimnisvoll, tiefgründig.«

Von den Ergebnissen, die meine Recherchen bei Stockelder und

David ergeben hatten, sagte ich nichts. Ich wollte Nanette in ihrem Zustand keinesfalls damit beunruhigen.

»Ich habe Sie aus einem bestimmten Grund als Kontaktperson angegeben. Sie nehmen mir das hoffentlich nicht übel«, hob sie zögerlich wieder an.

»Nun, den werden Sie mir sicher bald verraten.« Ich lächelte ihr zu.

»Wie lange bist du jetzt schon unterwegs und bemühst dich, die Vergangenheit deines Großvaters zu durchleuchten? Ein halbes Jahr? Im Frühjahr warst du zum ersten Mal bei mir in Mulhouse.«

Nanettes Wechsel zum *Du* klang vertraut, liebevoll, natürlich, als sei die Zeit reif dafür. Ich dachte an unsere erste Begegnung, die mir gar nicht so lange her schien. Im November hatte mir Erwin den Hinweis auf Stockfelder gegeben und inzwischen hatten wir Hochsommer. In der Zwischenzeit war so vieles passiert.

»Was hältst du davon, wenn du eine Zusammenführung der Familien Kirchmann und Bloch veranlasst? Eine Begegnung, die vielleicht das ein oder andere klärt und womöglich Licht ins Dunkel bringt?«

Glühwürmchen, dachte ich automatisch. Phosphoreszierende Oberfläche.

»Es steht bereits fest, wann Ella Bloch nach Frankreich kommt?«, fragte ich überrascht. »David sprach davon«, erklärte ich.

Sie nickte. »Ja. Als ich gestern hier eingeliefert wurde und verkabelt auf der Intensivstation lag, da wurde mir klar, dass man die Chancen nicht verstreichen lassen darf. Die Zeit ist reif dafür, Lizzy. Mir ist, als hätte ich eine Vision gehabt.«

Nanette sah verlegen zur Seite.

»Eine Vision?«

»Ja, das klingt seltsam, obwohl ich mein ganzes Leben an Gott geglaubt habe. Er hat mich immer beschützt.« Sie bekreuzigte sich schnell. »Ich hätte das niemals für möglich gehalten. Aber es gab keinen Tunnel mit Licht am Ende, wie alle immer sagen. Mir war, als wäre ich deinem Großvater begegnet. *Du bist noch nicht so weit, Nani*, hat er gesagt. *Erst müssen wir unsere Sünden büßen*. Mir läuft es immer noch eiskalt den Rücken herunter, wenn ich daran denke.«

Sie schüttelte sich. Was Nanette sagte, befremdete mich. Stand sie unter Medikamenteneinfluss? »Ich werde das Treffen in die Wege leiten, Nanette, sobald es dir besser geht«, beruhigte ich sie mit sanfter Stimme.

»Nein.« Sie schüttelte entschieden den Kopf. »Warte nicht. Jetzt sofort. Noch in diesem Sommer. Ella kommt bestimmt kein zweites Mal. Und ich bin nach dem Herzschrittmacher wiederhergestellt. Sagen die Ärzte. Erkundige dich bei David, wie lange Ella in Straßburg sein wird, und dann machst du Nägel mit Köpfen. Ich werde da sein. Verlass dich darauf.«

»Wird Ella Bloch meiner Einladung folgen?«

»Das lass meine Sorge sein. Wir müssen es versuchen. Und darauf hoffen. Was ist mit deiner Familie?«

»Schwer zu sagen. Wenn es mir gelingt, Mama zu überreden, wird Alexander womöglich zustimmen. Vielleicht.«

Nanette schloss die Augen und seufzte. »Du musst alles daransetzen, Lizzy. Es ist wichtig. Aber jetzt lass mich bitte schlafen. Ich bin sehr müde. Rufe mich an, sobald du Bescheid weißt.«

Ich erhob mich, streichelte ihre Hand und verabschiedete mich. »Werde gesund, Nani. Wir brauchen dich noch.«

Sie lächelte mit geschlossenen Augen. Als ich an der Tür stand, setzte sie noch einmal zum Sprechen an.

»Die Einzahlungsbelege, die du am Rosshimmel gefunden hast …« Ihre Stimme klang abgehackt. Sie räusperte sich. Ich starrte auf ihre Lippen. »Es waren Unterhaltszahlungen. Aber nicht im herkömmlichen Sinn. Ich weiß, was du gedacht hast. Dein Großvater hatte keine unehelichen Kinder.«

Plötzlich kippte ihr Kopf zur Seite. »Keine unehelichen Kinder«, stammelte sie. »Die Wahrheit …« Die letzten Worte hauchte sie nur noch; dann war sie eingeschlafen.

Aufgekratzt verließ ich das Krankenhaus. Seit Großvaters Tod schien sich in meinem Leben alles nur noch um zwei Dinge zu drehen: Lüge und Wahrheit.

Die Tage vergingen wie im Flug. Ich war mit der Organisation für das Treffen der Familien Kirchmann und Bloch beschäftigt. David hatte mir telefonisch mitgeteilt, dass seine Tante Ella insgesamt drei Monate in Frankreich verbringen wollte und ein Wiedersehen mit ihrer Heimatstadt Freiburg sehr begrüßte. Dem Treffen mit meiner Familie musste sie allein Nanette zuliebe zugestimmt haben. Davids Auskunft diesbezüglich klang relativ verhalten.

»Nanis angekündigtes Kommen hat mehr bewirkt als mein gutes Zureden bei einem ausgiebigen Abendessen«, hatte David mir diplomatisch erklärt.

Ich veranschlagte zwei Tage mit zwei Übernachtungen für das Treffen und legte den Termin auf den Beginn der Sommerferien, weil Thea sich dann in einem Feriencamp befinden würde und es außerdem im Markgräfler Hof, wo ich die Gäste unterbringen wollte, noch freie Zimmer gab.

Thea gewöhnte sich allmählich an das Wohnungsshopping, liebte die Besuche bei ihrem Vater in der Wohngemeinschaft und erzählte mir jedes Detail haargenau, wenn sie zurückkehrte. Aber ich beobachtete Veränderungen an ihr. Sie wurde anhänglicher, schlich nachts immer häufiger in mein Bett und reagierte empfindsamer auf meine Stimmungen. War ich besonders traurig und unzufrieden mit meiner neuen Lebenssituation, bekam Thea prompt Wutanfälle. Sie verbannte ihre Barbiepuppen in eine Schuhkiste und erwog sogar, ihr Schmusetuch im Garten zu begraben.

»Ich bin zu groß für Puppen. Ich möchte endlich einen Hund, Lizzy. Ganz für mich allein«, erklärte sie und sah mich schluchzend an.

Die Tränen liefen ihr die Wangen hinunter. Sie wusste genau, dass unser schlechtes Gewissen ihre Chancen auf einen Vierbeiner hatte ansteigen lassen. Ich jedenfalls ertappte mich immer häufiger dabei, ihr Dinge durchgehen zu lassen, die ich sonst nicht duldete. Tom wälzte die Frage der Anschaffung eines Hundes auf mich ab.

»Wenn Lizzy einverstanden ist, können wir darüber reden«, sagte er einmal, als er Thea zu Hause ablieferte und sie wieder drängelte.

Vorwurfsvoll hatte ich Tom angesehen.

»Dann nimm du ihn in deine WG und ich löse dich ab, wann immer ich Zeit für ihn habe«, konterte ich, entschlossen, in der Hundefrage hart zu bleiben. Letztendlich würden die täglichen Spaziergänge an mir hängen bleiben.

»Das bedeutet auch jede Menge Verantwortung, Thea. Wir haben oft darüber gesprochen und es dir erklärt«, erwiderte ich jedes Mal schweren Herzens.

»Ich will nicht, dass du erklärst«, hatte sie beim letzten Mal gebrüllt. »Ich will einen Hund.«

»Nein, Thea. Zum letzten Mal. Es geht momentan nicht. Im Herbst bekomme ich vielleicht einen Job in einer Galerie und dann ist da noch der Marktstand. Wie soll ich mich da um einen Hund kümmern?«

»Ich würde mich schon kümmern. Und ich möchte Papa wieder hier haben. Du bist schuld, dass er weg ist«, hatte sie schließlich weinend gerufen und war in ihrem Zimmer verschwunden.

Mit einer Mischung aus Schuldgefühlen und Wut war ich zurückgeblieben, hatte mich in die Küche zurückgezogen und die monatlichen Lebenshaltungskosten durchkalkuliert, wie ich es in letzter Zeit immer häufiger tat. Das Ergebnis blieb dasselbe. Unser Geld reichte vorne und hinten nicht. Und die Tantiemen sollten das erste Mal im kommenden Januar fließen, das war noch eine ganze Weile hin. Seit Tom ausgezogen war, lasteten Miete und Haushalt auf mir allein. Er hatte mir zwar angeboten, weiterhin seinen Beitrag zu leisten, aber außer einem Unterhalt für Thea, der weit über den gesetzlichen hinausging, nahm ich kein Geld von Tom. Wenn ich nicht bald eine Lösung fand, müsste ich einen neuen Kredit aufnehmen. Früher wäre das einer der Zeitpunkte gewesen, an dem mein Großvater mit einer Finanzspritze eingegriffen hätte.

»Wie viel brauchst du?«, hatte er meist schmunzelnd gefragt und seine Brille aufgesetzt.

»Tausend Euro?«, lautete dann meine zögerliche Frage.

Mit dem dreifachen Betrag war ich schließlich beflügelt nach Hause gegangen, nicht ohne vorher ein Vermögen im Feinkostladen auszugeben, um uns zu Hause ein fürstliches Mahl zu bereiten. Tom hatte dann immer einen kritischen Blick auf die gedeckte Tafel geworfen und mich wissend angesehen. Natürlich missbilligte er Großvaters Geldgeschenke.

»Und danken dir, Bodo, für deine Gaben. Die Jakobsmuscheln, das Kobe-Rinderfilet und das Biogemüse. Amen«, sprach Tom dann zu solchen Anlässen ein Tischgebet, das Thea regelmäßig nachplapperte.

Jetzt aber ging es nicht um Luxus. Ich wollte die Kosten für die Unterkunft von Nanette, David und Ella auf alle Fälle übernehmen. Ich musste mir eingestehen, dass die Markteinnahmen letztendlich lediglich ein Zubrot waren; zum Leben reichten sie nicht aus, jedenfalls nicht in dieser neuen Situation. Ich brauchte zusätzliche Einnahmen, bis die Tantiemen kamen, aber keine meiner Bewerbungen hatte Erfolg gebracht. Wie auch, wenn ich doch mit siebenunddreißig als Berufsanfängerin galt? Vor etwa zwei Monaten hatte ich Blindbewerbungen an einige Museen und Presseabteilungen mit Kunst- und Kultursponsoring geschickt und keine einzige Antwort erhalten.

Gegen Mittag packte ich meine Tasche und schwang mich aufs Fahrrad, um nach Herdern zu meiner Mutter zu fahren. Zum ersten Mal in meinem Leben musste ich sie um Geld bitten; einen kleinen Vorschuss, damit ich diese Familienzusammenführung oder wie immer man den Verbund der Blochs und Kirchmanns nennen wollte, auf die Beine stellen konnte.

»Tausend Euro? Wofür das denn?«, fragte meine Mutter mit großen Augen. Sie war eine Frau, die ihr Leben lang solide gewirtschaftet hatte, kein Geld ausgab, wenn es nicht wirklich notwendig war, und ihre großzügige Apanage stattdessen äußerst sparsam verwaltete. Ich war mir sicher, dass sie sich noch nie im Leben von irgendjemandem Geld geliehen hatte.

»Das Mädchen braucht Geld?«, echote Großmama Constanze, die mit uns am Tisch saß und Tee trank. Als Mama aufstand, um Gebäck aus der Küche zu holen, tätschelte sie meine Hand: »Mach dir keine Gedanken! Von mir bekommst du fünfzig Mark. Mein Notgroschen. Oben im Nachtkasten.«

Sie zwinkerte mir zu und ich musste lachen.

»Lass nur, Großmama. Ich schaffe das schon. Aber ich danke dir sehr.«

Als Mama sich wieder zu uns setzte, beichtete ich ihr Toms Auszug und die schmerzhaften Veränderungen, die sich daraus auch wirtschaftlich ergeben hatten.

»Dein Mann hat dich verlassen?«, fragte Großmutter. »Hat er eine andere? Männer haben immer andere.«

»Wir haben es beide so gewollt«, versuchte ich sie zu beruhigen.

»So sind die Kerle«, erwiderte Großmama in verächtlichem Ton und putzte sich den Mund an der Serviette ab. »Dabei trägst du heute solch ein hübsches Kleid.«

Sie zeigte auf die Blumenmotive meiner luftigen Sommergarderobe. »Du bist ein hübsches Mädchen.«

»Danke, Großmama«, erwiderte ich lächelnd.

Meine Mutter schwieg und beobachtete uns kritisch.

»Nur eine kleine Finanzspritze«, erklärte ich erneut an meine Mutter gewandt. »Bis ich über den Berg bin.«

Meine Mutter gab mir ein Zeichen, ihr in die Küche zu folgen. Dort angekommen, bedeutete sie mir, mich zu setzen. Sie begab sich in ihr Arbeitszimmer, kehrte einen Augenblick später mit einer Mappe zurück und schloss die Tür hinter sich.

»Tausend also«, grummelte sie, ohne mich anzusehen, nahm mir gegenüber am Küchentisch Platz und öffnete die Mappe.

»Ich gebe es zurück, sobald ich kann, Mama«, versprach ich.

Konzentriert füllte sie einen Scheck aus und schob ihn in die Mitte des Tischs; ich konnte die Zahl 1.500 lesen.

»Eine Bedingung hätte ich allerdings«, sagte sie fordernd. »Ich möchte, dass du deine Ermittlungen gegen die Familie einstellst. Schluss damit. Ein für alle Mal. Die Tatsache, dass du herumschnüffelst, kursiert ja bald in ganz Freiburg.«

Ich spürte, wie Zorn in mir hochkam. Alexander hatte sich offensichtlich bei unserer Mutter beschwert.

»Wenn Alexander das weiß, dann ist es gleich ganz Freiburg? Und was heißt denn da Ermittlungen gegen die Familie? Du machst mir Vorwürfe? Und fragst nicht einmal, warum ich das tue? Das ist nicht gerade die Gesprächskultur, die mein Großvater pflegte«, platzte es aus mir heraus.

»Mit Gesprächskultur kommt man bei dir bekanntermaßen

nicht sehr weit. Wohin soll das denn alles führen, was du da veranstaltest? Lass deinen Großvater in Frieden ruhen. Der arme Mann würde sich im Grabe umdrehen. Du hast nicht die geringste Vorstellung von den Konsequenzen deines Handelns. Glaube mir, es ist besser, alles unberührt zu lassen. Denke auch an deine Großmutter.«

»Die bekommt es doch so oder so nicht mit, bleib sachlich, Mama«, keifte ich. »Und während ich die Zusammenführung zweier Familien und eine Art Wiedergutmachung oder Aufklärung vorantreibe, habt ihr nichts anderes im Kopf, als die Vergangenheit unter den Teppich zu kehren und euren guten Ruf zu wahren.«

Sie öffnete den Mund, um ihn gleich darauf wieder zu schließen.

»Großpapa wollte, dass ich das tue. Es war sein ausdrücklicher Wunsch. Das hat er mir an seinem Sterbebett aufgetragen! So ist es! Was glaubst du denn, warum er den Blochs den Rosshimmel vermacht hat?«

»Er wird seine Gründe gehabt haben. Die ich im Übrigen respektiere. Ich glaube kaum, dass es in seinem Sinne sein könnte, uns alle ins Unglück zu stürzen«, erwiderte sie beherrscht.

»Mama, du sprichst wie bei einem Interview aus einem Adels-Hochglanzmagazin! Seine Gründe, die ich im Übrigen respektiere«, äffte ich sie wütend nach. »Ich scheine die Einzige im Hause Kirchmann zu sein, die seinen letzten Willen respektiert.«

»Genau das tust du eben nicht«, rief Mama und klatschte mit der flachen Hand auf den Tisch.

Einen derartigen Kontrollverlust hatte ich nie zuvor bei ihr gesehen und wir waren wohl beide gleichermaßen überrascht. Plötzlich herrschte absolute Ruhe im Raum. Nur draußen zwitscherten ein paar Vögel.

»Was weißt du, Mama? Was verschweigst du mir?«

Sie presste die Lippen aufeinander und schüttelte den Kopf. Langsam legte ich meine Hand auf ihre und streichelte sie. Jede Faser ihres Körpers schien angespannt. Ich erhob mich und ging zur Tür. Als ich die Klinke drückte, drehte ich mich noch einmal zu ihr. Sie saß wie versteinert am Tisch und hatte den Kopf auf die gefalteten Hände gestützt.

»Mama. Demnächst wird dir eine Einladung ins Haus flattern. Es wird ein Treffen geben zwischen den Bloch-Erben und uns. Dabei wirst du Dinge zu hören bekommen, die dir nicht gefallen werden. Aber sie sind geschehen. Behalte dein Geld. Ich bitte dich aber inständig, in der Zwischenzeit dein Herz zu befragen. Ich würde ungern auf deine Anwesenheit verzichten.«

»Niemals«, sagte sie. »Unter keinen Umständen.«

»Ich werde dich brauchen, Mama. Bitte sei für mich da!«

Kapitel 19

Eigentlich verirrte sich nach drei Uhr am Samstagnachmittag kein Mensch mehr in die Obdachlosenküche, denn die Insider wussten, dass die Essensausgabe längst beendet war. Doch jetzt öffnete sich die Tür mit einem Ruck. Ich war gerade im Begriff, meine vom Markt übrig gebliebene Ware einzuräumen, kniff die Augen zusammen und sah Dany, die zielsicher auf mich zukam; enge Jeans, Turnschuhe und eine türkisfarbene Leinenbluse.

Heute war außer mir nur noch unser Stammgast Paul übrig geblieben, und er wollte im Moment aufbrechen, hielt aber plötzlich inne und beobachtete mit misstrauischem Blick die Frau, die jetzt bei mir am Tresen angekommen war.

»Hallo Lizzy. Können wir reden?«, fragte Dany geradeheraus.

»Ich wollte gleich gehen«, sagte ich ausweichend. »Muss nur noch ein paar Sachen in die Kühlkammer stellen. Möchtest du einen Kaffee, während du auf mich wartest?«

»Eigentlich wollte ich mit dir irgendwohin, wo wir ungestört reden können, vielleicht in die Casa um die Ecke?«

Ich willigte ein und sie drehte sich weg, ging an einen der vielen leeren Tische, setzte sich und schlug die Beine übereinander. Paul fixierte Daniela immer noch gebannt, dann sah er zu mir, stand langsam auf und ging mit seinem Tablett in Richtung Spülwagen.

»Ärger, Lizzy?«, wollte er leise wissen.

»Alles in Ordnung, Paul«, beruhigte ich ihn lächelnd.

»Falls nicht, gib Bescheid, Lizzy!«, rief er im Hinausgehen.

Ich löschte das Licht in der Küche, schloss den Lieferanteneingang ab und signalisierte Dany, dass ich so weit war. Wortlos gingen wir nebeneinander her in Richtung Casa. Die portugiesische Kneipe war nur einen Steinwurf von der Tafel entfernt. Vorsichtig beobachtete ich Toms Freundin von der Seite: Sie war etwa so groß wie ich, schlank, fast dürr, und hatte den leichten Gang einer Tänzerin. Ihr langes blondes Haar trug sie offen. Hübsch sah sie aus, fand ich, wie ein Mädchen, nicht wie eine neunundzwanzigjährige Frau. Wir betraten das Kellergewölbe des Ladens, in dem um diese Zeit wenig los war, entschieden uns für einen Tisch in der Ecke und bestellten Kaffee.

»Es geht um Tom«, eröffnete Daniela ohne Umschweife das Gespräch. »Ich habe das Gefühl, dass es leichter für alle Beteiligten wird, wenn wir einmal miteinander gesprochen haben.«

»Das dachte ich mir«, gab ich zur Antwort, um einen neutralen Ton bemüht, und zog mir meine Jacke über, denn es war empfindlich kühl dort, wo wir saßen.

»Es ist so schwer für ihn und ich kann es fast nicht ertragen, ihn leiden zu sehen. Seit Monaten bemühe ich mich, eine Beziehung zu ihm aufzubauen. Aber er macht immer wieder dicht und ich komme nicht an ihn heran.«

Sie hatte eine Hand mit gespreizten Fingern auf den Tisch gelegt. Unwillkürlich zuckte ich zurück.

»Möchtest du eine Beziehungsberatung von mir?«

»Nein! Ich möchte dir erklären, wie wir uns alle fühlen.«

Ich lehnte mich zurück und verschränkte die Arme.

»Du weißt nicht, wie ich mich fühle. Oder Tom. Oder Thea. Das kannst du gar nicht wissen, Dany.«

»Kannst du ihn nicht loslassen?«

Unser Gespräch wurde von der Bedienung unterbrochen, die unseren Kaffee brachte.

»Also daher weht der Wind,« nahm ich den Faden wieder auf, als die Angestellte sich zurückgezogen hatte. »Wir haben ein Kind, Daniela. Ich werde nie ganz aus seinem Leben verschwinden. Abgesehen davon bin ich mir nicht sicher, ob mein Rückzug an euren Problemen etwas ändern würde.«

Mechanisch rührte ich in meiner Tasse.

»Du bist unser Problem, Lizzy.«

Ich sah auf. »Euer Problem? Sprichst du immer für die anderen? Ich würde mir nie anmaßen, Toms Gefühle zu artikulieren, noch dazu gegenüber anderen, geschweige denn, sie mit den meinen zu vermengen.«

»Das tue ich nicht, Lizzy. Du drehst mir das Wort im Munde herum. Und außerdem bist du arrogant. Aber wir werden einen Weg finden müssen, wie wir miteinander klarkommen. Eben weil ihr ein gemeinsames Kind habt. Vor allem, wenn es mit Tom und mir funktioniert.«

Sie hatte sehr leise gesprochen. Ich starrte ihr ins Gesicht, das ganz anders aussah als bei jener Feier in Toms Redaktion, wo ich sie zuletzt gesehen hatte. Wie lange war das her, ich kam nicht darauf. Sie hatte feine Gesichtszüge, eine klassische Schönheit mit einem kindlichen Kirschmund, nur ein Hauch von Make-up und Rouge schmeichelten ihrem Teint. Mit ihrem dünnen, glänzenden Haar wirkte sie zerbrechlich und dabei zäh wie eine Marathonläuferin. Ich witterte eine Gefahr, die ich nicht greifen konnte, denn das, was sie sagte, und die Art, wie sie Dinge von sich gab, passte nicht zusammen. Harmlos, fast geschmeidig wirkten ihre Bewegungen, aber irgendetwas an der Verpackung stimmte nicht. Ich versuchte mir vorzustellen, was Tom an ihr fand. War es das, was er wollte: eine Frau, die ihm die Entscheidungen abnimmt und sich in einer Kellerkneipe mit ihrer Rivalin verabredet, um sie mit welchen Mitteln auch immer vom Feld zu schlagen?

»Ich weiß, dass er noch an dir hängt«, riss mich ihre Stimme aus meinen Gedanken. Es klang wie eine Mischung aus Vorwurf und Unverständnis: Wie konnte Tom eine Frau wie mich lieben oder geliebt haben?

»Ich werde auch immer an ihm hängen, Daniela«, entgegnete ich gefasst.

In ihrem Gesicht hatten sich rote Flecken gebildet, das konnte ich erst jetzt sehen bei dem schummrigen Licht. Schlieren, die wie Brandmale aussahen. Irgendwo war mir so etwas schon einmal begegnet, wo war das nur gewesen? Ich kramte in meinem Gedächtnis nach der Lösung und plötzlich erschrak ich über den Fundus meiner Erinnerungen, denn genauso hatte ich ausgesehen, als ich mit Thea schwanger gewesen war. Mama hatte damals gleich fachkundig festgestellt, dass nur ein Mädchen einer Frau die Haut ruiniere, während ein Junge eine werdende Mutter noch schöner mache. Das hatte sie allen Ernstes behauptet. Und dass es vorbeigehen würde im Laufe der Zeit, glaubte sie ebenfalls genau zu wissen, sie hatte sozusagen ihre visuelle Diagnose gestellt, gespeist aus weiblicher Eingebung und irgendeinem Aberglauben. Hartnäckig hatte sie an ihrer Prognose festgehalten, und zwar lange bevor die Zellteilung das Geschlecht bestimmte. Und jetzt konnte ich jenes verräterische Zeichen in Danielas Gesicht sehen.

Gedankenverloren blickte ich auf den Tisch, auf dem zwei Tassen, eine Zuckerdose und ein Aschenbecher standen, und mir fiel auf, dass Daniela bis jetzt gar nicht geraucht hatte. Sie war doch Raucherin. Ja, das Redaktionsfest, ich konnte mich gut daran erinnern, wie sie in der Teeküche an einem Joint gezogen hatte. Ich kramte in meiner Handtasche, zog meine Zigarettenschachtel heraus, zündete mir demonstrativ eine an und hielt ihr dann die Packung hin.

»Nein«, sagte sie kurz. »Ich rauche nicht mehr.«

»Du hast aufgehört zu rauchen?«, fragte ich ungläubig und starrte wieder auf die vielen Flecken in ihrem Gesicht.

»Einmal muss man damit Schluss machen. Ich bin bald dreißig«, erwiderte sie gelassen. »Lizzy, lass uns doch vernünftig sein!«

Bald dreißig. Ich rechnete nach. Genauso alt wie ich damals, als ich mit Thea schwanger war.

»Ich bin vernünftig. Jedenfalls halte ich es für klug und richtig, wenn wir eventuelle Intimitäten außen vor lassen. Weiß Tom denn von diesem Treffen?«

Sie schüttelte den Kopf, nahm sich einen Zuckerwürfel und schob ihn sich in den Mund. Die Lust auf Süßes war mir ebenfalls aus meiner Schwangerschaft bekannt.

Was Tom wohl zu einer derartigen Konstellation sagen würde, ging es mir durch den Kopf. Sicherlich wäre es ihm unendlich peinlich, wenn zwei Frauen hinter seinem Rücken über ihn redeten und dabei mit Indiskretionen um sich warfen. Aber viel schrecklicher war es für Tom, wenn man seine Entscheidungen traf. Ich indessen war weit davon entfernt, ihm irgendetwas abzunehmen, unsere ganze Beziehung war von diesem Kampf um klare Standpunkte gekennzeichnet gewesen und über die Jahre hatten wir tiefe Wunden davongetragen, jeder für sich.

»Wir ziehen vielleicht zusammen. Im Sommer machen wir gemeinsam Urlaub. Erst einmal …«

»Wir haben bereits Sommer«, entgegnete ich geistesabwesend. Tom war noch nicht richtig ausgezogen und wollte sich bereits eine Wohnung mit der Praktikantin suchen?

»Ich wollte das vorher geklärt haben.«

»Was?«

»Wo du stehst.«

»Es spielt keine Rolle, Dany, wo ich stehe.« Wieder stachen mir die roten Flecken ins Auge, und ich hörte die Überheblichkeit in meiner Stimme, aber es war mir gleichgültig. »Wichtig ist, wo sich Tom befindet. Du solltest mit ihm reden, anstatt meinen Rückzug zu fordern. Was du im Übrigen nicht nötig hättest, wärest du dir seiner sicher.«

Tom hätte triumphiert, hätte er soeben zugesehen, wie ich in die Falle getappt war.

»Ich habe mit Tom gesprochen, das darfst du mir glauben, und wir sind uns einig.«

Jetzt hatte ich genug. Alles wehrte sich in mir, diese seltsame Konversation fortzusetzen.

»Nein«, ich schüttelte immer wieder den Kopf, während ich in Richtung Tür schielte und in meiner Handtasche nach dem Geldbeutel suchte. »Sprich nicht so mit mir. Untersteh dich! Tom mag sich um Entscheidungen drücken, aber er schickt dich nicht vor, um mir etwas mitzuteilen. Das würde er mir niemals antun.«

Ich unterbrach mich, weil ich erneut das Gefühl hatte, mich verraten zu haben. Unser persönlicher Umgang miteinander ging Daniela nichts an, und ich beschloss, die Unterhaltung zu beenden. Sie indessen sah mich herausfordernd an, als wisse sie allein, dass der Mann, um den sich unsere Welt in diesem Moment drehte, noch zu viel mehr imstande wäre, als mich über Dritte zu demütigen.

Endlich hatte ich meine Börse gefunden, öffnete sie, fischte vier Euro heraus und knallte sie auf den Tisch. Ich würde jeden Moment platzen, wenn ich nicht sofort hier wegkäme. Ein Impuls riss mich von meinem Stuhl, der dabei fast umkippte. Hektisch drückte ich die Tasche gegen meine Brust und verschwand grußlos in Richtung Ausgang, weil ich plötzlich keine Luft mehr bekam neben ihrer Kontrolle, ihrem weichen Gesicht, ihrer hohen Stirn, hinter der sie ihre rosarote Welt entwarf.

Hastig lief ich die Treppen nach oben und tauchte schwer atmend in der glühenden Stadt auf. Ich zog meine Jacke aus und band sie mir im Gehen um die Hüften, ließ die viel befahrene Schwarzwaldstraße hinter mir, wo Lastwagen auf dem Weg stadtauswärts in Richtung Höllental lautstark die Gänge wechselten, bevor es nach oben ging. Die Hölle befand sich genau dort, so erzählten schon die Alten, auf sechshundert Höhenmetern mit den gefährlichen Schluchten des Schwarzwalds, und das Himmelreich öffnete unten vor den Toren der Stadt seine Pforten, wo die Bauern mit ihren Pferden einst von den Strapazen des Abstiegs erlöst worden waren und heute noch eine Bahnstation mit diesem Namen davon kündete.

Erleichtert bog ich in die Wiehre ein, das Stadtviertel meiner Vorfahren, mit seinen Altbauten, gusseisernen Toren und Bürgerhäusern, wo es Schritt für Schritt ruhiger wurde und man sogar die Vögel zwitschern hörte.

Ich lief die Allee entlang, die ich so oft schon gesehen hatte. Jetzt aber war sie meine Rettung, denn die grün belaubten Bäume breiteten sich wie ein schützendes Dach über meinem Kopf aus und spendeten kühle, frische Luft. Mein Weg führte mich an den großzügigen Portalen vorbei. Aus einem Garten war Kindergeschrei zu hören, zwei Mädchen hüpften auf dem Gehweg das Paradiesspiel und lachten mich an. Ich gab dem Impuls nach, einmal über die aufgemalten Quadrate mit den großen Ziffern zu hüpfen. Die Kinder klatschten in die Hände, und ich lachte zurück. Aus den Klauen dieser Frau entkommen zu sein, erfüllte mich mit unerwartetem Glück. Ich hatte genug rote Flecken auf einer makellosen Haut gesehen, genug davon gehört, wie der Name Tom von ihr ausgesprochen wurde mit diesem widerlichen Besitzanspruch.

Tom war weich, aber nicht dumm, er verfügte über ein Frühwarnsystem für Manipulationen, das bei den feinsten Anzeichen von Fremdbestimmung ausschlug wie eine seismographische Nadel. Aber Tom besaß auch Anstand und Ehre, gar nicht ausdenken, was sein würde, wenn sie ein Kind von ihm erwartete und er vor lauter gutem Benehmen mit dieser Schlange weiß Gott wohin zog. Wer weiß, womöglich trat er sogar mit ihr vor den Traualtar. Oder sie zerrte ihn dorthin. Mir wurde ganz schlecht und ich schwor mir, Thea von ihr fernzuhalten, denn keinesfalls sollte meine Tochter ins Netz ihrer Sozialsucht geraten.

Nur ein einziges Mal streifte mich an jenem sonderbaren Tag der Gedanke, dass Tom vielleicht ein anderer geworden war und sich das passende Leben zu seinem neuen Ich gesucht hatte, eines ohne schuldvolles Schweigen und Zorn und ohne die Schattenseiten der Liebe.

Kapitel 20

Am Abend wünschte sich Thea ein Frauenschönheitsprogramm mit Gesichtsmasken und Kinderbowle. Ich stand in der Küche, schnitt Erdbeeren, Pfirsiche und Melonen, warf alles in einen Wasserkrug, goss die Früchte mit Apfelsaft und Sprudel auf und schnitt etwas frische Minze auf einem Holzbrett. Nebenher genehmigte ich mir ein Glas Weißwein. Dany und Tom gingen mir nicht aus dem Kopf. Die beiden im Süden unter einem Hochzeitszelt; Dany und Tom im hohen Norden bei einer Schiffstrauung.

»Irgendwelche besonderen Wünsche für unser Abschiedsessen am Sonntagabend?«, fragte ich beiläufig, als Thea die Küche betrat.

Theas Feriencamp stand an und zum ersten Mal würde sie eine längere Zeit von zu Hause weg sein.

»Fenchelgemüse«, erwiderte sie und schielte auf die Bowle.

Ich legte das Messer aus der Hand und sah sie überrascht an. »Du hasst Fenchel, Thea.«

»Fenchel mit Tomaten und Käse überbacken«, wiederholte sie.

»Alles klar. Die Maske liegt auf dem Waschbecken im Bad. Mango-Gesichtsmaske. Nimm nicht zu viel davon, lass mir auch etwas übrig.«

Thea hielt mir ihre Handfläche entgegen, strahlte mich an und ich schlug ein. Sie liebte unsere sogenannten Frauen-Schönheitstage, die ich irgendwann eingeführt hatte, nachdem ihr Interesse an meinen Kosmetika zugenommen hatte und mir ein Selbstbräunungsversuch meiner Tochter entgangen war. Thea hatte sich damals an mehreren Stellen mit der farblosen Milch behandelt, ihre Brust, ein Bein und eine Pobacke sowie ihr Gesicht samt Haaransatz, und sie hatte danach tagelang wie ein Zebra ausgesehen, wogegen weder ein Vollbad noch ein Körperpeeling wirklich geholfen hatten.

»Hat Papa etwas gesagt, dass er umziehen möchte?«, fragte ich, als wir mit orangefarbenen Masken-Gesichtern nebeneinander auf der Terrasse unter der Jalousie saßen und auf die Spielstraße blickten. »Oder wo er Urlaub macht?«

»Er fährt irgendwo hin, wo die ganze Zeit die Sonne scheint. Keine Ahnung. Und mir ist es langweilig dort, weil er mit Dany *sight-saling* macht.«

»Sightseeing«, korrigierte ich und unterdrückte ein Lachen. »Sehenswürdigkeiten – man sieht sich wichtige Gebäude, Museen und interessante Sachen an. Wohin geht es denn?«

»Sag ich doch! Wo die ganze Zeit die Sonne scheint. Hab's vergessen.«

Thea trug einen Turban auf dem Kopf und eine pinkfarbene Kindersonnenbrille. Sie hielt ihre Bowle mit einem langen Strohhalm in beiden Händen, hatte ein Bein über das andere geschlagen, wippte mit ihren Flipflops und sog dabei ausgiebig an dem Strohhalm. Ich schämte mich, dass ich das Kind derart instrumentalisierte, doch meine Neugierde war stärker als meine Vernunft.

»Aber überleg doch mal. Vielleicht fällt es dir ja ein.«

»Weiß nicht.«

»Du erinnerst dich nicht an den Ort?«

»Mama, du nervst!«

»Magst du Daniela?«

»Ich find sie voll nett. Sie hat schöne Haare. Keine blöden Locken wie wir.«

Sie warf mir einen kritischen Blick zu.

»Aber du bist trotzdem hübsch, Mama. Ich möchte nicht wegfahren. Ich will bei dir bleiben!«

Sie stellte ihr Glas ab, nahm den Turban vom Kopf, wandte sich mir zu, legte ihre Arme um meinen Hals und küsste mich mehrmals. Eine warme Welle schwappte zu mir herüber und ich vergaß die dicke Cremeschicht auf unseren Gesichtern, die sich jetzt mit unseren Haaren hoffnungslos vermengte, denn ich konnte nicht genug bekommen von den feuchten Mango-Küssen meiner Tochter, ihren kleinen Händen in meinem Haar. Ich vergrub meinen Kopf in ihren Locken und verscheuchte meine trüben Gedanken.

»Thea, das wird sicher toll im Schwarzwald. Leonie ist ja auch dabei!«

»Ich habe jetzt schon Heimweh!«

Als ich Thea abends ins Bett brachte und das Licht löschen wollte, bemerkte ich an der Wand neue Zeichnungen. Mit Hingabe hatte Thea anlässlich ihres letzten Besuchs bei ihrem Vater ganze Serien von Häusern mit Zwiebeltürmen gemalt, krumm, schief und bunt. Auf jedem Bild befand sich eine gesichtslose gelbe Sonne am Himmel und neben den Gebäuden ragten wurzellose Bäume mit überdimensional großen Blättern in Grün, Rot und Pink. Weit und breit waren keine Menschen zu sehen.

Am Abend rief ich David an.

»Hier ist eine Hitze«, jammerte ich. »Bei euch auch?«

Ich lag auf dem Bett und starrte zur Decke hinauf.

»Wie geht es dir, Lizzy?«, fragte er, ohne auf meinen Smalltalk einzugehen. »Und was war denn, als du Hals über Kopf nach Hause musstest?«

»Tom hatte einen Hexenschuss. Und danach ist er ausgezogen. Das ist wie mit den geöffneten Zahnpastatuben.«

»Ich verstehe.« Es kam mir vor, als könnte ich Davids Lächeln sehen. »Man überwindet die große Krise und dann kommt eine Kleinigkeit und aus und vorbei. »Wie geht es dir damit?«

»Ich orientiere mich und kümmere mich um Thea. Sie fährt übermorgen für zwei Wochen ins Feriencamp.«

»Das ist die brave Stimme. Gibt es auch eine inoffizielle, eine dunkle, eine, die schreien will?«

»Ach, David«, seufzte ich. »Mit einem Kind ist das alles ein bisschen anders.«

»Das bezweifele ich nicht, Lizzy. Aber das Problem bist du. Nicht Tom. Nicht Thea. Du musst dir selbst auf die Schliche kommen. Wann hast du dich das letzte Mal um deine Wünsche gekümmert?«

»Der Experte hat gesprochen«, sagte ich leise.

»Gute Nacht, Prinzessin. Wir sehen uns ja bald im Markgräfler Hof«, flüsterte er und wir legten auf.

Lauwarmes Wasser plätscherte in die Wanne. Ich füllte eine Waschmaschine mit Bettwäsche und bat Thea, vor dem Abendessen ein Bad zu nehmen. Es war Sonntag und morgen war Abreise. Nackt huschte sie von ihrem Zimmer hinüber und stieg mit ihrer Ente in die Wanne.

»Tauchen«, befahl ich. Ich hatte mich auf den Wannenrand gesetzt und nahm das Shampoo in die Hand. Thea hielt die Nase zu, glitt mit dem Kopf kurz unter Wasser und schüttelte sich beim Auftauchen wie ein nasser Hund.

»Ich habe Heimweh, Mama«, sagte sie und planschte hingebungsvoll mit der Ente in ihrem Badewasser. Nachdenklich betrachtete ich sie, legte einen frischen Schlafanzug aufs Waschbecken und fragte mich, wann sie diese Kindlichkeit ablegen würde.

Irgendwann würden ihr Brüste wachsen, wo jetzt die Rippen unter ihrer gebräunten Haut zu sehen waren, der erste Liebeskummer würde folgen und viele andere erste Dinge, von denen ich als

Mutter immer weniger begleiten würde. Noch gab es nichts, was ihr zwischen uns peinlich war, es sei denn, ich reglementierte sie vor ihren Freundinnen, aber mit zunehmendem Alter würde sie verschwiegener und diskreter werden. Der Tag würde kommen, da sie die Tür zum Bad hinter sich abschloss, so wie ich selbst dies einst als junges Mädchen getan hatte, als mein Körper anfing sich zu verändern. Ich hatte Thea auf die vorhersehbaren Dinge vorbereitet, wann immer sie Fragen gestellt hatte, und jetzt überlegte ich angestrengt, ob ich selbst genügend präpariert war für eine flügge werdende Tochter, die irgendwann ihre eigenen Wege ging.

Ich strich ihr über die nassen Haare. »Du wirst sehen, wie schön es wird, mein Schatz. Und denk doch an Leonie. Du bist nicht allein. Außerdem hast du ein Handy und kannst mich jederzeit anrufen.«

Auf der Stelle hörte sie auf zu weinen und klatschte mit den Händen auf das Wasser. »Ich muss heute Nacht bei dir schlafen«, sprach sie dabei wie ein Feldwebel.

Seit sie auf der Welt war, hatte ein Trennungsprozess zwischen uns begonnen, schleichend, langsam, aber stetig, und in solchen Momenten war sie wieder da, diese betörende Nähe, so unmittelbar, ohne Umwege, wie damals nach ihrer Geburt, als sie nackt und schreiend auf meinem Bauch gelegen hatte und ich mich fühlte, als hätte ich ihr urplötzlich den Schutz meines Körpers entzogen.

»Ja, das musst du wohl«, erwiderte ich im gleichen Takt.

Sie stand auf, ich legte ein Badetuch über ihren dünnen Körper, trocknete ihn ab und sie kuschelte sich an mich. Manchmal schien es mir, als habe sie sich mit der Trennung von Tom arrangiert, dann wieder fand ich sie nachdenklicher, verschlossener, weniger kindlich. Umso mehr genoß ich es, wenn sie nach drei Tagen aus der Basler Straße mit ihrem Kinderrucksack in unsere Wohnung stürmte.

Aber während Thea mit getrennten Eltern ein normales Kind schien, war ich bald achtunddreißig und fragte mich, ob es gut war, dass meine Tochter mein ganzes Glück bildete – der Fluch der Alleinerziehenden fing an mich zu verfolgen.

Beim Abendessen stocherte Thea in ihrem Fenchel-Gratin herum. Ich beobachtete sie aufmerksam.

»Du wolltest überbackenen Fenchel mit Tomaten und Käse, Thea.«

Sie warf ihren Kopf in den Nacken und zog den Kragen ihres Schlafanzugoberteils über den Mund. »Ich weiß.«

Erneut schob sie das Gemüse von einer Seite zur anderen, nahm ein wenig davon auf die Gabel und legte es dann zurück.

»Du hasst Fenchel.«

»Ich hasse Fenchel«, wiederholte sie mit einem dumpfen Klang in ihr Oberteil.

»Warum hast du ihn dann bestellt?«

»Weil ich es versprochen habe.«

»Wem?«

Sie zeigte mit der Gabel, auf der ein wenig Gemüse aufgespießt war, gen Himmel. »Dem lieben Gott.«

Mir schwante Düsteres. »Du hast es dem lieben Gott versprochen? Und was soll er im Gegenzug für dich tun?«

»Nichts für mich. Er soll Papa wieder hier einziehen lassen. Damit es nicht so kompliziert ist. Basler Straße und hier. Immer muss ich meinen Rucksack packen!«

Ich stand auf, legte die Gabel auf den Teller zurück und räumte unter Theas fragendem Blick ihren vollen Gemüseteller auf die Spüle. Dann holte ich das Nutellaglas aus dem Buffet und stellte es auf den Tisch. Ich nahm eine Scheibe Brot, gab sie zusammen mit einem Kindermesser auf ein Brett und schob alles in ihre Richtung. Anschließend setzte ich mich neben sie, brachte ihr Oberteil in die richtige Position, nahm ihren Kopf in meine Hände und drehte ihn vorsichtig zu mir.

»Du musst das nicht tun, mein Schatz. Du musst keine Opfer bringen. Für Papas Auszug und das, was zwischen ihm und mir und uns dreien geschieht, kannst du nichts. Das sind nur die Erwachsenen. Es ist nicht deine Schuld.«

Sie sah mich mit großen Augen an.

»Bist du sicher?«

»Absolut«, erwiderte ich lächelnd.

»Schwöre.«

»Beim heiligen Franziskus und allen anderen Heiligen. Die Axt im Walde soll mich treffen, wenn ich geschwindelt habe. Auf der Stelle.«

Ein Lächeln huschte über ihr Gesicht. »Dann soll ich mir jetzt also ein Nutellabrot machen?«

Sie schielte auf ihre Leibspeise.

»Du *musst* praktisch Nougatcreme essen. Es ist das einzige Gegenmittel, das bei einem falschen Versprechen wirkt. Wie Medizin.«

Beherzt griff sie nach dem Glas, bestrich sich konzentriert ein Brot, an dem zu allen Seiten die Schokolade herunterzulaufen drohte, und biss hinein.

Nach dem Zähneputzen sah ich ihr hinterher, wie sie mit ihren nackten Füßen und einem Schmusetuch in der Hand in Richtung Schlafzimmer stapfte, mit Schwung in mein Bett sprang und unter der Decke mit den Beinen strampelte. Ich setzte mich zu ihr.

»Thea, du weißt, dass ich in letzter Zeit viel unterwegs war, weil mir Urgroßpapa eine Aufgabe gegeben hat. Und wenn du dabei manchmal zu kurz kamst, möchte ich mich bei dir entschuldigen. Es tut mir aufrichtig leid, aber es war wichtig, dass ich das erledige. Jetzt bin ich fast fertig damit.«

Thea sah mich gebannt an.

»Was für eine Aufgabe? Ein Rätsel?«

»Ja, so etwas wie ein Rätsel«, entgegnete ich lächelnd. »Jetzt kommt jedenfalls der Endspurt. Zwei Tage und zwei Abende werde ich in der Stadt bei einer großen Besprechung sein. Ab übermorgen, also von Dienstag auf Mittwoch. Wenn du mich auf dem Handy anrufst, kann es sein, dass ich nicht drangehe. Ich rufe aber in einer Pause zurück.«

»Was macht ihr da?«

»Mehrere Leute sitzen zusammen an einem Tisch und sagen ihre Meinung über eine bestimmte Sache.«

»Das klingt aber wichtig, Mama. Und wer sind die Leute?«

»Hoffentlich deine Großmutter, dein Onkel, Nani und eine Frau, die dein Urgroßvater kannte, als sie so klein war wie du jetzt.«

»Nani?«, strahlte Thea. »Kommt sie uns dann besuchen?«

»Ganz sicher ein anderes Mal, Schatz, und zwar dann, wenn du auch hier bist.«

»Ich kann mitkommen.«

Ich schüttelte den Kopf. »Du bist im Feriencamp«, erinnerte ich sie. »Und für Kinder wäre das langweilig.«

»Und worum geht es dann, wenn ihr euch die Meinung sagt?«

Unwillkürlich musste ich lachen. Theas kindliche Zusammenfassung brachte die Sache auf den Punkt.

»Um dies und das. Erwachsenenkram. Wenn du aus dem Schwarzwald zurückkommst, erzähle ich dir alles. Drückst du mir die Daumen?«

»Logo. Warum?«

»Weil auch Glück dazu gehört, das wir alle brauchen, fürchte ich, eine große Portion davon. Gute Nacht, mein Schatz.«

Ich begab mich mit einem Glas Wein und Zigaretten auf die Terrasse. Übermorgen war also der große Tag. Für Dienstag und

Mittwoch hatte ich im Hotel Markgräfler Hof in der Gerberau, am Rande der Innenstadt, ein Nebenzimmer reserviert, das durch seine angenehme Größe und Einrichtung eine schöne Atmosphäre bot, wie ich bei einem Besuch dort herausgefunden hatte.

Ich hatte Einladungen an Nanette und David sowie an dessen Tante Ella verschickt und deren Zimmer dank eines kurzfristigen Kleinkredits bereits bezahlt. Auch an Mama und Alexander hatte ich geschrieben.

Am Montagmorgen um halb sieben, als ich Thea zum Busbahnhof brachte, schien ein heißer Sommer seinem Höhepunkt entgegenzusteuern, in dem sich die Luft tagsüber so erhitzte, dass es nachts fast regelmäßig zu Gewittern mit viel Regen kam. Aber die Temperaturen kühlten nicht herunter, und wenn ich morgens um sechs die Fenster öffnete, hatte ich das Gefühl, draußen herrschte ein Klima wie in einer Waschküche.

Als ich mit meiner Tochter am Bahnhof stand und langsam die Kinder an den Händen ihrer Mütter oder Väter eintrudelten, bekam ich plötzlich Panik: Würde es Thea gutgehen?

»Das ist immer so beim ersten Mal«, sagte plötzlich eine Stimme neben mir.

Beate. Ich sah sie fragend an. Thea und Leonie beschlossen, im Bus den besten Platz zu belegen, und rannten los.

»Mach dir nicht so viele Sorgen, Lizzy. Es wird alles gutgehen. Kein Unwetter oder Bergrutsch und keine Blinddarmentzündung. Die Kinder haben einen Riesenspaß! Du musst loslassen.«

Wie viel denn noch, dachte ich verzweifelt und schluckte meine Tränen hinunter.

Lachend knieten die beiden Mädchen im Bus nebeneinander auf der Rückbank und drückten ihre Nasen bei der Abfahrt ans Fenster. Wir sahen ihnen so lange nach, bis der Wagen verschwand.

Kapitel 21

Am nächsten Morgen stand ich vor dem Kleiderschrank und überlegte verzweifelt, was ich anziehen sollte. Ich erinnerte mich an eine ältere, weiße Jeans, die etwas edler wirkte, aber nicht overdressed war. Ich brauchte einige Zeit, bis ich sie gefunden hatte. Sie fiel etwas locker; ich musste tatsächlich in letzter Zeit zwei, drei Kilo abgenommen haben, denn auch der Gürtel saß ein Loch enger als sonst. Dann schlüpfte ich in ein paar bequeme Ballerinas, legte etwas Rouge und Lippenstift auf, band meine Haare am Hinterkopf mit einer Spange zusammen und tupfte etwas Parfum auf Hals und Dekolleté. Beim Zusammenpacken der Unterlagen überflog ich noch schnell die von mir entworfene Tagesordnung, die mir plötzlich schrecklich formell erschien, aber an irgendetwas musste ich mich schließlich orientieren. Überpünktlich verließ ich das Haus und erreichte den Markgräfler Hof fast eine halbe Stunde zu früh.

Viele Fragen bewegten mich: Wie würde es Ella und Nani ergehen, wenn sie sich nach so vielen Jahren wiedersahen? Ich freute mich darauf, David wieder zu begegnen, aber würde die Nähe, die wir in Straßburg zueinander gefunden hatten, diese Besprechung überleben? Würde meine Familie, sollte sie wider Erwarten erscheinen, von ihrer Position abrücken? Ich wünschte, ich hätte jemanden wie Tom an meiner Seite, jemanden, der mich in solchen Dingen ehrlich und objektiv beraten würde. In Momenten wie diesen spürte ich seine Abwesenheit besonders.

Im sogenannten runden Salon angekommen, sah ich mich um: Seinen Namen verdankte der Raum einem Erker. Durch diese besondere Form und durch seine verhältnismäßig geringe Größe von knapp zwanzig Quadratmetern wirkte er familiär und einladend, fast wie ein Wohnzimmer, auch wenn seine einzige Ausstattung aus einem kleinen Buffet und einem offenen Kamin bestand, auf dessen Sims das Hotel einen bunten, wunderschönen Sommerstrauß aus Glockenblumen und wilden Lilien neben einer antiken Uhr arrangiert hatte. Die Blumen wirkten nicht wie eine präzise Floristenarbeit, sondern als seien sie zufällig bei einem Spaziergang am Wegesrand gepflückt worden, aber genau das war ja die Kunst. Ich ging zum Erkerfenster und sah hinaus: Unter mir floss direkt der ehemalige Gewerbefluss; die Häuser waren über kleine Stege mit gusseisernen Geländern erreichbar und gegenüber verlief der Fußweg entlang einer einzigen Häuserfront aus bunten Gebäuden des frühen 19. Jahrhunderts.

Ich überlegte, ob ich Platzkarten hätte schreiben sollen, fand das dann aber albern. Die Sitzordnung würde sich ganz von selbst ergeben. Außerdem war noch nicht klar, wer kommen würde.

Nanette war die Erste. In einem hellblauen Kostüm und einer weißen Bluse betrat sie den Salon und schien erleichtert, als sie mich sah. Sie wirkte noch schmaler als vor drei Wochen im Krankenhaus, sah aber dennoch erholt aus. Ein dezentes Make-up schmeichelte ihrem markanten Gesicht.

»Lizzy, was hast du erreicht? Kommt deine Familie?«, überfiel sie mich ohne Begrüßung.

»Es sieht nicht gut aus, Nani. Ich fürchte, dass weder mein Bruder noch Mama erscheinen. Wie geht es dir?«

»Danke, ich bin nervös. Es ist so lange her, dass ich Ella und Gisela gesehen habe. Mir tut vor Vorfreude das Herz weh«, erwiderte sie mit glänzenden Augen.

»Nicht doch, Nani. Freude schmerzt nicht!«, entgegnete ich und berührte ihre Hand. Eine mir bekannte Stimme hallte durch den Raum und ließ mich herumfahren.

»Nani! Da bist du ja schon!«

Meine Mutter kam soeben durch die Tür. Ihre resoluten Schritte in Stöckelschuhen, ihr aufrechter Gang. Sie sah gut aus. Warum stürmte ich nicht auf sie zu, wie ich es früher als Kind immer getan hatte? Etwas hielt mich zurück. Sie ging an mir vorbei und blieb vor Nani stehen. Die beiden umarmten sich lange.

»Ich habe dir nie verziehen, dass du weggegangen bist«, flüsterte Mama mit tränenerstickter Stimme.

»Das ist auch dein gutes Recht, mein Kind«, sagte Nanette zärtlich.

Dann lösten sie sich voneinander, und Mama sah mich an. Mir war, als legte sie binnen Sekunden wieder ihr offizielles Gesicht auf. Ich beugte mich ihr entgegen und küsste sie auf die Wange.

»Und ich vergesse dir nie, dass du gekommen bist. Ich danke dir von ganzem Herzen. Du solltest öfter Rot tragen. Es steht dir fantastisch. Kommt Alexander auch?«

»Ich habe ihm das zumindest nahegelegt. Einmal muss Schluss damit sein. Deshalb bin ich hier. Nicht, damit du deinen Willen bekommst.«

Mit dieser Begründung konnte ich vorläufig leben. Was im Moment zählte, war, dass meine Mutter überhaupt gekommen war. Der Rest würde sich zeigen. Ich drehte mich um und suchte mir einen Platz, entschied mich für die Längsseite des ovalen Nussbaumtischs mit Blick auf den Eingang und breitete umsichtig meine Unterlagen darauf aus. Dann schenkte ich mir ein Mineralwasser ein und schielte auf die Kaminuhr. Kurz vor elf. Jeden Augenblick konnten die anderen eintreffen. Meine Mutter setzte sich neben mich und hielt ein Glas Orangensaft in ihrer Hand. Nanette nahm uns gegenüber Platz. In diesem Moment trat mein Bruder durch die Tür. Dunkelblauer Anzug, weißes Hemd, passende Krawatte. Unterm Arm hatte er einen schmalen Ordner geklemmt und sah sich kurz um, als ob er sich in Windeseile einen Überblick über die Personenkonstellation verschaffen wollte. Ich erhob mich und ging auf ihn zu. Am liebsten wäre ich ihm um den Hals gefallen, so froh war ich, dass er meiner Einladung gefolgt war. Aber er begrüßte mich reserviert mit einem Handschlag und trat dann an den Tisch zu Nanette.

»Alexander Tanner«, stellte er sich mit einer angedeuteten Verbeugung vor.

»Angenehm«, erwiderte Nanette in neutralem Ton. »Nanette le Coz.«

Ich war erleichtert; auf die guten Umgangsformen in unserer Familie war Verlass. Keinem von uns wäre es in den Sinn gekommen, sein Gegenüber zu brüskieren. Im Gegenteil. Die aufgesetzte Höflichkeit und Contenance der Tanners schien sich geradezu antiproportional zur persönlichen Distanz zu entwickeln. Je größer diese war, desto vollendeter hielt man sich an das Benimmprotokoll.

Alexander drehte sich weg und ging auf die andere Seite des Tischs, wo unsere Mutter saß, legte ihr die Hand auf die Schulter, gab ihr einen Begrüßungskuss und setzte sich links neben sie. Ich nahm wieder Platz. Alexander sprach von den hochsommerlichen Temperaturen, dem Höllentäler und dem Klima in der Rheinebene. Ich hörte gar nicht richtig zu, denn mir war inzwischen vor lauter Aufregung ganz schlecht. Nani pflichtete Alexander bei, meine Mutter schwieg. Die Bedienung brachte ein paar Butterbrezeln, die sie auf dem Buffet abstellte. Flüsternd fragte sie mich, ob sie auch Crémant anbieten solle.

»Ja, danke. Stellen Sie ihn bitte einfach in einen Kühler. Wir bedienen uns dann selbst«, bedankte ich mich.

»Falls Sie ein warmes Essen wünschen: Nebenan befindet sich das Restaurant. Wir haben bis 21.30 Uhr durchgehend geöffnet, jetzt im Sommer«, informierte uns die junge Frau und verließ dann den Raum.

»Bedient euch, bitte«, sagte ich aufmunternd und zeigte auf das Buffet. »Möchte jemand ein Glas Crémant?«

Mama und Nanette verneinten, während Alexander zunächst zuzustimmen schien, dann jedoch wie versteinert auf seinen Stuhl zurücksank und schließlich ebenfalls den Kopf schüttelte, denn in diesem Augenblick trat David Bloch in Begleitung einer schmalen älteren Dame durch die Tür. Die Anspannung, die nahezu von allen Anwesenden ausging, schien fast spürbar und spontan musste ich an Vita denken, die immer von Energien, die einen Raum erfüllten, sprach. Ella Bloch hatte sich bei ihrem Neffen eingehängt. Sie ging etwas gebückt, trug eine blaue Leinenhose, die sie mit einer hellen Bluse kombiniert hatte, und ihr kastanienroter Kurzhaarschnitt ließ sie trotz ihres Alters von fast siebzig erheblich jünger wirken. Freundlich nickte sie in die Runde. Ich saß wie angewurzelt auf meinem Stuhl und spürte meine Nackenmuskeln. Es war Nanette, die sich als Erste fing, aufstand und direkt auf Ella zuging, die ihr praktisch um den Hals fiel.

»Ella«, stammelte sie immer wieder. »Ella.«

Ella sagte nichts, nur ein leises Schuchzen war zu hören. Nani streichelte ihr den Rücken. Jeder von uns bemühte sich, diesen intimen Moment nicht zu stören, indem er sich mit etwas anderem beschäftigte. Mama inspizierte ihre Handtasche, ich sortierte erneut meine Unterlagen, und Alexander öffnete seinen Aktenordner und blätterte darin scheinbar konzentriert herum.

Nach einer Zeit, die mir wie eine Ewigkeit schien, erhob sich meine Mutter langsam von ihrem Platz. Ohne Rücksicht auf ihre eigenen Gefühle wahrte sie die Etikette, wie nur sie es zu tun vermochte, räusperte sich und stellte sich in gebührendem Abstand neben die beiden Damen. Ich nahm das als stilles Signal, ihr zu folgen. Diese Situation hatte etwas von einer Audienz, wo man geduldig wartete, bis man an der Reihe war. Endlich löste sich Ella von Nanette, wischte sich über die Augen und ging auf meine Mutter zu.

»Guten Tag, Ella, wie lange ist das her?«

Die beiden Frauen nahmen sich an den Händen. »Lange, sehr lange, aber ich erinnere mich gut, und du hast trotz der vielen Jahre noch immer dein schönes Gesicht«, gab Ella lächelnd und sichtlich ergriffen zurück.

»Es freut mich so sehr, dich wiederzusehen. Du siehst gut aus«, gab Mama mit belegter Stimme zurück.

Dann wandte sich Ella Bloch an mich und sah mich erwartungsvoll an.

»Ich bin Elisabeth Tanner, die Tochter von Gisela. Ich weiß es sehr zu schätzen, dass Sie sich die Mühe gemacht haben, hierherzukommen. Darf ich Ihnen meinen Bruder Alexander vorstellen?«

Mama drehte sich im selben Augenblick wie ich in Alexanders Richtung, der geradezu gehorsam aufstand, auf uns zukam und Ella Bloch mit einer kurzen Verbeugung die Hand reichte. Langsam trat ich einen Schritt zurück und David, der die ganze Zeit an der Tür gewartet hatte, bis das Begrüßungszeremoniell vorüber war, stellte sich den Anwesenden vor. Höflich begrüßte er meine Mutter mit einem Handkuss, Alexander und er nickten sich kühl zu und hielten sich per Handschlag auf maximalem Abstand. Dann ging David zu mir und legte seine Hände auf meine Schultern. Er wirkte verändert. Ich musterte sein Gesicht, bis mir endlich dämmerte, dass sein Dreitagebart verschwunden war.

»Bin ich froh, dich zu sehen«, flüsterte ich in sein Ohr, als er mich auf die Wangen küsste. Ein gepflegter Duft streifte meine Nase.

»Du siehst erschöpft aus«, erwiderte er und sah mich kritisch an. Verlegen blickte ich zur Seite. »Es war alles ein bisschen viel in letzter Zeit.«

»Wir reden später«, versprach David.

Alexanders Miene versteinerte zunehmend.

»Du wirst deinem Vater immer ähnlicher«, sagte Nani, nachdem sie David umarmt hatte.

»Hoffentlich nur äußerlich«, gab dieser lächelnd zur Antwort.

»Darf ich euch alle bitten, euch selbst zu bedienen? Es gibt kalte Getränke, Mineralwasser, Crémant und etwas Laugengebäck«, rief ich in die neue Runde und zeigte auf das vorbereitete Buffet.

»Kaffee?«, fragte die Bedienung, die gerade den Raum betrat.

Ella und Nanette nickten beide.

»Nun gut. Dann lasst uns bitte beginnen«, fing ich an, nachdem jeder ein Getränk hatte.

Alle nahmen ihre ursprünglichen Plätze ein, nur ich blieb mit dem Rücken zum Fenster stehen. Ella Bloch hatte rechts von Nanette Platz genommen, David saß neben seiner Tante. Auf einmal wurde es still und man hörte das Rühren der Löffel in den Kaffeetassen.

»Nochmals vielen Dank, liebe Frau Bloch, dass Sie hierhergekommen sind«, fing ich zögerlich an. »Ich hoffe, die Zimmer sind zu Ihrer Zufriedenheit?« Dann wandte ich mich an meine Familie zu meiner Linken: »Ich danke meiner Mutter und meinem Bruder, dass sie sich ebenfalls die Zeit genommen haben und unsere Runde vervollständigen.«

Nani und Ella Bloch nickten mir freundlich zu. Ich spürte meinen Herzschlag und konnte gleichzeitig meine eigene Stimme hören. Nanette lächelte und ich schielte auf die in meiner Hand liegenden Notizen: »An seinem Sterbebett äußerte mein Großvater mir gegenüber seinen letzten Wunsch, dass ich nämlich den

Inhalt eines Sekretärs am Rosshimmel an mich nehmen und in einem mir damals noch unbekannten Zusammenhang für Gerechtigkeit sorgen solle. Heute glaube ich zu wissen, was er damit meinte, und dass er mit meiner Hilfe etwas wiedergutmachen wollte, wozu er selbst während seiner Lebenszeit nicht imstande gewesen war. Bestimmt hatte er meine Dickköpfigkeit und Sturheit im Kalkül, die meine Mutter und mein Bruder zuweilen ertragen müssen.«

Nani und David lächelten. Meine Mutter zeigte keine Regung, und auch mein Bruder starrte auf die Tischplatte.

»Vor einigen Wochen habe ich David Bloch in Straßburg getroffen. Es war der Versuch, sich über unsere Familiengeschichten auszutauschen. Dabei habe ich festgestellt, dass David und ich eine ähnliche Sicht auf die Dinge hatten, jedoch mit einem, sagen wir einmal, unterschiedlichen Informationsstand. Für uns beide liegt vieles aus der Zeit unserer Großväter im Dunkeln, und es überraschte mich, dass auch David Wissenslücken hat, die ihn bewegen. Vielleicht verstehen wir die Vergangenheit besser, wenn Sie, liebe Nani, liebe Frau Bloch, mit Ihrer Erinnerung beitragen. Ihr Gedächtnis ist von unschätzbarem Wert für uns. So kam es zu der Idee dieses Treffens. Wir haben Zeit. Für zwei volle Tage steht uns dieser Raum zur Verfügung.«

Ich sah in die Runde. David wirkte abwesend, Ella und Nanette nachdenklich. Meine Mutter änderte ihre Sitzposition und nahm einen Schluck Orangensaft. Alexanders Gesichtsausdruck war unverändert undurchsichtig wie bei einem Pokerspieler.

»Vielleicht gibt es eine Chance zur Verständigung zwischen unseren Familien, denn zweifellos entspricht genau das dem letzten Wunsch meines Großvaters. Ich habe meinen Bruder im Vorfeld gebeten, uns über die juristische Seite des Vermächtnisses von Bodo Kirchmann aufzuklären. Ich wäre glücklich, wenn wir alle, die wir heute hierhergekommen sind, übermorgen mit einigen Antworten auf unsere Fragen und in Freundschaft auseinandergingen.«

Erneut sah ich hinüber zu Ella und David Bloch und zu Nanette, die mir aufmerksam zugehört hatten.

»Ich weiß nicht, wie man den Ansprüchen zweier unterschiedlicher Familien gerecht wird und ob das überhaupt funktionieren wird, aber ich bin mir sicher, dass mein Großvater gewollt hätte, dass wir es wenigstens versuchen.«

Ich unterbrach mich und starrte auf meine Notizen. *Das Patent*, hämmerte es in meinem Kopf, *du musst es sagen, Lizzy.* »Wir, die Familie Tanner und direkte Kirchmann-Erben, wurden durch den letzten Willen meines Großvaters vor den Kopf gestoßen, indem wir eine für uns wertvolle Immobilie abgeben müssen – den Rosshimmel. Wertvoll nicht nur im materiellen Sinne. Und damit haben Sie, liebe Blochs, ein Anwesen in den Vogesen bekommen, zu dem auch Sie einen Bezug haben, wovon wir alle als Tanners nur oberflächlich wussten, und keiner von uns kann ermessen, was Ihnen dieses einstige Refugium bedeutet. Trotzdem tappen auch Sie womöglich im Dunkeln bezüglich der Frage, warum Bodo Kirchmann der Familie Bloch den Rosshimmel vermacht hat und nicht meiner Familie. Wenn wir eine Antwort und vor allem endlich die Wahrheit erfahren wollen, dann müssen wir unser Wissen zusammentragen. Und ich wünsche mir von ganzem Herzen, dass wir genau deshalb heute hier sind.«

Ich begab mich zu meinem Stuhl und setzte mich. Die Sache mit dem Patent zu erwähnen, hatte ich mich nicht getraut.

Plötzlich schlug mein Bruder die vor ihm liegende Akte geräuschvoll auf. Noch bevor er auch nur ein Wort sagte, war mir bewusst, dass der letzte, beinahe geflüsterte Satz meiner Ansprache nicht mehr gewesen war als ein frommer Wunsch.

»Ich habe lange gezögert, der Einladung meiner Schwester zu folgen, weil ich immer der Überzeugung war, Geschäft und Emotionen sollte man trennen«, eröffnete er. Seine Stimme klang ruhig und besonnen. »Dass ich letztlich doch erschienen bin, ist einerseits der Tatsache geschuldet, dass ich als Geschäftsführer der Kirchmann GmbH eine Position innehabe, die von einem privaten Faible meines verstorbenen Großvaters, wenn ich die Schenkung des Rosshimmel einmal als solche bezeichnen darf, nicht gänzlich zu trennen ist, zum anderen, weil mich meine Mutter darum bat. Die juristische Sachlage ist schnell erklärt. Mit testamentarischer Verfügung vom 19. September 1993 hat Bodo Kirchmann das Anwesen in den Vogesen Ella und David Bloch, Tochter und Enkel seines ehemaligen Kompagnons Samuel Bloch, vermacht. Zunächst ging ich von einem im Grundbuch befindlichen Nacherbenvermerk aus, was selbstverständlich eine Anfechtung des Testaments in Form einer Klage unsererseits nach sich gezogen hätte. Nun hat allerdings mein Großvater – zur Verwunderung von uns allen – jenen Nacherbenvermerk zu Lebzeiten gelöscht, indem er das gesamte Areal verkaufte und kurz darauf zurückerstand. Die hier zur Disposition stehende Verhandlungsmasse hat sich demnach drastisch verändert. Unsere Familie muss sich mit einem Pflichtteil zufriedengeben, so schmerzhaft das für uns auch sein mag. Man mag sich vorstellen, dass ich darüber nicht eben erbaut bin. Mehr habe ich im Augenblick nicht zu sagen.«

Er fuhr mit der Hand über ein Papier, lehnte sich zurück, schlug die Beine übereinander und legte den Arm um die Stuhllehne unserer Mutter.

»Wie viel ist das?«, fragte ich.

»Da der Rosshimmel zu Großvaters Privatvermögen gehörte, stehen uns fünfundzwanzig Prozent zu«, erklärte Alexander knapp.

»Und was bedeutet diese Nacherbensache?«, wollte Ella wissen.

»Nacherbenvermerk«, berichtigte Alexander. »Eine auf Immobilien und Grundstücke eingetragene Nacherbenfolge, die der Erblasser festlegt. Wie wir alle wissen, ist der Rosshimmel unbelastet.«

»Ich nehme an, Ihnen liegt eine notarielle Schätzung zum Rosshimmel vor?«, fragte David in ebenso nüchternem Ton in Richtung meines Bruders.

»So ist es, ein Gutachten, das mein Großvater drei Jahre vor seinem Tod in Auftrag gegeben hatte. Eines, worin sich beide Parteien gemeinsam auf einen neutralen Gutachter einigten, stünde also noch aus. Doch das ließe sich in diesem Rahmen heute festlegen.«

Er rückte zurück an den Tisch, öffnete seinen Füllfederhalter und notierte etwas auf ein leeres Papier.

»Wie ich das sehe«, begann Ella Bloch, »steht Ihnen dieser Pflichtteil zweifelsfrei zu, und wir müssen nicht darüber diskutieren. Ein Verkauf des Anwesens kommt nicht in Frage, darüber waren wir uns im Vorfeld absolut im Klaren. Also liegt es an uns«, sie wandte sich an David, indem sie ihre Hand auf die seine legte, »diese Summe zu zahlen. Wie viel wird auf uns zukommen?«

»Sie dürfen von etwa 300.000 Euro ausgehen.«

Ellas Augen weiteten sich und David runzelte die Stirn. »Womit sollen wir das denn bezahlen?«, sagte Ella wie zu sich selbst.

»Wir könnten uns allerdings auch vergleichen«, erwiderte mein Bruder, der plötzlich hellhörig geworden war, und beugte sich nach vorn. Da war er wieder, der Pokerspieler.

»Es ist fraglich, ob das nötig sein wird«, warf ich ein und spürte fast körperlich, wie Mama neben mir erstarrte. »Es gibt da etwas zwischen Samuel Bloch und meinem Großvater, das bislang ungeklärt ist.«

»Wovon sprechen Sie?«, wollte Ella wissen.

David sah mich an und schüttelte leicht den Kopf. »*Tu es nicht*«, schien sein Blick sagen zu wollen, *»noch nicht!«*, doch ich fühlte, dass es Zeit war.

»Wie Sie wissen, war Samuel Bloch in den neunzehnhundertdreißiger Jahren mit zehn Prozent Anteilseigner an der Kirchmann Uhren GmbH«, brachte ich ohne Umschweife hervor.

Mein Bruder schnaubte verächtlich und schob sich mit seinem Stuhl zurück.

»Das ist richtig«, unterbrach mich Ella Bloch. »Aber mein Vater hat den gesamten Einsatz zurückbekommen und anschließend in seine Ausreise aus Nazideutschland gesteckt. Mit dem bekannten Ergebnis«, fügte sie leise hinzu.

»Dann ist das also gesichert, dass Ihr Vater seine Anteile zurückerstattet bekam? David erwähnte es bereits. Allerdings habe ich nirgendwo einen Beleg gefunden, der das bestätigt«, erklärte ich sachlich.

Ella Bloch lächelte. »Den werden Sie auch vergeblich suchen. Das geschah in Zeiten, als man solche Dinge besser unter der Hand abwickelte. Und ohne verräterische Unterschriften.«

»Reichsfluchtsteuer«, erwiderte ich.

»Nicht nur das«, seufzte sie. »Ab einem bestimmten Zeitpunkt ging es nicht mehr ohne staatliche Kontrolle. Ihr Großvater und mein Vater haben wohl vorher gehandelt.«

»Dann wäre ja der Hauptpunkt geklärt«, mischte sich Alexander wieder ein. »Ihr Vater bekam von unserem Großvater seine Anteile zurück. Ich frage mich also, warum das hier und jetzt überhaupt angesprochen wird.«

Alexander stützte die Ellbogen auf den Tisch, faltete seine Hände und sah in meine Richtung. »Lizzy? Möchtest du noch etwas sagen? Oder ist dieses Thema damit erledigt? Wie wir alle gehört haben, stellt die Familie Bloch keine Ansprüche an uns, und wir werden unseren Pflichtteil geltend machen. Das wäre es dann wohl.«

Fragend öffnete er die Handflächen, zog die Schultern nach oben und hielt einen Moment inne. Dann klappte er seine Mappe zu und machte Anstalten sich zu erheben, aber meine Mutter hielt ihn mit einer Handbewegung zurück.

»Wir bleiben«, sagte sie in einem scharfen Ton.

Alexander und ich sahen unsere Mutter an.

»Wie viel Zeit haben wir für die Zahlung an Sie?«, fragte Ella gefasst.

»Verhandlungssache«, gab Alexander knapp zurück.

Hilflos blickte ich zu Nanette hinüber, deren Augen vor Zorn funkelten. David schaute zur Seite. Irgendwie hatte sich alles verdreht: Ella Bloch entlastete meinen Großvater, und Alexander war ein zu schlauer Verhandlungspartner, als dass er diesen Ball nicht sofort auffing. Ich hingegen kam mir plötzlich vor, als setzte ich Großpapa postum auf die Anklagebank.

»Wir können einen solchen Betrag unmöglich kurzfristig beschaffen«, sagte Ella leise.

Ich war gerade dabei, die richtigen Worte für die offene Rechnung des Patents zu bilden, da griff Nanette ein.

»Das musst du auch nicht«, sagte sie mit fester Stimme.

Die Anwesenden drehten sich fast synchron in Nanettes Richtung.

»Weil das Geld binnen weniger Tage zu eurer Verfügung steht. Bald wirst du mehr als diesen Pflichtteil besitzen. Es gibt da Weinberge in Südfrankreich. Sie werden auf dich überschrieben und sind bei weitem mehr wert. Du kannst sie verkaufen. Ein regionaler Weinbauer hat bereits ein Angebot abgegeben, das den geforderten Betrag hier übertrifft. Also mach dir keine Sorgen.«

»Ja, du hast das bereits in deinem Brief angedeutet. Aber ich verstehe nach wie vor nicht, was es damit auf sich hat.« Ella schüttelte den Kopf.

»Ich weiß, ich bin dir noch eine Erklärung schuldig. Jedenfalls steht dir das Geld zu. Jeder Cent. Es war schon immer für euch gedacht. Für dich und deinen Bruder.«

»Was soll denn das heißen?«

Nanette rückte mit ihrem Stuhl ein wenig von Ella ab. »Wie es aussieht, muss ich den Anfang machen«, begann sie langsam zu sprechen. »Bei den Dingen, die Lizzy vom Rosshimmel geholt hat, befanden sich auch Dokumente, deren Inhalte für einige Verwirrung sorgten.«

»Was wollen Sie damit sagen?«, fragte Alexander, nicht weniger perplex als Ella.

Nanette räusperte sich und hielt kurz inne. Ihr Gesichtsausdruck war nun noch entschlossener als zuvor und sie fuhr fort: »Es handelte sich dabei um verschiedene Einzahlungen auf ein Schweizer Konto in den Jahren 1948 bis 1955. Ein Gesamtbetrag von knapp 60.000 Schweizer Franken. *Die Wahrheit hat lange Beine* – sagt man das in Deutschland? Das Geld war für euch gedacht, Ella. Für dich und deinen Bruder.«

»Woher hattest du denn das viele Geld, Nani?« Ella blickte ungläubig in die Runde.

»Von Bodo Kirchmann. Er wollte die Ausbildungskosten für dich und deinen Bruder damit sichern. Er hat mir immer wieder größere Beträge gegeben und mich angewiesen, diese unter meinem Namen auf ein Schweizer Konto einzuzahlen. Eines Tages bat er mich, alles abzuheben, und schickte mich damit nach England zu eurer Verwandtschaft. Ich sollte ihnen das Geld treuhänderisch übergeben. Aber sie wollten es nicht.«

Ella nickte nachdenklich. »Ich kann mir durchaus vorstellen, warum. *Kein Geld von einem Deutschen!*, wird Onkel Elias gesagt haben.«

»Genau«, erwiderte Nanette. *Es ist schlechtes Geld, an dem Blut klebt. Erst nehmen sie uns das Leben, unser Vermögen und die Würde, und dann wollen sie sich freikaufen. Niemals.* Zwischen Bodo und mir entzündete sich daraufhin ein Streit, der zum Bruch führte. Weil ich ihm ein paar unbequeme Fragen gestellt habe. Als ich ihm das Geld zurückgab, wollte ich wissen, ob er sein schlechtes Gewissen damit beruhigen wolle. Er geriet außer sich vor Wut. *Behalte es und mische dich nicht in Angelegenheiten, die dich nichts angehen.* Und so habe ich es für jemanden verwendet, der zumindest gegen die Nazidiktatur etwas unternommen hat. Ich dachte mir: Wem tut es schon weh? Es war für einen guten Zweck! Für mich selbst hätte ich es niemals genommen! Bertrand war über lange Zeit der einzige Mensch, der mir nahestand und meine Ideale teilte. Er war ein furchtloser, guter Mann. Mutig hatte er sich nach 1940 in der Résistance engagiert, und was hatte Bodo in der Zwischenzeit in Freiburg gemacht? Es sich gut gehen lassen! Dennoch habe ich Ella und Georg betrogen. Es tut mir unendlich leid. Ihr müsst mir glauben, dass ich nicht eigennützig gehandelt habe. Eines Tages wollte ich alles David überschreiben – das war immer meine feste Absicht. Und jetzt ist es so weit, weil die Pachtverträge für die Weinberge nach Bertrands Tod in wenigen Tagen auslaufen.«

Hinter Ellas Stirn schien es zu arbeiten. Mir dämmerte es: Deshalb hatte Nanette dieses Treffen haben wollen. Sie wollte beichten, sich entschulden. Ich konnte ihr unmöglich böse sein.

»Aber warum hat mein Großvater sich für die Ausbildung der Bloch-Kinder verantwortlich gefühlt?«, fragte ich leise, und im Raum wurde es ganz still.

»Genau diese Frage habe ich mir jahrzehntelang gestellt und nie eine Antwort darauf erhalten«, erwiderte Nanette. »Bis heute.«

»Schwarzgeld.«

Mamas Stimme klang deutlich und klar.

»Schwarzgeld«, wiederholte sie.

»Mama!«, entfuhr es mir. »Woher weißt du das?«

»Er wollte Gelder anlegen und dabei gleichzeitig den Staat austricksen«, entgegnete sie unbeirrt. »Das hat ihm Spaß gemacht. Und wenn er dazu noch eine gute Tat vollbringen konnte, umso besser. Ich habe das all die Jahre mit ihm immer wieder erlebt. Mein Vater war ein Rebell, nur das Alter milderte seine Risikobereitschaft. Später wurde er dann ein Freund von Stiftungen.«

»Erinnerst du dich daran, wie ich nach deiner Volljährigkeit von heute auf morgen verschwand?«, fragte Nanette meine Mutter.

»Du bist zwei Mal gegangen«, erwiderte sie knapp. »Einmal davon habe ich dir verziehen.«

»Kurz darauf hatten wir, dein Vater und ich, diesen unvergesslichen Streit, den ich vorher erwähnte. Es ging aber nicht nur um das dumme Geld.«

»Worum dann?«

Nanette sah auf ihre Uhr. »Er hat herausgefunden, dass ich ein Mandat an einen berühmten Nazi-Jäger vergeben habe. Die Anwaltskanzlei hatte versehentlich eine Rechnung an eure Hausadresse geschickt. Da stellte mich Bodo zur Rede.«

Mein Herzschlag beschleunigte sich, mein Mund war trocken. »*Du* hast den Auftrag dazu erteilt, Nani. Warum?«

Plötzlich schrie Mama neben mir auf. Ihr Glas war umgefallen und auf dem Tisch breitete sich eine Pfütze aus Orangensaft aus. Alexander brachte seine Papiere in Sicherheit, wedelte damit herum und ich stand auf, lief zum Buffet und holte einen Stapel Servietten, den ich schnell auslegte. Auf keinen Fall wollte ich eine Unterbrechung an dieser Stelle und so setzte ich mich wieder.

»Warum? Nani?«, wiederholte ich noch einmal und tupfte mit einer neuen Papierserviette vor Mamas Platz herum, bis sie mir diese missmutig entriss.

»Kann uns hier einmal jemand ins Bild setzen?«, fragte Ella jetzt laut mit Blick auf Nanette und mich.

Kurz fasste ich die Tätigkeit von Stockfelders Sohn zusammen. Die Schandtaten seines Vaters in der Nazizeit und seinen Bezug zu unserer Familie. Ich bemerkte, wie Mamas Unruhe wuchs. Immer wieder strich sie mit der Serviette über die Tischplatte oder änderte ihre Sitzposition.

»Ihr müsst mich verstehen«, sagte Nanette in flehendem Ton an Ella und David gewandt. »In den beiden Jahren vor der Deportation eurer Eltern, beziehungsweise eurer Großeltern, lebte ich am Rosshimmel, abgeschnitten vom Rest der Welt. Und ich wusste nicht einmal, welche Rolle Bodo bei der Flucht gespielt hatte. Er hat sich mir gegenüber niemals dazu geäußert. Kannst du dich an die Spieluhr erinnern, Gisela?«

Meine Mutter nickte und war blass geworden.

»Weißt du, warum ich sie nie angenommen habe, warum sie jahrelang bei euch auf dem Kaminsims herumstand?«

Mama schüttelte den Kopf.

»Wegen dieser Gravur! Was sollte denn das bedeuten? *Reden ist Silber – Schweigen ist Gold*? Steckte ich zwangsläufig mit jemandem unter einer Decke, der, während ich zwei kleine Kinder in den Vogesen versteckt hielt und später nach England gebracht habe, zu Hause zusah, wie sein Kompagnon und dessen Frau hilflos den Nazis ausgeliefert worden waren? Worüber sollte ich denn schweigen? Ich habe ihn gefragt, deinen Großvater, Lizzy. Er wollte mir keine Antwort darauf geben. *Lass es, Nani. Es wühlt nur unangenehme Dinge auf. Lass es ruhen*. Das waren immer wieder seine Worte. Ich habe mir das Schlimmste ausgemalt, versteht ihr? Dass Bodo Schuld trug an der Deportation eurer Eltern, Ella, sogar das ging mir durch den Kopf. Hatte er mit den Zahlungen sein schlechtes Gewissen beruhigt? Es gab so viele unbeantwortete Fragen. Ich musste einfach wissen, was zu Hause mit deinen Eltern geschehen war. Ich hatte ein Anrecht darauf, bei dem Risiko, das ich eingegangen bin. Ja, ein Anrecht.«

Nanette hatte voller Leidenschaft gesprochen. Ihre Wangen waren gerötet.

»Ja, das hattest du. In der Tat, Nani«, sagte ich ergriffen. »Und? Hast du es herausbekommen?«

»Weißt du, Lizzy, ich bin keine Heldin. Ich habe zwar meine eigene Moral, aber nach dem Streit mit deinem Großvater ließ ich die Ermittlungen einstellen. Ich wollte nicht diejenige sein, die ein Nest beschmutzt.« Sie wandte sich an meine Mutter. »Den Rest kennst du, Gisela.«

»Du bist gegangen. Zum zweiten Mal. Und für immer.«

Mama klang verletzt und unendlich traurig.

»Ich glaube nicht, dass Bodo Kirchmann ein schlechter Mensch war«, warf Ella ein. »Er hat uns das Leben gerettet. Woher waren denn die Schlüssel zum Rosshimmel? Die gefälschten Ausweise? Wer soll all das veranlasst haben?«

Fragend sah sie Nanette an, die neben ihr zu erstarren schien. »Deine Mutter, Ella«, erwiderte sie schließlich leise. »Von ihr bekam ich den Auftrag und die Ausstattung. Zu meinem eigenen Schutz sollte ich nicht mehr wissen. Zu gefährlich, hat sie damals gesagt.«

Nanette fixierte die Tischplatte und presste die Lippen aufeinander. Schweigen erfüllte den Raum. Mein Bruder nahm sein Mobiltelefon vom Tisch, blickte darauf, drückte eine Taste und legte es wieder zurück. Es kam mir vor, als öffneten sich bei den Betroffenen in diesen Minuten alte Wunden, über die im Laufe der Jahre nur eine dünne Schicht neuer Haut gewachsen war. Im Geiste sah ich die schöne Martha Bloch mit ihren smaragdfarbenen Augen. Eine Frau, die um die Rettung ihrer Kinder kämpfte.

Eine Frau, die auf die Hilfe und Gnade anständiger Menschen angewiesen gewesen war. Wie sollte meine Generation auch nur annähernd erfassen, welches Leid diesen Menschen zugefügt worden war?

»Du täuschst dich nicht, Ella. Dein Gefühl trügt dich nicht. Mein Vater war der Drahtzieher der ganzen Rettungsaktion.«

Die Stimme meiner Mutter klang belegt. Ruckartig drehte ich meinen Kopf in ihre Richtung. Warum hatte sie so lange geschwiegen? Seit Monaten quälte mich unterschwellig das Gefühl, dass sie mehr wusste, als sie zugab, und ich war erleichtert und alarmiert zugleich, dass sie endlich gewillt war, ihr Wissen preiszugeben.

»Er hat ein doppeltes Spiel gespielt. Er erhielt Informationen aus den höchsten Regierungskreisen. Seinen Geschäftspartnern gegenüber und jenen, denen er nicht vertrauen konnte, gebärdete er sich stets antisemitisch. Und deshalb wusste Vater vor allen anderen, was kommen würde. Er ließ euch zum Rosshimmel bringen, bevor der sogenannte Judenstempel im Pass zur Pflicht wurde. Eure Eltern sollten folgen.«

»Warum hast du mir das nie erzählt, Mama?«

Sie kaute auf ihren Lippen herum. »Weil er mit mir das erste Mal an seinem Sterbebett darüber sprach. Er hatte es noch keiner Menschenseele gesagt.«

»Aber warum denn?«, fragte ich aufgebracht. »Es war doch etwas Gutes!«

Mama zuckte die Achseln und wich aus, als ich ihren Blick suchte. »Sehe einer in die Menschen hinein«, murmelte sie.

»Und ihr habt geglaubt, das alles sei ohne Bodo Kirchmann geschehen«, schaltete sich Ella ein. »Das ist absurd! Und mein eigener Bruder hat ihn beschimpft und verleumdet.«

David horchte auf, als die Rede erstmals auf seinen Vater kam. »Was willst du damit sagen, Tante Ella?«

»Ach, David, das war eine schreckliche Geschichte und ich weiß nicht, ob du sie wirklich hören möchtest.«

»Und ob ich sie hören möchte«, sagte David in drohendem Ton. Nani sah plötzlich traurig aus und ich glaubte, Tränen in ihren Augen zu sehen.

»Dein Vater, David, ist mit dieser ganzen Geschichte von Verfolgung, Flucht und dem Schmerz um den Verlust unserer Eltern anders umgegangen. Schon als Kind hat er alles in sich hineingefressen. Das war als Erwachsener nicht anders. Er trug so viel aufgestautes Leid mit sich herum. Eines Tages fuhr er nach Lörrach und stellte Bodo Kirchmann zur Rede. Er wollte genau wissen, wie das damals gewesen war, warum nur wir Kinder in den Vogesen waren, wo unsere Eltern geblieben waren, warum unsere Eltern deportiert worden waren und wir nicht. Er hat ähnliche Fragen wie du gestellt, Nani. Und wie Sie heute, Elisabeth. Aber immer im Ton des Vorwurfs. Es muss zu einem furchtbaren Streit zwischen den beiden gekommen sein, der darin gipfelte, dass mein Bruder Bodo Kirchmann vorwarf, schuld an der Ermordung unserer Eltern zu sein. Georg war davon überzeugt, Bodo Kirchmann habe Geld zurückgehalten, und er verbiss sich geradezu in die Vorstellung, er hätte ihnen mehr Geld für die Flucht geben müssen, weil er dies uns allen schuldig war. Georg wollte nicht verstehen, dass das lange Zögern deines Großvaters und die anschließenden unglücklichen Umstände für die Vereitelung der Flucht verantwortlich waren. Es war zu spät gewesen, kein Geld der Welt hätte ihn und unsere Mutter noch retten können. Georgs Depressionen verschlimmerten sich. Von Jahr für Jahr.«

»Und ich muss hierherkommen, um das heute zum ersten Mal zu hören«, stammelte David. »Ich hatte dich einmal konkret befragt, erinnerst du dich? Jetzt noch einmal, in aller Deutlichkeit: Es ging dabei nur um Geld? Um nichts anderes?«

Er hatte die letzten Sätze ganz langsam gesprochen. In seiner Stimme lag eine Mischung aus Zorn, Verletzung und tiefer Erschütterung.

»Um Geld«, erwiderte Ella Bloch. »Aber er hat ihm Unrecht getan, mein Junge. Es tut mir leid, Davidi. Ich wollte dich schonen.«

Sie verstummte.

»Nenn mich nicht so«, knurrte David.

Ich hatte diese hebräische Koseform noch nie gehört, aber sie gefiel mir.

»Es lag nicht an Ihrem Vater, Frau Bloch. Er hat nicht gezögert. Er wurde hingehalten.«

Alle sahen mich plötzlich an, nur David blickte starr vor sich hin. Mit klarer Stimme erzählte ich von Stockfelder, den Anfängen im Haus meiner Großeltern, seiner gekränkten Eitelkeit, nachdem Martha seine Zuneigung verschmäht hatte, und seinem anschließenden Rachefeldzug gegen die Blochs.

»Das Ende kennt ihr alle«, schloss ich meinen Bericht.

»Und woher hast du diese Geschichte?«, fragte Mama ungläubig.

»Von seinem Sohn. Onkel Erwin hat mich zu ihm geschickt«, entgegnete ich. »Kurt Stockfelder war Großvaters Informant, nicht wahr?«

Mama nickte resigniert.

»Aber ich bin noch nicht am Ende.« Jetzt nahm ich all meinen Mut zusammen. »Mir scheint, mein Großvater hatte mehr als zwei Gesichter. Wussten Sie, Frau Bloch, dass Ihr Vater 1936 zwei Patentanträge auf *phosphoreszierende Oberflächen von Chronometern* gestellt hatte?«

Sie schüttelte den Kopf. »Damals war ich gerade einmal drei Jahre alt. Worum geht es denn dabei?«

»Leuchtziffern«, sagte mein Bruder mit deutlicher Stimme. »Es handelt sich dabei um Leuchtziffern bei Fliegeruhren.« Ich konnte das Entsetzen in seinen Augen wahrnehmen, aber auch ein blitzschnelles Kombinieren der Zusammenhänge. »Woher weißt du davon?«

Stockend berichtete ich von unserem Fund aus der Zigarrenkiste von Davids Vater und den vergeblichen Patentanträgen seines Großvaters. »Im Jahre 1941 galt unser Großvater als der Erfinder jenes Phänomens. Phosphoreszierend. Damals erhielt er den Zuschlag für das Patent, nicht wahr, Alexander?«

Mein Bruder nickte stumm und mit bleierner Miene. Er wusste um die Tragweite des Sachverhalts, es konnte gar nicht anders sein.

»Was hat das zu bedeuten?«, hörte ich meine Mutter stammeln.

»Sie meinen, Ihr Großvater hat die Erfindung meinem Vater weggenommen?« Ella sah ungläubig in die Runde.

»Wir wissen nicht, ob es Vereinbarungen zwischen Bodo Kirchmann und Samuel Bloch gegeben hat oder ob die beiden Männer die Erfindung gemeinsam gemacht haben. Sehr wahrscheinlich hatte ein Jude damals keine Chance auf eine Patentzusage«, erklärte mein Bruder nüchtern.

»Aber was sollen wir denn mit dieser Information anfangen?«, fragte Ella verzweifelt. »David?«

»Lizzy und ich ahnen das, seit sie in Straßburg war, nicht wahr?«, fragte er bestätigend in meine Richtung. Seine Augen funkelten.

»Es lag nahe, aber sicher war ich mir nicht«, verteidigte ich mich. »Jetzt bin ich es mir. Absolut.«

»Womöglich müssen wir über eine Entschädigung reden«, brachte er schließlich hervor.

»Es verändert die hier zur Disposition stehende Verhandlungsmasse«, stimmte ich zu.

»Du klingst wie eine Buchhalterin«, bemerkte David.

Alexander warf ihm einen abschätzigen Blick zu.

»Ja, meine Schwester scheint über einige verborgene Talente zu verfügen.«

»Ich schlage vor, dass wir das erst einmal zurückstellen und warten, was Ludwig Stockfelder noch zu berichten weiß. Vielleicht hat er ja zum Thema etwas beizutragen«, schaltete sich Nanette ein. »Ich habe ihn eingeladen, diesem Gespräch beizuwohnen. Er wollte gegen eins hier sein. Wenn er bis zwei nicht hier wäre, dann käme er morgen, hat er mir versprochen. Jetzt bin ich richtig froh, dass er es nicht geschafft hat. Morgen ist auch noch ein Tag.«

Nanette erhob sich, zögerte und fiel sofort wieder auf ihren Stuhl zurück, als erleide sie soeben einen Schwächeanfall. Sofort war Mama zur Stelle. »Alles in Ordnung, Nani? Brauchst du einen Arzt?«

Sie schüttelte entschieden den Kopf. »Nein, nur Ruhe und Wasser. Vielleicht einen Cognac. Ich kann nicht mehr. Es ist sehr anstrengend. Dieses ganze Durcheinander.«

Augenblicklich veränderte sich Ella Blochs Gesichtsausdruck. »Ich bin ganz deiner Meinung, Nani«, schaltete sich diese ein. »Wir müssen uns alle ein wenig abkühlen. Diese Informationen sind auch für mich zu viel.«

»Morgen machen wir mit neuem Mut weiter. An welche Uhrzeit hast du gedacht?«, fragte Nanette.

»Sagen wir ein Uhr? Vielleicht wollt ihr euch noch die Stadt ansehen. Ein bisschen bummeln«, entgegnete ich.

Mein Bruder erhob sich, zog sein Jackett über und warf mir einen wütenden Blick zu.

»Sprich keine Angebote aus, die wir nicht halten können. Oder die uns ruinieren. Halte dich ein Mal im Leben zurück und spiele nicht die Heldin«, zischte er mir zu.

»Wenn du die Wahrheit nicht aushalten kannst, solltest du vielleicht daheim bleiben«, fauchte ich zurück.

»Nein«, wehrte unsere Mutter eigensinnig ab, als Alexander ihr seinen Arm bot. »Ich gehe noch in der Markthalle vorbei und nehme mir anschließend ein Taxi. Vielleicht haben die beiden Männer zusammengearbeitet. Sie werden diese Erfindung gemeinsam gemacht haben, so wird es gewesen sein«, sagte sie wie in Gedanken.

Verblüfft sah ich zu, wie Nani und Ella in Richtung Foyer verschwanden, mit einigem Abstand von meiner Mutter gefolgt. Ich blieb mit David allein zurück.

»Das war ganz schön viel auf einmal! Aber irgendwie werde ich das Gefühl nicht los, dass da noch mehr kommt«, sagte er und sah mich herausfordernd an. »Wusste dein Bruder bereits Bescheid? Wahrscheinlich beauftragt er jetzt hinterrücks eure Anwälte.«

»Bitte, David, wirf mich nicht in einen Topf mit meiner Familie. Tu das nicht.«

»Vielleicht wirst du gezwungen, Position zu beziehen, Lizzy.«

»Das mache ich bereits. Und du? Was tust du jetzt? Warst du schon auf deinem Zimmer?«

Gemeinsam begaben wir uns nach draußen, wo uns eine glühende Hitze entgegenschlug. David bot mir eine Zigarette an. Gierig griff ich danach und wir nahmen beide unseren ersten Zug nach Stunden. »Morgen Mittag werde ich wieder hier sein, Lizzy. Kein Hotelbett. Nicht für mich. Nein.«

»Möchtest du eine Tasse Kaffee?«

Er verneinte und ich fühlte, dass es unmöglich war, in dieser Stimmung an ihn heranzukommen. Auch ich selbst musste dieses Treffen erst einmal verarbeiten.

Wir verabschiedeten uns voneinander. Aus einer Kneipe stieg mir der Duft von Frittiertem in die Nase. Allein der Gedanke an eine Mahlzeit verursachte mir Übelkeit.

Als ich auf meinem Rad saß, bog ich kurzentschlossen in Richtung Frauenbad ab, wo ich immer ein paar Badesachen in einem

Schließfach deponiert hatte. Die Tatsache, keine Rücksicht auf Thea nehmen zu müssen, erleichterte mich, und nachdem ich mich umgezogen hatte, stürzte ich mich direkt ins kalte Nass. Ich legte meine Unterarme auf den Beckenrand, stützte mein Kinn auf den Handrücken und bewegte die Beine. Zwischendurch tauchte ich meinen Kopf unter Wasser und genoss die Abkühlung. Die Gespräche, Gesten, die erstickten Stimmen, das Entsetzen in den Gesichtern – noch einmal zogen die Eindrücke wie Filmfetzen an mir vorbei. Einiges hatte sich geklärt, aber es waren auch neue Fragen aufgeworfen worden.

Als ich die entgangenen Anrufe auf meinem Handy kontrollierte, sah ich, dass Thea mir eine SMS geschrieben hatte: »Halo Mama. Wir waren klättern. Ich bin über eine Hängebrüke gelaufen und nicht runtergefallen. Kuss, deine Thea.«

Sofort wählte ich Theas Nummer, aber die Mobilbox schaltete sich ein. »Danke für deine Nachricht. Ich versuche es noch mal, mein Schatz. Ich hab dich lieb.«

Bis sieben blieb ich im Frauenbad, rauchte ein paar Zigaretten und trank eine eiskalte Cola. Als ich zu Hause ankam, sah ich einen Zettel an der Haustür. Mein erster Gedanke war Thea und Panik erfasste mich. Ich sprang vom Rad, riss das Schreiben ab und las hastig: »Hallo Frau Tanner, ich hätte Sie gerne heute noch gesprochen, konnte Sie aber telefonisch zu Hause nicht erreichen. Ich bin bis 20 Uhr auf dem Münsterplatz draußen vor dem Ratskeller und warte dort auf Sie. Bitte kommen Sie. Es ist sehr wichtig. Ihr L. Stockfelder.«

Kapitel 22

Der Münsterplatz war der einzige Ort Freiburgs, der im Hochsommer Kühle versprach. Wenn es dämmerte, zog der Höllentäler durch die Gassen um die Kirche und versorgte den großen Platz mit angenehmer Frischluft. Zuweilen strömten die Menschen bis in die späten Abendstunden auf die Terrassen der Cafés und Restaurants und genossen die Brise.

Es war kurz vor acht, als ich ankam. Ich hatte mich umgezogen und meine noch feuchten Haare zu einem Pferdeschwanz zusammengebunden. Schon von weitem konnte ich Ludwig Stockfelder entdecken. Er saß allein an einem Tisch, vor ihm eine Flasche Mineralwasser und ein Glas Weißwein. Er war braungebrannt und trug eine beige Freizeithose mit weißem Poloshirt. Ich dachte an unsere Begegnung in Saig im Schwarzwald, an meinen anschließenden unangekündigten Besuch bei Erwin. Seit unserem Streit hatte ich meinen Großonkel nicht mehr gesprochen. Mit einer Mischung aus Neugierde und Vorsicht ging ich auf Stockfelder zu.

»Vielen Dank für Ihre Nachricht. Hier bin ich.«

Wir begrüßten uns mit Handschlag und ich setzte mich ihm gegenüber, bestellte dasselbe Gedeck wie er und zündete mir eine Zigarette an. »Sie schrieben, es sei dringend.«

»Ja, ich wollte Sie sprechen, bevor ich morgen bei Ihrem Familientreffen erscheine. Oder wie darf ich diese Zusammenkunft nennen?«

»Ich freue mich, dass Sie kommen wollen, Herr Stockfelder.«

Ich bemühte mich um Nettigkeit, wollte aber gerne auf den Punkt kommen, denn ich war nach diesem Tag an meinem Limit angelangt und sehnte mich danach, auf meiner Terrasse die Beine hochzulegen. Dennoch bemühte ich mich, meiner Stimme keine Ungeduld anmerken zu lassen.

»Wenn Sie etwas wissen, sollten Sie es mir jetzt sagen«, sagte Stockfelder ernst.

Er sah mich an und seine Augen schienen mich zu durchbohren.

»Was meinen Sie?«

»Hat Ihr Großvater vor seinem Tod mit Ihnen gesprochen?«

»Ja, natürlich. Das sagte ich Ihnen bereits. Dieser Auftrag, ich solle für Gerechtigkeit sorgen, meinen Sie das?« Ich unterbrach mich, als die Bedienung an unseren Tisch trat und meine Getränke mit der Rechnung brachte. »Und die Unterlagen vom Rosshimmel«, fuhr ich fort, als wir wieder ungestört waren. »Mehr war da nicht. Was genau meinen Sie?«

Ich nahm einen Schluck Wein, der mir sofort zu Kopf stieg, da ich den ganzen Tag nichts gegessen hatte. Nachdenklich drehte er an seinem Glas. Ein plötzlicher Windstoß kippte die Speisekarte um. Die auf dem Tisch liegenden Servietten flatterten. Stockfelder hielt sie fest und schob sie unter den Aschenbecher.

»Er hat nicht sein Herz erleichtert?«

Ich schüttelte den Kopf. »Mir gegenüber sprach er in Rätseln. Meiner Mutter hat er wohl gebeichtet. Das weiß ich allerdings auch erst seit ein paar Stunden. Und dass er etwas Gutes getan hat. Er war der Drahtzieher bei der Rettungsaktion der Bloch-Kinder zum Rosshimmel. Darüber hat er zu Lebzeiten nie gesprochen.« Ratlos zuckte ich die Achseln. »Mehr nicht.«

»Nun gut. Sie sollen es als Erste erfahren: Ihr Großvater kam etwa neun Jahre vor seinem Ableben in meine Kanzlei. Als Privatmann. Wir hatten ein langes, intensives Gespräch.«

Nervös drückte ich meine Zigarette aus und bemerkte ein leichtes Zittern meiner Hände. »Aber ich habe Sie doch in Saig besucht. Warum haben Sie mir das damals nicht gesagt?«

»Es war nicht an der Zeit. Sie stellten zwar Fragen, aber in Ihren Augen konnte ich die Sorge und das Bemühen lesen, den guten Ruf Ihrer Familie zu wahren. Keiner kann das besser verstehen als ich, glauben Sie mir. Seit gestern haben wir aber eine neue Situation. Nanette le Coz lud mich ein, zu Ihrer Runde hinzuzustoßen. Und sie hat mich von meiner Schweigepflicht entbunden. Das ändert alles. Ich habe lange nachgedacht und mich gefragt, warum ich mich wie damals fühle, als ich meinen Vater an den Pranger stellen musste. Ursprünglich hielt ich das vertrauliche Gespräch zwischen Bodo Kirchmann und mir immer für eine reine Männerangelegenheit. Ich tauge nicht zum Beichtvater. Weder bin ich in der Lage, Absolution zu erteilen, noch anzuklagen. Aber ich werde sagen, was ist. Was war. Es sind Dinge geschehen von einem gewissen historischen Interesse, auch wenn Sie glauben, es sei reine Privatsache. Was jemand tut, hinterlässt Spuren. Auch das, was man nicht tut. So viel zu meinen philosophischen Überlegungen.«

Er richtete seinen Blick zum Turm des Münsters und sprach weiter, während er mit zwei Fingern auf dem Tischtuch hin- und herstrich. »Ich bin wider willen in Ihre Familiengeschichte hineingeraten und habe erkannt, einer der Wenigen zu sein, der einen Gesamtüberblick hat. Jetzt fühle ich mich verpflichtet, mein Wissen preiszugeben. Also, wenn Sie etwas wissen, Frau Tanner, sprechen Sie jetzt. Wir könnten das im Vorfeld klären und uns für den morgigen Tag aufeinander abstimmen, verstehen Sie? Das ist eine Chance für Sie! Nur ein Angebot. Ich wollte Ihnen diese Gelegenheit geben, weil Sie sich bereits die Mühe gemacht haben, mich aufzusuchen.«

Bei unserer ersten Begegnung hatte ich ihn viel weicher erlebt, und ich spürte, wie sich eine Mischung aus Wut und Verzweiflung in mir ausbreitete. Seine Rede wirkte auf mich fast erpresserisch. Langsam war ich es müde, den Leuten ihr Wissen aus der Nase zu ziehen und im Gegenzug preiszugeben, was ich bislang herausgefunden hatte.

»Was ist die Alternative?«, wollte ich wissen.

»Dass die Bombe morgen im Markgräfler Hof hochgeht.«

Der Wind blies mir eine Strähne ins Gesicht, und ich wusste nicht, ob mein Gegenüber bluffte, um mich auszuhören, oder ob er wirklich einen Trumpf im Ärmel hatte. Ein wenig fühlte ich mich wie das Insekt im Netz der Spinne.

»Bitte, Herr Stockfelder«, sagte ich geradezu flehend. »Reden Sie Klartext. Welche Bombe? Ich habe Ihnen alles gesagt. Oder geht es Ihnen um die Sache mit dem Patent?«

Er nahm von seinem Getränk, stellte das Glas zurück auf den Tisch und beugte sich ruckartig nach vorne, die Hände zwischen seine Knie geklemmt.

»Ich war derjenige, der Verkauf und Rückkauf des Rosshimmels juristisch mit Ihrem Großvater realisierte. Er hat mir triftige Gründe vorgetragen, das Grundstück den Bloch-Kindern zu vermachen. Ich stellte mein Wissen bereit, den Nacherbenvermerk mittels eines Tricks oder sagen wir innerhalb einer rechtlichen Grauzone zu tilgen. Binnen weniger Monate haben wir das Projekt verwirklicht. Es handelte sich um eine Vertrauenssache zwischen Männern.«

»Sie sprechen, wie Ihr Vater gesprochen hätte.«

»Ich glaube nicht, dass Sie in der Position sind, sich Überheblichkeit leisten zu können.«

»Ist das alles? War es das?«

Ich packte meine Zigaretten in die Handtasche und legte einen Zehneuroschein unter den Teller. »Sie verlangen von mir, alles preiszugeben, was mir etwas bedeutet, und werfen mit Ihren Informationsbrocken nur neue Fragen in den Raum. Das verwirrt.«

Er legte einen Zwanziger zu meinem Zehner und machte Anstalten sich zu erheben. »Sie sind nicht verwirrt. Ich glaube hingegen, dass Sie eine Frau sind, die sehr genau weiß, was sie will und wie sie es bekommt.«

»Geben Sie mir ein Stichwort«, bat ich.

»Lauschangriff«, erwiderte er nach kurzem Nachdenken.

Er schob den Stuhl unter den Tisch und drehte sich weg. Ich tat es ihm gleich und lief dann neben ihm her. An meinem Rad machten wir halt.

»Vielleicht wurde die Bombe bereits entschärft«, hörte ich mich trotzig sagen.

Wütend zerrte ich an dem Radschloss, das klemmte. Ludwig Stockfelder blieb vor mir stehen und steckte die Hände in die Hosentaschen. Er sah zu mir herunter.

»Es ist nicht leicht für Sie, Frau Tanner. Ich verstehe das. Aber es fällt mir sehr schwer, mir vorzustellen, dass Ihr Großvater sein Gewissen der Familie gegenüber nicht erleichtern wollte, bevor er starb. Eigentlich wollte ich nichts anderes, als Ihnen einen kleinen Vorteil zu verschaffen. Ich dachte, Sie hätten das verdient. Gehen Sie und sprechen Sie mit Ihrer Mutter. Fragen Sie sie.«

Erneut rüttelte ich den Schlüssel hin und her, bis sich auf einmal das Schloss öffnete. Ich stand auf und befestigte es am Gepäckträger. Meine Haare klebten am Nacken, eine Strähne kitzelte meine Wange. Ich schob sie weg. »Ausgeschlossen. Sie kennen meine Mutter nicht. Was sie tut, macht sie nur aus freien Stücken. Wer Druck auf sie ausübt, hat schon verloren. Glauben Sie mir. Ich kenne diese Frau mein ganzes Leben lang.«

»Ihren Großvater kannten Sie auch Ihr ganzes Leben. Und was wissen Sie über ihn?«

»Dass er gütig war. Gut. Geradlinig und nachsichtig. Liebevoll und ein großartiger Mensch!«, platzte es aus mir heraus.

Die Tränen schossen mir in die Augen, aber ich gab mir nicht die Blöße, vor ihm zu heulen. Ich hatte genug von den Vorwürfen, den stillen und den angedeuteten, den Verleumdungen und den Ködern, dem Halbwissen von wildfremden Menschen, die mir irgendwelche Brocken hinwarfen, als sei ich ein verhungernder Hund.

»Wir werden sehen. Bis morgen dann, zwischen eins und zwei, richtig? Es wird heiß werden. Unerträglich, dieses Klima hier. Diese Luftfeuchtigkeit. Schlafen Sie gut.«

Er reichte mir die Hand zum Abschied, und ich glaubte, einen Triumph in seinen Augen zu sehen. Aber auch Entschiedenheit. Er bog ab in Richtung Schlossberg.

Ich sah auf die Uhr. Kurz vor halb neun. Zu spät, Thea noch einmal anzurufen. Als ich aufs Rad stieg und in Richtung Innenstadt radelte, fing es an zu tröpfeln. An einem Friseurladen gegenüber der Uni bemerkte ich das Schild: »Waschen. Schneiden. Föhnen. Inklusive ein Glas Sekt. Happy Hour bis 22 Uhr«. Kurzentschlossen stellte ich mein Rad ab und betrat den Salon, in dem sich offensichtlich nur noch Personal befand.

Die Friseurin, eine quirlige Blonde mit pinkfarbenen Strähnen, begrüßte mich freundlich, wies mir einen Platz am Waschbecken zu und ich genoss das kühle Wasser auf meinem Kopf, den Duft des Shampoos und die anschließende Massage. Der Regen prasselte inzwischen gegen die Schaufensterscheiben. Zurück vor dem Spiegel, nahm sie den Turban von meinem Kopf und kämmte meine langen widerspenstigen Locken.

»Was machen wir?«, fragte sie freundlich.

Ich starrte in den Spiegel. »Was schlagen Sie vor?«

Mehrfach griff sie von allen Seiten in meine Mähne. Dann warf sie einen skeptischen Blick auf die Uhr an der Wand. »Etwas

Farbe würde neuen Glanz in die Struktur bringen.« Sie teilte das Deckhaar geschickt ab, hob es sachte nach oben und ließ es fallen. »Und wenn Sie mich fragen: Ihr Haar hat schon länger keine Schere mehr gesehen, nicht wahr?«

Kritisch betrachtete sie die Spitzen. Ich nickte schuldbewusst. Noch einmal wiederholte sie die ganze Prozedur, als verschaffe sie sich Gewissheit über die Qualität meines Langhaars, das in nassem Zustand bis über die Schulterblätter ging. Sie wickelte es am Hinterkopf zusammen bis es ziepte, entschuldigte sich und begutachtete mich konzentriert im Spiegel.

»Wenn Sie mich fragen …« Sie wechselte ihre Position und stellte sich direkt neben mich, immer noch eine Hand an meinem Hinterkopf, die den Dutt hielt. »Ja, ich bin mir sicher. Sie haben das perfekte Gesicht für eine Kurzhaarfrisur. Noch nie darüber nachgedacht?«

Unsere Blicke trafen sich im Spiegel. Erneut trat sie hinter mich, befestigte mit einer Spange die Strähnen am Hinterkopf und reichte mir schließlich einen Handspiegel, den sie so drehte, dass ich mein Profil sehen konnte.

»Sehen Sie nur, diese Linie.« Sie strich über meinen Hals vom Ohr hinunter zum Schlüsselbein. »Diese Länge hier. Einfach apart. Ihre Locken stampfen Sie ja richtig. Manch eine Frau würde sich diesen Schwanenhals wünschen.«

Es war kein Schwanenhals, aber er war auch nicht kurz. »Wie viel?«, fragte ich.

Sie zeigte mit zwei Fingern einen Abstand von etwa vier Zentimetern. »Bei dieser Kopfform«, schwärmte sie. »Das wirkt unglaublich edel.«

Ich starrte auf den Abstand zwischen ihren zwei Fingern. Nicht einmal Tom hatte je so kurze Haare gehabt. »Wären denn dann die Locken weg?«, fragte ich vorsichtig.

»Klar. Was soll sich denn bei der Länge kringeln? Ein Traum und absolut stylish. Sie werden sich fühlen wie neugeboren!«

Angestrengt dachte ich nach. Draußen regnete es immer noch und ich war so müde. Außerdem hatte ich das Gefühl, es wurde immer heißer.

»Wollen Sie Fotos sehen? Damit Sie es sich vorstellen können? Kommen Sie! Geben Sie sich einen Ruck. Sie würden zehn Jahre jünger aussehen.«

Der letzte Satz versetzte mir einen Stich. War ich schon so weit, dass man mich mit einer optischen Verjüngung locken musste? Und dann gleich zehn Jahre? Drei oder maximal fünf hätten es ja auch getan.

»Schneiden Sie sie ab«, sagte ich schnell. »Weg damit. Und an welche Farbe haben Sie gedacht?«

Ihre Augen weiteten sich voller Vorfreude und sofort ließ sie meine Mähne fallen, die schwer auf meinen Rücken klatschte. »Nur etwas Glanz. Sagen wir einen zarten Mokkaton? Ein warmes Braun.«

»Was immer das heißen mag«, erwiderte ich lächelnd. »Und bringen Sie mir bitte einen Aschenbecher. Und Zeitschriften. Haben Sie auch ein Glas Sekt für mich? Zur Feier des Tages.«

Und decken Sie den Spiegel ab, hätte ich am liebsten gesagt. Hektisch warf sie einen Blick zu ihrem Kollegen, der unser Gespräch beobachtet hatte und sogleich in einer Kabine verschwand. Dann griff sie nach ihrer Schere und binnen Sekunden war die Hauptlänge weg. Die Locken sprangen bis zu meinen Ohren und ich sah aus wie Prinz Eisenherz. Mein Blick ging durch den Raum. Immer noch war ich die einzige Kundin im Laden. Und das bei einem Happy-Hour-Angebot. Inzwischen landete der Sekt auf der Ablage vor mir und ich spülte meine Zweifel mit einem kräftigen Schluck hinunter.

Zu spät, dachte ich, senkte die Augen und blätterte in einem Hochglanzmagazin. Der europäische weibliche Adel trug langes Haar, zumeist kunstvoll hochgesteckt. Lange Haare galten als der Gipfel der Weiblichkeit, nur Meg Ryan leistete sich einen Bubikopf. Ich lernte, dass Blond die Farbe des Sommers sei, und klappte das Modediktat zu, lehnte mich zurück und schloss die Augen. Ich versuchte mir vorzustellen, wie Thea jubeln würde, wenn sie mich sah. Der Schnitt der Schere war deutlich zu hören und ich konzentrierte mich auf das Geräusch, dessen gleichmäßigen Takt. Erst hinten, dann an den Seiten. Als ich auf Anweisung den Kopf nach vorne kippte und am Nacken einen Rasierer spürte, öffnete ich die Augen. Auf dem Boden lag ein dunkler, lockiger Haarberg, der aussah wie der Inhalt meines Staubsaugerbeutels. Je länger ich ihn betrachtete, desto befreiter fühlte ich mich. Wir hatten Sommer. Im Nu würden meine Haare nach dem Schwimmen trocknen. Hinzu kam die Zeitersparnis am Morgen. Sie würden auch wieder wachsen.

Noch nie hatte ich einen Gedanken an eine neue Frisur verschwendet, weil Tom mein langes Haar liebte und selbst ich aus einem unerfindlichen Grund daran hing. Aus und vorbei.

Langsam wanderte mein Blick vom Boden in Richtung Spiegel. Voller Staunen fixierte ich mein Gesicht, das sich gar nicht verändert hatte. Nur den Gewichtsverlust der letzten Wochen konnte ich jetzt deutlich an meinen Wangen sehen.

Neunzig Prozent der Männer stehen auf langes Haar. Und die restlichen zehn Prozent haben sich noch nicht entschieden.

Toms Worte. Er fand Frauen mit kurzen Haaren schrecklich. Als ich fertig geföhnt in den Spiegel blickte, kam ich mir fremd vor. Ich verspürte das Bedürfnis, meinen freien Hals in die Höhe zu ziehen, und drückte das Brustbein nach vorne. Nicht eine einzige Locke befand sich noch auf meinem Kopf. Dafür ein gestufter Kurzhaarschnitt, kleine, sichtbare Ohren und ein fransiger Pony. Ich nahm mein Handy aus der Tasche und schrieb eine SMS an Thea: *Deine Mama hat jetzt kurze Haare. Richtig cool. Ohne Locken. Einen dicken Kuss, Mama.*

»Ohrringe«, plapperte ich meinem Spiegelbild entgegen. »Ich brauche Ohrringe.«

»Sie werden sich daran gewöhnen«, sagte Bea, die mir bereits während des Auftragens der Tönung ihren Namen verraten hatte. »Aber es steht Ihnen fantastisch. Und immer daran denken – mahnend hob sie mir ihren Zeigefinger entgegen –, kurze Haare heißt *Gesicht.* Sie haben jetzt mehr Gesicht. Dazu gehört ein perfektes Make-up. Sie müssen Ihre Augen betonen.«

»Mit dunklem Lidschatten. *Smokey eyes,* meine Damen. Smaragdgrün wäre affengeil zu deinen bernsteinfarbenen Augen. Geheimnisvoll und heiß!«, mischte sich Robby, der Kollege von Bea, ein. Er hatte eine Schultertasche umgehängt und war gerade am Gehen. »Tschüss, mein Schatz.« Er hauchte Bea drei Küsse auf die Wangen.

»Gute Entscheidung«, flüsterte er mir zu und reckte einen Daumen in die Höhe.

Kein Mensch hatte meine Augenfarbe jemals so umschrieben. Lächelnd verteilte Bea etwas Wachs in den Spitzen und zeigte mir das Ergebnis mit dem Handspiegel von hinten. Zumindest aus dieser Perspektive überzeugte mich mein neues Ich. Lächelnd bedankte ich mich an der Kasse für die freundliche Beratung, honorierte die Happy Hour mit einem großzügigen Trinkgeld und radelte mit meinem Mehr an Gesicht nach Hause.

Kapitel 23

Am nächsten Mittag erreichte ich bei strahlendem Sonnenschein den Markgräfler Hof. Ich hatte wenig geschlafen, von abstürzenden Flugzeugen und einer Verfolgungsjagd durch New York geträumt und mich von einer Seite auf die andere gewälzt. Beas Rat, ein sorgfältiges Make-up aufzutragen, hatte ich beherzigt und meine Ohren schmückten ein Paar Ohrringe, das mir Großmama vor langer Zeit vermacht hatte, Hänger mit länglichen dunkelgrünen Malachiten. Ich hatte sie nie zuvor getragen, weil sie mir in Kombination mit meinen Locken immer zu üppig erschienen waren.

Kurz vor eins betrat ich den Raum mit Erker. Mama, Nanette und Ella sowie mein Bruder saßen bereits an ihren Plätzen.

»Wie siehst du denn aus?«, entfuhr es meiner Mutter.

Ihr entsetzter Blick verfolgte mich, als hätte sie eine Erscheinung. Ich nahm ihre Missbilligung als sicheres Indiz, dass ich gar nicht so schlecht aussehen konnte, ging zum Buffet und holte mir Wasser.

»Jetzt dreht sie total durch«, brummte mein Bruder und schüttelte den Kopf.

»Bezaubernd«, sagte Nanette, als ich mich ihr gegenübersetzte, und Ella stimmte nickend zu.

Als David eintraf, hatte ich die Anwesenden bereits über meine gestrige Begegnung und den Inhalt des Gesprächs mit Ludwig Stockfelder aufgeklärt. Ich gab auch David, der die Augen nicht von mir ließ, eine kurze Zusammenfassung.

»Kommt dein Informant denn noch?«, wollte Alexander schließlich wissen.

»Er ist nicht mein Informant«, entgegnete ich. »Und um deine Frage zu beantworten: Ja, er kommt ganz sicher noch.«

Als es an der Tür klopfte, schrak ich zusammen. Nach kurzer Verzögerung betrat Ludwig Stockfelder den Raum, ließ seinen Blick über unsere Runde schweifen und ging dann zu jedem persönlich, um sich mit einem Handschlag vorzustellen. Er platzierte sich rechts von mir. Dabei ließ er einen Stuhl zwischen uns frei.

»Ich habe die hier Anwesenden bereits davon in Kenntnis gesetzt, dass mein Großvater mit Ihrer juristischen Unterstützung den Nacherbenvermerk aus dem Grundbuch des Rosshimmels tilgen ließ«, teilte ich ihm mit.

»Aber nicht doch, Frau Tanner. Sie verwechseln Ursache und Wirkung«, erwiderte Ludwig Stockfelder lächelnd und überging elegant meine Anspielung. »Es handelte sich um den Verkauf einer Immobilie. Dadurch verschwand der Nacherbenvermerk.«

»Ich stelle mir die ganze Zeit die Frage«, hob Alexander an und beugte sich Stockfelder entgegen, »ob der Gesetzgeber sich das so gedacht hat. Wenn ich das richtig sehe, haben wir es mit einem Scheinverkauf zu tun, nicht wahr?«

Ludwig Stockfelder erhob sich, verschränkte seine Hände hinter dem Rücken, lief langsam zum Erkerfenster und sprach gegen die Scheibe.

»Das Verschwinden des Nacherbenvermerks, Herr Dr. Tanner, ist eine Konsequenz des Verkaufs. Das muss ich Ihnen als Jurist nicht erklären. Ihr Großvater hatte mir triftige Gründe für seine Entscheidung vorgetragen. Der Rückkauf war eine Angelegenheit zwischen den Beteiligten.«

Ich sah hinüber zu meiner Mutter. Sie sah blass aus. Jetzt räusperte sie sich und senkte die Augen.

»Da ich eine der Erben bin, würden mich die Gründe meines Gönners interessieren«, sagte Ella Bloch.

Ludwig Stockfelder sprach lange und bedächtig. Dabei schritt er zum Kamin, verharrte dort und drehte wieder um. Er wählte seine Worte genau und erzählte von seinem Vater, dessen Verbindung zum Haus meiner Großeltern, seiner zweifelhaften Gesinnung und der Brutalität, mit der er im »Dritten Reich« vorgegangen war.

»Ich entschuldige mich in aller Form für das, was Ihrer Familie durch meinen Vater angetan wurde.«

Abrupt blieb er seitlich vor Ella Bloch und Nanette stehen und verbeugte sich. »Es ist ungewiss, wie es Samuel und Martha Bloch ohne die Einmischung eines Kurt Stockfelders ergangen wäre, denn viele Emigrationsversuche waren eine Frage des richtigen Zeitpunkts. Wer zudem bereit war, auf einen Großteil seines Vermögens zu verzichten, konnte bis etwa 1939 ausreisen. In diesem Fall, Frau Bloch, lagen mehrere Ausreiseanträge Ihrer Eltern vor. Und mein Vater sorgte gezielt dafür, dass diese unvollständig wurden und blieben. Er war nachweislich daran schuld.«

Niemandem war das neu, was Ludwig Stockfelder da schilderte, aber es noch einmal von jemandem zu hören, der aktiv nach der Wahrheit geforscht hatte und ein direkter Nachkomme des Täters war, gab dem Ganzen eine andere Dimension. Ella hatte Tränen in den Augen, David presste die Lippen aufeinander.

»Und nun zu Ihnen«, wandte sich Ludwig Stockfelder an uns. »Die Familie Kirchmann hat ihren Teil dazu beigetragen. Die nötigen Informationen, die meinen Vater auf den Plan riefen, kamen von Ihrer Seite.«

Meine Mutter schien zu erstarren. Langsam ging Stockfelder zurück an seinen Platz und setzte sich wieder.

»Meine Familie? Was reden Sie denn?«, rief ich aufgebracht. Ich spürte einen Druck in der Magengegend.

»Fragen Sie Ihre Mutter.«

Alle sahen gleichzeitig zu ihr. Sie legte ihre Hand auf die Alexanders und streichelte sie mechanisch.

»Was weißt du, Mama?«, fragte ich leise.

Ich wartete gebannt auf ihre Antwort und konnte ihr ansehen, wie sehr sie mit sich kämpfte. Beherrscht, den Blick in Richtung Fenster gewandt, fing sie an zu erzählen.

Constanze stutzte und warf einen Blick vom oberen Stockwerk nach unten: Vor wenigen Minuten hatte es geläutet. Dann hatte sie unten Schritte gehört; anschließend Bodos Stimme. Wo aber war der Besuch geblieben? Langsam ging sie die Treppen hinunter, während sie sich am Geländer festhielt. Seit gestern hatte sie Sicherheit: Sie erwartete ihr zweites Kind und heute beim gemeinsamen Abendessen würde sie es ihrem Mann sagen. Vielleicht würde es ja diesmal ein Junge sein! Dann wäre ihr Glück perfekt. Nanette, die dem Besucher die Tür geöffnet hatte, war bereits auf dem Weg zum Markt. Bodo hatte sich Lamm gewünscht. Am Abend würde Constanze die Kerzen im Salon anzünden, Champagner bereitstellen lassen und Bodos zärtliche Blicke genießen.

In der ersten Etage machte Constanze vor Bodos Arbeitszimmer Halt und lauschte. Sie strich sich instinktiv über den Bauch, während sie durch einen winzigen Spalt spähte. Die Tür war angelehnt. Sie spürte, wie ihr Herzschlag beschleunigte, und trat einen Schritt zur Seite, von wo aus sie ungestört Einblick hatte.

Bodo saß hinter seinem Schreibtisch und rieb sich nachdenklich das Kinn. In seinem Gesicht glaubte sie trotz der Entfernung Schmerz zu sehen. Ihrem Gatten gegenüber hatte eine Frauengestalt Platz genommen, deren kastanienrotes Haar schimmerte. Sie sprachen leise und Constanze vernahm nur Wortfetzen. Die Stimme erkannte sie sofort. Es war die ihrer Jugendfreundin Martha. Seit einigen Jahren, spätestens nach Bodos Eintritt in die NSDAP, hatten die Familien Kirchmann und Bloch jeglichen Kontakt eingestellt. Umso mehr befremdete Constanze die Anwesenheit der Jüdin in ihrem Haus.

Eine stumme Wut kam in Constanze auf und das Gefühl von Ausschluss: In ihrem eigenen Haus geschahen Dinge hinter ihrem Rücken! Künftig würde sie besser achtgeben müssen, damit ihr nicht noch einmal etwas von Bedeutung entging.

Vor wenigen Tagen hatten im ganzen Land die Synagogen gebrannt. Einzig in der Freiburger Synagoge am Werderring war es zu einem unangenehmen Zwischenfall gekommen: Während die SA das Gebäude anzündete, befanden sich einige Gestapo-Beamte im Keller der Synagoge, um wichtige Dokumente zu sichern. Die Gestapo schaffte es gerade noch rechtzeitig, den Flammen zu entkommen und sich in Sicherheit zu bringen.

Constanze fragte sich, ob es einen Zusammenhang zwischen Marthas unvermitteltem Auftauchen und den Geschehnissen der letzten Tage gab. Aber sie interessierte sich nicht für Politik. Zudem hatte sie das dumpfe Gefühl, hier ginge es um etwas sehr Persönliches.

»Ich habe Sie gewarnt«, hörte sie deutlich Bodos Stimme.

Martha fing an zu weinen auf eine Weise, wie Constanze dies nie zuvor bei einem Menschen gesehen hatte. Ihr ganzer Körper zitterte, sich krümmend vor Schmerzen, und schien zu einem Schrei zu werden, der aber nicht nach außen drang, sondern verschluckt wurde.

Langsam erhob sich Bodo, schritt hinüber zu der Ehefrau seines ehemaligen Geschäftspartners und berührte sie vorsichtig am Rücken. Diese legte den Kopf an seinen Arm. Das Bild brannte in Constanzes Herz.

»Ich brauche Ihre Hilfe, Herr Kirchmann«, stammelte Martha jetzt. »Nicht für mich. Meine beiden Kinder. Ich flehe Sie an! Sie sind unsere letzte Rettung.«

Constanze erstarrte, presste die Lippen zusammen und ballte eine Faust. Sie spürte ein Ziehen in ihrem Unterleib, als melde das ungeborene Leben in ihr seine Ansprüche an. Wie damals vor vielen Jahren, als Bodo um ihre Hand angehalten hatte, fraßen sich die Zweifel in ihr Innerstes, und eine Wut auf das, was ihr das Leben vorenthalten hatte, erfasste sie. Martha hatte bereits einen Sohn, während sie nur ein Mädchen bekommen konnte. Dieses Kind, das sie jetzt unter dem Herzen trug, würde ein Junge werden und in geordneten Verhältnissen aufwachsen. Undenkbar, was geschehen würde, wenn Bodo sich in dieser Sache als Menschenfreund zeigte.

Plötzlich war ihr, als sehe Bodo in Richtung der Tür, wo sie stand. Instinktiv trat sie einen Schritt zur Seite und wartete. Sie hörte sich ihr nähernde Schritte und hielt die Luft an. Bevor die Tür zugezogen wurde, vernahm sie die laute Stimme Bodos, so klar, als seien seine Wort an sie gerichtet:

»Wie stellen Sie sich das vor, Frau Bloch? Nein, absolut unmöglich. Das ist vollkommen ausgeschlossen.«

Aber so leicht vermochte man Constanze nicht in die Irre zu führen. Ihr Gatte mochte eine Maskerade veranstalten. Sie aber durchschaute ihn wie kein anderer Mensch. Was sie gerade gesehen hatte, sprach eine eigene Sprache, und eine alte Krankheit, die schon lange in ihr lauerte, erwachte zu neuem Leben. Sie bemerkte, wie sie auf einmal in sich zusammengefallen war. Kopf und Schultern hingen nach unten. Dann holte sie tief Luft, straffte ihren schlanken Körper, hob den Kopf und ging in den Salon.

Sie würde Nani sagen müssen, dass die Kerzen heruntergebrannt waren. Sie gehörten ausgetauscht.

Alle hatten gebannt Mamas Schilderungen, dem stellvertretenden Schuldbekenntnis ihrer eigenen Mutter, gelauscht und im Raum blieb es still, lange nachdem sie ihre Rede beendet hatte. Es war, als stünden wir unter Schock. Mit einem Mal begriff ich das ganze Ausmaß der Verstrickungen. *Fragt nur die Großmama Constanze, die Stanzi, immer die Ohren an geschlossene Türen gedrückt* – Erwins Worte kamen mir ins Gedächtnis. Das hatte Ludwig Stockfelder mit seiner Lauschangriff-Andeutung gemeint!

»Ja, deine Großmutter war es«, durchbrach Mama die Stille und sah mich mit schmerzverzerrtem Gesicht an. »Jetzt hast du endlich, was du wolltest, Lizzy. Du hast ja nicht lockergelassen. Sieh zu, wie du damit fertig wirst! Deine Großmutter hat jenes Gespräch zwischen Martha und deinem Großvater belauscht und Kurt Stockfelder informiert. Dass die Kinder weggebracht und das restliche Vermögen vorher noch schnell in die Schweiz geschafft werden sollte. Erst die Kinder – dann die Eltern, lautete die Devise. Und weißt du auch, warum sie das getan hat? Aus Eifersucht! Der Feind lauerte in den eigenen Wänden!«

Ich hielt mir die Ohren zu.

»Jetzt musst du dir alles anhören, Lizzy!«

Ihre Stimme überschlug sich beinahe. Langsam nahm ich meine Hände von den Ohren und es kam mir vor, als gäbe es nur uns beide. Im Raum befanden sich nur noch meine Mutter und ich, alle anderen verschwammen wie in einem Nebel.

»Und du wirst damit leben müssen. Deine Großmutter hat mit angesehen, wie dein Großvater Martha innig umarmte. Weißt du, warum? Weil er sie mochte. Nicht mehr und nicht weniger. Dein Großvater hatte niemals irgendwelche Affären!« Herausfordernd sah sie hinüber zu Nanette, die stumm dasaß und nickte. »Und warum nicht? Weil er Constanze sonst verlassen hätte. Er wäre gegangen und hätte damit seine Vorstellung einer intakten Familie zerstört. Aber deine Großmutter vermutete in jeder Frau eine Nebenbuhlerin. Jede Frau war eine potentielle Gefahr für ihre Ehe. Besonders, wenn sie schön war. Frag Nanette!«

Ich starrte in Nanettes Richtung, die nun langsam aus dem Nebel auftauchte. Ihre weiße Bluse stach mir ins Auge. Nanette sah unendlich traurig aus. Dann drehte ich den Kopf wieder zu meiner Mutter. Hektische Flecken hatten sich in ihrem Gesicht gebildet.

»Mein Großvater war einst in Martha Bloch verliebt«, flüsterte ich.

Plötzlich hatte ich das Gefühl, nicht mehr genügend Luft zu bekommen. Feind. Arier. Lauschangriff. Wir würden eine neue Sprache finden müssen.

»Das lag ja so lange zurück«, erwiderte meine Mutter und winkte müde ab. »Meinen Vater trifft keine Schuld. Es gibt keine Entschuldigung für das, was meine Mutter getan hat.«

»Seit wann wusste Großpapa davon?«

»Deine Großmutter war nicht dumm. Sie hat es Stockfelder gegenüber so dargestellt, dass Martha Bloch Hilfe suchte und Bodo sie zurückwies. Und auch vom Rosshimmel hatte deine Großmutter Stockfelder gegenüber nichts erwähnt. Nur dass eine Flucht geplant sei. Bloß nicht das eigene Nest beschmutzen. Und womöglich wusste sie genau, dass Stockfelder eine offene Rechnung mit Martha zu begleichen hatte.«

»Martha Bloch hatte seinen Heiratsantrag abgewiesen. Verschmähte Liebe. Gekränkte Eitelkeit. Eine ganze Reihe unglücklicher Verstrickungen trafen aufeinander und alles zum Leidwesen der Familie Bloch«, vervollständigte Ludwig Stockfelder Mamas Gedankengang.

»Und Ihr Vater hat sich danach in dieser Angelegenheit niemals an meinen Großvater gewandt?« Meine Frage richtete sich an Ludwig Stockfelder. Ich konnte mir das bei dieser Männerfreundschaft nicht vorstellen. Es musste doch irgendwann durchgesickert sein.

»Nein. Mein Vater muss da wohl eine Ahnung gehabt haben. Vielleicht wollte er sich die Illusion von seinem Parteikumpan bewahren. Treue und Kameradschaft und dieser ganze Blödsinn.«

»Wann? Mama«, bohrte ich. »Wann wusste mein Großvater von dem Verrat?«

»Das muss Jahre zurückliegen. Meine Mutter muss sich bei meinem Vater verplappert haben, als einmal die Sprache auf Martha kam. Und mein Vater wurde natürlich sofort hellhörig. Dann hat er sie unerbittlich zur Rede gestellt und nicht mehr lockergelassen, bis sie an einer Wand stand und alles zugab. Wäre das nicht geschehen, hätte Constanze die Wahrheit mit in die Dunkelhaft ihrer Erinnerungen genommen und dort für immer begraben, denn dann kam ihre Demenz. Könnt ihr euch vorstellen, wie sich euer Großvater danach fühlte? Er befand sich in einer Zwickmühle. Es gab kein Entrinnen.«

Sie fing an zu weinen und kramte nach einem Taschentuch. »Es tut mir so leid«, stammelte sie in Richtung Ella. »Unendlich leid.« Sie putzte sich die Nase.

Ich war fassungslos. Mein Großvater musste sich jahrelang schützend vor seine eigene Frau gestellt haben, die eine schreckliche, nicht wiedergutzumachende Schuld auf sich geladen hatte. Deshalb die Schenkung des Rosshimmels, die Ausbildungskosten für die Bloch-Kinder, Bodos postume Wiedergutmachungsversuche. Sein Schrei nach Gerechtigkeit, ohne seine Schuld zu beichten. Weil es nicht seine war, sondern die seiner Stanzi. Und das machte für ihn keinen Unterschied.

Die Geschichte der Krankheit meiner Großmutter zog in meiner Erinnerung an mir vorbei. Wie soll man jemanden zur Rechenschaft ziehen, der immer mehr vergisst? Erst den Einkaufszettel, dann die eigene Adresse und schließlich den Namen des Ehemanns. Jemanden, den man liebt. Mit dem man seit Jahrzehnten zusammenlebt. Gemeinsame Kinder, Enkel und Urenkel. Mit dem man seine Werte teilte. Ich wusste keine Antworten, aber eines in diesem Moment ganz gewiss: Großvaters Dilemma musste schrecklich gewesen sein.

»Hast du jemals darüber nachgedacht, Lizzy, was du mit deinen Fragen aufwühlst?« Mamas Stimme drang zu mir durch. Ihre Augen funkelten vor Zorn. »Ich kann dir gar nicht sagen, wie wütend ich auf dich bin, du eigensinniges Kind! Glaubst du nicht, wir wären ohne dieses Wissen zufriedener? Uns allen hier verursacht das grundlose Schmerzen!«

Wie paralysiert blickte ich hinüber zu Nanette und Ella Bloch. David hatte einen Arm um Ellas Stuhllehne gelegt. Alexander strich sich durch sein Haar. Plötzlich konnte ich es nicht länger ertragen. Ich sprang auf, stürmte zum Fenster, öffnete es und schnappte nach Luft. Die Hitze drückte in den Raum.

Ich wirbelte herum: »Was bildest du dir ein?«, rief ich und stellte mich vor meiner Mutter auf. »Du gibst mir die Schuld daran, obwohl ich selbst Opfer bin? Du hast mich belogen, die ganze Zeit. Seit ich die Wahrheit herauszufinden versuche, wusstest du alles. Du hast mich zur Aufrichtigkeit erzogen, mir ein moralisch einwandfreies Elternhaus vorgespielt und bist selbst die erbärmlichste Lügnerin! Ich weiß nicht, wer schlimmer ist, du oder deine Mutter, aber eines weiß ich ganz genau: Es ist Schluss damit! Schluss mit Lügen und Heucheln, Schluss mit Diebstahl und Verrat! Ich bin nicht wie ihr, bin es nie gewesen.«

Ich flüchtete in Richtung Foyer.

»Ich weiß es doch selbst erst seit der Beichte eures Großvaters an seinem Sterbebett!«, rief sie mir hinterher.

Wütend schlug ich die Tür hinter mir zu und ließ mich draußen auf einen Sessel fallen.

»Haben Sie irgendeinen Wunsch? Kann ich etwas für Sie tun?,

vernahm ich die Stimme einer Bedienung, die sich mir freundlich zuwandte.

»Hätten Sie Zigaretten für mich? Ein Päckchen Marlboro und Steichhölzer? Meine sind da drin. Und ich kann nicht hineingehen, verstehen Sie?«

Wortlos drehte sie sich weg und brachte mir, worum ich sie gebeten hatte. Sofort zündete ich mir eine Zigarette an. Plötzlich öffnete sich die Tür und Alexander trat heraus.

Er setzte sich mir gegenüber und beugte sich herüber. »Gib mir auch eine, bitte.«

Ich reichte ihm die Zigaretten und gemeinsam rauchten wir schweigend. Dann kam David durch die Tür, strich mir im Vorbeigehen über den Kopf und setzte sich auf einen noch freien Sessel.

»Das ist eine schlimme Geschichte«, sagte Alexander schließlich und drückte seine Zigarette aus. »Und es gibt nur noch einen Weg. Den nach vorne. Wir sollten wieder hineingehen.«

David sah mich aufmunternd an und langsam erhoben wir uns und kehrten zurück in den Besprechungsraum.

»Vielleicht kann ich Sie alle ein wenig trösten«, sagte Ludwig Stockfelder mit deutlicher Stimme, nachdem wir uns wieder gesetzt hatten. Er packte seine Ordner zusammen. »Als Ihr Vater mir gegenüber vor etwa neun Jahren genau das schilderte, was Sie soeben offenlegten, Frau Tanner, hatte er nach meinem Eindruck noch nicht gewusst, wie nahe er an einem Geständnis war. Alles in ihm sehnte sich nach Aufklärung. Das, was hier soeben verlautbart wurde, entsprach seinem innigsten Wunsch.«

Er machte Anstalten, sich zu erheben.

»Bitte noch einen Augenblick Geduld, Herr Stockfelder«, flüsterte ich. »Gehen Sie noch nicht. Eine letzte Frage: Wer hat die Gestapo zum Rosshimmel geschickt?«

Ella warf sich die Hände vor den Mund und verharrte in dieser Position. Meine Frage bezog sich auf eines ihrer traumatischsten Kindheitserlebnisse. Nani sah gebannt auf Ludwig Stockfelder.

»Also, Kurt Stockfelder wusste glücklicherweise nicht einmal, wo die Kinder versteckt worden waren. Er kann es nicht gewesen sein. So schlimm es klingt, aber ich denke, es war reine Routine. Die kamen ja nach Einmarsch der Nazis, nicht wahr?«

Nanette und Ella nickten.

»Mein Vater hatte keine Ahnung, zudem glaubte er sich bis nach dem Krieg an der Seite Bodo Kirchmanns, der klug genug war, die Illusion von Kameradschaft zwischen den beiden nicht zu zerstören, und Constanze hätte, wie Sie das so schön gesagt haben, Frau Tanner«, er wandte sich erneut an meine Mutter, »sie hätte niemals ihr eigenes Nest beschmutzt. Ja, ich glaube wirklich, es handelte sich um eine Routinedurchsuchung.«

Ausgerechnet Ella Bloch ergriff nach einer langen Pause das Wort. Sie beugte sich nach vorne über den Tisch zu meiner Mutter und schob mit zitternder Hand deren Glas zur Seite.

»Ob es deine Mutter vermochte, meine Eltern in den Tod zu treiben, kann ich nicht beurteilen. Im Moment fühlt es sich in meinem Herzen aber genauso an. Was mich unendlich traurig macht, ist die Möglichkeit der Rettung, die seit wenigen Minuten im Raum steht. Es bestand eine Chance. Ich bin jetzt achtundsechzig Jahre alt. Es hat sechzig Jahre gedauert, bis ich erfahren darf, dass dein Vater mir und meinem Bruder das Leben gerettet hat und dabei sogar sein eigenes riskierte. Das werde ich ihm niemals vergessen, und ich verneige mich vor ihm. Aber ich fühle mich nicht in der Lage, jemandem von euch die Hand zu reichen, Gisela. Nicht jetzt. Nicht heute.«

Sie stützte sich am Tisch ab. Mühsam stand sie auf. Nanette machte Anstalten, sie zurückzuhalten.

»Lass mich, Nani. Später«, sagte sie und wir alle sahen fassungslos zu, wie sie den Raum verließ. David warf mir einen langen Blick zu, erhob sich dann und folgte ihr.

Schweigend blieben wir zurück. Ich hatte nicht die geringste Idee, wie es jetzt weitergehen sollte.

»Für mich ist diese Reise hier zu Ende«, hörte ich Ludwig Stockfelder sagen. »Es mag alles noch sehr frisch sein für Sie. Schmerzhaft und beschämend. Aber glauben Sie mir, es wird besser. Zudecken macht es nur schlimmer.«

Mit einem angedeuteten Gruß verließ er den Raum.

»Wir müssen die Sache mit dem Pflichtteil noch klären«, flüsterte mein Bruder.

»Ich werde dafür sorgen, dass ihr das Geld bekommt«, versprach Nanette. »Wartet bitte noch eine Weile. Lasst ihr Zeit. Vielleicht fängt sie sich ja wieder.«

Ich schlug eine Pause von einer Stunde vor. Nanette zog sich auf ihr Zimmer zurück. Mama lehnte sich zurück, schlug die Beine übereinander und vermied es, mich anzusehen. Wie in Trance ging ich ins Freie. Vor der Tür überlegte ich, wohin ich sollte.

Als mich jemand an der Schulter berührte, zuckte ich zusammen. Ruckartig drehte ich mich um und sah in Davids Augen.

»Wie wäre es mit einem eiskalten Sprudel und einem Schattenplatz? Gleich hier um die Ecke habe ich einen kleinen Park entdeckt. Wir müssen nicht reden. Einfach nur so.«

In der Hand hielt er zwei beschlagene Wasserflaschen.

»Adelshauser Kirchplatz«, erwiderte ich monoton, nahm eine der Flaschen entgegen und folgte ihm. »Wie geht es deiner Tante?«

»Sie hat sich etwas hingelegt. Es war alles zu viel für sie.«

»Meine Großmutter«, stammelte ich. »Ich verstehe es nicht. Und ich kann nicht mit ihr darüber sprechen. Sie würde es im nächsten Moment vergessen. Niemand kann das jemals wieder.«

Wir setzten uns nebeneinander auf eine Bank unter einem Kastanienbaum. Lange saßen wir einfach so da.

»Weißt du, ich habe einfach mehr Abstand dazu«, begann David schließlich zögerlich. »Ich kannte meine Großeltern nicht. Wo lebst du eigentlich?«

Ich zeigte nach Norden. »Einen Kilometer Luftlinie in diese Richtung. In der alten Grethervilla. Das Wohnviertel nennt sich Im Grün. Aber nicht, was du denkst. Meine Wohnung ist weit von der Eleganz einer Villa entfernt.«

»Du weißt nicht, was ich denke«, erwiderte er ernst.

Im Hintergrund hörte man Kinderlachen, und das Geräusch von klimperndem Geschirr drang aus geöffneten Fenstern. Aus der nebenstehenden Kirche trat ein Mönch in einer dunkelroten Kutte heraus auf den Platz. Sanft fiel die Tür hinter ihm ins Schloss. Mit einem Gebetbuch unter dem Arm lief er in Richtung Innenstadt. Ich verfolgte ihn mit meinen Blicken, bis ihn die Menschenmenge verschluckte.

Langsam ließ ich meinen Kopf gegen Davids Schulter fallen.

»Ich mag deine Frisur«, wisperte er in mein Haar und berührte mit dem Zeigefinger einen der beiden Ohrringe. »Du siehst toll aus.«

In diesem Moment fragte ich mich, ob es das Unglück war, das uns eine Nähe vorspielte, die vielleicht gar nicht echt war, und was wäre, wenn wir uns unter anderen Umständen begegnet wären.

»Es würde nicht gut gehen mit uns«, hörte ich mich sagen. »Wir sind zwei Ertrinkende inmitten einer tosenden See. Unser Boot ist gekentert. Wir würden uns aneinanderklammern und untergehen.«

Reflexartig rückte David von mir ab. »Du säufst nicht ab, Lizzy. Nicht du.«

Ich zog meinen Kopf zurück. Lange blieben wir wortlos nebeneinander sitzen und tranken unsere Wasserflaschen leer. Die Fremdheit war plötzlich wieder da. Räuspernd stand David auf und warf einen Blick auf seine Armbanduhr.

»Es wird Zeit, nach meiner Tante zu sehen. Bis gleich«, murmelte er.

»Ich wollte dir nicht weh tun, David.«

»Nicht alles, was wir tun oder sagen, lässt sich zurücknehmen, Lizzy. Das solltest du bedenken, bevor du den Mund aufmachst.«

Er rang sich ein Lächeln ab und drehte sich weg. Meine unüberlegten Worte hatten ihn tief getroffen und das tat mir unendlich leid. Ich schloss die Augen. Was ich sah, war ein Bild, erst blass, dann wurde es deutlicher. Ich musste in meiner Erinnerung nur näher herantreten. Das beleuchtete Straßburger Münster in einer lauen Sommernacht, das von Davids Balkonfenster aus zu sehen war. Der gedeckte Tisch, unsere endlosen Gespräche, unser Lachen und unsere Blicke am nächsten Morgen.

Als ich wenige Minuten später den Markgräfler Hof betrat, winkte mich Nani zu sich.

»Es ist gut so, Lizzy. Einmal musste das alles ans Licht. Sie wird sich beruhigen, meine Ella. Du wirst schon sehen.«

Dankbar lächelte ich sie an und begab mich auf meinen Platz, wobei ich ein wenig von meiner Mutter abrückte. Nach wenigen Minuten kam David. Er kündigte an, eine Flasche Weißwein und Gläser bestellt zu haben. Mein Bruder betrat als Letzter den Raum, zog sein Jackett aus und lockerte seine Krawatte.

»Ist das eine Hitze. Bringen Sie mir bitte ein Pils«, sagte er zur Bedienung, die gerade im Begriff war, den Wein auf den Tisch zu stellen.

»Ich habe mich entschieden«, ergriff er das Wort und sah in die Runde. »Ich glaube, dass es an der Zeit ist, über die derzeitige Lage der Kirchmann Uhren GmbH zu berichten. Durch den letzten Willen meines Großvaters sind wir nicht nur finanziell, sondern auch moralisch verbunden. Das rechtfertigt, dass auch Sie aufgeklärt werden. Madame le Coz, Nani, Sie waren viele Jahre eine enge Vertraute der Familie, und ich meine, Sie alle sollen erfahren, wie es um unser Unternehmen steht.«

Im Raum war es mucksmäuschenstill. Ich hatte am allerwenigsten mit einem solchen Bekenntnis gerechnet.

»Vor wenigen Monaten drohte der Kirchmann Uhren GmbH ein Insolvenzverfahren, das sozusagen in letzter Minute abgewendet werden konnte.«

Ein Raunen ging durch den Raum. Mama sah zur Decke und legte ihre Hände vom Tisch auf ihren Schoss. In diesem Moment wusste ich, dass mein Bruder die Wahrheit sagte, kein Zweifel, er flunkerte nicht, das war kein Taktieren.

»Wie ihr vielleicht in der Presse verfolgen konntet, gingen in den letzten zwei Jahren viele heimische, mittelständische Traditionsbetriebe bankrott, und besonders schwer hat es die Uhrenbranche getroffen. Asien überschwemmt den hiesigen Markt mit billigen Quarzuhren – eine Tatsache, der wir nicht in der Lage waren entgegenzuwirken, und zunächst hatte es den Anschein, als seien wir hilflos. Diese Situation hatte sich kurz vor dem Tod unseres Großvaters noch zugespitzt. Erinnerst du dich, Mama, an den Chefdesigner von Großpapa, Joachim Illgner?«

Alexander wandte sich an meine Mutter.

»Ja, ich kenne diesen Mann«, entgegnete Mama. »Ein brillanter Kopf und äußerst loyal. Er müsste im Alter eures Großvaters sein, vielleicht drei, vier Jahre jünger. Zuletzt sah ich ihn auf der Beerdigung.«

»Genau, und sein dortiges Erscheinen kann man als schicksalhaft ansehen, wenn ich das so sagen darf. Denn nach der Beisetzung kamen wir ins Gespräch. Dabei schilderte ich ihm wahrheitsgemäß die marode Lage des Unternehmens. Er bot mir sofort Hilfe an –

ohne irgendwelche Umwege. Wenige Tage später überzeugte er bei einer Besprechung im engsten Führungskreis alle Entscheidungsträger, uns auf unsere Traditionen zu besinnen. Was hatte Großpapa immer gewollt? Hochwertige Armbanduhren, die ein Leben lang halten und dies zu erschwinglichen Preisen. Großvater war nie an überzogenen Luxusmodellen für eine kleine Elite gelegen. An der typischen kirchmannschen schlichten Eleganz, mit einem Hauch von Understatement, hing sein ganzes Herz. Solide badische Präzisionsarbeit.«

»Das stimmt«, pflichtete Mama Alexander bei.

»Und was genau hat dieser Joachim Illgner dann getan? Wie sah seine Hilfe aus?«, wollte ich ungeduldig wissen.

»Sein Plan war eigentlich simpel, aber ungeheuer effektiv. Er hat das zeitlose Design unserer mechanischen Modellreihe 1007–1021 wieder aufleben lassen, legte wenige Wochen nach Beschluss und Zustimmung der Banken einige Entwürfe auf den Tisch und stimmte sich mit den Uhrenmeistern der Produktion ab. Gemeinsam mit der Marketingabteilung entwickelten wir eine neue Werbekampagne. Im Moment sind wir dabei, einigen Modellen einen Hauch von Retro zu verpassen. Es ist verrückt, aber der sogenannte Retro-Look ist mehr gefragt denn je. *Ihr habt all eure Talente im Haus und die Qualität für eure Produkte in den Schubladen – ihr müsst nur zugreifen!* lautete Illgners Schlachtplan. Und er sollte recht behalten, denn die Werbestrategie, die wir fuhren, war einfach, günstig und setzte auf das Vertrauen in das Produkt. Wir haben in der Tat unser Image aufpoliert und dabei unsere ursprüngliche Identität zurückgewonnen, jenes Firmenprofil, das uns unter der Federführung von Großvater einst so berühmt und erfolgreich gemacht hatte. Da siebzig Prozent unserer Mitarbeiter seit mehr als zehn Jahren in unserem Unternehmen tätig sind, fanden wir sogar eine Übereinkunft mit dem Betriebsrat, das Weihnachtsgeld einzufrieren, bis es aufwärtsgeht. Und Illgner hat sein Können unentgeltlich zur Verfügung gestellt: *Ich habe in meinem Leben so viel Geld verdient – es bereitet mir geradezu Vergnügen, der kurzlebigen Produktion aus Asien die Stirn zu bieten. Eine Uhr, die sich sogar von Hand aufziehen lässt! Wo gibt es das denn heute noch? Antwort: Bei den Kirchmanns. Sehen Sie meine Arbeit als eine Hommage an den alten Kirchmann an!* – Dies waren Illgners angriffslustige Worte. Wir verdanken diesem Mann sehr viel. Und wie sieht es heute, einige Monate nach Anlauf der neuen alten Produktion, aus? Wir schreiben natürlich noch keine schwarzen Zahlen, aber am Horizont ist Licht zu sehen. Der Export hat angezogen, selbst China möchte Kirchmann-Uhren haben. So können sich die Gesetze des Markts wenden. Noch ein, zwei Jahre – und wir haben es geschafft. Der heutige Status der Kirchmann Uhren GmbH lautet also: Kein Grund zur Freude, sehr wohl aber zur Hoffnung, denn wir haben außerdem einige personelle Entscheidungen getroffen, die den Mitarbeitern nicht weh tun, unser Unternehmen aber nach und nach massiv entlasten.«

Wir schwiegen beeindruckt.

»Der Punkt ist«, fuhr er fort, »und dies ist auch ein Grund dafür, warum ich dies alles hier vortrage – der Punkt ist, dass uns eine Wiedergutmachung, wie sie noch zu diskutieren aussteht und wie sie meine Schwester anstrebt, im Moment den Hals brechen würde. Ich kann jetzt keine Gelder frei machen, beim besten Willen nicht. Nicht, bis die Neuerungen greifen. Wir müssen einfach Zeit gewinnen. Zunächst ein halbes Jahr überleben, dann eines, dann zwei. Schritt für Schritt.«

So hatte ich Alexander noch nie sprechen gehört. Er war wie ausgewechselt. Plötzlich wurde mir klar, wie sehr er an dem Lebenswerk unseres Großvaters hing. Hier hatte kein Snob gesprochen, sondern jemand, dem es um Traditionen, Verantwortung und Ehre ging. Während ich ein Leben lang nur vom Reichtum der Kirchmanns profitiert hatte.

»Ich möchte meinen Kindern gern eine Frage stellen«, ergriff Mama in strengem Ton das Wort. Sie lehnte sich zurück, damit die Sicht zwischen Alexander und mir frei wurde. »Lässt sich dieses Patent in Geld bemessen?«

»Die immensen Gewinne, die Großpapa nach dem Krieg mit dem Leuchtziffernblatt erwirtschaftete, gehen praktisch auf dieses Erfinder-Konto. Aber wie viel ist das in Geld? Ein, zwei Millionen Mark, Euro? Mehr?«

Ich zuckte die Achseln, denn ich hatte nicht die geringste Ahnung.

»Lizzy«, empörte sich mein Bruder. »Du wirfst hier wieder mit Beträgen um dich, dass es einem schwindelt. Ein Patent verjährt nach spätestens dreißig Jahren«, fuhr er nachdenklich fort. »Heute ist es nur noch ein Teil unserer Firmengeschichte. Unsere Firma ist im Besitz der Patenturkunde, die Bodo Kirchmann als denjenigen auszeichnet, der das Patent eingereicht hatte.«

»Lässt sich denn durch eine neutrale Instanz etwas über die Summe sagen, bevor wir mit irgendwelchen Aufrechnungen jonglieren?«

Die Frage kam von David. Nanette nickte ihm beipflichtend zu.

»Ich glaube kaum, dass eine Wiedergutmachung den Wert des Rosshimmels übersteigt. In dessen Besitz sind Sie ja bereits«, erwiderte Alexander kühl.

»Ich habe nicht nach Ihrer Meinung, sondern nach einer neutralen Einschätzung gefragt«, gab David gefasst zurück.

»Es gibt womöglich eine Lösung«, schlug ich mit fester Stimme vor. »Es bestehen keine Zweifel, dass Samuel Bloch mit zehn Prozent am Unternehmen der Kirchmann GmbH beteiligt war und er seinen Einsatz aus bekannten Gründen von unserem Großvater zurückerstattet bekam. Und wir müssen davon ausgehen, dass das Patent aus der Handschrift von Samuel Bloch stammt. Was wäre, wenn du, Alexander, die Familie Bloch wieder mit jenen zehn Prozent am Firmenvermögen beteiligst – als Zeichen einer Wiedergutmachung infolge der immensen Gewinne, die Großpapa gemacht hat und die auf die Erfindung von Samuel Bloch zurückzuführen sind?«

»Und wie stellst du dir das vor?« Mein Bruder bemühte sich um einen neutralen Ton.

»Wir müssten eine Regelung finden, die festlegt, dass die Familie Bloch einige Jahre bereit ist, ihren Einsatz einzufrieren. So oder so ähnlich. Ich bin keine Finanzexpertin. Es wäre auch eine symbolische Wiedergutmachung. Eine wieder auflebende Beziehung zwischen den Familien Bloch und Kirchmann.«

Abrupt stand David auf. »Bitte entschuldigen Sie mich.«

Er verließ den Raum, ich sah ihm sprachlos hinterher.

Kapitel 24

Nach etwa einer halben Stunde kam David zurück, setzte sich und erkundigte sich, ob es weitergehen könnte. Niemand von uns hatte den Raum verlassen. Nur Alexander war nervös hin- und hergelaufen, bis ihn unsere Mutter aufforderte, wieder Platz zu nehmen.

»Wir, Ella und ich, halten deinen Vorschlag, Lizzy, für eine gute Idee«, eröffnete David, ohne mich dabei anzusehen.

»Ich möchte Ihnen gerne eine Frage stellen, Herr Dr. Tanner, Frau Tanner.« David sah zu meiner Mutter und zu Alexander. »Was wäre, wenn Sie offiziell auf den Pflichtteil verzichteten und wir stattdessen jenen Betrag als Investition in die Kirchmann Uhren GmbH stecken? Ich könnte den Rosshimmel beleihen, eine Hypothek aufnehmen.«

»Mit Verlaub, wir würden den Pflichtteil ohnehin in die Firma schießen. Aber ich glaube, ich weiß, was Sie meinen: eine symbolische Beteiligung, bis wir diese verifizieren können«, erwiderte Alexander.

»In der Tat. Sie hätten eine Finanzspritze und wir unsere Einlage, analog der früheren zehn Prozent meines Großvaters, zumindest indirekt bezahlt«, pflichtete ihm David bei.

»Nur, dass uns der Pflichtteil so oder so zusteht. Er ist kein Geschenk«, insistierte Alexander hartnäckig.

»Die Familie Bloch muss uns auch nicht beschenken«, warf Mama streng ein. »Ich halte das für einen gangbaren Weg, und ich wünsche, dass alles getan wird, um ihn zu realisieren. Und ich glaube, er wäre im Sinne meines Vaters. Was meinst du, Lizzy?«

Sie legte ihre Hand auf meine und ein Knäuel von unüberbrückbaren Schwierigkeiten begann sich zu entwirren. Alle sahen mich abwartend an.

»Unbedingt. Ja«, sagte ich. Ich wischte mir die Tränen aus den Augenwinkeln.

»Das Geld ist da!« Nanette klopfte auf den Tisch. »Das Geld existiert. Du musst keine Hypothek aufnehmen. Ich würde mich so sehr freuen, wenn es Verwendung finden würde. Was sage ich da? Ich bestehe darauf, dass ihr das Geld annehmt. Ihr könnt es euch nicht leisten, abzulehnen! Weder du, David, noch Ella. Lizzy, sag du etwas!«

Nanette saß mit hochrotem Kopf am Tisch und blickte herausfordernd in die Runde.

»Nani«, erwiderte David und drehte seinen Kopf in ihre Richtung. »Weißt du was? Wir werden eine Bedingung an die Annahme des Geldes knüpfen. Es ist alles besprochen. Du verlässt dein liebloses betreutes Wohnen in Mulhouse und gehst zurück zum Rosshimmel. Wir werden einen Pflegedienst vom Dorf organisieren, der nach dir sieht. Ich werde nicht immer dort sein können. Aber du kannst es.«

»Ihr seid verrückt.« Nanette rang nach Worten.

»Nicht verrückter, als du es warst.«

»Eine wunderbare Idee«, entfuhr es mir. »Es geht mich zwar nichts an, aber du gehörst doch dorthin. Der Rosshimmel ist so etwas wie deine Heimat.«

David nickte mir dankbar zu.

»Das letzte Wort ist noch nicht gesprochen.« Ihre Stimme klang trotzig wie die eines kleinen Kindes. Sie zog ein Taschentuch aus ihrer Handtasche und putzte sich die Nase.

»Sind wir dann am Ende?«, fragte Alexander.

»Noch nicht ganz«, erwiderte David und legte einen vergilbten Briefumschlag auf den Tisch. »Meiner Tante ist es ein Anliegen, hier in diesem Rahmen den letzten Brief ihres Vaters vorzulesen. Sie hätte es selbst gerne getan, ist aber zu angegriffen und muss sich weiter ausruhen. Also will ich diese Aufgabe gerne übernehmen. Samuel Bloch schrieb ihn aus dem südfranzösischen Lager Gurs, in das er mit meiner Großmutter zusammen mit vielen anderen badischen Juden am 22. Oktober 1940 deportiert worden war. Dieses Schreiben fand auf einem wundersamen Weg seinen Bestimmungsort London nach mehr als fünfunddreißig Jahren. Im Lager hatten meine Großeltern eine befreundete Kinderärztin getroffen, die diesen Brief bei sich versteckt gehalten hatte und ihn zum passenden Zeitpunkt herausschmuggeln sollte. Warum dies nie geschah, wissen wir nicht. Sie hat das Lager überlebt und eine Verwandte fand jenen Brief Anfang der achtziger Jahre in ihrem Nachlass, zusammen mit Gedichten und einem Tagebuch, das diese Frau akribisch geführt hatte. So erreichten diese Zeilen vor knapp zwanzig Jahren unsere Familie. Zu spät für meinen Vater Georg, der damals bereits nicht mehr lebte.« David hielt den Umschlag in die Höhe und warf einen Blick auf die Uhr auf dem Kaminsims. Es war kurz vor halb zehn. »Es wäre ein angemessener Abschluss. Darf ich?«

Alle nickten. David starrte auf das Kuvert und legte es zur Seite. Dann sah er auf.

»Ich kenne diesen Brief bereits und lassen Sie mich etwas dazu sagen, bevor ich lese. Dies sind die Zeilen eines liebenden Vaters an seine Kinder und das ist sicherlich der Grund für bestimmte Lücken, Dinge, über die Samuel Bloch nichts sagt. Er spricht nicht von den Ratten, dem Ungeziefer, den Wanzen und Läusen, den schrecklichen Lebensbedingungen in dem auf Schlamm gebauten Lager, durch das nur eine einzige asphaltierte Straße führte. Er redet auch nicht von dem Dreck, dem modrigen Stroh, auf dem die Insassen schlafen mussten. Und er sagt nichts über die verheerenden Krankheiten, die sich im Lager in Windeseile ausbreiteten. Wenige Monate nach diesem Brief erlag er einer Typhusinfektion und meine Großmutter sollte ihm kurz darauf folgen. Ich habe oft und lange darüber nachgedacht, denn nach wie vor sage ich, wenn ich gefragt werde, meine Großeltern wurden von den Deutschen ermordet, aber korrekterweise blieb ihnen die Gaskammer erspart. Anders als unzähligen Gefangenen aus Gurs, die 1942 nach Auschwitz in Polen deportiert wurden.«

Beherzt öffnete er nach dieser kurzen Ansprache den Briefumschlag, faltete das gelbliche Papier auseinander, strich mit der Hand darüber und begann zu lesen.

»Meine geliebten Kinder, nun sind wir schon eine ganze Weile hier in Gurs in Südfrankreich, wo wir mit vielen anderen Freiburgern und Badenern an einem späten Oktoberabend angekommen sind. Eure Mutter und ich sind in getrennten Baracken untergebracht, aber ich sehe sie regelmäßig, denn sie arbeitet in der Kantine, wo man uns sogar koscheres Essen zubereitet. Ich wünschte nur, das alles wäre schnell vorbei, aber daran ist im Moment gar nicht zu denken. Kein Tag, an dem ich mir nicht Vorwürfe mache und bedauere, nicht auf meine innere Stimme gehört zu haben, die mich schon vor Jahren warnte. Ich habe versucht zu retten, was nicht zu retten war, und nun sitze ich hier mit eurer lieben Mutter, einer Milchkanne und Häftlingskleidung wie ein Verbrecher. Mein gesamtes Vermögen ist dahin, wir haben nur noch unser nacktes Leben. Aber ihr sollt euch nicht sorgen. Wir verlieren den

Mut nicht und hoffen von ganzem Herzen, es möge euch gut gehen in England bei Onkel Elias, wo wir euch inzwischen vermuten. Ich habe Kirchmann einen Brief geschrieben, aber wer weiß, ob sie den hinauslassen. Sie kontrollieren hier streng die Post nach draußen und hinein und nur Gott weiß, ob euch dieser Brief überhaupt erreicht. Stellt euch nur vor, wir haben hier in Gurs eure Kinderärztin, Frau Dr. Kaufmann, getroffen und ihr berichtet, dass es euch gut geht. Wie sehr sie sich gefreut hat, die Gute! Ja, dies sind unsere kleinen Freuden, wir klammern uns aneinander und warten, was der nächste Tag bringen mag. Jede Nacht, die wir hier überstehen, ist ein Sieg gegen die braune Macht. Die Frau Doktor arbeitet in der Krankenbaracke und sie lässt uns Medikamente zukommen, wann immer dies möglich ist. Uns ist es ein Trost, sie hier zu wissen, als sei sie ein Stück Heimat. Es ist eine Schande, dass wir noch immer Sehnsucht nach unserem Zuhause haben, das es ja gar nicht mehr gibt, nicht in diesem guten Sinne. Obwohl sie uns unsere Heimat entrissen haben, hängen wir alle an dem Stückchen Erde in unserem schönen alten Freiburg, das wir am Ende nicht wiedererkannt haben mit all den Fahnen und den Aufmärschen. Sie haben uns auch die deutsche Sprache zertrümmert mit ihren Hetzreden – nur dass wir keine andere haben. Zum Geschäftemachen taugen sie allemal!, hat Kirchmann immer gesagt, und wir haben Geld an ihnen verdient, denn für eine gute Uhr waren die Bonzen immer zu haben. An eine Wende mag hier drinnen niemand mehr glauben, aber einmal muss es ja vorbei sein, denn der Hass hat doch noch nie etwas ausrichten können. Er bringt nur neuen Hass hervor. Bleibt tapfer, meine geliebte Tochter, mein geliebter Sohn, bis wir uns wieder in die Arme schließen dürfen. Euer Vater, Eure Mutter.«

David faltete den Brief und schob ihn zurück in den Umschlag. Ich hatte das Gefühl, dass er jede Faser seines Körpers anspannte. Wie versteinert saßen wir da, keiner sagte ein Wort. Es schien mir eine Ewigkeit vergangen zu sein, als David sich schließlich regte. Er steckte den Brief in seine Jackentasche, die über dem Stuhl hing.

»Für eine alte Frau wird es jetzt Zeit, sich zurückzuziehen.« Nanettes Stimme klang, als wolle sie sich selbst aufmuntern. Aber sie blieb dennoch sitzen.

Schließlich erhob sich David und ging eilig zur Tür hinaus. Langsam rührten sich die anderen. Niemand hätte es gewagt, ihm zuvorzukommen.

Ich bat meine Mutter und Alexander draußen im Foyer zu warten. Nanette und ich blieben zurück, als seien wir auf unseren Stühlen festgebunden. Irgendwann ging ich zu ihr hinüber und setzte mich neben sie.

»Ich habe noch nie solch ein Zeitdokument«, ich suchte nach den passenden Worten, »praktisch aus erster Hand gehört. Es ist ergreifend.«

»Sie waren so jung, Lizzy. Nicht einmal so alt wie du heute. Die Hoffnung, die er bis zum Schluss hatte, diese unerschütterliche Hoffnung! Und keinen Hass.«

»Aber vielleicht haben wir einen Weg der Versöhnung gefunden?«, fragte ich mehr mich selbst. »Glaubst du, wenn Davids Vater diesen Brief noch zu Gesicht bekommen hätte, er hätte seine Meinung geändert?«

Nanette schüttelte langsam den Kopf. »Nein«, erwiderte sie dann entschieden. »Nein. Er war schon mit fünf sehr melancholisch, hatte geradezu etwas Schwermütiges in seinem Wesen. Vielleicht hätte ihn dieser Brief mit deinem Großvater versöhnt, aber er hätte nicht vermocht, seinen Selbstmord zu verhindern. Ich habe mir schon als Kind Sorgen um ihn gemacht. Um Ella nie.«

Ich fragte mich, wie sehr diese Frage David jetzt wieder aufs Neue quälte.

»Nani. Du *musst* zum Rosshimmel. Es ist doch auch ein wenig *dein* Haus am Himmelsrand! Du bist verwachsen mit diesem Stück Erde. Du darfst nicht ablehnen.«

»Es war ein langer Tag«, entgegnete sie, ohne auf meine Bemerkung einzugehen. »Und sehr anstrengend. Ich werde gleich in mein Zimmer gehen und ins Bett fallen. Wie geht es dir, Lizzy?«

Sie sah mich kritisch an.

»All die Kränkungen, Verletzungen, Nani, so vieles wurde wieder aufgewühlt. Ich frage mich, ob es das wert war.«

»Es geht nun einmal nicht schmerzfrei, wenn man sich mit den Fehlern der Vergangenheit auseinandersetzt, das hast du jetzt gesehen. Ein Brief, aus Liebe geschrieben, trifft uns und bringt uns zum Weinen.«

»Ach, Nani! Unserer ganzen Familie steht das Herz auf dem Kopf.«

»Glaub mir«, Nanette nahm meine Hand, »uns allen geht es so. Manchmal, mein Kind, begibt man sich auf eine Reise mit einem klaren Ziel vor Augen. Und man kämpft, strauchelt und tut, was man kann. Dann sieht man zurück und findet den Ausgangspunkt nicht mehr. Vielleicht hat man auch etwas ganz anderes erreicht, als man ursprünglich geplant hat. Mir erging es mit der Rettung der Kinder zum Rosshimmel vielleicht ähnlich wie dir heute. Wir, Betrand und ich, haben geglaubt, wir könnten mehr tun, als den Kindern das nackte Leben erhalten. Sie haben trotzdem ihre Eltern verloren, und Ella sogar noch ihren Bruder. David hat unter dem Rückzug seines Vaters ein Leben lang gelitten und heute schreibt er sich all das von der Seele. Was ich damit sagen will, ist, das, was du gefunden hast, Lizzy, auf deinem holprigen Weg zur Wahrheit, ist ein Geschenk. Nimm es an!«

Sie lächelte. Ich spürte die ganze Kraft und die Wärme dieser Frau, die zwischen Lavendelfeldern groß geworden war und in ihrer Kindheit und Jugend Sonne für ein ganzes langes Leben getankt haben musste. Ich fühlte mich ihr so verbunden und bedauerte, dass sie erst so spät in mein Leben getreten war.

Gedämpft drang ihre Stimme wie durch Watte an mein Ohr, es war, als schwappten meine Gefühle als träge Masse mit brachialer Gewalt gegen eine Mauer in mir. Ich fühlte, wie ich mir selbst im Weg gestanden hatte. All meine Energie hatte ich auf dieses Treffen gelenkt und jetzt schwand meine ganze Kraft. Je mehr ich Nanettes Präsenz, ihre vertraute Gegenwart spürte, desto bewusster wurde mir Toms Abwesenheit. Ich konnte diesen Mangel in meinem Leben fast körperlich spüren. Müde lehnte ich meinen Kopf an Nanettes Schulter. Sie streichelte meine Hand und ließ mich einfach weinen.

Irgendwann hörte ich Alexander dicht hinter mir und spürte seine Hand auf meinem Kopf. »Komm, Lizzy. Es ist Zeit«, sagte er leise. »Mama wartet.«

Ich putzte mir die Nase, küsste Nani auf die Wange, erhob mich langsam und sie folgte mir. Im Foyer verabschiedete sie sich flüsternd von meinem Bruder und von Mama. Ich umarmte Nani noch einmal und sah ihr nach, wie sie in Richtung der Hotelzimmer verschwand. Dann traten wir auf die Straße hinaus.

»Wo bleibt David?«, wollte ich wissen.

»Er ist schon gegangen«, erwiderte mein Bruder. »Ich soll dir ausrichten, dass er dich anruft.«

Es klang wie ein Versprechen, aber die Banalität, mit der David plötzlich aus meinem Leben verschwunden war, versetzte mir einen Stich mitten ins Herz. Es war stickig und die Luft roch nach Regen. Wir standen unschlüssig vor dem Markgräfler Hof.

»Einen Absacker?«, fragte Alexander.

»Wohin wollt ihr denn?« Mama warf einen Blick auf ihre Armbanduhr. Es war kurz nach zehn.

»In den Schlappen«, antworteten wir wie aus einem Mund. Ein Relikt aus unserer Studienzeit. In stiller Übereinkunft gingen wir gemeinsam in Richtung jenes Lokals, das nur wenige Gehminuten entfernt lag.

Ich bestellte Mineralwasser, Mama einen Kräuterschnaps und Alexander ein Bier. Wie Autisten saßen wir da, die sich ganz und gar einer scheinbaren Nebensache widmeten. Nach und nach füllte sich das Lokal und eine junge Frau mit langen blonden Haaren setzte sich mit ihrem Freund an unseren Tisch. Sie lachten und küssten sich ungeniert.

»Du bist ein Quälgeist, Lizzy, und du ein schrecklicher Pedant, Alex. Aber irgendwie haltet ihr damit alles zusammen«, bemerkte Mama plötzlich in unsere Stille hinein und kippte in einem Zug ihren Schnaps hinunter.

»Es gibt Stolpersteine, die an ehemalige Opfer erinnern. Damit wir sie nicht vergessen«, sagte ich leise. »Wir könnten einen solchen vor der Uhrenmanufaktur installieren, die Presse einladen und die Firmengeschichte revidieren. Sagen, dass Samuel Bloch der Erfinder war.«

Mama sah entsetzt auf. »Wir werden unser Gesicht verlieren.«

»Nein, Mama. Wir stellen es wieder her.«

Alexander nickte und für einen winzigen Moment war es wie früher, als wir Verbündete, Komplizen und Außenseiter in einer Erwachsenenwelt waren, der wir uns mit Fantasie entzogen. Aber wir waren keine Kinder mehr.

Als ich die Stufen zur Dreisam hinunter in Richtung meines Viertels ging, klatschten dicke Tropfen auf den asphaltierten Uferweg und schon wenige Augenblicke später prasselte ein Starkregen in den sonst friedlichen Fluss, der binnen weniger Stunden anschwellen würde. Unter der Dreisambrücke waren die Obdachlosen zu Hause.

»Lizzy! Was machst du denn um diese Zeit hier?«, hörte ich eine Stimme hinter mir.

Ich zuckte zusammen, drehte mich um und entdeckte zwei Gestalten, die, in eine Decke gewickelt, unter der Brücke an die Wand gelehnt saßen. Eine von ihnen war Paul. Er rauchte und hielt eine Bierdose in der Hand. Am schwarzen Himmel zuckte ein lautlos leuchtender Blitz, der die Umgebung für einen kurzen Augenblick wie eine Bühne erleuchtete. Eigentlich wirkte es hier ganz gemütlich, eine Art Zelt und ein Campingtisch mit Klappstühlen standen unter dem Brückenbogen, Zeugnisse einer Spur von Normalität und der Bemühungen, mit ein paar Handgriffen ein Stück Zuhause zu schaffen.

»Ich bin auf dem Heimweg«, erwiderte ich mechanisch. »Alles in Ordnung mit dir?«

»Mit mir schon. Du siehst ja ganz anders aus. Hast die Haare geschnitten. Möchtest du ein Bier? Oder eine Kippe?« Freundschaftlich hielt mir Paul seine angebrochene Dose entgegen. »Das ist Lizzy«, sagte er stolz zu seiner Begleitung. »Eine Frau von Klasse.«

Wir nickten uns zu, spontan kam mir der Gedanke, die Einladung anzunehmen und mich zu den beiden auf den noch trockenen Boden zu setzen.

»Danke, lieber nicht, Paul. Ich muss nach Hause. Gute Nacht, ihr zwei.«

»Pass bloß auf dich auf, Lizzy.«

Ich lief weiter, beschleunigte meinen Gang und zählte den Abstand zu dem dumpfen Geräusch des folgenden Donners. Der Regen ließ nicht nach, aber ich ging unbeirrt weiter, die Arme vor der Brust verschränkt.

Völlig durchnässt bog ich schließlich in meine Straße ein. Als ich zu Hause die Tür öffnete, läutete das Telefon. Um diese Zeit konnten das nur Thea oder Tom sein. Ich rannte zur Ladestation, aber der Hörer fehlte und der Anrufbeantworter hatte sich bereits eingeschaltet. Toms Stimme klang angestrengt. Im Hintergrund war das Rascheln von Papier zu hören: »Lizzy, wahrscheinlich bist du unterwegs oder schläfst schon. Ich wollte mich kurz abmelden. Mein Flug geht morgen Vormittag. Wenn ich zurück bin, hole ich Thea, wie verabredet, für ein paar Tage zu mir. Ich diktiere jetzt die Telefonnummer vom Hotel …«

Ich rannte durch die Wohnung, um nach dem Telefon zu suchen. In Theas Zimmer fand ich es endlich, aber es dauerte eine Weile, bis meine Stimme zu ihm durchdrang. »Tom! Ich komme gerade nach Hause. Du kannst es mir selbst sagen.«

Eine gespenstische Stille lag in der Leitung. »Ich habe nicht damit gerechnet, dass du …«, stotterte er. Dann räusperte er sich. »Die Telefonnummer vom Hotel. Falls etwas mit Thea ist.«

Mechanisch nahm ich einen Zettel vom Schreibtisch unserer Tochter und notierte die Zahlen, die mir Tom diktierte.

»Wiederhol es noch einmal«, insistierte ich, da ich nicht alles mitbekommen hatte, und starrte dabei auf das gemalte Bild, das über dem Schreibtisch hing. Zwiebeltürme, Bäume, eine Sonne, und jetzt erkannte ich den Gegenstand in der Luft, den ich für ein missratenes Flugzeug gehalten hatte. »Es ist ein fliegender Teppich«, flüsterte ich. »Du bist in Istanbul.«

Ohne seine Antwort abzuwarten, drückte ich das Gespräch weg. Wie in Trance ging ich ins Schlafzimmer, öffnete den Kleiderschrank und wühlte meine Nachtwäsche durch. Aus dem Augenwinkel konnte ich im Spiegel meine Bewegungen sehen. Plötzlich kam ich mir fremd vor mit meinen kurzen Haaren. Kleidungsstücke flogen hinter mir durch den Raum, während ich auf dem Bauch lag und meinen Kopf ins unterste Fach steckte. Lange musste ich nicht suchen und ich schleifte mich mit meinem Fund in die Küche, wo ich mich umsah. Mit einer Schere in der Hand ging ich zurück in den Flur, starrte auf das rote Blinken des Anrufbeantworters und ließ mich an der Wand auf dem Boden nieder. Ich sah auf meine Füße, zog sie an und setzte mich auf alle viere. Wie ein Moslem drückte ich meine Stirn zum Boden, während die Tränen aus mir herausbrachen. Der Regen prasselte gegen die Scheiben meiner Terrassentür. Ich hielt inne, setzte mich im Schneidersitz auf und spulte das Band des Anrufbeantworters zurück. Immer wieder drückte ich *Wiedergabe*. Ich würde so lange zurückspulen, bis mir die Finger weh taten und mein Herz aufhören würde zu schmerzen. Nur noch einige hundert Male und ich würde Toms Stimme nicht mehr erkennen, weil ich sie mit meinem Zeigefinger zerhackt hatte. Ich nahm die Schere in die Hand und im Takt zu Toms nichtssagenden Sprechblasen zerschnitt ich unser Reich aus Tausendundeiner Nacht, das er einst den byzantinischen Fetzen genannt hatte. Mir war, als tanzten wir einen letzten Tanz. Mit jedem Schnitt, zu dem ich ansetzte, erfüllte ich seine Vorhersage und trotzte den Wunden, die wir beide davongetragen hatten. Es war vorbei. In wenigen Stunden würden die Vorbeter des Morgenlands über Lautsprecher mit bebenden Stimmen ihre Gläubigen herbeireden. Plötzlich wurde es still in mir. Ich starrte auf die zerschnittene Seide, die sich so leicht hatte durchtrennen lassen, alt und dünn, wie sie inzwischen geworden war. Plötzlich hatte ich genug von meiner Schuld, meinen Abbitten, den sinnlosen Geständnissen und den stummen Vorwürfen. Ich war bereit, aus meinem Beichtstuhl auszubrechen.

Die ganze Nacht räumte ich Möbelstücke um und packte Toms noch verbliebene Sachen aus dem Wohnzimmer zusammen. Im grellen Licht der Deckenlampe saß ich inmitten von Blättern und Notizen auf dem Boden, sichtete meine Promotionsunterlagen und legte sie schließlich in verschiedenen Ordnern ab und stellte alles in ein freies Regal. Als ich mir das Schlafzimmer vornahm, war die Sonne schon aufgegangen. Ich öffnete die Fensterläden und nahm das Harris-Tweed-Jackett, das immer noch in seiner Geschenkverpackung lagerte, von der Kommode. Es musste hier verschwinden. Ich trug es in die Küche, steckte es in einen großen Umschlag und beschriftete ihn mit Toms neuer Adresse. Dann steckte ich ihn in meine Tasche. Als ich auf die Uhr sah, war es kurz nach zwölf. Um halb drei würde mein Gespräch mit dem Galeriebesitzer stattfinden, danach würde ich zur Post gehen. Vorher musste ich dringend im Möbelhaus vorbei, um ein neues Bett zu kaufen. Ich griff nach meinem Handy und wählte Theas Nummer.

»Mama!«, jubelte meine Tochter. »Gleich ist Mittagessen. Es gibt Griesbrei. Hier ist es voll cool. Wir waren im Klettergarten. Heute Mittag dürfen wir im Schluchsee baden.«

»Das ist schön, mein Schatz«, erwiderte ich. »Ich freu mich schon, wenn du wieder hier bist. Zieh bloß deine Schwimmflügel an!«

Ich fühlte mich wie eine Glucke.

»Mach ich. Tschüss, Mami. Ich hab keine Zeit. Muss zum Essen. Ich hab dich lieb.«

Sie legte auf. Nach einer ausgiebigen Dusche schien meine Müdigkeit verflogen, und ich verließ pünktlich das Haus.

Kapitel 25

»Wir interessieren uns für Ihre Meinung. Wie würden Sie eine derartige Ausstellung organisieren? Die Arrangements, die Kriterien der Fotoauswahl. Texte. Sagen Sie, was Ihnen einfällt, Frau Tanner. Wir sind gespannt auf Ihre Inspiration.«

Mir gegenüber saß der Besitzer einer kleinen Galerie in der Innenstadt, ein großer, stattlicher Mann mit blassblauen Augen. Herr Staiger sprach mit starkem Schweizer Akzent. Neben ihm seine Assistentin, eine junge blonde Frau von etwa Ende zwanzig. An ihrem Revers hing ein Namensschild. Ich warf einen möglichst unauffälligen Blick dort hin und entzifferte *Andrea Schneider*.

Die fragenden Augen des Galeristen blickten geduldig in meine Richtung. Immer wieder öffnete ich den Mund, aber ich wusste nicht, wie ich die Aufforderung zu meiner Inspiration verstehen sollte. Mir fiel einfach nichts Passendes ein, außer, dass mich das berührte, was sie vor mir ausgebreitet hatten. Ich starrte auf die Fotos. Schwarzweißbilder des Sterbens. *Würdevolles Sterben – Von letzten Dingen* lautete der Arbeitstitel der geplanten Ausstellung.

»Wir haben Sie eingeladen, weil Sie als Expertin in dieser Sache gelten.«

Er schien mir auf die Sprünge helfen zu wollen.

»Das bin ich nicht«, winkte ich ab und schwieg wieder.

»Ich würde mit Licht arbeiten«, begann ich dann leise. »Möglichst nichts Künstliches. Tageslicht. Dämmerung. Sonnenuntergänge, Sonnenaufgänge. Ein warmes Abendlicht. Von oben, von der

Seite. Es gibt Spezialisten für so etwas. Vielleicht könnte man jemanden vom Theater fragen, einen Bühnenbildner. Haben Sie einen solch lichtdurchfluteten Raum?«

Es kam mir vor, als befände ich mich an der Schwelle von einem Traum zur Wirklichkeit. Ich wedelte mit den Armen in der Luft herum.

»Texte?«, wollte er wissen.

Ich schüttelte den Kopf. »Nein. Keine Worte. Die Bilder sprechen ihre eigene Sprache. Man muss sich geborgen fühlen und begleitet. Der Sterbende, nicht der Betrachter«, korrigierte ich schnell, um Missverständnissen vorzubeugen. »Obwohl«, räumte ich dann ein. »Es gibt ein paar schöne lyrische Sachen, die den Übergang behandeln.«

Ich verwickelte mich in Widersprüche.

»Sie müssen ja wissen, wovon Sie sprechen.«

Seine Stimme klang weich und streng zugleich. Aufmerksam blätterte er in meinen Bewerbungsunterlagen, die ich ihm nach Beates Aufforderung hatte zukommen lassen.

»Sie haben diese Grabskulpturenausstellung in Freiburg gemacht. Eros und Tod«, murmelte er.

»Haben Sie sie denn gesehen?«, fragte ich überrascht.

»Steht hier«, erwiderte er amüsiert und zeigte auf meine Projektliste, die aus der Ferne ziemlich übersichtlich wirkte. »Und ja, ich habe sie gesehen und war sehr beeindruckt, obwohl ich mir bei der ein oder anderen Skulptur etwas mehr Erklärung gewünscht hätte. Und dann der Titel Ihrer in Arbeit befindlichen Promotion. *Von letzten Dingen – Der verdrängte Tod – Eine kulturhistorische Untersuchung im alemannischen Sprachraum.* Das scheint alles zu passen. Wie weit sind Sie denn inzwischen mit Ihrer Doktorarbeit?«

Er nahm die Brille ab und sah mich freundlich an.

»Ich werde Sie wieder aufnehmen«, beeilte ich mich zu sagen. »Es passte nicht mehr in mein Leben. Jetzt kann ich es mir wieder vorstellen. Allerdings bin ich alleinerziehend.« Ich machte eine kurze Pause. »Was rede ich denn da?«, plapperte ich weiter vor mich hin.

»Aber Sie fühlen sich in der Lage, bei uns mitzuwirken und Ihr Können einzubringen?«, fragte er hartnäckig nach, ohne mich dabei anzusehen. Mit einer auffordernden Handbewegung bedeutete er mir, weiterzureden, und obwohl ich diesen Mann zum ersten Mal sah, schien es mir, als seien wir alte Bekannte, die sich nach Jahren in einem Straßencafé wiedersehen und elementare Wissenslücken schnell zu füllen vermochten, ohne Floskeln und Fremdheit. Die Assistentin warf abwechselnd mir und dann ihrem Vorgesetzten einen fragenden Blick zu.

»Natürlich«, antwortete ich lebhaft und deutete auf die Fotos. Gesichter, die gelebtes Leben zeigten, aber auch jenes, das noch nicht einmal richtig begonnen hatte. Kahle Köpfe junger Menschen mit großen Augen, die nackt und verletzlich in die Kamera blickten. »Aber Sie dürfen das nicht vergleichen, verstehen Sie? Dies hier sind ja keine stummen Zeugnisse, Skulpturen auf einem Friedhof unter Trauerweiden«, referierte ich. »Hier geht es um Menschen, die eine Begleitung verdient haben. Die Gesellschaft verdrängt doch den Tod bis zum Äußersten. Dabei müssen wir alle irgendwann gehen.«

Plötzlich verstummte ich. Langsam legte ich die Bilder, die ich in die Hand genommen hatte, wieder zur Seite, schob sie weg von mir und sah auf. »Bitte entschuldigen Sie diese Allgemeinplätze. Die Wahrheit ist, wenn wir so etwas sehen, gehen wir auf Distanz. Wir Kunsthistoriker sind Ästheten und stolz darauf. Ich glaube nicht, dass der Tod ästhetisch ist. Aber dass er Angst macht. Den Sterbenden und den Lebenden. Es ist nicht lange her, da saß ich am Sterbebett meines Großvaters. Ich weiß nicht, welche Prozesse in einem Sterbenden vorgehen, ob diese bekannten Phasen des Abschieds, von der Verzweiflung über die Wut, die Trauer bis hin zur Akzeptanz, schlichtweg hilflose Erklärungsversuche der Hinterbliebenen sind. Das habe ich mich nach dem Tod meines Großvaters oft gefragt.«

Ich atmete einmal tief durch und verspürte das Bedürfnis, aufzustehen und mich zu bewegen, aber ich blieb sitzen. »Das kann man nicht wissenschaftlich angehen«, fuhr ich fort. »Diese Fotos sind etwas hoch Emotionales. Wie hört sich die Stille an? Wie kann man Würde anschaulich machen? Man muss sich da herantasten. Behutsam und mit Fragen. Die eigenen Ängste nicht ausblenden. Ich würde keine Aussagen treffen wollen und keinesfalls versuchen, die Betrachter zu belehren.« Ich schüttelte den Kopf. »Ich erinnere mich an die schreckliche Angst, mein Großvater könnte in meiner Gegenwart sterben. Ich war nicht dabei, als es schließlich geschah, aber ich habe sein entspanntes Gesicht auf dem Totenbett gesehen. Meine Mutter verhängte die Spiegel im Haus und öffnete das Fenster. Damit die Seele entweichen kann. Er war zweiundneunzig Jahre alt. Und ich hätte ihn noch so gerne so vieles gefragt.«

Abrupt schloss ich meinen Mund und blickte auf die Personen mir gegenüber. Die Assistentin notierte etwas auf einem Zettel und der Galerist schüttelte sich, als sei er aus einem Traum erwacht, und klappte dann geräuschvoll seine Unterlagen zu. Ich zuckte zusammen. Plötzlich stand er auf und reichte mir zum Abschied die Hand. »Bleiben Sie bitte sitzen. Die Formalien erfahren Sie dann von Frau Schneider.«

Er ging zur Tür, wo er sich noch einmal umdrehte. »Ach ja, da wäre noch etwas. Wie soll ich es sagen? Wir alle sind hier Team-Arbeiter. Sie müssen nicht darauf antworten; nur wenn Sie mögen: Wie halten Sie es mit dem Rauchen?«

»Ich habe aufgehört«, sagte ich schnell.

Interessiert hob er die Augenbrauen. »Schon lange? Ich bin neugierig, bin selbst ein Ex-Kettenraucher.«

»Gestern«, erwiderte ich stolz.

»So ebbis«, hörte ich ihn lachend sagen. »So ebbis.«

Hinter ihm schloss sich die Tür und ich blieb mit Frau Schneider zurück. Wie von weitem hörte ich ihren Bericht über das Standard-Honorar, das ab September knappe vier Monate abdecken würde, sowie eine faire Provision bei Verkäufen, die, sollte sich die künftige Projektmitarbeiterin als ein Verkaufstalent entpuppen, eine Grundlage für eine gemeinsame Zusammenarbeit in der Zukunft erbringen würden. Beides schien ich soeben verspielt zu haben.

»Für den Fall, dass sich Herr Staiger für Sie entscheidet«, beendete sie ihren Vortrag. Sie lächelte verlegen.

»Sie hören in Bälde von uns«, verabschiedete sie sich mit gesenktem Blick von mir und ich lief hinaus in ein buntes, hektisches Freiburg, auf dessen Straßen erstaunlich viel los war. Passanten drängten sich an mir vorbei, und ich hatte das Gefühl, die Einzige zu sein, die in Richtung Norden musste, als sei ich eine Geisterfahrerin auf der falschen Spur und als missachte ich die Vorfahrtsregelungen, die meine Stadt während meines Aufenthalts in der Galerie heimlich eingeführt hatte. Die Müdigkeit legte sich plötzlich wie Blei auf meine Glieder, so sehr, dass ich mich am liebsten auf der Wiese vor der Universität ausgestreckt hätte, um dort ein wenig zu ruhen.

Aus dem Weltladen duftete es nach frisch gemahlenen Kaffeebohnen und ehe ich mich versah, öffnete ich die Tür und ging hinein. »Kaffee zum Handfiltern, bitte«, sagte ich.

»Welche Sorte?«, wollte die Verkäuferin wissen.

Ich versuchte, die vielen Kaffeesorten, die in großen Trommeln lagerten, zu entziffern, fand aber nur die von Tom bevorzugten Bohnen. Also entschied ich mich des Namens wegen für eine Schattenwaldbohne aus Guatemala, und während die Angestellte den Kaffee verpackte, sah ich mich um. Seit Jahren gab ich hier Theas Kleidungsstücke, aus denen sie herausgewachsen war, ab, weil die Obdachlosenküche keine Verwendung für Kinderklamotten hatte. In einem großen Regal des Nebenzimmers befand sich gebrauchte Kleidung, die von hier aus an Bedürftige herausgegeben wurde. Da kam mir ein Gedanke; vielleicht der beste an jenem sonderbaren Tag.

Zielstrebig ging ich die Stufen zur Dreisam hinunter, dem Zuhause von Haste-mal-nen-Euro-Paul. Er war gerade beim Kartenspielen. Ich riss das Päckchen mit dem Harris-Tweed-Jackett auf und reichte es ihm.

»Spinnst du, Lizzy?«, fragte er ungläubig und probierte es sofort an. »Das ist ja nagelneu.«

Es passte wie angegossen und seine Augen leuchteten vor Freude.

»Und sehr wetterbeständig. Es lässt praktisch keine Feuchtigkeit durch. Genau das Richtige für die kommenden Herbsttage«, erwiderte ich.

»Und warum schenkst es mir?«

»Weil ich möchte, dass es in gute Hände kommt.«

Verlegen strich er sich durch die Haare und lächelte mich an. Als ich mich wegdrehte, glaubte ich noch lange seinen verdutzten Blick in meinem Rücken zu spüren. Ich war mir sicher: In diesem Moment hatte Paul mir ein Geschenk gemacht und nicht umgekehrt.

Zu Hause angekommen, brühte ich mir einen starken Kaffee und ging mit der dampfenden Tasse ins Schlafzimmer. Als ich meine Lieblingsjeans nicht fand, warf ich mich aufs Bett und fing an zu heulen. Irgendwann wischte ich mir die Tränen aus den brennenden Augen und widmete mich den restlichen Räumen, stopfte Schmutzwäsche in die Waschmaschine, putzte das Bad und räumte eine Wand in Theas Zimmer frei. Seit Monaten lag mir meine Tochter mit ihrem Mädchenwunsch von einer Wand in knalligem Pink in den Ohren und ich hatte hartnäckig abgewehrt. Plötzlich fand ich es gar nicht mehr so schlimm, und ich freute mich schon auf Theas Gesicht, wenn sie ihr neues Domizil zum ersten Mal sehen würde. »Wir können es ja auch schnell wieder übermalen«, plapperte ich vor mich hin, stellte den Farbeimer ab und rührte gut durch. Dann begann ich sorgfältig die Fläche zu streichen. »Wie Himbeersoße«, murmelte ich und tauchte die Walze in den Topf. Als ich einen Schritt zurücktrat, betrachtete ich mein Werk: Theas Wand erstrahlte in einem satten Pink und es sah genauso schlimm aus, wie ich es mir vorgestellt hatte. Auf ihrem Nachtkasten platzierte ich ein gerahmtes Bild von ihr und Tom; sie saß huckepack auf seinen Schultern und hatte ihre kleinen Hände in seinen Locken vergraben. Wie ähnlich sich die beiden doch sahen! Sie strahlten um die Wette in die Kamera.

In der Küche stellte ich das Altglas zusammen und schloss die Fensterläden. Lange saß ich da, legte die Beine auf die Bank und betrachtete die Lamellen, die Spüle, das Buffet meiner Großmutter. Thea und ich würden hier wohnen bleiben, denn dies war unser Zuhause. Hinter Glas befand sich das Porzellan meiner Urgroßeltern aus der Wiehre. Es besaß eine zeitlose Form und schimmerte in Perlmutt. Ich überlegte, ob sich der Goldrand wohl eines Tages abnutzen würde. *Tomaten, Schokopudding, Parmesan* schrieb ich untereinander auf einen Einkaufszettel. Ich würde den Kühlschrank mit Theas Lieblingsgerichten befüllen, sie bei ihrer Anreise mit selbst gemachten Nudeln, Tomatensoße und Nachspeise überraschen, nichts auslassen, was ihren kleinen, wählerischen Gaumen besänftigen und die Fremdheit in einer neu gestalteten Wohnung verwischen würde. Das Telefon klingelte.

»Ich habe es vermasselt«, sagte ich, ohne abzuwarten, wer am anderen Ende der Leitung war.

»Nein, das hast du nicht«, entgegnete eine weiche Stimme. David.

»Oh, doch. Habe ich. Und völligen Blödsinn geredet. Dass ich alleinerziehend sei. Und mein Leben sich verändert hätte. Und dass man Licht braucht. Viel natürliches Licht. Und dass ich nicht mehr rauche. Seit gestern. Ich habe Stuss geredet.«

»Du meinst dein Bewerbungsgespräch? In der Galerie?« David lachte laut heraus. »All das hast du denen erzählt? Vielleicht hast du auch noch ein paar Kochrezepte zum Besten gegeben?«

»Wenn sie mir ein entsprechendes Stichwort gegeben hätten …«

David räusperte sich. »Kopf hoch, Lizzy. Es wird trotzdem weitergehen. Hast du schon eine Idee, was du tun wirst?«

Ich sah mich um. »Meinen Marktstand reaktivieren. Keine Ahnung. Meinen Doktorvater um Entschuldigung bitten. Ja, das werde ich ganz sicher tun. Seit Monaten hat er nichts mehr von mir gehört. Ich werde diese Promotion abschließen.« Plötzlich wusste ich, was richtig war. »Thea bleibt noch drei Tage im Camp«, fuhr ich fort. »Ich habe eine Wand in ihrem Zimmer gestrichen. Tom ist in Istanbul. Ich habe die ganze Nacht seine restlichen Sachen gepackt.« Ich warf einen Blick ins Wohnzimmer, wo einige Müllsäcke und Kisten lagerten. »Und hier türmt sich mein abgelebtes Leben. Es sieht schlimm aus. Wie geht es dir?«, fragte ich vorsichtig.

»Ich komme klar.«

Mehrmals nacheinander holte ich tief Luft und konzentrierte mich dabei auf mein Zentrum wie ein Yogi. Plötzlich fühlte ich eine Befreiung beim Atmen. Ich betrachtete meine Hand, die pink gesprenkelt war.

»Wann hast du zum letzten Mal gegessen? Geschlafen?«

An beides erinnerte ich mich nicht. »Hast du irgendwelche Medikamente genommen, Lizzy?«

»Ich habe nur Kopfwehtabletten und Diclofenac im Haus.«

Es entstand eine Pause.

»Sag es, Lizzy. Sag es nur ein einziges Mal.«

Seine Stimme war ernst, zärtlich und fordernd zugleich.

»Was?«

»Du weißt, was ich meine. Gestern auf der Bank in diesem Park. Sag es!«

»Das war erst gestern?«, fragte ich ungläubig.

»Sag es«, drängte er.

»Wir würden nicht absaufen.«

»Bleib, wo du bist, und rühre dich nicht von der Stelle.«

Ich hörte einen Knacks in der Leitung. Er musste aufgelegt haben, und ich tat, wie mir befohlen, und bewegte mich nicht, als stünde ich inmitten eines Minenfelds. Dann fiel mir ein, dass ich auch unversehrt hier hereingekommen war, und ich stolperte über meine Schuhe, die mitten im Weg standen. Ich sah auf meine nackten Füße, die auch ein paar Farbspritzer abbekommen hatten. Hatte ich soeben wirklich Davids Stimme vernommen? War ich wirklich in dieser Galerie gewesen, im Weltladen und schließlich an der Dreisam bei Paul? Alles schien so weit weg; nicht greifbar, als habe eine fremde Person das alles getan. Wie ein anderes, ferngesteuertes Ich. Eines, das für mich eingesprungen war und inmitten eines unübersichtlichen Chaos das Richtige getan hatte, auch wenn ich gescheitert war. Ich sah auf die Uhr. Halb sieben. Dann starrte ich auf den Telefonhörer.

Draußen dämmerte es, also stimmte etwas mit meiner Uhr nicht. Ich blickte an mir herunter. Immer noch trug ich meinen hellgrauen Kostümrock und eine weiße Bluse. Beide Kleidungsstücke waren übersät von pinkfarbenen Flecken. Ich öffnete den Reißverschluss des Rocks, ließ ihn fallen, knöpfte meine Bluse auf und riss sie mir vom Leib. In der Dusche hielt ich meinen Kopf unter den Wasserstrahl und putzte mir die Zähne. Immer wieder schluckte ich lauwarmes Wasser. Meine Augen brannten wie Feuer. Ich trocknete mich ab und ging ins Schlafzimmer, holte ein frisches T-Shirt aus dem Schrank, zog es über und schlüpfte in ein Paar karierte Shorts, die mir inzwischen viel zu weit waren. Auf dem Sessel lag ein Katalog eines Möbelhauses. Barfuß begab ich mich auf die Terrasse.

Lange blätterte ich im Licht der Straßenlampe im Katalog. In der Schlafzimmerabteilung waren ein hübsches Bett, passende Wäsche und Vorhänge angestrichen. Dunkel erinnerte ich mich daran, was ich gestern nach Toms Telefonat getan hatte.

Als ich draußen Schritte hörte und eine Gestalt sich meiner Terrasse näherte, hielt ich inne. In der Dunkelheit konnte ich nur Umrisse erkennen. Ich wischte mir mit dem Handrücken die Tränen aus dem Gesicht. David trat zu mir, nahm mich an die Hand, und gemeinsam gingen wir hinein.

»Wo ist das Bad?«, fragte er freundlich, legte den Arm um mich, und müde zeigte ich auf die Tür. Er öffnete sie, setzte mich am Wannenrand ab, und fing an, am Waschbecken zu hantieren. Staunend blickte ich auf seinen geraden Rücken. Mit einem Wattebausch in der Hand wandte er sich mir zu und wischte über die Stellen meiner Haut, die noch voller pinkfarbener Spritzer waren.

»Theas Wandfarbe. Ich habe geduscht. Aber das Zeug geht nicht weg«, erklärte ich.

»Du musst warten, bis sich die obere Hautschicht schuppt«, hörte ich ihn sagen und sein Ratschlag erschien mir wie eine Offenbarung. Dann entfernte er mit einem feuchten Wattebausch die restliche Mascara von meinen schmerzenden Augen. »Sie sind etwas entzündet. Du musst aufhören zu weinen. Jetzt ist es gut.«

»Augentrost«, erwiderte ich monoton. »Für so etwas gibt es Augentrost.«

Dann nahm er mich an der Hand und führte mich ins Schlafzimmer, schlug meine Decke zurück und gehorsam stieg ich ein letztes Mal in mein altes Bett, zog meine Beine an und drehte mich zur Seite.

»Ich habe bereits ein neues bestellt. Alles schon passiert«, faselte ich und klopfte auf die Matratze. »Sechs Wochen Lieferfrist, haben die gesagt. Denen habe ich vielleicht was erzählt! Ich ließ den Abteilungsleiter antreten und habe ihm erklärt, dass es ein Notfall sei.«

David lachte. »Und dann?«

»Nächste Woche wird es geliefert.«

»Schlaf jetzt ein bisschen«, sagte er zärtlich.

»Und du?«, gähnte ich.

»Ich habe die letzten zehn Jahre geschlafen.« Er strich mir sanft über die Wange.

»Du wirst mir auch nicht davonlaufen? Du bleibst, bis ich wieder wach bin?«, fragte ich ängstlich.

»Ich werde da sein, wenn du aufwachst.«

Er löschte das Licht, ging aus dem Zimmer und lehnte die Tür an.

»Davidi«, flüsterte ich in die Dunkelheit.

Ich erwachte durch ein Geräusch, das aus der Küche kam. Der Wecker zeigte kurz vor vier. Draußen war es dunkel. Ich schloss wieder die Augen und blieb liegen. Dann vernahm ich Stimmen, versuchte genau hinzuhören und die Tonlagen voneinander zu unterscheiden, bis ich Musik hörte. Das Radio oder eine CD. Eine wohlige Vorfreude dehnte sich in mir aus, wie früher als Kind, wenn meine Mutter und Großmama mit den Weihnachtsvorbereitungen befasst und Alexander und ich in unsere Zimmer verbannt worden waren. Vorsichtig stellte ich meine Füße auf den kühlen Boden und blinzelte durch die angelehnte Tür. Dann schlich ich in Richtung Küche.

David bemerkte mich nicht. Er stand am Herd und trug eine marineblaue Sommerhose und ein weißes Hemd. Sein dunkles Haar glänzte. Langsam trat ich näher. Dampf stieg auf und mit ihm der Geruch von mediterranen Kräutern. Sofort überfiel mich ein unbändiger Appetit. Ich blieb wie angewurzelt unter der Tür stehen. Ich schielte ins Wohnzimmer, wo vollgestopfte Mülltüten und Kartons lagerten.

»Habe ich dich geweckt? Hast du Hunger?«

Ruckartig drehte ich meinen Kopf in die Richtung, aus der die Frage gekommen war, und ein Blitz durchfuhr meinen Körper. David lächelte, ging auf mich zu, berührte meine Schultern und drückte mich sanft auf die Bank.

»Und wie«, hörte ich mich sagen.

Ich war so hungrig wie schon seit Jahren nicht mehr. Er schlenderte zurück zum Herd, auf dem irgendetwas köchelte. Daneben sprudelte das Wasser für die Muschelnudeln, die er in diesem Moment hineingab. Prüfend sah er sich um, trat ans Buffet, öffnete es und fing an, den Tisch zu decken. Zwei Teller, Gläser, Besteck und Servietten.

»Wo ist der Käse?«, fragte er freundlich und ich zeigte stumm auf den Kühlschrank. Er ging hinüber, zog eine Schüssel mit geriebenem Parmesan heraus, setzte sich mir gegenüber und legte die Hände zusammen. Ich blickte in seine Augen, immer und immer wieder wanderte mein Blick über dieses Farbenspiel wechselnder Grüntöne und Ringe mit gesprenkelten Linien wie endlose Strudel in einem tiefen Ozean. Ich musste mir nur alles genau einprägen, damit ich es noch wusste, sobald ich erwachte.

»Es ist so weit«, unterbrach er meine Gedanken und gebannt beobachtete ich, wie er das Essen auf einen Teller füllte, Parmesan darüberstreute, mir die Gabel in die Hand legte und erneut Platz nahm.

»Iss«, befahl er und zeigte dabei auf den Teller.

Er stützte den Kopf in die Hände, lächelte herausfordernd und ich spießte mehrere Nudeln auf die Gabel, schob sie in den Mund und aß wie ein gefräßiges Kind, das vor lauter Spielen sein Lieblingsgericht verschmäht hatte und jetzt fast umfiel vor Hunger. Nahezu ohne zu kauen nahm ich eine Gabel nach der anderen und ließ meinen Mildtäter dabei nicht aus den Augen.

»Ein Glas Wein?«

Ich nickte dankbar mit vollem Mund, präparierte die nächste Nudelladung und schob sie hinterher. Dann hörte ich das dumpfe Geräusch eines Korkens, der aus dem Flaschenhals schlüpfte, und David schenkte mir Weißwein in ein kleines Wasserglas. Ein französisches Etikett stach mir ins Auge, als ich den Inhalt in einem Zug herunterspülte. Der Wein schmeckte köstlich, und ich schob das leere Gefäß in seine Richtung als Zeichen für einen Nachschlag weiterer Zuwendung und stellte dann den leeren Teller zur Seite. Ich zog die Zehen zusammen, weil ich plötzlich die Kälte an meinen nackten Füßen spürte. Der Alkohol stieg mir sofort zu Kopf und besänftigte meine wirren Gedanken, die um einen vergangenen Schmerz und ein unerwartetes Glück kreisten. Dennoch blieb ich auf der Hut und fesselte mit meinen Augen den Mann, der mir gegenübersaß, damit er bloß nicht verschwand.

»Bist du es wirklich?«, fragte ich und nahm noch einen kräftigen Schluck von dem Wein.

»Wonach schmeckt er?«, wollte er wissen.

»Nach Lavendel, frischer Zitrone und weißen Blüten.«

Ich leckte mir die Lippen und setzte das Glas gleich noch einmal an. Lächelnd stand David auf, trat zu mir, setzte sich neben mich auf die Bank und legte seine Hände um meinen Hals. Er drehte meinen Kopf zu sich, und ich blickte in diese Augen, deren Farbe sich nicht benennen ließ.

»Bist du es wirklich, Davidi? Darf ich dich so nennen?«, wollte ich vorsichtig wissen, denn bei jeder Silbe, die sich in meinem Mund formte, spürte ich die zarte Haut seiner Lippen.

»Aber nur, wenn wir unter uns sind«, sagte er. »Und? Hast du immer noch Angst, abzusaufen?«, fragte er in meinen geöffneten Mund. Dann zog er seinen Kopf zurück, aber die Nähe zwischen uns war so groß, dass ich nur Ausschnitte seines Gesichts erkennen konnte: eine halbe Nase, ein Auge, eine Braue, geschwungene Wimpern. Meine Welt mochte verdreht sein und auf dem Kopf stehen, mir wurde ganz schwindelig davon. Aber das, was David sagte, entsprach auch dem, was er tat, und ein Abgrund in meiner Seele begann seinen Schrecken zu verlieren. Langsam ließ er meinen Kopf los, nahm meine Hände und zog mich von meinem Platz.

Von draußen brach das Morgenlicht durch die schrägen Lamellen der Fensterläden herein. Ein gedämpfter milchiger Strahl legte sich auf den alten Holztisch. Wahrscheinlich würde die Sonne viel zu früh aufgehen, aber selbst das würde ich verkraften, wenn das hier nur kein Traum war. Sollte es denn wirklich möglich sein, dass mir David die Augen gewaschen, meinen zum Umfallen müden Kopf auf ein Kissen gelegt und meine brennenden Lippen geküsst hatte? Wenn ja, ich würde sogar als Verrückte am Leben bleiben wollen.

»Auf die Beine, Lizzy, auf geht's, steh auf!«

»Wohin denn?«, fragte ich flüsternd, aus Angst, schon die geringste Unruhe könnte den schrillen Ton des Weckers, der auf meinem Nachttisch stand, auslösen.

»Komm nach draußen! Zeig mir deine Stadt!«

Ich zog meine Schuhe an, folgte ihm an der Hand in den kühlen Morgen hinaus und spürte, wie er sie losließ und den Arm um mich legte. Immer wieder fuhr ich mit den Fingerspitzen über meine Lippen, die noch feucht von seinem Kuss waren. Ohne Absprache gingen wir in eine Richtung durch das erwachende Freiburg, das sich gleich herausputzen würde, vorbei an der Markthalle, dem kleinen Porzellanladen mit den hübschen Kachelmosaiken im Schaufenster und der neuen Synagoge, bis wir schließlich den Münsterplatz erreichten. Eine saubere Luft lag über dem Kopfsteinpflaster und die ersten Bäcker öffneten ihre Türen.

Kapitel 26

Inzwischen war Spätherbst und ein badischer Altweibersommer neigte sich seinem Ende entgegen.

Ende September hatten mein Bruder und ich den Stolperstein vor der Uhrenmanufaktur legen lassen und vor geladenen Gästen und der Presse unsere Firmengeschichte revidiert. Die Resonanz darauf war erschreckend leise gewesen. Niemand schien sich an einem Patent zu stören, das bereits verjährt war, das ein jüdischer Kompagnon einst seinem Partner hinterlassen hatte und das jener als das seine ausgegeben hatte. Lediglich ein Historiker vom Stadtarchiv hatte hartnäckig nachgefragt und um ein paar Details gebeten. Wir hatten daraufhin eine Pressemitteilung erstellt und sie über den Presseverteiler unseres Unternehmens an alle Politikressorts im Land verschickt.

Als ich draußen vor dem Eingang zu meiner Rede ansetzte, fiel mir in der hintersten Reihe ein Mann auf, der etwas abseits stand. Erwin. Er hatte die Hände in seine Manteltaschen gesteckt und schien auf jemanden zu warten. Als die Zeremonie zu Ende war, ging ich zu ihm.

»Du bist ja doch gekommen«, sagte ich und reichte ihm die Hand.

»Oh, ich war nie ganz aus deinem Leben verschwunden, meine Liebe. Ich habe einen guten Kontaktmann im Schwarzwald, weißt du.«

Er grinste.

»Ludwig Stockfelder. Ihr zwei Haudegen. Was habt ihr ausgeheckt?«, fragte ich ihn lächelnd. »Möchtest du mit in den Großen Meyerhof? Wir gehen im kleinsten Kreis noch etwas essen. Du bist herzlich eingeladen.«

»Nein«, wehrte er ab. »Danke, Lizzy. Das ist nichts für mich. Aber ich habe eine Einladung für *dich*. Kannst du morgen gegen sechs bei mir sein? Es kommt noch jemand.«

»Ich müsste etwas für Thea arrangieren«, überlegte ich laut. »Aber ich kann nicht vor halb sieben bei dir sein, weil ich bis mindestens fünf in der Galerie bin.«

»Galerie?«

»Ja, ich arbeite mit an der Vorbereitung einer Ausstellung. Ich schicke dir eine Einladung zur Eröffnung, wenn du magst.«

Er nickte erfreut.

»Alle Achtung. Bei dir scheint sich ja einiges getan zu haben.«

Lächelnd drückte ich ihm einen Kuss auf die Wange. »Ja, so einfach ist das, lieber Erwin. Also dann, morgen gegen sieben. Ich werde da sein.«

Als ich am nächsten Abend in Erwins Hofeinfahrt einbog, bemerkte ich sofort die Veränderungen seit meinem letzten Besuch, der nunmehr beinahe ein halbes Jahr zurücklag. Er hatte Blumen gepflanzt, die Fensterscheiben glänzten und ein zweites Auto parkte vor seiner Tür. Ich klingelte und er zog mich in seine Küche, die inzwischen renoviert war. Der Esstisch war für drei Personen gedeckt, aus dem Ofen duftete es nach Fisch und gebratenem Gemüse.

Ich erkannte ihn sofort, obwohl ich ihn zunächst nur von hinten sah. Seine gepflegte Glatze war ein unverkennbares Markenzeichen wie auch sein Harris-Tweed-Jackett, das über dem Stuhl hing. Er erhob sich, kam auf mich zu und begrüßte mich herzlich, fast freundschaftlich.

»Herr Stockfelder! Ich freue mich sehr, Sie zu sehen.«

»Die Freude ist ganz auf meiner Seite, liebe Elisabeth. Ich darf Sie doch so nennen? Ich bat den alten Erwin um dieses Treffen. Eigentlich wollte ich Sie wiedersehen und Ihnen meinen Respekt aussprechen. Für das, was sie getan haben. Und gesagt haben. Bei dieser Konferenz vor ein paar Monaten sind Sie ja über sich hinausgewachsen.«

»Danke«, erwiderte ich und spürte, wie meine Wangen glühten. »Ihre Anerkennung bedeutet mir sehr viel.«

Wir setzten uns gemeinsam an den gedeckten Tisch und aßen Scampis, Ofenkartoffeln mit einer Aioli zum Niederknien und Gemüse. Zum Nachtisch servierte Erwin ein Tiramisu, das es in sich hatte. Wir saßen zusammen, lachten und die Männer erzählten mir Anekdoten aus ihrer Kindheit. Zu vorgerückter Stunde stand Erwin auf, warf Ludwig Stockfelder einen vielsagenden Blick zu, verschwand im Wohnzimmer und kehrte mit drei riesengroßen Cognacschwenkern zurück an den Tisch.

»Jetzt werde ich Ihr Versprechen einlösen, liebe Lizzy«, fing Ludwig Stockfelder feierlich an und packte eine Flasche aus, die er auf den Tisch stellte. »Ihr sündhaft teurer Whisky war bis heute verschlossen. Lassen Sie uns anstoßen. Auf die Wahrheit! Und auf eine bemerkenswerte Reise zu ihr!«

Er kippte einen Schluck in jedes Glas und wir prosteten uns zu.

»Auf die Wahrheit«, erwiderte ich gerührt. Meine Stimme zitterte. Eigentlich schmeckte der Weinbrand nicht besonders spektakulär. Rauchig, vielleicht modrig, aber ich war ohnehin kein Freund von Hochprozentigem. Die Männer hingegen taten, als handele es sich bei dem Inhalt der bauchigen Flasche um eine Offenbarung. Sie ließen sich einen zweiten und einen dritten schmecken, während ich an einer Tasse Pfefferminztee nippte. In dieser Nacht entstand die Idee, die Erwin und Ludwig Stockfelder nicht mehr loslassen sollte, bis sie diese endlich umgesetzt haben würden. Ein Jugendtraum, den sie jetzt wahr werden lassen wollten. Gemeinsam wollten sie einen großen Teil des Jakobswegs gehen und im Elsass bei Colmar beginnen. Sie planten die Route, kalkulierten die Zeit für Sehenswürdigkeiten, verwarfen Hotelreservierungen und beschlossen schließlich in alter Pfadfindermanier auf gut Glück loszulaufen.

»Geh doch mit, Lizzy«, meinte Erwin überschwänglich, der bereits sichtlich angetrunken war.

»Ich habe meinen Pilgerweg bereits beschritten«, lehnte ich dankend ab.

»Was ich bezeugen kann«, säuselte Stockfelder.

Gegen elf verabschiedete ich mich und Ludwig Stockfelder bestellte sich ein Taxi nach Saig in sein Wochenendhaus.

»Du siehst gut aus, Lizzy«, sagte Erwin, der mich zu meinem Auto begleitete. Ich war bereits eingestiegen und hatte die Fensterscheibe heruntergekurbelt. Erwin legte seine Hände auf den Rahmen und blickte auf das Lenkrad.

»Weißt du, seit David in meinem Leben ist, hat sich so vieles verändert. Ich habe keine Angst mehr vor Problemen, weil wir bis jetzt immer einen Weg gefunden haben. Ich könnte mich nicht daran erinnern, jemals glücklicher gewesen zu sein. Thea geht es gut, meine Familie ist wieder näher zusammengerückt. Tom und ich haben einen respektvollen Weg miteinander gefunden.«

»Und: Ist deine Welt am Morgen wieder genau so, wie du sie am Abend vor dem Einschlafen verlassen hast?«

»Mitunter sogar ein bisschen besser!«

»Auf Wiedersehen, mein Kind.«

Er trat einen Schritt zurück und klopfte auf meinen alten Renault. »Guter Junge, bring sie sicher nach Hause.«

»Auf Wiedersehen, Onkel Erwin.«

Ich kurbelte das Fenster hoch und ließ den Motor an. Auf der Rückfahrt durchs Höllental dachte ich darüber nach, dass ich Erwin zum ersten Mal mit Onkel angesprochen hatte.

Kapitel 27

Zehn Jahre waren seit der Familienzusammenführung vergangen. Thea hatte im Frühjahr ihr Abitur bestanden und besuchte jetzt die Staatliche Schule für Feinwerktechnik in Villingen im Schwarzwald. Sie war fest entschlossen, danach die Meisterschule für Uhrmacher zu absolvieren, im Familienunternehmen mitzuwirken, und scheute dabei weder die Verantwortung noch die Basisarbeit. Besonders freute dies Alexander, der die Nachfolge der Kirchmann Uhren GmbH gewährleistet sah und der Thea förderte, wo er nur konnte. Die Krise war überstanden. Seit über fünf Jahren schrieb die Kirchmann GmbH schwarze Zahlen und die traditionelle mechanische Kirchmann-Uhr war unter Kennern längst kein Geheimtipp mehr.

Im letzten Sommer hatte ich meine Promotion abgeschlossen und pendelte zwischen Freiburg und Géradmer. Meine Mitwirkung in der Galerie Staiger bei freier Zeiteinteilung brachte regelmäßige Einkünfte und ich verdiente mir auf dem Markt in Géradmer ein Zubrot. Vor drei Jahren hatte David seine Straßburger Wohnung verkauft und war ganz zum Rosshimmel gezogen.

*

Ein kühler Wind kam am Rosshimmel auf, die Wolken am Horizont rissen auseinander und gaben einen stahlblauen Oktoberhimmel frei. Nanette, die wir alle wie eine Mutter geliebt hatten, war tot.

Wir hatten einen Kreis gebildet: Mama, Thea, Ella und ich. Nur David stand abseits, hielt lange vor einem kleinen Tisch inne, deutete schließlich eine Verbeugung an und nahm die Urne in beide Hände. Dann kam er mit dem Gefäß zurück, stellte sich neben Ella und warf mir einen liebevollen Blick zu.

»Als ich Nanette das erste Mal begegnete«, fing ich leise und mit zitternder Stimme an. Ein Windstoß blätterte meine Notizen um. Ich streifte den Pony aus meinem Gesicht, schluckte meine Tränen hinunter und fuhr fort: »Damals wurde ich von dir gemaßregelt. Es ging um die Todesanzeige meines Großvaters, genauer um das gewählte Zitat aus dem *Kleinen Prinzen*, dem Lieblingsbuch Bodo Kirchmanns. *Und wenn du dich getröstet hast, wirst du froh sein, mich gekannt zu haben. Du wirst immer mein Freund sein.* Das war nur das halbe Zitat, hatte Nanette an einem Nachmittag in ihrem kleinen Zimmer in Mulhouse mit mir geschimpft. Ich erinnere mich noch genau, wie ich schuldbewusst nickte. Es war nicht leicht, mit dieser willensstarken Frau in Kontakt zu treten. Und es bedurfte einiger Prüfungen, bis wir schließlich einander vertrauten. Das liegt jetzt zehn Jahre zurück. Ich bin sehr stolz darauf, dass sie erst vor wenigen Wochen zu mir gesagt hat, ich sei die letzte Freundin gewesen, die ihr das Leben im hohen Alter noch geschenkt habe. Ich wiederum hatte es über die Jahre zutiefst bedauert, sie nicht früher kennengelernt zu haben. Heute aber weiß ich, dass wir dankbar sein sollten um jede Begegnung im Leben, die uns bereichert, ganz egal, wann dies geschieht. Nani war zum richtigen Zeitpunkt in mein Leben getreten und ich bin sicher, sie hat jeden von uns, der hier zu ihren Ehren steht, in ganz besonderer Weise beschenkt.«

Ich schluckte und wischte mir die Tränen aus den Augenwinkeln. Thea legte den Arm um mich und streichelte meine Schulter.

»Es war dein Wunsch, liebe Nani, hier oben am Rosshimmel deine letzte Ruhestätte zu finden. *Ich danke Gott für dies späte, unerwartete Glück, hier mit euch meinen Lebensabend zu verbringen!* – diese Worte hast du an mich und David kurz vor deinem Tod gerichtet. Wenige Wochen später bist du überraschend eingeschlafen, sanft und still – genau so, wie du es dir immer gewünscht hast. Gestatte mir, liebe Nani, dass ich heute jenen Teil aus dem *Kleinen Prinzen* zitiere, den ich dir noch schuldig bin: *Es wird nur so aussehen, als wäre ich tot. Aber das wird nicht wahr sein.*«

Es war, als trotzten jene weisen Worte dem Inhalt, auf den Nanette so viel Wert gelegt hatte, dem Tod, dem Abschied und der Endlichkeit. Ella und meine Mutter umarmten einander. Beide weinten. Niemand von uns konnte ermessen, was es für sie bedeutete, die letzte Zeugin ihrer Kindheit zu verlieren. Ich gab David ein Zeichen. Jetzt lag es an ihm, Nanis Vermächtnis zu vollziehen, und langsam trat er aus dem Kreis heraus, entfernte sich, bis er auf dem offenen Feld stehen blieb. Wir alle blickten gebannt zu ihm hin, nur Ella starrte zu Boden und hatte die Arme verschränkt.

Hinter David erhob sich majestätisch die Kulisse des Rosshimmels mit dem Haus am Himmelsrand und dem angrenzenden Wald. Als der Wind die Asche über das Plateau in alle Richtungen verteilte, war es, als schließe sich ein magischer Kreis.

Bis in die Abendstunden saßen wir bei Baguette, Käse und Wein in der ehemaligen Gesindeküche, die David, Nani und ich in den letzten Jahren mit einer schlichten Tafel und Holzbänken eingerichtet hatten. Wenn man aus dem Fenster sah, konnte man direkt die ehemalige Pferdekoppel sehen, unter der einst die Pferde begraben worden waren. Im Hintergrund klang leise die rauchige, sinnliche Stimme von Isabelle Boulay, von einem Akkordeon begleitet, gefolgt von einem glasklaren Geigensolo: *C'est fin octobre, début novembre … mon amour tu me manques.* Wir alle vermissten Nani.

Im Kaminofen knisterte das Feuer und verströmte eine wohlige Wärme. Mit geröteten Wangen erzählte Ella von den vielen gemeinsamen Abenden mit Nani und Bertrand, den Französischstunden und Nanettes schmackhafter Küche. Sogar das Geschirr ihrer Kindheit hatte sie wiedererkannt und freute sich über so viel Heimat und Geborgenheit.

»Ihr könnt euch nicht vorstellen, wie schön das im Winter war, wenn diese zauberhaften Tiere hier galoppierten und Bertrand sie zurück in die Stallungen brachte. Es waren wunderbare Stunden.«

Niemand konnte das besser wissen als Ella. Ich warf einen Blick zu David, der bei den Erzählungen seiner Tante geistesabwesend zum Fenster hinausblickte. Seine Gedanken waren bei seinem Vater; dessen war ich sicher. Ich beugte mich ihm entgegen und streichelte seine Hand. Er schüttelte sich, als sei er aus einem Traum erwacht, zog meine Hand an seine Lippen und lächelte.

Géradmer, Frankreich, Am Rosshimmel,
MAI 2011

Lizzy tastete mit der Hand neben sich. Das Bett war leer. Sie knipste die Nachttischlampe an, stand auf und ging hinaus ins Entree. Insgesamt vier Räume befanden sich im unteren Stockwerk: die Küche, der Salon und zwei Schlafzimmer. Es herrschte eine Stille, wie es sie nur in der Nacht oder am frühen Morgen inmitten dieser alten Wände gab. Bodo Kirchmann hatte diese Stunden am Rosshimmel immer geliebt. Fast glaubte sie, den Rauch seiner Zigarre riechen zu können.

Aus Davids Arbeitszimmer, dem ehemaligen Herrenzimmer, schimmerte Licht. Die Tür war angelehnt. Seit Nanettes Tod zog er sich immer häufiger zurück und hatte Lizzy sogar verboten, ihn dort aufzusuchen. Doch jetzt klopfte sie zaghaft an die angelehnte Tür.

»Habe ich dich geweckt?«

David blickte hinter seinem Bildschirm vor.

»Darf ich?«

»Komm«, erwiderte er und winkte sie heran.

Ihre nackten Füße tapsten über den alten Steinboden. Sie setzte sich ihm gegenüber. Früher hatte Bodo dort gesessen, wo David jetzt konzentriert einen Stapel Papiere zusammenhäufte. Sie betrachtete sein schönes, offenes Gesicht, die geschwungenen Lippen, die leicht gebräunte Haut und sein glänzendes Haar.

Lächelnd schob er ihr den Stapel hinüber, erhob sich, trat zu ihr und küsste ihr Haar. Dann verließ er den Raum und zog die Tür hinter sich zu.

Verwirrt sah ihm Lizzy hinterher, bis er aus ihrem Blickfeld verschwand. Die Tür blieb angelehnt. Lizzy drehte ihren Kopf, senkte die Augen und strich mit beiden Händen über den Papierstapel. Draußen wurde es bereits hell. Die ersten Vögel zwitscherten und durch den Nebel drückte die aufgehende Sonne. Tau lag auf den Wiesen. Nachdenklich nahm sie die erste Seite, die eine Widmung enthielt: Für meinen Vater. Drei Worte. Ein Manuskript, dachte sie und ein Lächeln spielte um ihren Mund. Sie wusste, wie viel jene drei Worte David bedeuteten, und sie hatte das Gefühl, als beginne mit jener Zuwendung eine alte Wunde zu heilen. Dann blätterte sie weiter und las:

»Géradmer, Das Haus am Himmelsrand, Oktober 1940. Immer wenn der Wind über das Plateau in den Vogesen fegte, hielt der Rosshimmel den Atem an. Die Pferde erstarrten und spitzten die Ohren. Dann plötzlich setzten sie sich in Bewegung, fast gleichzeitig, zu einer einzigen großen Formation. Dabei vibrierte der Boden so sehr, dass die Schwingungen weithin zu spüren waren. Die Masse ihrer muskulösen, kräftigen Körper hinterließ tiefe Spuren auf dem Neuschnee, die der Wind jedoch nach und nach wieder verwischen würde.«